第八辑

中国创意写作研究

（2022）

ZHONGGUO CHUANGYI XIEZUO YANJIU

许道军　主编

中国教育出版传媒集团

高等教育出版社·北京

图书在版编目（CIP）数据

中国创意写作研究. 2022 / 许道军主编. —北京：
高等教育出版社，2023.7
ISBN 978 - 7 - 04 - 060544 - 0

Ⅰ. ①中… Ⅱ. ①许… Ⅲ. ①中国文学—当代文学—
文学创作研究 Ⅳ. ①I206.7

中国国家版本馆 CIP 数据核字（2023）第 101978 号

策划编辑	刘自挥	**责任编辑**	张晶晶　叶也琦	**封面设计**	张文豪	**责任印制**	高忠富

出版发行	高等教育出版社	**网　　址**	http://www.hep.edu.cn	
社　　址	北京市西城区德外大街 4 号		http://www.hep.com.cn	
邮政编码	100120	**网上订购**	http://www.hepmall.com.cn	
印　　刷	上海华教印务有限公司		http://www.hepmall.com	
开　　本	787mm×1092mm　1/16		http://www.hepmall.cn	
印　　张	19.5			
字　　数	426 千字	**版　　次**	2023 年 7 月第 1 版	
购书热线	010-58581118	**印　　次**	2023 年 7 月第 1 次印刷	
咨询电话	400-810-0598	**定　　价**	55.00 元	

本书如有缺页、倒页、脱页等质量问题，请到所购图书销售部门联系调换

版权所有　侵权必究
物 料 号 60544-00

指 导 单 位

世界华文创意写作协会

中国报告文学学会

主 持 单 位

上海大学中国创意写作中心

温州大学人文学院

香港都会大学田家炳中华文化中心

支 持 单 位

上海何建明文学研究院

上海市华文创意写作中心

中国报告文学学会创意写作研究分会

卷首语

《中国创意写作研究》经过七年多的努力，从创刊筹备期的东筹集西拼凑（资金和稿源双紧缺），到当下的稳定连续、可持续出版，从当初大会论文集的因陋就简（世界华文创意写作协会年度大会论文集），到如今的一年三辑、海内外多所高校联合主办、海内外同步出版发行、中英文双语版本加持。它见证了中国创意写作学科从无到有创生的过程，参与并促进了创意写作学科中国特色学科理论体系的诞生和建设。如今，它已经是中国创意写作学界一面共同的旗帜，一面象征着学科的发展、象征着学科繁荣的旗帜。

越来越多的年轻人在这面旗帜下得到激励。从这里走出的青年学子，已经有近百位，他们从硕士时代就在这里发文章，一直到他们成为博士、博士后，如今，他们中的很多已经在各地高校或者事业机构、政府机关任职，成为教育教学的中坚力量、创意写作科研的中坚力量、行业发展的推动者或领导者。

越来越多具有影响力的学者在这面旗帜下承担起旗手的责任。他们坚持不懈、持之以恒地教学，研究和促进创意写作的社会化推广活动，这让他们成为中国创意写作学科创生、发展的领军力量。他们的引领和推动，让这个学科代有才人出，代能谱新章。今天的创意写作已经成为梯队完整、方向全面、能与全世界同行并驾齐驱的具有世界影响力和全国号召力的"新领域"。

要感谢各位作者。他们专注于创意写作学科发展事业，并且把最好的成果拿来支持《中国创意写作研究》，让《中国创意写作研究》获得世界同行的认可和推荐，是他们支撑起了这一片学术蓝天。

要感谢《中国创意写作研究》编辑团队。他们在许道军、易永谊、梁慕灵等的带队之下,已经成长为一支具有世界眼光、独立世界学科潮头,能约稿、能审稿、能改稿,能团结作者群体、能培养作者群体,能策划重大选题、能激励学科新人、能推动学科进步的专业化编辑团队。他们是业余的,因为他们都是各自单位的学术中坚,业余参与辑刊编辑工作,但他们又是最专业的,他们的工作非常尽责非常专业;他们是公益工作者,因为他们从来没有从《中国创意写作研究》编辑工作中拿过任何报酬,但他们的工作又是最有价值的,他们的工作无法用金钱来衡量。

期待《中国创意写作研究》尽快进入世界一线创意写作研究学术辑刊行列。我们要祝福它,祝福它未来能进入中国的"核心期刊"阵列、世界的"核心期刊"阵列,能代表中国创意写作学科最高水准,与世界同行对话,为世界创意写作学科的发展作出贡献。

葛红兵

2023 年 2 月 1 日于上海

目　录

创意写作教育教学

创意写作分文体研究

创意写作中国化

游戏叙事研究

特稿/创意作家谈

年度大事记及研究述评

创意写作理论前沿

一门作家学的可能性

刁克利*

摘　要：文学的阅读、批评或创作，都是在寻找理想的作家形象。作家学是对作家的生命研究，旨在总结经典作家的诞生和成就，帮助写作者成为更好的作家，寻找、建构、阐释或无限趋近于理想作家的形象。作家学的研究内容包括作品中、传记中、文学史中及现实中的作家形象，也包括成长中、创作中、传播中的作家。每一种作家形象都有与之对应的研究资源、方法和议题。作家学可以是一种理论构建，也可以是具体作家研究，具有跨文本、跨领域、跨越理论与实践层面的特征。作家学以作家为中心，是贴近作家、注重文学发生动力的研究。作家学应该成为创意写作教育的重要组成部分，助力创意写作教学目标的实现。

关键词：作家学；作家形象学；创意写作；理想作家

一、作家学的研究领域和内容

每一个读者、作者或批评家心目中都有一个理想的作家形象。作为读者，这个形象也许是通过阅读文学作品构建出来的；作为作者，这个形象也许是对自己想要成为的那种作家的期许；作为批评家，他的每一份评论可能都是在勾勒自己心目中的作家形象。

这可以是一位具体的作家，也可以是抽象的作家。具体的作家即写作了某一部作品的作家，抽象的作家则是人们对理想作家的一种想象。这个作家形象是多重的。

（一）作品中的作家形象

作品中的作家形象即在文学作品中呈现出来的、字里行间浮现出来的作家形象。无论暴露或隐藏起来的作家意图、视角人物、第一人称叙述者，还是某个作为作家代言人的

＊　刁克利，文学博士，中国人民大学外国语学院副院长，教授，博士生导师。

人物，都可以称之为作品中的作家。

作品中的作家与作家的写作方式和写作理念有关。有作家说，他不管写了多少故事，塑造了多少人物，都不过是他自己的化身和心灵传记。还有的作家说，作品是他的孩子，是他的创造物，带有他的生命特征。也有作家在作品中从不显露自己，如退隐的上帝高居于他创造的地球之外，以漠不关心的姿态塑造人物，客观化地描写这个让他无动于衷的世界。

作家的写作态度不同，在作品中呈现或隐含的意图不同，作家在不同作品中就会有不同的形象呈现，会追求不同的呈现方式。无论何种样貌，都有作家形象的显示。

即使面对同一位作家的同一部作品，读者和批评家也会得出不同的作家形象。因为阅读者对作品的期待不同，不同的读者所理解的作家形象不会相同；因为批评者依据的理论与方法不同，不同的批评家所阐释的作家形象也不相同；因为作家的写作方法、因为读者的理解程度、因为批评家的尺度和理论视角不同，在文学作品中显露出来的作家形象不尽相同。

（二）传记中的作家形象

传记中的作家形象即作家传记中对作家的描述和刻画。这样的作家形象以作家生平经历为主要依据，辅之以作家的作品创作过程描述和作家成就评价及其产生的影响，是传记作者构建的作家画像。传记作者因为立场、关注点和对目标读者的期待不同，对作家生平资料收集的齐全程度和采信程度不同，以及所采访的对象不同，这些都会影响作家形象在传记中的呈现。

不同的传记会呈现作家的不同形象，不同时期的作家传记会着重描绘作家的不同侧面。有的作家参与自己传记资料的提供，有目的性、有选择性地提供相关资料，甚至选定自己信赖的传记作者，透露相关经历细节，解释自己的情感世界和文学思想。对传记中的作家形象的接受还要考虑传记作者和作家的私人关系，以及传记作者的态度、立场及其可靠度。

传记中的作家形象还包括自传和访谈中的作家形象。自传是作家对自己的生平经历有意识地剪裁和重现，他有期待的读者，有他想要呈现的形象。自传是作家的自我形象塑造。即使在与作家面对面的访谈中，采访者通过提问试图建立的作家形象与作家自己表达和试图传播出来的形象，也不能保证一致。

（三）文学史中的作家形象

文学史是对作家的文学贡献的评价和有共识的结论，是对过世作家的一种盖棺定论，也有受到时代局限做出的差异性评价。同一位作家在不同的文学史中的地位也会有起伏。根据不同观念编纂的文学史还会发现"新"作家，比如因为女性主义的兴起而对女性作家的重新发现，因为对种族平等的重视而增列少数族裔的作家。有些时期编纂的文学史也许重视现实主义作家，有些时期也许会高度评价带来艺术形式创新的作家。

无论作品、传记还是文学史，都是文本的表现形式。因此，以上各种作家又可以统称为文本中的作家。

（四）现实中的作家形象

现实中的作家又称为社会和历史中的作家,即把作家当作现实中的个体存在,现实中的作家又可以称为作为个人的作家。他是真实存在的人。现实中的作家可以是朋友,也可以是擦肩而过的路人。他有家庭生活和社会身份,也出席作品发布会、访谈,与人交往。现实中的作家也可以被当作一种象征。这样的作家形象并不与他的作品关联,人们把他当成真实的存在。人们会为著名作家树立纪念碑,建造纪念馆,为他建立的纪念馆竭力还原作家本来的生活原貌,供人参观、怀念。作家故居可以成为旅游地,与作家生平相关的物品可以成为一种特殊的纪念、象征,甚至图腾,以表达人们对文学的敬意,寄托对作家的想象。

（五）成长中的作家形象

成长中的作家涵盖作家的资质特征和成长过程,关涉的议题如下:作家是如何产生的? 要成为作家,他需要具备怎样的资质特征、教育程度和知识结构? 作家的成长过程中,他的生长环境、成长经历、写作训练如何? 如果他在写作中遇到了问题,他从哪里寻找帮助? 作家的艺术品位是如何形成的,他的文学理想和抱负是何时、何种情形下产生的,对于他的创作有什么影响?

如果我们认识到,作家的产生和成长是时代、社会、教育、文化、写作环境和作家个体特质综合力量的结果,那么,就有必要对这些方面展开专门研究,这样才能揭示作家产生的原因,描述作家的成长过程。探究这些元素如何影响作家的成长,对作家成长过程的描述与研究,这是成长中的作家研究,可以命名为作家生成研究或作家生成论。

要建构创作中的作家形象,我们要依仗的研究资源不仅限于文学作品,还有作家传记、访谈,还需要深入作家成长的现场,对作家成长环境和经历进行实地考察及对相关人员进行采访,还原作家成长的时代面貌和环境,进行文化史和社会环境与作品的互证研究。

（六）创作中的作家形象

创作中的作家形象建构依赖于作家创作特征及其心理、情感和技艺表达机制的研究。相关议题包括:作家是如何创作的? 他的素材来源是什么? 作家如何寻找、发现、提炼、升华创作素材,使之成为文学作品? 他的创作意图和文学理想是什么? 如何阐释作家的创作特征和艺术特点的形成? 如何认识一部具体作品的创作理念和过程,以及某一个人物、情节、场景的描写技巧和意义? 他的创作艺术如何逐步发展,主题如何不断深化? 他的创作是否有明显的发展阶段,可以分为几个时期,各个时期的艺术特征有何区别和联系? 提出这些问题,我们希望了解的是创作中的作家。

这样的过程值得、应该而且能够进行描述和探究。这可以是某一部具体作品的创作背景、过程、特点研究,也可以是对作家创作规律的揭示,还可以包括创作技巧的分析、具体作品艺术手法的运用。要而言之,描述作家的创作过程,揭示创作规律,总结写作技巧与经验,阐释艺术手法和特征,就是创作中的作家研究,可以命名为作家创作研究或曰作家创作论。

要建构创作中的作家形象，主要的依据是作品，这是大多数文学批评和文学研究的做法，按照文学要素分析作家的作品，按照系统的理论阐释作家意图与作品意义。至于说创作中的作家形象研究与一般的文学批评的区别，应该是创作中的作家形象研究更着重于作品完成前的作家状态，他的素材来源与处理方法，作品与他生平经历的联系，他的思想发展和创作意图及其在作品中的体现。这是创作中的作家形象和作品中的作家形象的区别。

创作中的作家形象建构还可以以未完成的作品为研究对象，追溯作家对作品的构思和未完成的原因；还可以对比修改稿、完成稿和初稿的区别，揭示作家创作的思想发展；也可以研究作家对出版作品的修改、订正和文集的选编取舍，描述现象，总结变化。

（七）传播中的作家形象

传播中的作家形象即作家发表作品之后的形象建构，其研究内容包括作家形象的传播及产生影响的过程、特征和规律。作家是如何被接受并产生影响的？研究内容是他的作品的出版、翻译、传播过程，包括作家的个人形象在传播中的塑形、阐释、接受和改变。有些作家被视为经典作家，有些作家只能说是畅销作家，这两种标准有何不同，能否协调？有的作家在不同的文化背景中得到不同程度的认可，原因是什么？时代风尚、国家意志、理论潮流，还有作家个性等都会对作家传播产生影响，如何解释作家的接受机制、传播机制？如何阐发不同时期不同文化背景下对作家形象的接受、利用甚至误读？提出这些问题，我们希望了解的是传播中的作家。

建构传播中的作家形象，是人们对附着于作品的作家形象的再度阐释和想象。研究资源包括对阅读风尚、批评生态、多媒体传播方式等的观察，对作家与出版社及各种媒体的关系，对作家与读者、作家与译者、作家与批评家的关系的梳理，对作品的接受史、学术史、翻译史的再认识，比如对书评作用的评价、对译本影响的研究等，都可以纳入作家的影响、传播与接受研究。以翻译为例，翻译传播中的作家研究不是对翻译技巧、翻译策略的分析，而是对译本传播作家形象所产生的影响研究，即译本塑造了怎样的作家形象，如何帮助读者产生对作家的想象：什么时期、什么样的作家在特定的国家、地区和人群中比较受欢迎，译者选择哪些作家的作品进行翻译，采用的翻译策略如何影响到作家的传播和接受，等等。

对作品接受史、学术史的作家形象研究也是同样，重点并不在于梳理和总结作品研究的文献数量和主题分类，而在于描绘和追溯其中呈现的作家形象及其演变。对传播中的作家形象的研究，可以命名为作家传播研究、作家接受研究或作家影响研究。

综上所述，论及的作家包括：作品中的作家、传记中的作家、文学史中的作家、现实中的作家，以及成长中的作家、创作中的作家、传播中的作家等。如果需要一个名词统辖这些作家形象，可以统称之为作家形象。对这些作家形象的建构、阐释和研究，可以命名为作家形象学。把文本中的作家形象和成长中、创作中和传播中的作家研究合称为作家学。

作家学可以是一种理论构建，也可以是具体作家研究。作家学作为一种理论建构，是对理想作家形象或者作家应该有的理想状态的期待,蕴含了人们对文学的期待,可以称为理想的作家形象。作家学作为具体作家研究,对象包括现实中的、各种文本中的某位特定作家。

无论是总结作家创作的理论、技巧、经验和过程,还是梳理作家的知识结构、思想体系,或是研究学术史、翻译史中体现出来的作家形象,都是作家学的研究内容,这些看似庞大而散乱的内容的研究目标都是寻找、解释人们心目中理想的作家。

二、作家学研究特征与方法

作家学涵盖各种文本中的作家形象,以及作家的成长、创作和影响传播研究。如果沿用惯常的说法"作家研究",那么,作家研究应该涵盖作家形象的描述与构建,作家生成研究、创作研究及作家传播、接受和影响研究。

如果命名一门作家学,有几个基本问题需要一一作答:我们需要这样一门学科吗?这门学科产生的基础是什么?它有独特的内容、范畴和学科标识吗?它能够解决哪些问题?这个命名的实际意义何在?

其一,作家学有明确的研究领域。作家学研究作家的形象、成长、创作和影响,换言之,作家形象学、作家创作研究、作家传播研究、作家成长研究构成作家学的四个领域,各有明确的范畴,涵盖作家从成长到创作,及其影响及评价的全过程,是以作家为研究对象,以作家为中心的文学研究。

其二,作家学的四个领域可以相互交叉。作品中有作家的创作技巧,有作家形象,也包含能够吸引作品传播的因素;创作研究既研究作家创作经历、心理机制,也研究具体作品的创作技巧、风格,作家的词语、句式、修辞特征及作品主题等。

对作家创作经验和写作艺术的研究离不开对作家风格的总体把握,不能想当然地认为文学技巧可以离开风格独特的作家本人而同样有效。不可否认,把一些写作技巧总结出来,当成词典和创作技艺大全使用,这种方法是可行的,也很容易产生成果,对于写作的提高有立竿见影的效果。但是,要把写作技巧真正运用得合理而恰当,这必须和作品素材结合起来,和作家风格结合在一起。风格是人,技艺是作家针对特定素材而采用的写作方法。因此,创作研究和作家形象建构密不可分。

如果非要强调不同的侧重点,或许可以说,创作论研究成名前的作家,形象学研究重点的是成名后的作家。实际上,没有必要进行这样的区分,而是应该依据作家和研究者的实际情况而论。也就是说,只要涉及作家,都是作家学的研究内容。跨越领域的研究恰恰是作家学的特征之一,也是需要单独命名作家学的原因。

其三,作家学的特征是跨文本、跨领域、跨越理论与实践两个层面的研究。作家学的特点是研究资源具有跨文本性特征。作家学是对人的研究,作家有其多维度的存在,他存在于现实、作品、文学史、文化史、翻译史中;作家学不只是文学作品研究,还是跨文本研究。文学作品、访谈、传记、书信,包括与作家相关的历史文献、社会状况等都是有效资源,可以按照文本类别和文体特征进行专门研究,比如作家传记研究、作家访谈研究、作家书信研究、作家自传研究、作家家世考证研究、作家文学谱系研究、作家教育与阅读研究等。

作家学研究具有理论性、实用性、方法技巧性、写作咨询等跨层次的特征。理论上的作家学可以等同于文学理论中的作家论，实用性层面的作家学重点在于不同层次的作家培养和训练，方法技巧性与实用性目标一致。写作咨询的针对性更强，主要解决写作中的实际困难，以写出符合特定要求的作品或文字产品。每一种文本的作家学研究都可以是理论与文本的统一与结合。每个领域乃至作家学的研究都可以既是理论研究，又是方法研究，可分可合，目标一致。

比如作家访谈依据采访者提问的内容而定，可以从作家学的视野进行多方面的解读。访谈中有作者对其他作家同行和前辈的评价，以及某些作品的创作过程回顾，还有作品的素材提炼方法等。访谈是作家的创作经验总结，有作家的文学思想和理论见解，也包含着作家的传播策略，反映作家的个性，也反映作家与读者的关系等。作家传记也不只是作家的生平经历，还有作品的创作细节、构思意图与作家的自我评价，及作家的作品影响和文学思想等，是以经历串联起来的作家学研究文本。

其四，作家学可以从不同层面展开，这样更具应用效果和学科意义。作家学的核心议题是：何为作家；如何成为作家；作家如何创作；作品如何传播；如何评价作家；如何成为更好的作家；等等。作家有不同的种类和层次，比如经典作家、畅销作家、专业领域的作者、文字表达者、职业写作者、辅助写作者等，每一种作家都可以成为研究对象，都有对应的不同的研究资源，都可以用作家学的思路进行分类研究。虽然研究对象不同，但沿用的作家学的理念、内容与方法相同。

不同的作家有不同的道路和方向，需要具备的素养、教育背景和知识结构不同，能够满足的社会需求不同，其培养的途径、成长的道路、传播的方式、产生的影响也各有不同。从不同层面进行作家学研究，能够更有针对性，能够产生不同的收获，起到不同的作用。

三、几个基本问题

（一）作家学与文学批评

较之于作品阐释为主的文学批评，作家学更贴近作家。作家学是文学研究的组成部分，以作家为研究对象，以作家为研究的出发点、落脚点和研究中心，是为了解释作家现象，阐释作家的形成及特性，最终抵达文学的动力核心而进行的文学研究。

作家是文学发生的动力源泉，如何言说一个作家的诞生和成长、创作和传播，这是比作品研究更大范围、更有原生意义，能够给更多从事写作的人更大动力和启发的研究。尽管批评家可以定义文学史中的作家地位，但是他们从来不能替代读者的阅读体验，每个人在不同的经历当中，不同的心境下，阅读同一部文学作品，会产生不同的反应，因而对作品永远无法阐释完满，以作品研究为中心的文学批评家犹如西西弗斯推石上山，只能永远在路上。

作家学较之于一般文学研究的独特之处在于：文学研究以文学阐释世界；作家学以作家解释文学，接受的是以作家的视角理解世界、世界孕育作家的双向思维。从作家学角度讲,作家的传播与接受有别于作品的传播与接受,作家的传播与接受是一种形象传播,比如因人废文的现象时有发生,可以从作家形象学、作家传播学角度进行阐释,而不能单纯从文学作品评价来解释。相反,因为作家的名声而提升作品影响力的例子同样不少见,从作家学的角度解释才更合适。作家形象和作品评价有时候要一起研究,才能解释清楚。

作家可以给人多方面的启发。作家可以为师,可以为友,可以为心灵的伴侣。作家学是对作家作为人的研究,由于作家的特殊性,作家学是诗性的生命研究,更贴近最初我们对文学的期待和想象。

(二)作家学与创意写作

创意写作教育塑造作家形象。如果我们把创意写作的学生作家看作是未来作家的话,无论是否认识到,创意写作教育的核心都是在塑造作家形象,如同读者在作品中发现自己心目中的作家,批评家阐发自己读出来的作家形象,作家塑造自己的形象,创意写作的教师们也在按照自己对文学、对写作、对作家的理解通过创意写作课堂塑造未来的作家。不同的教育机构根据自己的教学方针和目标设置教学方案,制定教学大纲,开设相关课程,进行不同方式的教学实践,给学生设定不同的方向,提出要求,引导训练写作方法,熏陶和灌输写作理念,都是在培养符合教学机构预设的写作者和未来的作家形象。

若将作家学的四个领域作家形象、作家创作、作家传播、作家成长等分开讲,创意写作在四个领域都能够起到独特的重要作用。创意写作课堂独特的教学方式正在系统地改变作家的成长方式、传授新的创作理念,创意写作专业的教师、学生,和接受过创意写作教育、认可创意写作理念的从业人员,会改变文学环境与文学生态,构成新的文学共同体,正在或终将改变经典文学的界定及作家的传播、接受和影响方式。

如果从这个意义上理解创意写作,能够更深刻体会到作家学建构的必要性和独特性。从作家学的角度理解创意写作,能给学科发展带来新的思想动力、视野和方向。

从学科建设来讲,作家学研究能够直接作用于不同的作家班的教学。根据教学机构的资质和培养目标,应该对不同的写作诉求者进行分班、分级教学。不同层级、不同文类、不同目标的创意写作教学课程体系需要作家学的理念,最好有与作家学通识课相关的课程。

从实用层面上,作家学针对与作家相关的一切问题进行研究,从总结经典作家的经验,指导自学的写作者,满足各种实用写作的要求,到创作心理研究,写作中的作家心理评估,以及通过写作干预甚至治愈心理疾病,等等,这都是作家学研究的内容。作家学兼具理论建构和实用研究,对于写作训练、指导和咨询,以及与写作相关的人生道路和职业选择等,都应该起到应有的作用。

教育是为了培养理想的人格。作家学旨在寻找、界定、培养理想的作家,总结经典作家的诞生和成就,调出每个写作者心目中的作家。作家学应该成为创意写作教学的必要组成部分,助力创意写作目标的实现。

(三)作家学与理想作家

作家学促进理想作家的概念的形成。文学欣赏与阅读、文学理论与批评和创意写作教育都是在寻找和解释一个理想的作家形象。虽然人们对理想的作家的界定有不同的标准，但理想的作家至少应该具备以下几个方面的特征：一是全面性，作品内容的容量大，反映人类生活的全面性，囊括所有社会阶层和生活样貌；二是开拓性，经典作家具有创作艺术的创新性和集大成性，在文学史上能够承前启后；三是独特性，无论主题、人物和风格都无可替代；四是深刻性，经典作家敢于把人物推入绝境，体现极致的人生，提出最根本的问题，生发最深刻的思考。此外，经典作家还有一个基本特征，他具有大的格调、境界和包容性，他相信并且竭力做到，文学是对人的情感的饱满性的生动记录，他对人类的基本态度具有感染力。

这样的作家存在吗？这样的作家应该存在吗？这样的作家可能存在吗？有没有一种思路能够激发这样的概念，促进它实现的可能性？即使不可能实现，也让他趋近无限的可能性。作家学就是这样一种思路，通过作家学的研究，可以帮助写作者成为更好的作家，可以形成或无限趋近优秀作家的形象。

创意阅读：创造之维的阅读可能
——创意写作视域下的阅读研究

邹应菊*

摘　要：文本是经由书写固定的任何话语，其内在是一个布满未定点与空白的结构，它的显身需要读者阅读的想象性加工。这使得建立在文本之上的阅读能够通向无数种可能。假定在文本结构中存在一个完全符合阅读期待的"超验读者"，代表文本潜在的一切阅读可能性。那么相较朝向认识维度与审美维度的阅读，创意阅读则是发掘并实践着一种迈向创造维度的阅读可能。在创意阅读理念兴起的百余年里，创意阅读的主体经历了从纯粹读者到创意读者的转变，而创意阅读下的文本则经历了从封闭文本到开放文本的转变，创意阅读的核心创造性在这样的转变中体现为创造性解读实践与创造性创作实践。创意读者在新的阅读实践中完成更为彻底的自我实现，而创意阅读也将迈向其最理想的结局，即创意写作的开始。

关键词：创意阅读；读者；文本；创造性

阅读的定义在不断演变，从最初在任何符号系统中获取信息并理解的简单能力，到专指对书写成的文本连续符号的理解，现在的阅读还包括从电子屏幕获取信息的能力。阅读的演进与人类对文字潜能的认知水平协同，也是对人类进步的一种考量。在现代的定义中，阅读是指从一套符号系统中提取信息并进行处理的过程。读者"使用符号引导自己激活记忆中的信息，然后引导被激活的信息构建对作者所传达信息的合理理解"[①]。以伊瑟尔的阅读现象学为基础，文本结构中存在着"超验读者"（或是说"隐含读者"），而实际读者只是对其的不充分表现，每一种实际阅读都只是实现了阅读的一种可能性。而创意阅读则是突破到创造性维度的阅读可能。本文首先追溯创意写作视域下创造性阅读

---

* 邹应菊，上海大学 2021 级创意写作硕士在读。

[①]　费希尔：《阅读的历史》，商务印书馆 2009 年版，第 6 页。

(creative reading)的历史,尝试评述近年来学者对创意阅读的发掘与研究。在此基础上进而对阅读的主体与"文本对象"进行理论梳理,提出区别于传统阅读单纯接受的纯粹读者,创意阅读的主体是具有创造性的创意读者。创意阅读作为一种实践性联结,将创意读者同时作为读者与写作者的双重身份联结在一起。而创意阅读所指向的文本也成为一个具有生产创造性的开放场域。本文最后从创意阅读的创造性实践切入,看到创意阅读对主体的自我实现以及其最终必然迈向创意写作的结果。

一、创意阅读的提出与发展

1837 年,美国文化精神的代表人物爱默生在美国大学优等生荣誉学会一次题为《美国学者》的演讲中,首次明确提出了"创造性阅读与创意写作"。在当时学院派为主流的环境中,他提倡真心投身文学便应致力于创造性学习,突破学术和常规的局限。作为文学研究的基础,爱默生将阅读视为创造性活动,主体可以在其中持续不断地创造与再创造。20 世纪 20 年代,美国教育家休斯·默恩斯将自己的文学学习方案称为"创造性阅读",赋予一门古老艺术以全新的名称。这是对"创造性阅读"的又一次提出。斯宾加恩 1917 年出版的《创造性批评》所提出的"创造性批评"近于对爱默生"创造性阅读"理念的复述。以上对"创造性阅读"或"创造性批评"的主张都为创意写作的出现和发展准备了条件,并且促使文学研究的方向从被动地接受转向主动创造。可以说,创意写作是创造性阅读和批评的必然结果。当代美国文学批评家哈罗德·布鲁姆对于创造性阅读也有较为深入的阐发。在他的理论中,创造性阅读即是"诗的有意误读",而"误读"(misprision)则是一位诗人对前一位诗人的创造性校正。他提出人只有学会创造性阅读,才能实现超越孤独、完善自我、发现原创性心灵。在布鲁姆那里,创造性阅读主要是诗人超越与反叛主流诗人的途径,这一主张也能部分地阐释创造性阅读激发主体创造欲望的功能。

创意写作学科在中国经历了十余年的发展,其间也有对创意阅读的生发与研究。刘伟《从创意写作到创意阅读》一文,从阅读与创作的关系延伸创意阅读与创意写作的影响关系,包括风格影响、文学研究、写作指导与素材积累,认为创意阅读与创意写作存在文本上、内容与目的上的承接关系。在《创意阅读与创意写作的文本互动》一文中,他从互文的角度重谈创意阅读对创意写作的影响,指出创意阅读将写作纳入了一个互文圈,为写作提供文本动力。此外他还从哈罗德·布鲁姆"影响的焦虑"出发,富有创见地提出创意阅读同时逆作用于创意写作,对创意阅读提出了更高的要求。许道军《"像作家一样读书":从新批评到创意阅读——创意写作活动中的阅读研究》剖析了传统写作视野中关于阅读的种种误区,探讨了创意写作活动中"像作家一样读书"的重要性并赋予创意阅读新内涵,在此基础上归纳了几种有效的创意阅读模式:知识性阅读、批评式阅读、全感官式阅读、代入式阅读。许道军提出"像作家一样阅读"是创意阅读的根本,与布鲁姆所提出的创造性阅读以"强力诗人"为主体的观点有相通之处。葛红兵与李枭银《创意写作学视野下的"文本细读"研究——作为教学法的"创意型细读"》为如何在中国的创意写作教学中开展创意阅读提出了方法,具体剖析了"科学型细读""文献型细读""审美型细读"与"作家型细读"四种文本细读范式,在批判分析的基础上提出以"作者直面文本""与文本互动中激发创作欲望""工坊交互性讨论"为核心特征的"创意型细读",并分析得出实现创意型阅读的三个步骤,具有很强的教学实践性。这是一篇极具思辨性与时代价值的文章,以理论的笔调书写了当下最切近人们自身的阅读与文本问题,对笔者与本文的写作有很大启发。葛红兵提出在创意时代的处境下,纯粹读者已经不复存在,阅读的主体成为读—写者(既能阅读又能写作者),而文本也成了一个生产性的公共场域,它生产着"创造者主体"与"创造性世界"。本文之后对当下创意阅读主体与场域的思考便是主要建立于葛老师的此篇论文的理论基础之上的。基于上述,可以看到创意阅读从诞生之初便着力突破传统阅读,创造性是其立论的根本。

二、创意阅读的主体与"文本对象"

阅读的发生离不开阅读主体与所阅读对象的在场。对于读者的身份研究,古往今来立论颇多,如伍尔夫的"普通读者"、卡勒的"有能力的读者"等,是传统阅读视域下对读者身份的思考。在创意阅读视域中,阅读主体的身份趋于复杂化,它同时具有读者和写作者的双重属性,基于此,该主体能够进行自觉的创造性实践,笔者试将其定义为"创意读者"。从传统阅读到创意阅读是阅读在时代中的演进,而从纯粹读者到创意读者也是读者主体的成熟与前进。

在阅读的文本方面,文本从固有的、既定的社会之物,或是"意义的盛宴"到了被阅读所构建的文本结构,最终是创意阅读中具有生产性的文本公共场域。

(一)从纯粹读者到创意读者

读者可以分为实际的读者和理想的读者两种类型,实际的读者是指日常生活中普遍存在的读者。在这一层面影响较大的是伍尔夫提出的"普通读者"。她在《普通读者》中详细阐发了自己对"普通读者"的理解:"约翰逊博士心目中的普通读者,不同于批评家和学者。他没有那么高的教养,造物主也没有赏给他那么大的才能。他读书,是为了自己高兴,而不是为了向别人传授知识,也不是为了纠正别人的看法。首先,他受一种本能所指使,要根据自己能捞到手的一星半点书本知识,塑造出某种整体……能将自己心造的意象结构圆满就成。"①从中概括"普通读者"的特点,即是资质普通,没有受过专业阅读训练;不具有目的性,只为取悦自己;根据阅读来完善整体的自身。

而相对于实际的读者,理论家们更倾向于构想理想的读者。如法国批评家热拉尔·普兰斯提出了"叙述接受者",要求读者具有一定的语言能力与强大的记忆力,能够理解叙述者的语言及语汇并记忆被叙述的事件和结果。美国批评家沃克·吉布森提出了"冒牌读者"的概念。"冒牌读者"是一种假想的读者,真实的读者必须依照文本以不同于自身的态度换上"冒牌读者"的身份才能够体验文本并使文本产生意义。里法德尔将诗人、批评家等群体称为"超级读者",他认为这一群体集合了各种各样的能力,是由他们建构

---

① 弗吉尼亚·伍尔夫:《普通读者》,刘炳善译,北京十月文艺出版社2015年版,第1—2页。

起了文本的意义。卡勒提出了"有能力的读者"，他认为只有具备一定文学能力的群体，才能有效地开启深层的阅读程序。费什的"有知识的读者"与卡勒近似，主张读者必须具备一定的文学素养，也要有一定的阅读经验，更要有一定的思维能力，只有这样才能更有效地接受文本并生成意义。最具影响力的理想的读者形象要数伊瑟尔提出的"隐含读者"，它内在于文本结构并完全符合文本的阅读期待，意味着文本潜在的一切阅读可能性。

创意阅读的阅读主体与以上"理想读者"既有所契合，又有所不同。首先，创意写作理论建构本身不仅反对政治社会学的反映视角，同时反对普通阅读者视角与专业阅读者视角。一方面，创意阅读要求读者不仅是审美地、消遣地阅读，还要带入创造的自觉与目的。另一方面，创意阅读并不会限制读者的到来也不会审查读者的身份，它并不要求读者有硬性的知识积累与理论批评能力。因此毋宁说创意阅读对读者降低了物质性的要求，同时也提高了精神性的要求。其次，在新媒体时代或是说创意时代中，阅读主体大多不仅能读还能写，他们是具有双重身份的"读—写者"。"读—写者"区别于布鲁姆所主张的"强力诗人"（可以理解为业已成功的作家），他们只需要是或潜在是写作者。在此基础上，笔者试以将创意阅读的主体定义为"创意读者"。创意读者会带着写作的欲望与自觉进入文本阅读，作为一个真诚的写作学习者显身于文本中。因此，或许我们当下对创意阅读实践的号召不应再停留于"像作家一样阅读"，而是转向"作为创意读者来阅读"。此前文本将读者与作者分开，传统阅读中的纯粹读者一直处于被动或主动接受的一维，即便在接受美学中，读者也因为是文本构成意义上的组成部分而具有依附性。纯粹读者一直被限制在原地，呆愣地接受着、眺望着，而创意读者便是要跨越这样的限制，在接受的同时迈出创造的步子。

（二）从封闭文本到开放文本

文本的产生受到西方文学研究语言学转向的影响，20世纪的文本理论强调文本是客观存在的语言织物，与作者、读者和世界没有紧密联系，其结构是封闭的。20世纪50年代，文学理论的研究逐渐从"文本中心"转向"读者中心"，读者如何理解文本成为研究的关键问题，这时文本是读者审美阐释的意向性客体，它存在于读者与文本的互动交流之中。利科将文本定义为"由书写所固定下来的任何话语"。在利科的文本理论中，文本的意义不局限于作者的意图，它是向读者的理解开放的，文本的"语境只有就它是想象的而言才是现实的"，"读者的主观性只有就它被放在不确定的、未实现的、潜在的位置而言才能实现自己"。[①] 文学阅读作为解释，是读者借助想象创造一种想象的语境，实现文本独特的意义指称，揭示话语背后的隐喻或象征意义。总之，利科的文本理论强调了文学文本的开放性，把读者对文本的解释看成是文本意义的有机组成部分。在接受美学中，伊瑟尔将文本句子结构和意向关联物的非连续性称为"空缺"，只有读者的到来才能填补上"空缺"。而这所构成的文本的"否定性"就是一种召唤读者阅读的结构性机制，这也显示了阅读作为文本构成的内在性。

---

① 保罗·利科：《解释学与人文科学》，河北人民出版社1978年版，第144—147页。

创意写作视域下的文本在延续文本的结构性与开放性的基础上，做出了进一步的生发。爱默生在提出创造性阅读之后，便假定了一种文本之外的、始终超越文本自身的前沿性理解。他认为文本可以在精神领域进行持续不断的理解（reabsorb），而不是将人类精神假想为迷失于文本中的材料符号。既而在"创造性的"文学教育中，文学研究从属于更高等级的持续不断的文学创造与再创造（re-creation）。研究的基础和对象，不再是文学作品，而是文学活动（literary act）。现在在现代与后现代的处境中，创意阅读视域下的文本根据"人人都能成为作者"的信条成为"人人都能写的文本"。一方面，"在现代和后现代视阈中，文本是一个公共领域"①，是一个面向阅读主体开放的公共空间，它不会限制阅读主体的到来。另一方面，创意阅读的文本所面向的已经不是传统意义的纯粹读者，而是带着创作自觉与目的前来的创意读者。它阅读的本质目的就是让自己成为和作者一样的创作者。因此创意阅读展开了在生产性层面认识文本的可能，文本成了创作者主体诞生的公共场域。

（三）创意阅读的创造性实践

创意阅读视域下的文本，已经成为一个敞开的具有生产性的公共场域，创意读者不仅能够在这里完成创造性解读实践，还有可能进一步实现创造性创作实践。创造性解读实践主要通过创意型文本细读来实现，创造性创作实践则考验着创意读者作为（潜在）写作者的自觉。在这一个层面，相对于传统读者通过认识和审美层面的阅读来完善自我，创意读者经由创造性实践能够抵达更加深刻的自我实践，创意阅读经由创造性实践，理想地、必然地走向创意写作。

1. 创造性解读实践——"像作家一样读书"

创意阅读是在时间的意义上进行着对文本的解读，关注的是文本是如何生成并呈现出来的。而富有写作经验并已经掌握了相当的写作技能的作家，在对文本生成的把握上有着超出常人的优势。因此创意阅读中的创造性解读实践是以作家型解读为参考的，提倡"像作家一样去读"。这个概念在创意写作领域中也一直被提出。约翰·怀特海德说："我教阅读，而且我是按照作家的阅读方法来教的。"多萝西娅·布兰德在《成为作家》一书中提出"像作家一样读书"（Reading as a Writer）理念和"批评式阅读"方法。R. V. 卡西尔在《小说写作》将"像作家一样阅读"定义为一种文学学习的类型，一方面区别于新闻职业培训，另一方面区别于文学学术。这一方法主张作为学习写作的读者要关注的，不是"这个故事表达了什么"，而是"这个故事怎样表达的"。现如今，"像作家一样读书"已经成为创意写作教学活动中一个常规的组成部分，其主要内容即是从作家的角度进行阅读，有些高校或教育机构甚至将其发展为专项训练的课程，比如，纽约哥谭作家工作坊（Go-tham Writers' Workshop）就开设有"从作家角度阅读小说"（reading fiction from the

---

① 葛红兵：《从读—解关系走向读—写关系的当代文本——创意写作学视域下的文本研究》，《当代文坛》2021年第4期。

writer's point view）课程。①

之于现代的作家阅读，笔者感受最深的是作家毕飞宇对经典文本的创造性解读。如毕飞宇在《小说课》中对《红楼梦》里王熙凤与秦可卿关系的解读，从人物"走"的动作切入，以文本的反逻辑书写为其解读逻辑，一字一句层层推演，把王熙凤这么复杂的人物读"活"了，真是精彩至极。以第十一回王熙凤探望秦可卿前后变化为例。那时王熙凤刚探望过将死的秦可卿，眼眶红润，按常理来说她至少会延续一阵的悲伤。但刚一离开秦可卿的院子，"凤姐儿正自看院中的景致，一步步行来赞赏"，霎时便将那重病的闺蜜抛之脑后。这样的前后反差，正是从最细枝末节处展现了凤姐表面对他人无微不至，实际上谁都不放在心上，心里只有自己与不尽的欲望本质。在《红楼梦》浩如烟海的解读中，毕飞宇以自己作为作家的经验与超越常人的解读能力，创造性地将凤姐这一人物的复杂性推向阅读的更深处。面对这样示范性的作家阅读，我们在为之叹服的同时也会激发学习的本能，在自身的阅读实践中不断进行着反思，直至"像作家一样阅读"。

2. 创造性创作实践——作为创意读者阅读

在创意阅读的创造性创作实践层面，笔者倾向于认为这是一种指向创作的势能。它在一定程度上放低了对创意读者的要求，即是或许我们暂时还达不到成熟作家对文本的创造性解读能力。但它也拓宽了创意阅读主体的面向——写作者或是说写作学习者。有一定写作经验的写作者，以及有写作欲望的写作学习者，带着创造文本的自觉与目的进行着创意阅读实践。一方面，阅读本身能够提供作为写作素材的间接经验，文本的组织形式与风格塑造，创意读者便是以一种作为写作者的自觉，从中有意识地选择学习，而不是不假思索地全面接受。如创意读者本身想要写作悬疑小说，在阅读中便会自觉地拣选合适素材，模仿相应风格。此外，创意读者在阅读中会与文本进行对话式的互动。如创意读者在阅读时会将文本与自己的写作经验进行自觉或不自觉的对比，此时便是两个文本的"相逢"乃至是"碰撞"。以笔者自身阅读经验为例，在青年作家陈春成的短篇小说《裁云记》中，"我"与动物们打牌，以寿命为筹，前面说自己牌打得不好，下一段写到自己已有了极长的寿命。中间有这样一句衔接："我抢了地主，抽出三张牌，往树桩上扔去"，三个短句，三个动词"抢""抽""扔"，一气呵成，暗示"我"对打牌胜券在握而不露声色，虽然这一处只是一个上下段落的衔接，甚至不涉及小说深意，但在结构上过渡得极为自然，也将"我"装拙藏慧的复杂性格立了起来。看到此处时，笔者停顿思考了良久，因为此前也尝试在衔接中塑造人物反差，但完全没有这样的力度。回想这样停顿的深思时刻，便是创意读者的自觉与反思时刻，有益于文本创造的精进。

创意阅读为文本创作提供动力。布鲁姆提出"影响的焦虑"理论，他认为经典的作品都由内而外散发着焦虑的信号，而这种焦虑的根源就是前辈经典作家的影响。想要克服这种影响，便要通过积极的"误读"，即创造性阅读，对前辈进行超越，开辟出属于自己的

---

① 许道军：《"像作家一样读书"：从新批评到创意阅读——创意写作活动中的阅读研究》，《当代文坛》2019 年第 1 期。

一片天地。这种影响的焦虑反过来也促进了写作者怀着一种超越的渴望进行创作,促生一种强力的写作动力。

　　创意阅读作为创造维度的一种阅读可能,其阅读主体是具有作为"读—写者"自觉的创意读者,其阅读文本是一个生产着创造性主体的开放场域。传统的阅读常在认识与审美的层面,强调阅读对主体自我的完善,而强调实践与创造的创意阅读,则能够帮助主体领受自己作为创造者的生命本质,进一步追求主体性的自我实现。创意阅读中"像作家一样阅读"的创造性解读实践,相较认识的或学术的文本批评,从作者的角度去理解作者及其文本,以其写作经验与阅读敏感,或许能够更接近文本中超验的"理想读者",获得更深层次的审美体验与自我提升。而在创意阅读中"作为创意读者阅读"的创造性创作实践,是创意读者以写作的自觉与目的进入文本,不断积累着指向创作的势能。创意阅读作为创造维度的阅读可能,孕育着创意写作的书写可能,创意读者也会在这样的可能中成为创意写作者,以创造的力量延续创意写作学科的繁荣与生机。

创意写作经典文献研读

电影故事的重建、分歧与意味
　　——评《经典电影如何讲故事》
（王海峰）

"童年写作"的疗愈价值及其工坊化可能
　　——从毕飞宇《苏北少年"堂吉诃德"》出发
（李枭银）

电影故事的重建、分歧与意味

——评《经典电影如何讲故事》

王海峰*

摘　要：通过对国内外经典电影的分析，许道军回答了"电影如何讲故事"这个问题。这个问题的回答，为建构中国电影故事学提供了进一步的可能。对许道军《经典电影如何讲故事》一书的介绍与评价，有助于明晰电影作为媒介进行故事讲述的特质：想象的重建和技术的展现。电影讲故事对故事讲述历史而言，具有历史变革的意义。电影这种偏向技术的讲述方式，也让故事有了新的形式与意味。电影故事的成规，区别于普罗普等人的既往故事成规，这是研究者学习与超越的结果。《经典电影如何讲故事》是这种学习与超越过程中承前启后性质的著作，有助于中国电影故事学的建设与开拓。

关键词：电影；故事；创意写作；许道军；《经典电影如何讲故事》

经典电影如何讲故事？或者，经典电影里的故事，如何讲？——这是《经典电影如何讲故事》①这本书出版并试图回答的问题。许道军通过分析百部中外经典电影的故事设计原型，探究电影故事的讲述技巧。

《经典电影如何讲故事》全书分为 10 章，涉及故事的事件、人物、戏剧性、结构、世界观、冲突、悬念、视角、节奏和变化。这些故事要素，在许道军之前出版的《故事工坊》②中有涉及，但在这本书中，许道军更着力于对电影故事及故事叙事的分析与评价。这本书是电影叙事学的典型文本。许道军将上百部经典电影的故事原型放在这 10 章中分析，这种结构主义类型学的做法非常利于想要学习和探究电影如何讲故事的读者。

然而，这本书带给我们的收获，却并不止于得到一个"经典电影如何讲故事"的"标准"答案，而是让我们重新思考：电影中的故事想象有何特质？电影故事作为故事讲述方

---

* 王海峰，上海大学中国创意写作中心博士研究生。

① 许道军：《经典电影如何讲故事》，中国人民大学出版社 2021 年版。

② 许道军：《故事工坊》，中国人民大学出版社 2015 年版。

式的历史性变化意味着什么？是否有一种构建中国电影故事学的可能？对这三个问题的思考，有助于深入把握电影叙事学中故事的讲述形式与意味。

一、想象的重建

要回答好"经典电影如何讲故事"这个问题，首先需要理解"电影"和"故事"这两个概念的本来意思。电影是 19 世纪末的发明，是用影音来"展示"（show）和"讲述"（tell）的艺术，它区别于传统的舞台戏剧，也区别于文学、音乐、绘画等艺术，它是一项伟大的综合，在电影中可以窥见以往诸多艺术的身影。而故事（剧本）则在商业文化时代成为电影艺术的核心。因此，现代人经常说，一部好电影首先要有一个好故事。电影让传统口耳相传或经过文字阅读得来的故事传播活动有了新的形式。

这个新形式在 20 世纪科学技术的发展中大放异彩。电影技术从无声到有声，从黑白到彩色，从声音到影像，从实景到特效，视觉滞留原理的应用，摄影技术、放映技术的发展，凡此种种都让人类体验到了电影将技术与故事、虚幻与真实、现实与历史、回忆与想象融合的奇妙景观。但是，这种"融合"恰恰带给人们一种错觉：电影和故事的接受都需要受众的想象。

关于"故事"这个概念，可以追溯到遥远的上古神话的讲述，或口耳相传的信息原始传播时代。而许道军在该书中所说的构成故事的事件，似乎也可以追溯至上古结绳记事的记忆与言说时刻。无论是人类阐释力和想象力缔造的神话，还是在人类生活中真实发生的事情，后来人对它们的讲述，都可以称之为现代意义上的故事。因此，故事的概念，就是虚构的或真实的"往事"。这也常常给人们带来一种错觉：虚构的"往事"需要想象，而真实的往事则不需要想象。

以上提及的两种"错觉"，都涉及对想象的"重建"和"瓦解"。关于错觉，贡布里希在《艺术与错觉》一书中早有论述，如描述不确定的事物便可以引起错觉。简单来说，这是基于想象而造成的艺术化的错觉。这种错觉，在康德那里是基于感性直观的表象。表象能够带给人一种感觉，当这种感觉无法被经验、知性、理性把握时，它就变得不确定，便产生了一种错觉。想象的"重建"和"瓦解"，即通过艺术创作而进行的想象活动，既是作者对受众想象的重建，也是对受众想象的瓦解；而受众在艺术审美活动中，也需要借助想象来完成对艺术品和艺术中的创造物的重建；当真实故事被艺术再现时，受众又在这种艺术错觉中瓦解了自己对真实的既有想象。

对传统言语传播意义上的故事而言，讲述虚构的故事本身需要讲述者和受众的双重想象；而描述真实的故事本身则只需要受众的想象。前一种艺术错觉，既需要故事的讲述者对虚构的故事进行建设性的想象，也需要故事的受众对虚构的故事进行想象性的重建；后一种艺术错觉，既需要故事的讲述者对真实的故事进行重建性的想象，也需要故事的受众对真实的故事进行瓦解性的想象。然而，问题在于，对受众领会故事这个活动而言，想象活动就具有不确定性。

许道军在该书中说："想象力是故事设计的前提，但是在复杂的故事设计面前，正如有人所说的那样：想象力是小孩,逻辑力才是成人。"(第 5 章第 2 节)且不论"有人所说"的观点是否有理,单说"想象是讲故事的前提"这个命题。对受众而言,想象自然是领会故事的前提;而对讲述者而言,只有讲述虚构的故事的前提才是想象(讲述真实的故事仅靠回忆或转述)。从接受理论来看,受众和讲述者的想象力共同建构故事,只是前者是在后者的建构活动基础上进行想象的重建。伊瑟尔在晚年将这种重建纳入了文学人类学的视域。这也恰恰说明了故事对人的重要性,说明了故事在经验(无论是否依据想象的经验)基础上的心理表达对人的领会活动所具有的重要意义。

许道军认为,电影故事是以想象的"奇观化"为中介实现的综合效果(第 5 章第 2 节)。以电影的方式讲故事,那么,故事首先要具有电影的形式属性。因此,电影里的故事讲述,离不开电影中的技术、画面、声音等一系列综合效果的呈现方式。电影技术自诞生之初,就摆明了自己的目的,即将故事中需要受众想象来体验的纯视听情境呈现在受众面前。这个"呈现"或"展示"比传统言语方式讲述的故事更具有确定性,即电影的故事讲述不再强调受众的想象。对于真实故事的讲述,电影的讲述方式则是在瓦解受众的预期想象。从这个意义上讲,用电影讲故事,便是对受众预期想象的瓦解和重建。用电影讲故事,或是把故事"托付"给电影,这两件事,从想象的瓦解和重建角度看,让故事的讲述产生了分歧:依靠电影技术"展示"的想象和传统故事自身"讲述"的想象之间的差异。

许道军认为,具有"奇观化"的故事是电影"好看"的原因。许道军经过分析故事如何"奇观化",提出了"故事世界观"及其设计的诸多法则。这些法则也恰好构成了电影故事讲述所走的"分歧"之路。"法则"在许道军那里成为电影讲述故事的逻辑。逻辑与想象的博弈,被放置在不同国家、文化的语境中,则会产生不同的视听效果。在电影极具确定性的"视听效果"面前,电影故事和传统故事所带给受众的想象产生了分歧:前者侧重用故事的视听语言瓦解和重建受众的想象,后者侧重用语言对故事进行描述以建设读者的想象。这种博弈在文化中具有历史性,又在历史中具有文化性。电影叙事学与传统叙事学可能就从这里产生了又一个分歧。

二、历史性的相遇

1895 年,法国人卢米埃尔兄弟在巴黎第一次公开放映了他们摄制的《工厂大门》《火车进站》影片。自 1902 年起,北京的茶馆便有放映电影的活动。[①] 最初的电影还未从场景、情节发展为完整、精彩的故事,但是,这种具有创造性的"展示"和"讲述"方式,已经成了"故事革命"的重要标识和手段。故事,通过电影而找到了一条自我更新和技术完善之路。这种具有历史意义的变革,是技术赋予故事的一种新形态:电影。

故事讲述方式的变化是历史性的,而故事讲述内容的变化也是讲述者赋予故事的历史性认识。在许道军看来,故事设计的内在变化,并非仅仅是一个技术问题,更呈现为一个实质性的、历史性的认识论问题。许道军说,故事"变化的实质是设计者借虚拟行动的

---

① 钟大丰,舒晓鸣:《中国电影史》,中国广播影视出版社 1995 年版,第 5—6 页。

结果来告知虚拟问题的答案，以及借行动前后状况的对照，发表个人对社会、历史、人性、存在、世界等的认识。从故事设计角度来说，变化串联行动，导向结果，关乎主题"。（第183页）从这个角度看，电影的"历史性"表现在故事的历史性之中。虽然故事的讲述方式多种多样，但是故事内容的变化始终事关"主题"；而故事在电影中却不仅"关乎主题"，而且关乎"场景"。这个"场景"，是借助电影技术来完成的视觉、听觉舞台。视听语言成为电影故事讲述的关键技术媒介与手段。技术的历史性变革和故事讲述方式的历史性变革，二者在"电影"这一媒介中实现了一次历史性的"相遇"。

电影作为讲述故事的媒介，可以以身临其境的方式，打破受众预期想象，让受众真切地看到和听到历史、未来、异域、想象的"真实"景象与声音。这种体验模式，在人的感官形态中即是一种具有仪式感的冲突与"相遇"：受众在电影画面中将自己代入现场，与另一个影音世界相遇。人们在电影故事的讲述中表达和感受具有历史性的、海德格尔所谓的"现身情态"。这种切身的阅读体验成为电影的一种归宿，这也是虚拟现实等高科技电影兴起的一个原因。这种历史性的讲述故事的方式区别于以往的小说讲述方式。不过许道军此书着眼于电影故事的设计与分析，而未能进一步言明电影故事讲述与小说故事讲述的具体差异。这也许是这本《经典电影如何讲故事》的小遗憾。但是，这种遗憾未必是该书本身的内容或架构使然，而更多的是具有考据癖和好奇心的个别读者的一种阅读期待或想象。

自小说兴起之后，讲故事便成为一种有章可循的职业。而最初的所谓"小说"是琐屑之言，并非正统"道术"，《汉书·艺文志》称："小说家者流，盖出于稗官。街谈巷语，道听途说者之所造也。""小说"里最初的"故事"都是"琐屑"的"街谈巷语"，与后来的讲述完整或完美故事的小说有别。直到小说和小说家的"虚构"渐成气候，成为人类"讲述史"朝向形象化和故事化发展的一种佐证，"故事"才脱颖而出。而人类"讲述史"中的电影，对读者而言，则显然比需要凭借想象力进行线性阅读的小说更具魅力。因此，一个问题也随之而来：电影讲故事和小说讲故事的分歧在哪里？或者说：电影和小说基于故事讲述的历史性分歧在哪里？

《经典电影如何讲故事》这本书其实也于潜在意义上回答了这个问题，但不明显。同样一个故事，或者一个根据小说中的故事改编的电影故事，在电影和小说里的讲述方式是十分不同的。很大一个原因是，电影是影音的艺术和技术。画面感，决定了电影中的故事更宜突出《经典电影如何讲故事》中所说的"大情节""戏剧性""冲突""节奏""变化"等特征。画面感，成为电影讲故事的根本出发点或基本诉求。换言之，电影更需要适合"展示""展现"或"演示"故事，即琳达·哈琴等人在《改编理论》①中所言的"show"故事，而不仅是"讲述"或"告诉"故事。如此，电影故事便对故事设计提出了更为鲜明的要求：画面感、视听感。《经典电影如何讲故事》这本书的故事呈现的主要是故事的设计感，而较少涉及基于电影技术的这种具有历史性的视听感叙事方式。

---

① 琳达·哈琴，西沃恩·奥弗林：《改编理论》，清华大学出版社2019年版，第27—36页。

许道军虽然在书中引述了亚里士多德《诗学》中关于悲剧艺术在结构方面的完整性要求,但故事的"表演性"却被排除在电影故事结构的设计之外。而电影作为一种表演性的艺术,其情境与场景在故事设计中的作用亦是不能忽视的,至少这种颇具画面感的技术因素会成为故事结构取舍的在某种程度上的依据,是故事具有感染力的表征。这种画面感与视听感的因素,概括而言,即"空间性"。电影故事的"空间"在故事设计的"时间"中的位置,也许是我们一并期待知道的叙事学"坐标"。当然,这种题外的期待,对该书作者来说,是一种不公平的苛求。

电影特质中的画面感或视听感,是电影作为故事讲述方式的一种技术归宿,同时,这种画面感或视听感也是电影这种故事讲述方式得以历史化(具有历史意义)的另外一个原因。对电影来说,前者偏重技术,后者偏重内容的设计。《经典电影如何讲故事》侧重的是后者。而后者也正是20世纪70年代以来,对电影叙事学传统的一种承继。对叙事的结构主义研究远多于对叙事的符号学研究,所以,这导致了电影讲述故事时往往忽略场景、画面等符号学意义上的故事性。而这种基于展示技术的"故事性",恰恰是表现时空(古今、中外)差异("分歧")和讲述"意味"的一种历史性、文化性的形式。从这个角度看,这也正是"电影讲故事"所赋予故事本身的一种历史性的、克莱夫·贝尔所谓的"有意味的形式"。

三、成规的意味

事实上,《经典电影如何讲故事》这本书锁定了电影故事创作及故事叙述的诸多成规。许道军在与葛红兵合作的《创意写作:基础理论与训练》①中即言明这种创作"成规"的重要,并用"伟大的成规"形容之。成规是既往成功创作经验的结晶和集合。后来写作者想要理解和吸收既往创作的经验,必须要理解和吸收那些"伟大的成规"。"成规"在这个意义上,可谓一种创作成功的"规律"。20世纪苏联著名的民间文艺理论家普罗普初版于1928年的《民间故事形态学》即是对上百个俄国民间故事的叙事成规的一次总结。这种总结具有划时代的意义,影响了后来结构主义及叙事学的发生与发展。同样,对经典电影中的故事讲述成规进行总结,具有重要的意义。这也映现了许道军此书选题的价值。

近些年,中国电影虽然取得了一定的成果,创作出了《战狼》《长津湖》《你好,李焕英》《哪吒之魔童降世》等高票房电影,但从讲故事的角度看,这些影片仍然还有很大提升空间。例如,这些影片对"故事人物"的处理未免有些单薄,没有形成紧张、刺激的故事人物群像及其关系。故事中的人物的复杂性也相对弱了一些。从这一点出发,便会影响《经典电影如何讲故事》中所言的故事人物关系的变化、由人物欲望引起的情节的冲突、故事的戏剧性、故事结构的复杂性等一系列问题。许道军对"故事世界观""戏剧性"等成规的总结,有助于从结构主义视角和成规的方法论角度对以上问题给予回应。

许道军在这本书中更多地在讲述一种类型学(形态学)的故事创作成规,但其也强调

---

① 许道军,葛红兵:《创意写作:基础理论与训练》,广西师范大学出版社2012年版,第168页。

故事的意义和趣味的重要性："一个完美的故事还应该考虑""这个故事为什么值得讲，为什么值得（观众/读者）看/读？'看点'和'意义'在哪里？"（第2页）在许道军看来，这是讲故事的出发点和落脚点。这一点在"故事戏剧性"一章中有较好的表现：故事要"能够提供新的见解，刷新对生活、世界等的认识"，"要有意义，还要有趣"，"'有趣''世人愿意听'很大程度上指的就是'戏剧性强'"。（第46页）也就是说，成规在根本上并不是反对故事的戏剧性和趣味性，反而是把成规作为一种更加便捷的、可以增加故事的戏剧性和趣味性的一种有效工具。

"一句话概括戏剧性"，是对电影故事戏剧性的一种"测评"。这一句话中的戏剧性，要有故事，有意义，有冲突，有意味。例如书中所述："《肖申克的救赎》讲述的是一个蒙冤入狱的银行家通过自己的智慧惊险越狱、实现自我救赎的故事，其戏剧性是'正义的越狱'；《驴得水》讲述的是一个假特派员去调查一个假老师的故事，其戏剧性就是'真作假时假亦真'。"（第47页）这种对"故事戏剧性的实质"的描述和追问，应该引起中国电影故事创作者的注意。纵观豆瓣、猫眼、腾讯视频、爱奇艺等众多电影评价、推荐或播放平台中的电影简介，很难发现其中有对中国电影中的故事戏剧性的"一句话概括"。而这种"概括"又恰恰是电影戏剧性的焦点和实质，也构成了许道军一直强调的电影故事的"趣味性"。

许道军所说的电影"故事戏剧性"中的这个"趣味"颇值得玩味。在"'成为自己'的三种方式及其'趣味'"这一节中，许道军分析了《当幸福来敲门》《天下无贼》《阿甘正传》三部影片。三部影片分别呈现了三种"成为自己"的方式，也构成了三种讲故事的方式：一是"不能成为自己"；二是"成为自己的反面"；三是"成为未曾预料的自己"。这三种方式，均从故事中的主体出发，又指向主体自身，总结得十分精彩。许道军在这里既是在讲故事的戏剧性问题，也是在讲故事的人物命运问题，更是在讲故事的趣味性问题。而这里所谓的"成为"，究其实质，就是这本书第十章"故事变化"中的"变化"："人物情感、思想、价值观、属性，以及与之相关的人物关系、外在情境与环境的改变。"（第183页）而故事变化的实质，在许道军看来，则是"串联行动""导向结果""关乎主题"。很显然，许道军虽然用类型学的方法分析经典电影中的故事讲法，但也注意到了这种被"量化"和"结构化"了的类型与方法，同故事的价值、意义、趣味等精神题旨的潜在与密切关联。

一个时代有一个时代的故事讲述方式，也便有一个时代的故事讲述成规。普罗普时代的故事成规，是面向俄国民间故事的；许道军时代的故事成规，是（也应该是）面向中国电影故事的。而一个时代对上一个时代的超越，则不可避免地表现在对这些故事讲述方式和成规的把握中。成规的意味是什么？成规意味着什么？这样的问题从历史的角度看，其答案是"完善"与"超越"。前者是总结和综合的结果，是对既往的创造力的枝节的汇集与完善；后者是激发与突破的起点，是对既往的看似"完善"的结果的超越。电影故事的成规在好莱坞等模式中已经被广泛而深入地探索和总结，但对中国电影故事而言，既往时空之中的"成规"既是后来者学习的目标，也是后来者超越的对象。许道军此书恰是这一"学习"与"超越"过程中的承转。

结语

概括而言,许道军这本《经典电影如何讲故事》对书名中的问题所做的回答,是十分清晰、明确、具体和精彩的。这项事业同普罗普回答俄国民间故事的讲述方式一样艰辛!许道军在该书后记中坦言其对诸多电影"翻来覆去地看","四五遍总是需要的","几天、十几遍"者也不在少数。此外,许道军还在大学创意写作专业本科、研究生课堂上开设故事创作课程,在课下开设故事工坊,在分析、创作等实践中探索讲故事的方式与讲好故事的可能。

许道军这本《经典电影如何讲故事》,语言平易、通俗易懂,逻辑清晰、架构合理,分析巧妙、自成体系,既没有普罗普、格雷马斯等研究者著作里复杂的符号学设计,也没有象牙塔中学术著作里艰深费解的学术术语,非常适合喜爱电影、故事的大众读者阅读。许道军说:"引导创意写作爱好者、初学者一起探讨经典电影的故事设计技巧,进而学习一般的故事设计方法,才是本书的任务。"(第207页)作者此言,是一层意思。我们在更广阔的视角看,还有一层意思:这本书其实是在努力搭建一种适应当代中国文化产业发展和电影故事创意写作的中国电影故事学。这也正是许道军创作其第二本"故事书"的价值与方向!

"童年写作"的疗愈价值及其工坊化可能

——从毕飞宇《苏北少年"堂吉诃德"》出发

李枭银*

摘　要："疗愈性"应当成为中国创意写作的价值追求之一。毕飞宇《苏北少年"堂吉诃德"》以一种"溢出"儿童文学的文学实践，开启了"童年写作"的可能。"童年写作"既不同于以虚构为主的以儿童为对象的儿童文学写作，也不同于严肃文学中借助童年经验为基石进行艺术创作的成人写作。"童年写作"的写作主体是具备读写能力的成年人，它的写作内容则是每一主体独特的童年生活。在此基础上，将"童年写作"纳入创意写作与疗愈写作的视角下，通过工坊制教学，给予写作者提高创作能力与自我疗愈的双重效果，是本文企图完成的理论及实践目标。

关键词：中国创意写作；价值论；童年写作；疗愈性；工坊化

一、《苏北少年"堂吉诃德"》：溢出儿童文学的文学实践

《苏北少年"堂吉诃德"》（以下统一简称为《苏北少年》）是毕飞宇对自己童年经验的非虚构式的书写，围绕着"衣食住行""玩具""动物""手艺人""大地""童年情境"和"几个人"七个部分展开。可以说，《苏北少年》在毕飞宇的创作谱系中是一本"异质之书"。一方面，在主流的文学史叙事中，毕飞宇的思想肖像基本是与现实、历史等关键词联系在一起的，如葛红兵在 20 世纪 90 年代中期就指出了毕飞宇创作的"拟历史"品格，称其"以博大的历史悲悯与深邃的哲学气息在我们这个商品化的时代为读者所瞩目"。[①] 另一方面，在具有年谱性质的《仁立虚构 毕飞宇影像》一书后附的《毕飞宇大事年报》中，关于《苏北少年》只提到了这样一句，"7 月，非虚构《苏北少年》发表在《花城》第 4 期"[②]。这

---

* 李枭银，上海大学创意写作中心在读博士研究生。

① 葛红兵：《文化乌托邦与拟历史——毕飞宇小说论》，《当代文坛》1995 年第 2 期。

② 晓华，汪政：《仁立虚构 毕飞宇影像》，辽宁美术出版社 2020 年版，第 194 页。

里非常有意思的一点是,年谱中对《苏北少年》的文体定义是"非虚构",而非"儿童文学"。

这里需要思考的第一个问题是,毕飞宇为什么要写这样一本书?毕飞宇自己这样解释道:"这本书完全是被逼的,它的策划人陈丰女士逼了我七八年,陈丰住在法国,我就躲,去年,她到上海九远读书人出任副总编,近了,这一次我就没有躲掉。陈丰女士有一个理念:留下一种童年与少年的模板。"①

"留下一种童年与少年的模板"是一个极为朦胧的表述,这里涉及一个极为重要的问题,《苏北少年》是否可以算作儿童文学呢?回答这个问题之前,我们不妨先采取"迂回"的策略,就毕飞宇的解释提出一个新的问题:为什么面对陈丰女士的策划,毕飞宇要"躲"呢?毕飞宇并没有直接回答这个问题,但毕飞宇对写作此书时所遇"困境"的一些描述,似可回答这一问题:

"……这本书不一样,在我还没动手的时候,陈丰女士就对我说了,'你要考虑好了,这本书会有不少少儿读者。'好吧,我知道了,记住了。到了写的时候,我的脑子里全是孩子,还没写完一千字,我都不会写了……给孩子写作真不是一件容易的事,在此,我愿意向所有为孩子写作的同行们致敬。"②

"……我的写作就这样陷入了窘境,我失语了。我只能给陈丰打电话,我说我写不来。陈丰做了妥协,她有些不高兴地说,你想怎么写就怎么写吧。这个电话挽救了我,我终于回到了正常的写作状态。但是,孩子,这个潜在的影子,在我的脑海里还是有的,所以,你也许注意到了,这本书的语言比我其他的作品稍微啰嗦了一些,我不希望它过于简洁。"③

这段材料透露出《苏北少年》"写作史"过程中一个极为重要的问题:隐含读者预期与写作能力的失调。应当说,毕飞宇作品的语言功底是在创作界声誉极佳的,他在《玉米》中对三姐妹的塑造、《推拿》中对推拿店中的盲人群体的塑造,都是贴着人物写的典范。但是,当隐含读者从社会大众(主要是成人)变成少年读者的时候,毕飞宇开始面临"失语"的困境。这体现出儿童文学不同于其他非儿童文学的特殊性所在。不难看出,尽管少年读者一直是毕飞宇预设的隐含读者,但是毕飞宇最后还是在与策划人妥协的基础上"想怎么写就怎么写"。这里又生成了一个问题,《苏北少年》的隐含读者到底有哪些呢?

事实上,《苏北少年》的隐含读者有五大类。首先,最显而易见的就是少年读者。正是因为如此,该书在版式设计方面与一般文学作品略有不同,不仅间距大了很多,书中的一些情节也配上了相关的插图,这是一种典型的"以图饰文"的修饰策略,其目的在于最大程度上调动读者的阅读兴趣,以避免长文字带来的阅读疲劳。其次,孩子们的父母也是这本书的隐含读者。在陈丰撰写的《编者的话——大作家与小读者》的结尾这样论道:"我们希望,少年读了这套书可以对父辈说:'我知道,你们小时候……'我们希望,父母们翻

---

① 毕飞宇,张莉:《小说生活:毕飞宇、张莉对话录》,人民文学出版社 2015 年版,第 329 页。

② 毕飞宇,张莉:《小说生活:毕飞宇、张莉对话录》,人民文学出版社 2015 年版,第 329 页。

③ 毕飞宇,张莉:《小说生活:毕飞宇、张莉对话录》,人民文学出版社 2015 年版,第 329—330 页。

看这套书则可以重温自己的童年,唤醒记忆深处残存的儿时梦想。"①陈丰这里指的父母,应该是"陪伴读了此书的少年读者的父母"。沿着这一点,可以发现此书的第三类隐含读者,即毕飞宇的同时代人。也就是说,和毕飞宇年龄相同或相仿的 60 后、70 后成年读者也可以读这本书,他们不会因为此书的"童年内容"而感到无趣,恰恰相反,他们会因为毕飞宇的文学书写而感到一种共情性的怀旧感,由此达成"精神返乡"。第四,《苏北少年》对于从事毕飞宇的文学研究者则是不可不读的参考资料。正如汪政论到,"毕飞宇的《苏北少年》首先的意义是精神分析学的,是创作学的,肯定会被那些搞传记批评的批评家抓住不放,深挖不止"②。就连汪政自己,通过讨论《写字》《枸杞子》《地球上的王家庄》等作品,讨论了这本书中的一些事件与毕飞宇创作的互文性关系。第五,毕飞宇本人也是《苏北少年》的隐含读者。或许这里使用隐含读者这一表述并不准确,但不可否认的是,毕飞宇确实是这本书的"第一读者"。因而似乎出现了一个悖论,所有作家不都是自己作品的"第一读者"吗?为什么要专门对毕飞宇予以强调?这是因为《苏北少年》是毕飞宇对自己童年的复现,其中极为重要的创作手法就是"非虚构"的自传式写作方法。毕飞宇在与张莉的对话中,突出强调了这种写作手法必须要做到的"克制","对一个作家而言,渴望真实的愿望最重要,所谓的真实就在这里。为了保持这个愿望,你必须克服内心里的许多东西"③。这种克制,本质上也就是作者与写作保持一定的距离,这是与虚构文学中"进入人物""让人物本身说话"(区别于"传声筒")最大的不同。因此,这种克制也使得毕飞宇成为他创作中的隐含读者成为可能,在这个过程中,毕飞宇是在时间性的维度上与"少年毕飞宇"对话。

尽管传统儿童文学的作品成人也可以阅读,但《苏北少年》中"复杂的隐含读者"问题已经完全溢出了传统儿童文学的框架。从具体的阅读经验上说,特别是因为非虚构的参与,阅读《苏北少年》与阅读郑渊洁、杨红樱、"阳光姐姐"(伍美珍)、谭旭东等作家创作的儿童文学作品有所不同。从这个角度上可以回到上文提出的问题:《苏北少年"堂吉诃德"》似乎和儿童文学有着若隐若现的关系,那么当儿童文学的概念已经不能完全概括这样一类文学现象的时候,应该怎样从学理的角度对其进行解释呢?

二、"童年写作":区分及其定义

到底什么是儿童文学呢?诚然,学界尚未出现一个本质主义的关于儿童文学的定义,但仍需要一个具有参照意义的标准,以初步完成对儿童文学的辨识,进而深入展开对毕飞宇《苏北少年》的分析。谭旭东新近出版的《儿童文学概论》中这样定义:"儿童文学可以说是现代文化环境下产生的,是随着现代学校教育和出版文化而出现的;它是有意区别成

---

① 陈丰:《编者的话 大作家与小读者》,毕飞宇:《苏北少年"堂吉诃德"》,人民文学出版社 2017 年版,第 7 页。

② 汪政:《故事总是这样开始:"从前……"(代后记)》,毕飞宇:《苏北少年"堂吉诃德"》,人民文学出版社 2017 年版,第 326—327 页。

③ 毕飞宇,张莉:《小说生活:毕飞宇、张莉对话录》,人民文学出版社 2015 年版,第 329 页。

年人与儿童的文本,是作家们有意为儿童创作,适合儿童阅读,能激发儿童阅读兴趣,对儿童的成长具有引领性的文学作品。"①

从"作家们有意为儿童创作"这点上说,《苏北少年》显然是符合的;但是,从"适合儿童阅读,能激发儿童阅读兴趣,对儿童的成长具有引领性的文学作品"这一目的论上说,毕飞宇的作品"复杂的接受者"已经溢出了这一范围。那么问题的关键便是如何对这样一个具有"溢出"性质的文学作品进行理论性阐释? 就"解释"而言,也有两点需要区分,一方面,是从文体学的角度进行解释;另一方面,是从写作学的角度予以解释。也就是说,既可将《苏北少年》视为溢出儿童文学的"童年文学",也可将毕飞宇这样一次创作活动视为"童年写作"。这便又涉及另一个重要的问题,此处的"儿童"与"童年"存在着怎样的区别? 谭旭东的论述对回答这一问题颇有启发:

> 童年是一个被历史地文化地建构起来的概念。童年概念的形成意味着儿童与成人之间存在着区别,而儿童要走向成人意味着要付出努力才能完成,也就是说,成人不仅仅是生物学意义上的成人,还是儿童通过学习识字、进入印刷文化世界,接受文化教育,才能变成的文化人。②

这则材料给出了三个非常重要的关键词——童年、儿童、成人,它以一种建构主义的眼光,在生成的视域下描述了三者的关系:"童年"作为从"儿童"到"成人"的历时历程。更为重要的是,它非常自觉地指出了童年与儿童是极为不同的概念,即童年是一个被自体建构形成的概念,而儿童则是对每个人人生某个时间段的一种身份指称,是一个时间性概念。从建构主义的眼光出发,至少可以发现两种关于儿童的认识:一是从儿童的角度认识儿童,二是从成人的角度认识儿童。前者是儿童本位的立场,其要求是内在性的融入与理解,由此形成不同的儿童观;后者则是成人本位的立场,其要求是回忆或是想象,由此形成不同的童年记忆。从上述辨析不难看出,儿童与童年是两个看似极为相近的词,但其中却包含了重大的视角差异。从这个角度上说,童年写作与儿童文学写作有着一定的交集,也有一定的差异。那么,到底什么是童年写作呢?

在具体论述童年写作之前,需先区别两种与童年写作看上去相似,但并不属于本文提出的童年写作的写作方式。其一,是以儿童为对象的儿童文学写作。日常生活中耳熟能详的儿童文学作品很多,如《格列佛游记》《小王子》《吹牛大王历险记》《安徒生童话》《格林童话》《哈利·波特》,以及当下中国儿童文学家曹文轩等人创作的作品等。儿童文学写作与童年写作的差异在于:儿童文学写作是具有明确的读者本位意识的,而童年写作则不然;儿童文学写作以丰富的想象力为基础,而童年写作则以记忆的复现为基础。其二,是以借助童年经验为基石进行艺术创作的成人写作。童年是作家写作的重要经验之

---

① 谭旭东:《儿童文学概论》,中国人民大学出版社 2016 年版,第 7 页。
② 谭旭东:《童年再现与儿童文学重构:电子媒介时代的童年与儿童文学》,黑龙江少年儿童出版社 2009 年版,第 23 页。

一，童庆炳认为，"既然文学创作是童心在更高程度上的再现与复活，那么童年经验作为作家最初的审美体验，必然要这样或那样地影响文学创作"①。以莫言为例，他曾回忆到："我在集体劳动的田间地头，在生产队的牛棚马厩，在我爷爷奶奶的热炕头上，甚至在摇摇晃晃地行进着的牛车上，聆听了许许多多神鬼故事、历史传奇、逸闻趣事，这些故事都与当地的自然环境、家族历史紧密联系在一起，使我产生了强烈的现实感。我做梦也想不到有朝一日这些东西会成为我的写作素材……"②纵观古今文学史，不难发现诸多作家以自己的童年作为故事创作的原型。尽管其中包含着童年的因素，这样一种写作方式本质上是属于成人的（非儿童），比如说鲁迅的《故乡》中回忆了"我"与闰土的童年趣事，但是《故乡》这则小说的读者已经不是儿童，它对封建礼教的批判已经具备了思想中意义。从这个角度上说，这种成人写作也完全不同于毕飞宇在《苏北少年》中的创作。

那么，到底什么是童年写作呢？首先，童年写作的主体应当是具备一定童年经验的人。区别于以儿童为对象的儿童文学写作、以借助童年经验为基石进行艺术创作的成人写作，童年写作的写作主体要广泛得多。也就是说，凡是具有书写能力的成年人，都具备童年写作的能力。其次，从写作内容上说，童年写作的基本写作主题就是每个人的童年。《苏北少年》就是毕飞宇以自己的童年经验为对象的一次写作，他在本书中记下的是他童年时期发生在苏北这块土地上的人和事，不仅诗意地还原了江苏北部这一片封闭而温馨的乡村，同时也审美地回应了朴实动人的人事关系。从这个角度上说，童年写作也是向每位具有书写能力的成年人敞开的，因为成年人必然有属于自己的童年，不论这个童年是欢乐还是不幸的。最后，从创作手法上说，童年写作应当是属于自传式性质的、非虚构式的。《苏北少年》以写作主体"在场"的姿态进行创作，使读者更容易捕捉到作者与过往的童年素材以及叙事方式之间的关系。为什么是非虚构式的呢？因为在这样的写作中，创作者可以感受到一种内在的真实，这种内在的真实最大特征就是"我性"（而非"他性"），正是在"我性"中创作者能够在创作过程中与过去的自己对话，进而感动、宣泄，或是进行更高层面的反思。

由此，又产生了一个并不新鲜却在当下极具意义的话题——这样的童年写作是否具备对接现实的实践意义呢？也就是说，能否通过自传式的、非虚构式的写作，从而达到缓解写作主体创伤，甚至疗愈的目的呢？事实上，写作的疗愈功能早就已经被部分作家发现，如川端康成、泰戈尔等，并自觉或不自觉地运用到自己的写作中去。③ 具体到童年写作层面，当写作者只为自己而写，直面自身的童年经历，进行更为直接的经验性写作，此类写作实践与日记、散文、自传式的文学写作相似，在心理学范畴上也已被证实颇具意义。文学实践的治疗价值，其中包括写作与阅读，在人类古文明史及神话传说中便初现端倪，但其作为符合医学心理学原理的治疗实践则是从 20 世纪上半叶开始的。④

---

① 童庆炳：《维纳斯的腰带　创作美学》，上海文艺出版社 2001 年版，第 273 页。

② 莫言：《讲故事的人——在诺贝尔文学奖颁奖典礼上的讲演》，《当代作家评论》2013 年第 1 期。

③ 叶舒宪：《文学治疗的原理及实践》，《文艺研究》1998 年第 6 期。

④ 1942 年，心理学家奥尔波特（Allport G W）在心理治疗中纳入了个人日记的方法。可参见论文：ALLPORT G W，"The use of personal documents in psychological science"，*Social Science Research Council Bulletin*（1942）.

三、"童年疗愈"：童年写作及其疗愈价值

相对于儿童文学写作而言,童年写作更倾向于表达写作主体自己。不仅是毕飞宇,还有大量的国内外知名作家,如高尔基、鲁迅、萧红、林海音、冰心等,都曾经以自己的童年为对象进行过书写。童年写作首先是作者基于一种表达或者是记录的写作,它可以是抒情的,可以是不自觉的。创作随性而发,只要对于创作者来说,童年是需要被诉说的,便具备了可写性。其次,童年写作还是一种对于童年经验的处理,抛开童年经验如何不说,这种处理正是一种提供了先在创作素材的写作练习。正如作家张炜所说,童年"在一个人一生中的定位"是"出发和回归""一个人在文学路上能走多远,……非常重要的是有怎样的童年"①。基于童年经验的写作练习,会缩小写作者与创作素材的距离,减小创作者在创作过程中"移情"的难度,是一个对于创意写作初学者而言十分有利的练习方式。因此,从创作者的写作层面来看,童年写作是作家面对童年、面对自我,并学会处理童年经验的需要。最后,从写作行为的实践层面来看,童年写作更是一种创意写作。如葛红兵所言,创意写作的实践本质,应当是一种"精神虚践",而这一种精神虚践是出于人的主体性高扬的体现。② 而从人这一更为本质的主体层面来看,童年对于人一生的发展成长也别具意义。

随着知识普及范围越来越大,写作主体一直在扩大。人们在身处商业时代的现代化社会为物质目标而奋斗的同时,通过写作为自己谋求一些精神层面的福利。广而言之,写作这一便捷、经济的实践方法,也可以助力更多的普通人得到心灵的保健与治疗。当创作者开始明确自身的视角,自觉地进行童年写作时,会面对以下问题:书写童年是否会为作者带来一些"麻烦"? 毕竟,童年并非一定是快乐的,成长的社会化有时意味着苦恼和悲伤,甚至还带着一些精神或生理上的创伤。面对这样的经验,童年写作在疗愈层面是可能的吗? 又或者说应该直接规避?

在回答这个问题之前,首先需要引入"写作治疗"这一跨学科的概念。1986 年,心理学家萨宾将叙述学这一文学术语引入了心理学的领域,衍生出叙事心理学。③ 这一理论所对应的写作治疗便是叙事治疗——令患者通过与自我或是心理治疗师的对话,从而将问题"外化"为一个具体的角色或者情节,从而建构新的叙事。为了达到更好的效果,一些心理治疗师会倾向于将对话以书写的方式记录下来,书写者由患者与治疗师构成。著名叙事治疗师麦克·怀特曾在书中提到相对于口述,书写作为治疗方法的独特优势:"要实现新的意义,要体验自己生活中的个人,测知生活曾经有过的变化非常重要。这种测知,必须要有时间的线性概念才有可能。然而,在心理治疗界,时间向度多半被忽

---

① 作家张炜在华中大中国当代写作研究中心主办的"大师写作课",可参见:张炜:《童年经验与文学表达》,华中科技大学新闻网(http://news.hust.edu.cn/info/1008/36497.htm),2019 年 10 月 11 日。

② 葛红兵,王冰云:《创意写作学本体论论纲——基于个体的感性的身体本位的创意实践论写作学研究》,《湘潭大学学报(哲学社会科学版)》2020 年第 44 卷第 2 期。

③ 西奥多·R.萨宾:《叙事心理学:人类行为的故事性》,北京师范大学出版社 2020 年版,第 1—5 页。

视。……就书写传统可以促使我们在时间向度上厘清自身经验而言,这种传统可以为治疗提供很多东西。"①但由于时间压力,书写只能成为一种理想化的治疗方法,而无法在具体的治疗中普及。到了 20 世纪 90 年代,彭尼贝克提出了一种完全以写作为主要手段的心理治疗方法——表达性写作。表达性写作自诞生以来已经有 30 多年的历史,通过定时、定期的主题式写作,利用不同的文体,例如散文、诗歌、故事等,来表露内心从而达到疗愈内心的治疗效果。经实验证明,表达性写作不仅可以缓解精神上的心理疾病,还有利于一些生理疾病的康复。因此,尽管对于创伤的重现具有一定的风险,但是在科学层面上仍具有值得期待的实践必要。

那么,童年写作在这样的背景下又有怎样独特的意义呢?"一项针对一万两千多人所做的具有里程碑意义的研究(童年期不良经历研究)表明,人们在童年时期的创伤经历是成年后罹患严重疾病的强预测因子"②,而那些不愿意袒露自己的创伤经历的人要更加容易患重大或一般疾病。以叙事治疗与表达性写作为代表的写作治疗,为创作者们书写童年经验提供了心理学层面的支撑。从人类的身心健康发展层面来看,童年写作是出于作者治愈自我、完善自我的需要。这里便出现了一个重要的问题,即童年写作的疗愈性如何凸显呢?换言之,我们究竟如何利用童年写作进行疗愈或是自疗呢?

想要通过童年写作来疗愈创伤,需要对童年创伤进行了解。在心理学领域内,童年创伤大致分为四种:情感忽视、情感虐待、躯体虐待,以及性虐待。其中,性虐待被认为是破坏性最严重的一种。与一般人相比,童年期受过心理创伤的人所发展出的信念系统更加消极,思维过程更易出现分离、敏感的现象,在记忆方面也会遭遇侵入、闪回、噩梦等问题。③ 国内心理学界有不少学者关注到儿童期创伤对人的成长发展所产生的重要影响,如成年社交焦虑障碍④、抑郁⑤、共情能力缺失⑥和精神障碍⑦等。有调查表明,儿童期创伤在我国也较为普遍。⑧ 从这一现实角度来看,对童年创伤经验的处理与疗愈关系着每一个体的心理健康与成长发展问题。那么,聚焦于对于童年经验的书面处理的童年写作是否可以为这一创伤人群提供帮助呢?美国心理学学者梅斯顿及其研究团队以"表达

---

① 麦克怀特、大卫·艾普斯顿:《故事、知识、权力:叙事治疗的力量》,华东理工大学出版社 2013 年版,第 27—28 页。

② 詹姆斯·彭尼贝克,约翰·埃文斯:《走出心灵荒野 用表达性写作摆脱孤独与迷茫》,水淼译,天地出版社 2019 年版,第 6—11 页。

③ (英)海伦·肯纳利:《治愈童年创伤》,张鳅元译,北京:生活书店出版有限公司 2019 年版,第 4 页。

④ 何全敏,潘润德,孟宪璋:《童年虐待和创伤经历与社交焦虑的关系》,《中国临床心理学杂志》2008 年第 1 期。

⑤ 凌宇,杨娟,钟斌,等:《童年创伤经历与自尊对青少年抑郁的影响》,《中国临床心理学杂志》2009 年第 17 卷第 1 期。

⑥ 徐凯文,王雨吟,李松蔚,等:《心理创伤、共情缺陷与反社会人格障碍》,《神经损伤与功能重建》2010 年第 5 卷第 4 期。

⑦ 阎燕燕,孟宪璋:《童年创伤和虐待与成年精神障碍》,《中国临床心理学杂志》2005 年第 2 期。

⑧ 赵幸福,张亚林,李龙飞:《435 名儿童的儿童期虐待问卷调查》,《中国临床心理学杂志》2004 年第 4 期。

性写作"①为治疗方法,针对遭受童年期性创伤并患有相应性功能障碍的女性患者进行实验,形成一系列相关论文,为这一问题提供了一条具有借鉴性的思路。②

梅斯顿等人征集了 90 余位曾遭受过童年期性创伤的精神病女性患者参加实验,把患者分为控制组、创伤焦点组以及性自我图式③焦点组三个小组。控制组的写作主题以日常生活为主,未进行特定限制。创伤焦点组分为三个主要环节: ① 第一次治疗鼓励患者写下对他们的创伤最深的感受和想法,思考创伤是如何影响她们的安全、信任等观念; ② 第二次到第四次治疗要求她们思考与创伤经历相关的不适应信念;③ 最后一次治疗提示患者巩固她们在前面几次写作中学到的知识,并概述今后渴望达成的目标。性自我图式焦点组则主要有四个环节: ① 鼓励女性写下性虐待如何影响了她们对自己、性伴侣或是性行为的看法;② 在第一次写作中进行扩展,并思考支持和反对自身关于性的观念的证据;③ 第三次和第四次治疗要求患者思考自己保持性观念的理由,以及改变这些观念需要做出的改变;④ 第五次治疗则鼓励患者写下他们对自己未来性生活的目标,关注自身的进步和力量。

可以看到,针对童年期受虐患者的表达性写作实践指南主要有以下四点: ① 过去与当下的创伤经历(性虐经历);② 当下持存的相关认知;③ 未来在该方面所期望达到的目标观念或行为;④ 贯穿写作治疗过程中的进步与自我修复能力。此外,每组患者都需要进行共计 5 次 30 分钟的表达性写作,每周不得超过两次且不得连续。每次写作前后都会有心理咨询师进行写作主题的引导及疗后访谈与调查。写作过程中,患者在电脑上进行私密的、独立的表达性写作,并有权自行决定文档的保密或公开。治疗结束后,患者还需在治疗后的 2 周、1 个月和 6 个月这三个阶段中接受精神病理以及性功能的随访与自我报告测量。

实验最直观的结果显示,经过治疗的患者在抑郁症状、创伤后应激障碍,以及性功能障碍方面均有所改善,在后期的随访调查中也仍在持续。其中,性自我图式焦点组的患者在性功能障碍方面的恢复较其他小组更快,这也验证了表达性写作在生理方面的治疗效果似乎比心理方面更为突出。④ 梅斯顿等人则认为,对性自我图式的关注可能既有利于患者处理性问题,也能帮助其学习相关技能,进而转移到更为普遍的精神病理学层面。

① "表达性写作"的治疗范式由美国心理学家彭尼贝克提出,旨在利用限时、长期、结构化的自由写作实践使患者的抑郁情绪得到披露,从而改善心理问题。具体可参见论文: PENNEBAKER J, BEALL S, "Confronting a traumatic event: toward an understanding of inhibition and disease", *Journal of abnormal psychology* (1986).

② 根据对本次实验的分析,梅斯顿团队撰写了一系列的论文,其中最具代表性的四篇论文分别为《一项随机临床实验结果: 患者定向型表达性写作治疗中的突然增益预示遭受童年期性虐待女性的抑郁症减少》《一项随机临床实验的结果: 表达性写作对儿童期性虐待女性性功能障碍、抑郁和创伤后应激障碍的影响》《表达性写作中的语言变化预测遭受童年期性虐待与成年后性功能障碍女性的心理结果》《遭遇童年期性虐待的女性在表达性写作治疗后性自我图式的变化》,下文会再行详述,此处暂不做引用。

③ 自我图式是认知心理学的概念,指"有关自我的认知结构,是关于自我的认知概括。它来自过去的经验并对个体社会经验中与自我有关的信息加工进行组织和指导"。性自我图式指的是人们关于自我在性方面的认知结构。

④ Frattaroli J, "Experimental disclosure and its moderators: a meta-analysis", *Psychological bulletin* 132(6) (2006).

研究团队在突然增益（Sudden gains）①、语言分析以及性自我图式三个维度对本次实验的数据进行分析，分别对应实验的治疗有效度、改善表征以及有利条件。首先，针对突然增益的分析发现：① 创伤组与性自我图式组比控制组表现出更多的突然增益，抑郁症状也呈现出更大的改善；② 治疗师在表达性写作的治疗背景下并非是必要的，这也意味着患者/写作者可以在没有治疗师直接干预的情况下进行写作；③ 突然增益在一定程度上促使患者认知发生了变化。诚然，实验中仍会存在一定的"安慰剂"效应。但突然增益的出现意味着，表达性写作作为一种治疗模式，在实践层面的确具备相应的科学性与可行性。与此同时，它所产生的认知变化也为接下来的实践提供了更加广泛的思考路径。其次，语言分析维度的分析表明，语言可能是表达性写作实验中抑郁症和性健康的隐形衡量标准。患者在写作中使用"我"这一人称代词的频率减少，积极情绪词汇的使用频率增加，抑郁症状则会相应减轻，性健康情况也随之得到改善。事实上，类似的研究早在1997年便已经出现，表达性写作治疗范式的创始人彭尼贝克研究发现，特定词汇类别的使用与心理健康之间存在着密切的联系。② 其中，对人称代词"我"的使用可视为写作者的一种反思性自我关注，频繁使用往往预示着更加严重的抑郁症状。③ 然而，尽管对于个别语词的特定分析使心理问题在一定程度上得到凸显，但这种效果的普遍性仍然需要进一步明确。梅斯顿指出："对治疗过程中语言变化的研究，将有助于巩固语言分析作为检测表达性写作和其他治疗方法治疗反应的工具。"

对于突然增益与语言两者的分析，使得针对童年期受虐患者的表达性写作治疗效果在表层上得到显现。但这一治疗模式除了如彭尼贝克所说的情感披露，是否还具备其他的潜在机制呢？研究团队从性自我图式这一维度为我们提供了答案——性自我图式的变化。2015年，斯坦顿（Standon）等人使用意义归纳法从239名女性的文章中确定了7个性自我图式主题，分别是：家庭与发展、童贞、虐待、关系、性活动、吸引力和存在主义（注重情感反思和意义制定过程，例如"理解""成长"）。研究团队要求性自我图式组按要求完成各阶段的主题式写作任务，并提供如下写作提示："在接下来的30分钟内，我希望你能写下对性和性行为的想法和感受。在你的写作中，我希望你能把你关于性的想法同过去、现在以及未来的性经历或关系联系起来。你可以广泛地阐述关于你如何看待自己是一个有性欲的人这一事实。我希望你能彻底打开自己，去探索你内心最深处的情感和想法。"写作治疗结束以后，研究团队对患者的写作文本进行收集分析。研究结果显示，患者在虐待、家庭和发展、童贞和吸引力主题方面的表达逐渐减少，关系主题则是先升高后降低，而性行为主题则没有改变，存在主义主题的表达逐渐增加。这种更加细致的主题分工，使得

---

① 指实验中单一的会话间隔期间相关病症是否有大幅度减少。这一标准于1999年提出，旨在确保实质性的好转，而非因时间推移或自然改善的非治疗产物。具体可参考论文 Tang T, DeRubeis R, "Sudden gains and critical sessions in cognitive-behavioral therapy for depression", *Journal of consulting and clinical psychology* 67(6)(1999).

② Pennebaker J W, "Writing about emotional experiences as a therapeutic process", *Psychological science* 8(3)(1997).

③ Pennebaker J W, Chung C K, "Expressive writing: Connections to physical and mental health", H. S. Friedman (Ed.), *The Oxford handbook of health psychology*, Oxford University Press, 2011, pp.417 – 437.

表达性写作具备了更为科学的"对症下药"式的意义。

表达性写作通过对相关情感事件书面叙事的构建,使患者将创伤经历整合到当下的认知情况中去,从而影响患者的行为活动。这种整合本身便是一种情感、思想的宣泄,它的治疗效果进一步又体现在个别语词的使用上,例如人称代词"我"、积极情绪词汇等。在临床表现上,则具像化为突然增益的出现,患者的身心情况也随之得到改善。作为一种治疗方式,表达性写作似乎已经提供了心理学范畴的基本实践方案,并具备了较为广泛的可行性。但是对近年来的表达性写作研究进行考察,不难发现其单一化、机械化的模式一直被单调地重复使用,实验对象虽然在不断扩大,方法论却缺乏相应的进展。例如,对文本的分析仍然停留在表层的语词分析、主题归纳上,视角、叙述者等深层的文本逻辑问题还未成为研究的主要对象。也就是说,本质为书写实践的表达性写作在文学之维仍然存在着较为深广的拓展潜力。

西方创意写作在近 30 年的发展中,也逐渐意识到了写作实践中的疗愈价值,如美国学者博尔顿(Bolton)尝试将创意写作的创意性与疗愈性进行勾连[1],尼克尔斯(Nicholls)将疗愈性的发现与明确进一步概括为"发展中的创意写作"[2]。本文所讨论的童年写作也并非狭义的、仅为疗愈而服务的、归属于心理学学科的写作治疗,而是指向创意性与疗愈性对立共生的实践行为。同样,隶属于心理学范畴的表达性写作也不应该被孤立于其外,而应是以可借鉴的理论——实践资源姿态与童年写作进行融合与接轨。在这一案例中,聚焦于童年创伤——性虐待的表达性写作为童年写作提供了疗愈性发生的深层的潜在认知机制和表层的语词变化表征,以及最为重要的具体写作实践指南。

四、"工坊化":创意写作学视域下童年写作的实践路径

博尔顿指出,具备疗愈性的写作一定是包含创造性的,这种创造性正是治疗的优势之一。换而言之,不是所有创意写作都具有疗愈性,但疗愈写作必然包含了创意性。[3] 把童年写作纳入"疗愈写作"的框架中后,便明确了这一写作实践既可以提供写作能力的训练,也可以帮助作者解决心理问题的功能所在。那么,毕飞宇的《苏北少年》中的童年写作是否可以为作者提供范例呢? 可以看到,这本书采用了自传性的手法进行创作,真实地还原了作家的童年经验,呈现出所谓"创作主体的在场性、亲历性和反思性等叙事特征"[4]。沿着这样的创作思路,文本可以分为以下三个层次。第一个层次,是对于童年经验的纯粹还原。《苏北少年》从七个部分来还原了毕飞宇童年的方方面面,各叙述层次,无疑都是对于相应的事物进行描绘、刻画,从而塑造出及物的、真实可感的、令人相信的故

① Bolton G, *The therapeutic potential of creative writing: Writing myself*, Jessica Kingsley Publishers, 1999, pp.11 – 28.

② Nicholls S,"Beyond expressive writing:Evolving models of developmental creative writing", *Journal of health psychology* 14(2)(2009).

③ BOLTON G, *The therapeutic potential of creative writing: Writing myself*, London:Jessica Kingsley Publishers, 1999, pp.13 – 14.

④ 洪治纲:《论非虚构写作》,《文学评论》2016 年第 3 期。

事时空与人物。第二个层次，是基于外聚焦的成人视角下的童年经验。在回顾童年时，毕飞宇会采用当下的，也即成人的视角对于过去的童年经验进行外在的审视。这样的视角，一方面能够让读者更加客观地接触到那个已经身处过去的童年经验，例如《猪》中，就以一个彻底的全知视角去讲述猪的受孕及生产过程；另一方面，可以营造与童年的"我"不同的"他者"视角差异，形成更大的文本张力。例如《羊》中，父亲将没有受到正统教育的"我"视为未开化的蛐蛐，与文中快乐、机敏的"我"形成对比。第三个层次，是基于内聚焦的孩童视角下的童年经验。毕飞宇在本书的写作中大量使用了儿童视角，以孩童姿态面对苏北，显得更加地真实，也与少年读者更加贴合。值得注意的是，毕飞宇的儿童视角并非简单地"回到童年"，而是作为一种精巧的创作方法，去提炼童年经验中富有哲思、巧思的价值与内涵。例如《补丁》中，我在对补丁与裤缝的观察中发现了人的"体面"。又如在《水上行路》"撑船"这一情节中，"一下一下地"撑船道理让"我"懂得了耐心、踏实的处世之道。无论是补丁，还是撑船，毕飞宇都会以儿童的视角加以描述，从中生发出哲理，有时还会利用成熟后的自己或者是后来的儿子进行对照，充满意味。

由此，我们便可以借鉴毕飞宇笔下的这三个层次对自己的童年经验进行观照，思考外在的客观世界，以及"他人/成人"与"自我/儿童"视角下的事物关系。而在疗愈写作中，这种本质为切换视角的叙事方式是能够起到治疗作用的，与前文中回忆过去事件、整理当下的看法有着异曲同工之妙。视角的切换除在讲述方式上达到训练写作技巧的目的以外，还可以打破作者看待自己经验、感受的主观视角。疗愈写作学在心理学的层面引入基础的叙述学概念，即第一人称视角（对应内聚焦）与第三人称视角（对应外聚焦）写作等，要求患者从不同的视角来描述一个重要的情感事件，"整个时间预计 20 分钟，四个视角，每个五分钟。在最初的五分钟里把曾发生的事、所涉及的人，以及当前正发生的事都列出来；第二个五分钟只关注自己的视角、感受和行为；第三个五分钟需要针对故事中的一个或多个其他人；最后的五分钟回顾所写的内容，试着将所有视角进行整合"①，以此来达到修复自身经验、建构自我意义，并疗愈自我的治疗效果。而在传统的文学研究中，研究者也常常会通过不同视角去区分叙述者的心理状态，与创作层面下的转换视角有着相互生成的意义效果。

切换视角的确为作为疗愈写作的童年写作提供了一个具有可能性的实践路径，以此为起点，将童年写作与创意写作学科视域下的工坊制教学结合起来，便会发现更加系统性、可操作化的实践方案。首先，童年写作可以有效地融入不同的类型工坊实践。葛红兵在《创意写作学导论》中将创意写作工坊分为要素训练工坊、写作障碍突破工坊、特定文学类型工坊。② 而童年写作在给定了相应主题的情况下，是可以为以上三种工坊提供有利条件的。例如：在要素训练工坊中，教师可以要求写作者将童年经验分为人、事、物进行相应的要素训练，锻炼写人、写事或写物的能力。上海大学 2020—2021 年春季学期中

---

① 詹姆斯·彭尼贝克，约翰·埃文斯：《走出心灵荒野　用表达性写作摆脱孤独与迷茫》，水淼译，天地出版社 2019 年版，第 88 页。

② 葛红兵：《创意写作学理论》，高等教育出版社 2020 年版，第 87—88 页。

的散文创作实践课便是围绕以上 3 种进行操练,同学们在写作中都自觉或不自觉地选取了童年经验进行加工,这与创意写作学生有限的人生经验以及散文文体对于真实性的要求有关,也侧面验证了以童年写作为主题的要素训练工坊的可能性。在写作障碍突破工坊中,则可以将疗愈写作中的主题意识流写作①融入其中,要求写作者在规定的 20 分钟时间内以童年为主题进行自由写作。在这一创作过程中,写作者被告知不用顾忌文体、语法、语言等条件的束缚,而是专注于自己的写作内容和自身的心理状态。在特定文学类型工坊中,童年写作则可以化为儿童文学这一类型,以毕飞宇为代表的一群作家的童年写作都可以当作范本进行模仿学习。

其次,童年写作也对工坊人员提出了更为细致的条件。从受教者来看,写作工坊需要为写作者提供更高的私密性保证。一次工坊制教学包含学生八人左右,这也就意味着写作者需要与他人分享自己的写作经验。尽管创意写作工坊自身就表明了讨论与写作的过程未经作者允许不可传播,但更具私密属性的童年经验无疑为创意写作工坊的私密性与可靠性提出了更高的要求(不介意者除外)。更何况,还有一些学生的童年可能含有创伤经历。因此,在多人的创意写作工坊进行童年写作时需要采取一些条件,例如可以在网络端以匿名化的方式进行操作,签订保密协议等,以确保工坊的运营。从施教者来看,写作工坊需要为学生提供具备一定心理治疗经验或者心理学基础的教师。当写作工坊的要求踏出纯粹提高写作技巧的区域,进入心理学的治疗实践范畴时,写作指导便需要以更加谨慎、科学的方式进行。当学员面对不同程度的童年创伤揭露时,无疑是会遭遇一定的情绪失控,甚至相关生理或精神性反应的。在这种时候,教师便需要具备一定的治疗经验,去帮助学生处理情绪,达到积极正面的引导效果。否则,学生将会面临情绪失控,甚至创伤复发的危险。

结语:在童年写作中重新认识自己

可以看到,不论是作为创作辅助手段的童年写作,还是作为心理治疗手段的童年写作,从创作的维度加以考察,其意义与功能都会得到重新显现。在这个层面上,童年写作不再是作家或者儿童文学作家的专利,而成为每一个渴望表达、渴望得到治愈、渴望学会书写的普通人的共同权利。每一个写作者都能够在书写童年的时候重新认识自己,表达自己,完全释放自己的能动性,也能够通过写作建构自己的人生自我、作家自我,为世界增添一份更加多样化的声音,而非仅仅停留在被动的阅读与接受中。

疗愈写作区别于以往的心理治疗方法,不再追求原教旨主义上绝对的"心理健康",而是肯定患者的主体性,帮助患者建构自我。因此,作为疗愈写作、创意写作的童年写作,势必会发挥其更好的社会效用。诚然,我们也应该看到童年写作背后所存在的一些问题,比如,企图脱离纯粹实证主义的心理学,但是否能在文学界找到足以让大众接受、肯定的方式等。疗愈写作自创立以来近三十年,从手段、论证方式等多个方面仍然缺乏充分的讨

---

① 彭尼贝克曾提出意识流写作、主题意识流写作,以及半自动写作的方法来帮助具有患者突破写作障碍,主题意识流写作即可以将"童年写作"划定为确定的主题再进行意识流写作。见詹姆斯·彭尼贝克,约翰·埃文斯:《走出心灵荒野 用表达性写作摆脱孤独与迷茫》,水淼译,天地出版社 2019 年版,第 63—67 页。

论，这自然需要更多的创意写作者、文学研究者参与进来，将更多的写作理念、文学原理运用其中，与实证科学进行更好的融合。但如今，已有社会工作、教育等多门学科将疗愈写作引入自己的学科视野，并试图通过其在实践端取得实质性的效果，以摆脱人文学科长时间以来的"不接地气"的弊病。① 这种行为自然为文学学科提供了启示，也积累了相关经验，在文学学科里引入疗愈写作，势在必行，也水到渠成。

---

① 刘斌志，郑先令：《个案社会工作服务中的写作疗法：理论框架与程序指引》，四川理工学院学报（社会科学版）2019 年第 34 卷第 2 期。

创意写作在国外

创意写作的跨学科发展：域外实践与启示[*]

安晓东[**]

摘　要： 创意写作有多个层次的理解，从字面看它是创造性写作实践之统称，但它更多的时候被视为教育方法、课程、学位项目以及更高层面的学科。当今时代，跨学科性成为域外尤其是英语国家创意写作多元化发展的显著特征。向内，创意写作教学引入其他学科方法；向外，创意写作作为课程和教学之法进入其他学科。创意写作实践具有跨领域性、多功能性，这是创意写作跨学科发展的理论基础，文化产业的刺激以及创意写作拓展生存空间的需求是其跨学科发展的现实动力。域外创意写作跨学科发展实践对本土化创意写作学科建构的启示有：强化汉语创意写作学科实力；为创意写作跨学科发展创造条件，创意写作学科发展顶层设计要有跨学科意识；文学写作教学注重交叉内容与方法引入；创意写作研究采用跨学科方法等。

关键词： 创意写作；文学；跨学科；启示

创意写作（creative writing）兴起于美国，而后传播至其他英语国家以及全世界，创意写作的发展模式、路径多样，其集约性和扩散性都有明显体现，其中，创意写作的跨学科发展具有很强的时代性特点。英语国家创意写作跨学科发展理论准备与实践经验较为充足。创意写作生发于英语语言文学框架之内，它为什么能够实现跨学科发展？创意写作跨学科发展的内在动因有哪些？其具体做法有哪些？对当前中国创意写作学科发展有哪些启示？

＊　本文承 2017 年度教育部人文社会科学研究青年基金项目"美国高校文学教育中的创意写作参与研究"（17YJC751001）资助。

＊＊　安晓东，男，山东菏泽人，文学博士，讲师，西北大学创意写作艺术硕士研究生导师。研究方向：文艺理论、创意写作。

一、创意写作跨学科发展的动力

从创意写作发展的整体趋势来看,它逐渐显示出明显的跨学科发展特点,但对不同的高校而言,创意写作系统不一定必然走向跨学科发展之路,在英、美、加、澳等国家,不少高校的创意写作系统坚守培养精英作家的理念,但对更多的创意写作项目而言,它们显示出纷繁复杂的跨学科发展风貌,创意写作跨学科发展的动力是多元的。

（一）创意写作实践具有跨领域性

学科探索有其核心问题,但很多重要、复杂问题之审视与解决却不仅仅局限于某个学科,尤其是实践中产生的问题。创意写作的实践性特征非常明显,所涉及的领域也比较多。笔者以为,创意写作实践的跨领域性可以从以下几点来理解。

其一,文学写作实践是跨领域的。创意写作实践如文学创作实践主要是关乎文学创作的实践活动,从结果来看,创意写作实践最终产出文学作品,文学作品必然是关乎文学的,但如果从过程来看,文学写作过程就不一定是完全关乎纯"文学"的了。文学创作实践当中包含着多学科知识,如心理学的、神经学的等,甚至还与众多学科知识联系在一起——旅游写作既需要写作能力也需要旅游知识,科幻写作既需要讲故事能力还需要深厚的科学背景,智能型写作实践则需要人工表达能力与计算机语言能力的叠加。文学批评、文学理论未必有太多与科学联系在一起的机会,但文学创作实践就不同了。文学批评、文学理论等紧贴"文学"这一核心概念,文学批评家和文学理论学者由"文学"出,而作家则由社会出。越来越多的证据显示,在文化创意时代,社会各行各业产出创意作家的可能性在增大,这符合创意写作领域"人人成为作家"的设想与憧憬。加拿大班夫中心将创意写作与数学、科学创新联系在一起的实践正是上述观点的最好注脚。据钱德勒·戴维斯（Chandler Davis）等主编的《内容的形态：数学与科学中的创意写作》（ *The Shape of Content: Creative Writing in Mathematics and Science* ）一书前言所述,在加拿大著名数学家罗伯特·穆迪（Robert Moody）等人的牵头下,加拿大班夫中心新成立的数学与科学机构和艺术机构出于学科交叉创新尝试之需,合作创办了数学、科学创意写作工坊;并在2003、2004和2006年,分别举办了三次工坊活动。工坊允许热爱文学写作的数学家与科学家参与,也允许有关联的文学作家及其他人群加入其中,"工坊将向所有文学流派的实践者开放,因为创意写作可以受到跨流派见解的启发"①。工坊的成效是显著的,如同该书前言所描述的那样,此工坊带来的效果是令人震惊的,小说家、诗人、剧作家、数学家等通过文学创作展开平等和跨学科交流,互相给予对方灵感。2008年,组织者将代表性的文学作品结集出版,收录了元小说、幽默散文、诗歌、短篇小说、非虚构叙事、戏剧等类型作品。在这里,创意写作工坊为跨学科交流提供了新的契机,这里不是教育空间亦非产业合作空间,而是学科之间借文学创作之势互相碰撞的场所。

---

① Chandler Davis eds, *The Shape of Content: Creative Writing in Mathematics and Science* , Wellesley：A K Peters, 2008, p.xi.

其二，泛化的创造性写作实践几乎不受学科的束缚。与口语交流一样，书面写作是人类交流的方式，无论将写作作为基础能力还是高级专业能力，学科人才培养始终无法离开写作素养提升。澳大利亚学者保罗·道森（Paul Dawson）有过如下论述："'创意写作'一词传统上是文学的同义词，它强调文学是一个过程而不是一个产品，但事实上，创造性一词在一般的说法中可以指人类任何形式的努力，写作这个词本身也是无类型区分的，这也就意味着创意写作在学科应用上几乎是无限的。这就是为什么澳大利亚的大学在一系列学科中教授这门学科，例如文学和文化批评，视觉和表演艺术，新闻，广告和公共关系，以及新媒体技术。"[①]从道森的论述中可知，创意写作这个词汇所具有的意义已经超越了文学创作这个狭隘的范畴，创意写作可以是一切创造性的写作，正因为创造性写作实践是无类型限定的，所以，创意写作也就有了跨学科的可能。

其三，多艺术创造领域都有文学创作实践的参与。文学创作与其他艺术之间本就密切关联，关联的基础之一在于它们在艺术创造性上是相通的，也在于文化创意时代它们需要密切合作。可以说，20世纪50年代，美国黑山学院创意写作项目以其特有的方式较早践行了跨学科发展路径。据学者史蒂芬·沃爱思（Stephen Voyce）的介绍，黑山学院办学素来强调艺术间的跨学科交流，其领导者奥尔森的办学理念与保罗·安格尔不同，后者以一种威权、技术的方式进行课堂教学，奥尔森则反对主流教学法而注重与音乐家、舞蹈家等艺术家的接触。[②]澳大利亚墨尔本迪肯大学创意写作教师盖琳·佩里（Geylene Perry）在其创意写作实践工坊课中引入舞蹈、音乐和视觉艺术，通过与其他学科合作为文学创作教学实践带来灵感。[③] 在文化创意时代，创意写作与多领域艺术创作关系更加密切了。"一个多世纪以来，创意写作一直与A&D（Art and Design）紧密联系在一起，不仅仅是在解说性的古典故事中，在漫画和电影脚本中也有。在当前，随着'创意'一词的涌现，也出现了很多词语，如'设计写作''艺术写作''数字写作'和'电子写作'，还有一些非常简单和开放的术语'写作'。"[④]在更多人看来，今天的文学写作实践和其他艺术有着紧密关联。音乐创作难道只有谱曲吗？影视创作难道不需要剧本吗？漫画书籍的设计难道不需要文字内容吗？传媒难道不需要创造性内容生产吗？可见，在文化创意时代，创意写作本身作为一种艺术性实践也与其他艺术实践有着密切的关系，"创意写作开始呈现跨艺术领域的横向发展趋势"[⑤]。创意写作实践的跨领域性决定了这个新兴学科天生带着跨学科的印记。南非威特沃特斯兰德大学创意写作项目享誉该国，其创意写作本科荣誉学位招生就明确标明这是一个跨学科学位，学生除了参加传统文学写作工坊，还要学习艺术、媒体等课程，该项目鼓励学生训练跨专业写作能力。

---

① Steven Earnshaw, *The Handbook of Creative Writing*, Edinburgh：Edinburgh University Press, 2007, p.87.

② Loren Glass, *After the Program Era：the Past，Present，and Future of Creative Writing in the University*, Iowa City：The University of Iowa Press, 2016, pp.86－92.

③ Dianne Donnelly, *Does the Writing Workshop Still Work?*, Bristol：Multilingual Matters, 2010, p.118.

④ Graeme Harper, *A Companion to Creative Writing*, Chichester：Wiley-Blackwell, 2013, p.145.

⑤ 刘卫东：《成为创意作家：数字时代的创意写作教育》，《文学报》2019年12月26日。

（二）创意写作具有多形态性和多功能性

对"创意写作"一词的理解学界目前仍存争议，如何正当运用它需要语境估量。在创意写作跨学科发展探索中，重新回到"何为创意写作"这个元问题似有必要。这里所谈论的创意写作具有多重内涵，理解不同，功能也就有了差异。创意写作在最表层上具有实践形态，它狭义指文学创作，后来拓展到指涉一切带有创造性的写作实践。通过对创意写作发展史的梳理可知，创意写作在原初之时只是一种价值观念，到了19世纪末，创意写作才具有了课程形态，文学写作作为对抗文学学术的方式被引入高等文学教育中来。在学校教育中，创意写作课成为帮助学生掌握语言运用、释放自由想象天性的一种学习方式。艾奥瓦大学创意写作MFA项目的建立标志着创意写作初具学科形态。创意写作可以说是意义范围不同的"文学创作"实践、"创意性写作"实践、"创造性写作"实践，也可以说是课程、教育法（指导法）、项目、学科。当然，从根本上来说，创意写作的核心要义是作为教育而存在的，这种教育学具有跨学科性。作为专注于文学创作指导的教育之法，创意写作极容易实现跨学科发展，因为此形态的创意写作跨学科"成本"非常低。就创意写作学科形态而言，其学科界限仍不明朗，学科宗旨、核心问题、基本方法仍存争议，笔者以为，其中一个重要原因可能就是它所涉及的学科知识具有交叉性。从其形态分析中可以得知，创意写作具有多种功能。创意写作课程可以培养学生的想象力和创造力，训练学生的叙事技巧。在西方，创意写作所具有的疗愈功能也很受重视，文学创意写作学科的知识被引入心理治愈与医疗保健领域，相关领域涌现出系列理论研究与实践应用成果。它还可以被应用于外语教学、翻译实践当中。在这种情况下，创意写作更看重过程的作用，创意写作是一种方法和媒介，运用它更主要是为了达到别的什么目的而非像文学创作那样产出高质量的作品。创意写作拥有不同于传统文学创作指导的教学法，它也可以脱离严格的教育与学科束缚实现溢出效应，在印度、西班牙等国家，创意写作项目存在于校园之外的社会作家学校或城市社区。

（三）创意写作的文化产业面向激活了跨学科发展

很长一段时期内，大学创意写作局限于英语语言文学系科之内，在适度的情况下，创意写作也拓展出通识课等发展空间。中小学创意写作教育与大学开设文学写作课程、设立文学写作学位虽然一度并没有什么直接关联，但后来它们之间也出现了互动。创意写作从高等文学教育延伸到通识教育，在学校教育中也显示出一定的跨界性。不过，文化产业时代的到来才使得创意写作的跨学科发展成为一种趋势，发达的文化产业为所在国经济注入强大动力。文化产业发展需要文化生产人才，高校在文化创新人才孵化上承担着非常重要的使命，澳、英、加等国家高校的艺术系科、创意艺术系科、文学系科觉察到这一点，主动开展文创人才培养，高校收获了生源，也赢得了声誉，与文创有关的系科开设创意写作项目诉求强、资源广、形式灵活，故有时候也就走在了文学系科的前面。创意写作出现了文化产业面向，这是文化产业兴起、蓬勃发展的后果，它们之间是良性互动关系。以美国哥伦比亚大学为例，其"写作系与艺术系相连，而非英语系"①。非但主要英语国家如

---

① Bernardo Bueno, "Creative Writing in Brazil: Personal Notes on A Process", *New Writing* 15(2) (2018).

此,日本、韩国等国家也出现了此类情形,刘卫东在分析了韩国高校创意写作系科开设情况之后,指出:"从檀国大学、国立顺天大学等高等院校的创意写作科系的设置,我们可以看到韩国高等院校注重文学理念与现代创意写作形态的融合,其学科形态保持了高度的开放性,在跨学科的领域内与文学、媒体、艺术等学科紧密结合。"[1]近三十年来,韩国高校创意写作(常以"文艺创作"之名)学科发展与成熟不是偶然的,这与其发达的影视、动漫、出版、演艺产业紧密相关,创意写作学科在助力国家文化输出方面作出了重要贡献。

（四）跨学科拓展了创意写作的生存发展空间

创意写作可以作为一种相对独立的发展系统,也可以在课程和教学法上进行学科"游移"。创意写作教学实践存在于文学系,亦可在非文学系。这也就意味着创意写作教师群体来源是多元的,可以是社会作家、编剧,可以是居于文学系的学者型作家或者是作家型学者,也可以是来自多学科的"临时工",甚至其他学科的专业教师可以摇身一变随时成为创意写作教学法运用者。黛安娜·唐纳利在《作为学术科目的创意写作研究》一书中对创意写作研究的学术价值进行了系统的探究,在其中她提到了创意写作项目的发展延伸具有很强的适应性,"我们很难为创意写作研究申请到一些物理上的空间,因为创意写作学科设立在不同区域、不同的大学内"[2]。唐纳利显然是在探讨创意写作跨学科发展会导致创意写作学术研究整合的难题,与此伴生的问题是创意写作的学科集约性受到一定程度的"干扰"。不过,从另外一个角度来看,创意写作的分散化也拓展了创意写作的生存空间,创意写作获得了更多的生存语境和物理空间。在学科发展构想上,也有人提出过创意写作与专业写作、修辞学合作的设想,尽管这三个学科各有独立的身份认同,不过,在写作教学与研究方面开展跨学科的合作也是必要的。[3]

二、域外创意写作跨学科发展实践

在美国,创意写作兴起较早,有很多高校写作项目向来注重作家培养,创意写作项目引入语言文学学科资源,引入学者型作家和专业作家主持工坊,致力于文学创作人才培养,向文坛输送了高质量作家。从狭隘的层面来看,创意写作无论是依附于语言文学学科,还是具有了一定的学科独立性,都可以在未经跨学科发展的情况下取得引人注目的成就。然而,正如前面所分析的那样,随着社会写作实践类型的丰富发展,以及文化产业的刺激,创意写作系统越来越摆脱了单一的作家培养目标,创意写作工坊主张培养作家,也主张培养创意作家、创意作者、创造性表达人才,这是其内在的跨学科性。除此之外,在很多英语国家,创意写作被移入其他学科。最终,创意写作形成了多维发展格局。跨学科指涉含义复杂,创意写作的跨学科发展几乎涵盖了其多种类型。下面,将分类列举、阐述一

---

① 刘卫东:《创意写作基本理论问题》,上海大学出版社 2019 版,第 113 页。

② 黛安娜·唐纳利:《作为学术科目的创意写作研究》,许道军、汪雨萌译,上海大学出版社 2019 年版,第 148—149 页。

③ Beck Wise, Ariella van Luyn, "Not 'all writing is creative writing' and that's OK: inter/disciplinary collaboration in writing and writing studies", *TEXT* 24(Issue Special) (2020).

些域外创意写作跨学科发展的具体做法，考察其践行方式。

（一）文学写作教学接纳新内容、采用新方法

学科之间的交叉已成时代的潮流，任何一个学科的发展都很难仅仅局限于自身范畴之内，文科教学、文学教学以及写作教学也是如此。在英美等国高校创意写作系统中，创意写作项目内部构成非常复杂，在开设传统的文学创作门类学位之外，还面向市场需求提供儿童文学写作、剧本写作、推理小说写作等类型学位。学者约瑟夫·雷因（Joseph Rein）认为，创意写作发展具有跨学科性，其根源在于创作实践是跨领域的。在他看来，社会对创意写作毕业生的要求是综合性的，随着时代的变化，学生们所从事的工作已经很难说是单一性的，以创意写作专业能力培养为基本依托，创意写作教学还应该注重跨学科知识与能力的获得，"为此，我们需要调整我们的课程，以更好地适应所有学生，而不仅仅是那些研究生院或者教学专业的学生。跨学科的工作是开始的地方"①。约瑟夫·雷因还举出了一些代表性的案例，比如，创意写作教学可以将剧本写作与影视表演结合起来，在这里，创意写作与艺术表演有了更好的沟通，这件事情对双方都有利。特伦特·赫根拉德（Trent Hergenrader）也持有类似的观点，他主张创意写作教学不应当将自己局限于书面文学创作，应开阔视野，采用游戏等数字方法挖掘潜藏于学生日常新媒介体验中的叙事经验，这仍然是由社会对创意写作毕业生提出的多元叙事工作能力需求所决定的，他指出："从跨学科的角度看，教师也必须意识到创意写作课中很多大学生并不愿意在文学出版行业求职。通常他们想更好地理解叙事概念，以便能在自身选择的媒体中使用，如电影、数字媒体或游戏设计。"②在英国威尔士班戈大学创意写作教师伊莱恩·沃尔克编写的《创意写作教学实用方法50例》中，就出现了将舞台表演与剧本写作相结合、写作与网络技术应用相结合、小说写作与社会调研相结合的跨学科教学法。

在内奥米·沃舍尔（Naomi Washer）看来，非虚构写作实践本身具有很强的跨学科性，因而在非虚构写作教学中，应该采用来自多学科的方法，"如果在非虚构写作教学中不采用跨学科教学方法，这一体裁有可能缩小其范围，从而对学生开展复杂研究和调查，以及其他领域的艺术家和研究人员合作能力产生负面影响"③。沃舍尔的观点具有可供参考的价值。也有学者提出，创造性作家可以善用档案进行虚构和非虚构创作，将档案研究融入创意写作教学会有潜力。④ 笔者认为，创意写作教学中某些写作实践的训练确实非传统文学写作训练方法所能满足，以非虚构写作训练为例，非虚构写作并不是凭空虚构想象的结果，非虚构写作实践很重要的一个组成部分是采用民族志方法，这种方法本来常见于社会学领域而鲜见于文学研究领域。创意写作教学采用多学科方法能够解答创意写作学

---

① Graeme Harper, *Changing Creative Writing in America: Strengths, Weaknesses, Possibilities*, Bristol: Multilingual Matters, 2018, p.133.

② 迈克尔·迪安等编：《数字时代的创意写作》，杨靖等译，江苏凤凰教育出版社2016年版，第52页。

③ Rachel Haley Himmelheber, "Abstracts from the 2016 Creative Writing Studies Conference", *Journal of Creative Writing Studies* 2(2) (2017).

④ Erin Renee Wahl, Pamela Pierce, "How Creative Writers can work with Archivists: A Crash Course in Cooperation and Perspectives", *Journal of Creative Writing* 6(1) (2021).

科发展中的诸多困惑。在英语国家，很多高校创意写作项目具有很强的国际性，跨文化写作、双语写作指导是常见现象，翻译也被引入其中。"在英国，英国文学翻译中心位于东安格利亚大学文学与创意写作学院，促进跨学科合作。"①据该中心网页显示的资料可以看出，该中心的工作充分体现了翻译与创意写作的合作，其具体做法如：拥有一支11人组成的研究队伍，致力于推动翻译与写作研究工作，培养翻译硕士；提供暑期学校，推动作家和翻译人员的合作；开办高级翻译工坊，合作翻译其他国家文学作品；等等。

（二）多学科纳入创意写作作为课程或教育方法

创意写作既是反跨学科的，也是内部极力推进学科铺张的。随着时代的发展变化，创意写作作为一种卓越的课程和教学方法有利于刺激想象力、增强学生创造力而被引入其他系科。亚历山大·皮尔里（Alexandria Peary）曾经对基于跨课程的创意写作进行过理论与实证反思，认为这是创意写作跨学科的重要表现。② 尤其是在文化创意产业背景之下，人文学科试图借助创意写作课程的引入强化学生创意和叙事素养。澳大利亚创意写作学者奈杰尔·克劳斯（Nigel Krauth）曾经对2000年前后澳大利亚高校创意写作分布情况进行了粗略的统计分析，据他的分析结果得知，创意写作除以传统的方式分布于英语文学系之外，它还广泛存在于很多人文学科院系，创意写作课程的分布如下："几个英语系；行为社会科学与人文学院；创意传播和文化研究学院；艺术和商业学院；媒体和新闻学院；媒体创意部；社会和行为科学学院；社会调查学院；创造艺术学院等。"③在英国、加拿大、澳大利亚等国家，创意写作的发展已经不像美国那样还背负有某种沉重的历史包袱，创意写作也不再局限于语言文学系框架之内，而是有了更加灵活的发展空间，它可以进入社会学系、教育学系、创意艺术系等，澳大利亚创意写作课程设置法使得"澳大利亚的创意写作课程比美国的课程更具弹性和跨学科性"④。

创意写作为课程进入文化创意相关学科容易得到理解，创意写作课毕竟还能保持相对的完整性。然而，在英语国家高校与文化创意关系不大的专业教学中也有创意写作的参与，创意写作此时仅被用作专业课教师教学实践的一种手段。澳大利亚弗林德斯大学的史蒂夫·埃文斯（Steve Evans）曾经关注过将创意写作应用于会计课程讲授的跨学科教学方法，在MBA学生课堂学习中，会计原则文本的讲授可以借用创意写作的方法来完成，在史蒂夫·埃文斯看来，"故事把我们联系在一起，将创意写作作为提高其他学科学习能力的工具，对个人来说总是有好处的"⑤。在通常认知中，会计教学更多与高级数学联

① Jane Camens, Dominique Wilson, "Introduction: Creative Writing in the Asia-Pacific Region", *TEXT* 15 (1) (2011).

② Alexandria Peary, Tom C. Hunley, *Creative Writing Pedagogies for the Twenty-First Centry*, Carbondale: Southern Illinois University Press, 2015, p.195.

③ Nigel Krauth, "Where is Writing Now?: Australian University Creative Writing Programs at the End of the Millennium", *TEXT* 4(1) (2000).

④ Paul Dawson, *Creative Writing and the New Humanities*, Abingdon: Routledge, 2005, p.126.

⑤ Steve Evans, "Creative Accounting: Using Creative Writing to Teach Accounting Principles", *New writing* 13(2) (2016).

系在一起,但是,这也不是绝对的,因为任何一门科学最终也都又与人和社会发生联系,学科之间并没有那么严格的区分,学科互涉是必然的现象。史蒂夫·埃文斯认为,创意写作在会计教学的特定环节中能够发挥很好的作用,能够激发学生表达日常经验,讲故事也不再仅仅是文学作者的事情。在他看来,通过讲故事可以激发联想能力进而间接促进其他学科学生掌握知识、提升人文素养。正因如此,学者 D.W.芬扎(D. W. Fenza)在谈到大学创意写作项目的好处时,指出它"为各级教育的教师提供了有效的教学方法"①。在此,创意写作不仅仅为文学教育、通识教育提供了方法,也为诸学科教师教学实践提供了教学技术,具有应用的广泛性。这篇文章在创意写作领域广为人知,正是在这篇文章中,他指出创意写作项目有十三种功能,这些功能涉及学生成长、教师影响、文坛批评等。

还有更多的做法为上述观点提供支撑。印度金德尔全球大学副教授南迪·尼达尔(Nandini Dhar)看重创意写作元素参与其教学过程,曾"在文学与性别研究课堂上使用创意写作作业"②,以跨学科方式增强学习效果。美国迪堡大学经济学系教师奥菲利亚·D.戈玛(Ophelia D. Goma)曾将创意写作作为作业引入她的经济学原理课程。经济学专业学生虽然也学习短文写作,不过,这些学术性文体写作训练效果不一定很好。于是,区别于传统的学术写作和经济文书写作,致力于小说、戏剧、报纸文章、科幻故事写作的作业进入菲利亚·D.戈玛的课堂,教师设定与经济现象有关的故事情境并激发学生讲故事的愿望,教师根据阐释的准确度和故事讲述的优劣判定学生成绩,最终,"学生们不仅充分地解释了经济概念,而且还运用了想象力和技巧。此外,学生还学习了经济学如何与不同学科有关"③。玛丽·斯旺德(Mary Swander)、安娜·莱希(Anna Leahy)和玛丽·坎特雷尔(Mary Cantrell)曾在其合写的一篇文章中对卡迪夫大学将创意写作与教育学学科联系在一起进行了赞赏,卡迪夫大学宣称其提供"教育与创意写作实践"(Teaching and Practice of Creative Writing)硕士学位,创意与教育领域的结合成为一种新兴领域。④ 学者赖纳·舒尔特(Rainer Schulte)提出,创意写作与翻译可以相互作用并有利于强化文学体验,他所在的得克萨斯大学达拉斯分校很早就决定开设翻译与创意写作硕士学位课程。⑤ 在笔者看来,卡迪夫大学、得克萨斯大学达拉斯分校提供交叉学科学位的做法较之 D.W.芬扎的设想更进一步,创意写作就不仅仅是可有可无的教学方法了。有两位教师更是将创意写作与毒理学结合在一起发起了毒理学实验课程,在这个课程上,学生学习毒理学和化学知识并结合毒药知识创作文学作品。⑥ 这个实验课程的研究报告发表在跨学科生物学杂志 *FASEB Journal* 上,笔者认为,这种做法无论对毒理学学生学习毒理知识还是对文学作者们更加专业地将平时不太轻易接触到的生物学知识化用到虚构故事中都有帮助。美国新

---

① D. W. Fenza, "Creative Writing & Its Discontent", *The Writer's Chronicle* (2000).

② Darryl Whetter, *Teaching Creative Writing in Asia*, Abingdon: Routledge, 2022, p.71.

③ Ophelia D. Goma, "Creative Writing in Economics", *College Teaching* 49(4) (2001).

④ Steven Earnshaw, *The Handbook of Creative Writing*, Edinburgh: Edinburgh University Press, 2007, p.16.

⑤ Rainer Schulte, "Perspectives on Creative Writing and Translation", *Translation Review* (2001).

⑥ Patangi K Rangachari, Aruna Srivastava, "The Poisoned Pen: Toxicology and Creative Writing", *FASEB journal* 21 (5) (2007).

墨西哥大学的骨科和康复系长期以来一直借用创意写作教学法开展叙事医学项目，其具体做法大致为：在骨科会议室举办有骨科研究员、教师、工作人员、医师等人员参与的写作工坊，写作工坊有非虚构、诗歌、小说三种类型，参加者基于与处理病患关系相关的记忆在工坊创作、讨论、修改作品。这种做法训练了医生诊断病人的主观技巧，有利于增进病患关系，作为一种医学教学补充方法，它改善了传统医学教育。[①] 由此可以看出，创意写作可以从文学延伸到文化、艺术、教育等领域，更有进入生物学、经济学、医学等学科之无限空间。

（三）作为方法探索问题、介入社会

创意写作的意义不仅仅局限于教育范畴，其所拥有的方法制度、项目制度、工坊制度等具有对外输出的可能，故而创意写作作为研究、探索方法具有可能性，有多位学者提出过类似的观点。乔恩·库克（Jon Cook）较早指出写作是一种发现的形式，创意写作作为研究方法虽然看起来存在悖论，但其实也是有理论依据的。[②] 也有学者指出，创意写作是一种可以被多学科探索问题所采用的方法，描述知识不仅仅只有科学表达这样一种形式，事实上，有很多种知识探索和知识表达的方式，创意写作在某种程度上弥补了科学描述知识经验的不足。"很明显，在学术领域，创意写作不是孤立的。它在英语之外的各种学科中扮演着重要角色。"[③]学者凯特·诺斯（Kate North）指出，在卫生和教育背景之下，创意写作作为一种实践性研究方法的使用在近些年一直在增加，他曾经分享过通过组织创意写作工坊来达到研究儿童自闭症的做法，这种研究方法取证于更容易得到理解的作品而非病例，其大致流程为：先组织儿童自闭症护理关联人群进行经验的分享，而后组织诗歌、故事情节叙事等类型的三个写作练习，研究人员对过程进行检测并对结果进行分析，从单词云统计中找到儿童自闭症护理研究关键词。[④] 这实际上是在肯定创意写作作为一种探索问题的方法应用于其他学科的做法，在这里，创意写作作为研究手段为社会学研究提供了感性材料，创意写作的跨学科发展动力仍旧源自其优秀的革新能力、发现能力、创造能力和叙事能力。

创意写作可以应用于社会问题分析，格拉哈姆·莫尔特（Graham Mort）曾经撰写过专题论文对他在南非西开普大学开展的一个创意写作项目进行了系统研究，项目的基本目标是："采用基于实践的创意写作方法，在一个多语种项目中探索自由的概念和探索当代

---

① EL Pallai MFA, Caitlin Armijo BS, "Narrative Medicine: A Pilot Program Integrating Creative Writing Pedagogy into Orthopaedic Medical Education", *UNM Orthopaedic Research Journal*（2013）.

② Gabriele Griffin, *Research Methods for English Studies: Second Edition*, Edinburgh：Edinburgh University Press, 2013, pp.200 − 204.

③ Graeme Harper, *Changing Creative Writing in America: Strengths, Weaknesses, Possibilities*, Bristol：Multilingual Matters, 2018, p.173.

④ Kate North, "Exploring Care for Children with Autism in Wales Using Creative Writing as a Research Method in a Collaborative Pilot Study", *Writing in Practice: The Journal of Creative Writing Research* 3（2017）.

南非自由的概念和表达方式。"①在这里,创意写作作为社会文化调查的一种手段,一群年龄跨度较大的志愿者被组织到一起参加写作工坊,他们阅读讨论与自由概念有关的引文,而后依所操土著语言进行文学表达,研究者将土著语言转换成更容易理解的英语或其他语言并对文学文本进行解读。多种族多语言写作的目的不是为了激发想象力,也不是为了生成文学作品,而仅仅是为了审视多语种表达中碰撞出的对自由概念的理解。可以看出,创意写作作为一种媒介和手段进入了社会学领域中,它不再与文学有直接关联。创意写作不仅存在于教育层面,还可以存在于研究层面。有美国学者曾撰文论述创意写作在人类学探索领域所发挥的作用,因撰写引人入胜的民族志文本也需要借助写作技巧的帮助,人类学家和民族志研究者从创意写作技巧中获益良多。② 此处,创意写作与教育无关,它是人类学学者处理文本的一种方法,同时也因这种方法的修辞性和想象性触发了探索问题的新思想。2021 年,理查·菲利普斯(Richard Phillips)和海伦·卡拉(Helen Kara)合著的《社会研究的创意写作：实践指南》出版,该书认为,创意写作与社会研究之间具有协同作用。③ 这本书系统地对创意写作如何参与社会研究进行了理论与实践层面的剖析,具有很强的方法论意义。

三、域外创意写作跨学科发展的启示

由于主要英语国家美、英、澳等国创意写作起步较早、体系成熟,其跨学科发展特征较为明显。这些国家创意写作发展随后影响到以英语作为重要交流语言的国家,20 世纪 90 年代以后,创意写作影响到欧洲大陆、美洲、非洲、亚洲更多国家和地区。有些国家和地区高校文学创作人才培养体系发展比较完善,创意写作的跨学科性表现就突出一些,有些国家和地区创意写作学科创立于新世纪以后,学科整体实力薄弱,其跨学科色彩较淡。从域外发展经验可知,创意写作跨学科发展有迹可循、有理可依。创意写作的跨学科发展具有重要意义,它拓展了创意写作的生存空间,也增强了创意写作介入社会的可能性。创意写作发展的跨学科问题在英语学界受到了足够的重视。与之相比较,目前国内对该问题的关注则匮乏得多。于中国内地而言,创意写作是新生事物,如何认识域外创意写作前沿发展情况并将其化为本土经验,值得深思。

（一）强化创意写作学科内部实力

美国创意写作学科起步较早,体系建构也比较成熟,所以,创意写作学科体现出强大的整合能力。创意写作之所以能够跨学科,其中一个很重要的原因是由于创意写作学科内部已经积蓄了强大的实力,拥有成熟的教学法,与社会对接渠道通畅,纯文学创作教学、面向市场的类型创作教学等都被整合到创意写作系统中。正是由于创意写作教学法的成

---

① Graham Mort, "Taking Liberties：Ideals of freedom in contemporary South Africa：a practice-based approach to research with multilingual writing communities", *Writing in Practice：The Journal of Creative Writing Research* 6(2020).

② Melisa Cahnmann, Teri Holbrook, Uncovering Creative Writing in Anthropology. *Anthropology News* 45(9) (2004).

③ Richard Phillips, Helen Kara, *Creative Writing for Social Research：A Practical Guide*, Bristol：Bristol University Press, 2021, p.8.

熟性，它也被其他学科所借鉴。创意写作引入我国内地是置于中文学科框架之下的，其实，在这之前，戏剧、新闻传播、影视、出版等学科专业中的写作课程也已经或多或少吸收过美国、英国创意写作教学经验，今天仍然如此，只不过它们并未以"创意写作"的名义行事。也就是说，我国内地的创意写作学科从某种程度上讲已然开启了跨学科之旅，只是并未吸收文学学科之内文学创作指导之经验。如今，崛起于语言文学学科之内的创意写作迫切需要创意写作学科的本土化，结合我国文化实际，发展文学创作教学的本土经验，形成具有时代性、技术性、有效性的教学法，反哺、支撑其他学科的创意写作教学诉求，借助创意写作兴起的东风，深入研究写作、写作教学、文学与文化创意等关联问题。当然，这里面也暗藏着创意写作跨学科发展的一大障碍，那就是剧本写作等教育早已经在戏剧、影视等别的学科有所孕育，文学写作教育早已分化，这使得文学系科孕育的诗文、小说等文学创作教育要想对其他学科人才培养产生影响是难上加难。

（二）为创意写作跨学科发展创造契机

不同国家高等教育体制机制不同，文化产业发展现实也各有差异，这也就决定了高校发展创意写作学科意愿、规模、形态不同。创意写作项目栖身于别的系科在世界范围内并不鲜见，我们已经提到澳大利亚、英国、美国出现这种情况较多，其他国家和地区也有相似情形：新加坡拉萨尔艺术学院设有创意写作文学硕士；20世纪50年代，文艺创作专业就出现在韩国徐罗伐艺术学校；意大利广受赞誉的创意写作课程不在高校而在培养文化产业人才的霍尔顿学校。

创意写作正式引入我国内地已经有10年左右的历史，从整体上而言，创意写作仍然选择栖身于高校文学系科，这是由高校中文教育具有强烈的变革诉求所决定的。也有少量的创意写作课程和工坊针对的是外文系学生。创意写作介入社会的功能仍未得到有效开掘。除此之外，创意写作学科发展常常出现"挂靠"局面，未能获得独立发展的空间。从表面上看，创意写作学位设置似乎跨学科了，但这可能只是无奈之举。故而可以看出，在国内，创意写作跨学科发展的能力稍显不足。笔者以为，造成这种局面的原因可能有：其一，学科和教学管理体制机制仍有待优化创新。其二，高校其他系科已有创作课程开设、运营之历史。其三，我国创意写作发展仍未进入成熟状态，创意写作跨学科发展经验稍显不足，其整合能力需要强化。事实上，时代的发展对写作的影响将会更加深远，创意写作发挥作用的空间也将越来越大。文学写作（以及文学写作教育）与信息科学、脑科学、社会学、历史学、心理学、艺术学等学科互动的必要性和可能性在增大。我国香港地区的一些高校的创意写作学科起步较早，很快就注意到课程与学位设计跨学科发展的重要性，如香港公开大学创意艺术学系在2008年就开办了"创意写作与电影艺术荣誉文学学士"，近年来更是在创意写作课程设计中融入视觉文化、装置艺术、人工智能和电子游戏等元素。① 在我国内地一些高校，创意写作教学法（尤其是写作工坊）也已经被应用于社会学、新闻传播学等学科人才培养中，还有的高校融合科学与人文学科优势开展科幻文学创

---

① 梁慕灵：《创意写作的未来——香港公开大学创意写作课程设计之跨学科发展方向》，《写作》2021年第1期。

作人才培养。艺术学科也意识到门类创作与文学创作之间存在不可分割的关系。这类现象值得关注。未来，创意写作与其他学科互鉴的机会将越来越多，共同促进教育创新。

（三）文学写作教育注重学科交叉

近些年来，我国高等教育界提出"新文科"教育理念，新文科注重学科之间的交叉融合。在笔者看来，在新文科建设中，传统的人文学科要强化学科交叉，以人文社会科学前沿问题为引导促进人文学科知识更新，鼓励交叉基础之上的新兴学科创生，推进跨学科育人。创意写作是新兴事物，改变了传统文学学科格局，促进了文学学科与其他学科之间的交叉融合，同时，也促进了文学教育与社会实践之间的良性互动。很长一段时期以来，我国写作课程教学存在着这样那样的问题，如教学内容亟待更新，教材教法亟待灵活多样，缺乏新写作知识和其他学科知识的输入，等等，久而久之，写作教学成效不明显。数智时代，创意写作教学应当摆脱传统写作教学惯性，融合时代性、多学科方法弥补这种不足。创意写作教学可从教学内容、师资配备上实现跨学科增长，教师可以在文学写作教学法创制、学生创意思维训练上参考多领域知识，可求文学艺术之近，但又因多数文学理论与文学知识不能被直接用于文学创作指导，也可求他者之远。我国很多高校学科专业设置都很细致，我们除了可以向靠近些的艺术、影视、哲学、历史、新闻传播取经，也可以发掘计算机、生命科学、物理学、化学、考古、文博、经济、外语、心理学等专业知识与文学创作教学结合在一起的潜力。关于创意写作育人环节与其他学科开展合作，在前面提到了东安格利亚大学文学翻译中心的案例，这个案例其实对我国创意写作办学也有启示。我国翻译学科的发展往往存在于外国语言文学大学科范畴之内，文学翻译与外语关系密切，其实，文学翻译与文学创作之间的关系也应当被考虑进去，在我国现当代文学史上，很多优秀的作家也是优秀的翻译家，翻译与创作可以互相成就，翻译域外文学作品或者将中国文学作品翻译到国外，本身既涉及语言问题也涉及文学再创造问题，这就给创意写作与翻译学科合作提供了空间。站在创意写作的立场上，翻译可为创意写作人才培养增色，当然，其他学科专业教育也可以根据自身教学特点引入创意写作教学法，增强专业教学的灵活性，在这种情况下，翻译也可以引入创意写作为翻译人才培养助力。

（四）以跨学科方法推进创意写作研究

创意写作实践与创意写作教育的跨学科性也促使创意写作研究需要采用跨学科方法，在西方创意写作研究领域，大多数学者都认同这个基本观念，如安娜·莱希指出："为什么不从各个领域的学者身上推进创意写作研究并使之变成一个真正的跨学科呢？这些领域如创意写作、文学、作文，以及心理学、神经学、传播学、教育学、商业等。"[1]除此之外，迈克尔·迪恩·克拉克（Michael Dean Clark）、格雷姆·哈珀（Graeme Harper）、黛安娜·唐纳利、约瑟夫·雷因等学者也呼吁创意写作的跨学科研究为学术贡献新知识。更有其他学科的学者已经利用创意写作方法来研究本学科问题、探索跨学科问题，或是以别的学科的方法来探索创意写作问题。有研究者曾以"创意写作"为主题在美国心理学会学术

---

① Anna Leahy, "Against Creative Writing Studies", *Journal of Creative Writing Studiesv* 1（1）（2016）.

数据库进行了检索，检索结果显示：在 20 世纪初至 20 世纪 90 年代数十年之间，以"创意写作"为主题的出版物累计数量常年维持在 100 以内，变动幅度很小；在 20 世纪 90 年代，本数据突然超过 200；到了 21 世纪初，本数据为 700。这表明，美国心理学家研究创意写作的兴趣在 20 世纪 90 年代以后显著增长。① 与创意写作关联的学科有教育学、文学、心理学、脑科学、社会学、艺术学、经济学、计算机科学等，研究创意写作不能仅仅注意到文学批评方法的使用，更要敢于采纳更多元的方法论路径。英语学界在跨学科研究创意写作方面已经取得了比较丰硕的成果，但就目前国内创意写作学术研究现状来看，以多学科方法介入文学写作过程研究的成果并不算太多。传统意义上的文学研究也在一定程度上以作家创作为研究对象，但其研究的根本目的是阐释作家作品，而不是专门解析文学创作的内在机制。传统意义上的文学研究过于关注作为结果的作品，在创意写作视域之下，相关研究则更关心作品生成的过程，因为在创意写作师生和学者们看来，过程与结果并重。以跨学科方法研究创意写作将拓宽创意写作领域的知识，创意写作关联知识也将区别于传统的文学知识，以此彰显创意写作知识生产的独立性价值；以创意写作作为工作法和研究法也拓展了多学科探索问题的视域。值得注意的是，我国学界虽已有从文学及多个学科角度观照创意写作之举，然而，以创意写作作为研究问题方法者却很少，相关学术话题的探讨富有前景。

---

① Graeme Harper (ed.), *A Companion to Creative Writing*, Chichester: Wiley-Blackwell, 2013, p.321.

比较英美两国创意写作学科课程开展与实施的量化分析研究

朱丛迁[*]

摘　要： 截至 2022 年，越来越多高校重视创意写作学科的开展，而早先国内高校大量开展的网络文学专业或可视为创意写作学科在中国的一种先发与细分，并且在可预计的未来，在国家鼓励开办应用型硕士的背景下，开办创意写作学科的高校数量还将持续增加。

然而国内高校究竟是该围绕着创意写作的学术性展开，还是围绕着创意写作的应用性展开，这成了高校开展创意写作学科时无法回避的问题。同样开展创意写作学科的英美两国也存在着不同的路径，本文通过梳理英美两国创意写作课程开展的现实，以数据统计的形式进行相关性分析，对这一问题试做回答，并希望这些答案能够有助于我国高校创意写作课程的开展。

关键词： 创意写作课程设置；量化研究；英国创意写作；美国创意写作

从学术性的角度去看待创意写作学科，在 1837 年艾默生发表了堪称美国文学独立宣言的演讲《论美国学者》之后，创意写作在高校的发展便若澎湃的浪潮，不断地更新着英美文学教育界。从发生的渊源上观察，艾默生首次使用创意写作这一概念的语境及在 20 世纪早期人文主义思想影响下的创意写作教育理念，都已经蕴含了对学生"创造性"的重视。

伯克利大学的爱德华·罗兰·希尔（Edward Rowland Sill）作为最早一批有创作经验的高校英语教师，率先意识到了语文学教育理念所造成的困境："目前为止，现有的文学作家都已经被研究完了，而且在很大程度上仅被当作语文学来研究……语言作为文学的外壳，已经被灌注了太多犀利精彩的学术内容，但问题的本质，即文学自身却被忽视了。"[①]

---

* 朱丛迁，澳门科技大学助理教授。

① Rowland Sill, "Should a College Educate?", The Prose of Edward Rowland Sill (1900).

在这个意义上,或可以推断创意写作为文学的学术新路径提供了方向。

除此之外,如果将创意写作视为一个专业性的学科,仿照 MFA 初期建设模式,创意写作或许能以 MFA 形式甚至 MBA 模式进行专业构建:以知名作家为主体的教师团队,培养有实践性与精于生产产品的学生等。这样的理念符合文化产业的复制与生产,哈佛创意写作奠基人亚当斯·谢尔曼·希尔(Adams Sherman Hill)教授认为,文学除了作为研究对象,还具有其他的意义:英语可被作为语言、文学、甚至"人与人之间的交际手段"来研究。① 显然按照这条思路推演下去,其强调的是从文化产业和创作的实践性上看待创意写作学科。

综上所述,创意写作的开展至少存在以上两种路径。

一、全球语境下的创意写作学科体系

国外认为创意写作是这样一种写作:它以一种具有想象力的、通常是独特的又富有诗意的方式表达作者的思想和情感。但是欧美两方受 19 世纪不同写作培养概念的影响,所以创意写作在英美的培养有所不同,主要有两个培养的方向:一是创意写作学科的高校教师、学术研究者或者"两栖作家";二是创意写作的实践者与专业领域的应用者,如好莱坞的编剧、百老汇的剧本写作者等。

但实际上,在现有的中文论文文献中,对涉及英美文学、人文学科、哲学学科的学科划定通常有以下刻板印象。

第一,就英美高校比较而言,英国高等教育更加偏向于创意写作学科的学术研究,美国高等教育中创意写作学科更加偏向于实践和应用。

第二,就公立大学和私立大学的划分来看,公立大学更加偏向于人文学科的学术研究,培养学术背景的人才;而私立大学则更加倾向于专业性与实用性的培养,热衷于培养实践与应用型人才。

粗略总结中文论文文献后,综合以上两点,似乎可以得出这样的结论:英国公立大学更加偏向于创意写作及人文类相关学科学术研究,培养学术型人才;美国私立大学更加偏向于实践和应用的创意写作,培养应用型人才。而值得思考的问题是:无论是英国还是美国,都已开创相关学科多年,经过这么多年的发展之后,是否存在着另外的趋势? 中文学术圈对英美两国创意写作学科的看法是否需要更新? 对于这些问题,本文将用量化分析的方法进行探究。

除上述问题外,还值得注意的是商业性应用性较差的纯文学写作者。在中文论文库中,部分论文并没有做好对诗歌散文的创意写作者的归类,其更应被归类为学术研究者或专业领域的应用者。在本文中,我们将更需要天赋的诗歌及散文领域的写作者归类于偏向学术的人群,即从商业和应用的角度去分类学术研究者和实践者,而不是从动机的角度去分类。在文学常识中的普遍认知是,诗歌散文缺乏商业应用前景,其所需的自我表达更

---

① Adams Sherman Hill, *Our English*, New York:Harper, 1888, p.7.

多依赖的是文学天赋,因此不将其作者划为实践专业领域的创作者。虽然这一划分可能会有争议,但基于商业和学术的二元对立划分方式(见图1),将更有利于窥探学术与专业中间的区隔。

图 1　主竞争框架的两个维度

涉及文学课程的更细的划分方式(以商业元素为考量)可见表1。

表 1　文学课程的划分(以商业元素为考量)

项目	诗歌	散文	小说	剧本	广告/网络创意
打分	0	1	2	3	4

二、量化分析

在我国创意写作学科进入专业硕士培养的时代背景下,在诸多讨论中,关于创意写作学科与学历挂钩与否或者与学术挂钩与否的话题讨论是最为激烈的。作为广义上文科的又一实践性学科的补充,创意写作学科是模仿 MFA 做应用性质学科,作为应用型人才的培养点,强调经验的传授,强调对作品产出的培育,还是在更强调在文化产业的视角下,将创意写作视为产品进行培育呢? 作为学科而存在的创意写作也存在一些实践理念和学科定位层面的问题,如诺顿在《模棱两可:创意写作和学术期望》(*Betwixt and Between: Creative Writing and Scholarly Expectations*)中所指出的创意作品与学术研究之间存在的模糊与疏离等问题,也是不可忽视的。

传统的定性研究不可避免地会掺杂研究者自身的主观态度。定量研究可以较好地避开个人观感,较为客观地用数据提供参考。同时,创意写作学科中学术学历的理念倾向和实践应用型的理念倾向,若用实践和学术这两个维度,以及文学和商业这两个维度去考察,实则为可以进行类比的竞争性框架。

(一)框架分析

在本文中框架被定义为观察实践思维推理的前提。而学科设置的框架为在学科设置中采选学科教师课程作业等现实素材的模式,兼具具象化教育活动中组织话语单位的思想。沿用以上定义,本研究拟将创意写作学科中的两种倾向设置为竞争框架。竞争框架即为相同的教育机构或相类似的教育机构,在同一时间对同一学科所采取的两个或者两个以上不同性质甚至彼此对立的学科设置倾向框架。这种竞争性框架通常表现为异质框架。

本研究还将揭示不同地区与不同属性的高等院校在开展创意写作学科时的趋向性变化,并试图阐释这种趋向性变化产生的原因。本研究还试图揭示教材与教师的关系:是教材影响了教师的发挥,还是教师的使用使得教材发生了改变? 这在多大程度上是校方愿意看见的或者不得不发生的情况,这种趋势和创意写作课程的开展是否一致? 本研究同时也给相关想要开设创意写作课程的高校提供一些实际的数据。

(二)抽样方式

研究选取《泰晤士报》和 USnews 网站上登载的创意写作排名前 30 的高校进行数据统计,研究在 Google 上查找官方网站和官方招生简章,得出量化数据后导入 SPSS 软件进行相关性分析。除去无法从官方网站获得足够研究信息、官方网站无法打开或是招生简章信息不全的高校,以及那些在研究时暂停招生的高校,研究最终选取出英国公立大学 16 所(英国私立大学 0 所),美国公立大学 2 所,美国私立大学 10 所。本研究共收集数据 54 组,其中英国 32 组,美国 24 组。分类考察项目包括课程设置方案、课程设置针对、毕业生去向研究,以及课程大纲。

更细分的内容分析是比较美国的公立高校和私立高校在创意写作课程开展上的不同,即进一步分析和比较美国的公立高校和私立高校在开设创意写作课程时是从该门课程的学术角度出发,还是从商业实践角度出发。研究以量化分析中内容编码的方式,从学校官方网站或官方招生简章上搜集到相关数据 172 组,其中公立学校 71 组,私立学校 107 组。针对美国在创意写作课程设置框架上的设定,从师资力量中的师资背景的划分可以认定学校在聘用老师时更加侧重学术方向还是应用方向。以常识判定的方式进行,也就是通常意义下,学历水平更高,且教师专业背景为英文专业、文学专业、神学专业、哲学专业,以及比较文学批评、文学批评理论等细分人文学术专业的,则可推定该高校在考虑聘用老师时,更加偏向于该老师的学术背景。在学校的课程设置偏向上有相似的情况:若该高校关于哲学课程宗教课程、社会学课程、文学批评理论课程、文艺学课程等学术性课程,开设的比重及分值均明显大于应用性课程,则可以有效推定该校在课程设置上更偏向于创意写作专业学术及学历的教育培养,而非应用和实践人才的培养。本文试图将以上元素作为可以进行量化、符合量化逻辑的关键词,对其课程设置框架进行分析。

综上所述,本文将创意写作学科中的学术性和应用性分离出来,划分为双维度量化考察,为了准确的量化测量框架,每次数据录入都会对每个框架进行三级或三级以上的评分,零分为框架未出现成果或课程设置框架相关的关键词。

三、结论

(一)在创意写作学科中是否存在英国课程更偏向于学术研究,而美国的课程更偏向于应用型人才的培养的猜想

对于假设英国创意写作课程更偏向于学术研究,而美国的更偏向于应用型人才的培养的这一通常认知和刻板印象,基于量化分析得到的相关性数据分析结论表明如下(见表 2、表 3):

表2 英国创意写作课程相关性数据分析

相 关 性	英 国	学 术
皮尔逊相关性	1	0.378
显著性（双尾）		0.057
个案数	26	26

表3 美国创意写作课程相关性数据分析

相 关 性	美 国	应 用
皮尔逊相关性	1	−0.021
显著性（双尾）		0.920
个案数	26	26

注：当皮尔逊相关系数越接近于1或−1,相关性越强,皮尔逊相关系数越接近于0,相关性越弱。

　　数据表明,英国创意写作课程与学术研究偏向弱相关,美国创意写作课程与实践运用弱相关。因此,英国高等教育中的创意写作学科更加偏向于学术研究,美国高等教育中创意写作学科更加偏向于实践和应用的一般认知并没有得到数据的支持,即一般认知中美国高校创意写作学科开展更加围绕产业运作,而英国高校的创意写作学科开展更加注重学术导向的猜测并不成立。

　　这表明创意写作这一学科高度的应用性和互联网发展、全球化趋势的背景,促使创意写作学科走向了全球统一的学科标准。这和MBA课程在全球的开展情况非常类似。一方面,MBA课程的个性化、差异化通常在各国教育中并不可行;另一方面,电影工业、舞台剧产业等文化工业对文化产品的可复制性、可再生性、标准模具化的定制等需求,也促使作为文化产业上游的创意写作课程在英美两国不同的教育理念下,仍然呈现统一的应用型教育路径选择。这给我国开办创意写作课程的高校的启示是:创意写作课程的开展应更多地考虑创意写作所直面的文化产业本身,而非更多地考虑开展创意写作的高校自身的状态及历史因袭。学校应该在创意写作的学术培养和应用人才培养上找到均衡点。创意写作学本身在学术与应用上呈现一体两面、互为支撑之态。正如学者黛安娜·唐纳利（Dianne Donnelly）所言:"（创意写作研究）使我们的知识探索导向新知识的发现、新的意义建构方案,顺着这种发展轨迹,我们越了解研究的内容,就越能探究我们的实践,我们能探索的领域也变得更加复杂。"[1]

---

[1]　Dianne Donnelly, "Building and Mobilizing A Sustainable, Knowledge — based Culture for Creative Writing Studies", *New Writing*, 16(1)(2019).

（二）研究英美的私立高校是否更加偏重于培养创意写作学科中的应用型人才

和广泛的刻板印象不同,私立学校在开展创意写作课程时,并没有单单重视创意写作课程的应用层面。相反,在英美的私立学校中,创意写作课程给学生提供的学历上升通道,也是学生选择创意写作课程的重要动机,详见表4。

表4　英美私立学校创意写作课程相关性

相　关　性	学院设置	私　立
皮尔逊相关性	1	0.426
显著性(双尾)		0.03
个案数	26	26

因此,英美两国的私立学校也尽最大可能为学生提供了更高的学历认证。英美两国的创意写作课程都没有涉及本科层面的教育,本科层面的创意写作教育是由通识文学课来提供的。并且在硕士提供创意写作教育的基础上,大量的私立学校也开展了创意写作博士的课程,进一步完善了创意写作学科的学历上升通道。比如坦帕大学在开设了专注于新方向的商业类型创意写作硕士管理课程后,培养出了大量的新编辑和新广告策划人才;在创意写作硕士专业开展卓有成效之时,进一步开设了博士课程完善学科的发展与上升通道。

中国高校在开展创意写作课程时,也应当注意创意写作不等同于众多二本学校开展的网络文学专业本科课程。创意写作课程有着自身的学术性和学术要求,它并不是纯粹意义上的写作技法训练和单纯的应用型人才培养体制,而是在原人文学科背景下产生的更适用于文化产业的学术学科。在众多学术学科中,创意写作的应用性尤其明显。我国国内大量开展的网络文学本科教育,是学术课程在网络文学这一领域开展的一个课程项目,广义上可以视为创意写作;但回到创意写作学科本身,还应该强调创意写作作为一门学科的学术性。其实这一过程和英美开展创意写作课程的方式很相近。英美两国高校在本科阶段均有开设写作课程,等到了更高的硕士阶段,才用创意写作将应用型写作区别于文学研究和文化研究,进行大类上的分类。开展网络文学本科课程的中国高校在进一步开展网络文学硕士课程、博士课程之余,或许也可以考虑一下用更学科化的创意写作提升本科阶段的文学教育,为侧重专业化和应用化的网络文学写作配套创意写作的学术性。英美高校在创意写作的开展过程中,采用MFA硕士和博士的培养方式;我国澳门科技大学一开始就考虑到了创意写作学科自身的学术性,所以一开始就提供了创意写作学科的博士课程,为学生提供更高的学历认证。

（三）关于研究英美两国在创意写作教师的任用机制，发掘该学校创意写作课程的倾向性——应用型还是学术型

1. 英美私立高校在开展创意写作学科时的师资配置研究

就现状而言，英美的私立高校在创意写作课程的教师任用上选取了较为保守的方式，并没有大量使用创意写作课程相关的文化产业上的行业人才。从案例分析中还可以看出，英美高校实际的教师任命方式和我国所提出的学术和专业并重的"双师"路线高度一致。"双师"即双师双能，是指老师同时具备应用和教学的能力。"双师"路线的提出，也和我国现阶段大力鼓励高校培养应用型人才的背景相吻合。应用型人才的培养模式起源于德国应用科学大学，其中重要的理念就是所任命的教师必须是双师双能的。将这　理念沿用至创业写作学科，既要求创意写作学科的教师有学术背景，同时也要求创意写作学科的教师有行业发展的能力。双师型教师中有一位中国研究者很熟悉的作家——哈金。哈金在艾莫里大学时便任教于创意写作方向下的细分学科——非虚构创意写作，而后转任波士顿大学，也一样在创意写作方向下耕耘，并在教授之余创作出了如《等待》等名声在外的小说。而在论文集《在他乡写作》（*Writer as Migrant*）中，哈金谈到了双师型教授在美国的处境："竞争太过于激烈，而教授需要不断地拿出成果，不然学生会看不起你。"哈金的一番坦白勾勒出了美国大学中创意写作方向双师型教师的竞争现状。因为美国没有类似作家协会的机构，大学是大部分作家的避风港。对于作家而言，提升自己的教学水平与写作水平，以求留在学校任教，是其最大的目标。这产生了一个良性的竞争循环，也从侧面展现了双师型教师队伍在美国的庞大。

2. 英美两国高校在开展创意写作学科时选择师资背景的倾向性研究

在刻板印象中，英美私立学校在开展创意写作课程的实践时会更加偏向于聘请好莱坞和舞台剧的编剧，以及有着代表作品的作家替代人文学科中的研究者和资深教授，以此更加凸显创意写作学科的应用性。但这一猜想没有得到数据的支持（见表5）。

表5　英美私立大学授课教师的产业从业背景相关性

相　关　性	私立大学	授课教师的产业从业背景
皮尔逊相关性	1	0.096
显著性（双尾）		0.64
个案数	26	26

英美两国无论是公立还是私立学校，大部分仍选择具有文学人文学科专业背景，同时具有一定的文学创作背景，偏向于商业型的创意写作人才作为创意学科的教师。文化产业的从业者并没有大量地涌入创意写作课程的教师队伍中。这和我国现在网络文学教育的开展中，大量的编剧小说创作者成为高校教师或兼职教师的趋势并不相符。创意写作

学科因自身的学术性,更加需要同时具有人文学科背景和写作实践能力的双师型教师,或者高校应该对在双师型这一理念下两种教师的数量配比进行考量。

在波士顿大学,便存在着大量的双师型教授,有部分教授甚至是著名的两栖型作者,比如以厄普代克(Updike)为代表的一部分非虚构小说写作者。波士顿大学为这些双师型教授配备了专业的团队,学校还有专门的教研室负责专业学科与实用性的落地。再比如爱丁堡大学,除作家讲座与写作营之外,其他课程譬如写作课程和理论课程,都由专业的教师负责,少有双师型老师负责,甚至论文写作专题指导(Dissertation Supervision)这种需要具有写作经验的教师辅导的课程,都是由专业教师一手负责,在其课程的分配中可以见到学校对于不同背景的教师数量配比与岗位的相关考量(见表6)。

表6　授课老师背景相关性

相 关 性	授课老师背景(0—10 文学性增加)	
	授课老师的学术发表情况	授课老师的文学创作情况
皮尔逊相关性	1	0.804[①]
显著性(双尾)		0
个案数	26	26

注:① 在0.01级别(双尾),相关性显著。

而就创意写作学科的发展趋势而言,英美高校中越来越多的老师拥有丰富的写作实践经验,并且在学术课程和应用课程的开展中,二者的融合更加密切,即人文课程的学术背景为创意写作所处的应用领域服务。更加细分的数据统计也显示,越来越多的创意写作课程围绕着创意写作的商业性而展开(见表7)。

表7　创意写作课程商业性相关性

相 关 性	授课老师的专业背景	商 业
皮尔逊相关性	1	−0.433
显著性(双尾)		0.027
个案数	26	26

就从商业考量上,剧本小说大于散文诗歌的量级变化而言,这一趋势还使得创意写作课程已经从较为依赖天赋的纯文学培养,慢慢过渡为越来越重视可复制的商业性创意写作课程。越来越少的学校开展以某一项纯文学形式命名的课程,在课程的设置上更加考虑商业应用前景。

例如美国的公立大学明尼苏达大学便开设了纯商业应用化的创意写作方向硕士课

程,其效果非常显著,五年内培养的优秀新传媒编辑、新广告文案从业人士已达四百多人,其成果远超原模式下的编辑与文案培养体系。这表明不同时期不同的文学形式都会经历自身的变化,甚至传播文学的渠道也会随着科技的改变而变化。因此在创意写作这一学科中从学科上定义文学的应用,比从应用场景上定义文学、培养文学更加具有前景。例如我们不得不思考,在短视频时代,网络文学是否面临着挑战和转型,但如果高校将网络文学置于创意写作学科中的一环,则这样的风险改变将是可控的。学科化的创意写作将更加灵活地面对文学形式与文化产业的各种调整。

在趋势上,创意写作学科正从文学性向着文学性的反面——商业性进行跃迁。在英美高校近百年的创意写作实践开展中,原来的创意写作中的文学创作培养被更多的商业实践、商业环境应用的课程和理念取代。这或许应验了在全球网络化进程中,特别是进入移动互联网时代之后,商业化和信息碎片化对写作本身造成冲击的预言。或许在剧烈变迁的网络时代,固定的文学写作形式难以较长久地成为学术讨论的内容。而从结果导向来看,以符合商业逻辑应用场景的创意写作为渠道继承文学、人文学科的丰富内涵,将更有生命力和价值。

创意写作本质上属于文化创意产业的上游产业,而文化创意产业以创造力为核心,以技术、创意与产业化为三大支柱,可见合理沟通、融洽发展可使创意写作的文学性及商业性占比部分均衡。

3. 研究更多英美两国公立私立高校在开展创意写作学科时对老师的雇佣倾向

美国开展的创意写作课程,无论是公立大学还是私立大学均不强调任课教师的职称专业性,大量的任课教师为讲师和高级讲师,也包含了创意写作课程特殊设置的杰出驻校作家教师。

在美国,专业职称高的老师,不仅在学术成就上成绩斐然,在创意写作的应用领域,即文学发表、小说发表、剧本发表上,也呈现老师职称与作品发表数量成正相关的趋势,因此可以推断,美国的创意写作课程开展极重视老师在创意写作学科应用领域上的个人发表,需要老师有自己的代表作品和自己专业的创意写作应用领域,这和我国提倡的双师型应用硕士教育模式理念接近。

不管是公立学校还是私立学校,总体来说美国在开展创意写作课程时更加注重任课老师在创意写作应用领域的创作发表,这一比重甚至超过了美国高校对创意写作任课老师在学术论文上的发表要求,这一趋势表明,在创意写作的课程开设和师资力量培育上,美国的经验是注重对创意写作老师专业背景的考核,而非学术上的要求(见表8)。

表 8　美国大学创意写作教师作品发表相关性

相 关 性	老师的职称	创作类发表(不含学术发表)	学术类发表
皮尔逊相关性	1	0.306	0.155
显著性		0	0.044
个案数	178	170	168

（四）研究英美两国高校在创意写作学科是应用型还是学术型的办学倾向表述，作为同一赛道中（教育产业）体现细分优势的竞争策略，在长期的发展中与该学校创意写作课程宣传是否保持一致

无论从招生简章还是学校官方网站的介绍上来看，英美高校在创意写作招生上，无不突出自身的学术定位，以及学术专业所占招生吸引力的权重。但在实际的课程开设中，学术课程所占课程的比重和学校在宣传自身创意写作专业化学术化的意图上，实质是在弱化的（见表9）。

表9 英美高校创意写作宣传定位与课程设置相关性

相　关　性	宣传定位（突出学术、学历与专业性）	与学术相关的课程设置
皮尔逊相关性	1	−0.055
显著性		0.789
个案数	26	26

研究表明，由于创意写作专业本身的高实践性和应用性，高校在开展创意写作课程实践时，单纯地想使创意写作课程呈现其他人文学科的学术化发展路径可能难以达成。创意写作课程应该因地制宜，不能忽视创业写作课程本身的实践性和应用性。而由于学科专业化、交叉发展的背景，各种创意写作课程被纳入某个专业领域并作为相关写作训练的现象已经非常普遍。此外，创意写作与其他院系课程的结合，也出现了一批新型的课程，例如曼彻斯特城市大学为本科生开设的商务创意写作方面的课程。

在美国高校中，越是资深的创意写作教师，越有丰富的创意写作应用领域的获奖经历，这表明美国高校在开设创意写作课程的过程中，更加注重老师的行业资深背景和奖项的加持，以老师在创意写作应用领域的专业性和奖项，增加本校创意写作学科在全美教育产业竞争中的权威性和专业性。

综上所述，英美两国在创意写作学科的设置倾向上各有偏好，公立学校和私立学校在创意写作学科的精确倾向上亦各有不同。结合内容分析和数据的抽样调查，以及以数个子框架为案例，研究可以宏观地实证分析出英美及公私高校对创意写作学科设置两种倾向的认同，以及在侧重的子框架内两种倾向的互相协同统一，但因为客观原因的限制，本文仅收录了有限的数据资料，期待在进一步的研究中得以加强数据收集做更进一步的分析。

澳大利亚创意写作的发展及其对中国的启示[*]

蒲俊杰　谢诗慧^{**}

摘　要：创意写作是人类以写作为活动样式、以作品为最终成果的一种创造性活动。自麦格理大学成为澳大利亚第一所开设创意写作课程的大学以来，澳大利亚高校的创意写作蓬勃发展，在道金斯改革的推动下，它已成为对国家产生重要影响的学科。其发展的思路，在培养目标、课程设置、教学模式、毕业考核等方面均可为中国创意写作学学科的探索提供有益参考。

关键词：创意写作；澳大利亚；培养目标；课程设置

自 1936 年美国艾奥瓦大学启动"创意写作项目"、设立创意写作艺术硕士学位（Master of Fine Arts，简称 MFA）以来，英语国家的高等院校纷纷设立创意写作学科。[①] 澳大利亚的创意写作学科正是在此潮流当中应运而生的。随着该学科在澳大利亚的影响日盛，相关研究也逐步兴起。20 世纪 90 年代至今，澳大利亚已经涌现出大量与之相关的优秀专著、博士论文、专题期刊等，这些成果丰富了世界范围内创意写作的研究，推动了创意写作学科在全球的发展。

一、起源与发展

20 世纪中叶，为应对人文危机带来的知识和教育的挑战，澳大利亚开启了英语文学教育改革，其本土的创意写作学科在这场改革中发展起来。1966 年，建校刚满两年的麦格理大学设立"创意写作"学科，它一改传统大学的授课模式，调整课程结构、开发全新课

---

* 本文是中央高校基本科研业务费项目"互联网时代中西传媒公共传播的实践与理论研究"（2019CDSKXYXW0038）阶段研究成果。

** 作者简介：蒲俊杰，男，重庆大学新闻学院副教授、硕士生导师，重庆大学新闻传播与社会发展研究院研究员；谢诗慧，女，四川大学文学与新闻学院 2021 级博士研究生。

① 葛红兵，雷勇：《英语国家创意写作学科发展研究》，《社会科学》2017 年第 1 期。

程探寻英语文学教学的新方式,使麦格理大学成为澳大利亚首所开设创意写作课程的高等院校。[1] 但在同时期,开设创意写作课程的大学并不提供创意写作专业学位,其课程大多是英语研究专业学生的选修课程,例如麦格理大学的创意写作课程就隶属于当时的英语学院。1970 年,毕业于美国艾奥瓦大学 MFA 项目的澳大利亚籍诗人亚历山大·克雷格(Alexander Craig)投身于该国的创意写作教学,他在澳大利亚境内已有的创意写作课程基础上改进,将其扩展成为电视、广播、电影和新闻采访等专业学生选修的写作教程;1989 年,创意写作的相关课程从英语研究的范畴延伸到大众传播或传播与新闻学范畴。[2]

1984 年,伍伦贡大学成立了新创意艺术学院,成为澳大利亚第一所提供创意写作本科学位的大学,同时它也是澳大利亚首所通过提交作品(如文艺作品、戏剧、影视剧本等)获得研究生学位的大学。[3] 三年后,该校创意写作专业的创始人、澳大利亚著名诗人罗恩·普丽缇(Ron Pretty)编写了澳大利亚创意写作历史上的第一本教科书《创造诗歌》(Creating Poetry)。

墨尔本大学、堪培拉大学、科廷大学和悉尼科技大学等具有创新精神、注重新兴学科发展的高校领军者也为澳大利亚的创意写作学科发展提供了诸多值得参考的实践。墨尔本大学的创意写作专业分支于该校的英语系,以其多样的上课形式、自由的课程选择而闻名,号称在该校"能学到所有写作形式的技巧",这给澳大利亚创意写作学科带来更多元化的可能,使它不仅在文学创作方面具有一席之地,在传媒、戏剧等方面也能大放异彩。堪培拉大学的创意写作专业侧重学生作品的出版,如今在澳大利亚高校的创意写作专业中这已颇为常见,其累累硕果展现了该学科的兴盛繁荣,不仅能吸引更多的学生投入创意写作的学习,而且量化了开设创意写作专业高校的办学水平,使报考的学生有更直观的考量。在科廷大学,创意写作最初是一项通识课,主要用于培养学生的沟通、写作、交际等能力;在成为该校的一门专业之后,它转为关注学生的文学批评技巧。悉尼科技大学创意写作学科的培养目标与该校办学章程(为社会输送更专业的职业人才而提供高等教育)一脉相承,它注重学生的实用写作技巧,更倾向于将"创意写作"看成一种"技术"。科廷大学和悉尼科技大学作为学科领头羊,将创意写作视为一项专业化程度比较高的技能,由此大大促进了创意写作学科的职业化发展。

除此之外,道金斯改革也为澳大利亚创意写作发展带来了新的春天。1989 年,澳大利亚政府宣布开展高等教育体制改革("道金斯改革"),3 年内将原有的 24 所高校与 47 所高等教育学院改组、合并为 38 所大学。[4] 从此澳大利亚各高校朝着学科设置更完备、专业教育更深入的方向发展,而在当时新兴的创意写作学科以其短时间内的高回报(学校、学院通过出版学生作品获得高声望、高就业率,学生本人也能获得名气和良好的就业前景),获得了广泛的关注和社会各界的推崇。

---

[1] Paul Dawson, *Creative Writing and the New Humanities*, New York: Routledge Publishers, 2005, p.152.

[2] Paul Dawson, *Creative Writing and the New Humanities*, New York: Routledge Publishers, 2005, p.151.

[3] Paul Dawson, *Creative Writing and the New Humanities*, New York: Routledge Publishers, 2005, p.152.

[4] 杨尊伟,袁俊现:《国际化进程中澳大利亚高等教育改革及启示》,《枣庄学院学报》2010 年第 3 期。

二、现状

澳大利亚的创意写作从最初隶属于英语专业的一门课程发展至今,已成为一门拥有独立办学条件、特殊就业渠道和专业研究体系的热门学科,它的成长过程也是该国高等教育迈向现代化与国际化的过程。经过 50 余年的发展和演化,澳大利亚创意写作的课程体系已非常成熟。

（一）培养目标

澳大利亚的创意写作注重培养学生对写作及文学的热情,为热爱写作的学生提供更良好的写作技能教育及写作环境。如麦格理大学的办学目标立足于提高学生的写作技能,伍伦贡大学旨在培养学生在虚构与非虚构写作中运用创意写作技巧的能力,墨尔本大学宣称要帮助学生掌握基本的写作技能,科廷大学则承诺,"如果你喜欢通过写作来创造性地表达自己,在本专业就读能提高你的写作能力"。

正如澳大利亚英语文学研究专家约翰·弗罗(John Frow)所言,澳大利亚的创意写作与文学研究相关联[1],因此多所高校的培养目标与文学批评联系紧密。例如伍伦贡大学对本科生、硕士生和博士生有不同程度的要求:要求本科生能创作出符合时代背景的诗歌、戏剧和短篇小说,能结合文学批评理论与个人写作实践;硕士生要具备从不同社会和文化背景下准确理解和评估当代作家创作水平的能力;博士生除了要达到对硕士生的要求,还应具备专业领域视野,能够批判地反思、评价创意写作学科现状以及传播研究成果。墨尔本大学要求学生通过自己的创意写作作品,以创新、前卫的方式批判性地检验当代文学批评理论;科廷大学希望通过教学提高学生的批判意识;悉尼科技大学则要求学生完成批判性、创造性的思考,修改个人创意写作作品,发展对当代写作实践的理解。

澳大利亚高校的创意写作专业以培养诗歌、编辑、多媒体写作、戏剧、小说等领域的人才为目标,致力于为社会相应岗位提供专业人才。如伍伦贡大学旨在培养"能运用写作技巧,创造出戏剧、诗歌或叙事作品"的人才;堪培拉大学明确指出,要将学生培养为具有"创造富有想象力的小说、诗歌及各类荧幕写作作品"能力的人。

（二）课程设置

澳大利亚高校创意写作的课程设置以写作和文学批评为核心,与传媒、表演、艺术等领域密切相关。如以开设创意写作专业的老牌高校伍伦贡大学为代表,它提供创意写作概论、编辑、国际写作、写作风格与写作形式、当代文学理论与研究实践、写作与文学批评理论和当代小说与电影等专业必修课,以及诗歌工作室、戏剧工作室、小说(或非虚构写作)工作室等专业选修课;此外,广告文案、书籍出版、企业传播、创意内容制作、游戏作家、网络作家等多元化课程为打造个性化写作提供可能。学生的作业通常包含小说、自传、诗歌、戏剧以及其他新兴的写作形式,如屏幕叙事、艺术与表演写作等。

在师资方面,开设创意写作的澳大利亚高校侧重于引进在业界享有声誉的写作人才,

---

① Paul Dawson, *Creative Writing and the New Humanities*, New York: Routledge Publishers, 2005, p.156

同时也欢迎从事文学批评的学者和传媒工作者。在悉尼科技大学教授创意写作课程的11位讲师当中,除克雷格·巴蒂(Craig Batty)为编剧兼创意实践研究专家、萨拉·阿特菲尔德(Sarah Atfield)是一位诗人之外,其他9位教师均为不同领域的作家。

课程设置体现了学校对创意写作专业学生的要求。第一,要求学生能够识别、解释和应用创意写作的学科概念,分辨不同的流派,结合理论与实践,构思、发展和评价自己的创意写作作品。第二,要求学生具备批判性眼光,能对信息的有效性做出准确的判断。第三,培养学生的沟通技巧及媒体实务能力,要求学生能够与他人进行有效的沟通。第四,要求学生开阔视野,具备国际眼光,了解和认识多元文化。

(三) 教学模式

澳大利亚高校的创意写作涵盖讲座、工作坊、写作练习、小组讨论和学生个人展示等多种教学模式。学院或老师会提供当代知名艺术家或作家的活动信息,通过给予学分的方式,鼓励学生参加讲演、展会服务或促进公众阅读的社会实践,为自己的创意写作作品寻求出版机会。

其中,最为常见的教学模式是学生研讨会。创意写作的学生研讨会指的是该专业的学生随机或自愿组成小组,共同商定完成写作实践的时间(一般为一个月两次或三次),在约定的时间内,每个学生与小组其他成员公开讨论自己的作品,接受或反驳他人的修改意见,同时为其他成员的作品提出修改意见及评价。评分采取小组成员综合评分与系内(或院内、校内)公开展示评分相结合的方式。教师在其中并非“一言九鼎”,而是与小组成员地位平等、发言机会均等,甚至在某些高校的学生研讨会中,没有教师的参与。学生研讨会的教学模式在提高创意写作专业学生的文学批评能力、写作能力和沟通能力方面成效显著,参与其中的学生既是创作者,也是评论者,同时还要学会以逻辑生动的语言打动他人,使他人接受自己的意见。

澳大利亚高校的创意写作教学模式多与职业化的实践挂钩,如麦格理大学为本科学生提供与社会机构合作的机会,包括编写商业剧本、创作广告词等,如果作品在市场获得良好反应,那么学生在该实践课程中便能获得高分。

在创新教学模式的实践中,各校做了不少努力。如墨尔本大学鼓励学生参加“墨尔本作家节创意写作奖”;堪培拉大学提供在作家中心、堪培拉作家节、堪培拉大学下属的国际诗歌研究所等地实习的机会,让学生更多地接触优秀且知名的作家;科廷大学不仅邀请了多位获奖作家指导学生,而且与当地的文化和技术中心、科廷广播 FM 100.1、海曼剧院、约翰科廷画廊、在线学生报纸、电视工作室等均有合作,为学生提供实习渠道和就业机会。

总之,澳大利亚高校创意写作的教学模式注重培养学生批判性思维,提高其写作与沟通能力,帮助学生尽早参与社会实践。

(四) 毕业考核

在完成学业、修满学分的前提下,澳大利亚高校的创意写作学生除了选择毕业论文答辩,还可以通过提交原创作品获得学士学位或硕士学位。麦格理大学的知名校友贝克·汉娜(Beck Hannah)就以一系列高质量的绘画作品、原创剧本以及诗歌集获得了该校创意写作硕士学位。

创意写作博士学位要求较高，例如伍伦贡大学要求博士生撰写一篇研究论文、一篇创意写作作品和一篇评论作品。其中，毕业论文须具有较高的学术水平，富有创新性和现实意义；评论作品字数要在 20 000~30 000 字（英文字符）之间，具有批判性和现实意义；创意写作作品要求小说的字数（英文字符）不少于 75 000 字、诗歌作品不少于 80 页（篇数不限）、原创剧本作品的实际演出不少于 90 分钟（三者任选其一），或者大型媒体艺术作品展、10 篇及以上的原创音乐作品集、视觉艺术作品个人展等。

另外，澳大利亚开设创意写作专业的高校多与当地的出版社合作，在学生毕业前帮助其出版个人作品，如麦格理大学与迪士尼公司合作出版学生塔拉·克劳尔（Tara Crowl）的毕业作品《逃离伊甸园》（*Eden's Escape*）。

（五）教学成果

在明确的培养目标、个性化课程设置、多元教学模式以及灵活的毕业考核要求等综合作用下，澳大利亚高校的创意写作专业为出版业、传媒业、创意产业输送了高质量的职业人才，如麦格理大学的创意写作博士伊丽莎白·克莱尔（Elizabeth Clare），毕业后成为知名调查记者、播客红人、小有名气的诗人，还担任母校创意写作的名誉讲师。

此外，澳大利亚高校的创意写作专业还培养了新一代具有世界影响力的作家。如悉尼科技大学的本·亨特（Ben Hunter）是知名儿童小说家；麦格理大学的创意写作硕士莉安·莫里亚蒂（Liane Moriarty）著有 6 部国际畅销小说，其中《丈夫的秘密》（*The Husband's Secret*）在美国出版不到两周便位列《纽约时报》畅销书的第一名，在全球已售出 200 余万册。

三、对中国高校创意写作学科发展的启示

学校与社会的良好对接，使澳大利亚高校的创意写作学科得到了长足发展。与之相比，中国高校的创意写作学科实践和研究尚在探索与成熟中。首先，中国的创意写作还未获得应有的学科地位，而多个英语国家早已将其视为自然科学、社会科学之外的一门独立艺术学科，因此即便中国的创意写作教学不乏创新性探索，但从总体看还缺乏原创理论、训练体系、课程系统和学科建设。其次，中国的创意写作课程过分强调写作课的基础性和实用性，忽略了文学性和艺术性等，对学生缺乏吸引力。① 最后，中国高校扩招带来了一系列问题，造成了文学系毕业生"就业难"，图书出版业的低迷和急功近利的社会风气，让原本热爱写作、擅长写作的学生也转向其他"实用型"专业，导致潜心研究写作和潜心写作的新生力量少之又少。

如今，创意写作学科在中国已经过了引进及初创阶段，未来即将进入中国化创生阶段。要建构创意写作的"中国话语"，产生"中国学派"，就要充分地研究西方创意写作史，

---

① 季蓉：《以创意写作革新高校写作教学的实践与思考》，《文教资料》2015 年第 11 期。

研究它的西方土壤和适应性,厘清其与中国特色现实的距离,①同时建立"创意本体论"的文学理论新体系,在"中国话语系统"的建构上下细功夫。参考澳大利亚高校的实践,可以为未来中国高校的创意写作提供一些发展的思路。

第一,从培养目标看,要保护学生"成为作家"的梦想。现阶段,中国高校的创意写作重在培养适合各行各业的"万金油",与旨在培养作家的澳大利亚相比过于浮躁。创意写作应该更注重培养学生对写作的热情,引导其形成批判性思维,而不应以完成就业率指标为最高目标。

第二,从课程设置看,应当给予学生更多样化的艺术培养,包括戏剧、音乐、舞蹈、雕塑、绘画、园艺等,而不仅仅局限于"写作技巧";应多邀请畅销书作家、获奖作家以及具有影响力的作家为学生指导或传授经验,而不拘泥于教授其"写作理论";增加文学批评领域的内容,鼓励学生自我批评以及有针对性地评论他人的作品。

第三,从教学模式看,要积极推行具有中国特色的学生研讨会。澳大利亚的成功也证明了这确实是一种实用的、有效的、可行的教学模式。另外,创意写作的教学不应该局限在课堂,应该给予学生更广阔的学习空间。此外,就业教育应该贯穿整个大学生涯,从大一开始,鼓励和引导学生接触各行各业,让学生学会独立思考。

第四,从毕业考核看,可以借鉴澳大利亚高校创意写作灵活的考核方式,采取更符合中国学生特点的考核方式,并大胆进行试验。

第五,从教学成果看,可以借鉴澳大利亚高校与出版社合作的形式,推荐优秀作品出版,吸引更多写作爱好者进入创意写作领域研究或实践。

---

① 葛红兵:《创意写作:中国化创生与中国气派建构的可能与路径》,上海大学中国创意写作中心、上海市华文创意写作中心.世界华文创意写作协会高峰论坛(2016—2017)会议论文合辑,上海市华文创意写作中心2018年出版,第1页。

创意写作教育教学

融媒体时代团队协作与
故事续航能力培养[*]
——以《小王子》衍生写作训练为教学个案

卢文婷[**]

摘　要：新世纪以来，儿童文学面对融媒体时代的挑战，成功转型为涵盖文学、影视、音频、动画、绘本等多媒介体裁的文化综合体。当前儿童文学人才需要缺口大、团队写作主流化、续写故事常态化，但创意写作教学中更常见的现象却是"三低"：儿童文学热情低、团队协作意愿低、故事续航能力低。针对这样的矛盾，本文以《小王子》衍生写作训练为教学个案，主张"下沉"融媒体时代生活，以试错与论辩激励学生儿童文学写作热情，探索融媒体时代儿童文学团队协作与故事续航能力的培养方法。

关键词：儿童文学；衍生写作；创意写作

新世纪以来的出版市场，以儿童为主要读者群体的儿童文学[①]，可谓风头一时无两，销售份额占比颇高[②]。除传统的少儿类出版社以外，许多图书策划工作室也开始进入童书领域，打造出如"爱心树""奇想国""耕林""海豚"等多个叫好又叫座的童书品牌。如今，无论从家校教育等内容需求出发，还是就人才培养等市场需求而言，儿童文学创写都称得上火爆。但在大学写作课序列中，儿童文学遇冷却是常态——教师们往往将诗歌、小说、散文创意写作目为正统，认为儿童文学只是创作入门期的练笔小故事；学生们也觉得

　＊　本文受到广东外语外贸大学引进人才科研启动项目（299－X5219220）资助。

　＊＊　卢文婷，南开大学汉语言文学学士，武汉大学比较文学与世界文学硕士，武汉大学中国现当代文学博士，华中科技大学新闻学院博士后，广东外语外贸大学中国语言文化学院讲师。

　①　本文儿童文学统指以0—14岁儿童为主要读者群体的作品，包括低幼与青少年文学、绘本、动画片衍生读物等各种体裁。

　②　童书市场份额比例近年来一直积极增长。即使在2020年受疫情影响纸书销售极度低迷的状态下，童书销售码洋仍呈上升态势，2020年上半年，童书市场份额占图书总量31%；下半年销售回暖，"双十一"期间童书销售金额同比增长达200%。详细数据参见谭旭东、王海峰：《童书出版'领涨'中国出版业——2020年中国童书出版观察》，《出版广角》2021年第4期。

儿童文学尤其是低幼故事既缺乏吸引力，又难以动笔，找不到创作方向。① 教学冷而需求热，在这样矛盾的境况之下，如何通过创意写作教学加大儿童文学人才培养力度，激发学生对儿童文学的创作热情，进而在融媒体②时代，通过多样化的创写训练，勾连起传统儿童文学与新兴的绘本、动漫作品，实现文字、绘画、音乐、技术等多视角融合，就成了我们在儿童文学创意写作教学中必须认真思考、实践与探索的重要问题。带着这样的问题，我们设计了以法国儿童文学经典《小王子》为核心的创写教学训练——针对儿童文学编写、出版的行业发展趋势，采取分组写作的方式，培养团队协作能力；并从学生写作兴趣出发，采取写作同人类衍生文的方式，激发创作热情，培养故事续航能力。

一、创作冷与需求热：儿童文学创写困境

在进入课程设计之前，首先需要厘清儿童文学创意写作教学中的难点与矛盾。概括而言，难点在于"三低"：儿童文学热情低、团队协作意愿低、故事续航能力低。与此相对应的矛盾则在于：人才需要缺口大、团队写作主流化、续写故事常态化。

第一，儿童文学热情低，但人才需要缺口大。要求 20 岁上下的学生进行儿童文学写作，其实多少有点强人所难。对他们来说，童年生活早已远去，抚育儿童（弟弟妹妹）的生活经验也几近于无，更谈不上会主动观察儿童、积累写作素材。在这样陌生又隔阂的心智条件下，无论是面向低幼儿童的（3—9 岁）绘本创写，还是以青少年（9—14 岁）为主要读者群的小说、散文、故事创作，都状况频出，鲜有合格之作。低幼文学创写往往出现"大人装小孩""为幼稚而幼稚"等状况，如在习作中，学生往往会大量使用"分果果""洗手手""吃饭饭"这样的语词来结构小学低年级学生的对话，而在现实生活中，幼儿园中班以上的儿童已经不常（或不提倡）使用这样的方式来表达意愿了。在青少年文学创写中，同样有年龄混淆的问题。学生或许觉得初中时代距今不远，与现在的自己差不多算是同龄人，所以常在创作中放飞自我，大篇幅书写苦闷心境，故事情节也常常出现暗黑逆转。然而 9—14 岁这一阶段的少年儿童，其心智成熟程度乃至世界观方面，与大学生有着明显的分野，如何把握青少年文学创写中的"度"，对学生来说也相当困难。

正因如此，儿童文学创意写作训练在讲评时，常常是批评多于赞美，鼓励大于认同。写作水平裹足不前，写不出自己满意的作品，久而久之，学生的创写热情自然不高。更重

① 国外创意写作课程也有相似的困境，如安德鲁·梅尔罗斯就在《为儿童写作》中感慨过儿童文学创意写作的重重困境。

② 融媒体指"充分利用互联网这个载体，把广播、电视、报纸这些既有共同点又存在互补性的不同媒体在人力、内容、宣传等方面进行全面整合，实现'资源通融、内容兼融、宣传互融、利益共融'的新型媒体"（李玮：《跨媒体·全媒体·融媒体——媒体融合相关概念变迁与实践演进》，《新闻与写作》2017 年第 6 期）。融媒体格局是当下文化产业发展的大趋势，童书创作与传播也理应与时俱进，跟上时代。例如 2020 年荣获中国国际"互联网+"大学生创新创业大赛金奖、第十二届"挑战杯"中国大学生创业计划竞赛金奖的"小鹿萌妈"项目（广东外语外贸大学王晖团队），以中华优秀传统文化的亲子阅读为内容输出，传播形式覆盖线上音频故事节目"萌声"、线下知识图书分享"萌智"与品牌衍生品开发"萌创"，打造成颇具影响力、传播力的国学教育 IP。

要的是,我们必须正视一种社会现象,即学生或青年群体普遍存在的强烈"厌童"情绪。学生常会强调:我连小孩都不喜欢,怎么可能带着爱与兴趣去给小孩写故事啊?除此以外,创意写作专业女生比例远高于男生,这就导致了另一个问题,即女童题材作品比例远高于男童。即使在给定的男童主题写作情境中,如男生足球队故事、兄弟故事、男孩如何应对打架与打闹等,学生习作仍然会表现出极为强烈的女性风格,塑造的男孩角色常常极其乖巧听话。这样温柔敦厚的男孩子或许是家长的梦想吧,但在现实生活中,更常见的却是调皮捣蛋、搞怪打闹的小男孩。要求学生尽量贴合儿童性别与性格特点,更是难上加难,令人望而却步。

在写作挫败感、"厌童"情绪与隔膜感的多重因素影响下,学生对儿童文学的创写始终缺乏兴趣与热情。但正如前文所述,儿童文学(童书市场)却是近年来图书创写领域的热门板块。学生毕业后进入出版、新闻与新媒体等行业,常会碰到编辑儿童图书、采写校园新闻或编写亲子类营销图文的任务。儿童文学创写看似门槛低,入门容易,似乎只要会写小说、散文、诗歌,就能轻松胜任。但事实显然并非如此。我们仅以最为基础的童书品类细分来举例说明儿童文学创写的复杂程度。首先,儿童文学可按年龄划分成"分层阅读",即按年龄段身心需求,有针对性地对儿童进行启蒙益智、心理疏导、生活经验、趣味培养等各方面的教育。其次,儿童文学还强调按照阅读情境划分为"亲子共读""独立阅读"以及"家长必读"等,在不同情境下,阅读难度、内容皆有具体指向。另外,近年来还有一种更加细分的儿童文学创写分类,即在低幼图书中常见的性格/性别指向型图书,简单而言,也就是前文所说的同一年龄层内部的"男童向"与"女童向"分类。这种性格/性别分类,并不是说童书作者要对儿童进行整齐划一的性格/性别刻板印象塑造,恰恰相反,这样的童书反而是在充分认同儿童性别/性格发展特点的前提下,根据孩子的兴趣爱好重点与知识接受特点来编写故事,以求获得最为良好的教育效果。如近年来极为流行的动画片《小猪佩奇》与《冰雪奇缘》,在学前与小学低年级的女孩中可谓风靡一时,而《汪汪队立大功》与《舒克贝塔历险记》等以冒险、救援为主要题材的动画片,也显然赢得了大部分低龄男孩的心。无论主打男童还是女童,这些动画故事强调的都是性别平等、友善互助、独立自强的高尚品格。而且因为题材故事细分到了不同的性别/性格特点,所以也特别易于被儿童接受。在这样垂直与平行领域皆极为细化的儿童文学现状下,提高学生对儿童文学创意写作的兴趣与热情,不仅是必须克服的教学难点,也是对精神文明建设、对内容市场人才需要的积极回应与充满责任感的主动参与。

第二,团队写作意愿低,但团队协作是主流。在豆瓣论坛上,有一个名为"小组作业受害者"的兴趣小组。在小组简介中,他们写道:"本组收留所有被小组作业伤害的受害者。小组作业万恶之源!它是让你和朋友分道扬镳的罪魁祸首,是社恐头顶的刀;它让本来通情达理的人变得歇斯底里;它让你彻夜难眠,欲哭无泪。朋友,来这里喘口气,时间会向前,小组作业总会结束的。"该组创建于2021年3月29日,到本文引用的7月28日,在短短四个月时间内,已经聚集了2 555个"受害者"(组员),发布200余条主帖。点开帖子,几乎全是"吐槽"组员队友嫌隙丛生、合作困难,并反复自嘲"社恐"(社交恐惧)。作为大学生(尤其是文艺青年)用户较多的匿名社交网站,豆瓣"小组作业受害者"小组的帖子,可以说较为真实地记录了学生们对小组作业的厌恶与拒斥。

具体到儿童文学创意写作领域,以团队写作为核心的小组作业也是我们常常采用的写作训练模式。而学生常会质疑:写作是非常私人化的情感体验与书写过程,团队写作时却要不断妥协折中,这岂不是磨蚀掉了作家的才气与热情吗?这的确是个好问题。在传统的精英文学领域,写作的确追求作家的苦心孤诣与才气纵横,文学批评也主要强调作家作品的个人风格与独特气质。但在通俗文学领域,团队写作也是古已有之。比如法国作家大仲马,成名之后开设了个人工作坊,集结了大量写手,按照他拟定的小说纲要进行"影子写作"。著名的《三个火枪手》和《基督山伯爵》背后,都有影子写手奥古斯特·马盖(August Maquet)付出的辛劳。在互联网新媒体火热发展的这二三十年间,随着碎片化阅读、短视频消费、有声读物等"短平快"视听阅读习惯的崛起,读者不仅要求在十几秒内迅速获得信息内容,同时也养成了追"日更"的习惯。在这样的阅读状况下,无论是连载小说,还是公众号等自媒体,如果只靠一个作者坚持"日更",不仅写作压力极大,而且也难以迅速抓住阅读热点。然而,团队写作在新媒体时代已然渐成主流。如时尚类自媒体"黎贝卡的异想世界",既有专业人员负责从大数据层面预测、制造时尚热点,同时也会在编辑会上制定公众号推文主题,进行团队写作,以求精准快速地进行内容生产。这种团队写作方式不仅体现在单篇文章的制作之中,还被广泛应用在公众号营销矩阵的建构之中。仍以"黎贝卡的异想世界"为例,除主号打造的知性优雅的"黎贝卡"形象以外,还围绕黎贝卡建构了"朋友圈",包括"宝藏女孩阿花""崔斯坦""儿力力"等风格各异、领域专攻的一众形象,有效增强了用户黏性与参与感。

在思考个人写作与团队写作、内省性精英写作与外指性通俗写作的辩证关系时,无论教师还是学生,都应承认:在四年甚至更长时段的写作教育与训练之后,只有极少数学生有可能成为专业作家,大部分学生在就业中会流向影视、自媒体、传统纸媒与出版等融媒体产业。而在这些融媒体产业中,团队写作早已成为主流创作模式。在影视行业(包括但不限于电影、电视剧、脱口秀及各类型综艺),由主笔(Leading Writer)带领的编剧组制度已成行业规范;自媒体行业如上文提到的"黎贝卡"公众号矩阵,不再赘述;而在传统纸媒与出版行业,团队写作几十年来一直是主流方式,重视调查、采写、摄影、编辑等协同工作。因此,在创意写作教学中增加团队写作训练比重,显然是大势所趋。[①] 而且更重要的是,如何在规定的写作情境中,帮助学生逐渐适应团体写作的节奏、方法与分工,克服"社恐",在团队协作中找好个人与团队定位。这或许是解决"小组作业受害者"后遗症的最大难点。

第三,故事续航能力低,但续写故事又是现今常态化的创作范式。儿童文学,尤其是低幼文学,系列故事是最常见的创作模式。作家创造出一个小世界,形塑出个性鲜明的人

---

① 在日常创意写作教学中,团队写作模式常常应用于非虚构写作训练中,更接近新闻报道模式。而在儿童文学及其他纯文学创意教学领域,团队写作训练尚显不足,相关理论探讨也属短板,需要我们在实践中进一步总结经验,更好地帮助学生在本科与研究生阶段尽快熟悉团队写作的流程与方法。

物,通过层出不穷的系列故事,让小读者渐渐进入并熟悉这个世界。对孩子们来说,系列故事中的人物形象就如同朝夕相处的小伙伴一般亲切熟悉。系列故事特别擅长营造这种亲密感,而亲密感又反过来增强了读者的用户黏性,只要有新续作出版,读者一般也会立即跟上。近年来特别成功的动画片如《小猪佩奇》《汪汪队立大功》《熊出没》等,都有这样的"系列效应"。这样的系列故事获得巨大成功之后,又会分类授权给图书出版、影音改编、玩具、食品等各经营领域,成为大 IP。这也是我们比较熟悉的传统系列故事创作模式,从张天翼的《大林和小林》,到郑春华的《大头儿子小头爸爸》、郑渊洁的"皮皮鲁和鲁西西"系列,以及程玮的"少女红"系列,早已非常成熟。

除此以外,还有另一种新兴的故事续写模式,即衍生写作(transformative writing,亦可译作转化型写作)或同人写作(fan fiction)。关于这两个概念,郑熙青在其论文中做了非常清晰的辨析。① 简而言之,衍生作品与同人作品都是在给定的故事情境下,进行二次创作,区别主要在于:前者"借鉴了法律用语,强调二次写作中的创作性,认为转化型写作是在原著上添加新内容和改编,而不是毫无创新地重复甚至剽窃",且指向出版与盈利;后者则旨在"圈地自萌",供粉丝自娱自乐。衍生文创作历史悠久,中国有高鹗续写《红楼梦》,兰陵笑笑生以《金瓶梅》为《水浒传》写外传;西方有《简·爱》续篇《藻海无边》,《绿野仙踪》有衍生而来的话剧、音乐剧如《来自奥兹的男孩》与《魔法坏女巫》,都颇负盛名。但在经典文学领域之外,衍生写作常常被视作扎根二次元的非主流创作行为,动漫、游戏、网络小说,甚至连盲盒卡通形象都拥有属于自己的衍生作品。有学者曾经感慨:"我们原以为,'创意写作'的毕业生会从事编辑出版、影视采编等传统工作,结果是如果要想在城市里自食其力,我们的毕业生只得流向互联网公司、游戏公司。"②这样的遗憾与惋惜可以理解,但我们应该正视的另一个事实是,在互联网公司、游戏公司等融媒体企业的推动下,基于大 IP 的衍生创作早已渐成主流。学生们对流行文化的敏感与参与度,可能远远超出我们的想象。这种热情不仅来自自发的兴趣爱好,同时也来自与职业发展相关的外部激励。如网络文学巨头阅文集团,其旗下拥有"起点""创世""红袖添香"等多家著名网文平台,打造了《庆余年》《鬼吹灯》《全职高手》等多个热门大 IP。2020 年 7 月 17 日,阅文集团与大热网络游戏《和平精英》联合启动"2020《和平精英》原创文学大赛",鼓励参赛者在游戏设定情境内进行衍生文创作。获奖者不仅能得到数万元奖金,且有机会成为阅文签约作家,深度参与 IP 经营。2021 年 7 月 21 日,阅文又与《王者荣耀》合作,开启"王者荣耀妙笔计划",邀请 25 位顶级作家,基于王者荣耀世界观和英雄设定,创作 28 篇共创小说,书写内心的王者故事。一周以后,7 月 29 日 10:00,拥有 1 341 万粉丝的王者荣耀官方微博

---

① 同人写作"在当代中文网络社群中,通常意为建立在已经成型的文本(一般是流行文化文本)基础上,借用原文本已有的人物形象、人物关系、基本故事情节和世界观设定所做的二次虚构叙事创作,通常以不正式的实体及网络出版物在爱好者中传播";衍生写作"指的是在已经成型的叙事文本基础上,利用原作中的人物、情节和背景等元素,讲述新的故事文本的写作行为,⋯⋯在多媒体世界的背景下,尤其是当今跨媒体故事讲述和多媒体技术融合的基础上,通常也包括其他形式的创作,例如视频混剪、绘画、音乐创作等"。郑熙青:《作为转化型写作的网络同人小说及其文本间性》,《文艺争鸣》2020 年第 12 期。

② 张怡微:《"创意写作"学科的理论交互与实践创新》,《写作》2020 年第 6 期。

准时上线"王者荣耀共创小说"首批"长安篇"。创作即时转化成了阅读流量,流量进一步令网文作者一举成名,实现流量变现。

无论是传统的系列故事,还是融媒体时代炙手可热的衍生写作,都是强调在已经给定的故事情境中,挖掘水面之下的冰川基底,使得故事拥有无限续航的能力。对学生故事续航能力的培养,是儿童文学创意写作教学的规定动作,甚至应该推而广之,在四年甚至更长的创写学习时段中坚持不懈地推行训练。这种训练不仅是正向的——为已完成作品写衍生文;同时也可以尝试逆向进行——在写作小说、剧本等叙事性作品之前,为主要人物写小传,或为次要情节建构完整故事线,从而有效避免"纸片人"或情节单薄等现象。

正向或逆向故事续航训练,还有一个非常显著的优点,即有效解决了学生创意构思难的问题。给定的故事框架,先天自带人物设定、情节线索,学生需要做的只是挖掘现有人物的冰川故事,补足原著情节中的留白,或者沿着既有的故事逻辑发展出新叙事可能。解决了创意难问题,创作热情也会随之渐涨;同时由于学生对热门 IP 大多喜爱且熟悉,所以也能较为有效地调动起团队写作热情,从而令学生比较主动地克服"社恐"及其他各种合作障碍。经过几个学期的训练,我们发现,学生不仅在对经典作品或热门 IP 的衍生文写作中积累了较为扎实的故事续航经验,而且会将训练中常做的追问练习"故事叙述者问卷"①主动应用到儿童文学以外的小说、戏剧乃至影音创作中,比较显著地改善了情节建构与人物塑造单薄乏味的写作困境。

二、团队写作与故事续航:《小王子》衍生文创作教学案例

在对学生儿童文学创作难点与社会人才需要等问题做了较为充分的考察与分析之后,我们逐渐达成共识:选择经典作品进行衍生写作,是较为有效的儿童文学创意写作训练途径。首先,经典作品文学价值高,叙事"空白"密集且有余味,既给学生留出了自由广阔的阐释空间,同时也使学生能在衍生写作过程中通过反复研读原著,体味大师之作的精妙,学习写作技巧。其次,经典作品的故事拥有较好的受众基础,学生在完成作品之后,发布到文学网站或哔哩哔哩、喜马拉雅等视听平台之后,会因经典作品效应而吸引到一定数量的阅读或浏览量。陌生读者不留情面的批评或由衷的喜欢,对学生来说,比老师的鼓励与指导更有力度,毕竟作品终归是要接受真实世界读者考验的。最后,经典作品一般都经历过较长时段的文学批评洗礼,其读者群一般而言较为成熟冷静,衍生作品在相关平台发布以后,批评声音会较为理智,不致对学生造成不良影响。②

---

① "故事叙述者问卷"的教学设计,借鉴自吉尔·詹姆斯的"找到适合儿童文学的口吻"教学示例。问卷设计理念是通过反复追问形象、性格、背景等,将作品中的人物、情节具体化,并要求作者通过追忆童年生活,寻找到适合儿童文学的语言风格。详细问题参见:伊莱恩·沃克尔:《创意写作教学——实用方法 50 例》,吕永林、杨松涛译,中国人民大学出版社 2014 年版,第 117—121 页。

② 与此对应的是热门 IP 衍生文。热门 IP 衍生文发布在网站上,读者固然会更多,但也正因如此,反馈声音既多且杂,且常伴随人身攻击或网络骂战,极端情况下甚至会升级至"人肉",即曝光发帖人的现实身份。2020 年 2 月文学网站 AO3 即因真人 CP 文陷入舆论大战,网站因被举报而遭封禁,最终形成严重的网络暴力与观念混战。

综合以上考虑，并结合儿童文学特点、童书 IP 市场热点与学生兴趣，我们选择了法国作家圣埃克絮佩里的著名童话《小王子》作为衍生写作源文本。《小王子》出版于 1942 年，广受读者喜爱。1979 年《世界文学》刊登萧曼译本，随后商务印书馆出版程学鑫、连宇合作的法汉对照中译本，将该书介绍进中文儿童文学世界。在其后的数十年间，各个版本的《小王子》中文版陆续出版，至今已有七十余种译本①。在 2000 年、2004 年、2005 年、2006 年、2007 年、2008 年、2010 年，每年皆有五种以上的中文版出版，绝对称得上童书出版圈"顶流"了。2020 年《小王子》入选《教育部中小学阅读指导目录》，而在此之前数年，幼儿园、小学低年级教师就早已自发地将该书作为教辅读物推荐给学生了。但《小王子》更重要的意义在于其"破圈效应"——不仅儿童喜欢，而且在文艺青年中也极受欢迎，许多出版机构会针对后者而专门策划出版"典藏本""纪念版"，将《小王子》打造成面向大众的文艺图书。这些图书一般采用名家名译，增加彩印插画等艺术元素，装帧设计美轮美奂。如北京十月文艺出版社 2013 年版《小王子》，译者是翻译名家郭宏安，书中包含插画及部分作者手稿；后浪/万卷出版公司 2021 年版，译者为郑克鲁先生，并邀请插画家阿科融合"铜版画的构图、浮世绘的色彩和中世纪星图"②进行设计。除年龄层面的突破以外，《小王子》的破圈还体现在多种艺术表现形式的互动方面。就新世纪这二十年而言，2007 年法国音乐剧《小王子》开启中国巡演，其后十几年间中文引进版与法语原版也都举行了多轮多城市巡演；2015 年有荣获法国凯撒电影奖、动画安妮奖的电影《小王子》；在流行音乐领域，《小王子》也是许多音乐人的灵感来源，仅 2020—2021 年度就有阿云嘎《娜米达》和李紫婷《三千次日落》等多首以《小王子》为背景故事的歌曲问世，并取得了上千万级的发行成绩与良好的评论反馈。还值得一提的是，在春季课程结束后的 2021 年 7 月 20 日，知名文艺风手游《光·遇》开启了"小王子季"，并同时邀请玩家在社交网络进行创意作品分享："在《光·遇》把心事告诉星星。"③有学生开心反馈：上学期的作业终于能派上用场了，说不定还能赢一套"小王子季礼包"。

选择这样一本拥有"破圈效应"、广受热爱的经典作品进行衍生文创作，一方面能够最大限度地调动学生的创作热情，让他们在"热爱"的基础上，带着亲近感、参与感进入文本之中，以减少团队写作常见的意见摩擦与"等拖靠"陋习；另一方面也因其拥有众多衍生艺术表现，而令学生能在创作中有所借鉴与启发，放飞创意，突破文字局限，向融媒体创作自由发展。从几个学期的教学成果来看，学生作品有童话、剧本等传统文字作品，也有小型音乐剧与动画作品，还有结合音乐制作的有声书，可以说，以《小王子》为核心的衍生文团队写作训练，超标实现了最初的教学构想。

① 简洁：《我们需要这么多〈小王子〉吗？——也谈公版书重译的生意》，《出版人》2021 年第 6 期。
② 北京联合出版公司·万卷出版公司 2021 年版《小王子》编辑推荐语。
③ 《光·遇》微博官方账号 2021 年 7 月 18 日 12:00 微博及 7 月 23 日 12:00 微博，weibo.com/6355968578/。引用时间：2021 年 8 月 1 日 16:05。

选定作品之后，接下来的任务就是确定衍生写作具体对象。按照故事主创、画手、技术①（包括但不限于编辑与剪辑等技术任务）的配置，我们将 2021 年春季学期"儿童文学创意写作工作坊"的学生分为三组，不设主笔，只选出组长负责联络与协调工作。在进入写作主题讨论之前，我们事先在公共教学平台"对分易"和课程社交媒体群组中发布了课前阅读及视听资料，包括《小王子》原著、同名法语音乐剧、改编电影及 2020 年阿云嘎创作歌曲《娜米达》等，并要求学生结合相关论著理顺故事线及人物关系。在相当充分的前期准备的基础上，各小组在主题讨论会上逐渐达成共识：比起以情节续写为核心，人物故事衍生写作相对而言更单纯简单，更好把控。按此思路，各小组确定了写作方针，即以人物为核心的背景衍生故事创作：第一组选择"掌灯人"，第二组选择"狐狸"，第三组选择"小王子"。约定下周课上拿出故事大纲进行讨论。

在接下来的一周里，经过多轮课后碰头，各小组果然经历了相当痛苦的磨合期，成了"小组作业受害者"。各小组代表轮番上台分享大纲——结果非常糟糕，大纲里处处可见漏洞与拼凑，第三小组甚至拿出了三版小剧本，直言无法统一意见，也找不到整合故事的思路。这次课堂真是气氛紧张且尴尬，如果此时做评教工作，估计只能给老师打零分了——毕竟不能打负分。这其实也在预料之中，所以我们在短暂的分组陈述之后，安排了一次为时 30 分钟的"追问"练习。要求小组成员确定好主角配角身份，轮番对人物背景与故事线进行追问。问题包括但不限于：

（1）角色相貌如何，年纪多大，来自哪里？

（2）角色的家庭成员与成长背景是什么？

（3）角色喜欢什么，讨厌什么？

（4）角色的性格魅力与缺陷是什么？

（5）主角与特定配角之间的关系是什么？该配角如何推动主线情节发展？

（6）主角在故事中的最终愿望是什么？

（7）故事中最重要的情感或利益冲突是什么？

（8）故事最终结局是喜是悲？②

追问练习最显著的好处，是能让学生在追问中厘清情节线索，并通过不断丰富背景而逐渐使人物角色具象化、立体化。而且，小组成员们在面对面的直接交流中，既可能达成共识，也可能缓解线上交流常产生的言语误会，即使有冲突，也会在组内成员相互协调下，搁置争议，求同存异，并逐渐自然筛选出团队领导者，亦即"主笔"。

---

① 确保每小组拥有至少一位有绘画能力的画手与技术人员，这是为了给小组提供更多的创作可能性，但并不要求小组一定要以绘本、动画或音频等多媒体形式创作或呈现作品。

② 该教学设计参考了《创意写作教学——实用方法 50 例》中"走出孤独：小说写作中的合作机制""根据人物愿望构造情节""找到适合儿童文学的叙述口吻""架构完美的短篇小说——如何创造饱满的故事情节"，及《你的写作教练》中"'假如''为什么'的魔力"等教学案例。伊莱恩·沃克尔编：《创意写作教学——实用方法 50 例》，吕永林、杨松涛译，中国人民大学出版社 2014 年版，第 41—44、83—87、117—121、141—144 页；于尔根·沃尔夫编：《你的写作教练》，孟庆玲、伊小丽译，中国人民大学 2014 年版，第 40—44、51—56 页。

在接下来的两周里,学生进行自主创作,作品形式不限,但读者年龄区间定在了9—12岁。① 其间安排了2个课时的经典作品精读,选择的作品是张天翼的《大林与小林》和《宝葫芦的秘密》,目的是学习通过对话塑造人物形象与性格的方法。第五周终于迎来了作品展示。

第一组作品:《掌灯人后传》。该小组选择了原著第十四章中小王子漫游的第五颗星球的居民"掌灯人"为衍生写作对象。在原著中,这个星球上只有一盏路灯和一个掌灯人,掌灯人每天早上点灯,晚上熄灯,日复一日恪尽职守。小组成员从文学、哲学、社会学等多个层面入手,讨论从修辞手法、情节设计到工作伦理、人的异化、中心与边缘问题,不一而足,最终确定将掌灯人对"规则"的恪守与动摇作为核心主题,续写小王子走后掌灯人在B329号小行星上的生活。同时,创作团队强调:在小王子的世界里,掌灯人是过客,而在掌灯人的世界里,小王子才是过客,他们要通过对掌灯人生活的续写,将思考扩大到文化中心与边缘、主流与非主流的界定。在《掌灯人后传》里,掌灯人送走了小王子,又陆续迎来了其他访客:小女孩(雏菊精灵)、走错星球的律师、334星球公主爱丽丝。在遇到爱丽丝之前,作品仍然是对公路电影或漫游小说的反写:掌灯人不动,但不断碰到形形色色的旅行者。团队欲以反写漫游来表现不断变迁的世界对人的巨大影响。而在遇到爱丽丝之后,掌灯人行动起来,自己也成了旅行者。他跟随爱丽丝漫游星际,见识渐长。在旅途中,孤独的掌灯人也不再孤独,与爱丽丝彼此相爱。作品渐渐发展为"成长小说"风格,掌灯人开始逐渐认识并接受世界。在小说的前两个阶段,无论是等待还是漫游,掌灯人都在不断面临对规则的争论与思考。虽然在此期间有质疑,有动摇,但掌灯人始终坚信规则不可改变,他离家外出也是为了修好路灯以便延续规则。然而,到了小说的第三阶段,转折出现了。他们回到公主爱丽丝的334星球时,国王欣赏掌灯人对规则的坚守,为他修好了路灯,但同时要求他和爱丽丝遵守规则,解除婚约。掌灯人选择遵守规则,分手回家。看着自己从未欣赏过的壮丽的日出日落,他陷入了质疑:规则究竟能否给人带来幸福?世界秩序与个人幸福是否冲突?故事结尾,掌灯人放弃了点灯关灯,在日出日落的辉煌与笼罩星球的黑暗中陷入了迷茫。

《掌灯人后传》的优点非常明显:结构清晰,文笔优美,情节流畅,在弥漫全篇的淡淡忧伤中,潜藏着哲学性的硬核思考,丰富了原著人物形象与故事。团队写作分工明确,确定故事线后,几名故事主创分头负责篇章撰写,再由主笔统稿并提交团队讨论通过。画手与技术支持负责将故事制作成动画,并配音、配乐,创作出眉目囧囧的可爱掌灯人卡通形象(图1)。但其缺点也比较明显:对目标读者群(适龄儿童)年龄特点与兴趣爱好把握不足。

第二组作品:《小狐狸之梦》。该组成员选择了《小王子》中的重要角色"狐狸"为对象,以原著中狐狸教给小王子的爱的理论——"驯养"为核心,为狐狸建构获得"驯养"观

---

① 这一年龄区间处于从儿童文学向青少年文学过渡时期,要求学生保持在儿童文学领域内写作,但情节构思上可以适当向青少年方向放宽,允许有更大的创作自由。

图 1　掌灯人卡通形象

念的前传故事。与第一组略显晦涩的风格相比，本组同学在故事层面的建构非常简洁：常被猎人追赶的小狐狸，一路流浪，希望找到一个安全的家。在麦田里，他遇见了一个小姑娘珍。狐狸对温柔的珍心生眷恋，珍也梦想驯养狐狸，给他一个家。然而，珍的父亲，身为猎人，绝不可能同意驯养狐狸。因此，狐狸带着对"驯养"（爱、安全与家）的遗憾与梦想，与女孩永别了。故事至此，已经相对完整。但是，在创作过程中，有组员提出，除了狐狸形象和驯养概念，现有的衍生作品与原著联系不够，且未能丰富原著故事线与人物性格。于是，经过进一步讨论，她们将现有的故事与原著中小王子与狐狸相遇的情节做了衔接，方法是给小姑娘补充了一点形象设计——黄头发，绿裙子。熟悉原著形象的读者，看到黄发绿裙的珍，一定会立即联想到黄发绿衣的小王子。经过形象勾连，前传与本事得以顺利衔接。离开珍的狐狸，反复梦见田野中黄发绿衣的遥远背影。终于有一天，狐狸居然看到那个梦中的孩子正向他走来，接着便是原著中那场著名的相遇与那句著名的宣言："那么……请你驯养我吧！"

　　作为衍生文，《小狐狸之梦》可以说非常成功。前传故事衍生自原著，且找到了与原著相似的叙事节奏与风格；又通过简单明了、充满巧思的形象设计而与原著顺利勾连，令读者有对小狐狸进行心理分析的冲动，且想给衍生文写衍生文——追问小狐狸被猎人追捕的故事，追问小狐狸为何孤身一人，追问围捕中他的家族故事与爱恨情仇。该组采取的创作方法是由主笔按计划完成创作，集体讨论后仍由主笔进行修改。这种创作模式的好处显而易见：单人执笔能够确保风格统一，集体围读讨论有助于从读者视角重审故事，提出较为中肯的修改意见。针对故事情节较为简单的弱点，该组给出的解决办法是将文字作品呈现为图文绘本。绘本在童书市场极受欢迎，题材多样，受众面广，创作者多，引进版与原创作品双线繁荣，民间绘本体验馆与多媒体创绘颇为流行。鼓励学生进行绘本创作，也是我们儿童文学创意写作训练的重点之一。绘本创作与文字作品的显著区别之一，即绘本强调图文互补——文字简约精当，给绘画留出空间；绘画生动准确，补充文字留白。

将《小狐狸之梦》改编成针对较低年龄段幼儿的绘本，可以说颇为合适。该组画手效率极高，定稿一周之内，即完成了五十余幅绘稿。在绘画的加持下，该作品非常受欢迎，在匿名评价中得到了最高分。然而，值得注意的是，我们最初设定的读者年龄区间是 9—14 岁，但《小狐狸之梦》的故事却更偏向低幼年龄段。与第一组相似，本组也是对目标读者群缺少把握。

图 2　绘本截图

第三组作品：《玫瑰色的落日》。该组同学勇敢选择了主角小王子写衍生作品。《小王子》原著结尾是个开放性结局：小王子被金蛇咬了一口，倒在了沙漠中。小王子死了吗？还是摆脱了沉重的肉身，重返 B612 星球？在最初的原著讨论会上，同学们曾就小王子的生死命运进行了相当激烈的辩论，各有论据，难有共识。① 但第三小组几位同学一致认为小王子没有死，精神是他的本体，而肉体随时都可以重新获得。在她们的衍生作品中，小王子终于回到了他的小星球——遍尝千辛万苦，只为与他的玫瑰花重逢和解并再次相爱。作品前两部分，分别从小王子与玫瑰的视角（POV, point of view）着手，抒情性大于叙事性，目的是衔接原著故事。进入第三部分，小王子与玫瑰重逢，两人进入同一叙事维度，开始追忆分别时的种种过往，共同定义着"爱的追寻"。玫瑰花依然骄傲："落日与我，你更爱哪一个？"小王子找到了爱的方式："待在我的星球上，与你（玫瑰花）一起看日落。"与题目一样，整部作品始终笼罩着一层浓郁的玫瑰色，温柔、幸福，充满着恋爱的味道。就故事层面而言，整篇作品几乎可以说完全没有叙事上的野心，只沿着原著结尾，搭建了一条"流浪—重逢"的简单线索。团队的写作兴趣完全放在了对小王子与玫瑰花的心理的

---

① 知乎论坛上有一个提问"《小王子》里的小王子最后死了吗"，浏览量超 50 万人次，收获回答 153 个，其中最赞回答（1804 赞）说："是的，小王子死了，被毒蛇咬死了。大人们都这样说。"前一句肯定死亡结局，后一句又消解了这个结局——在原著中，大人与孩子眼中的世界迥然相异。

挖掘上，为原著中二人的爱恋与龃龉做了一个长篇脚注。

当问及团队创作过程时，她们回答，最初想写成剧本，但因没有找到足够的戏剧冲突只能作罢。然而，现有作品仍保留了最初的创作痕迹，即通过对话来塑造人物。在创作中，团队分成两组，各有主笔，分别负责小王子与玫瑰花，通过对话完成了第三部分"重逢"；之后，在统稿阶段，团队感觉人物形象单薄，于是又加写了前两部分类似人物小传的文字。文体上的犹豫与临时变动，使得作品没能在构思阶段找准基调：不是戏剧，但主要靠对话推动情节、塑造人物、渲染气氛；不是小说，叙事性不强，情节过于简单；似乎像散文，主打抒情牌，但不仅处处想着与原著叙事接轨，而且还试图在散文框架内寻找戏剧性的内心冲突。

该团队在创作中呈现出来的弱点，暴露出了当前儿童文学创意写作中常见的两个问题：

一是文体意识不强。就低幼文学而言，针对低龄儿童认知特点，创作一般强调篇幅短小，清晰易懂；尤其是绘本创作常以画补文，文字部分往往尽量精简，有些图书策划甚至会细化到按年龄来规定篇幅与生字数量。① 正因为低幼文学往往要求以寥寥数十行勾勒出简单的故事提纲，所以很多创作者往往会忽略童话或儿童生活故事中的叙事性。比如以"儿童情绪管理"为主打的生活教育类绘本《我可以做得更好》，8 个故事中，有的限于篇幅，故事急转直下，匆匆结尾；有的简单搭建情节，留出大量篇幅说教。读完只觉枯燥乏味，完全谈不上启发与引导。过度说理，淡化叙事，然而又出之以故事，这就是典型的文体混淆。

二是作者与读者视野冲突的问题。例如年龄层次指向在 9—14 岁的青少年文学，创作尺度上比低幼文学宽松，但题材选择与写作手法上仍有诸多限制，且低幼与青少年的心理分野也难以把握。如该组创作，题材上写青少年风格的初恋故事，但对话却写得过于稚气，其原因就在于创作者视野跟不上儿童心智发展速度。再如英国作家菲利普·普尔曼（Philip Pullman）的系列小说《黑暗物质》，读者群体指向 14 岁以下青少年，但即使忽略情节设计中过多的偷情、谋杀、欺骗，其整体设定中长篇累牍的物理、数学与神学讨论，也足以令人望而生畏。这同样也是创作者视野未能与读者实现重合的典型例子。

三、结语：几点思考

"为《小王子》写衍生文"，这场历时五个星期的儿童文学创意写作活动，努力回答着本文开头提出的三个问题：如何培养儿童文学创作热情，如何适应团队写作进程，如何提高故事续航能力。从学生的创作成果来看，答案可以说是超过预期的：《小王子》自带的魅力光环点燃了学生的创作热情，在挖掘新叙事可能的过程中，学生愿意不断协调、磨合，完成团队写作任务。教学相长，本次衍生文写作训练的成就与缺憾，也促使我们更加深入地思考儿童文学创意写作教学的方法论问题。

---

① Carol Fisher Saller, *The Subversive Copy Editor*, Chicago and London: The University of Chicago Press, 2016, p.33.

首先，儿童文学创作一定要有"读者意识"，亦即儿童文学作者需要找准目标读者，"按高度写作"（write the height）。"按高度写作"是英国儿童文学创意写作研究者安德鲁·梅尔罗斯（Andrew Melrose）提出的一个概念："为孩子写作时，一定要先确定儿童的身高，并努力适应这个高度。如果八岁孩子的平均身高只有一米出头，那你就必须保持在这个高度写作，努力从这个高度观看世界"，从"这个身高阶段的心智发展与生活经验"出发，"从儿童的视角出发"。① 在为《小王子》写衍生文的创作结束后，我们曾将学生写作过程中制作的动画视频与有声书音频，限时一个月发布在哔哩哔哩和喜马拉雅网站上。就反馈而言，留言者中成年观（听）众比例较高。有家长在《掌灯人后传》弹幕中提到，孩子喜欢动画形象，但故事没看懂。我们还曾将作品分发给身边的青少年阅读，孩子们也是普遍觉得故事性不强，文字看不懂。学生们看到反馈，始觉讶异不满，之后普遍感到泄气——毕竟她们对儿童既不怎么熟悉，也不怎么感兴趣，其知识储备与写作原型只有她们自己的遥远童年或弟弟妹妹。这一困境相当普遍，很多年轻的儿童文学图文创作者都面临着这样的问题。某出版社在策划出版一套低幼绘本时，曾前后试用过近十位画手，原因是画手们缺乏儿童生活素材储备，总画不出文学文本的生动鲜活。当我们强调"按高度写作"，弯下腰从孩子视角看世界时，就是在强调创作者要积累足够的儿童知识，熟悉儿童，跟上他们的心智节奏。这样的经验与知识储备，甚至很难从前人作品中获得——儿童之间也是有代沟的，80后的童年快乐或许还是跳皮筋与打口袋，2010后的孩子们面对的却已经是平板电脑与乐高积木了，盲目硬套习用的修辞与情节，反而会令孩子敬而远之。唯一的办法或许就是实地考察——鼓励学生去幼儿园与小学实习，全方位观察儿童生活，在写作中，精准把握目标读者的心智发展与阅读兴趣，歌颂美好，不避阴暗。

其次，鼓励写作团队试错，在试错中不断争论，在争论中更加深入地理解创作，寻找方向。文学创作构思本来就是一个不断构建—推翻—再建构的过程，作者在此过程中会反复经历试错与自我纠正，这当然是写作的题中应有之义。但我们要强调的是，在团队写作中，试错尤为重要。因为这不仅是创作构思过程本身的特质，而且能够加深团队成员间的相互了解，并通过试错逐渐建立起团队信任，从而帮助团队顺利度过磨合期，找到合适的分工定位与合作模式。在不断试错的过程中，学生们会遇到种种问题，小到修辞细节，大到文学观念的冲突。《小王子》衍生创作进行到第三周时，有几名学生分别发来私信询问："当衍生文需要与原文呼应或接轨时，应该如何处理相关文字？"在接下来的课上，我们就此问题安排了一次讨论。学生意见分为两派。一派认为，所谓衍生文，本来就是指对原著的"衍生"，是原著的附属产物。它对读者的吸引力来自其"同人性"，即读者能在衍生文中读到原著的影子。当叙事线索或人物塑造与原著相接轨时，衍生文需要让读者能够顺利"认出"原著，并沿着原著的基本设定去接受衍生情节。此时，照搬原文显然是最简单、最有效的"认出"手段。另一派持相反意见。他们同意衍生文与原著的"同人"关系，但更强调衍生文需要塑造自己的文字风格。衍生文沿用了原著的故事与人物设定框

---

① Andrew Melrose, *Write for Children*, Routledge Falmer, 2001, p.4.

架,但它不是简单仿写,而是拥有作者自身风格的二次创作。因此,如果不考虑衍生文的语言修辞特点,而直接照搬原著,很可能会产生风格上的巨大落差。在他们看来,即使是呼应接轨,也应对原文进行风格化的二次改写。两种观点,难定孰是孰非,也无须定下是非。无论试错还是争论,我们都希望学生自己能在创作中发现问题,并进而通过对创作问题的思考与实操,将其上升为对文学性的深入理解与文学观的自我塑造。

最后也是最重要的一点,下沉融媒体时代生活,贴近时代文化体系,熟悉学生的兴趣话语。在儿童文学创意写作训练中,最大的障碍就是学生缺乏创作热情,始终对儿童题材提不起兴趣。无论是侧重文学史的作家作品讲评,还是侧重创作技巧的基础写作训练,大部分时间学生都处于一种机械完成任务的状态。这固然与学生的所谓"厌童"及缺乏儿童观察经验相关,但在教学侧,我们更应该反思的是如何寻找到儿童文学与大学生兴趣的结合点。在设计本次衍生文写作课之前,我们做了比较充分的前期调研,涉及当当、京东等销售网站童书榜单,喜马拉雅、哔哩哔哩等音视频网站,晋江、起点等文学网站,以及微博、豆瓣、虎扑等公共社交论坛。在长期调研中,我们接触到了许多小圈层亚文化,包括(但不限于)二次元同人文(cp 文)、真人同人文(rps)、粉丝向视频剪辑等。这些亚文化衍生创作所表现出来的想象力与投入度,令我们深受震撼,毕竟在文学史或创意写作课上,我们更常见的是沉默与被动表达。这也促使我们思考,为何经典文学难以点燃学生的热爱,以及如何能让学生把倾注在亚文化创作上的热情,分享到日常写作训练之中。带着这样的想法,我们设计了《小王子》衍生文写作训练,且不限呈现媒介。经过五个星期从构思到完成的短暂周期,我们收获了动画、有声书及短篇童话等各种类型作品。这次创作训练之所以成功,可以说是因为找准了学生的兴趣点:《小王子》、衍生创作,以及多媒体、多媒介表达手法——动画、音乐、配音、视频剪辑等。

在复盘本次课程经验时,有老师担心过度向流行文化"下沉",会加剧学生心性浮躁,远离文学经典,降低文学品位。然而,融媒体时代的文学创作、传播与阅读模式的剧变,是我们必须直面的时代精神变革。读莎士比亚学写戏剧,读托尔斯泰学写小说,读冯至、穆旦学写现代诗,固然没错,但对于初入文学之门的大部分学生而言,经典作品的阅读障碍显然难以逾越,这也是不争的事实。正视这样的现象,向学生喜闻乐见的流行作品与流行文化倾斜,并不意味着放弃文学经典。恰恰相反,通过紧贴当代文艺发展动向,鼓励学生在其所熟悉的话语体系内进行知识生长,这有助于迅速提升学生的文学兴趣与创作热情。例如学习日本当代文学,从东野圭吾入手(推理小说本来就是二次元中炙手可热的体裁),进阶到文艺青年爱读的村上春树,再从村上作品延伸到川端康成、太宰治,兴趣培养起来,进而追溯和歌、俳句等古典文学体裁,也就顺理成章,不至于让学生感到那么"隔"了。再如小说创意写作训练,从创作衍生文/同人文,进阶到多媒体视频剪辑、音频制作,再逐渐独立设计情节、塑造人物,进入短篇小说创作,也不失为一种事半功倍的好办法。"下沉"到流行文化,并非屈从于流行文化,而是要从此入手,引领学生进入无限广阔的文学世界,经由从浅至深的经典阅读与创意写作,逐渐塑造文学观点,提高审美品位。简而言之,亦即先激发兴趣,再培养品位。

在创意写作教学与实践中,我们常常会发出灵魂之问:培养作家,还是培养写手?面对这个历久弥新的问题,或许合适的回答是:在成为作家之前,人人都只是写手。创意写作教学的最终梦想,当然是培养出优秀、成熟、有社会责任担当的知识分子型作家。但在学生成为作家之前,创意写作教学也应该正视本学科所承担的职业教育功能。无论是衍生文写作,还是由此延伸出的团队协作训练与故事续航能力培养,都是与写作实践紧密相关的职业培训。通过专业、系统的文学教育与职业化培训,我们相信,从创意写作专业中走出的写手们,终有一天,会成为独当一面的优秀作者,成为抚慰人类心灵的真正作家。

绘本在小学创意写作教学中的应用

苏子晴[*]

　　摘　要：绘本是一种独特的儿童文学，也是学生亲近文字的重要媒介，它的主题具有教育性，图画富有美感，语言以单句为主。笔者基于绘本的特点、绘本创作规律和学生认知规律，设计出一套具有实践性的绘本创作课程。学生通过阅读绘本故事和情境体验积累创作素材，再利用创意写作方法设计脚本，最终根据脚本开展二次改编，将其转化为图文并茂的绘本。该课程旨在发展学生的思维，提升学生的审美能力和语言表达能力，并丰富创意写作的教学实践。

　　关键词：绘本创作；创意写作；小学教育

　　绘本最初产生于欧美国家，被称为"图画书"。随后，越来越多人称之为"绘本"。我国绘本创作和应用经过十多年的实践，绘本理论研究和应用研究都已得到极大的发展。

　　笔者通过整理一系列的研究成果发现，当前的研究主要集中于绘本阅读应用。同时，不少一线教育工作者和家长对国内原创绘本的认识较为滞后，大多选择国外经典绘本开展教育活动。由此看来，绘本创作在创意写作教学中仍然有较大的发展空间。笔者结合国内外绘本，设计出一套具有实践性的小学绘本创作课程。该课程以发展低年级学生的创造性思维和个性表达为目标，旨在丰富儿童写作教育。

一、绘本的特点及创作经验

（一）绘本的特点

　　儿童绘本是一种图文结合的读物。"日本绘本之父"松居直在《我的图画书论》中提

　　* 苏子晴（1998—　　），女，广东中山人，毕业于广东财经大学汉语言文学专业。现为一言中文科技（广州）有限公司的课程导师，开展创意阅读写作课程。

到：“所谓图画书，是指文和图之间独特的关系，以飞跃性的、丰富的表现方法，表现只是文章或只是图画书难以表达的内容。”①在创作的过程中，图画作为一种语言，促进创作者开展认知和情感的内在交互。

1. 绘本的主题具有教育性

儿童绘本往往是“有用”的，即具有教育性。教师利用故事来讲述道理，寓教于乐，学生会更容易理解和接受。低年级学生利用绘本增加词汇量，培养阅读兴趣，一般选故事性简单生动的绘本。比如绘本《神奇种子店》，选取了比较常见的大灰狼、小猪等动物形象为主人公，故事的主旨也比较简单，学生认识动植物生长，有利于发展其亲自然性。

2. 绘本的图画富有美感

绘本可无字，但不可无图。根据绘本是否有文字，可分为有字绘本和无字绘本。图画涉及形象、色彩、结构等内容，学生通过观察图画，能更快了解创作者想要传达的信息，并透过图画感悟故事背后的文化，进而滋养生命。国内原创绘本《灶王爷》塑造了一个圆润的主人公形象，他有一张圆圆的大脸，总是穿着喜气洋洋的红衣裳，用亲切的形象将儿童带入故事世界，让儿童获得了愉快的阅读体验。

3. 绘本的语言以单句为主

绘本的语言是表意性文字的简单组合，通俗易懂，富有童稚感。共读绘本时，低年级学生会在不经意间去模仿其中的句子。比如，在绘本《猪也会飞》中，每当有人告诉小牛洛菲“牛是不会开直升机的！”小牛洛菲都会回应：“只是到现在为止还不会。”②重复性的话语能加深印象，有助于学生领会故事想要表达的内容。

（二）绘本创作的经验

目前来说，低年级学生开展绘本阅读与创作时，教师会关注他们的体验感。笔者综合前人的研究成果，总结出以下几点绘本创作经验。

1. 绘本的形式构成灵活

绘本主要由封面、前后蝴蝶页、版权页、书名页、内页（正文）构成，部分绘本还会设计书衣和书腰。绘本的封面一般会介绍故事的主要元素和中心主旨，具有叙事功能和表达艺术的效果。封底的设计比较灵活，有的封面与封底相互独立，有的封面与封底构成一幅画，延展故事。而内页是绘本的主体，讲述故事的开头、经过和结果。人物形象、构图、叙述视角等故事元素都是在内页中展现的。因此，学生创作绘本的重点可以放在封面、封底和内页。

在绘本创作课程中，低年级学生可着重于分析封面和封底的关系，感知故事情节。例如，绘本《猪也会飞》的封面和封底是由同一幅画构成的（见图1），而绘本《和风一起散步》的封面和封底则分别选择故事的主要元素独立创作（见图2）。上课时，教师可有意让学生观察图像所描绘内容，形成印象，其余知识输入则根据学生能力灵活调整。

---

① 松居直：《我的图画书论》，郭雯，徐小洁译，新疆青少年出版社2017年版，第241页。
② 瓦莱丽·库尔曼文，罗格图：《猪也会飞》，余丽琼译，南京师范大学出版社2011年版，第12—13页。

图1 《猪也会飞》封面与封底

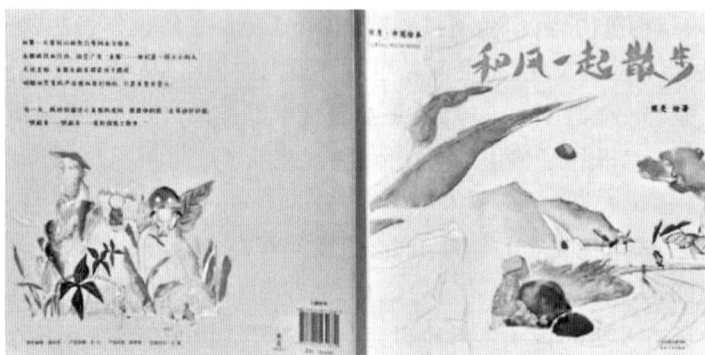

图2 《和风一起散步》封面与封底

2. 绘本的体验与创造

绘本创作的素材源自生活。创作者需要体验生活，保持轻松的创作状态，有意识地积累生活素材，掌握激发灵感的方法。但学生的生活体验有限，在日常写作中往往脱离生活经验，模仿作文书的内容。因此，绘本创作课程首先会打造宽松自由的环境，让学生获得沉浸式课程体验，激发学生的创造力和表达力。其次，在恰当的节点输入与绘本相关的概念和绘本创作方法，使学生在理解的前提下开展创作。

绘本创作主要涉及脚本设计、内页创作、制作封面与图书装帧①这三部分。在指导学生进行绘本创作的过程中，教师要善于使用提问法。进行脚本设计时，教师首先要帮助学生确定故事的叙事视角，接着引导学生说出故事的表达方式，最后追问学生故事的六元素，并通过一句话表达故事，从而达到有自由表达的空间而不至于偏离教学目标的效果。在内页创作阶段，教师需要留给学生自由绘画的时间。低年级学生的绘画特点是使用基点线来表现事物的关系，对事物的规则感变强，他们还会慢慢地有意去模仿生活中的事物，转而关注形象创作。因此，绘本创作课程的教学目标之一是绘画作品要"神似"。教

---

① 王端：《农村小学绘本创作课程的探索与研究——以"长江生态文明"主题绘本创作校本课程为例》，《华人时刊（校长）》2020年第10期。

师切不可让学生过早练习形象画,否则会扼杀学生的创造力。

3. 绘本的互文关系

绘本的互文关系是指文字与图像之间的关联性,同时展示真实与想象的部分。如何理解这一关系是阅读绘本和创作绘本的关键。图画与文字都具备传递信息的能力,图画创作时需要考虑线条、造型、构图、颜色和象征等元素,这实际也在反映创作者的生活经历,传递其思想,甚至隐喻了故事的动向。至于绘本中的文字,它将透过图画来进行叙事、造景和抒情,间接地展现创作者内在的思考。

图文在学生丰富的表达中扩大了创作的空间。学生创作文字脚本的时候,会建构故事大纲,利用语言来表达。当进入绘本的内页创作时,学生又将先前的文字转化为图画,将文字藏入图画中。学生通过思考、想象和创作,将生活、学习、情感的经验积累融入图文之中,如此创作不仅产生新的视觉效果,还可以发展学生的认知。教师可以透过学生的作品来观察其认知和情感的发展情况。

绘本寓教于乐,常常用生动的语言、形象的图画讲故事。教师在开展教学实践前,应当学习绘本的形式构成,了解绘本创作的体裁,掌握绘本的互文关系,并且亲身体验绘本创作的过程。这样在开展课程时,方可灵活自如。

二、绘本创作的教学设计

绘本创作的过程离不开创造性思维。创造性是思维的早期基础,它的一个功能就是产生思维所利用的灵感。[1] 创造性只有在得到灵感的时候才能实现。绘本创作的创造性体现在视觉思维和语言思维的加工结合。

笔者结合低年级学生的特点和绘本体验与创造理论,设计了自然主题和传统文化主题的绘本创作课程(见表 1、表 2),两者的教学目标、教学方法、教学节奏是有所不同的。前者强调学生亲自然的联结,融合了约瑟夫·克奈尔的户外心流学习法,以"我和自然朋友的故事"为主题开展沉浸式的绘本创作课程;后者则侧重于丰富学生对传统文化的认识,因此选择了戏剧游戏和绘本剧创编的形式来发展学生的创造力。

表 1 《我和自然朋友的故事》绘本创作课程教学大纲

课　时	主　题	目　　　标	内　　容
第一课时	带着绘本去旅行	1. 学生了解绘本的封面和封底两个概念,发现两者的联系 2. 通过深度自然游戏激活学生的五感 3. 学生打开自己,带着热情和好奇进行探索	游戏:hi! 自然 共读绘本《神奇种子店》 直接体验收集自然 集体创作诗歌分享感受

---

① 加里·R.卡比,杰弗里·R.古德.帕斯特:《批判性思维与创造性思维》,中国人民大学出版社 2016 年版,第 131 页。

课　时	主　题	目　标	内　容
第二课时	寻找自然朋友	1. 学生通过阅读绘本积累绘本语言 2. 通过头脑风暴，学习绘本中人物塑造方法，创作故事角色 3. 学生通过自然游戏，进一步与自然建立联结	游戏：寻找自然朋友 共读绘本《爱心树》 比较讨论学习人物塑造 游戏：向自然说悄悄话 创作自然朋友身份证并分享
第三课时	我和自然朋友的故事	1. 解构绘本，学生了解绘本故事情节 2. 学生通过自由联想法创作出一个较为完整的故事 3. 学生能够通过文本表达对自然的热爱	共读绘本《猪也会飞》 词语接龙打开想象 共读绘本《和风一起散步》 头脑风暴写故事并分享
第四课时	我是个小小绘本家	1. 学生自由地开展创作，将前面的课程体验融入其中 2. 通过绘本《点》，学生能够领悟到画画没有唯一标准，有自己独特的创作即可	讲演绘本《点》 自由创作（根据前一节课的思维导图将故事转化为有字绘本或无字绘本）

表 2　《画出我们的传统"味儿"》绘本创作课程教学大纲

课　时	主　题	目　标	内　容
第一课时	一起找"年"玩	1. 学习封面和封底两个概念，发现两者的联系 2. 学生乐于分享与"年"相关的物件及背后的故事 3. 通过共读绘本，学生打破对年兽的固定性看法，表达出自己对"年味"的理解	击鼓传花分享"年"物 共读绘本《小年兽》 写绘我的"年" 集体诗歌创作《我们的年味》
第二课时	走进绘本剧，演出故事"味"	1. 学习塑造人物的方法 2. 通过阅读绘本和戏剧游戏激发学生的表达欲望，使其说出自己对端午节的认识 3. 打破学生对传统节日的看法，深化对节日的情感	游戏：年兽要来了！ 共读绘本《小粽子，小粽子》 游戏：感觉冒险 绘本创编 集体音乐改编《甜甜咸咸之歌》

课　时	主　题	目　标	内　容
第三课时	创作有自己"味儿"的故事	1. 学习梳理故事情节 2. 学习创意仿写法,学生利用六合法创作故事脚本(时间、地点、人物、开头、经过、结果) 3. 学生对传统文化的认识更进一步,领悟传统节日的魅力	游戏:节奏步行 共读绘本《灶王爷》 梳理故事情节 创作有自己"味儿"的故事 集体分享
第四课时	成为绘本艺术家	1. 学生自由地进行创作,将前面的课程体验融入其中 2. 通过绘本《点》,学生能够领悟到画画没有唯一标准,有自己独特的创作即可	共演绘本《点》 学生创作

　　绘本创作课程均设四个课时,教学顺序为:创设情境、激活热情,体验创造、积累素材,脚本设计、激发创意,内页制作、自由表达。第一课时是创设情境、激活热情。主要是奠定一个自由民主的课堂环境,学生在游戏和绘本共读的过程中,能够对主题产生好奇心,并做好创作准备。第二课时是体验创造、积累素材。自然主题的课程在大自然中激发学生的灵感,学生可创作单幅图画。而戏剧主题则设置了戏剧即兴改编环节,引导学生进行语言表达和身体表达,激发学生的创造力。第三课时解构绘本故事,设计脚本。自然主题的学生通过自由联想法,表达出完整的故事。而戏剧主题的学生在教师的指导下,使用六合法创作传统节日故事。第四课时聚焦内页创作,利用绘本故事打破学生对绘画创作的固定性思维,释放学生的创作天性。最终,学生产出一个属于自己的绘本故事。

（一）情境导入

　　情境创设为学生提供了一个适宜创作的环境,让学生在身心上都有所准备。绘本创作课程的情境导入采用游戏和绘本共读两种方法。前者激发热情,后者发展专注力。

　　游戏化学习使学生在游戏过程中激活身心,开展学习。第一阶段的课程游戏以深度自然游戏为主,第二阶段的课程则以戏剧游戏为主。二者都强调学生纯粹地投入,让学生的身心都进入故事世界。

　　除开展游戏激发学生热情外,师生绘本共读是学生能否进入课程情境的另一关键。共读绘本时有两大角色,一是讲故事者,二是听故事者。前者会带着理解来讲述故事,而后者在前者的引导下,将故事内容与自己的生活相联系。因此,教师导入故事时,需要营造故事氛围,较为常见的方法是创设环境和使用道具。例如:在自然主题的第二课时,师生在大树下共读绘本《爱心树》,创造与故事相似的环境让学生快速地融入故事里。此外,教师还可借助语言道具来渲染情绪,即灵活使用自己的音色、音调、语速和肢体语言,在关键情节与学生开展互动。例如:和学生一起读绘本《神奇种子店》里的种子咒语"中兹,中兹,棵歪颠吃乌来,中兹,中兹,棵歪颠吃乌来……"学生会自然地进入故事中(见表3)。

表3 《神奇种子店》互动设计

页　　码	互　动　提　示
P8—P12	请学生一起来读种子咒语
P15—P16	大家猜猜全是洞的种子，会长出什么样的果实呢？为什么狗獾叔叔会抖起来？
P23—P24	大家快来看一下，小猪躲在哪里？
P31	小猪为什么会比较喜欢普普通通会开花的种子呢？

值得注意的是，在情境导入的过程中，教师要赋予学生发表自己想法和猜想故事的权利，发挥学生的主体性地位，让学生真正地参与到课堂中。同时，教师还应当关注学生的兴趣点，留一部分时间让学生就感兴趣的地方展开讨论。因此，朗读绘本时选择3~4处互动即可，过多的互动将割裂故事情节。深度讨论则留到故事结束之后。

（二）头脑风暴

头脑风暴是激发创造性思维常用的一种方式。它是指在思考过程时，允许一个思想跳到另外一个思想，思想之间相互激发，以此来解除常规思想的边界，产生更不常规、更有创造性的思想。[①] 按照参与者的数量，头脑风暴分为个人和集体两类。由于学生年龄较小，需要教师的引导，所以绘本创作课程采用的是集体式头脑风暴。

头脑风暴设计在文本创作的部分，选择以《猪也会飞》《和风一起散步》《灶王爷》这类富有想象力的绘本为基础，在解构绘本情节之后，引导学生构思新的情节，期待学生之间碰撞出新的想法。在自然主题的课程实例中，首先引入《猪也会飞》，小牛洛菲开着直升机将朋友小猪们送到了天上，打破了洛菲爸爸的固有观念——猪是不会飞的。随后，便引入绘本《和风一起散步》，教师带领学生解构故事情节，利用自由联想法和提问法，让学生自由想象（见表4）。

表4 我和自然朋友的故事　头脑风暴

提　　问
（1）和自然朋友一起去冒险，想象你们会去哪呢？（教师带着每一个学生开火车式地快速回答，并记录下来）
（2）去到之后会做什么呢？
（3）在做时会遇到什么意外呢？例如：第一天的小猪遇到了大灰狼，今天的小牛洛菲想骑自行车，但是爸爸却说猪要学会飞。

---

① 加里·R.卡比.杰弗里·R.古德.帕斯特：《批判性思维与创造性思维》，中国人民大学出版社2016年版，第136页。

在第二阶段课程实例中,教师引导学生围绕节日思考故事的六元素,并结合绘本《灶王爷》进行仿写(图1)。

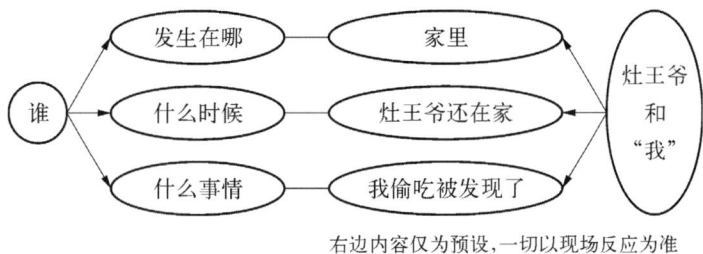

右边内容仅为预设,一切以现场反应为准

图1 我们的传统节日 头脑风暴

集体式头脑风暴的优点在于学生可以一边倾听其他同伴的想法,一边在头脑中碰撞新想法。在这个过程中,教师需要去关注一些保持沉默的学生,及时请他们分享自己的想法,并在他们想不出来或表达不出来时,给予鼓励。

(三)写绘创作

写绘创作是学生先在头脑中构思想法,接着转化为图文。由于学生的创作习惯不同,图文转化并没有固定的顺序,有的学生喜欢先文后图,有的学生倾向于先图后文。教学顺序是先讲演绘本,帮助学生突破心理障碍,学生再开展自由创作。

彼德·雷诺兹的绘本《点》极具魅力。主人公凡士缇在美术课上,遇到了一个烦恼——没有创作灵感。于是老师让他在纸上随意画上一点。在老师的鼓励下,凡士缇的创作欲望被激活。后来,他创作出许多形态各异的点,成为一名画"点"的艺术家。这一个故事场景与课堂相似,主角与学生年龄相仿。绘本《点》不仅可以让学生放下对绘本创作的顾虑,而且借此传达绘画观——创作是没有标准答案的,可以大胆表达自己的想法。自然主题课程使用讲演法,教师随机选择学生进行互动。戏剧主题课程顺延戏剧表演,将学生分为两组,让其担任故事中的不同角色。

在写绘环节中,教师承担观察者和引导者的角色,观察学生的情绪、输出是否流畅。在洞察到学生的需求后,给予引导,同时提供建议,完善内容。对于实践能力较强的学生,还可以让他们对封面做更多的设计。

概而言之,绘本创作课程整体的教学设计思路是创设情境、激活热情,体验创造、积累素材,脚本设计、激发创意,内页制作、自由表达。教师在实施时还需要注意以下几点:给予学生正向反馈,鼓励他分享想法,关注环境创设,当学生的表达前后不一致时及时询问调整,教师及时关注自身的内在状态。

三、绘本在创意写作教学中应用的意义

综合前述绘本的特点和绘本创作经验总结、课程教学设计,可以发现,绘本创作在教育领域和创意写作领域都具有应用价值。在教学中,绘本创作有助于发展学生思维、审美素养和语言能力,同时也为创意写作领域提供了教学实践的经验。

（一）绘本创作对学生发展的意义

1. 促进学生思维从具象性向抽象性发展

以图文结合的形式呈现故事的绘本，符合学生具象性思维的认知规律。低年级学生具有图像透视能力，头脑中的视觉效果往往是变形的。整个绘本创作课程，学生先阅读绘本，吸收和积累相关知识；随后，学生在头脑中主动地建构故事，发展抽象性思维。教师虽无法直接看到学生在头脑中进行信息加工的过程，但是学生所产出的作品间接地表达出了他对世界的理解和对生命的感悟，是心理和认知的隐藏发展。

2. 提升学生的审美素养

审美是学生将想象力融入情境中，去建构想象的世界、体会生命力的过程。绘本是一种图像性极为丰富的教育资源，往往隐藏许多文化信息。有的作者在表达内容时会采用夸张变形、怪异的手法，有的又会选择平实简单的笔触，这使得阅读绘本能有效提高学生对美的鉴赏能力和接纳程度，打破大众唯一的审美风向。当学生开展绘本创作时，会自然流露出对图文欣赏的看法，从而达到个性化表达的目标。长期练习，能提高学生感受美、发现美、鉴赏美的能力。

3. 发展学生的语言能力

语言能力是人脑输入、记忆、分类、创造、判断和做出决定的翻译性媒介。① 学生的语言能力与思考能力是紧密联系在一起的。在绘本创作课程中，学生的语言能力外化为话语表达、文字表达、图画表达。借助语言的构造性力量，学生在开放自由的环境中开展集体创作活动和个体创作活动，比如开展集体诗歌活动和独立开展图文绘编。多样化的教学形式有利于学生迸发出有思考、有个性、有感染力的语言，也能促使其反思自身，感知生活，从而提升学生的创作能力。由此，学生在表达上会变得更清晰、有条理、有温度。

（二）绘本创作对于写作教学发展的意义

1. 丰富了创意写作的文类写作教学实践

过去绘本的创作主体以成人为主，绘本创作理论也大多是针对成人。另外，创意写作在我国已有一定年头，将其应用在中小学领域的教学实践也不少，也涵盖诗歌、小说、散文等文类，但是关于绘本创作仍旧停留在单幅图画上，学生图画创作更多强调模仿，作品缺乏灵气。通过总结前人的创作经验，笔者梳理出适用于小学低龄段学生的绘本创作理论，并设计出不同主题的绘本创作课程。主题性教学设计让学生对于绘本这一文类的了解不再只是停留在表面，也丰富了创意写作的文类写作教学。

2. 深化语文教育改革背景下写作教育的探索

目前小学语文教育改革更加强调以学生为主体，开展写作教育。而传统写作教学方法较少关注学生的观察方法、体验手段、判断方式，大多将知识从外灌入学生脑中，并非从学生的头脑里引出来，导致学生的写作兴趣下降。到了高学段后，书写内容千篇一律。绘

---

① 加里·R.卡比.杰弗里·R.古德.帕斯特：《批判性思维与创造性思维》，中国人民大学出版社2016年版，第105页。

本创作课程则在情境中开展,利用深度自然游戏和戏剧游戏,提升学生的创作能力,也提供自由的空间将创意转化为实物。在教师的指导下,让每一个学生选择适合自己的创作表达方式,表达其内心情感。

学生绘本创作是综合化的创造性活动,对学生个体具有独特意义。这也对教师提出了更高的要求,需要教师及时更新自己的写作观念和创作理念,敢于去打破固定的条条框框,用生命影响生命,促进人与生活、人与生命的交流。

结语

尽管绘本领域快速发展,但是重心大都停留在绘本阅读、绘本推广或绘本与其他学科结合方面,而绘本自身的创作价值和教育价值,让我们难以忽略绘本创作在小学创意写作教学中的应用。

研究发现,绘本创作的过程是灵活多变的。它的创作体裁几乎涵盖了生活的方方面面,结构也是基于故事内容进行调整。创作前需要不断去观察生活,积累各种素材,发现藏在现实生活中的奥秘。在脚本设计和图画创作的环节中,开展属于学生自己的个性化创作,突破书本知识与生活割裂的现象,实现"做中学"。不知不觉学生也会发现写作不只是"输入",更是"输出"。绘本图文并茂,为文字和图像结合创作提供了更多发展空间。目前,绘本创作在创意写作领域的结合还未成熟,无论是主题选取、教学方法的选择,还是学生年龄段的划分,仍需要有更多的探索和实践。

创意写作实训的学术内涵与方法

王雷雷*

摘　要：创意写作实训是创意写作学在实践层面的方法论，包含写作实践与训练过程、写作教学系统两个层面，创意思维激发贯穿其中。它是创意写作学学术话语的一部分，自身亦具有鲜明特征和操作原则。"实训"的前提是创意写作，重点是能力训练，强调创意激发、进入写作和训练方法。

关键词：创意写作；创意写作实训；创意过程；学术话语

目前，中国高校在设置创意写作专业的时候，大多已经认同"写作是可以教的"，并在课程设置、课堂设计上偏重于写作能力的训练，广东外语外贸大学、西北大学、西南大学、广东财经大学等高校都有这方面的教育革新，教研论文不少。实训成为创意写作学习过程中的实操部分，并从专业培养计划上被重视，比如创意写作专业的学生可以以文学创作作为毕业作品设计的形式。在研究生阶段的教育中，创意写作学研究、创意写作实践也是并行的。"实训"是中国创意写作学术话语体系中的重要关键词，它既立足创意写作学理论，又包含一套实操系统。

创意写作实训可以从以下几个方面来理解。

一、写作者角度的创意写作

关于"创意写作是什么"，目前的解释已经非常多。对创意写作的理解，至少包括类型写作实践、本体理论研究、学科建设与教育教学方法、对接文化创意产业、创意社区与创意城市等板块。这里主要从写作者的角度来看待创意写作的实践过程，并兼顾考虑写作实践过程所涉及的多个触角。

"创意"一词修饰在"写作"之前，并非是对原有写作行为的笼统颠覆，而是更加明确

* 王雷雷，文学博士，广东财经大学中文系副教授，研究创意写作、非虚构写作，关注城市文化与文学。

地强调写作的原创性、写作实践中所体现的人的本源创造力、写作中的内容创意与文创产业的外在呼应。在技能层面,表达方法可以通过后天的训练从外部习得。但人的创造力乃是人生而具备的,它是人对外在世界的具有审美意味的感知与理解、创造性的表达与改造。创意写作重新强调创意,实际上是重新寻找一个路径,以呼唤人本性中的个性发展,以重置写作的概念。在写作训练方面,则希望与时俱进地建立新路径以反对某种固有、僵化的写作的"重复劳动"。创意写作实训就是基于这种考虑而出现的,对于具体的写作实践来说,写作前的创意激发、写作过程中的思维活性、写作全过程所体现的表达能力,都是被强调的。

一方面,这种强调是基于对写作者的本源性创造力的重视,希望写作者摒弃表达障碍、写作套路,重新发现自己的语言,找到属于自己的表达,实现精确的表达。另一方面,这样的写作过程同时要求人必须认真地往内部观看自己,观看自己的思维、大脑、立场、情绪、意图等。最终,通过"作为方法的创意写作"实现"创意表达"。具体的方法不一而足,比如,涉及某一个写作类型时,写作者可以通过创意阅读,将已成熟的写作规律、先期的写作经验析出,同时捕捉阅读过程中出现的自我表达的碎片,然后带着创意阅读的积累再进入写作实践。

有时候,创意写作的终极作品不仅仅是文字文本,也可能是图文并茂的综合性艺术产品,可能指导一个视频的创作,可能支持一场精彩的演讲,还可能指导一场文化创意活动。此时,创意写作指向的是对创意活动的指导,是创意活动的文字指导书。

二、创意写作学科系统中的"实训"

在 2012—2015 的三四年里,"实训"理念的提出、探索、践行,借鉴了西方"工作坊制度"等写作教学活动的形式,并以近十年来译介的写作指导书为重要参考书。自 2016 年起,随着实训路径的完善,工具与方法的丰富,则更多地考虑到中国高校的本土性与地方性,高校的教育体制,以及区域文化创意产业的人才需求。更贴近于中国高校实情的写作教学法逐渐形成,本土创意写作人才培养的路径也与此配套出现。创意写作实训是创意写作学科在教育教学、写作技艺训练方面的重要方法论,侧重于面向地方性高校,具有中国特色,是中国创意写作的学术话语。

实训,顾名思义,它强调多维度的写作实践与写作训练。它"功利"地强调写作作为"技术性能力"的重要性,并逐渐建立了相应的训练方法,意在希望学生至少能够在一般层面上获得较为高级的语言组织能力、足以应对常见写作类型要求的写作能力,甚至进一步成为专业的文学作家。它提倡给予学生充分的发挥空间,让大家发现自己的个性化创作风格,从而有自信在未来成为新闻写作、文学创作等领域内的高水平写作者,成为文化创意产业领域内的高水平创意人才。它又引导写作者在写作中获得具有写作难度和文本深度的感悟,这种感悟因人而异,大多涉及文艺美学、语言学、叙事学、社会学、哲学等方面。

一方面,对于写作者来说,创意写作实训意味着大范围的、长期持续的、多写作类型的写作实践的体验过程，以及丰富的写作经验的积累。另一方面，在个人写作活动层面之外，写作实训还包括了老师的写作教学与引导。在实训过程中，创意思维激发工具的设计与使用、写作过程的引导、作品的生成是必要过程。在系列性的写作实训过程中，写作的引导者（一般是写作老师或在高校兼职的作家）需要在合适的写作训练场景中设计有效的方法，帮助写作者循序渐进、由难而易地逐步训练基础写作技巧；进而在把握文类成规的基础上，帮助写作者熟悉具体的写作类型和并获得针对类型的写作能力。在实训过程中，创意思维激发工具、写作训练题目的设计与使用常随时出现、随时变化，灵活机动，表现为即时性的小练习。文类特征与写作成规则作为重要的写作指导资源，运用于过程性的、完整的，甚至大规模的写作中。

创意写作学科中的创意写作实训，包含写作引导、写作者写作过程、思维激发工具、写作诱导方法等，强调使用有效的工具展开灵活性的训练。

三、创意写作实训的三个维度

创意写作实训从方法、理念，逐渐丰富成为方法论的系统，其自身的内涵可以从创意过程、表达的技艺、创作实践三个维度来详细阐释。

（一）创意过程

创意的发生具有完整过程。创意的发生过程至少包括创意萌芽、创意表达、创意作品生成、创意接受这四个阶段。在某一个具体的作品创作层面来说，创意写作的全过程就是这样。

在实训的不同阶段、不同环节，对"创意"的强调各有侧重点。在创意萌芽阶段，实训强调的是创意激发、写作资源的获取；在创意表达阶段，实训强调的是写作技艺训练、写作执行；在创意作品生成阶段，实训强调与写作相关的后续打磨过程，包括文本修改，以及某些情况下文字文本向其他形式创意作品的转化；在创意接受阶段，实训强调作品评论（包括互评）、作品评论的接受、总结写作经验的创作谈。

创意思维激发工具与创意的关系也需要明晰。在创意写作实训过程中使用大量创意激发工具有利于写作者获取创意。但很多时候写作练习者、训练者可能会把创意工具本身作为目的，把创意工具的使用体验视为创意获得的体验——这无疑是另一种套路，是不可取的。因为创意思维激发工具的本质是"钥匙"，是"催化剂"，是"引子"，是引发创意的一个"钩子"。写作者的创意从何而来？当然是从人的大脑本身而来。纵然外在信息的摄取十分重要，但只有人脑得到了充分的激发，创意才能通过合适的表达而产生；只有人的创造，才能产生创意的成果。人类先验的创造力决定了人有充分条件创造出东西，而表达的动作则将这种创造力外显，甚至表达本身就是创造性的一种表现。以语言和写作思维的关系为例，比如，在快速说话尤其是吵架或者辩论的时候，你甚至来不及想下一句要说什么，然而有一些词语像是自觉地在你的脑中排好队，等你开口说出来，你的嘴巴就像是呈现脑中思维的桥梁和媒介。创意思维激发后的写作表达也是如此，组织语言的过程有时候甚至不需要深思熟虑——写初稿的时候尤其如此。

写作的创意包含着思维过程,常常以灵感的形式出现。灵感的出现并非只是毫无预兆的"灵光一闪",它有时是面对问题时神来一笔的答案,有时是琢磨已久的问题忽然峰回路转。但是无论哪种情况,灵感的出现都是很"爽"的事情,它激发了一个脑电波,让一种意念出现,这是个体一个小小创意过程的开始。

创意由作品而体现。读者或观众看了一个作品,认为是有创意的,创意才存在。创意出现在别人的评价中,作品被认知、被接受,才是作品存在的一种体现。这样的作品被称为创意作品。

创意思维激发的目的就是让表达自然起来,表达开始了,创意也就开始了。

(二)表达的技艺

对于创意写作实训来说,语言表达能力是基础能力,是在技巧层面必须要掌握的。在实训序列中,它属于基础写作的训练板块。基本的写作语言能力可以通过有针对性的练习来获得。比如场面描写练习、描述性写作练习、诗化语言训练、短评写作训练等。基础性的语言表达能力,要求写作者对语言文字保持充分语意理解,能够精确表达念头、情绪、感觉、信息、观点等种种微小信息。这种基础表达能力的内涵比较多,包括写作者的无障碍表达习惯的获得,包含语法和语言学感知在内的文字能力,写作者对自我经验的挖掘能力,写作者对自我表达意图的发掘、把握与实现的能力等方面。在这些基础写作的能力之上,面向其他较大规模的写作类型而展开的创意写作实训,更容易实现。

写作者常常要经历"面对写作障碍、克服写作障碍"的过程。大学阶段写作的障碍,在外部来说是评论的标准太过于统一而导致的写作模式化,比如对主题的强行拔高、千篇一律的开头和结尾。对写作者个人来说,写作的内部障碍大多比较主观,比如想不到一个好开头、担心作品不理想、拖延症、害怕评论者。写作障碍是无需回避的,更无需恐慌。因为面对障碍、克服障碍的过程,在心理层面是对写作行为的去魅,写作者需要明白,写作实践和所有的人类行为一样,都是"可行"的;在技术层面,则是发现自己写作的提升空间,提升自己的过程。即使面对评论,写作者本人才是对自己的写作负责任的人,而不是对面的评论者。对于写作障碍,"开始写作"的第一个动作最为重要。

创意写作实训在破除表达障碍的时候,建议使用进入情境、自由速写、游戏互动、小组式活动等方式让写作者进入写作,并体验写作过程。在评论尤其是互评活动中,实训规定了两个原则:一是以发掘优点的具体评论为主,多表扬,不批评;二是如果评论者陈述了文章的问题,他需要同时提出修改建议——"怎样写可能会更好"。前者是为了保护写作者的创作心意;后者是为了真诚地面对写作中的问题,帮助写作者提高技艺水平。

实训所强调的表达,首先是指写作者能够在文字技术层面感知精确表达的存在。此时所做的有针对性的片段写作练习,可以很细致地指向具体技术,比如场景的描述、叙述中的人物动作、强制关联的逻辑、物态细节……

当写作者能够初步地挖掘自我经验作为写作资源时,表达意图需要时时被提醒,因为表达意图常常引导着问题的答案。"引导"会在必要的时候,让写作者对自己的写作实践保持清醒。因为,当表达意图包含了面向目标"被要求的"创意写作时,写作就是在对具体问题给出答案,是有约束性的。此时,如果写作者充分地明白表达意图(或者表达目标)是外在的,那么对表达意图的清醒便能够使得作者更为具体地面对更多元的写作类型。于是,写作者就可以以基础写作能力为技能,以不变应万变,走向更多的写作可能,走向高级表达能力,使用更有难度的表达策略。

语言文字表达的日常情境是多元的,这对表达习惯有所影响。但是仅仅用"表达"这个词,还不够细致,使用"信息、意念、情绪……的输出"去代替"表达",似乎更合适。尤其在当下,文字的表达常常与其他媒介的表达方式形成一种综合样式:"表达"可能是想好了之后再说;可能是脱口而出;可能是张嘴说不出话来,然后苦笑一下;可能是面对微信对话框很激动,不知道说什么才好,打字又删除,最后发了一个表情包……可见,表达的情境太多了。

要实现精确的表达,寻找自己的语言很重要。语言的使用是具体的技艺。所以在写作的小练习中,不建议使用网络语言、抖机灵的语言,不建议使用太多反问句,不建议过度使用成语和熟语,不建议无节制地将歌词写进文章,不提倡使用大家都看起来很眼熟的词汇,不提倡沿袭好文好句的套路、不提倡无原则的主题拔高……一句话,不提倡停留在熟悉的表达舒适区和习惯的文章套路里。创意写作实训,在语言文字的表达层面,提倡以简单、直接的语言实现干净利索的书写。

写作的表达同样依赖类型写作的成规。在基础写作的实训层面之后,不同文类的写作成规为多类型的写作提供了支撑性的写作经验。写作成规的学习可以通过创意阅读来感性地感知。在某一具体类型的写作训练中,创意阅读一开始略先于写作实践,但在后续中将伴随写作过程。比如,对于故事写作来说,写作者首先在案例观摩中对故事的一般性规律产生感性的理解,在写故事之前根据常识直率地讨论"什么是故事"。在后续的写作过程中,写作者一边体验着故事创作的方法,一边具体地把故事写作中的人物塑造、悬念设置、冲突呈现等应用于故事写作。这么一来,在故事写作完成之后,写作者会明白什么是故事写作,获得故事写作的经验,获得故事思维。于是,故事思维和故事写作能力就成了写作者的能力。以后,当其他类型的写作和表达需要构建故事的时候,这种能力就会发挥作用。故事的叙事就是更高级、更具体的表达能力。类型写作固然有其稳定成规与方法,但这并不意味着同类作品面貌的趋同。具有美学属性的文字作品,它必然得容纳写作者的情绪、审美等。把成规理解成模式化,则人为地给写作戴上了刻板印象的面具。

（三）创作实践

写作本身是一种创意实践,没有动笔,一切关于写作的讨论、对写作能力的向往都是空谈。在创意写作实训体系中,写作是一个系统性的过程,除了前文所提到的写作者、引导者两个角色层面的实践展开,创作实践还包括纵向的、渐进式的写作训练路径。

在实训的第一阶段,训练方式主要是针对基础技能展开的片段式的练习或千字左右的小文章的写作,写作者主要获取基础文字表达技巧,把握文学表达的艺术性。在实训的第二阶段,针对成熟写作类型的学习和文学性写作的练习较多。此时,写作者进一步熟悉常见写作类型成规,把握常见类型写作的技巧,在文艺美学层面获得深度美学素养,在社会学、心理学、哲学层面感知文学的文本容量与意义空间。在实训的第三阶段，更具多元色彩、指向其他知识板块、包含交叉学科知识的新写作类型将成为训练内容，如新媒体写作、脚本写作、文案写作、策划书写作等。第二阶段和第三阶段的写作类型，可以在一个独立的实训实践的课程中，用三个月的写作实训来过程性地完成，下一节的"实训实践课"就展示了这一过程。

动笔之前的资源获取需要一个实践过程。有时候写作资源的获取是不自觉的，比如，个人"不积极也不消极"的生活状态中的人生经历，是写作者天然具有的写作资源。但是自觉的写作者应该自觉地去向生活索取写作资源，写作经验中的观察、体验、回忆、体悟，都属于自觉的写作经验的获取。除了常规意义上的写作资源积累，特殊写作类型也要求写作者在动笔之前进行特殊实践，如基于走访的传记写作、基于调研的非虚构写作、基于文献工作的历史故事的书写等。

传统文学创作之外的其他多元写作类型对创意实践的要求，既包括文本创作，也包括其他艺术形式的创造。交叉学科中的新写作类型，虽然在文字层面仍以文字的精确表达能力为基础，在实际写作实践中则常常使用跨学科的实践工具或方法。比如，访谈、传记的写作对写作者的前期资料准备、访谈与观察提出要求；在社会事件的非虚构写作中，写作者需要使用社会学的田野工作的方法来面对社会真相，获取事件全貌并灌注理性思考；策划书的写作往往引导着后续创意活动，要求写作者对活动本身做好预测性的整体把握，同时具有同类案例积累；等等。

另外，由于当下传播媒介环境的灵活，还出现了更新的"泛"写作类型，如短视频脚本、段子的写作等。这是一种跨类型的艺术表达样式，是一种综合形态的艺术形式。在创意写作实训中，这种跨类型的创作更复杂一些，常常以活动小组为单位，建立小组工坊来执行。小组鼓励不同专业写作者的参与，内部有一个"领导者"或者"引导者"。勤奋、尊重、开放是小组工坊的标准，跨学科的知识与开放的眼界被鼓励，创作自由和创作空间都很大。其作品的呈现方式也不局限于文字文本，它可能图文并茂，可能是视频作品，还可能是活动展演。这种实训本质上是跨文体写作、跨类型创作的实践。

四、常用训练方法

创意写作实训在课堂教学层面，有几种常见的形式。

一是改良工坊制。"写作工坊"原本是舶来品，在创意写作进入中国的最早几年常被使用。但是由于中国高校常常以相同专业为班级单位，本科生单位班级人数不少；如果是选修课，又可能会出现"百人"大班。于是适用于二十人以内的、互动性和活跃度性极强的工坊制有时候便不适用。但是写作工坊的一些操作，如即兴写作活动、内容头脑风暴、灵活的写作训练设计、自由的写作讨论等效果优势很明显，所以为创意写作实训所继承。改良工作坊适用于前文所述的实训的第二阶段或者第三阶段。在形式上，改良工坊制适用于 30~50 人的班级。写作者可以自由组队，组队后内部自发出现一个小组长——这个工坊的活动组织和安排者。小团队成立的第一个任务，是在专业老师的引导下完成自己的任务描述——自己为自己的团队设立写作任务。后续,他们将定期展开 4~6 次小组活动,以头脑风暴和阶段写作为任务推进方式,并在每次小组活动后向课程专业老师复盘创作过程,分条总结经验,汇报写作进展。老师此时的角色仍然是引导者,但并不具体指点文体写作的小技巧,而是在团队行动效率、文本逻辑、文本容量、内容意义、作品风格、写作伦理等大方向上予以点拨。

二是项目制。这种形式利用了中国高校体系里现有的学术制度。包括三种,一种是老师牵头的创作项目,如校企结合的项目,主要以横向实践项目的形式存在。二是校宣传部或团委委托的校园内的写作项目。这类项目将"学校内部写作或宣传的需求"与"创意写作实训"联动起来,如校园文化活动策划与执行、校园宣传片制作等。第三种是学生项目,如学生为参加写作比赛、参加调研大赛等而立项的项目。以学生项目为一个拓展方向,有利于在有限的资源内把学生的写作能力的训练扩大化。

三是过程法。过程法的写作训练思路比较成熟且有效。一个写作过程是一个全链条,写作者需要有针对性地、持续地练习,完成对写作全过程的体验,尊重写作规律,理解写作不是一次性的动作。特别是对于比较成熟的文体或者较大规模的写作,要遵守写作前的准备、写作过程、修改与反馈、定稿,甚至编辑与装帧的全过程。引导者则需要全程跟踪。

从理念到方法论,创意写作实训是创意写作学科中国化、本土化过程中的重要成就,对于地方性高校来说尤其如此。实训原本是一种实践性课程的说法,在创意写作这里,伴随着学科教学的发展而经验性地形成了中国本土的创意写作教学话语。创意写作实训的本土性在于:它与中国创意写作学的发展同步,它的写作训练与传统有区别,更指向创意本身,也更多元,各层次高校都以不同形式地重视写作能力的训练,地方性高校的实训内容与地方文化单位有充分条件紧密联系,创意写作实训本身也有相对独立的系统。

诗性在创意之中

——谈诗歌的课堂教学法

王燕子*

摘　要：诗歌课堂教学法设计的关键在于通过"改写"（仿写、扩写、续作、文体转换等）方式，实现在现有写作资源基础上的创意写作训练，具体实施的三个教学法分别为：回忆法、联想法、创想法。课堂教学过程的训练可以分为五个递进步骤：对诗歌语言结构的仿写；围绕主题进行回忆性关键词设计的诗歌创作；以关键词为基点，进行情节扩展性想象训练的诗歌创作；以对话方式，模仿原有诗歌的风格，进行的续作训练；以及最后进行的风格化跨文体转换训练。

关键词：创意写作；诗歌创作；创意转换；互文性；教学法

现代诗歌指的是用现代话语抒写现代人的心绪，畅想现代化的生活，展现现代性生命价值，具有现代性特征的诗歌。创意写作中的诗歌创作教学，主要以现代诗歌创作为主，与普通写作学中的诗歌写作教学不同，更应该着意于诗歌诗性语言的理解及转换训练。在文化研究畅行的当下，可以看到泛文学性已经弥散到众多的文化产业中，而诗性意味的存在是泛文学性的基础。创意写作中的诗歌创作教学目的，不仅在于培养当代诗人，更希望通过诗歌创意写作的训练，让更多的人获得理解甚至创作诗性语言的能力。但是，当前集中论述诗歌教学法设计和策略方案的资源较少，还有待丰富。此文希望起到抛砖引玉的效果。笔者认为，诗歌课堂教学法设计的关键在于通过"改写"（仿写、扩写、续作、文体转换等）方式，实现在现有写作资源基础上的创意写作训练，具体实施的三个教学法分别为：回忆法、联想法、创想法。课堂教学过程的训练可以分为五个递进步骤：对诗歌语言结构的仿写；围绕主题进行回忆性关键词设计的诗歌创作；以关键词为基点，进行情节扩展性想象训练的诗歌创作；以对话方式，模仿原有诗歌的风格，进行的续作训练；最后进行的风格化跨文体转换训练。

---

* 王燕子，文学博士，广东财经大学人文与传播学院副教授，研究方向：文艺美学，艺术传播。

一、诗歌教学的三种训练法

从文学史上看,续作、改作是一种不可忽视的创作现象,在多种文体形式中都可以看到,例如,小说、话本、戏曲等之间的转换。到了新媒体时代,文体形式的互换更加频繁,小说、诗歌、影视剧本等之间的互换成为文化创意产业的常态。在这种情况下,创意写作教学中必须包含文体互换的写作训练。当然,每个学校进行这种类型训练的初衷会有所不同,导致后续的教学计划也随之调整。以"应用型"为办学定位的学校,可以设置诗歌文体的创意性写作课程。诗歌是文体写作中的最初设定文本,原因在于诗歌在各类文本中最为精短,空白隐喻性的写作风格利于扩展,诗性语言的跳跃性与蒙太奇手法类似,作为"元文体"训练最为合适。

文体转换写作教学主要着意于对学生进行抽象思维与具象思维、诗性思维与逻辑思维、文学思维与视听思维等多维思维方式的互换训练。在具体的教学训练中,老师需要抓住不同思维方式的风格特点,有的放矢地根据创作需求进行相应的创意激发的转换训练:回忆法、联想法、创想法。在循序渐进的训练过程中,学生的思维想象力及写作创造力必然会得到有效提升。

（一）回忆法

读经典诗句,力求复原诗句情境的艺术现场,然后回忆与自己相似的生活场景,用回忆的方式重构属于自己的情境,从而写就属于自己的原创诗篇。回忆法的关键在于,艺术化还原真实。

例如,卞之琳的《投》,写的就是一个儿童生活里最平常的情境,但是就是这个最平常的情境中的随意一投,经过诗人的艺术处理,就有了不一样的韵味,向"尘世"的一投,会有什么样的感觉,会有什么样的效应呢?

投

独自在山坡上,
小孩儿,我见你
一边走一边唱,
全厌了,随地
捡一块小石头
向山谷一投。

说不定有人,
小孩儿,曾把你
(也不爱也不惜)
好玩地捡起,
像一块小石头,
向尘世中一投。

用回忆法仿写这样的诗句,关键点在于两处:第一,类似的日常情境是否可以回忆起来,或者艺术化还原;第二,不仅局限于"向尘世一投"的感悟,还可以是其他类型的生活哲理性感悟。

(二)联想法

在无法重现类似生活场景的艺术情绪中,如何建构自己的诗歌意象?此时主要借助联想的方法,可以用近譬如的方式进行情境营造,这种方法,在古典诗词的创作中也常有类似的说明,"假物之然否以彰之"(王符《潜夫论·释难》),"以彼物比此物也"(朱熹《诗集传》)。例如,郭沫若的《新月与白云》,用的就是联想法,将烦恼和焦灼用新月和白云的意象非常好地串联在一起。

新月与白云

月儿呀!你好像把镀金的镰刀。
你把这海上的松树斫倒了,
哦,我也被你斫倒了!

白云呀!你是不是解渴的凌冰?
我怎得把你吞下喉去,
解解我火一样的焦心?

用联想法仿写这样的诗句,可在两个地方突破。第一,选择与之相关联的物象,特别是自己非常熟悉的具体场景中的物象,这样写出来熟悉度高,细节感人。第二,可以拓展情感类型,不要仅局限于烦恼、焦虑这类心境,可以多元化组合式呈现。例如,喜悦和焦虑,爱恋与荒诞等。

(三)创想法

创想是相对于联想而言的,它不注重纯粹的外在形式的关联型联想,更多是拓展性、变形化的跳跃想象,此想象重在情绪节奏的链接。这种方式类似于西方诗歌中的远譬如,现代派诗人也常使用。例如,"生命便是/死神唇边/的笑"(李金发《有感》),"小小的丛聚的茅屋/像是幽暗的人生的尽途,呆立着"(穆旦《荒村》)。当然,这种创想法如果只是在个别字句中呈现,还只是一种简单的修辞方式。如果能在整体立意上,让诗歌的意象群都建立在创想法的组合中,那诗句的整体韵味就提升了很多。例如,闻一多的《春光》一诗,前面不断叠加春意盎然的意象,形成了一个繁复美好的春光之境,但是诗篇末尾神来一笔,将旧中国底层民众苦难生活的一幕纳入诗中,那声"深巷"中的"清籁"成就了一个别样的荒诞又真实的旧中国的春天。

春 光

静得像入定了的一般,那天竹,

那天竹上密叶遮不住的珊瑚；

那碧桃，在朝暾里运气的麻雀。

春光从一张张的绿叶上爬过。

蓦地一道阳光晃过我的眼前，

我眼睛里飞出了万支的金箭，

我耳边又谣传着翅膀的摩声，

仿佛有一群天使在空中逻巡……

忽地深巷里迸出了一声清籁；

"可怜可怜我这瞎子，老爷太太！"

用创想法仿写这类诗句，特别需要注意两个地方。第一，创造性联系的物象之间，必须具有逻辑性。第二，作为诗意转换的创想，可以和原来的诗句形成对话，也可以形成悖论存在。

二、诗歌课堂教学法的五步骤

诗歌创意写作的课堂教学必须有一个进阶的训练过程，从模仿入手，然后再到个人化创作，甚至根据需求，进行跨文体的风格化转换训练。这是一个由简入难的过程，它们之间具有递进关系，建议初次学习诗歌写作的学生按照顺序进行训练。

第一，对诗歌语言结构的仿写。

这种训练属于引导诱发式"重复"训练，重复的只是结构性关键词，但同时又鼓励个人性风格内容的畅想表达。由此，在简单重复与个人风格呈现的结合中，达到初步的创作高峰体验。这一步骤的关键点在于树立创作信心。

西方文化史中关于重复的讨论由来已久，主要有两个源头，一个是《圣经》，一个是荷马史诗、前苏格拉底哲学和柏拉图。到了现代，也有很多学者论述过重复的观念。其中，米勒曾在《小说与重复》一书中介绍法国学者吉尔·德鲁兹关于重复的两分法，德鲁兹在《感觉的逻辑》中曾把重复划分为"柏拉图式重复"和"尼采式重复"。前者虽然是隔了几重，"双倍远离了真实"，但是究其本源，还是有一个坚实恒定的原型模子。可以说复制品的有效性取决于所模仿对象的真实性。[①]

因此，在诗歌写作训练中，第一步可以进行结构式仿写，进行重复式训练。例如，波兰女诗人辛波斯卡《种种可能》的语言结构就比较符合这种训练样式的需求。

种 种 可 能

我偏爱电影。

我偏爱猫。

---

① J.希利斯·米勒：《小说与重复》，天津人民出版社 2008 年版，第 1—24 页。

我偏爱瓦塔河边的橡树。

我偏爱狄更斯,胜于陀思妥耶夫斯基。

我偏爱喜欢人们

胜于热爱人类。

我偏爱手边放着针线,用于不时之需。

……

辛波斯卡在《种种可能》中,表达的不仅仅是个人的兴趣爱好,更多的还有世界观、人生观、价值观等形而上的观念的生活化表达。她在诗中从始至终不断重复叠加使用两个句式:"我偏爱——""我偏爱——胜于——"这种结构,简单明了。让学生对这种结构进行简单的模仿,可以让学生以最快的速度亲近诗歌,树立起创作的信心。这类模仿属于"柏拉图式重复"训练。对"偏爱"与"偏爱……胜于"这两个语言结构重复性进行模仿,可以让学生随性地将自己喜爱的、个人化的、情绪化的内容进行集聚性表达。写完后,再让他们自我修改。接着,辅导性教学介入,帮助学生顺理反省:首先,这种表达是否顺畅?这种表达是否是一种逻辑性的表达? 当然这种逻辑性是具有潜在逻辑性的诗性表达。其次,除表达之外,读者能不能产生共鸣? 如何将个人化的心绪进行梳理,选出最有意象化的词汇? 词汇的修辞和表达有哪些可以让他人和你产生共鸣? 即私人化情感的空间性。

第二,围绕主题进行回忆性关键词设计,进行诗歌微创作。

这种训练属于创意写作训练中非虚构写作的训练模式,关键点在于开始回忆性创作机制,围绕自身经历进行原创训练。这类训练也是一种重复训练,同一关键词即同一主题的训练,可归于德鲁兹的"尼采式重复"训练模式。这类重复与"柏拉图式重复"不一样的地方便是"缺乏某种范式或原型作为基础",因而它总是"带有鬼魂般的效果"。当然,这种"鬼魂般的效果"并不是贬义,反而可以多元呈现真正的个人化记忆创作。甚至可以跳出"重复"训练模式,出现一种类似弗洛伊德理论中谈及的"模糊的相似性",出现介于关键词与个人记忆之外的新的个人意象群,成就新的"第三者"旗帜的有韵味创作文本。这种模式在米勒的《小说与重复》中有过描述——米勒提出的"异质性假说"比较类似这种模式。①

此阶段训练要求:选择一个比较容易切入且适合学生的主题进行拓展设计。例如,对于童年,你的印象是什么?选择最有场景画面感的内容谈谈你的记忆。在这个训练之初,可以选择几首童年视角的诗篇,作为前期阅读的铺垫,起到激发回忆的效果。

写作训练:将回忆中印象最深、最有画面感的事物或者情绪提炼出来作为核心意象,进行童年主题的诗作速写,要求十行左右,题目自拟。因为这个教学设计很容易引发学生的共鸣,引发他们的回忆性意象,因此,作品很容易做到感性真实。在这一阶段的训练中,

---

① J.希利斯·米勒:《小说与重复》,天津人民出版社 2008 年版,第 1—24 页。

教师的导入很重要,选择适合的主题可以帮助学生充分发掘自我潜能,从而打开心扉进行创意写作。

第三,以关键词为基点,进行情节扩展性想象训练。

这种训练的最初阶段可以为想象设定相应的条件,如时间、地点、场景、氛围等。可以分步骤进行,先在限定过程中刺激想象的扩散性思维训练,然后将提示减少,拓宽想象的自由度,进一步进行个性化风格的创意写作。这类拓展性想象训练的设定,可以定位为"类像式"训练方式。这种类像式训练不同于尼采式重复训练,而是借助了波德里亚的"类像"概念,将"类像"的超真实仿真范式挪用于教学训练法中。在波德里亚看来,形象有四个阶段:第一阶段反映了基本现实,第二阶段遮蔽并扭曲了基本现实,第三阶段遮蔽了基本现实的缺席,第四阶段与任何现实没有一丝关系,纯粹是一种类像存在。在现代社会,现代人对于类像的感知已经习以为常,感知类像的频率远超对真实形象的感知频率了。因此,波德里亚在谈及"仿象"的三个等级的时候,就提到,仿造是古典时代的主要模式,生产是工业时代的主要模式,而"仿真则是目前受代码支配的阶段的主要模式"[1]。

换句话说,对于真实性回忆的真实速写已经完全不能表达现代人的感知经验,更多的是对于符号世界的对等原则性体验下的"类像"感知经验。甚至这种类像感知经验还可能远超于现实经验。这时候的拓展训练就开始适合于虚构性写作。诗歌写作一方面是情感的真实,与此同时,诗歌也可以是场景化类像式写作。

例如,"类像"模仿写作训练:

学习并模仿刘春《请原谅我做一个怯懦的人》的自省式表达方式,这首诗被认为是"面向现实、贴近时代、介入生活"的代表性诗歌,体现了"诗歌与当下生活的对话能力和诗人的社会责任感"。[2]（此诗从题目到正文都与原诗有所不同,在刘春的博客里曾发过这样一篇评论——《辛泊平评论拙作:〈请允许我做一个怯懦的人〉》,这是在 2009 年 11 月的一篇文章,而到了 2011 年 11 月 10 日的博客里,刘春又发出了修改后的诗《请原谅我做一个怯懦的人》,边上特别注明了一句话:一个选本问要近 10 年来我最满意的诗,我选了 5 首,其中有下面这首。从"允许"到"原谅"有多长距离? 诗人的修改其实也是对人性问题的自省过程。）

请原谅我做一个怯懦的人

刘 春

请原谅我做一个怯懦的人

不申诉,不辩解,不高声叫喊

不斜视,不抗议,不因爱生恨

---

① 让.波德里亚:《象征交换与死亡》,译林出版社 2012 年版,第 62 页。
② 中国现代文学馆:《二〇一二年中国文学发展状况》,《当代作家评论》2013 年第 3 期。

请原谅我一再降低额头的海拔

面带微笑,甚至有些谄媚

……

原诗:

请允许我做一个怯懦的人

刘　春

请允许我做一个怯懦的人

不申诉,不抗解,不高声叫喊

不斜视,不聚众,不因爱生恨

请允许我一再降低额头的海拔

面带微笑,甚至有些谄媚

……

　　从前后诗句的比较中,可以发现,不仅仅是"允许"变换为"原谅",还有其他的一些细节也变动了。例如,"有人晚饭后上街"改为"有人晚饭后散步","孩子在地板上玩耍"改为"孩子在地板上快乐地游玩","请允许我在黑暗中沉默,像一具空躯?"改为"请原谅我在黑暗中沉默,像一具干尸?"除此之外,还有很多细小的变动。这些变动意味着什么,为的是让诗歌与真实的生活,真实的人性更加贴近。"散步"是因为悠闲,可是就在人们以为可以安稳悠闲地享受生活的时候,被抢去钱包,被尖刀抵住喉咙。这只是个案吗? 今天是他,明天有可能就轮到你,可是当还没轮到自己的时候,"我看在眼里,随之把头扭开"。怯懦、自私、冷漠、健忘,这就是人性,可真的轮到自己的时候,母亲在操劳,父亲也有小恙,妻子要与自己一起面对更为困窘的生活,只有孩子可以无忧无虑地欢乐地游玩,可是这种无忧无虑是否可以一直持续下去呢? 如果我依然是这种状态,我们依然是这种状态,人性依然是这种状态,怯懦、自私、冷漠、健忘,那孩子还可以一直这样下去吗?

　　当一切问题不是发生在别人身上,而是发生在自己身上,或者是即将发生在自己身上的时候,我能做什么? "我是否还能安静地写字,是否会继续说——/请原谅我在黑暗中沉默,像一具干尸?"没有血肉的干尸,像人但已经不具有人性,这样的物件想要复活,必须要有血性,有作为人应该有的血性。最后一句诗的问号,是对这一切的质疑,质疑自己的心安理得,质疑自己祈求原谅的资格,质疑真实人性的本质。最终,完成自省的过程。

　　训练导入:引导学生进行自己梳理,自我审视,想想自己的人生目标是什么,"我曾想成为一个……(职业、性格等理想性定位)"中间是否有更替过,为什么会进行转变,转变的关键点是内因还是外因?

　　创作训练的要求:请就自己的理想进行描绘,再明确现实困境有哪些,最终你对此的反省是什么? 放弃,更替,亦或妥协? 要求用明确简单的句子进行描述,写就一首短诗。

第四，以对话方式，模仿原有诗歌的风格，进行续作训练。

此项训练的设计基础，基于创作的对话需求。创作本身就是一种对话，对自我的对话，对世界的对话。在对话中寻找自我的定位，在对话中明白联系互动中的情感交流，从而通过了解对方，进而了解自我，表达自我。

训练要求，诗歌风格一致，内容有所关联，拓展性空间可以根据自己的喜欢进行延伸调整。这类训练的目的主要是打开写作者的视野，用对话的形式介入创作过程，然后再进行"一千个读者有一千个哈姆雷特"式理解的呼应共鸣性的个人化创作。例如，选用《远方的朋友》这首诗，从诗歌的形式和内容来设定，可以归于用回信方式写就的诗歌，这首诗歌在设置对象的同时，用的是虚拟式的回答方式描绘的一幅自画像，或者说是自己对于友情理解的自画像，轻松、调侃且自嘲。这种表达方式没有所谓的对于友情高贵之类的拔高式的升华版说辞，但是在日常语言当中自设的语言张力，形成了一个自在的对于"友情是何物"的自我理解结构。

"远方的朋友／你的信我读了"，诗开篇就用类似回信的信函抬头给予了诗歌对话的虚拟对象。"你是什么长相我想了想／大不了就是长得像某某吧"，这句调侃奠定了此诗的基调。当然，此某某是一番赞美之词，并无贬低之意。这和此诗的自嘲定位是相匹配的，自嘲需要的是自信，并不是自轻自贱，是幽自己一默。不是踩别人的痛脚，或者自己的痛脚。在此，"像某某"一词的表述，应看成是非嘲弄式的调侃，以此拉近与这位还未谋面的朋友的距离，有种近似的亲近感。

但是，诗人并不想就亲近一说继续下去，反而有个新的转折，"想到有一天你要来找我／不免有些担心"。至于担心的内容，还颇多，比如，"我怕我们无话可说／一见面就心怀鬼胎／想占上风"，或者是"我怕我们沉默不语／该说的都已说过"，又或者是"我怕我讲不出国家大事／面对你昏昏欲睡忍住哈欠／我怕我听不懂你的幽默／目瞪口呆像个木偶"。不仅担心谈资问题的窘迫，连交流上也会因对方的仪表问题产生困窘，"我怕你仪表堂堂风度翩翩／吓得我笨手笨脚／袖口扫倒茶杯 烟头烫了指头"，这种尴尬，来自于陌生感，一种过于礼貌的距离感，为此，诗人写道，"我怕你客客气气彬彬有礼／叫我眼睛不知该看哪里／话也常常听错／一会儿搓搓大腿／一会儿抓抓耳朵"。读到这里时，不免让人哑然失笑。这种交流场景，似曾相识，或亲身经历。这几种场景的设想，都是在鞭挞所谓的人性弱点，只是诗人都将其归于自己名下，以自嘲的方式一一描述。

一见面就想占领上风，这种交流方式是自鸣得意、自信爆棚之人无意识的行为，学会倾听反倒是知易行难之事。见面无趣，说着无谓重复的话，这是诗人在自嘲自身创新性获得的艰难，的确如此，想想，"无论这里还是那里／都是过一样的日子／都是看一样的小说"，如此的生活方式，怎么才能有所创新，思考当下、突破自我成为诗人自我勉励的方式。自知才能自嘲，自嘲才能自励。如何才能行动起来，躲避、逃离乏味的人生，比如，面对某些夸夸其谈，只能昏昏欲睡之时，比如，不解风情、呆若木鸡之时。这是诗人的自嘲话语。最后，为了缓解尴尬，自嘲顺便恭维下对方，友情需要无拘束的调侃，也需要细心的呵护，这里面有太多需要自我勉励的东西。最后诗句如此结尾，"远方的朋友／交个朋友不容易",诗人感慨友情的不易,需要维护,更需要自励,同时诗人还表达了对友情率真的渴望,"如果你一脚踢开我的门/大喝一句:'我是某某!'/我也只好说一句:/我是于坚"。

这首口语诗,简单率真,将真实的个体生命体验和日常生活经验用白话的信函方式描绘了出来,没有隐喻诗的晦涩,没有浮华、疏离的浪漫诗意,呈现的是一种客观自嘲的基调,诗人用自画像的方式,呈现了一个与真实自我"短兵相接"的诗意现实,内敛冷漠地审视了所谓友情交往的质量和方式。

这部分的训练导入要点可以设置为:

你记忆中的友情是怎样的,用最有关联的关键词进行概括。

反思友情对你意味着什么? 当下生活的补充,抑或是另一种生活的开始。

回忆让你记忆最明晰的一个场景,描述你所感受到的友情的特点。

创作训练要求:根据《远方的朋友》的这首诗,写一首回信内容的口语诗,要求对应诗歌内容,进行调侃、轻松的回复。风格一致。

第五,跨文体的风格化文体转换训练。

文体训练重点在于让学生掌握"互文性"写作的转换要点。在强调"互文性"理论的时候,既要说明"影响论"的前后关系性延伸问题,也要关注到后续多文本互渗保留,更多的是保留性再生产能力。类似的作品有同人作品创作,比如原创同人、二次创作同人、非商业化的动漫。互文性转换训练过程同时涉及阅读与写作领域,是一种吸收、戏仿、批评活动。可以借助诗歌阅读、解析,重点在于个人化理解性延伸,将诗歌空白处作为次文本诞生的关键,然后开始风格化的个人改编式创作。

例如,文体转换写作训练,从诗歌到小说。

阅读法国诗人让·福兰的短诗《天籁》,寻找并体味场景中最吸引你的词汇,然后进行字节延伸性想象,完成同题小小说改编。

天　籁

［法］让·福兰

他走在结冰的路上,

衣袋里钥匙叮当作响,

无意中,他的尖头皮鞋

踢到了一只旧罐子

的筒身,

有几秒钟,它滚动着它的空与冷,

晃了几晃,停住了,

在满缀星星的天空下。

福兰的这首短诗寥寥几笔写就了几个影像化视觉镜头,语言的视觉感效果特别鲜活。

首先是近景镜头"他走在结冰的路上"，因为冷意和空旷，寂静萧瑟；与此同时，只听得见"衣袋里钥匙叮当作响"的声音，这是一个永远看不到尽头的单调镜头。然后，特写，从刚刚的近景推进到进行中的脚步，"无意中，他的尖头皮鞋/踢到了一只旧罐子/的筒身"，这一句分成了三行，让读者细细读来，仿佛看到了切分细致的三个分镜头，尖头皮鞋、旧罐子、罐子的筒身。到此为止，诗歌还是漫不经心地记录着现实中的场景，如果只是如此，这首诗的语言特色，也不过是影像化思维的一种语言符号呈现。

接着，"有几秒钟，它滚动着它的空与冷"——这的确是天籁之音，空罐子滚动着的不是声音，而是一种感觉，抽象而又具体，"空与冷"的感觉是卑微的旧罐子发出的鸣叫。霎时，原本没有生命的旧罐子成了这个冬夜里不可小觑的音乐家，它奏出了让整个冬夜为之共鸣颤抖的声音，在凛冽的街上，短暂而又恒久。"晃了几晃，停住了，在满缀星星的天空下"。现实毕竟是现实，天籁之音也无法永远持续，晃了几晃，终究会停止，诗歌语言现实而冷峻。可是，诗歌笔锋一转，将特写镜头一拉，整个画面成为一个大远景，定格为满缀星星的夜空中的街景一角。刚才滚动着的"空与冷"不仅仅是罐头的声音，而是成了整个街道、整个城市的声音，空与冷，瞬间即止。城市又安静了，街道又安静了，一切恢复为原样，衣袋里面的钥匙依然叮当作响，结冰的路上行人依旧，朝着自己的目标前进。刚才的天籁好像没有发生，好像又将再次发生。

这首诗虽短，但诗中的每句话都留有空白之处，让人浮想联翩。选择最让你感动的词汇进行字节延伸性想象。例如，"他走在结冰的路上"，选择"路上"，这是通往哪里的路？他为什么会在这条路上孤独一人？或者选择"衣袋里钥匙叮当作响"这句，琢磨一下"钥匙"背后的那把锁。有钥匙就有锁，钥匙意味着一种目标，这是哪扇门的钥匙，是哪个箱子的钥匙，这钥匙和他之间有什么样的关系呢？当然，还可以选择"尖头皮鞋"，那双尖头皮鞋的脚感如何？什么样的人才会穿这种皮鞋？在哪种场合之下才适合穿这种尖头皮鞋？当然，最核心的是那个"旧罐子的筒身"，以及那"空与冷"的声响。这意味着什么？可以引发什么样的联想或想象。

需要注意的是，在这种类型的文体转换训练中，有条件的情况下，最好进行一对一的启发式交流触动，帮助其用回忆性的方式、联想性的方式或者是创想式方式——组合拼贴等随机性创意联想方式进行诗歌语言的转换训练。

以上介绍的诗歌创意写作的五种教学训练方式，它们之间具有递进关系，建议按照顺序进行训练：对诗歌语言结构的仿写；围绕主题进行回忆性关键词设计，进行诗歌微创作；以关键词为基点，进行情节扩展性想象训练；以对话方式，模仿原有诗歌的风格，进行续作训练，以及最后进行的跨文体的风格化文体转换。对于授课者而言，也可以根据写作者的水平，对其进行针对性的重复训练，或者直接跳转进行进阶训练。

结语

"不学诗，无以言。"（《论语·季氏》）孔子在说这句话的时候，是希望学生从《诗经》中学习一种优美而又雅正，且能委婉比兴的表达能力，这是一种修身必要之学，也是后儒所谓的"修身齐家治国平天下"的基础之一。"言诗"不仅仅是表达本身,更在于有效沟通。这一诉求放在今天,"学诗以言"同样可以达到修身之效果。诗歌课堂教学的训练,就是希望通过诗歌的诗意转换过程,让更多的人获得理解甚至创作诗性语言的能力。这是一种不可多得的诗性美学的内化教育,学生可以通过感知(诗性元素的格式塔群的感知学习)到反思思辨(诗歌内涵的领悟和体验)、从判断意志(选择恰如其分的诗歌对话训练)到融合超越性想象(诗性浸染的创意激发),最终达到价值归宿的情感教育(诗性语言的情感表达能力)。

创意写作教学中的创意呈现

潘　丹[*]

摘　要：创意写作是一种创造性的活动，其核心是创意。如何带领学生进入创造性的写作阶段，是创意写作教学过程中的重点。本文以广东财经大学的创意写作教学实践为例，以学生的创作为本体，从微观的角度补充广东财经大学创意写作教学的宏观体系，重点从以下四个方面呈现创意写作的教学理念：自由状态的激发，让想象力表达成为惯性，打破常规写作习惯，寻找更加深远的表达动力源。

关键词：写作；创意；呈现

"创意"对于人来说是本体意义上的，人类的本体性实践是创意实践，人只有把自己领受为创意者时，他才可能真正领受自己的生命本质并以其为基本原则来追求主体性的自我完成。在这一点上，新文科的创意化改革正是让教育回归人的生命本体实践，是让人成其为人的一种全人教育实践。[①] 创意写作是"创造性阅读和创意写作"[②]，创意写作在中国诞生之初，就被定义为"以创意思维养成为目标，以写作为呈现手段，面向创意产业，培养创意产业原创从业人才及创意事业服务人才的学科"，从这个角度讲，在中国它拥有比其在欧美肇始时更自觉的实践学科定位和社会角色意识。因此，与其他课程相比，创意写作主要呈现出两个特点：一方面在兼顾理论的同时，更加重视创意写作的实践过程，写作是创意实践的实现活动；另一方面又特别重视课堂教学之"创意"的生成。近十年，广东财经大学在创意写作方面进行了系统的讨论，形成了自己独特的教学体系，广东财经大

---

* 潘丹，女，广东财经大学中文系，副教授，主讲《中文阅读与创意写作》等课程。
① 葛红兵：《创意本位的文科及其可能性》，《探索与争鸣》2020 年第 1 期。
② 爱默生：《美国学者》，转引自葛红兵、许道军《创意写作教程》，高等教育出版社 2017 年版，第 4 页。

学创意写作学者江冰、田忠辉、许峰、王雷雷等多有撰述。[①] 本文主要从微观角度,具体谈谈在"工坊制"教学中创意理念的呈现过程。

一、行至水穷处,坐看云起时——自由状态的激发

赖声川说:"没有任何元素是空降到我体内的。而如果这些元素没有储藏在我脑中,催化剂也不可能催化出这样的反应。"[②]因此创意写作训练的根本目的是激发主体作为"创造性自我"的意识,是在顺其自然中去偶遇一个又一个意想不到的奇迹。因此这就要求在写作练习之前,教师能够将学生的内心打开,将其引导到自由的、无拘无束的状态中。

工坊制教学法是创意写作教学的主要方式,而工坊制教学创作的核心是平等原则。因此,教师不能高高在上成为指挥者,而是要与学生一起写,在课堂上师生同题同时写作,并且大胆地写出自己内心最隐秘的部分。例如在讲授回忆录写作时,在工坊制教学讨论的氛围中,教师可以请每一位学生都列举出他们人生中的十大经历。然后请同桌互相传阅,并请同桌选择一个他最感兴趣的经历,学生按照对方的选择来即兴写作。在学生列出十大经历之前,教师可以率先做出示范,列举出教师自己的十大经历,然后请学生选择一项他们最感兴趣的经历,由教师来即兴写作。师生共同计时创作后,教师可以率先分享自己的作品,这种师生共同创作的方式更符合创意写作工坊制教学法的模式。在教师的启发下,浓浓的情感磁场在课堂上蔓延,学生们自然也跃跃欲试地分享自己的经历,或许是某次暑假的打工、某个灵异事件、某段特殊经历,它们或许是奇妙的、光荣的、可怕的、受启发的、失望的、高兴的……

生活如果仔细挖掘,远比小说还要精彩,学生们呈现出的作品任性自然,毫无矫揉造作之感,分享的环节或眼含热泪,或失声痛哭,或温馨静美,课堂被浓郁的情感磁场笼罩。正如苏轼所言:"大略如行云流水,初无定质,但常行于所当行,止于所不可不止。"充分的自由,是对潜意识的一种调动,是打开内心最隐秘世界的一把钥匙。因此教师为了帮助学生突破障碍,可以结合心理学、思维学甚至心灵学,通过心理疗愈训练、心理潜能激发训练等方法,以期待学生能自我发掘,解放心理能量、释放创作潜能。

二、云想衣裳花想容——让想象力表达成为惯性

创意写作学视域下的创作方法论不是按照世界的"是其所是"来临摹,也不是按照世界的"是其该是"来想象,而是按照创意实践着的主体性创意原则来"创造世界"。[③] 因此,想象是一种创意的实践活动。引导学生去进行创意的想象,并且形成具有想象力的表达惯性,是创意写作教学的重要内容。所以教师可以在教学中运用通感法,引导学生去刻意地练习想象:当看到鸟飞过的时候,想想它用翅膀划过风的自由;当看到云朵慢慢在天上

---

① 许峰:《地方院校创意写作学科构建路径探析——来自广东财经大学的实践(2010—2020)》,《广西科技师范学院学报》2020 年第 2 期。

② 赖声川:《创意学》,中信出版社 2006 年版,第 42 页。

③ 葛红兵:《创意本位的文科及其可能性》,《探索与争鸣》2020 年第 1 期。

移动的时候，想想它被金光穿过身体的通透；当看到窗帘随风飘动，想想潺潺流水的欢腾……有了想象力，笔下充满创意的文字就会像脱口而出的话，自然又真实。

（一）文字的想象力表达

经过引导之后，学生的文字就会在刻意练习后形成这样的表述："茶几漂浮在天上，我坐在云里，刚吐新芽的吊兰轻轻摆动着，向我询问那张瑶绣坐垫的讯息。""初夏的阳光明耀生动，我的心情也变得雀跃，因为想起了我的第一个小太阳。""天上不时传来一声声闷雷，但不见一道电光，楼下的大树不断地被风戏弄，摇晃着枝叶仿佛在吐诉不满。""温柔的阳光下，内心满载的幸福溢出，我舒服到就像小狗打喷嚏一样打了个激灵。""周围充斥刺耳的喊声，充满着怒气，逼迫着我的眼泪。"虽然创意写作并不以培养作家为终极目标，但是却可实现对每一位学生内在创意的挖掘，为创意文化产业的振兴培养了有准备的创意人才。

（二）情节的想象力设计

不但表达的文字可以充满创意，作品情节的设计也可以融入学生的奇思妙想。"广州的十一月偏热，重庆的十一月偏冷；我脱衣，你添衣。像是，我正在为你穿上衣服；真好，至少像是隔着一千多公里在保护着你。"作者的母亲与自己身处两地，借助自己超越时空的想象力，表达对母亲的思念，构思精巧又情感细腻。"'奶奶，奶奶，你觉得可惜吗？'小女孩不解地问道。小老太摇了摇扇道：'故事的开头总是这样，适逢其会，猝不及防。故事的结局总是这样，花开两朵，天各一方。'"作者写自己的爱情，把自己的故事虚拟到了外婆的身上，从历史视角用外婆的口吻来回忆故事，拉开了时空的视角，瞬间镌刻成永恒。借助想象，那些一直以来不被尊重的理想，心心念念想要兑现的生活，也都可以在作品中得以实现。如果他们愿意，可以变成一个仿生人，去实现保护人类的理想；如果他们愿意，可以被哈利·波特就读的霍格沃兹魔法学院录取，去实现魔法人生；如果他们愿意，也可以片刻穿越到古代，在黄沙漫天的背景中去体验剑拔弩张的快意……

创意写作学认定人人都有创作潜能，但是，潜能常常受到抑制和压抑，而这种抑制和压抑常常表现为被写作者内化了的写作上的心理障碍。[①] 有创意的想象也是这样，墨守世俗的成规会压制人的想象，教师从多角度启发学生打开禁锢，不拘格套地去感受生活，就会寻找到有创意的想象。

三、不着一字，尽得风流——打破常规写作习惯

广东财经大学的创意写作实践理念是"在根本理念上鼓励创意，遵循先创意激发、后创意写作的原则。每一个写作课程、写作过程，都力图破除写作障碍，给予学生充分的写作空间和写作引导，让写作行为变成本专业学生的自然本能，让学生能够快速养成精确的表达能力"。[②] 怎样做到精准的表达？对描述的训练是教学重点。怎样去描述一种情绪，

---

① 葛红兵：《创意写作：作为一种教学方法》，《语文建设》2020 年 6 月。
② 王雷雷：《高校创意写作教育教学地方化研究》，《中国创意写作研究》2022 年。

一种感觉,或者一位人物,一种意境?事实上,描述的最高境界便如司空图所言:"不着一字,尽得风流。"教师可以列举《诗经·七月》,这首诗歌里有一段文字描写天气的寒冷:"七月在野,八月在宇,九月在户,十月蟋蟀入我床下。"通过蟋蟀在野、在宇、在户,逐月由远而近,最后"入我床下",表现天气越来越寒冷,无一寒字却觉寒气逼人。怎样让我们的描述更加生动?就是要避免使用评价性质的形容词,避免旁白和介绍性叙述。假如角色很伤心,可以用"她的身体一直在颤抖,抽泣着几乎说不出话来"这样描述行为的句子来表达,而不是"她是如此地难过"。

在教师的引导下,学生也开始尝试着在不出现评价词语的前提下,自由自在地尽情描述,这也是一种创意的呈现。他们会这样来形容"复读":"在仍能抓住 19 岁的小尾巴之际,我在阴差阳错中按下了人生重启键。"也会这样来写"思念":"我也动笔给他写一封信,透过信纸抚摸他的头发,细细端详他平静的脸。"会这样来描述心中的偶像张国荣:"眉若黛玉,眸若灿星,眼若桃花不笑且弯,落于青山下瓣瓣生情。笑如顽童惹人怜,黯然神伤意自生。然世间好物不坚牢,琉璃易碎彩云散。英年早逝悄然去,独留残影于俗世。"还会这样来展现自己的"爱慕":"我上课最喜欢干的事,或者说,那段时间最喜欢干的事就是回头,假装看时间,看还有几点下课;然后借此看他一眼,有时候他低着头,而有时候我们的目光又对上了,但是我也只敢匆匆地看他一眼,不敢停留太久,生怕被旁人察觉。"

不着一字尽得风流,是回避评价,用文字去还原内容,能更充分地激发学生打破固有的表达惯性,进入创造性的写作阶段。教师在教学中有意识地引导学生做这样的训练,即回避固有的评价式表达方式,试试用文字来绘画,用文字来摄影摄像,客观细腻地还原状态本身,很多创意的文字会水到渠成。

四、渺观宇宙我心宽——寻找深邃的表达动力源

好的文字不仅仅关注表达方式,更应该关注表达内容。"有写作经验的人都知道,写作在很多时候就是对自身焦虑的直接思考,每个人都会在生活中遇到焦虑,而这种焦虑正是写作的契机。"[1]世界是光明的,也是黑暗的,是欢乐的,也是苦痛的,可选题材博大浩瀚,然而哪一个是让你如鲠在喉,不吐不快的?下笔前一定要问自己:这段文字你非写不可吗?什么让你如鲠在喉?也许是一个愤怒,一段思念,一个画面,一场高潮戏,一个流泪片段,甚至可能是一次委屈。总之,找到这个动力源。这才是打开创意闸门的正确方式。

如何帮助学生找到自己创作的动力源,是创意写作教学的重要课题。当学生感到压抑、委屈、气愤,或者是体验到宁静、欢快、沉醉的时刻,可以对他们进行引导,使其在很想找自己的亲人或者朋友倾诉的时刻,不去倾诉,而是把这些经历和感受立刻变成纸上的文字。要相信,我们笔下的文字,对自己来说永远都是最好的。写作的终极意义不是考试或者赚钱,而是倾诉、释放与疗愈,这才是写作最伟大的创意。

---

① 杨瑞芳,《创意写作理念下"微写作"课堂教学探究》,《广播电视大学学报》2021 年第 3 期。

（一）情感动力源

创意是借助文字，倾诉自己内心的隐痛。或是控诉自己从小到大受到的无缘无故的体罚；或是学校军事化管理的压抑；或是父母之间令人心碎的暴力；或是一个父母离异的孩子，在她去看望母亲时，感受到母亲对自己触目惊心的冷漠；或是自己失眠不能自拔的经历；或是一个女孩为情所困，不被家人理解，绝望乃至走向自杀的心路历程；或是对弱势群体的悲悯；或是对全人类的生死存亡的担忧。

如何帮助学生探寻到情感动力源，这与上文所言激发充分自由的创作状态息息相关，与教师真诚的敞开自我息息相关。其中更重要的是教师对学生的鼓励和引导，鼓励他们逆流而上，追溯木源，找到自己内心最隐秘的部分，帮助他们打开情感，共情与接纳他们的感受，如此将能疏导出这种情感。

（二）思考动力源

在不用考虑谋篇布局，也不用考虑遣词造句的时候，在写作者相信，无论如何，他们笔下的文字对自己来说都是最好的时候，他们才真正打开了创意之门。那时候，我们可以惊奇地发现，有深度体验与思考的文字已经如约而至。"那个无人造访的午后，我看着镜子里的人，忍无可忍，用石头砸了上去。哗啦一声，我的脸碎成千万片，落了一地，不解且无辜地望着我。从此我便和自己结下了梁子。""死亡和生存的味道，在九州风雷处随惊蛰四起，爆竹哑了，烟花息了，灰色的冬，匿了生机。饕餮盘食着人间，它们将看不见的爪牙伸向无助的人，吸取，舔舐，抽打流血的肉体。"……这些文字仿佛是颗颗泪珠，尽情流淌，写作也成为一个个情绪的出口，疗愈一颗颗受伤的心灵。

探寻到有思考力的动力源的文字，亦是自由创作状态呈现的果实，除此之外，更需要教师引导学生观照现实，唤醒学生内心的悲悯情怀，关注不幸与苦难，并尝试表达出自己独立的见解，正所谓"国家不幸诗家幸，赋到沧桑句便工"。随着关照视野的日益宽广，人的思考力也会更加深邃。

（三）真理动力源

"作家的任务就是要涉及人类心灵和良心的秘密，涉及生与死之间的冲突的秘密，涉及战胜精神痛苦的秘密，涉及那些全人类适用的规律，这些规律产生于数千年前无法追忆的深处，并且只有当太阳毁灭时才会消亡。"[1]虽然创意写作不以培养作家为目的，但是写作涉及的规律是永恒的真理，教师要引导学生迈向通往真理的道路。老子说："万物之始，大道至简，衍化至繁。"创意写作是在写作的过程中发现自我，返璞归真的过程。现实世界纷繁复杂，人应该选择怎样的生活，似乎是一个难解的课题。但是当我引导学生设想一下最完美的一天应该是什么样的，就会发现在拥有了上帝视角之后，他们已经在自我发现的路上豁然开朗了。几乎所有的人都选择了最完美的一天是从清晨的第一束光开始，"清晨，在鸟儿的歌声中欣欣然睁开双眼，一道微光透过帘子，照在古朴的黑色书桌上。""一缕阳光透过百叶窗洒向我的面颊，我睁开眼帘，侧起身子望向窗外的天空，一望无际的蓝

---

① 　索尔仁尼琴：《1970 年诺贝尔文学奖演说词》，1970 年。

色被几缕雪白的云轻微地覆盖着,连绵的青山在纯净的风吹拂下越发清晰地展现起伏的轮廓,波光粼粼的江面上几只渔船缓缓飘荡。""我们沐浴着缕缕阳光、倾听着啾啾虫鸣、感受着习习凉风,在跑完两公里后,我们早已汗流浃背,于是我们用干毛巾擦着汗,然后对彼此说:'早上好,一天都好,一切都好!'"

在创意写作中,孩子们探寻到了大道至简的人生真谛,选择不追求奢华生活的物质享受,只求内心的充实和生活的温情。他们的文字已经触碰到非常深邃的真理,他们可以洞察到人类的渺小和人生的无常,表达出他们对父母健在、家人和睦的幸福生活的渴望;他们热爱并向往那宝贵的人间的烟火气;他们向往有人爱,有所思,有目标,有事做,活在当下,又未来可期的人生状态。这一切无疑令人欣喜。正如葛红兵教授所言,"创意写作学要把创造的权能交给学生;让学生既能用眼睛看见树叶草木,也能用灵魂看见天空中最远的白云。"[1]

创意写作的培养目标很明确,"其目的并不是培养和训练职业作家……其真正的目的在于提高学生创造性体验和表达的能力"。[2] 但事实上,最有创意的文学与是否成为作家无关,而是关照每一个创作本体的内心,引导学生开阔视野,探寻深邃的内心世界,深度地思考人生与世界。创意写作学把"创意思维"的养成看作目标,而把"写作能力"的养成看作上述目标的实现,其对教学目的、方法的认定和传统写作学、作文学就必然是不同的。[3] 十年的不懈探索,广东财经大学已经基本建立一套包括课程结构、专业定位、教学路径、内部人才建设在内的学科制度体系,同时又依托于"千年商都"的岭南特色,使教学与地方文化相呼应,既务实又高远,既宏观又精微,呈现出别具特色的创意写作教学,真正实现了"创意写作开始以它自己的名称开始教学"。[4]

---

① 葛红兵:《创意写作事业,朝阳永续》,《中国创意写作研究》2021 年。
② 葛红兵:《创意写作事业,朝阳永续》,《中国创意写作研究》2021 年。
③ 葛红兵:《创意写作事业,朝阳永续》,《中国创意写作研究》2021 年。
④ Myers, David Gershom, *The Elephants Teach: Creative Writing since 1880*. University of Chicago Press, 2006, p.101.

角色扮演：写作工坊的新模式构想

刘　婕*

湖北经济学院

摘　要： 写作工坊在美国创意写作学科中占据重要地位，但因长期沿用师徒制教学模式而存在内部的种种局限。本文在分析工坊现存问题的基础上，探索可行的改良方案。根据美国心理学家米哈里·基科赞米哈维的系统论模型，创造性可以从社会性维度被重新定义。戏剧表演中的角色理论表明，由学生扮演专家对习作进行集体评议具有教学优势和实践基础，角色扮演可以成为工坊未来发展的新方向。

关键词： 写作工坊；师徒制；创造性；角色扮演

自创意写作在美国高等教育体系发展之初，写作工坊就扮演着重要角色并占据学科建设的核心地位。传统文学研究往往关注文本的最终静态形式，写作工坊则侧重文本的动态生成过程及其可塑性，由写作教师主持、学生作者集体讨论习作的工坊模式曾成功促生过大量优秀作品，对美国当代文学产生了深远影响。与此同时，写作工坊教学在长期实践中暴露出来的一些问题和局限也早已引起美国学者、作家和教育家的关注，对旧有模式进行反思和改良成为工坊发展的一种内在需求。另一方面，当前创意写作的中国化和本土化发展，也在一直推动对写作工坊可能模式的探索。为了进一步解放高校学生作者的创造力、提高其专业素养，本研究结合美国心理学家米哈里·基科赞米哈维（Mihaly Csikszentmihalyi）从系统角度看待创造性的理论（The Systems Model）、戏剧疗法中的角色理论（role theory），以及历年写作工坊的实践经验探析工坊教学的新方向，认为采用角色扮演的写作工坊有潜力成为突破固有障碍的有效模式。[1]

＊ 刘婕，佛罗里达州立大学英语创意写作博士，现执教于湖北经济学院，主要研究方向为创意写作、英美文学和文化研究。

① 本文所引用的英文资料皆为作者翻译。

一、写作工坊的发展瓶颈

从词源上考察,根据《牛津英语词典》(*Oxford English Dictionary*)所收录的词条,英文"workshop"一词在写作工坊这一层面的意义生成起源于美国,表达这一含义的例句最早出现于 1912 年,主要指一个群体就某一特定主题以会谈形式进行集中深入的讨论。工坊模式对生产过程的注重早已体现在其原始含义和引申义中。其原始含义所强调的用于货物制造或维修的房间或小型建筑(这一用法最早出现于 1556 年),还有引申义中所涵盖的生产创造物品的场所或产业中心(这一用法最早出现于 1561 年),均指向生成性过程。相较于工坊的名词用法,晚出但使用广泛的 workshop 动词形式则突出了通过工坊模式对最终产品进行发展提升的意味,最早的例句出现于 1961 年,而且主要强调对文学艺术作品的修改。尤其在戏剧方面,动词工坊意指以实验性或初步的戏剧表演为基础,通过小组讨论和即兴创作来探索改善戏剧演出的最终版本。

虽然在美国当前的高等教育体系中,工坊模式已经广泛应用于教育、医学、心理学等各学科领域,但是由于其在创意写作教学中的主导地位,它常常是创意写作的代名词,成为这一学科有别于文学研究的鲜明特色①。不过,写作工坊的双刃剑作用也是显而易见的。工坊倡导以学生创作的文本为中心,这与文学研究中以经典文本为中心的主流模式大相径庭,也削弱了创意写作的学术地位。不仅于此,工坊模式本身也存在一些问题,首要问题在于其内部近于传统的权力架构。在《创意写作关键词》(*Keywords in Creative Writing*)一书中,美国学者、诗人温迪·毕肖普(Wendy Bishop)和大卫·斯塔克(David Starkey)认为,以集体创作为特征的艺术化工坊很可能与艺术诞生于同一时期,是一种古老的形式,而欧洲中世纪手工业行会中盛行的师徒体制也对写作工坊的现代应用产生了影响②。写作工坊的发展表明,写作犹如旧式手艺一样可以被学习和传承。同时,工坊的集体讨论形式虽然注重学生的意见表达而写作教师也可能仅仅参与评议作品③,但在大多数情况下写作教师仍然在工坊教学空间中发挥主导作用,也是工坊之外的教学中具有权威的师长和评分者。就写作专业范畴而言,工坊教师近似于中世纪行会的师傅。美国大多数工坊写作教师都是因其文学创作成就受到学校认可而获得教职的,相对于学生作者而言写作经验更丰富、资历更深,知名作家教师在工坊中的个人影响力更占有压倒性优势。在教育和创作上,学生都被置于徒弟的地位,需要通过长期艰苦的训练来获得师傅的指导、继承师傅的手艺。写作教师,即使是精通写作的作家,类似旧式手艺人,也往往倾向于做个人经验的传授。学生更可能迎合教师的个人喜好而发言,或者教师会更偏向支持符合个人审美的评论。写作工坊这种个人化的特征,既有其优势,也是其局限所在。创意

---

① 除了采用工作室(studio)形式、完全以创作为导向的研究生项目,美国高校创意写作学生仍然需要完成文学研究课程方面的要求。

② BISHOP W, STARKEY D. Workshop[M]//Keywords in creative writing. Logan, Utah: Utah State University Press, 2006: 197 – 198.

③ 为了避免可能的争执和冲突,通常情况下学生作者在整个作品讨论期间也不允许发言。

写作项目也鼓励学生尽可能参加不同作家开设的写作工坊，广泛吸取经验，而不要重复选修某一位教师的工坊课程，以免受到单一个人风格的限制。

美国写作工坊的师徒制模式也涉及工坊教学缺乏理论指导和教学法研究的问题。一方面，文学界和学术界长期以来的隔阂还有美国高等教育体系职业发展的现状，往往致使偏重个人文学经验的写作教师更难从文学研究和教育理论中汲取营养、对旧有的写作工坊进行改良。不少有着感性的艺术追求的工坊教师对在工坊中引入文艺理论或文化研究并将之用于指导文学实践抱有一种"天然"的抵触态度①，潜意识地认为学理性分析会破坏依赖感觉和经历的文学书写，而学术和文学分立的状态也往往加强了这一印象。另一方面，美国创意写作学科在艾奥瓦作家工坊引领下经历了百年发展，美国众多作家都依赖这个学科体系来走上职业化道路，获得创意写作研究生学位（MFA 或者 PhD）从而在高校执教并继续写作成为一种标准化的选择。不过，因为美国创意写作学科注重文学创作实践，在职业评价体系中忽视文学理论或教学法，很多高校也并不开设创意写作教学课程②，文学作品的发表成为对求职者和寻求职位晋升者的主要衡量标准③，这也导致写作工坊师生更少关注理论或教学研究，更热衷于通过工坊讨论修改作品使之能获得发表④。温迪·毕肖普和大卫·斯塔克也认识到，没有理论指导的工坊教学是危险的，这会造成一种文学创作上的盲目状态，学生作者难以辨别影响或束缚创作的种种因素和社会结构，从而获得深层的创作自由。⑤ 与此同时，在长期创作经验和文本评析的基础上，写作工坊内部虽然总结出一些写作技巧和术语，比如"展现出来，不要告知"（Show，don't tell）、慢性张力（chronic tension）和急性张力（acute tension），但它们还停留在粗浅的理念阶段，未能上升为系统化的理论，也没获得文学研究界的重视。

此外，写作工坊师徒制立足于作家教师个人的文学技艺和实践经验总结，这种模式实际与浪漫主义所支持的写作天赋论密不可分。⑥ 这一理论将创作过程神秘化，并模糊掉这一活动所要求的基础训练与广泛阅读。缺乏多样化理论带来的创新视角和突破，写作工坊容易在单一发展路径上渐行渐远，在旧有的轨道中越陷越深。写作工坊对教学法的漠视和对教师个体自发状态的倚赖，使创意写作学科难以吸收其他领域的最新教学成果与方法，而仍以古旧的中世纪师徒制作为其基本模式。温迪·毕肖普和大卫·斯塔克指

---

① BISHOP W，STARKEY D. Theory[M]//Keywords in creative writing. Logan，Utah：Utah State University Press，2006：171.

② BISHOP W，STARKEY D. Pedagogy[M]//Keywords in creative writing. Logan，Utah：Utah State University Press，2006：125.

③ BISHOP W，STARKEY D. Pedagogy[M]//Keywords in creative writing. Logan，Utah：Utah State University Press，2006：119 - 120.

④ 虽然仍有创意写作项目注重文学创作本身，避免学生过早受到发表出版的市场影响，尤其是在本科生阶段，但研究生工坊活动的常规项目之一是对文学期刊进行分析，来了解编辑对投稿作品选取的偏好。

⑤ BISHOP W，STARKEY D. Theory[M]//Keywords in creative writing. Logan，Utah：Utah State University Press，2006：170 - 172.

⑥ BISHOP W，STARKEY D. Author[M]//Keywords in creative writing. Logan，Utah：Utah State University Press，2006：17.

出,在写作工坊里,教学法也一并被艺术化(从而失去了对之进行科学研究的可能):"学徒惊异于师傅的技术,仔细检查并模仿老手艺人营造这种效果的方法。写作教师首先是一个艺术家,依靠个人天赋来教授自己的学生。"①不少写作教师主要通过文本细读来对学生习作进行点评,缺乏系统化的教学方法,也对学生的写作水平不抱有过高的期待。②换言之,写作工坊的内在模式已经不适应当前的教学需求,而且在这种单一培养模式下衍生的文学作品,虽然体现出个人文学水平的表面差异,但在技艺和理念上具有同质化现象。美国编辑和出版界已经批评当代的写作工坊犹如工厂流水线,批量制造出本质类似的文本,偏离了创意写作应具有的创新内核。

更进一步来说,写作工坊师徒制所突出的师傅个人化特征和集体讨论形式,也可能压制学生作者的个人风格发展和创造力的发挥。师傅主持的工坊受到个人品位的影响,并不一定能够完全容纳多样化写作风格的存在,学生的集体评论也可能以写作教师的好恶为导向。更有可能出现的情况是,在作品遴选或学校录取阶段,如果学生作者不符合工坊教师的文学审美,表现出异质化特色,就会被排除淘汰。不论是有意还是无意,工坊教师对作品的选择和评鉴总会受到个人偏好的影响。除此之外,工坊集体讨论某一作品时,评论意见并不总是统一,学生作者便容易感到无所适从,不知应该采信何种意见,关于作品的修改常常更偏重具有权威的写作教师的看法。一旦师傅的意见成为工坊衡量评价作品的主要标准,前文所述的作品同质化现象就很难避免。"好的作品本质上就是任何写作教师和整个班级所认为好的东西。"③已有学者忧虑写作工坊对作品进行集体评议的形式会导致写作者个性的丧失④⑤。

二、创造性的再思考

现今文化对"创造性(creativity)"这一概念的使用,大多停留在其作为一种个体内在品质而存在的层面(至少在英语世界中),这也和创作才能是一种个人天赋的观念紧密相联,传统所认为的写作不可以教正是基于此种观念。然而,创造性与个体的内在联系,写作才能的个人化,只是特定阶段的产物。通过对西方历史中创造性这一概念内涵变迁的考察可以发现,创造性的来源在早期其实是外在于个体的。《牛津英语词典》对

---

① BISHOP W, STARKEY D. Pedagogy[M]//Keywords in creative writing. Logan, Utah: Utah State University Press, 2006: 121.

② BISHOP W, STARKEY D. Pedagogy[M]//Keywords in creative writing. Logan, Utah: Utah State University Press, 2006: 121.

③ BISHOP W, STARKEY D. Workshop[M]//Keywords in creative writing. Logan, Utah: Utah State University Press, 2006: 199.

④ BISHOP W, STARKEY D. Writing groups[M]//Keywords in creative writing. Logan, Utah: Utah State University Press, 2006: 204.

⑤ MAYERS T. Poetry, f(r)iction, drama: the complex dynamics of audience in the writing workshop[M]// DONNELLY D. Does the writing workshop still work? Bristol: Multilingual Matters, 2010: 96.

"creativity"这一词语①最早出现的例子追溯到 1659 年,而词义具有明显的宗教意味:"In Creation, we have God and his Creativity (as Occam and Bacon expresse it) and the thing created."[在创世中,我们有神和他的创造性(正如奥卡姆和培根所表达的)和造物。]在人的个体性还没有彰显的历史阶段,创造性总是和神的创世行为还有神意联系在一起的。根据《牛津英语词典》该词条的第二个例句,在 1875 年创造性这一概念的指向才转变为人:"The spontaneous flow of his[sc. Shakespeare's] poetic creativity."[他的(也即莎士比亚的)诗意创造性的自发流动。]大约在这一时期,创造性才和个体才华融为一体。根据瑞士学者弗拉德·普·格洛尼维努(Vlad P. Glăveanu)和美国学者詹姆斯·西·考夫曼(James C. Kaufman)对这一词语的历史考察,如今人们所谈论的创造性实际上是一个现代概念。在过去很多个世纪,创造物(creation)是和神还有自然的生成力相关的,动词创造(create)在最初很长一段时间里只有过去式,没有现在式和将来式②。创造性这一概念与人的分离状况直到文艺复兴时期才有所改变,随着人的主体力量的突显,当代所使用的涵义才逐渐通行,创造性成为个体内在本有的属性③。与之类似的,弗拉德·普·格洛尼维努和詹姆斯·西·考夫曼也发现天才(genius)这一概念的内涵最初也是外在于个体自我的,其拉丁语词源所指为创造者(creator),但这种创造者不是人类个体,而是一种守护神,直到 19 世纪天才才演变成个体的内在特性④。

如果写作天赋论(在西方)主要是一种近现代才演变出来的观念,而其所支持的个体化倾向又深刻影响了当下的写作工坊师徒制,从另一角度来审视创造性的可能定义并由此探索写作工坊的改良途径就显得很有必要。如果创造性不仅仅是个体内部固有的属性,未来的写作工坊又可以呈现出什么样态呢?中国古代散文家韩愈早已提出"世有伯乐,然后有千里马"的说法,认识到才华不仅仅涉及个体,还有赖社会承认。温迪·毕肖普和大卫·斯塔克在论及创造性时,也指出社会认可的重要性:"社会对一部作品的接受度决定了它的创造者是被归类为天才还是疯子"⑤,因而"任何自称是有创造力的作家的人如果没有得到行业认可的专家的确认,就很有可能被摒弃或忽略"⑥。从这一点来说,美国心理学家米哈里·基科赞米哈维从系统角度看待创造性的理论能够为重新思考设计写作工坊提供有益参考。

---

①　Oxford University Press. Creativity, n.[M/OL]//Oxford English dictionary online. 3rd ed. Oxford: Oxford University Press,[2021 – 11 – 15]. http://www.oed.com/view/Entry/44075.

②　GLĂVEANU V P, KAUFMAN J C. Creativity: a historical perspective[M]//KAUFMAN J C, STERNBERG R J. The Cambridge handbook of creativity. Cambridge: Cambridge University Press, 2019: 10 – 11.

③　GLĂVEANU V P, KAUFMAN J C. Creativity: a historical perspective[M]//KAUFMAN J C, STERNBERG R J. The Cambridge handbook of creativity. Cambridge: Cambridge University Press, 2019: 11, 15 – 16.

④　GLĂVEANU V P, KAUFMAN J C. Creativity: a historical perspective[M]//KAUFMAN J C, STERNBERG R J. The Cambridge handbook of creativity. Cambridge: Cambridge University Press, 2019: 16.

⑤　BISHOP W, STARKEY D. Creativity[M]//Keywords in creative writing. Logan, Utah: Utah State University Press, 2006: 72.

⑥　BISHOP W, STARKEY D. Creativity[M]//Keywords in creative writing. Logan, Utah: Utah State University Press, 2006: 73.

米哈里·基科赞米哈维强调创造性的社会化属性还有个体在社会中的位置,认为创造性只能在一个相互关联的体系中存在,这一体系包括领域(domain)、专业(field)和个体(individual person)三个组成部分。领域涵盖某个行业内的整套符号规则和程序,专业则指这个行业的所有审查把关者,即专家,他们选择决定哪种创新事物能够被接受并保留。这个体系的最后要素才是个人,而创造性只有在个人的创新被专家们关注认可的时候才会发生。米哈里·基科赞米哈维的系统论模型认为,创造性不能独立于专家认可而存在。① 从社会关系的角度来考察创造性有助于突破以个人为主导的师徒制工坊的发展瓶颈,而写作工坊的集体讨论形式、其内在支持创新发展的空间也能很好地容纳、适应基于社会化创造性的改良。实际上,师徒制工坊已天然地蕴含了专家评鉴要素,只不过它主要依赖写作教师的专家角色,注重某个个体专家的评判而非系统论模型中的专家群体判断。师徒制工坊中普遍采用的集体讨论形式已经为发展系统论模型中的专家群体评议形式奠定了良好的基础。至少在创意写作的研究生项目中,参与讨论的学生作者都具有相当的文学素养和一定的创作经验,相对于社会中的普通读者而言,已拥有较高的鉴赏水平。在这种情况下,以创造性社会化维度为导向对写作工坊进行改良,已具备充足的先决条件。

三、扮演专家：写作工坊的新方向

在调查研究的基础上,学生读者可以扮演专家参与集体讨论点评作品,这种形式能够有效运用系统论模型从更广泛的层面来激发创造性,并解决师徒制工坊现存的种种问题。首先,这种角色扮演可以改善师傅个人主导工坊造成的真实受众失焦问题,更能鼓励学生作者发展多样的创作风格。在现有模式中,教师的个人偏好能在很大程度上对写作工坊施加影响,而学生作者更难针对自己的目标受众追求不同特色。在分析工坊作品同质化现象时,美国学者蒂姆·迈耶(Tim Mayers)从大学写作研究的受众理论(audience theory)出发,指出写作工坊已经偏离了学生作者应该面对的真实受众,学生们为课堂而写作,"仅仅争着成为教室里的最佳作者"②。在写作实践中,学生通常很难想象现实读者的反应和需求,更有可能受限于粗浅认知、刻板印象,以及对写作教师下意识的迎合。缺乏对编辑出版界或文学评论界的了解,学生也难以推测专业读者可能会产生的评论意见。不过,写作工坊本身的作品讨论形式为学生作者直面、了解读者反馈提供了一个绝佳的机会。学生读者如果对作品的各种可能受众如主要读者、文学编辑、评论家等进行分析研究,然后从专家角度对作品进行模拟点评,可以为作者提供层次丰富、更贴近现实情境的意见,极大提高其读者意识。文本将不再停留于书面的抽象存在,学生作者更容易获得对写作流程的立体化感知。写作工坊现有的练习之一文学期刊分析也为这种模拟评论提供了很好的起点。

---

① CSIKSZENTMIHALYI M. Creativity: flow and the psychology of discovery and invention[M]. New York: Harper Collins, 2009: 27 - 29.

② MAYERS T. Poetry, f(r)iction, drama: the complex dynamics of audience in the writing workshop[M]// DONNELLY D. Does the writing workshop still work? Bristol: Multilingual Matters, 2010: 96 - 7.

其次，这种模拟训练也能改善现有写作工坊中被忽视的学生阅读反馈问题，增强读者身份对写作的促进作用。从整体上看，出于认识不足、时间紧张等各种原因，学生评论更容易流于浅表的阅读体验、缺乏针对性或受到写作教师文学理念的影响。写作工坊以学生创作的文本为中心，聚焦于学生作者的文学成长，而参与评论作品的学生读者似乎只是一种辅助性身份。师徒制模式强调师傅的主导地位，学生读者也仅仅作为次要角色而存在，许多学生尤其是本科生因而也不重视阅读点评他人习作对自己的写作训练作用。实际上，要成为一个好的作者首先必须是一个好的读者。优秀作者的内在读者意识能为作品修改提供大量实用的反馈指导。写作工坊只能在特定阶段提供评论协助作者，但它在阅读反馈能力方面的培养可以使作者在之后漫长的个人写作生涯不断受益。由于工坊讨论允许学生读者发表意见的时间有限，美国高校很多写作工坊要求学生读者在集体讨论前对作品进行仔细反复阅读并撰写具体的书面评论意见，在课后提交给作者参考。因此相较文学类课程，这种工坊的写作任务量要大许多，学生除定期提交个人文学作品以外，每周都必须在课前完成两到三篇作品评论。工坊模式下的高强度作品分析能促使学生更敏锐地意识到写作中的各种问题，并将所感所悟运用到创作实践中去，对提升学生的整体读写能力很有助益。不过，虽然已有一些写作教师在学生撰写评论前给出指南，试图引导评论向更专业的方向发展，但很多时候教学指引仍停留在初步的写作技术分析阶段，学生对作品的点评更多以自发的审美原则和写作经验为基础，缺乏自觉意识、系统性和深度。而扮演专家对作品进行评析，可以极大地拓展甚至改变学生读者的阅读视野，促使学生从单个文本的狭小空间转向行业内的评鉴标准、潮流走向等关键问题，在更广阔的文学图景中展开对某一文本的具体评析，跳出以人物塑造、情节设计为主的传统框架。不仅于此，扮演专家能增加学生对读者身份的投入，从而提高点评和写作训练的效果。"成为专家"意味着承担更大的责任，学生不再只是学生读者群体的"普通一员"，而需要对评论效果有更高的追求。角色扮演本身也需要学生对专家群体做相当的了解和研究，尽快熟悉职业化的思考方式。简言之，现有的工坊模式已具备培养学生对习作进行专业分析的雏形，在未来很容易转换为关于专家视角的训练。

如果工坊教学以角色理论（role theory）为基础进行专家模拟点评，也有助于将学生从师徒制工坊原有的权力架构中解放出来，减缓集体讨论可能造成的人际关系紧张。与写作相通的艺术学科戏剧，为工坊教学的集体评议提供了有益的理论参考。考虑到现实中的激烈竞争和真正读者可能的严苛批评，英国作家、学者苏·罗伊（Sue Roe）在研究工坊的可能改良形式时已经指出，工坊应该为"学生学习接受和吸纳批评提供一个安全的空间"①。戏剧中的角色扮演为营造这样一种空间提供了良好的切入点，让学生扮演专家不仅能有力推进工坊教学的职业化导向，也能为其增添游戏化风味。在角色扮演开辟的第二空间内，学生更容易摆脱师徒制工坊里师傅个人的过度影响，现实学生之间的人际关系对发表

① ROE S. Introducing masterclasses[M]//DONNELLY D. Does the writing workshop still work? Bristol: Multilingual Matters, 2010: 197.

评论意见的牵制也更少。即使美国教育传统强调讨论，学生进行坦率的互相点评也是困难的。学生总是倾向于在同学作者面前表现得友好一些，对作品暴露出来的问题更难以详加分析，以免影响到课后的人际相处。有经验的写作教师或多或少都遇到过因为课堂讨论引发的冲突，学生们有可能就作品内容或写作技巧发生争论，而涉及作品或作者背景的深层问题比如种族也可能引起争执，导致有人愤怒离场甚至大打出手。意见不一致触发的课堂矛盾总是工坊教学中令人头疼的问题，而通常作者必须全程禁言也正因为如此（作者更容易为自己辩护而情绪失控）。在不习惯课堂讨论的中国学生中，进行有效的互相点评障碍更多。学生不仅对开口评论别人的作品感觉更加困难，中国文化里对和谐人际关系的追求也会抑制不同意见的产生，工坊里能容纳真实想法的空间更小。戏剧的角色扮演在很大程度上能将学生从这种困境中解救出来，以相对轻松的游戏化趣味化表演形式消解互相点评导致的人际压力，这种压力的释放也便于学生快速切换到读者立场、发挥评论方面的创造性。

实际上，在工坊教学中实行表演式的集体讨论已具有深厚的行为基础。根据戏剧疗法的角色理论，作为社会建构的产物，人的个体存在离不开表演性。美国学者苏·詹宁斯（Sue Jennings）指出，从某种意义上来说，每个人都是自己生活中的演员，在不同场景下持续做人生角色的转换[1]（即使在工坊课程中，一个参与者也需要同时扮演学生、作者、读者三种角色）。人类在婴幼儿阶段已显示出对周围成人进行模仿表现的本能，这种基于原型戏剧的发展模式会一直贯穿到 7 岁左右的童年时期，被称为具象—投射—角色[2]，而一个健全的人应该胜任多种角色的要求[3]，否则可能出现心理或行为上的障碍。在生活中扮演特定角色的个体与戏剧演员的主要差别在于是否有意识地认知及发挥这种表演性，两者的相通之处在于表演都具有隐藏和揭示的功能。"在日常生活中我们隐藏希望保持私人或对当下场景不适合的部分自我，演员则在舞台上掩藏自己不适合描绘人物的部分"，这种隐藏导向了不同形态的揭示——个体用得体的面貌示人，演员则展现出看待事物的新视角[4]。苏·詹宁斯更点明，在戏剧的舞台空间中，在场的观众以其期待和反应也协助了演员对戏剧的演绎，因此观众也是戏剧表现的重要组成部分[5]。通过戏剧中的角色扮演，戏剧疗法帮助患者创造一种戏剧现实和戏剧距离，从而建构出一个安全的戏剧疗愈空间，而这也正可以为写作工坊教学所借用。角色扮演将戏剧空间引入写作工坊，不适合带进点评活动的自我，即学生读者所受到的现实身份的束缚和人际关系的压力被有效隐藏起来，而评论者的身份会得到放大突显。在这种情况下，学生读者能更自觉地意识到这一身份的表演性、更主动地去发挥探索这种表演性，从而以更自由纯粹的状态投入作品点评中。

---

① JENNINGS S. Prologue[M]//JENNINGS S et al. The handbook of dramatherapy. London：Routledge，1994：2.
② JENNINGS S. Prologue[M]//JENNINGS S et al. The handbook of dramatherapy. London：Routledge，1994：4.
③ JENNINGS S. Prologue[M]//JENNINGS S et al. The handbook of dramatherapy. London：Routledge，1994：5－6.
④ JENNINGS S. Prologue[M]//JENNINGS S et al. The handbook of dramatherapy. London：Routledge，1994：2.
⑤ JENNINGS S. Prologue[M]//JENNINGS S et al. The handbook of dramatherapy. London：Routledge，1994：1.

写作工坊本身也已存在有利于发展角色扮演式作品讨论的表演成分。有别于传统读写的静态文本交流，在工坊空间中，作者自身的写作表现层面已经被突显出来。特别是由于工坊对写作过程的关注、对文本生成的影响，写作活动不再是私人孤独的事业，而成为被聚焦观察的演示行为，作者身份被强调，角色扮演行为便难以避免。例如在与舞者合作进行即兴书写时，澳大利亚学者、作家盖林·佩里（Gaylene Perry）便体会到类似学生在工坊写作练习中的表现焦虑，意识到在课堂中学生实际上是在表演写作①。写作工坊常规练习之一——对自己作品片段的朗读，要求学生如成名作家一样声情并茂地读出自己所写的文字，也体现了作者职业身份上的表现表演特性。就文本内容而言，作者将自我投射转化到文字中，其本质也是一种表演塑造。美国学者、诗人布伦特·罗伊斯特（Brent Royster）就明确意识到，那种独立自主的个体作者形象只是建构出来的，作者的自我实际上是"多样的、易变的，随每个写作情境不断更新的"②。在每个文本中，作者基于创作意图呈现出一种特定面目，这也是一种形象塑造。除了这些表演成分，写作工坊所独有的开放性、创新性也支持学生以扮演专家的形式参与集体讨论。

最后，工坊现存的教学实践也表明，通过角色扮演展开更深入的集体讨论是一种完全可行的形式。在实际操作中，在写作工坊这个大概念下，不仅集体讨论可以呈现出不同的样态，其他相关读写活动也具有灵活变通性。角色扮演所依持的戏剧原理隐藏和揭示，还有其营造的安全空间，都在现有教学手段中有所体现。比如英国作家、学者菲利普·格罗斯（Philip Gross）提到一种工坊作品讨论形式是"好警察/坏警察"，即在群体讨论前由教师事先分配角色，让一些学生专门评点作品的长处，而让另一些学生负责找出作品的不足，并不时要求学生们互换角色③。将负面评论与职责而非个体相联系，这种任务分配隐藏了个体身份从而使得对作品的真实看法更容易被揭示出来，作者难以因不合心意的评论而迁怒读者，这也创造了一个发表意见的安全空间。美国作家、学者莱斯利·克莱纳·威尔逊（Leslie Kreiner Wilson）则尝试过一种匿名浮动工坊模式，由学生不定期提交作品，教师隐去作者姓名，全班再对作品进行评议。因为作者的身份被隐藏起来，旧有人际关系的束缚被消除，直接的负面评论不再会引起作者读者双方的尴尬不安，读者也能在一个更舒适的空间里畅所欲言。莱斯利·克莱纳·威尔逊发现这种模式能引出更诚实更全面的评价，学生的关注点也回到了作品本身。④ 此外，邀请文学经纪人和出版商来课堂座谈也是不少工坊的补充项目，苏·罗伊认为他们是"当前市场可行内容的最佳评判"，其职业

---

① PERRY G. Potentially dangerous： vulnerabilities and risks in the writing workshop［M］//DONNELLY D. Does the writing workshop still work？Bristol：Multilingual Matters，2010：121－2.

② ROYSTER B. Engaging the individual/social conflict within creative writing pedagogy［M］//DONNELLY D. Does the writing workshop still work？Bristol：Multilingual Matters，2010：106－8.

③ GROSS P. Small worlds： what works in workshops if and when they do？［M］//DONNELLY D. Does the writing workshop still work？Bristol：Multilingual Matters，2010：60.

④ WILSON L K. Wrestling Bartleby：another workshop model for the creative writing classroom［M］//DONNELLY D. Does the writing workshop still work？Bristol：Multilingual Matters，2010：211.

身份也很适宜评点学生作品的得失①，这也可以看作是工坊对专家角色的一种主动引进。澳大利亚学者迪帕·拉奥（Deepa Rao）和伊瓦·斯图潘斯（Ieva Stupans）则进一步调查了角色扮演这种教学手段在高等教育各学科中的应用情况，总结出角色转换、表演和拟真三种类型②，可以指导写作工坊教学的角色扮演。

　　总而言之，作为创意写作学科的核心，写作工坊自发展之初内部就存在师徒制模式的局限。系统论模型所揭示的创作性的社会维度、戏剧表演中的角色理论，以及写作工坊的实践探索表明，创设一种扮演专家的集体讨论模式是完全可行的。这不仅能有效解决写作工坊固有的问题，也能促使创意写作学科在中国文化的土壤中进一步发展、适应国内教育体系的现状，为提升高校学生的创作水平提供一种更新颖的教学手段。

---

① ROE S. Introducing masterclasses[M]//DONNELLY D. Does the writing workshop still work?. Bristol：Multilingual Matters，2010：202.

② RAO D, IEVA S. Exploring the potential of role play in higher education：development of a typology and teacher guidelines[J]. Innovations in education and teaching international，2012，49(4)：427–436.

论创意写作在小学习作教学中的实现路径[*]

邹文荟[**]

摘　要：本课题历经多年的课堂教学实践，致力于小学习作教学困境的突破研究。本文以创意写作教学研究为起点，分别从"组建班级写作工坊，转变写作组织样态""引进过程写作法，完善写作教学流程""创办班级刊物，打造学生成长的辅助阵地"这三方面来阐述创意写作在小学习作教学中的实现路径。

关键词：创意写作；班级写作工坊；过程写作法；班刊

前言

　　习作，一直是小学教育教学中的一大难点，虽然新课程不断改革，教学样式不断推陈出新，但学生下笔难、写作能力提升缓慢的问题并没有从根本上得到解决。在既有条件下，怎样才能把小学习作教学从困境中解放出来？ 创意写作在世界范围内的蓬勃发展让我们看到了希望的曙光。2007 年前后，葛红兵教授带领他的研究团队将创意写作首次引入国内，并于 2009 年 4 月成立上海大学文学与创意写作研究中心，随即创意写作便以燎原之势在国内诸多高校发展起来。在 2018 年的世界华文创意写作大会上，语文报社总编辑任彦钧先生就曾提出，"要让我们的创意写作，特别是高校的创意写作反哺中小学写作教学"。① 随着中小学创意写作教育教学联盟的成立，创意写作也在中小学写作教学逐步走向纵深。

---

　　* 本文系江苏省无锡市教育科学"十三五"规划 2020 年度课题"小学'班级写作工坊'的实践研究"（课题编号：H/D/2020/03）阶段研究成果；经开区教育科学"十三五"规划 2019 年度立项课题"小学创意写作教学实践之《班刊》训练系统"（2019JKJY1-06）阶段性研究成果。

　　** 邹文荟，毕业于上海大学创意写作专业，无锡市太湖实验小学一级教师，经开区第二批教学新秀。工作后一直从事创意写作教学研究工作。

　　① 任彦钧：《我们为什么需要创意写作》，《语文教学通讯》2021 年第 4 期，第 8 页。

本课题自 2018 年开展实践研究,主要致力于创意写作理念、方法、教学模式的引鉴工作。实践研究发现,创意写作要在小学教育教学中落地生根,需要扎实做好以下三个方面的工作。

一、组建班级写作工坊,转变写作的组织样态

创意写作教学以小班授课、主题和结构研讨、细节修改等为主要特点,常见的组织形式是"工作坊"。写作工作坊是以创意写作实践或创意写作教育、研讨等相关工作为导向,由若干参与者组合而成的活动组织,人们常常称之为"创意写作工坊"(Creative Writing Workshop)、"写作工作坊"(Writing Workshop)或"作家工作坊"(Writer's Workshop)等。[①]

(一)班级写作工坊的组织形式

将创意写作引进小学习作教学,首先要组建班级写作工坊来实现写作组织样态的转变。在传统的写作教学中,学生往往都是一个个孤独的个体,写作过程缺乏同伴的参与。加之低中年级的小学生在遣词造句方面有一定的欠缺,在写作期间会遇到一定的障碍,这些障碍会让学生在写作过程中感到无助。在创意写作教学中,工坊制写作模式能够很好地应对这一问题。这就给我们提供了有益的启示,即在小学课堂中引用这种工坊制写作组织形式,将班级组建成一个大的写作工坊,谓之班级写作工坊。

为了方便管理,班级写作工坊内部可以下设不同的合作小组。每个合作小组内部设有主持人、记录员、主发言人等角色分工。组内成员之间围绕一个话题展开讨论,相互合作,自成一个独立的整体。同时,在班级写作工坊内部,各个小组之间又是相互补充的,彼此好的观点、想法、成果都可以共享。

在国外,创意写作活动的场地并不局限于校园和课堂,图书馆、科技馆、工厂、操场上、小公园里、社区内,甚至是网页论坛,都可以成为学习的发生地。班级写作工坊活动场所不受时空限制,既可以在教室内部,也可以是课堂之外的各类实践场所;既可以是可触可感的现实世界,也可以是虚拟的博客、论坛。工作坊成员的活动形式也相对自由,一切遵从学习上的需要。这种较为灵活的课堂组织形式一方面可以就地取材,有利于资源的高效利用,另一方面也有利于激发学生学习兴趣,促进集体思维碰撞和研讨的高效推进。

与传统写作教学相比,组建班级写作工坊有助于调动集体的力量,以小组成员通力合作的方式来完成任务。这种作坊样态既降低了写作的难度,同时又提升了写作的质量。

(二)例谈班级写作工坊的合作机制

在低中年级,学生尚且处于一种"于无法中求其法"的阶段,写作能力的获得主要来源于阅读和仿写训练。下面以三年级上册《富饶的西沙群岛》这篇课文的仿写学习为例,初步勾勒班级写作工坊的合作机制,探寻创意写作在小学习作课堂中的落脚点。

原文中有这么一段:

---

① 许道军:《创意写作工作坊研究》,《雨花》2015 年第 2 期。

　　　　"鱼成群结队地在珊瑚丛里穿来穿去,好看极了。有的全身布满彩色的条纹;有的头上长一簇红缨;有的周身像插着好些扇子,游动的时候飘飘摇摇;有的眼睛圆溜溜的,身上长满了刺,鼓起来像皮球一样圆。各种各样的鱼多得数不清。正像人们说的那样,西沙群岛的海里一半是水,一半是鱼。"

　　本段在对鱼类的描写时抓住它们在外形上的主要特点,运用了比喻和排比等修辞介绍不同鱼类的样子。对于初学写作的学生而言,这是很好的模仿学习材料。下面,我们将以本次课堂写作实践为例,看看班级写作工坊是如何利用集体的智慧一步步攻克写作难题的。

　　1. 单句仿写

　　在仿写初始环节,教师可以展示几幅不同种类鱼的图片,让学生自由选择一幅,学着课文例句的样子进行介绍。期间小组可以合作讨论,记录员做好记录工作。然后由主发言人作小组成果分享。在班级写作工坊里,每个写作小组的成员都可以畅所欲言,既可以分享自己的成果,也可以学习借鉴运用其他小组的成果。

　　2. 组句成段

　　在获得单句仿写的基本能力之后,教师便可以让学生试着再写好 2—3 个句子。学生学会了句子群的写作,也就基本掌握了段落的构段方式。与单个句子的仿写训练相似,句子群的写作也可以借助小组合作的力量来共同完成。小组讨论结束后,主发言人在班级写作工坊内进行汇报展示。每个小组的汇报都会有独特的亮点呈现,教师(工坊活动组织者)要能够及时、敏锐地捕捉到这些亮点,并予以高度赞扬。一方面,学生可以从赞扬中获得极大的自信并保持源源不断的前进动力;另一方面,这些被赞扬的作品也会成为同伴们竞相学习模仿的例子。

　　3. 能力迁移

　　经过前面两个环节的学习和实践,教师此时可以给学生一个具有扩展空间的句子,例如"秋天可真美""秋天是一个硕果累累的季节""天可真冷"……让学生围绕新的主题来进行练习。

　　4. 结构完善

　　上一阶段完成之后,试着给段落添加开头和结尾。至此,一篇文章的核心段落便完成了。

　　下面几则均节摘自我们所办的班级刊物《初荷》作文周报第 19 期,是班级写作工坊活动的成果:

　　　　那些漂浮在空中的云彩真是千姿百态。有的只是一朵孤零零地飘着,像一栋高大的楼房孤独地站着;有的三个一群,五个一伙,像出去郊游的孩子在草地上快乐地玩耍;还有的一团团簇拥着,像一群正在吃草的绵羊。

　　　　　　　　　　　　　　　　　　　　——朱昕宇《天边的云彩》

　　今天真冷啊!看着被冻灰的大地,再望望天空,我看见一个被冻坏的太阳。西北风呼呼地刮着,好像在给世间万物下战书。人们似乎被西北风吓到了,冻得不想出门;风吹过草丛,小草立刻低下了头;风吹过湖面,湖面便结了一层薄薄的冰;小动物虽然穿着毛衣,但还是冷得直打哆嗦。树木坚强地站在风中,好像早就准备好战斗了。我觉得冬天感冒了,那风声就是冬天打喷嚏的声音,可它自己好像不知道似的。

——张灵钰《今天真冷》

秋天真美啊!天空湛蓝、透亮。五颜六色的菊花可美了!花儿们白的似雪,冰清玉洁;红的像火,热情奔放;粉的如霞,娇艳欲滴。花儿的旁边绿草如茵,小草儿各个精神抖擞。一棵棵高大的银杏树就像一位位战士,十分威武。一条小溪从大树旁流过,溪水格外清澈,连水中的鹅卵石都看得一清二楚,溪里的小鱼、小虾自由自在地玩耍,快活极了!

——赵栩铭《秋天真美》

在教学中,同一个主题的写作往往要进行多次训练,所习得的技法才能内化与运用。工坊内的写作成果共享,旨在让学生获得思考问题的方法,熟悉创意展开的路径,掌握一类文章写作的技巧……因此,在小学习作阶段,组建班级写作工坊,利用集体智慧进行合作共写,这种写作组织样态的转变对于提升学生的写作能力、打开创意思维格外重要。

二、引进过程写作法,完善写作教学流程

当前,我国的小学习作教学或偏向作前指导、或倾向作后点评,对学生的整个写作过程缺乏系统性关注。而兴起于美国的过程写作法则可以很好地应对这一问题,它旨在为每一个写作环节都提供具体的方法指导。

(一)过程写作法的内涵及启示

20 世纪 60 年代兴起的过程写作法在美国教育圈中颇为出名,无论是小学、初中还是高中都强调全程指导。董蓓菲教授主编的《全景搜索:美国语文课程、教材、教法、评价》一书对过程写作法作了详细介绍。学生在整个写作过程中要经历五个阶段——预写作(Prewriting)、打草稿(Drafting)、修改(Revising)、校订/编辑(Proofreading/Editing)和出版/提交(Publishing/Presenting)。[1]

过程写作法给我们的启示是:每一篇文章的完成并不是一蹴而就的,而是一个具体的、可以被分割成不同环节并可以进行人为操控的过程序列。其中,每一个写作环节都可以是独立的,都有一个需要解决的主要任务。同时,这些各自独立的环节又可以按照一定的步骤有机组合在一起,环环相扣,实现写作过程的循序渐进,以此构成一个完整而科学的写作过程。

(二)过程写作法在小学写作课堂的应用

四年级下册第四单元以名家笔下的动物为主题,分别编排了《猫》《母鸡》《白鹅》这三

---

[1] 董蓓菲:《全景搜索:美国语文课程、教材、教法、评价》,华东师范大学出版社 2009 版,第 117 页。

篇课文。在完成阅读教学目标之后,可以把文章中学到的写作技法迁移运用到小练笔上。期间,借助过程写作法,将小练笔依次提升、逐步扩展,最终平稳有序地过渡到单元习作上来。

1. 预写作

预写作主要解决写作前的准备工作,具体包括写什么、怎么写,以及围绕主题选用哪些材料等相关问题。这是过程写作的关键环节,活动过程的质量直接决定学生能力的达成度及这次写作的效果。

在《猫》这篇课文的仿写教学中,预写作要解决的主要任务就是思考要写的动物是什么,从哪几个角度来介绍这个小动物,以及围绕这个动物准备选用哪些材料。

2. 打草稿

经过预写作环节的充分交流准备,同学们将会独自完成文字稿。

3. 修改

这一环节的主要任务就是学习如何对文章进行修改。教师在拿到同学们的文字稿之后,需要进行阅读和反馈。在每次作品修改交流中,一般选择 1—2 份具有代表性的文章作为主要修改对象。工作坊成员在阅读研讨活动中,要就例文提出合理的修改方案,并进行针对性的修改工作。

此外,研讨活动结束之后,同学们利用自己所学习的本领修改自己的文章。有时候需要进行第二轮、甚至第三轮的修改。

4. 校订/编辑

修改后的文章选取 15—20 篇发表在班刊上,这些文章经过编辑排版之后需要打印出样稿,进行校订工作。

5. 出版/提交

样稿在校订完成之后,方可正式印刷发表。至此,一次完整的作文指导才算基本上完成了。当然,文章发表后也并不是写作的终点。在后期的学习中还会在新学本领的基础上继续修改提高。下面几则均节选自班刊《初荷》作文周报第 97 期,这些作品均建立在前期多次阅读探讨和反复修改的基础之上。

> 每当我放学进家,它已经端端正正地坐在门口正中央恭候了。一眼见到我,冬冬就会马不停蹄冲上来,在我面前是一顿点头哈腰。我坐在书桌前写作业,它常常睡在我脚上对我撒娇卖萌,一会儿舔舔我的拖鞋,一会拨弄拨弄我的裤管,有时候就睁着贼溜圆的眼睛含情脉脉地看着你,想不喜欢都难啊。有时候还四脚朝天地躺着,露出肚皮让我把它抱起来,给它挠痒。奸计得逞之后就闭着眼睛,一副陶醉的样子,格外享受。看到它这贱答答而又蠢萌的样子,我整颗心都快化了。
>
> ——柳煦茗《"渣狗"冬冬》

> 贝贝吃东西时也非常有趣。它最爱坚果,吃的时候它会用前面两只爪子死死抱着食物,唯恐一不留神就会被人抢走了似的。它的嘴巴不大,但是嚼食物的时候特别

快,鼻子、胡须也跟着动,真的是牵一发而动全身啊。它还特别贪嘴,喜欢吃垃圾食品。曾经我给它喂过一粒爆米花,吃过之后它就冷落了鼠粮,弃置一旁,不闻不问。而一闻到爆米花的香味,小眼睛就开始发亮,尖着鼻子到处嗅。唉,真是个不折不扣的吃货啊!

——王筱童《仓鼠贝贝》

说它淘气吧,那是谁也比不过的。即便外面下着雨,它也会出去蹦跶一圈,然后踩着一脚泥回来,耀武扬威地在屋里走来走去。所过之处,留下了一串串泥脚印,就好像跟在它身后的追随者,这时候它俨然也成了一位伟大的领导者。又或许它把自己当成一个英勇善战的将领,南征北战,打下了整个世界,这后面的一圈圈泥脚印就是它圈画的帝国版图。

——刘子琪《狗狗巴萨》

三、创办班级刊物,打造学生成长的辅助阵地

学生成长的主要阵地当然是在课堂,在课堂之外还可以开辟学生成长的辅助阵地,如创办班级刊物(后文简称"班刊")。我们知道,作品的提交发表是写作流程的最后一环,因此创办一个属于自己班集体的刊物就显得尤为重要,保证了写作过程的完整性。加之创意写作认为激发写作热情最好的方式就是鼓励,要让学生在不断地被认可中获得写作自信,就要让班刊成为促进学生成长的辅助阵地。

在传统的写作教学中,学生们都是孤独的写作者,彼此交流较少,既得不到优质观点和方法的共享,也无法从不断被认可中汲取继续前进的力量。而班刊的创办就很好地应对了这两个方面的问题。

(一)孕育写作热情的摇篮

在传统的写作教学中,学生们都是各写各的,直到教师讲评时大家才能接触到少数写得比较好的作品。除了老师,自己的文章没有其他读者,这是一件很让人泄气的事情。而班刊的创办就有效地解决了这一问题,它很好地关照了学生们的"发表意识",给每个学生都提供了一个自我展示的平台。每一期班刊虽然是择优发表,但基础薄弱的同学只要有进步也可以获得发表的机会,权作鼓励。一般而言,每个同学都能够获得发表的机会。

通过发表作品,让学生体验成为一名小作家的愉悦感。当学生见到自己的文章被发表、被拜读、被欣赏、被传播……他们写作与发表的热情也就被点燃了。这种愉悦感会逐渐转变为自信。越自信越无畏,写作过程也就会越顺利。因此,班刊的创办对于学生精神的鼓舞具有不可小觑的力量。

(二)让深度思考发生的沃土

班刊可依据教学需要设置不同的栏目。比如,我们在课题研究实践中,在班刊《初荷》班级作文周报结尾处设置了一个交流栏"说说我最喜爱的文章"。它可以作为同学们每日一分钟演讲活动的主题分享。在这一分钟演讲里,学生会说到这一期班报中哪篇文

章最吸引自己,为什么会吸引自己等等。选择出自己喜欢的文章并不难,但要在一分钟的时间里,把喜欢的原因有条理地说清楚却不是一件容易的事。因此,在学生进行一分钟演讲之前,必定需要进行一定的准备工作。基础较好的同学可以自己准备,基础稍弱的同学可以通过工作坊内团队合作的方式来准备。学生准备演讲稿的过程也是对文章深度思考、再学习的过程,有助于他更深刻地体会到什么样的文章是好文章,怎样写会更受读者欢迎。

此外,班刊让学生明确写作不仅仅是自我的展示,也是与他人进行交流、分享快乐的一种方法。因此,当作品有了读者,学生在进行写作活动的过程中就会思考:我怎么写才会让文章更有意思? 如何写才会吸引更多的读者? 这些问题理清楚了,再来思考写什么、怎么写,写作目标也就更加清晰了。对文章内容、形式和主题的深度思考,有助于整个工坊成员写作认知能力的提升。

（三）可持续的学习资源库

学生作品的发表是过程写作必不可缺的一个环节。文章的发表不仅激发了学生们的写作热情,促进他们进行深度思考,同时更是其他学生的学习范本。因为班刊十分重视学生写作成果的共享展示和交流,往往每期班刊上发表的内容都是集体智慧的结晶。这一次的精彩词句、行文构段、艺术手法等,都可以成为下一次的学习资源。创意写作奉行"拿来主义",对于别人好的观点、想法、素材、构思等都可以去学习借鉴;看到别人的不足,也会有意识地提高警惕,从而避免同样的情况出现在自己的文章中,切实做到取人之所长,补己之所短。

同学们会将每一期班刊存放在自备的文件夹里,空余时间里,仍然可以取出来反复揣摩学习。班刊在持续不断的交流展示中,形成一个可持续的交流学习平台,这就给学生们的后续写作学习建立了宝贵的资源库。

结语

创意写作以其独特的教育教学理念和教学方法给我们打开了一扇瞭望世界的窗口,它的发展历程也给正处于挣扎彷徨中的小学写作教学提供了一个崭新的思路。班级写作工坊的组建,为同学们创设了一个可以相互激发、合作互助的写作环境。这种写作组织样态的转变,让工作坊内的成员不再是孤独的写作者,每个人都能在与同伴的交流中获得可以借用的资源。过程写作法的引入弥补了当前作文教学流程缺失的不足,让整个写作过程更加完整。而过程写作法的完整落实又需要班刊的创办,来为文章的发表提供平台支持。班刊,作为学生发展成长的辅助阵地,不仅为同学们构建了一个学习的资源库,还极大鼓舞了学生写作的热情。"组织班级写作工坊""引进过程写作法""创办班级刊物"是紧密联系、相互促进的,它们在不断地建设发展中形成一个环环相扣、互利共生的有机整体。通过做好这三个方面的工作来开展小学创意写作教学,让创意写作在小学语文课堂里落地生根,从而解决当前小学习作教学中所存在的难题。探索无止境,这是一个不断试错、纠错的过程,更是一个起点,我们要做的就是在不断地探索中积累经验,发现不足,为小学习作教学发展提供新的思路。

创意写作分文体研究

Fantasy 的类型溯源、文体界定及相关类型辨析

柳伟平[*]

摘　要：Fantasy 在中文语境中译名颇为混乱，含义也莫衷一是。本文对 fantasy 的词义进行溯源，对这一文学类型的形成历史进行梳理；从罗曼司的"以虚写虚"、早期小说的"以实写实"，到 fantasy（包括部分哥特式小说）的"以实写虚"，确定 fantasy 作为小说的文体特征，而后明确 fantasy 是"作家原创，用形式现实主义笔法创造具有超自然元素的第二世界，注重个性化人物塑造，注重情节设计的小说"；根据此定义，本文对"幻想文学""童话小说"等译名进行重新审视，确定其中文译名为"奇幻小说"；最后，本文从作家原创、超自然性、所处世界、目标读者、细节描写五个参数对奇幻小说与神话、传说、民间故事、童话、科幻小说、魔幻现实主义小说等相关文学类型进行辨析。

关键词：幻想文学；奇幻小说；文学类型；罗曼司；神话

自 fantasy 这一概念被翻译到中国，曾出现"幻想文学/小说""奇幻文学/小说""魔幻文学/小说"等多个译名，比如学者在研究 J.R.R.托尔金的《魔戒》（1954—1955）时，对其归类就莫衷一是[①]，而适合儿童阅读、在西方明确归入 Children Fantasy 的作品，比如约翰·罗斯金的《金河王》（1851）、刘易斯·卡洛尔的《爱丽丝梦中奇遇记》（1865）、J.R.R.托尔金的《霍比特人》（1937）、C.S.刘易斯的"纳尼亚传奇"系列（1950—1956）、罗尔德·达尔的《圆梦巨人》（1982）、J.K.罗琳的"哈利·波特"系列（1997—2007）等，就不仅存在

---

* 柳伟平（1981—　），男，上海大学创意写作博士，中国计量大学副教授，主要研究创意写作、儿童文学。

① 比如王国喜的《浅谈奇幻文学的范式特征——以〈魔戒〉和托尔金的创作观为例》（载《湖北广播电视大学学报》2011 年第 10 期）、陈双眉的《从〈魔戒〉三部曲看幻想小说特点》（载《江西科技师范学院学报》2008 年第 5 期）、鞠训科的《魔幻主义小说初探——以〈魔戒〉和〈哈利·波特〉为个案》（载《广西教育学院学报》2017 年第 2 期）。

同样的文类区分难题①，还曾被草草地冠以"童话"之名，与格林童话、豪夫童话、安徒生童话并置予以审视和研究。也有学者觉得不妥，就另辟蹊径，将这些作品称为"童话小说"（fairytale novel）②，作为 fantasy 的分支，认为后者"一般要涵盖童话小说、奇幻小说和科幻小说等多种幻想性文学类型，特指性并不明显"③。由此可见，学界在此文类的认知与界定方面尚模糊不清。

那么，fantasy 的本意如何，在中文中是否有合适的名词与之对应？如果翻译为"幻想文学"，那它与同样具有幻想性的神话、寓言、童话、科幻文学、神魔小说、玄幻小说、魔幻现实主义小说是何关系？为了回答这些问题，本文将从三个维度进行论述：其一，理清 fantasy 的词源，揭出定义，并明确中文译名；其二，梳理 fantasy 文类的形成过程与文体特征；其三，对 fantasy 与神话、童话、科幻小说等相关类型进行差异辨析。

一、西方语境中 fantasy 的词义溯源

在西方语境中，fantasy 也是一个含义复杂、界定模糊的概念，正如凯西·麦克雷（Cathi MacRae）曾说："fantasy 丰富多样，与其它想象虚构小说（imaginative fiction）联系密切，所以若想赋予它明确定义，就像 fantasy 的故事一样绝无可能。④"其他学者在论及 fantasy 的界定上往往具有模糊化倾向。但作为一种文学类型，需要"呈现出较为独特的审美风格并能够产生某种相对稳定的阅读期待和审美反应"⑤，理应对其题材特征、文体样式、审美风格加以明确。所以本文将从 fantasy 的词源入手，梳理其词义之流变，而后理清 fantasy 这一文学类型的形成过程及相关理论，以期给它一个恰当的概念界定。

（一）fantasy 的词源与含义

英语中的 fantasy 一词源于希腊语 $\varphi\check{\alpha}\nu\tau\check{\alpha}\sigma\check{\iota}\bar{\alpha}$，比如古希腊作家卡苏斯·朗吉努斯（Casius Longinus）在其著名的《论崇高》中曾写道："写作的庄重、雄浑和激情很大程度上取决于视觉化的应用，也就是'幻想'（$\varphi\check{\alpha}\nu\tau\check{\alpha}\sigma\check{\iota}\bar{\alpha}\iota$）……现在幻想（$\varphi\check{\alpha}\nu\tau\check{\alpha}\sigma\check{\iota}\bar{\alpha}$）特别适用于这种情境：被激情所感动，你所言之物仿佛历历在目，并将之展示于听众眼前。⑥"朗吉努斯重视写作的"视觉化"，但并未突出其虚构性与非现实性。正因如此，在中译版中，这

---

① 以《哈利·波特》为例，即有王宁川《狂欢中的理智：奇幻文学诗美学解构——以〈哈利·波特〉为例》（载《大众文艺》2009 年第 1 期）、黄运亭与梁红艳的《论魔幻小说中意象的美学意蕴——以〈哈利·波特与魔法石〉为视角》（载《华南理工大学学报（社会科学版）》2008 年第 2 期）、许巍的《儿童幻想小说的经典之美——论〈哈利·波特〉的游戏精神》（载《美育学刊》2018 年第 6 期）等，分别将之归入"奇幻文学""魔幻小说""幻想小说"。

② 比如舒伟与丁素萍的《维多利亚时期英国童话小说崛起的时代语境》（载《外国文学评论》2009 年第 4 期），以及舒伟《从工业革命到儿童文学革命：现当代英国童话小说研究》（中国社会科学出版社 2015 年版）、李银平的《童话小说〈金河王〉生态伦理思想对当代我国儿童生态伦理思想意识培养的意义探究》（载《教育教学论坛》2020 年第 1 期）。

③ 舒伟：《从工业革命到儿童文学革命：现当代英国童话小说研究》，中国社会科学出版社 2015 年版，第 19 页。

④ Cathi Dunn MacRae, *Presenting Young Adult Fantasy Fiction*, New York：Twayne Publishers，1998，pp.1.文中涉及的外文文献、作品若无专门注明译本，均系笔者翻译。

⑤ 葛红兵：《小说类型学的基本理论问题》，上海大学出版社 2012 年版，第 32 页。

⑥ Longinus, *On the Sublime*, Cambrige：Harvard University Press，1995，pp.215－216.

一术语被翻译为"意象"①,其实更能传达朗吉努斯的本意。"意象"者,是将内心之情感、意念投射到外在形象,或是对原始意象进行审美化创造形成新的意象,唤醒接受者的记忆,激发他们的情感。而这些"外在形象"与"原始意象",显然是现实存在而为作家所利用或改造的,没有超自然、超现实的含义。

在拉丁语中,φᾰντᾰσῐ́αι被音译为 phantasia。罗伯特·斯科尔斯(Robert Scholes)曾对这个词语进行仔细分析,认为 phantasia 来源于形容词 phanos,意思是"光"或"明亮";其名词形式为 phanos,意思是"火炬";其动词形式为 phaino,在主动语中表示"走进亮光中"(bring to light),被动语中则是"带进亮光中"(come to light)或"出现"(appear)。可见,这个词原本与"光"有关。与之相同词源的还有一个词语 phainómena,在哲学里是"现象"的意思,即事物外在可见、可理解的部分;而与之相对,phantasia 则是指头脑中的印象,比如对一件事物的回忆,也可以指想象的能力,"诗人通过图像来暗示事物存在的能力。因为这个词常与现象和想象联系在一起,所以经常用于指代那些不存在的想象,比如幻觉(hallucination)、夸张(exaggeration)、伪装(inauthenticity)"②。也就是说,phantasia 与外在的"光""现象"相对,而用于表示"内在虚幻的想象"了。现代学者 A.P.尼尔森和肯尼斯·道尔森在《当代青少年文学》(1993)中也认为,"phantasia"意为"a making visible"("将不可见之物显现"),作为一种文学手法,是"拒绝接受世界既有之样态,并将现实之外的事物、经历变得可视,呈现于读者面前"③,强调其虚构性、非现实性。

此后,中古英语大量引入拉丁语,phainómena 转为 phenomenon,基本保持"现象"的原意;而 phantasia 中 ph 改为 f,化为 fancy、feign 以及 fantasy 等几个同根词。学者史蒂芬·普里克特(2005)认为,fantasy 及其衍生词从中世纪开始出现在英语之中。④ 杰弗雷·乔叟被视为第一位伟大的英国诗人,且被称为"英语文学之父",他在《坎特伯雷故事集》(1400)使用"fantasye"一词达 30 次,用以形容那些古怪的、奇异的、与日常生活经验不符的事物。托马斯·马洛礼的《亚瑟王之死》(1470)中写道:"And there Tramtrist learned her to harp, and she began to have a great fantasy unto him."因为特里斯坦曾杀死伊瑟的舅舅,两家有深仇大恨,所以伊瑟的 fantasy 等同于白日梦。约翰·班扬的《天路历程》(1678、1684)中也有"你笃信着虚幻(fantastical)的信仰"⑤这样的句子。显然,这时的 Fantasy 已用于指涉"不存在之物"了,只是常含有贬义,带有妄想、虚幻、不可靠的意味。莎士比亚也认同这个含义,在戏剧《罗密欧与朱丽叶》(约 1594)中,迈丘里奥谈及"春梦婆"的故事时曾说过这样一段话:

---

① 朗吉努斯:《论崇高》,马文婷译,见《美学三论》,光明日报出版社 2009 年版,第 30 页。马文婷的译文为:"但现在'意象'却有了这样的概念:在感情的作用下,你仿佛亲眼看到了所描述的事物,同时也将它呈现于你的听众眼前。"

② Robert Scholes, "Boiling Roses: Thoughts on Science Fantasy", *Intersections Fantasy and Science Fiction*, Carbondale: Southern Illinois University Press, 1987, p.7.

③ A. P. Nilsen, Kenneth Donelson, *Literature for Today's Young Adults*, New York: HarperCollins, 1993, p.215.

④ Stephen Prickett, *Victorian Fantasy*, Waco: Baylor University Press, 2005, p.5.

⑤ John Bunyan, *The Pilgrim's Progress*, Minneapolis: Desiring God, 2004, p.168.

> 对了，我说的是迷梦，
>
> 痴人脑中生出的儿孙，
>
> 只诞下些虚无的幻想（fantasy）；
>
> 材质像空气一般稀薄，
>
> 又如风一样变幻无常，
>
> 才投入北方冰雪怀抱，
>
> 忽而发恼，扭头离开，
>
> 转向雨露滴落的南方。

这里的 fantasy 相当于痴人说梦。在《哈姆莱特》（1601）中，军官马西勒斯带着好友霍拉旭在城堡平台上守夜，等待亡魂出现，并对守卫说："霍拉旭说那只是我们的幻想（fantasy），纵然我们已两次目睹那可怕的怪象，他却始终不以为然。"在马西勒斯看来，就算是鬼魂，也比"幻想"要坚实可靠得多。由此可见，在莎士比亚等人的观念中，fantasy 是稀薄、空虚、变幻莫测的，甚至出自神经错乱者的思维，其地位是很低的。其实即便到了 20 世纪，fantasy 依然有此含义，比如 R.L.布鲁特在《论幻想和想象》（1969）中就写道："想象不再一定是疯癫或迷狂，虽然在梦幻与不可控制的妄想（fantasies）中它可达到这种程度。"①也正因如此，fantasy 是描述艺术创作的心理过程时常用的术语，以及一种基本的文学元素，但在英国文学中却有很长一段时间不能以真面目出场，而只能以另外几个词——imagination（想象）以及与 fantasy 有同一词源的 fancy（幻想）——出现在批评家们的笔下。

（二）"幻想"（fancy）与"想象"（imagination）的融合与区分

美国文学评论家大卫·桑德纳曾将 18 世纪初的英国作家约瑟夫·艾迪生推为"第一位幻想文学（the fantastic）的评论家"②。艾迪生之所以得此殊荣，是因为他在《想象的乐趣》（1712）一文中探讨了当时一些模仿古代超自然叙事诗和童话故事创作的作品：

> 有这样一种作品，其诗句不重描摹自然景物，而是提供一些并不存在的角色与行为，以娱乐读者的想象，诸如精灵、女巫、恶魔和亡灵等，德莱顿（Dryden）称之为"仙子书写路径"（the fairy way of writing）。其实，这比基于诗人幻想的写法更难，因为它没有惯例可循，诗人写作要全然依赖自己的创造。③

在这篇文章中，艾迪生其实是给"现代 fantasy"下了最早的一个定义，即"仙子书写路径"（the fairy way of writing）。对此，凯文·帕斯克（2013）颇为推崇，认为"这个短语不是用来命名一种新的写作形式，而是我们可能称之为幻想小说（fantasy fiction）的一个新的

---

① R.L.布鲁特：《论幻想与想象》，李今译，昆仑出版社 1992 年版，第 9 页。

② David Sandner, "Joseph Addison: The First Critic of the Fantastic", *Fantastic Literature: A Critical Reader*, Westport: Praeger Publishers, 2004, p.316.

③ Joseph Addison, "The Pleasures of the Imagination", *The Spectator* 419(1712).

概念基础①"。但这一说法并不流行。在艾迪生之后,学者们谈论"幻想"的含义,往往采用 imagination 或 fancy 两个术语,并常常将两者视为同义词。在 1741 年,德国评论家约翰·雅各布·博德默(Johann Jakob Bodmer)对"想象"(imagination)进行了深入解读:"想象不仅是思维的金库,那里珍藏着许多图像,以备日后之用;除此以外,它还有一个自己的领域,其延伸之广,远超感官之所及……它不仅包括眼前所见的真实之物,能将遥远的事物拉到近前,还有一种超过魔法的力量,能将不存在之物的可能状态画出来,赋予它真实的外相,并使之可看,可听,可感。"②博德默说出了想象的两种功能。其一,反映真实。将真实之物呈现出来,而且如实地再现一处风景是反映真实,将堆放在记忆之库中的意象,比如东边之山、西边之湖、南边之松等真实之物拼凑一起,组成新颖别致的画面,也属于反映真实。其二,无中生有。人为描绘出幽灵、巨龙、精灵、摄魂怪、雷神之锤等不存在、超自然的事物。如果借用一下 M.H.艾布拉姆斯(Meyer Howard Abrams)的"镜"与"灯"两个比喻,"想象"的前一种功能像"镜",让现实或艺术在人脑中留下镜像;后一种功能则如"灯",可以超越人类感官所能感知的世界,展现不存在之物。在 1762 年,英国学者亨利·休谟·肯姆斯(Henry Home Kames)爵士在其《批评的元素》(Elements of Criticism)中认为,"想象"是"没有任何现实基础的制作图像(image)的独特力量"③,强调"想象"的"灯"之功能,更接近"幻想"了。所以,的确有必要对"想象"和"幻想"进行界定,而这个工作由浪漫主义时期的湖畔诗人柯勒律治来完成。柯勒律治在《文学传记》(1817)一书中认为"想象"和"幻想"是绝对不同的,"想象"在"本质上是充满活力的",它"溶化、分解、分散,为了再创造",也就是能将原有的元素转换,创造出新的组合;而"幻想"(fancy)则"只与固定的和有限的东西打交道,实际上不过是摆脱了时间和空间的秩序的拘束的一种回忆"④,是一种僵死的安排。前者是神圣的,是上天赐予诗人、艺术家最高的礼物,与灵感、创造力有关,而幻想则只与梦有关。尽管柯勒律治抬高想象,而贬低幻想,但他这一著名的区分,在很大程度上确立了讨论 fantasy 时所用的术语,也在整体上提升了"想象"和"幻想"在民众心目中的地位。

(三) 为 fantasy 正名

科林·曼洛夫(Colin Manlove)曾说:"一些英国 fantasy 是反对压制的产物,比如 19 世纪发展起来的哥特式小说、浪漫(Romantic)fantasy 和童话,都是想象力被长期压制后的爆发式反弹。"⑤斯蒂芬·普里科特(2005)认为,"到了 1825 年,一些异常的事情发生了,曾被嘲弄为白日梦的术语,比如'幻想'(fantasy)和'想象'(imagination),忽然地位陡升,大

---

① Kevin Pask, *The Fairy Way of Writing: Shakespeare to Tolkien*, Baltimore: The Johns Hopkins University Press, 2013, p.57.

② Quoted in Lilian R. Furst, *Romanticism in Perspective*, New York: Humanities Press, 1970, p.332.

③ Cited in 'Imagination', *Oxford English Dictionary*, 2nd edn, vol. VII, Oxford: Clarendon Press, 1989, p.669.

④ Samual Coleridge, *Biographia Literaria*, London: Oxford University Press, 1907, p.202.

⑤ Colin Manlove, *The Fantasy Literature of England*, New York: Palgrave Macmillan Press, 1999, p.2.

受欢迎。"①英国人在 19 世纪对于想象力的推崇，部分是对文学、政治、性别、种族方面种种僵化观念的反叛。想象力赋予英国人一个自由自在的游戏空间，可以玩转童话规则和哲学中的时空观念，将超自然融入现实生活，给玩偶以生命，让动物开口说话，用自己的规则创造全新世界。到了 1831 年，诗人托马斯·卡莱尔（Thomas Carlyle）开始为 fantasy 正名。他在《拼凑的裁缝》（*Sartor Resartus*）一书中宣称："幻想（fantasy）是人身上具有神性的组成部分，极为神秘，难以掌控……人依靠视觉，只能看到渺小的世界，但借助幻想，的确可以伸展到不可见的无限深处，他的生命的确体现了这种不可见。"②而他所谓的fantasy，其含义接近柯勒律治的 imagination。到了维多利亚时期，乔治·麦克唐纳（George MacDonald）声称："如果当这些形式是旧事物的新体现时，我们就称它们为想象的产物；当它们仅仅是发明的时候，无论多么可爱，我都应该称它们为 fantasy 的产物。"③言下之意是，"想象"对应着现实事物，并予以拼接、调整、组合，实现再创造；而 fantasy 不是模拟现实物体，而跃过感官，用语言、图像让不可见之物呈现出来。

至此，fantasy 的含义逐渐明确，诸多 20 世纪以来的学者也提出相似的看法。英国小说家 E.M.福斯特在《小说面面观》（1927）中指出，fantasy"暗指了超自然因素的存在"④。罗伯特·内森认为 fantasy 描写的是"未曾发生也不可能发生之事"⑤。W.R.欧文认为fantasy 关注"超自然不可能之物"，它通过天马行空的想象，建构了一个令人信服的不可能的世界，而这一切又都是受逻辑和修辞限制的⑥。兹维坦·托多罗夫认为 fantastique 就是"一个只了解自然法则的人在面对明显的超自然事件时所经历的犹疑"⑦，强调"超自然事件"才是 fantasy 的核心特征。大卫·普林格认为 fantasy 是"讲述魔法、别个世界，以及种种离奇之事的故事"⑧。

综上所述，诸多学者已达成共识，fantasy 所指代的就是对超自然的虚构元素的显现。拿罗伯特·史蒂文森的《金银岛》（1883）、乔治·麦克唐纳的《公主与地精》（1872）、肯尼斯·格雷厄姆的《柳林风声》（1903）作个对比。三个故事均为虚构故事，都有"非现实性"，但《金银岛》是个男孩智斗海盗、海岛夺金的故事，男孩、海盗、海岛、海洋都是存在的，小说故事虽未发生，但有可能发生；而《公主与地精》中出现了超自然的地精，《柳林风声》里的鼹鼠、河鼠、狗獾、蛤蟆身穿人类服装并且能说会道，都不可能在现实世界里发生。所以《金银岛》虽是想象、虚构的产物，但不属于 fantasy；而《公主与地精》和《柳林风声》的故事发生在超自然世界，具有 fantasy 的特征。

① Stephen Prickett, *Victorian Fantasy*, Waco：Baylor University Press, 2005, p.5.

② Thomas Carlyle, *artor resartus*, London：Oxford University Press, 2020, p.255.

③ George MacDonald, "The Fantastic Imagination（1890）", Sandner, *Fantastic Literature: A Critical Reader*, Westport：Praeger Publishers, 2004, p.65.

④ E.M.福斯特：《小说面面观》，冯涛译，人民文学出版社 2009 年版，第 99 页。

⑤ Robert Nathan, *Two Robert Nathan Pieces*, New York：The Typophiles, 1950, p.12.

⑥ W. R. Irwin, *The Game of Impossible: A Rhetoric of Fantasy*, Urbana：University of Illinois Press, 1976, p.9.

⑦ 兹维坦·托多罗夫：《奇幻文学导论》，方芳译，四川大学出版社 2015 版，第 17 页。

⑧ David Pringle, *Modern Fantasy: The Hundred Best Novels*, New York：Peter Bedrick Books, 1989, p.13.

二、Fantasy 作为文学类型

Fantasy 一词的概念虽已理清，但它何时作为文学类型的正式名称，还需要进行探究。从目前的文献来看，最早将作品归入 fantasy 的作家，并非英国人，而是以"志怪"著称的德国作家 E.T.A.霍夫曼。他一生创作了大量童话作品，将现实生活与幻想世界予以融合，作品中充满了精灵鬼怪，情节也颇显离奇怪诞，其中一部《卡罗式的幻想篇》（Fantasiestucke in Callots Manier, 1814—1815）便明确以"Fantasiestucke"（对应的英语便是 fantasy）作为其作品类型的名称。

1827 年，英国作家沃尔特·司各特写了一篇名为《论虚构作品中的超自然元素》（On the Supernatural in Fictious Composition）的文章，专门探讨了霍夫曼的文学作品与雪莱的《弗兰肯斯坦》（1818）的超自然元素（虽然后来《弗兰肯斯坦》被认为是科幻小说），并将这一写法称为"the fantastic mode of writing"（幻想书写模式），与一百多年前艾迪生的"the fairy way of writing"遥相呼应。此文经删节后，于 1829 年被译为法文，作为对霍夫曼法译作品集的介绍，在《巴黎评论》杂志上发表。在文章里，编辑将司各特原文中的"the fantastic mode of writing"翻译成"幻想类型"（genre fantastique）。虽说阴差阳错，但 fantastique 作为类型名称正式出现于学界。1828 年，语言学家让-雅克·安培在《全球》（Le Globe）杂志上发表了一篇评论霍夫曼作品的文章，也使用了这一术语，证明这一类型在法国批评界初步得到重视。此后，查尔斯·诺迪埃在 1830 年的《巴黎文学评论》中撰文，从荷马史诗、圣经谈到歌德和德国浪漫主义，从文学史角度为 fantastique 进行了论证与辩护。同时，他也身体力行，完成作品《特里比，阿盖尔的仙女》（1822），以及更具哥特风格的《斯玛拉，或夜晚的恶魔》（1821），成为 fantastique 的先行者。

而在 19 世纪初的英国，经历了一个半世纪的轻视，富有幻想的文学作品也得到了飞快发展，传统童话得到重视，艺术童话得到繁荣，而且不少作家将新兴的小说写法融入童话、罗曼司创作中去，涌现出一系列富有创造性的作品。著名现实主义小说作家查尔斯·狄更斯创作了《圣诞颂歌》（1843），利用小说手法来塑造人物吝啬鬼斯格鲁奇，使笔下的鬼故事显得更为真实可信。另一位小说家萨克雷创作了《玫瑰与指环》（1855），篇幅较传统童话更长，但人物塑造、情节设计也比传统童话更注重细节，也更具反讽意味。约翰·罗斯金的《金河王》在人物塑造方面颇为考究，其中西南风骑士的外形、性格都富有个性，令人印象深刻，对山谷的环境描写也非常细致，显示出与传统童话的不同。此后，金斯利的《水孩子》（1863）、刘易斯·卡罗尔的《爱丽丝漫游奇境》（1871）、乔治·麦克唐纳的《北风的背后》（1871）、《公主与地精》（1872）等作品涌现，为 fantasy 作为独立类型奠定了基础。此外，爱伦·坡和王尔德对 fantasy 的发展也有贡献。比如爱伦坡的《黑猫》（1843）、王尔德的《道连·格雷的画像》（1891）则开创恐怖小说一脉，后被洛夫拉克拉夫特等人发扬光大，影响颇为甚远。

但在当时，尽管幻想文学的文学形式和叙事风格已独树一帜，但这一类型并不被称为 fantasy，而被冠以各种类型名称。比如金斯利在《水孩子》的副标题上就写着"献给一个陆上孩子的童话（fairy tale）"；一些成人 fantasy 作品则归入"罗曼司"，比如莎拉·柯勒律治（Sarah Coleridge）的《凡塔斯提翁》（*Phantasmion*，1837）被后人称为"童话罗曼司"（fairy romance），乔治·麦克唐纳的《幻境》（1857）的副标题也是"fairy romance"，并自认为是中世纪骑士罗曼司的复兴；莱曼·弗兰克·鲍姆在《绿野仙踪》（1900）的前言中认为旧式童话已经过时，现代的孩子需要新的故事——也就是他写的"奇迹故事"（wonder-tales）。

至于 fantasy 作为独立文学类型之名，或许首先应归功于法国人。在 1863 年，埃米尔·利特雷（Emile Littré）编撰的《利特雷法语辞典》中"fantastique"一词之下专门有"fantastique histoire"这一条目。而在英国，首先以 fantasy 作为文类之名的应该是英国诗人、评论家赫伯特·里德，他不仅创作过儿童文学作品《绿孩子》（1935），还曾在其《英国散文风格》（1928）中专门开辟一章用于讨论 fantasy/fancy。他在柯勒律治对"想象"与"幻想"区分的基础上，加上了 fantasy 和"创造"。他相信，作家可以创造一种文学形式，足以与民间故事相抗衡。但他心目中的 fantasy 作品，是《天方夜谭》和罗伯特·骚塞的《三只熊》（1837），显然与现代 fantasy 并无关系，顶多算是成人童话。所以，里德提出 fantasy 类型之名，但并未明确什么作品属于 fantasy。与他差不多同时代的 E.M. 福斯特在其《小说面面观》（1927）中也有专门一章探讨 fantasy，却将劳伦斯·斯特恩毫无超自然元素的《项狄传》（1760—1767）视为"其中佼佼者"，把乔伊斯的《尤利西斯》（1922）也归入其中，只因为"乔伊斯的愤怒……从幻想中产生"[1]，这都极大地模糊了 fantasy 这一文学类型的边界。

而在他们之前的麦克唐纳，虽未提出 fantasy 作为类型之名，却提出了该类型的基本原则。麦克唐纳既写儿童文学，也写成人文学，其《幻境》（1858）是第一部成人 fantasy 作品，此外他还写了一篇奠定 fantasy 作为类型的文章《论奇幻想象力》（1893）。在文中，麦克唐纳清楚地阐述了 fantasy 最基本的原则："自然世界有其规则，人们不能干扰它，而只能利用它；但人们可以提出另外的规则，而且只要愿意，可以用这种规则另造一个小世界。"而"另造一个小世界"就是现代 fantasy 的关键所在，它使 fantasy 与神话、民间故事、现实主义小说有了明确的界限。对于这种创造，麦克唐纳是这样描述的："他的世界一创立，随即而来的最高规则就是，世界赖以存在的规则要保持和谐。在创造的历程中，创造者要遵守这些规则，一旦忘记其中一条，其故事就变得难以置信。为了能在这个想象世界中存活，我们必须看到这个世界赖以存在的法则被遵守。如果打破规则，我们就失败了。我们通过想象力的运行，能让别人的想象力短暂服从，而规则一旦消失，游戏也就结束了。[2]"

从这个角度来说，英国作家威廉·莫里斯对 fantasy 也有开创之功，他的《世界之外的森林》（1894）、《世界尽头的水井》（1896）、《奔腾的河流》（1897）等作品在幻想文学发展史上具有里程碑意义，因为当其他作家笔下都是发生在异国、梦境或未来世界的冒险故事时，这些作品（尤其是《世界尽头的水井》）开创了全新的架空世界，也就是麦克唐纳所说

---

[1] 福斯特：《小说面面观》，苏炳文译，花城出版社 1984 年版，第 96、108 页。

[2] George MacDonald, "*The Fantastic Imagination* (1890)", Sandner, *Fantastic Literature: A Critical Reader*, Westport: Praeger Publishers, 2004, p.65.

的"新世界"。这个创举意义非凡,代表着幻想文学的发展趋势。后来的幻想文学作家往往倾向于设计"第二世界"(一个拥有自身运行规律的独立幻想世界),比如 J.R.R.托尔金的"中土世界"、C.S.刘易斯的"纳尼亚世界"、J.K.罗琳的"魔法世界"等。

当然,fantasy 作为文学类型的最终确立,其实还是要等到 J.R.R.托尔金发布《论童话故事》(1937)后。他在该文中专门探讨了 fantasy。虽然他在文中将之视为童话的新写法,但在行文之中,已经透露这是一种新的类型,而且继承麦克唐纳的理论,为该类型确定了准则。作为创作手法的 fantasy 是既包括想象,即对形象的感知和对其含义的把握与控制,又包括次创造。不同于日常生活的"第一世界",童话所属的"第二世界",是 fantasy 创造出来的想象世界,它是第一世界的反映,但又与之不同。[1] 他按照自己的理论创作的《魔戒》出版之后,对于其体裁归类,学界陷入热议,安东尼·布彻(1955)称其"可能是十年来奇幻文学最主要的成就"[2],埃德蒙·富勒(Edmund Fuller, 1962)认为它是"传奇(romance)、萨迦(saga)、史诗(epic),或是童话(fairy-tale)"[3],作家林·卡特(Lin Carter)在其汇编的文集里还专门提出"托尔金式 fantasy"这一概念。[4] 但基本上,将其归入fantasy,大家并无异议。在托尔金之后,许多学者立足于 fantasy 本身,沿着这条道路继续开掘。托多罗夫(1970)从结构主义视角对 fantasy 进行文类界定,确定其不同于其他文类的独特阅读方式,其涉及的作品为巴尔扎克的《驴皮记》、J.卡佐特(J.Cazotte)的《魔鬼恋人》、扬·波托茨基的《萨拉戈萨手稿》等。罗斯玛丽·杰克逊与他观点相似,将 fantasy 视为一种"颠覆性的文学",认为它释放出被理性或暴政所压抑的灵魂;约瑟夫·蒙利昂提出了相似的观点,将 fantasy 视为 1780—1830 年之间某些西班牙作家所展现的后浪漫主义现象。而克里斯汀·布鲁克-罗斯、艾普特、托宾·西伯斯、尼尔·康威尔或露西·阿米特等人的观点也基本都是如此,只专注于那些欧洲 19 世纪的颠覆性文本,特指那些黑暗的、哥特式的作品,当中充满独裁主义、残忍杀戮。

科林·曼洛夫紧随其后,也对幻想文学进行了比较清晰具体的界定,他在《现代幻想文学:五个案例》(1975)中区分了它与现实主义小说、鬼故事、科幻小说之间的差异,并在《英国幻想文学》(1999)一书中对其下过一个定义:"一种包含超乎自然之物与不可思议之物的小说。[5]"他所谓的"超乎自然之物"是指某种类型的魔法和超自然存在,包括天使、精灵之类;所谓"不可思议之物"是指一些不可能出现的事物。而他所关注的文本,则是乔治·麦克唐纳、C.S.刘易斯、J.R.R.托尔金等人的作品。许多学者赞同这一观点,比如塞思·勒若的《儿童文学史》(2008)中,论及 fantasy 都是以《北风的孩子》《水孩子》《爱丽丝漫游奇境》《哈利·波特》等为例。

卡尔维诺(1970)则将前面两者的观点相互融合,认为 fantasy"超然,玄乎,其逻辑有

① J.R.R. Tolkien, *Tolkien On Fairy-stories*, London:Harper Collins Publishers, 2006, p.65.

② Boucher Anthony, *Recommended Reading*, Fantasy and Science Fiction, 1955, p.8.

③ Edmund Fuller, *Books with Men Behind Them*, New York:Random, 1962, p.142.

④ Lin Carter, *The Young Magician*, New York:Ballantine, 1969, p.61.

⑤ Colin Manlove, *The Fantasy Literature of England*, New York:St Martin's Press, 1999, pp.10-14.

别于日常生活中的事物与联系,也不同于主要的文学惯例"①,在其《文学的作用》(1986)一书中,论及 fantasy 时就列举了果戈理的《鼻子》(讲述八等文官柯瓦廖夫丢失鼻子后的各种荒唐遭遇)、刘易斯·卡罗尔的《爱丽丝漫游仙境》、卡夫卡的《变形记》等作品。

学者盖里·K.沃尔夫(2012)明确指出,现代意义上的 fantasy 有三大源头:其一,是"私人历史"(private histories)小说,即早期小说(novel),诸如亨利·菲尔丁的《汤姆·琼斯》、丹尼尔·笛福的《鲁滨孙漂流记》,也就是最早的小说;其二,哥特式罗曼史(Gothic romance);其三,艺术童话(art fairy tale)的创作②。所以,fantasy 也兼具这三者的特色,采用了小说文体,而风格理应包括两类:哥特(Gothic)式 fantasy 和仙子(fairy)式 fantasy。前者符合托多罗夫的观点,有哥特小说之风,可称为"暗黑系"fantasy;后者经历了"民间童话—艺术童话—fantasy"的发展过程,是包含超自然元素的艺术童话的小说,其中又以儿童 fantasy 为主。

许多作家对这一类型进行进一步的细分,比如 R.赫尔森(R.Helson)的《英雄式,喜剧式,温柔式:幻想小说的模式及其相关作家》(1973)一文中,运用荣格心理学理论,根据自我与无意识之间的发展运动过程,将幻想划分出三个类型:英雄式(自我与无意识冲突)、喜剧式(自我让无意识着迷沉醉)、温柔式(自我与无意识和解)。在马尔考姆·爱德华兹(Malcolm Edwards)和罗伯特·霍尔德斯多克(Robert Holdstock)的著作《幻想文学王国》(1983)中,根据故事背景将幻想文学分为五类:遥远过去、今日迷失世界、外星球、遥远未来、替代性幻想大陆。凯西·麦克雷在《少年幻想小说简介》(1998)中结合具体作品,将少年幻想小说分为六大类型:"另外的世界""魔幻现实主义""神话:心灵历险之梦""传说:英雄的塑造""魔幻动物寓言"和"时间穿越幻想"。法拉·门德尔松(Farah Mendlesohn)的《幻想小说修辞学》(2008)根据人物与幻想世界的关系,将幻想小说分为入口—探索式幻想(portal-quest)、沉浸式幻想(immersive)、入侵式幻想(intrusion)和边缘式幻想(liminal)。这些分类方式各有侧重,均值得参考。

三、从罗曼司、童话到小说：Fantasy 的文体界定

对于 fantasy 的文体,中外学者进行过很多讨论。比如英国学者科林·曼洛夫在《英国幻想文学》(1991)中认为 fantasy 是"一种包含超自然之物与不可思议之物的虚构小说(fiction)③";约翰·罗威·汤森(Jonn Rowe Townsend)在《英语儿童文学史纲》(1996)中认为,与神话、传奇、民间故事等相比,fantasy"是一个现代的文学形式,属于小说时代的产物"④;《牛津儿童文学指南》中也说:"Fantasy 是指由特定作家创作(而非传统口头流传

① Italo Calvino, "Definitions of Territories: Fantasy", Sandner, *Fantastic Literature: A Critical Reader*, Westport: Praeger Publishers, 2004, pp.133 – 134.

② Gary K. Wolfe, "Fantasy from Dryden to Dunsany", Edward James, *The Cambridge Companion to Fantasy Literature*, Cambridge: Cambridge University Press, 2012, p.12.

③ Colin Manlove, *The Fantasy Literature of England*, New York: St Martin's Press, 1999, pp.10 – 14.

④ Jonn Rowe Townsend, *Written for children: an outline of English-language children's literature*, Lanham: Scarecrow Press, 1996, p.65.

的)、通常有长篇小说的长度,包含着超自然或其他非现实的虚构类小说"①。国内学者朱自强在《中国儿童文学五人谈》(2001)中提出 fantasy 的三大本质性规定要素:超自然的世界、小说式的展开方式和二次元性②。谭旭东在《儿童文学概论》(2018)中认为,fantasy 有三个特点:表现超自然、小说形态、创作的世界具有二次元性③。可见,学者们是公认 fantasy 的小说的文体就是小说④。但是,小说这一文体到底有何特点呢?"小说"形态、"小说式的展开方式"到底是怎样的?为什么具有小说文体之后,fantasy 就与童话分道扬镳了呢?为此,我们要将 fantasy 置于英国小说叙事文体发展史中进行研究。

浦安迪总结了乔治·卢卡奇与巴赫金等学者对于西方叙事文学发展脉络的论述之后,认为西方叙事文学构成了一个经由"epic(史诗)—romance(罗曼司)—novel(小说)"一脉相承的"主流叙事系统"⑤。而其中专注于描写贵族骑士的罗曼司其实是小说的一种初级模式,以致于在大多数欧洲语言中,表示"小说"的术语都源于"roman",比如在法语和德语中均为 roman,在意大利语中为 romanzo。

在西方现代小说"起源"的研究中,"小说"与"罗曼司"之间的关系是最基本的问题。比如伊恩·瓦特的《小说的兴起》(1957),迈克尔·麦基恩的《英国小说的起源(1600—1740)》(1987)、帕尔·亨特的《在小说之前》(1990)、理查德·克罗尔的《英国小说:从1700到菲尔丁》(1998),以及中国学者黄梅的《推敲自我:小说在 18 世纪的英国》(2003)等著作中,都将目光投向"小说"(novel)与"罗曼司"(romance)之间的关系。既然小说是从罗曼司脱胎而来,并以小说(novel 有"新颖"之意)这一名称自表身份,以示与"述古拟古"的罗曼司之间的差异,如果理清这种差异,或可总结出小说的文体特色。

(一)罗曼司的"以虚写虚"

罗曼司源远流长,于 12 世纪在法国普罗旺斯诞生,被后世称为"骑士罗曼司",后来传入欧洲诸国。从史料上看,最早的英国骑士罗曼司《霍恩王》写于 1240 年前后。骑士罗曼司起初采用诗体形式,后来也有散文体,而创作手法高度模式化,背景为中世纪,人物则固定为无畏的骑士、绝世的贵妇、凶恶的火龙,内容则多为骑士为了意中人甘愿冒险,或与人比武,或降龙伏魔,或行侠仗义,其中代表作有《奥菲厄爵士》《高文爵士与绿衣骑士》《特里斯坦与伊瑟》《华瑞克的盖伊》《弗洛瑞斯与布兰彻弗勒》等。正是这些骑士罗曼司,曾让堂吉诃德满脑子"魔术呀、比武呀、打仗呀、挑战呀、创伤呀、调情呀、恋爱呀、痛苦呀等等荒诞无稽的事"⑥。

① Humphey Carpenter & Mari Prichard, *The Oxford Companion to ChIldren's Literature*, Oxford: Oxford University Press, 1984, p.181.

② 朱自强:《中国儿童文学史论》,二十一世纪出版社 2015 年版,第 290 页。

③ 谭旭东:《儿童文学概论》,中国人民大学出版社 2016 年版,第 9 页。

④ 虽然学者有时用 fiction,有时用 novel,在艾布拉姆斯认为,虚构小说(fiction)一般包括长篇小说(novel)、中篇小说(novelette)、短篇小说(short story),篇幅不限,但有时 fiction 也被视为 novel 的同义词。见 M.H.艾布拉姆斯、杰弗里·高尔特·哈珀姆:《文学术语词典》(第 10 版),吴松江等译,北京大学出版社 2014 年版,第 256—257 页。

⑤ 浦安迪:《中国叙事学》,商务印书馆 2019 年版,第 8 页。

⑥ 塞万提斯:《堂吉诃德》,杨绛译,人民文学出版社 2008 年版,第 10 页。

一直到文艺复兴时期，罗曼司还十分盛行，并产生了一些新的样态，主人公从骑士换作了贵族或宫廷中人。比如乔治·盖斯科因的《F.J少爷历险记》(1573)讲述的是宫廷浪漫爱情故事，罗伯特·格林的《潘朵斯托》(1588)在宫廷爱情中加入了妒忌，菲利普·锡德尼的《阿卡狄亚》(1590)将背景放在世外桃源般的国度，讲述了两位王子与两位公主的冒险与爱情。这些罗曼司让爱玛·包法利沉醉于书中的"恋爱、情男、情女、在冷清的亭子晕倒的落难命妇、站站遇害的驿夫、页页倒毙的马匹、阴暗的森林、心乱、立誓、呜咽、眼泪与吻、月下小艇、林中夜莺、公子勇敢如狮，温柔如羔羊，人品无双，永远衣冠楚楚，哭起来泪如泉涌"①。

而之所以塞万提斯和福楼拜要如此攻击罗曼司，就是因为它不真实、不现实、矫揉造作，让人沉湎于空想。D.H.格林(2002)指出，在中世纪早期，"欧洲文学传统出现转变，从历史写作转向虚构叙事，最重要的证明就是罗曼司模式"②。罗曼司的主人公多为骑士与贵族，故事发生在异国他乡或宫廷城堡，对于读者而言十分遥远。故事往往取材于神话、历史、民间传说、童话，有时也将目光投向遥远神秘的东方，而且会明确告诉读者故事为虚构。

罗曼司被后人诟病的原因有二：其一，罗曼司中的情感与读者有距离感。人物的行为、情感，以及美德、罪恶，对读者而言显得十分遥远，很难将之与自身联系起来。虽有堂吉诃德与包法利夫人被罗曼司所感动，但一般忙于日常营生的读者对此是无法感同身受的。其二，细节的非真实性。以托马斯·马洛礼的《亚瑟王之死》为例。在人物形貌方面，骑士们都是英俊、强壮，公主或皇后都被笼统地誉为"绝色美人"，但并无详细、有个性的描写；在环境描写方面，无论写的是森林、城堡还是湖泊，都只是笼统说一个地点，看不出此处森林和别处森林有何差别；心理描写也是缺失的，通篇只有对话与动作。此外，事件描写也显得过于简略。比如《荒野巴林的痛心一击》一章中，巴林见到一位愁容骑士，将他带回亚瑟王帐篷的途中，"一位隐身骑士突然现身，用一根长矛刺穿了那位骑士的躯体"，巴林为他复仇，奔波数日，到达一个城堡，轻而易举地找到了隐身骑士，争吵两句，"巴林一跃而起，只一剑就把他的头从肩膀上劈了下来"③，白描式的写法显得十分简单，缺少足够的细节。

总之，罗曼司的故事是虚构的，情感是疏离的，而笔法也是不写实的，是"以虚写虚"，不能给人以逼真之感。罗曼司成为小说(Novel)努力要突破的"非现实"(Nonrealistic)叙事传统的代表。

（二）早期小说的"以实写实"

文艺复兴之后，在整个欧洲，伴随着封建制度的解体、市民阶层的崛起、骑士精神的消失，社会生活出现了急剧变化，"崇古务虚"、纯靠想象的罗曼司无法及时表现现实，而与

---

① 福楼拜：《包法利夫人》，李健吾译，人民文学出版社 2012 年版，第 31 页。原文如此，标点似有不妥，作者按。
② D. H Green, *The Beginnings of Medieval Romance: Fact and Fiction 1150–1220*, Cambridge：Cambridge University Press, 2002, p35.
③ 托马斯·马洛礼：《亚瑟王之死》，天津人民出版社 2017 年版，第 31—32 页。

真实生活、市民百姓贴得更近的早期小说则受到了重视。约翰·黎里的《尤弗伊斯：对才智的剖析》(1578)以书信体来写浪漫爱情，当中探讨了何为标准绅士，批评了牛津大学教育制度，虽是说教味颇浓的小说，却在客观上记录了英国中上层的样貌，与之前的罗曼司相比，透露出一些现实主义之风。上文提及的罗伯特·格林，其《潘朵斯托》诚然是宫廷爱情故事，却也描绘了当时的重重骗术；而他的《诈骗术》(1591—1592)一书更是笔锋直指英国社会形形色色的骗子，揭露其欺诈行径，不仅剖开了社会丑陋面，还宣扬了道德规范。托马斯·德洛尼是纺织工出身，在其作品《纽波利的杰克》(1597)、《高贵的手艺》(1597—1598)以及《雷丁的托马斯》(1600)中，叙述着纺织工、布商、手工业者的奋斗故事，并且穿插着浪漫故事、笑话和民间故事的元素，所以深受平民大众的欢迎。

而进入 18 世纪之后，丹尼尔·笛福的《鲁滨孙漂流记》(1719)、塞缪尔·理查逊的《帕梅拉》(1740)和亨利·菲尔丁的《汤姆·琼斯》(1749)等作品的问世，宣告了小说这一文体的真正诞生，其主要贡献是"对非现实传统(non-realistic tradition)——通常冠名以罗曼司——的一系列突破"①。这里的"非现实"是指罗曼司所叙之事往往超越读者日常现实经验，正如勒内·韦勒克所说，罗曼司往往"叙述不曾发生过的事"，小说则往往"表现现实生活中的事"②。伊恩·瓦特的观点与之相似，他在《小说的兴起》一书通过对笛福、菲尔丁、理查逊等人作品的分析，认为"小说"这一文体之所以能脱颖而出，其要点是"形式现实主义"，因为这一"小说中常见的一组叙事程序在其他文学体裁中并不常见，因此可以看作典型的形式本身"，后文中又补充说："整个小说类型的最小公分母，即它的形式现实主义。"③他通过与史诗、罗曼司的对比来确定小说的这一特征(见表 1)。

表 1　伊恩·瓦特对史诗、罗曼司与小说相关特征的对比

	史　诗	罗曼司	小　说
故事情节	基于过去的历史或寓言		追求个人经验的真实性
人物	注重类型		注重个体
时间	模糊不清，缺乏个性		特定时间
空间	毫无地标特征		空间环境描写具体化
修辞	赋予情节外在之美		接近所描写的对象

在小说中要做到"形式现实主义"，需要对传统的故事情节、笼统的比喻修辞进行弃用，代之以个性化与具体化的人物、故事时间、故事空间、因果关系和修辞手法。为了做到

---

① Dieter Schulz, "'Novel,' 'Romance,' and Popular Fiction in the First Half of the Eighteenth Century", *Studies in Philology* 1(1973).

② 勒内·韦勒克、奥斯汀·沃伦：《文学理论》，刘象愚译，江苏教育出版社 2005 年版，第 241 页。

③ 伊恩·瓦特：《小说的兴起》，刘建刚、闫建华译，中国人民大学出版社 2020 年版，第 27、30 页。

这一点，小说要重视个人经验的真实表达，利用充满细节的写实主义笔法，让故事通过个性化人物，在具体时间、具体地点如同"真实事件"一样发生。

笛福在《鲁滨孙漂流记》的序言中就反复强调故事的真实性，自称发现了一本真实游记，因为惊叹其经历，于是进行适当编辑，最后成书，并且说："编者相信，这一自述是事实的忠实记载，其中绝无虚构之处。"①在小说里，笛福完全按照鲁滨孙实际的行动、感觉来组织故事情节，没有刻意营造悬念与冲突，一切宛如日记一般真实，所用语言也是日常口语，符合真人的叙事口吻。其叙事视角则"综合了流浪汉叙事视角的基本特征与清教徒撰写心灵自传时常采用的叙事视角的基本特征"②，前者着重于客观具体事物的描绘，对于自然风光，以及如何驯养山羊、种植麦稻、制作独木舟的过程都写得全面而逼真；而后者以第一人称视角直接书写内心感受。理查逊的书信体小说从客观真实走向了主观真实，具有逼真的心理活动。他的《帕梅拉》一书由帕梅拉与父母的 32 封通信及自己的 64 篇日记构成，而理查逊宣称自己仅是书信的"编撰者"，信中所用的措辞十分日常，所述内容也是道德、婚姻问题，完全没有罗曼司中常见的奇遇、鬼神、宫殿、城堡等元素。而亨利·菲尔丁则以《大伟人江奈生·魏尔德传》（1743）、《汤姆·琼斯》（1749）等长篇巨著全景式地记录了真实的英国社会人生，"真可谓是一幅连绵不绝、高低错落、主次有序、粗细井然、色彩纷呈的《清明上河图》"③。毫无疑问，这些强调真实人物、真实事件、真实场景的小说，对于此前从神话传说中获取素材的罗曼司而言，是一个巨大的突破。

当然，形式现实主义并不否认小说的虚构性。因为所有的小说作品说到底都是人工制品，"现实主义"差不多就是一种幻觉。比如《鲁滨孙漂流记》只是根据新闻事件改编，笛福并非亲历者，所以小说带有很大的虚构成分。安妮特·鲁宾斯坦曾说，《鲁滨孙漂流记》"在文学上的特殊地位，并不是单纯靠使当时的读者信以为真的貌似真实性赢得的"，这些作品真正的吸引力，在于"不仅关心生活的内容，而且关心生活最深处的核心问题。它揭示出可靠的经验的实质"。④ 杰出小说的魅力并非来自故事、人物的真实，而是它们揭示出了世界、生活与人性的本质。也正因如此，许多出色的哥特小说和 fantasy 作品，吸收了形式现实主义的优点，虽然充满了"非现实"甚至"超自然"元素，但因为同样能揭示"可靠的经验的本质"，所以依然可以感人肺腑或发人深省。

（三）哥特式小说、fantasy 的"以实写虚"

诞生于 18 世纪后半期的哥特式小说也被称为"哥特式罗曼司"（Gothic Romance），背景往往是中世纪的城堡，故事大都是虚构的，富有恐怖色彩，而且常有鬼魂（比如沃坡尔的《欧权托城堡》）、巫术（比如马修·路易斯的《修道士》）、恶魔（比如查尔斯·马楚林的《游魔梅尔莫斯》）等超自然元素。诞生于英国维多利亚时代（1837—1901）的 fantasy 的内容同样离奇，主角们有时落在水里变成鱼（《水孩子》），有时又乘着北风去遨游（《北风的

---

① 笛福：《鲁滨孙漂流记·序》，黄杲炘译，上海译文出版社 2018 年版，第 1 页。
② 蒋承勇：《英国小说发展史》，浙江大学出版社 2006 年版，第 49 页。
③ 张玲：《序言》，亨利·菲尔丁《弃儿汤姆·琼斯史》，张谷若译，人民文学出版社 2019 年版，第 4 页。
④ 安妮特·鲁宾斯坦：《英国文学的伟大传统（上）》，陈安全等译，上海译文出版社 1998 年版，第 388、389 页。

背后》),有时主角干脆就是会说话的蛤蟆和鼹鼠(《柳林风声》),无视各种自然定律,更不必说"真实性"了。它们何以吸引读者呢?

其关键在于,读者是否能与作者达成某种默契,形成相关性。其实在 18 世纪,小说读者的成熟,这种相关性已经逐渐达成,读者虽然知道小说中都是虚构人物,故事情节可能是奇幻的,但阅读时依然可以产生移情,与小说人物产生思想与情感的共鸣。T.E.阿普特(1982)在论及小说的奇幻性时,曾以卡夫卡的《变形记》为例,认为格里高尔一觉醒来变成甲虫具有奇幻色彩,"但从他和家人其后的行为揭示出格里高尔变昆虫前的状态,又证明卡夫卡写得很合理",所以"小说的真实性并非对概率的研究,而是通过对可能性与合理性的发现和利用,指出我们的世界可能的样子"[1]。

浪漫主义诗人柯尔律治在 19 世纪初写作《抒情歌谣集》时,曾与华兹华斯商定,他来创作超现实人物和角色,并说:"针对这些想象,它们足以使人暂时悬置怀疑(suspension of disbelief),并由此形成诗歌的信仰。"[2]言下之意是,纵然笔下人物、场景有违于常理,但仍可让读者感觉真实,产生信任感。而这种真实,其实已经是一种"虚构真实",或是"虚构共识"。

所以,哥特式小说虽然传奇,视角转向充满恐怖与神秘气息的超现实、不平常的事件,但作品对人性的揭露,依然能引发读者的共鸣。同时,作者们通过细腻的笔触,使离奇的场景也能历历在目,更是让读者身临其境。比如马修·刘易斯的《修道士》一书中,安布罗斯东窗事发,被捕入狱,与魔鬼做交易。作者对魔鬼进行了正面描述:"它是那么丑陋,而它自从受天谴以来就是如此丑陋。它的四肢仍然保留着主的雷电所击的伤痕,巨大的身体黝黑发亮。它的手和脚上都长着利爪,双目怒睁,最胆大的人看了也会心惊肉跳;庞大的肩膀上晃动着两条巨型的黑翅膀,头上爬满了发出骇人之声的蛇;一手拿着一卷纸,另一手拿着一支铁笔。它周身金光闪烁,发出阵阵霹雳,似乎在宣告着大自然的崩溃。"[3]对比骑士罗曼司中对魔鬼、妖怪出场时的简略描写,哥特式小说"以实写虚",使场景、人物纤毫毕现,能给读者以极大的视觉震撼。而且,虽然安布罗斯最后被魔鬼从高空扔下,死于非命,看似奇幻,但以他的作为,不得善终是必然下场,也符合读者的心理预期。

Fantasy 也是如此,正如托尔金在《论童话故事》一文中写道:"fantasy 是想象出真实世界不存在的事物,但是赋予它们'内在的真实性'(inner consistency of reality)。"[4]这种"内在的真实性",也就是"以实写虚"之法,达到细节之真实。约翰·罗斯金的《金河王》从文体来看是介于童话与小说之间的。它的故事其实是童话,其一是西南风先生拜访,受到弟弟款待,却被两个哥哥厌弃,于是西北风不再来,山谷陷入干旱;其二是金河王许诺山中有黄金,需三滴圣水浇淋,两个哥哥贪心,分别前往山谷,一路不顾他人死活,于是圣水无效,自己变成石头,只有弟弟善良,将圣水分给沿途的老人、孩子和狗,感动金河王,于是河道

① T.E. Apter, *Fantasy Literature: An Approach to Reality*, London: The Macmillan Press LTD, 1982, p.1.

② 柯勒律治:《文学传记》,王莹译,中国画报出版社 2019 年版,第 245 页。

③ 马修·刘易斯:《修道士》,李伟昉译,上海译文出版社 2011 年版,第 376 页。

④ J.R.R. Tolkien, *Tolkien On Fairy-stories*, London: Hariper Coüins Publisber, 2008, p.61.

复流，珍宝谷重获生机。从主题上看，这个故事善与恶的对比非常分明，突出了惩恶扬善的基本道德观，是童话中所常见的；从人物设置上看，哥哥的懒惰、自私与弟弟的勤快、善良，哥哥化作石头而弟弟则变得富裕，与格林童话《富勒太太》中懒姑娘和勤快姑娘的设计十分相似；从情节上看，三兄弟三次奔赴金河接受考验，明显遵循着童话中"三重复"的叙事结构。那么，《金河王》何以成为奇幻小说的开山之作呢？因为罗斯金在写作中，带入了自己的艺术手法，增加了人物外表、外在景物和心理活动的细致描写，达到了"以实写虚"。试举一例：

> 在很久很久以前，斯德里亚有一座与世隔绝的山。山中有一条大峡谷，那里的土地非常肥沃，四周山岭环绕，山顶常年积雪，并有瀑布从山间流过，派生出许多湍急的小溪。其中，有一条从东向西的瀑布，流过悬崖峭壁，顺势而下。因为那悬崖很高，太阳出来的时候，凡是太阳照得到的地方，闪烁出耀眼的光芒，如流金一般，而低处则黯淡无光，所以附近的人都称这条河为金河。①

这段描写勾勒出一幅层次分明、动静相宜的图画，非常逼真。而同样是写自然环境，在《格林童话》中都十分精简。比如《大拇指儿漫游记》中是"他继续漫游，走进一片森林"②；《勇敢的小裁缝》中是"一路走来，他走到了一座山上"（《格》：15）；《巨人和裁缝》中有"到了郊外，他看见远处的蓝天下有一座陡峭的山峰，山峰背后，在莽莽苍苍的森林里面，有一座高耸入云的塔楼"（《格》：58）；《莴苣姑娘》里是"从窗口望出去，可以瞧见一座幽静的花园，花园里长满了美丽无比的花和草"（《格》：151）；《渔夫和他的妻子》中渔夫"眼睛一直瞅着冰冷的海水，他老是这么坐着，坐着"（《格》：155）。在经典童话中，不会对细节深入地描写。而罗斯金的奇幻小说中则不然，他不仅模仿经典童话，还掺入了他的阿尔卑斯山情结，风景描写自身就是富有审美价值的。

此外，在外表描写方面也是如此，《金河王》中对西南风先生和金河王两位矮人的服饰、五官、须发、身材都有详细的描述，而不像经典童话中只是简单地交代他们是"矮人"。乔治·麦克唐纳的《轻轻公主》也是一部早期 fantasy，刚刚脱胎于童话，情节与《睡美人》相似，但因为作者更注重细节的刻画，所以显示出与童话的差别。比如轻轻公主中了魔咒，失去重量时，并不是简单加了个设定，而是进行了细致的描写，几乎有以假乱真的效果："当保姆托着她左右摇晃时，她居然脱离了保姆的怀抱，朝着天花板上飞了去。所幸空气多少还有点儿阻力，因此她上升到离天花板不到一英尺的地方，终于停了下来。""一缕淘气的精灵之风一直在寻找恶作剧的机会，便从一扇窗里钻了进来，跑到了小孩躺着的床边，把她吹了起来，慢慢地一路翻滚飘浮着，像一缕轻烟，又像是一颗蒲公英的种子，带着

---

① 约翰·罗斯金：《金河王》，程湘梅译，中国青年出版社 2013 年版，第 1—2 页。
② 格林兄弟：《格林童话》，杨武能译，四川儿童出版社 2014 年版，第 1 页。后文出自同一著作的引文，将随文标出该著名称简称《格》和引文出处页码，不再另注。

她从对面的窗户里飘出去了。"①对于这种奇特的想象,作者还煞有介事地进行了"科学解释":梅克诺特公主极有学问,懂得地心引力法则的细枝末节,并且可以让法则统统失效。这些详尽的描写,都使得公主失去重量这一设定超越了传统童话中的粗略介绍,具有了奇幻小说的特质。

在金斯莱的《水孩子》中,不仅有非常细致的人物刻画,还有堪称美文的风景描写,比如汤姆和师父清早出门去扫烟囱时:

> 大地母亲还在沉睡,跟大多数美人一样,她也是睡着时比醒着更美。高大的榆树在金绿色的草地上熟睡着,奶牛在树下酣眠。周围有几朵云彩也睡着了,它们太累了,于是躺下来休息一会儿。白白的云朵散成这一丝、那一缕的,落在榆树的枝丫间、溪边的赤杨树树冠上,等着太阳叫它们起床,然后在干净湛蓝的天空开始新一天的劳作。②

在这段描写中,金斯莱运用拟人的手法,从大地上的榆树、草地、奶牛、赤杨树,写到低垂的云朵,再写到天空和太阳,有条不紊,从低而高,勾勒出一幅宁谧而充满生机的图画。另外,他写约翰爵士女儿的容貌(《水》:17)、众人放下手头活去追逐汤姆的热闹场景(《水》:19—20)、对文代尔的环境介绍(《水》:32)、汤姆变成水孩子后的容貌变化(《水》:43、49)、圣布兰登仙岛的环境描写(《水》:119)等,使这部作品摆脱了童话式的笼统描述,有特定时间、特定地点、真实的生活细节,使小说变得丰实可信。当然,金斯莱对此技术掌握得还不够圆熟,有时不免写得过于细致而显得烦琐,比如写到山脚的泉水(《水》:7)、约翰爵士宅院的建筑(《水》:12)、引经据典地讨论是否有仙女(《水》:38—39)和是否存在水孩子(《水》:46)、对鲑鱼河与其他河流的对比(《水》:71—75)都脱离情节,无节制地详加介绍,冗长无趣,极大地拖慢了叙事节奏。

在情节方面,还可以拿托马斯·马洛礼的《亚瑟王之死》与 T.H.怀特同题材的小说《永恒之王》(1938—1958)进行对比。对于"石中剑"这一经典情节,《亚瑟王之死》中的描写只有短短一行:"亚瑟握住剑柄,猛一用力,就把剑从巨石中拔了出来。③"而同样场景,T.H.怀特在小说《永恒之王》第一部《石中剑》(1938)中,却足足写了两页纸一千余字。其中有对剑外形的描写:"剑柄末端镶的珠宝,在美丽的光线里闪闪发亮";有亚瑟的心理描写,他感觉握住剑之后,心中十分异样,看周围的东西更加清晰,甚至似真似幻地听到了排箫、竖笛的声音;而且他两次尝试拔剑均不成功,后来梭子鱼、灰背隼、獾先生、猫头鹰等老朋友纷纷出现,为他出谋划策,他终于将剑拔了出来。④ 这种绵密、细腻的笔触,使拔剑

---

① 乔治·麦克唐纳:《轻轻公主》,吴刚译,贵州人民出版社 2017 年版,第 10—11 页。

② 查尔斯·金斯莱:《水孩子》,叶暖阳译,天津人民出版社 2017 年版,第 6 页。后文出自同一著作的引文,将随文标出该著名称简称《水》和引文出处页码,不再另注。

③ 托马斯·马洛礼:《亚瑟王之死》,陈才宇译,天津人民出版社 2017 年版,第 7 页。

④ T.H.怀特:《石中剑》,谭光磊译,人民文学出版社 2016 年版,第 253—255 页。

的过程充满了神秘而神圣的气氛，显得十分可信。

而这种"以实写虚"发展到极致，就是托尔金对"第二世界"的描绘。他认为，人类有创造活动的渴望，模仿造物主创造一个想象世界，即"第二世界"。他根据自己的理论，在《霍比特人》与《魔戒》三部曲中完全创造了一个新世界：中土世界。他还为之设定编年史、风俗、语言等。托尔金认为，幻想世界的关键，不在于幻想程度如何剧烈，而在于幻想世界是否具有内在一致性。马克·沃尔夫（2014）则强调，打造幻想世界与其说靠想象不如说靠技艺，并认为幻想世界的构建有三大要素："创建""完整"及"连续"①。这种被连续、完整的创建出来的幻想世界被称为"故事世界"，这在流行文化中颇为常见，诸如漫威宇宙、乔治·马丁的维斯特洛大陆等。

美国结构主义学者西摩·查特曼在《故事与话语》（1978）一书中将叙事作品分为两个组成部分：其一是"故事"，即作品的内容；其二是"话语"，即表达方式或叙述手法。②随着小说的发展，"讲什么"诚然重要，"怎么讲"也越来越受重视。随着小说技巧的发展，fantasy 的篇幅也有了变化。曼洛夫曾说："Fantasy 在 19 世纪 30 年代通常是短篇小说，在40 年代往往是长故事，到 19 世纪 50 年代，以《玫瑰与戒指》《奶奶的神奇椅子》为例，fantasy 已具中篇小说长度；而在 19 世纪 60 年代，金斯莱的《水孩子》采用了小长篇形式。"③篇幅的加长，其原因是人物塑造更加饱满，细节描写更为真实，情节安排更为考究。其中情节安排属于叙事的"话语"层面。随着类型小说的出现，尤其是寻宝小说、历史小说、侦探小说、科幻小说、家庭小说、成长小说、政治小说等类型纷纷涌现，与 fantasy 相互交融，使叙事"话语"进一步丰富。比如托尔金的《魔戒》中既受到神话、史诗的启发，其实也有历史小说的痕迹。J.K.罗琳的《哈利·波特》系列依然保留传统民间故事的结构，其整体"大故事"的叙事结构是"社会契约+违背+抗争×n+社会契约的重建"，而七部小说从单册来看，其叙事结构基本都是按照"βγδεηABC↑DEHFRs↓"的顺序展开④，而其叙事技巧受到悬疑小说、侦探小说的影响，将"核心"事件与一系列"卫星"事件通过"惊奇"（故事"突转"）和"悬念"这两种手段予以精心组织，从而让读者手不释卷。⑤ 威廉·彼得·布拉蒂的《驱魔人》（1971）、尼尔·盖曼的《坟场之书》（2008）、斯蒂芬妮·梅尔的《暮光之城》（2005）充分吸收了哥特小说的元素；菲利普·普尔曼的《黑暗物质》（1996—2000）有平行空间，则又具备科幻小说的一些特质。这一切都使得 fantasy 越来越丰富，也越来越受读者的欢迎。

---

① Mark Wolf, *Building Imaginary Worlds: The Theory and History of History of Subcreation*, New York: Routledge Publisher, 2014, pp.33 – 47.

② 西摩·查特曼：《故事与话语：小说和电影的叙事结构》，徐强译，中国人民出版社 2013 年版，第 6 页。

③ Colin Manlove, *From Alice to Harry Potter: Children's Fantasy in England*, Christchurch: Cybereditions Corporation, 2003, p.22.

④ 王衡霞：《论〈哈利·波特〉的叙事结构》，《零陵学院学报》2004 年第 12 期。

⑤ 王衡霞：《论〈哈利·波特〉的叙事事件》，《娄底师专学报》2004 年第 s1 期。

四、Fantasy 的定义与中文译名问题

明确了 fantasy 的词义、文体、类型特征之后，接下来就可以给它一个定义。帕梅拉·盖茨（2003）等人曾总结说："成功的 fantasy 包含了以下标准：内在的一致性、独创性、激发新奇感的能力、精细的设定以及风格。"[1]他们所分析的虽是成功 fantasy 的原则，其实"内在一致性""新奇感""精细的设定"三个原则也揭示出这一类型的特征：内在的一致性，意味着 fantasy 总有一个作者以独特原则设计的第二世界，并且始终遵循这个原则；以超自然元素激发新奇感（而科幻小说往往以新颖的科技创造新奇感）；精细的设定就是"形式现实主义"的"以实写虚"，当场景足够生动，人们就有强烈的代入感。

通过上述分析，我们可以做出总结，fantasy 是由作家原创，用形式现实主义笔法创造具有超自然元素的第二世界，注重个性化人物塑造、特定环境刻画，注重情节设计的小说。详细表述，则是：

（一）由作家原创，以此与神话、民间故事（包括传统童话）相区别。

（二）以超自然元素创造奇观。作品展示神仙、精灵、幻兽、幽灵、巫师、魔法、仙境等超自然元素，给读者造成惊奇感，以此与现实主义小说、科幻小说、社会乌托邦小说相区别。

（三）文体形式一般是中长篇小说。作品刻画个性化的人物，注重情节设计，背景与细节描写采用"形式现实主义"笔法，以实写虚，栩栩如生，以此与罗曼司、传统童话、艺术童话等文类相区别。

（四）故事发生在第二世界中。该世界具有作者设定的独特运行法则（或称"世界观"），以此与发生在现实世界中的现实主义小说、神话、民间故事、科幻小说、社会乌托邦小说相区别。

那么，根据这个定义，中文里是否有对应的词汇呢？且先回顾一下此前已有的诸多译名。

（一）译为"空想故事/空想童话"

安伟邦（1986）在翻译安房直子的《谁也看不见的阳台》后，于序言中写道："五十年代末期，日本兴起一种童话——'空想故事'（或叫'空想童话''幻想故事'），描写人物、描写现实和空想，以及结构都采用小说的手法……那些奇怪的故事，大多是从现代生活中的现实出发的。现实和非现实交混在一起，别具一种风格。"[2]很显然，这就是我们现在所说的 fantasy。也正因如此，彭懿才说，安伟邦是最初将 fantasy 与童话加以区分的中国人。但显而易见，虽然安伟邦对 fantasy 的特点分析得不错，但其译名中的"空想"过于空泛，不能指向"超自然性"；"故事""童话"二字也与"小说"文体不一致。所以，这些译名都是不恰当的。

---

[1]　Pamela S. Gates、Susan B. Steffel、Francis J. Molson, *Fantasy Literature for Children and Young Adults*, Lanham: The Scarecrow Press, 2003, p.17.

[2]　安伟邦：《序言》，安房直子：《谁也看不见的阳台》，辽宁少年儿童出版社 1986 年版，第 1 页。

（二）译为"小说童话"或"童话小说"

朱自强(1992)曾将 fantasy 翻译为"小说童话"，认为它是从童话演化而来，又有现实主义小说的基因，具有强大的生命力。① 学者韦苇(1995)在翻译玛丽娅·尼古拉叶娃的《西方艺术童话以及研究》时，也将 fantasy 译为"小说童话"。② 但这个译名存在两个问题。其一，不全面。以"小说"修饰"童话"，最终是将 fantasy 归入"童话"，就将成人向的fantasy 排除在外了。当然，在朱自强的概念之中，似乎天然就将 fantasy 认为是 children fantasy，是"民间童话—艺术童话(作家童话)—fantasy"一脉相承而来。而这显然是不全面的。其二，不准确。因为并非所有童话都具有超自然元素。《现代汉语词典》对"童话"的解释就是"儿童文学的一种体裁，通过丰富的想象、幻想和夸张来编写适合于儿童欣赏的故事"③，有很多童话作品充满丰富的想象和夸张，但没有超自然的幻想，比如《格林童话》中就有《聪明的格雷特》《聪明的艾尔莎》《懒虫海因茨》《七个施瓦本人》《聪明的农家女》《机灵的汉斯》《画眉嘴国王》《杂毛丫头》《蓝胡子》《金钥匙》《万能博士》等作品，俏皮、夸张、有趣，充满儿童式的想象，但当中没有出现精怪、仙子和魔法，而所有的 fantasy，从《爱丽丝漫游奇境》《水孩子》到《纳尼亚传奇》《哈利·波特》，都是具有魔法、仙境、会说话的动物等超自然元素的，所以两者有交集，但并不是从属关系。

舒伟(2009)认为 fantasy 本身范畴过于宽泛，包罗甚广，所以不予采用，而用杰克·齐普斯曾用过的"fairytale novel"、C.N 曼洛夫曾用过的"the fiction of fairy-tale"来指代"现当代作家创作的中长篇文学童话"，并将之译为"童话小说"。④ 不过，杰克·齐普斯的原文是这样表述的：

> Hermann Hesse, who had written "*The Forest Dweller*"（1917–1918）to criticize the conformity of his times, published "*Strange News from Another Planet*" in 1919 to put forward his pacifist views, and Thomas Mann made a major contribution to <u>the fairy tale novel</u> with *The Magic Mountain*（1924）, which is filled with political debates about nationalism and democracy.⑤

> 赫尔曼·黑塞曾用《森林矮人》(1917—1918)来批评墨守成规的时代风气，又在1919年出版《异星奇闻》一书力倡其和平主义。托马斯·曼也以《魔山》一书为这种童话小说做出了重要贡献，该书充满了对国家主义和民主制度的争辩。

根据上下文可以看出，齐普斯认为《魔山》的体裁是 fairy tale novel。可《魔山》是一部

---

① 朱自强：《小说童话：一种新的文学体裁》，《东北师大学报》1992年第4期。
② 玛利亚·尼古拉耶娃：《西方艺术童话及其研究》，韦苇译，《儿童文学研究》1995年第11期。
③ 《现代汉语词典》，中国社会科学院语言研究所词典编辑室编，商务印书馆1996年版，第1266页。
④ 舒伟、丁素萍：《维多利亚时期英国童话小说崛起的时代语境》，《外国文学评论》2009年第4期。
⑤ Jack Zipes, *Spell of Enchantment: The Wondrous Fairy Tales of Western Culture*, New York：Viking Penguin, 1991, p.xxvi.

成人小说,并非"童话",顶多写了一些离奇的梦境,却并无超自然元素,其目标读者更不是儿童。此外,这个说法大概是齐普斯临时生造的,以后再没有出现,也未加解释和界定。而科林·曼洛夫在《英国幻想文学》一书中则是这样写的:

> The degree to which **the fiction of fairy-tale** may be evaporated off to find the moral nugget lessens somewhat over the period, especially after the new status given to the imagination and to the child by the Romantic poets.①

舒伟从这段话中抽取"the fiction of fairy-tale"并译为"童话小说"。但细读上下文却可发现这一翻译存在问题。在前文中,曼洛夫写道:"到了 1803 年,露西·艾金在《给孩子的诗》一书的序言中骄傲地宣称:'那些巨龙啊,仙子啊,巨人啊,女巫啊,已经在理性的魔杖面前烟消云散了。'舍伍德(M. M. Sherwood)女士以自己的名义在 1820 年重写了莎拉·菲尔丁《女家庭教师》,将全书删成一个虔诚的寓言,但截至 1840 年已印至第六版。直到 1870 年,乔治·克鲁克山克在其四本著名童话插画版《童话图书馆》的结尾处,他还不仅要求儿童读者抛弃仙女和巨人,而且重申他有权改变原著中他认为不道德的内容,使之符合'完全戒酒'的普遍规定。"下文则是:"我们发现柯勒律治(1797)、兰姆(1802)、伊丽莎白·里格比在《季度评论》(1844)的文章,以及狄更斯(1853)的评论,都哀叹道德家一手遮天,而呼唤童话的回归。"此外,曼洛夫在此处涉及的作品都是童话,并非小说,用的术语也都是"fairy-tale",所以他忽然使用"fiction",所指并非"小说",而是"虚构性",给这段话加上主语,应该翻译为:"这一时期,童话的道德价值逐渐缩小,在浪漫主义诗人给予想象和儿童以新地位之后越发如此,而这些作品(指露西·艾金、舍伍德、克鲁克山克等人的作品——译者注)则在降低童话中虚构的程度。"也就是说,"the fiction of fairy-tale"不能翻译为"童话小说",而应该是"童话的虚构性"。舒伟以此作为"童话小说"这一称谓的依据,显然是不够严谨的。

(三)译为"幻想文学"与"幻想小说"

彭懿曾将 fantasy 音译为"泛达袭"②,因为过于费解,遂于《西方现代幻想文学论》(1997)、《世界幻想儿童文学导读》(1998)等专著中改成"幻想文学",得到了大多数学者的认可。不过,鉴于"文学"二字容易造成文体边界模糊,让人误以为是"幻想类文学作品",曾有学者就将带有"幻想"元素的小说、话剧、诗歌(尤其是史诗)等都归入"幻想文学",使之包容性过大。其实,科林·曼洛夫、约翰·罗威·汤森、安伟邦、朱自强、彭懿等学者都认为,fantasy 的体裁是小说,所以彭懿(2001)曾提议将之翻译为"幻想小说"③,在文体方面进行明确。但即便如此,"幻想"二字还是容易造成类型边界模糊。在中文里,

---

① Colin Manlove, *The Fantasy Literature of England*, New York: St Martin's Press, 1999, p.168.
② 彭懿:《泛达袭的方法》,《儿童文学研究》1995 年第 11 期。
③ 彭懿:《幻想文学:阅读与经典》,二十一世纪出版社 2017 年版,第 332 页。

"幻想"作为动词,是指"以社会或个人的理想和愿望为依据,对还没有实现的事物有所想象",作为名词,则是"幻想出的情景"。① 按照这个定义,根据科学原理而进行的合理化幻想,根据社会科学原理而进行的社会性想象,与没有科学根据的超自然幻想,同属于"幻想"。于是有人认为"幻想小说"应包括一切具有幻想元素的文学,比如聂爱萍将科幻小说作为新中国成立时期主要的幻想小说形式②,孟秀坤更是认为"幻想文学"包括"科幻、魔幻、奇幻、玄幻、童话等"③,舒伟也说 fantasy"一般要涵盖童话小说、奇幻小说和科幻小说等多种幻想性文学类型"④。所以在中文语境中,"幻想文学"与"幻想小说"并不能体现"超自然"的特点,因而并非 fantasy 合适的中文译名。

（四）译为"奇幻小说"

1992 年,朱学恒在台湾《软件世界》杂志上开设专栏"奇幻图书馆"（Fantasy Library）,介绍游戏背后的原创小说,并将 fantasy 译为"奇幻文学"。此后他通过翻译《魔戒》《龙枪传奇》等作品,使"奇幻文学"在华语圈内深入人心。对于"奇幻文学"这一译名,根据前文所述,"文学"并不恰当,改为"小说"为宜;"奇幻"二字,则值得我们深入研究。

在中文语境中,"奇幻"有两种含义。其一,奇异变幻。比如汉代张衡在《西京赋》中记录汉武帝游兴于上林苑长乐观,伶人玩杂耍,奏音乐,装扮成熊、虎、狄、象、龙等各种动物形象进行表演,甚至还有"含利颬颬,化为仙车,骊驾四鹿,芝盖九葩"。"含利"是一种异兽,口中吐出云雾,化成仙车,前有四鹿,上有绚丽车盖,于是"奇幻倏忽,易貌分形。吞刀吐火,云雾杳冥"。这里的"奇幻"用以形容云气飘缈、奇异变幻之貌。明代沈德符在《野获编》中形容西洋玛瑙"色之奇幻,质之莹润,远胜旧物"中的"奇幻"也是此意。其二,奇异而虚幻。比如清人叶廷琯之《鸥陂渔话》中有一篇《黎襄勤病中异梦》,记载黎襄勤临死前梦见天帝赐他铜符篆文,醒后自认为是平生治河有功,"神人慰勉予,爱身无自弃。抑我禄命终,合作天雷使",内心颇感欣慰。叶廷琯评价道:"此事似涉奇幻,然古来名臣,没而成神,如寇莱公为阎浮王、韩魏公为紫府真人,见于载籍甚多,盖其心可与鬼神质,即其气自与天地通,非可以怪诞论也。"⑤当中的"奇幻",是"虚妄而不切实际"之意。此文后被葛虚存收录到《清代名人轶事》一书,归入"异征"类,前后有《杭大宗为寄灵童子》《胡清恪梦王文成而生》《栗恭勤为河神》《戴相国谈仙术》《梁学博遇术士》《曾文正公巨蟒转生》《汤文端安居凶宅》等篇目,或谈转世,或谈梦兆,或谈仙术,或谈鬼神,皆为超自然现象,与 fantasy 颇为相似。

根据以上分析,将 fantasy 译为"奇幻小说"是最为恰当的。原因有二:其一,"奇幻"带有"奇异而虚幻"的含义,即"奇异幻想",与 fantasy 以"超自然""非现实"的幻想元素和情节给读者以惊奇感的特性相符,同时与以前沿科技带来惊奇感的"科学幻想"相对应;

---

① 《现代汉语词典》（第七版）,商务印书馆 2016 年版,第 570 页。
② 聂爱萍:《儿童幻想小说叙事研究》,少年儿童出版社 2020 年版,第 5 页。
③ 孟秀坤:《论现代幻想文学》,《电影文学》2007 年第 22 期。
④ 舒伟:《从工业革命到儿童文学革命:现当代英国童话小说研究》,中国社会科学出版社 2015 年版,第 19 页。
⑤ 叶廷琯:《鸥陂渔话》,大达图书供应社 1942 年版,第 12 页。

其二,以"小说"明确了这一类型的文体特性,与带有"幻想性"的童话、寓言、戏剧、诗歌相区别。而所谓"魔幻小说"和"玄幻小说",其实都是"奇幻小说"在不同文化中的分身:在西方,奇幻小说多有魔法、魔怪参与,故有时翻译为"魔幻小说";在东方,因情节中多有修仙、修真,故称"玄幻小说",目前被翻译成 Chinese Fantasy,得到许多西方读者的欢迎①。而本文不涉及"玄幻小说",所以在本文中"奇幻小说"与"魔幻小说"基本可以通用。

五、中文语境中"奇幻小说"与相关概念的辨析

根据汉语中"幻想"一词的含义,"幻想文学"的确应该指涉"幻想类文学作品",包括神话、传说、寓言、民间故事、童话、幻想性戏剧、幻想性诗歌,以及幻想小说,而幻想小说中则包括奇幻小说、科幻小说(图1)。

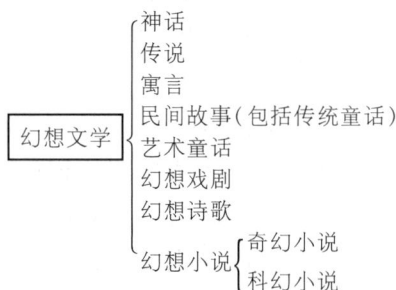

图 1　幻想文学的分类

这些体裁中有许多交集,可以根据是否作家原创、是否具有超自然性、所处世界为自然世界或第二世界、目标读者为成人还是儿童、细节描写之虚实这五个参数予以区分(表2)。

表 2　幻想文学中相关概念的辨析

	作家原创	超自然性	所处世界	目标受众	写　法
神话	否	是	自然世界	成人	以虚写虚
传说	否	是	自然世界	成人	以虚写虚
民间故事	否	是/否	自然世界	成人	以虚写虚
骑士罗曼司	是	是/否	第二世界	成人	以虚写虚
艺术童话	是	是/否	第二世界	儿童	以虚写虚
哥特小说	是	是/否	第二世界	成人	以实写虚

---

① Jiang Manxian, Lu Qiaodan, "The 'going global' of Chinese Fantasy Fiction through the Internet: Using I Shall Seal the Heavens on Wuxiaworld.com as an Example", *Contemporary Social Sciences* 6(01)(2021).

续　表

	作家原创	超自然性	所处世界	目标受众	写　　法
奇幻小说	是	是	第二世界	儿童/成人	以实写虚
科幻小说	是	否	自然世界	儿童/成人	以实写虚
魔幻现实主义小说	是	是	自然世界	成人	以实写虚

（一）奇幻小说与神话、传说、民间故事的区别

从表二中，我们可以看出，奇幻小说与神话、传说、民间故事的最大区别，是前者是作家虚构第二世界的故事，而后三者虽然也往往有超自然元素，但所描述的依然是自然世界，因为在当时，超自然是现实的一部分。其中神话的功能是解释自然世界如何形成和打雷、下雨、地震等自然现象是谁主宰，它是先人基于自身认知能力审视世间万物，在某些规律基础之上加以想象而形成的故事。传说与神话同源，只是将主人公从超自然的神换成了人，"如果传承下来的故事与非神的超自然人物有关而又不属于系统神话体系的一部分，这类故事就称为民间故事"①。因为在诞生之时，神话、传说，以及民间故事对于故事的传播者与受众而言都是真实的，只是随着岁月变迁和科学发展，当年的真实故事才变成第二世界的故事。奇幻小说时常借用神话故事，比如艾伦·加纳的《猫头鹰恩仇录》中借用了威尔士神话，雷克·莱尔顿的"波西·杰克逊"系列中出现了希腊诸神，托尔金更是自造神话。当然，这时的"神话"都不再有解释自然世界的功能，而成为构筑第二世界的原料。

（二）奇幻小说与童话的异同

因为许多奇幻小说是从童话发展而来，所以早期奇幻小说其实和童话很难区分，诸如《玫瑰与指环》《金河王》《轻轻公主》等，都带有浓郁的童话色彩，作者也自认为在创作童话。而现代奇幻小说与童话已渐行渐远，其区别主要有如下四条：其一，是否有超自然元素。正如前文所说，奇幻小说必然是具有超自然元素的。但无论是民间童话还是艺术童话，虽然以具有矮人、巫婆、妖精等超自然元素的作品居多，但还有《卖火柴的小女孩》《皇帝的新装》等名篇并无超自然元素。其二，在人物塑造方面，奇幻小说更为"求真"，力求人物个性鲜明，辨识度强，并在与他人、社会的碰撞中得以成长，而童话中的人物多为功能化存在，个性不突出，心灵也少有成长，甚至连名字都没有，只有"国王""公主"等模式化的身份。其三，在场景设置方面，奇幻小说重视细节真实，采用"形式现实主义"笔法，达到"以实写虚"，将超自然世界写得逼真可信；而童话小说则往往淡化时空，以"很久很久以前"或"某个王宫"作为故事发生地，缺乏真实感。其四，在情节设计方面，奇幻小说致

---

① M.H.艾布拉姆斯、杰弗里·高尔特·哈珀姆：《文学术语词典》（第10版），吴松江等译，北京大学出版社2014年版，第230页。后文出自同一著作的引文，将随文标出该著名称简称《文学术语词典》和引文出处页码，不再另注。

力于呈现曲折起伏的情节,故而篇幅往往更长;而童话的情节则往往相对较为单薄,遵循简单的三段式结构,加上一个大团圆结局。

总之,奇幻小说是"以实写虚",比"以虚写虚"的童话更具真实感,也因背景、人物、情节等方面的精心设计安排,能给读者以更强烈的代入感。朱自强曾提出,奇幻小说和童话还有一个差别,"童话的世界观是一元的,幻想与现实混沌成为一体;而幻想小说的世界观则是二元的,幻想与现实的界限清晰可辨"①。这其实与托多罗夫"惊疑"论一脉相承,都不准确。的确,爱丽丝看到兔子看手表,汤姆走进午夜花园,哈利·波特从麻瓜世界进入9¾站台,露西穿过衣橱走进白雪皑皑的世界,当然会感到惊异;但在"沉浸式"奇幻小说中则并非如此,佛罗多跟随甘道夫走向瑞文戴尔(《魔戒》),少年"雀鹰"游走在地海世界(《地海传奇》),只是行走在自己的世界里,并不存在这种"二元性"。因而"一元"或"二元"已不再是奇幻小说和童话的区分标准。

(三) 奇幻小说与科幻小说的概念辨析

奇幻小说和科幻小说似乎极容易分辨。有飞船、机器人、虚拟网络,自然属于科幻小说;有魔法、精灵、巨龙,当然属于奇幻小说。其实两者并非截然分明,比如尼尔·盖曼的小说常常介于两者之间。其《车道尽头的海洋》(2012)中,集合了众多奇幻元素——赫姆斯托克女巫家族拥有魔法,帆布怪物能化身美人乌苏拉,清道夫恶枭不仅能吞噬污秽还能吞噬空间,草地上的精灵圈能阻挡邪恶势力入侵。但作者却给一些奇幻现象加以科学解释。赫姆斯托克老太太通过电子和中子的状态来判断钱币的时间;怪物乌苏拉通过主人公体内的"虫洞"进入这个世界,与科幻小说里宇宙中的"虫洞"有相似之处;莱蒂坚称神秘鸭塘为海洋,这固然像是孩子的幻想,但通过作者的暗示我们可以知道,这个鸭塘是四维的海洋在三维空间的投影。另如电影《星球大战》中既有宇宙战舰和激光枪,却也有形同魔法的"原力",那它到底属于科幻还是奇幻呢? 其实,科幻和奇幻之间有三个本质区别:

其一,运行机制不同:科学与魔法。奇幻小说之中,幻想的运行机制依赖于魔法等超自然能力,比如《玫瑰与指环》中玫瑰与指环能使佩戴之人受人爱慕,《纳尼亚传奇》中狮子阿斯兰是上帝和耶稣的化身,《魔戒》中巫师、精灵、魔王都具有神秘力量等。而科幻小说的幻想机制建立在科学和技术之上。亚当·罗伯茨认为科幻小说可分四种形式:空间(到其他世界、行星和星系)的旅行故事、时间(到过去或者未来)的旅行故事、想象性技术(机械、机器人、计算机、赛博格人,以及网络文化)的故事,以及乌托邦小说。② 前三者有赖于自然科学知识,是基于现有科学技术,想象未来的科学技术,并描述未来的人类、社会和宇宙;乌托邦小说(包括反乌托邦小说)则侧重于通过社会和哲学知识对人类未来命运进行展望或反思,在中文中恰有"社会科学"一词,所以乌托邦小说中的世界也是基于"科学"规律的想象。总而言之,奇幻小说讲述的可能性是无法预见的,而基于科学、技术而生

---

① 朱自强:《中国儿童文学史论》,二十一世纪出版社 2015 年版,第 292 页。
② 亚当·罗伯茨:《科幻小说史》,马小悟译,北京大学出版社 2010 年版,第 2 页。

的科幻小说所描述的可能性是可以预见的。

其二，写作目的不同：推演与逃避。科幻小说是一种"推演小说"，是基于科学规律、社会规律对未来（有时是或然历史）进行假设、推演、论证，由此探索人类的发展之路，并揭示宇宙、人类和现实的本质。① 比如儒勒·凡尔纳的科幻小说是对未来科学技术的乐观展望，《弗兰肯斯坦》是对人类科技失控的忧虑。而奇幻小说继承了"万物有灵"的思维，给祛魅之后的现代人以返魅的机会，从而发挥托尔金"恢复""逃离""慰藉"三大功能：所谓"恢复"，就是用新视角"看到我们本该看到的样子"，"而摆脱熟悉感、贫乏感以及对事物的占有感"，重新审视生活，感受到万物之奇妙；所谓"逃离"就是对机器、饥饿、贫困、疼痛乃至于死亡的"逃离"，并通过"原始愿望的满足""提供圆满的结局"，给人以"慰藉"。② 正如塔莫拉·皮尔斯（Tomora Pierce）所说："科幻小说是思想者的文学，奇幻小说是感知者们的文学。"③

其三，展现世界不同：自然世界与第二世界。科幻小说中非常强调构建一个想象世界，比如乔治·威尔斯《时间机器》（1895）中人类没落、并分化为两种生物的未来世界，阿瑟·克拉克的《童年的终结》（1953）中外星人充当人类看护者的世界，弗兰克·赫伯特《沙丘》（1963—1965）中覆盖着无边沙漠的沙丘星球。但这些想象世界都是作家基于现实世界的科学原理，在空间或时间上进行合理化推演，而所得依然是"现实世界"，遵守自然世界的各种规律。而奇幻小说中的想象世界，是源自作家自己的主观构想，摆脱现实世界的束缚，人为设定规则，成为一个"异世界"。这个异世界的运行虽然大部分模仿现实世界，但还是有部分法则只符合作者的设定。这种异世界包括三类：完全与现实世界隔开的异世界，比如托尔金的"中土世界"、厄休拉·勒古恩的"地海世界"、特里·普拉切特的"碟形世界"（Discworld）；与现实有通道的异世界，比如C.S.刘易斯的"纳尼亚世界"、菲莉帕·皮尔斯在十三声钟响后出现的午夜花园等；包容在现实世界中的异世界，比如伊迪斯·内斯比特作品中在小公园里出现了小地精、帕·林·特拉芙斯笔下来了一位随风而至的玛丽阿姨，使现实世界有了变化。

根据这三点，我们可以得出结论，《车道尽头的海洋》的"魔法"并不能用科学很好地解释，所以依然是魔法，作品中展现的世界属于异世界，给成年后的"我"以慰藉，因而它属于奇幻作品；而《星球大战》是作者对未来世界的预演，是基于前沿科学技术的展望，其"原力"可以用量子力学加以解释，因此它属于科幻作品。

（四）奇幻小说与魔幻现实主义小说的概念辨析

"魔幻现实主义"这个概念最早是由德国艺术批评家弗朗茨·罗（Franz Roh）提出的，他在1925年的论文和随后的专著《表现主义之后：魔幻现实主义，欧洲最新绘画问题》中，以这个术语来形容从抽象到隐喻的艺术转变，因为含义模糊，有争议，所以不久之后，

---

① 柳伟平：《惊奇·忧思·法自然：论王晋康科幻小说的科技观》，《科普创作评论》2021年第2期。
② J.R.R. Tolkien, *Tolkien On Fairy-stories*, London：Hariper Coüins Publisber, 2008, pp.67-75.
③ Tomora Pierce, "Fantasy：Why Kids Read It, Why Kids Need It", *School Library Journal* 39(10) (1993).

这个术语就泛人问津了。但到了 20 世纪 60 年代,文学界在描述《百年孤独》(1967)的特点时,就借用了"魔幻现实主义"一词。魔幻现实主义小说与奇幻小说有如下不同:

1. 对现实的态度不同

奇幻小说往往是回避现实的,在奇异的幻想空间中得到想象力的释放、游戏心理的满足,以及心灵的慰藉。而这种慰藉除了童话般美满结局带来的快慰,还有《指环王》《哈利·波特》中所展现的高层次慰藉:人物历经艰辛、受尽苦难的努力过程本身(而非结果)就富有价值。而魔幻现实主义小说则是直面现实的,只因不能公开直率地揭露现实,于是采用迂回曲折、或含蓄或夸张的艺术手法予以表现,比如加西亚·马尔克斯就因为"在小说中能够运用丰富的想象能力,把现实和幻想融为一体,勾画出一个丰富多彩的想象中的世界,反映拉丁美洲大陆的生活和斗争"而获得 1982 年度诺贝尔文学奖。

2. 幻想与现实的界限不同

在奇幻小说中,要么就像麦克唐纳的《公主与地精》、托尔金的《指环王》一样,作者明确告诉读者,书中故事都发生在幻想世界之中;要么真实和幻想(或神秘)之间界限分明,比如露西要从魔橱进入纳尼亚世界,汤姆在午夜十二点推门才能走到后院的奇妙花园。而在魔幻现实主义当中,幻想和现实的界限却是模糊的,或者说,作者创造出了一种带有魔幻色彩的现实世界。正如艾布拉姆斯所说:"这些作家在一种不断转换的模式中,将再现寻常事件和描述性细节的深刻的现实主义与奇异的、梦境般的成分以及来自神话、童话故事中的素材天衣无缝地结合在一起(《文学术语词典》:517)。"比如《百年孤独》中,阿吉拉尔被杀死后用芦草团堵塞咽喉上的空洞,梅蕾苔丝叠床单时飞了起来,吉卜赛人墨尔基阿德斯死了两次,这些奇异事件都发生在马孔多村里,与人们的日常生活交织在一起,营造出亦真亦幻、迷离倘恍的艺术效果。

3. 对奇异事件的叙述语调不同

在奇幻小说中,作者在写到不寻常事件时,会在语调中营造"惊异"之感,并且往往会加以解释。前文谈及的《轻轻公主》中对公主失去重量这一情节的处理便是如此,既有详细的描述,也有一个貌似合理的解释。但在魔幻现实主义小说中,作者的叙述语调平静,对于奇异现象从不做解释,似乎事情本该如此。比如卡夫卡笔下格里高尔一觉醒来成了甲虫,但后文并未明确说明变形的原因,更没有像奇幻小说里一样详述变形的过程。

此外,对照表二中的五个参数,我们还可以对奇幻小说和骑士罗曼司进行区分。骑士罗曼司有诗歌体与散文体,笔法"以虚写虚",缺乏精密的情节设计,而且并不一定具有超自然元素,因而与奇幻小说有着根本性的不同。哥特式小说绝大部分具有超自然元素,如贺拉斯·沃波尔的《奥托兰多城堡》、马修·路易斯的《修道士》、查尔斯·马楚林的《游魔梅尔莫斯》等属于奇幻小说;而安·拉德克利夫的《尤多尔弗之谜》和《意大利人》、玛丽·雪莱的《弗兰肯斯坦》、华盛顿·欧文的《睡谷传奇》等作品中虽然营造出神秘、恐怖的气氛,但所有超自然事件最后都有个科学化的解释,所以不属于奇幻小说。

结语

本文对 fantasy 的词根进行溯源,并对其含义之发展流变予以梳理,明确其特征是"超自然事物的显现"，并对 fantasy 这一文学类型的形成历史进行梳理，明确 fantasy 的定义是"由作家原创，用形式现实主义笔法创造具有超自然元素的第二世界，注重个性化人物塑造、特定环境刻画，注重情节设计的小说"，在汉语中与"奇幻小说"最为对应，从作家原创、超自然性、所处世界、目标读者、细节描写五个参数，可以对奇幻小说与神话、传说、寓言、民间故事、童话、科幻小说等相关文学类型进行明确的区分。

奇幻小说诞生于 19 世纪的英国，它深植于英国文化，得到神话、传说、梦幻诗、童话、骑士罗曼司、现实主义小说、哥特式小说的滋养，在 20 世纪得以兴盛，形成了以儿童奇幻小说为主的文学新类型，并影响至全球，近年其受众由儿童扩展到青少年和成人，传播媒介则由小说扩展到影视、游戏，出现《暮光之城》《权力的游戏》《饥饿游戏》等佳作。这一风气波及中国，则出现了网络玄幻小说。中国曾有《西游记》《封神演义》《镜花缘》《东游记》等神魔异志类小说，可归入奇幻小说之列，更富现实主义倾向的《水浒传》和《红楼梦》中也有超自然情节，所以有着丰富的奇幻小说资源。明确了奇幻小说的定义、特征与渊源，更有利于这一文学类型在中国生根发芽、创新发展。

中国非虚构写作热的冷思考

——从"文学新闻化"谈起

张纯静*

摘　要：非虚构写作是中国文坛近年来备受关注的文学现象，在创作方面和理论研究方面都掀起热潮。但热潮背后仍需警惕非虚构写作中出现的"文学新闻化"倾向。文学新闻化在给新世纪文学带来新的生机和可能性时，也促使非虚构写作陷入"题材决定论""新闻化、事件化书写"的误区，造成非虚构文本艺术性薄弱、文学性缺失的困境。对此，非虚构写作需要写作者长期的参与式观察与沉浸式体验，在追求真实的基础上体现文学的光芒，在价值和实践层面进行有效的意义建构，如此才能克服文学新闻化倾向带来的诸多问题，贡献更多佳作。

关键词：非虚构写作；文学新闻化；中国文学；新闻；写作热；冷思考

非虚构写作是新世纪以来持续时间最长且方兴未艾的文学思潮和现象。不仅在《人民文学》《收获》《当代》《花城》《钟山》等主流文学杂志上备受推崇，而且在网络与新媒体平台的推动下，在官方与民间也同时掀起热潮。作为一种新兴的写作姿态，非虚构写作提倡写作者以"介入""在场"的姿态对时代和社会进行书写，并以其鲜明的真实性特征颠覆了传统文学的虚构观念，在理论界引发了激烈讨论。然而，由于对真实性和文学性的双重要求，非虚构写作在创作过程和作品上都呈现出了一定的复杂性与矛盾性。例如，作为一种交叉文体，非虚构写作清晰地呈现出了新闻与文学的互动与博弈，而且表现出一种明显的"文学新闻化"倾向。在潮流的裹挟、魅惑，以及媒介拓展所带来的影响之下，在非虚构写作风起云涌的喧哗背后，如何对这一热潮现象进行分析总结，尤其是在新时期文学的演进过程中，非虚构写作中的新闻性与文学性如何呈现？两者之间存在怎样的互动关系？在写作中如何去把握虚构与非虚构的比例？在新的历史时期文学精神表现为什么，如何去体现？这些都是当前亟需学界共同探讨和明确界定的重要问题。

＊　张纯静（1979—　　），女，重庆涪陵人，西南大学文学院讲师，研究方向：创意写作、写作教学。

一、中国非虚构写作热潮中的"文学新闻化"倾向

一般认为，自《人民文学》2010 年第 2 期开设"非虚构"栏目以来，非虚构写作正式进入中国新世纪文学创作中，并迅速在当代文坛形成一股现象级的热潮。从 2010 年至 2021 年，迄今走过十余年的中国"非虚构"热仍在持续。

首先，随着移动互联网时代的到来，一大批新媒体非虚构写作平台，例如真实故事计划、中国三明治、谷雨·纪实、网易·人间 the Livings、澎湃·镜像、地平线等，致力于生产、传播非虚构故事，活跃在公众视野中。在这些平台上所讲述的非虚构故事，其阅读量和互动反馈都远超传统媒体机构所发表的非虚构作品。它们积极倡导普通大众书写自己的故事，并以不同形态将非虚构写作推广到更大的舞台。

其次，一些外国作家以异邦客的身份活跃于中国文坛，进行中国故事的书写。他们的作品集中描述了 20 世纪 90 年代后期及新世纪以来第一个十年中国的社会转型和中国民众的日常生活，例如何伟（Peter Hessler）的"中国纪实三部曲"（《江城》《寻路中国》《甲骨文》），梅英东（Michael Meyer）的《再见，老北京》《东北游记》等。这批异邦客带着他们原有的西方价值观念融入中国社会中，在以西方视角看中国的同时也在以"中国居民"的视角反思。这种跨越东西方两种不同文化背景的身份赋予了他们看待个体命运及社会变革的特殊视角，同时也赋予了中国的非虚构写作更多的可能性，这种美国式的非虚构写作纪实文学在中国的社会影响仍在绵延。

最后，进入转型期的中国社会，政治、经济、文化领域都发生着翻天覆地的变化。对此，传统媒体迅速予以回应，一些纸媒纷纷转向生产优质内容，尤其是生产优质的"非虚构故事"成为这些媒体的必然选择。像《中国青年报》《新京报》《南方周末》《南方人物周刊》《GQ 智族》《时尚先生 Esquire》《故事硬核》《人物》等报纸杂志依然在生产新闻标准的故事，但一部分作品明显在报道事实的基础上，开始有意识地追求文学意义、审美意义和哲学意义。身处这些传统纸媒中的编辑、记者们，一部分选择转场互联网，由过去的传统记者摇身一变为内容生产者，工作性质也由过去的调查报道、做新闻，转变为非虚构写作，如袁凌、南香红、李海鹏、关军、杜强、杜珊珊、谢丁等都是转型的鲜活案例。他们从过去的调查报道、新闻特稿写作转向到如今的非虚构写作，首先是延续了他们作为转型记者的新闻理想，其次是促成了非虚构写作在社会转型期的蓬勃发展，拓展了非虚构写作的边界。而另一部分留守传统纸媒的主编和编辑，也同样在不同程度上参与非虚构写作的实践，推广非虚构写作的理念，并且在各自所属媒体的新闻生产框架内实践非虚构写作的理念和叙事技巧，催生了一大批优秀的非虚构作品。

总之，写作主体的扩大化，写作题材的广泛化，公共议题的复杂化，写作手法的多样化，以及多媒体化呈现等，都显示出非虚构写作"黄金时代"的全面来临。

然而，就在中国非虚构写作蓬勃发展的同时，我们仍然需要警惕这股热潮涌动中出现的异化现象——文学新闻化倾向。所谓文学新闻化，按笔者草创的说法，即用新闻手段、纪实性笔法进行文学创作的一种现象。

早在本世纪最初十年里,在非虚构还未被正式获得"命名"前,就有学者从文学与新闻的近缘关系,以文学与现实的距离为切入点,探讨了"文学新闻化"的问题。例如汪政、晓华两位老师就认为,纪实文学、新闻小说的出现,"拉近了文学与现实的距离,放大了文学对社会的介入功能,满足了读者对文学参与社会生活的强烈期待,同时又延伸了新闻有限的视线……既满足了人们对当下社会现实的关注与索解,同时又满足了人们对社会事件的发展性想象。"①他们认为,这种特别的"新闻文学",通过文学手法,对新闻事件与人物进行深加工,填补了新闻之后的巨大空白,满足了人们对于新闻事件与人物的深度追问与思考,打破了传统文学观念。这正是作家在洞察了当下读者对于文学的期待之后,在创作中加入新闻元素的真正动因所在。

但同时也有学者认为,文学新闻化倾向是文学创作中人文精神缺失,有史无诗、无大师、无纪念碑式伟大作品的重要原因。例如黄发有教授就从"潮流化仿写与原则性缺失"角度出发,明确批评了文学新闻化的严重倾向。他指出:"自'新写实小说'形成阵势以后,文学的新闻化与事件化倾向更是不断掀起波澜。像留学生文学、新体验小说、新新闻小说、新都市小说、新现实主义、底层写作接踵而至,这种流向与社会大转型所带来的公众心理的失衡有关,在变动不居的现实面前,人们发现现实的丰富性与复杂性超过了艺术想象的极限,生活的精彩将虚构反衬得苍白无力……这种向新闻靠拢的创作都以现实主义作为外衣,但是其堆砌现实表象的写法,痴迷于追逐如流沙一样的'现在',缺乏历史与文化的景深,在笔端只剩下仿真的'现实',抛弃了对现实进行审美提炼和价值透视的'主义'。"②黄发有列举了大量作品,并通过对这些作品创作手法的解读,作家创作动机的剖析,重点批评了一些作家在创作这类纪实性作品时,尽管采用了纪实性笔法,但在情节的推进上多有人为的巧合和虚构的极端化场景。作家写作的素材除了来自作家的耳闻目睹、道听途说,还往往来自各种媒体资源,也就是说,作家写作时缺少必要的调查、搜集、核实的环节,仅仅凭借想象在表达自己对于社会不公的看法。在作品中出现的底层叙事,也仅能从表面叙述底层民众的生存状态,作家的笔触几乎无法触及底层民众的灵魂和情感,对于底层民众的个体困惑更是熟视无睹。这种出于对现实的追捧、纪实的趋从、短平快的创作定位,形成了一种浅表化的文字书写,很明显是受到了文学新闻化倾向的影响。

新世纪以来,在非虚构写作热潮中,一些重量级的文学期刊诸如《人民文学》《收获》《当代》《花城》《钟山》等都先后开设了不同形式的非虚构专栏。然而,无论专栏的具体形式和命名如何,它们几乎都不约而同地将新闻调查与纪实性操作"硬性"规定为非虚构写作的立足点,以确保非虚构文本的写作过程、写作技术、写作手段的真实性,从而实现非虚构写作中"真实性"与"文学性"相融合的非虚构诉求。将传统的纪实文学创作中要求的"深入生活"与采访、田野调查、报道、访谈实录等新闻手段结合起来,正是新时期非虚构写作潮流中的核心要义,也是非虚构倡导中最醒目的部分,但其直接的后果便是无法回避

---

① 汪政、晓华:《文学的新闻化与新闻的文学化》,《太湖》2018 年第 2 期。

② 黄发有:《潮流化仿写与原创性缺失——对近三十年中国文学的片面反思》,《当代作家评论》2008 年第 5 期。

的文学新闻化。在非虚构写作中，倘若只以追求"事实"为目的，它无法做到像新闻和历史那样准确和明晰；但若从人文情感角度论，它又因自身文体的限制而无法放飞想象的翅膀。因此，非虚构写作所拥有的貌似永远都是与社会、政治、经济、历史等领域相交叉的边缘身份。这或许也是非虚构写作以文学笔法报道事实的同时必须承受的"跨界"代价。

二、非虚构写作陷入文学新闻化的"两个误区"和"一个困境"

在非虚构写作正式引入中国，并在文坛掀起创作热潮之后，学界对非虚构的论争可能更多集中在作品中真实程度、细节性虚构比例的层面上，但实际上，围绕着非虚构中无法避免的文学新闻化倾向，还有很多问题是需要进行反思和明确界定的。

首先，非虚构写作容易陷入题材决定论的误区，即可能出现以写作对象的社会价值、新闻价值来判定其文学价值的情况。对于一部文学作品，人们可以从作品主题、创作手法、语言风格，以及审美趣味等多方面去判定其价值，但如果仅仅以写作对象本身的社会价值、新闻价值大小来判定文学作品，就容易陷入题材决定论的误区。当前，在市场经济环境之下，一方面，受文学新闻化倾向的影响，人们的审美价值标准发生了很大变化，判定一部文学作品的价值更多是看作品中叙写对象是否反映了当下，是否凸显了社会的热点与焦点；作品书写角度是否具有新鲜感，是否宏大与权威，是否能够获得更多的关注，以便引发重大社会反响；这些都成了一些作家创作时趋之若鹜的追逐目标。而另一方面，对于以纪实性手法、新闻手段进行创作的非虚构作品而言，其描写对象本身的新闻价值、社会价值，与作品本身的文学价值之间的边界尤其模糊。因此，以作品书写对象的新闻价值或社会价值来判定其文学价值的情况时有发生。例如，提到梁鸿的非虚构代表作《中国在梁庄》，可能我们首先想到的不是这部作品整体叙事上的简约、凝练、沉郁等美学风格，而是这部作品副标题"还原一个乡村的变迁史、直击中国农民的痛与悲"中所呈现出的社会问题、乡村问题、农民问题，即该作品深刻地揭示了中国农村在现代化进程中所经历的痛苦和悲哀，例如作品中所描述的有关农村留守儿童的无望，农民养老、教育、医疗的缺失，农村自然环境的破坏，农村家庭的裂变，农民的"性福"危机，新农村建设的流于形式等系列触目惊心的问题。这比起其他同类的非虚构作品如乔叶《盖楼记》对乡村以点带面的个案式书写，贾平凹《定西笔记》对乡村风俗与边缘场景的留恋更容易吸引大众的关注。从梁鸿的《中国在梁庄——还原一个乡村的变迁史、直击中国农民的痛与悲》，到王磊光的《一位博士生的返乡笔记：近年情更怯，春节回家看什么》，再到黄灯的《大地上的亲人：一个农村儿媳眼中的乡村图景》，这种全景式反映农民命运的写作，不管是通过传统纸媒的发表，还是新媒体平台的传播，都能引发强烈反响。深究原因，就在于这些作品中所反映的"三农"问题正是中国当代社会一个十分重要的社会命题。也就是说，宏大的选题本身具有强大的吸引力，"先天"地决定了作品广受瞩目，但这并非是作品叙事本身的胜利。

其次，非虚构写作容易陷入新闻化、事件化书写的误区。所谓的文学作品新闻化、事件化书写,是指以时效性、重要性、显著性、接近性、趣味性、社会影响性等新闻价值要素来建构文学作品。20世纪90年代以后,市场经济大潮与信息海量涌现促使人们的阅读情趣向现实转移,而不仅仅只满足于文学的虚构性。于是,以新新闻小说、新体验小说、新都市小说、新现实主义等为代表的纪实类文学进入人们的阅读视野。用文学的形式例如小说来反映社会上发生的重大事件、热点新闻,满足公众对相关事件和新闻的深沉思考和追问,满足公众关心、了解社会的需求,是很多作家进行创作的灵感来源。例如须一瓜《淡绿色的月亮》的写作素材,来自她对一起抢劫案的采访;张欣的小说《深喉》《浮华背后》,有摹写和影射重大新闻事件的痕迹;方方的《中北路空无一人》、胡学文的《飞翔的女人》、张学东的《谁的眼泪陪我过夜》等,都有着摹写、影射社会热点事件或依据新闻报道来创作的影子。尤其值得关注的是,贾平凹的《高兴》开篇情节和曹征路的《赶尸匠的子孙》,都很容易让人联想到2005年1月13日《南方周末》发表的一篇关于农民工千里背尸返乡的调查报道《一个打工农民的死亡样本》。上述作品都可以看作是具有非虚构精神因子的文学创作,文学对这类题材的跟进,采用这种典型的新闻化书写,能够进一步强化文学对热点问题与当下民众生存状态的关注,加强文学与社会现实的联系,提供更多社会资讯,显示出文学的一种强势介入社会生活的姿态。但另一方面,如果作家从新闻报道与案件中去寻找写作资源,极有可能会造成对极端事件、巧合、信息量的过分依赖与迷恋,而且这种仅依据"小道消息"或媒体报道资源,缺乏实证调研的创作,往往会让作品带有某种主观推测、臆断的痕迹。例如慕容雪村的《中国,少了一味药》,作家最初的创作灵感来自朋友的一通咨询"连锁经营"(实则"传销")的电话。为了创作这部作品,作家甚至留下遗书,深入传销集团"卧底"23天,获得了传销团伙如何对人进行洗脑的第一手资料,之后根据亲身经历,创作了揭露传销这一社会"公害"的非虚构作品——《中国,少了一味药》,上演了一出真实版的"无间道"。整部作品跌宕起伏、引人入胜。然而,强调经历的传奇性、对社会焦点话题的热衷、戏剧性情节的过多穿插等,同样也使这部作品的新闻化、事件化的倾向非常明显,仍留有对传销这一非法、隐秘活动的"奇观化"展示痕迹,大有市场经济社会中赚取眼球、招揽看客的嫌疑。

尤其进入移动互联网时代后,在非虚构写作刮起热潮的今天,不仅一些时尚杂志如《智族GQ》《时尚先生Esquire》成为非虚构作品的生产地,另外一些新媒体如"真实故事计划"、网易的"人间the livings"等非虚构写作平台也迅速兴起。在市场经济这根指挥棒下,这些商业类媒体和自媒体在非虚构写作上遵循市场导向的生产逻辑,更加偏向于追求一些猎奇、刺激、新奇的题材,这严重影响了非虚构作品的创作质量。从《大兴安岭杀人事件》到《1986长江漂流》,再到《太平洋大逃杀亲历者自述》,题材从杀人、死人到连环杀人,在这些新媒体平台上,非虚构写作爆款频出,但同时也揭示了这样一个问题:凶杀案、死亡事件以其天然吸引眼球的暴力因素,赋予了写作者强情节叙事的可能,从而在面向受众传播时具备了题材上的优势。这种题材本来无可厚非,但是对这种偏好如果不加以警惕,将题材局限于此,将会导致非虚构写作的某种"虚弱"。这种"虚弱"不仅体现在题材的单一和窄化上,还表现为可能进一步忽视在中国社会大语境下挖掘更多由于体制因素、社会变迁因素所导致的有关人与社会矛盾冲突等具有公共价值的内容。有人说"转型期的中国是非虚构写作的富矿"，但如果非虚构写作者缺乏这样的价值理念，便很容易陷入对既有成功范例的盲目模仿，进入新闻化、事件化书写的误区，这是当今非虚构写作者需要警惕的。

第三，非虚构写作容易陷入艺术性薄弱、文学性缺失的困境。非虚构写作的核心问题是最大限度的追求内容的真实感。因此，大多数的非虚构写作者刻意追求写作的不可凭空想象性，仅是忠实地陈述事实本身，从而让写作者的身份仅仅停留在对相关人物故事的"倾听者"和相关事件的"记录员"的层面。另外，还有些非虚构作品经常采取将一些原始材料包括书信、日记、电报等不加选择、不加剪裁地直接呈现在文本中的方法，以试图强化史料的真实性。还有一些田野调查性质的或者浸入式的非虚构作品，仅仅只是将调查体验所获得的事实材料展现在读者眼前，注重陈述事实、还原现场，而忽略了对这些事实材料或者事件场景背后深邃精神的解读。从文学角度而言，"美学含义深度的抹灭却回归粗浅表面，仅于外在表面来摆弄所指、对立之类观念"与深度写作疏离，同时"抹除了文化外观和内里、表象和根本间的隔膜，逐渐迈向扁平化、粗浅化"。① 此外，非虚构经常借助新闻手段和纪实性手法，普遍采用新闻的"现在进行时"进行创作，谋篇布局上偏向于直接的线性顺叙结构，总体艺术风格偏向于简约、直白、明了，这些都有意无意地淡化了作品行文中的复杂性与多元性。总之，非虚构写作在最大限度地营造真实性场景的同时，对文学修辞的运用、写作技巧的追求、美学意蕴的呈现都表现出捉襟见肘的无奈；在文学性与艺术性的整体表现上，非虚构写作相比于传统文学来说都有着自觉不自觉的下滑趋势，尤其是经典文学作品中经常出现的那种迂回曲折的心路历程、心理挣扎，峰回路转的情感经历，欲说还休的生命况味，都被不同程度地弱化，这也是非虚构写作受文学新闻化影响所呈现的必然结果。

三、非虚构写作文学新闻化倾向的原委和应对策略

非虚构写作借助新闻手段、纪实性手法进行创作；非虚构文学向着新闻无限靠拢，都是有其必然因素的，主要表现为：

首先，文学与新闻的近缘关系。总体来看，文学与新闻同宗同源，不过在过去很长一段时间，在新闻还未独立前，新闻是以文学的身份出现的，新闻对文学具有一种天然的寄生性。尽管如此，在新闻纸出现前，新闻活动却不是空白的，只不过其承载方式与表现形式是通过文学来反映的。当时新闻还无法进入人们的活动视野，它只能隐于文学这个巨大的帷幕之后。对此，有学者指出中国古代文学就具有报道意义，"一部《诗经》正是报导文学在中国的滥觞"，司马迁堪称"中国第一个报导文学家"，这里"报导"即为"报道"之义。此外，唐代骆宾王的《代徐敬业传檄天下文》、南宋文天祥的《指南录后续》以及清代方苞的《狱中杂记》等都有着"报道"的意味。也就是说，当时新闻的大背景是文学，只能

---

① 刘晓娟：《重构非虚构：美英文学创作风格与文学影响》，《语文建设》2015 年第 26 期。

以文学的方式来传递新闻的意义,但这种"特殊"的文学很明显是指向现实、指向非虚构、指向纪实的。从这个层面来讲,文学是在逐渐向新闻报道延伸,体现了文学发展的"新闻"意义,因而称其为"文学新闻化"是可行的。

而当新闻纸出现之后,新闻从文学的帷幕中走出来,并以独立的姿态呈现在世人面前。新闻与文学终于有了明确的"界限"区分,但即便如此,仍然无法隔断二者之间的相互吸纳和借鉴。尤其是近些年,新闻与文学皆向对方靠近的发展趋势更为明显。但不能否认的是,两相比较,新闻比文学能更快、更真实、更便捷地介入当代人的现实生活。于是,对信息的渴求、对切身利益的关注、对现实利害的计较,使得生活节奏日益加快的现代人更愿意从新闻中去获得资讯,非虚构写作的新闻化正是一定程度上契合了现代人的这种求"近"舍"远"、趋"实"避"虚"的心理。当前,大众通俗读物中掀起的纪实作品热、口述实录体,网络空间出现的微博、微信写作等,都明显地体现出非虚构观念的扩张以及对普通读者的阅读影响。非虚构写作中出现的文学新闻化倾向不是偶然的,它呈现的是文学力图突破纯虚构意义的范式,转向关注真实生活的意图,也正是缘于此,文学作品中的虚构性在消减,而真实性、信息性在扩大,文学作品中的"新闻"意义逐渐凸显出来。非虚构写作中文学新闻化的倾向表征了文学的自由发展和多元化释放,同时也从侧面证明了文学的确需要新闻来克服"伪文学"的蔓延。

其次,中国语境下非虚构写作的自我探索。中国语境中的非虚构概念,自它作为一个新名词和来自西方的新文体在被引入中国时,就具有比美国20世纪60年代兴起的非虚构小说、新新闻主义更为广阔的含义。对此,国内较早关注非虚构写作的学者如王晖、南平等,将"报告文学、非虚构小说、新新闻报道、纪实小说、口述实录文学统摄为'非虚构文学'来考察"①。同时,由于报告文学与纪实小说等在作者写真意图、文本"拟真"程度、读者阅读真实感效果等方面存在差异,因而有学者又将非虚构写作划分为完全非虚构(包括口述实录体、田野调查等)与不完全非虚构(包括纪实小说、纪实性电影等)。可见,中国语境中的非虚构概念从一开始就比较复杂,它不仅跨领域而且跨文体,种类繁多;不仅指一种文体,还更多表现为一种文类集合。同时,关于非虚构的具体内涵,还需要就具体的文学作品中如何处理原始材料与真实性的关系,以及通过具体的非虚构作品与报告文学、传记、纪实性作品的比较中去认识与理解。

进入转型期的中国社会,在面临传统文学逐渐式微的情况下,中国的非虚构倡导者提出文学由"虚构"向"非虚构"转型,进行非虚构创作,明显是一种策略性的提法,更多是为了扭转传统文学发展的困局。但事实上,非虚构写作的创作特征是什么?可以采用什么样的创作手法?与传统的文学创作存在什么样的关系?中国的非虚构倡导者都没有进行明确的界定。如《人民文学》前主编、批评家李敬泽就坦言,"'非虚构写作'是在虚构写作面临困难的现实语境下兴起的,其核心内容是让更多作家走向民间","探索比报告文学或纪实文学更为宽阔的写作",书写"这个时代丰富多彩的内部"。在此,虽然提出了非虚

---

① 王晖、南平:《对于新时期非虚构文学的反思》,《华中师范大学学报》(哲学社会科学版)1987年第1期。

构写作计划,但对于非虚构写作的具体涵义与外延,《人民文学》也并没有明晰的答案。甚至李敬泽也承认,"我们不能肯定地为'非虚构'划出界限"。① 因此,《人民文学》虽然在中国最早倡导用非虚构进行写作,但是明显与美国狭义的非虚构写作之间存在较大的差异。近年来,随着互联网时代的到来,新媒体平台的迅速兴起,越来越多的普通人也加入到非虚构写作的队伍中来,非虚构写作的题材变得越来越宽泛、写作手法花样翻新,对非虚构写作内涵与外延的界定变得愈发困难,但同时也给中国语境下的非虚构写作提供了一个自我探索的契机。

再有,如若作为一种叙述策略,非虚构写作能否为徘徊中的当代文学探索出一条新路,这是一个问题;同时,久在文学界沉浮的作家能否真正践行批评家提出的非虚构理念,又是另一个问题。因为对于中国作家来说,那种小心翼翼规避戏剧性冲突、收起想象翅膀的非虚构写作,的确是创作上面临的一种严峻考验。然而,非虚构的本质是强调"真实性"和"文学性"。尤其在对"真实性"的追求上,非虚构写作与深度报道、调查性报道、新闻特稿等新闻类写作有着天生的亲缘关系。当然,非虚构写作的抱负不止于追寻"非虚构"中那点真实的表象,而在于追求事实背后更大的社会意义和写作的美学价值。因此,中国语境中的非虚构在向新闻无限靠拢的同时,可能更多是在借用新闻手段和纪实性手法去创作一种具有精致的叙事张力、完美的故事结构、深远的哲学美学意境的非虚构文本,体现的正是非虚构写作在面临复杂的社会语境、创作环境中的一种向外的自我探索的本能。

综上所述,尽管非虚构写作中文学新闻化倾向的发生有其必然性,但对于非虚构写作陷入文学新闻化倾向后所造成的系列问题,如:新闻化、事件化书写;在利益趋动的生存压力下,形成写作上急功近利的浮躁和快餐文化;在写作题材上追求刺激、猎奇、暴力事件,或者刻意聚焦"底层书写",但却无形中忽略底层的本真性;只追求陈述事实、讲好故事,注重叙事技巧和故事本身,而缺少对故事内涵的深度阐释,造成写作上的扁平化、粗浅化;只顾追求事件的"真实性",不加选择、剪裁的客观叙述,严重忽视作品的艺术性和文学性等,应当要引起非虚构写作者、学界研究者的重视。在非虚构写作中讲述事实,不仅是为了追求真相,更是为了帮助人们深刻的理解相关话题,正如杰克·哈特在《故事技巧:叙事性非虚构文学写作指南》中所言:"正是意义、情感和启迪,构成了主题。"②鉴于此,笔者尝试提出如下应对策略。

首先,优质的非虚构写作需要写作者长期的参与式观察与沉浸式体验。非虚构写作既然以追求"真实性"相邀,就必然要面临"纪实"的文体要求。需要写作者长期蛰伏在事件发生的现实环境中,生活、工作与调查,搜集大量的写作素材,以便能再现事实场景,讲述事实真相,挖掘事件意义。但在这一点上,中国的非虚构写作,一方面由于概念界定的模糊,理论理解的宽泛,例如将非虚构界定为借用新闻笔法的文学创作等;另一方面,由于

---

① 《"人民大地·行动者"非虚构写作计划启事》,《人民文学》2010 年第 11 期。
② 杰克·哈特:《故事技巧:叙事性非虚构文学写作指南》,中国人民大学出版社 2012 年版,第 140 页。

现有体制下快速出成果的需求,往往不能做到"慢工出细活",对非虚构文体的限制也缺乏必要的敬意和警醒,因而在具体操作层面上出现了种种问题,招来各种争议。尤其是受当前信息文化的影响,越来越多的作家很少再愿意脚踏实地地沉潜于生活基层,更不愿走出书斋,进行所谓的田野调查;也很少有作家认真地潜入历史内部,去搜集或查阅相关史料,对既定的历史进行富有创见的探索。他们创作所依靠的叙事资源,大多都是各种现代媒介提供的信息。而很多作家正是利用这些信息,然后结合自己的经验和常识,不断地推出一部部经验化、表象化的"新作"。这种依靠"经验滑行"的写作,带来的不仅是自我艺术的重复,而且呈现出高度程式化的倾向。再观一些青年作家,问题似乎更为严重,他们既不愿走进历史,也不愿关注现实焦点,而往往沉迷于"小我",书写一些自身的生活感受和人性面貌。这些不仅是当前非虚构写作中存在的问题,更呈现出转型时期文学书写的无力感和苍白感。

优秀的非虚构写作者需要自觉回避和抵制上述问题,甚至愿意花费更长久的时间,突破一些体制上的障碍来保证这种参与式观察与沉浸式体验的完成。例如诺贝尔文学奖获得者、白俄罗斯作家阿列克谢耶维奇,她写《切尔诺贝利的回忆:核灾难口述史》用了十年、写《战争中没有女性》用了四年。再如美国非虚构作家何伟,为了写一部有关埃及的作品,在开罗整整生活了十年;后来他来到中国,于 1996 年至 1998 年间在重庆涪陵支教,他根据这段经历写成的《江城》,不是一个简单的新闻作品,而是一种存在主义式的体验性写作,是他全身心沉浸在中国的一个小城镇,体验当地风俗民情文化的结果。还有梁鸿在写"梁庄三部曲"时,前后花费十多年时间多次回到自己的故乡,走访乡亲邻里,倾听乡人们的声音,了解他们的故事。另外还有调查记者出身的袁凌,在经历了四年的走访、调查、记录之后,完成了中国首部以关注儿童生存境况为题材的非虚构作品《寂静的孩子》。

总之,一个优秀的非虚构写作者需要以旁观者的角度来看待所报道的人物和事件,在长久的参与式观察和沉浸式体验中,不去预设文字的基调,而是忠于采访对象,把自己放在一个无声状态,像一个在场的器物一样,让时代背景下涌现出的人物和事件自行呈现,自行传达,自行沉淀。这种写作方式看似笨拙,但是却可以帮助非虚构写作者抓住鲜活的细节、精彩的对话,把握事件中人物的个性特点,进而找到非虚构故事的情感核心,以此保证非虚构写作的纯粹性、深刻性。因此,从某种程度上说,正是非虚构写作者的创作态度与责任意识决定了对真相挖掘的深浅程度。

其次,非虚构写作需要在追求"真实"的基础上体现出文学的光芒。当前存在于非虚构写作中的一个显在问题是:除去一些高质量的非虚构作品外,大部分的非虚构作品依然拘囿在"追求真实"的窠臼之中,仍然在用新闻的笔调笔法记录生活现象与相关事件,缺乏作为文学文体应有的优美语言、修辞、文气、情趣、格调与氛围,"有非虚构,但少文学"[1]的问题依旧存在。因此,非虚构写作需要进一步提升审美艺术品格、质地和可读性,

---

① 丁晓原:《非虚构文学的逻辑与伦理》,《当代文坛》2019 年第 5 期。

在追求真实的基础上体现出文学的光芒。具体来说：

其一，非虚构写作需要强调"想象性重构"。无论广义还是狭义的非虚构概念，从本质上来说，非虚构都是属于文学的。而文学本身就是想象的产物，离开了想象，也就没有了文学。因而在非虚构写作中，禁止想象是有失偏颇的，这会让非虚构故事中的人物显得平面呆板，没有生气；也会让非虚构的叙事缺少必要的丰富度和立体感。同时，丧失了这种想象性的艺术重构，非虚构写作也无法与新闻写作、口述实录和社会调查等类型的写作区别开来。虽然忠实记录可以最大限度地呈现社会生活的原生样态，但却无法向生活的可能性方向挺进，从而丧失了鲜活的艺术意蕴与非虚构写作应有的美学张力。然而，如果在非虚构写作中随意编造人物、事件和情节，乃至大量虚构细节、人物对话、独白、心理活动等，也会给非虚构文学带来一定程度的伤害。因此，在强调非虚构写作"想象性重构"的同时，也不能忽略非虚构"纪实"的属性，在追求真实事件和人物的基础上，进行合理适度的想象和经验性书写。过度想象和凭空想象当然是需要尽量避免的，要把握好非虚构中"真实与虚构"的限度，以此来彰显非虚构写作应有的文学艺术魅力。

其二，在非虚构写作中，应竭力避免"题材决定论"。不能因为写作对象本身的社会价值、新闻价值，就选择忽略作品本身应该呈现出的文学品质与人文情怀，应通过一系列文学性技巧的运用来增强作品的文学性，例如精心设计的结构、场景再现、细节刻画、人物对话，多种叙事视角的交叠使用等。依靠这些，使作品中隐含的故事意义得以彰显，既让读者从非虚构作品中了解相关事件、故事，感受"真相"的魅力，同时又能从中获得作品文学性所带来的审美愉悦，即从"真"与"美"两方面都凸显出非虚构文本的价值。

总之，非虚构写作的理想状态是：通过这种写作方式产出的作品既要满足非虚构写作要求的现实真实，又要满足文学艺术层面要求的艺术真实；既要受到文学界与社会的关注与好评，又要博得众多读者的喜爱之心。

最后，非虚构写作需要在价值和实践层面进行意义建构。在非虚构写作中，如果只有事实的堆砌或炫技，故事只能是苍白无力的，因为意义才是故事的本质。所以，即使是从微观层面，写个人的故事和经验也需要进一步上升到公共空间，反映时代情绪，成为时代的象征。优秀的非虚构作品需要自觉探寻生命个体与时代的关系，关注现实议题和公共利益，只有这样，才能展现出其强大的生命力和影响力，其传播效果和审美价值才能获得普遍认可。一方面，非虚构写作者需要走出舒适区，以强烈的使命感和问题意识深入现实生活和历史内部，密切关注时代的重大问题和迫切性问题，深切感受时代脉搏，以讲述体现时代精神和人类共同经验的好故事去帮助读者打开眼界、拓展认知，更好地立足当下去理解世界，在个体经验之上拓展公共价值和意义；另一方面，非虚构写作者还需具备批判意识和质疑精神，在通过非虚构写作为读者披露生活真相的同时，还需深度挖掘真相背后掩藏的人性的善恶美丑，提升作品的超越性、前瞻性及建设性意义，尽力去弥合因社会转型与利益分化导致的冲突与价值分裂，最终促进读者对主流价值观的认同，提升文化自觉、文化自尊、文化自信。具体来说，在价值层面，即便聚焦于个人经验，也要通达普遍的感受，以社会与最广范围人民的福祉为价值追求；而在实践层面，则不仅需要技术、道德观和美学品位,更要有勇气、洞察力和参与性的实干精神。①

结语

在当代中国,非虚构形成热潮已是不争的事实。仅从文学作品分类的角度来看,我们非常自觉地采用了"虚构/非虚构"的二元划分法,尤其是当我们采用排除法,也就是所有虚构作品之外的都可以算作非虚构时,实则是默认非虚构囊括了报告文学、传记、文学回忆录、口述实录文学、纪实性散文、旅游文学、图文集等形形色色的各种文学品类,非虚构俨然成为这个时代文学的"巨无霸"。

然而,当非虚构过分张扬时,文学是否又滑向了边缘的另一端呢?毕竟,仅有"真实性"的文学是远远不够的,与生活保持某种间离才是文学审美的内在要求。尤其是非虚构写作中文学新闻化倾向的发生,当新闻性、事实性要素过多地介入与夸大,反而在一定程度上占有、挤压了传统文类的修辞空间和审美空间,并极有可能在叙事伦理的层面上异化为一种新的文化束缚。不能否认的是,从中外文学史上看,具有丰厚艺术价值的非虚构经典作品并不少见,例如司马迁的《史记》、伏契克的《绞刑架下的报告》、舞蹈家邓肯的《邓肯自传》、巴别尔的《骑兵军》、奈保尔的《幽暗的国度》、君特·格拉斯的《我的世纪》等,但是比起小说、诗歌、戏剧等虚构文类,数量上还是要少很多。这与它的文类特征有关:非虚构写作强调要以事实说话,它比虚构文类有着更强的社会性与时代性,然而这些也是最容易时过境迁的。换句话说,过强的社会性、时代性与政治性必然会掩盖作品中的文学性内涵。一般读者难免心生疑惑:非虚构到底是文学,还是新闻?是历史,还是现实?非虚构作品与历史纪实、新闻调查之间到底有什么区别?我们需要的文学创作者到底是社会现实的报道者,还是社会精神的阐释者?这一系列的疑问都在提醒我们:真正优秀的文学作品并非是亦步亦趋地呈现现实,而是以语言为手段,为我们建构具有文化意蕴的精神世界。文学永远应该以吸引力、震撼力、感染力服人,虚构或非虚构只是不同的写作方式而已,书写"真人真事"并没有道义上的优先权。写得好看,才是文学之为文学的生命底线,才是衡量平庸之作和优秀之作的标准尺度,在一味追求"非虚构"的背后,其实还有很多问题值得我们深入研究和思考。

---

① 刘大先:《当代经验、民族志转向与非虚构写作》,《小说评论》2018 年第 5 期。

跨界人物拼合：创意叙事的
后现代景观

——论网络同人 CP 创作中的复杂情态*

王文捷　王慧君**

　　摘　要：伴随媒介时代文字与影像符码的丰富创制，基于粉丝文化、二次创作为核心的圈层式同人文化走进大众视野，其中联结文本人物再次创作与圈层塑造的跨界同人文本，以极富融合性与个性化的 CP 组合创意呈现了叙事的突破和革新。这一创新性文本充满着创作主体能动性的抽象化虚构形式，其创作过程既源于同人个体喜爱与恶搞两大强烈心理动因，又伴随着同人群体内部强势群体某种乌合霸凌的特别现象。尽管同人群体与粉丝群体存在亚文化圈层的矛盾冲突及情绪渲泄，同人文本的符号化消费与解构性编码仍然拓展了创作文化空间，为青年的文化创意与精神建构提供了后现代的特别形式与鲜明风格。

　　关键词：同人创意；跨界拼合；CP 叙事

一、同人文化及其复合发展：CP 叙事与跨界式突破

　　"同人"一词，在中国文化典籍里最早可溯源于《周易·同人卦》，其卦象中"同人于野（门、宗）""以类族辨物"等解释，即包含着在群体"和同""同好"等志趣中寻求相投之共识，"志趣相投"成为理解同人文化最为重要或核心的语汇。不过随着时代的推移和发展，现今"同人"多以日语"どうじん"（doujin）的语义为参照，意为共同拥有某种志向、爱好、意趣、创作或文化的行为①。故而，"同人"理念标示出以同一性社会群体或"志同"观

---

　　* 课题项目与研究基地：国家社科基金项目《基于媒介融合的文学生活研究》（17BZW069）；广州都市文学与都市文化研究基地。

　　** 王文捷，男，四川营山人，文学博士，广东财经大学人文与传播学院教授。主要从事青年亚文化、影视文化、当代文学与当代文化研究；王慧君，女，广东财经大学人文与传播学院中文系 2016 级学生，主要从事青年亚文化、新媒体文学研究。

　　① 陈悦帆：《中国同人发展现状及期待》，《美术教育研究》2013 年第 11 期。

念为基础的要义,可以视为《周易》文化与日本动漫文化共同滥觞与演化的结果。实际上,同人文化包括了同人群体及同人创作两个维度(有时都简称为"同人")。"同人"群体在其共同的兴趣与意旨的追求之下,对已有各类 ACGN(Animation、Comic、Game、Novel,即动画、漫画、游戏、小说)、影视文本进行自主的非商业性二次创作,形成了小说、视频、漫画、游戏、图片、行为艺术等再创作文本,诸如"圣斗士同人""猫鼠同人""火影同人"等衍生性作品不胜枚举。那些在网络用户端积极上传这些作品的创作者(亦为粉丝)即为"同人"作者。

同人作品的流行与畅销无疑属于服务于时代的文学实验,其中社会文化、经济发展与媒介传播等时代因素起着共同的作用。[①] 人们特别注意到,当网络进入媒介用户共同交互的 Web2.0 时代后,个体借助便捷媒介获得了"前所未有搅动社会的能力"[②],各种粉丝群在新媒体平台上建立了不同网络社群,营构出一个个专属而特定的自主性文化场所与文化圈子,同人文化群体也在其中通过创作活动传递出独特的声音。如今国内较大的网络平台,诸如微博、LOFTER、百度贴吧、晋江文学城、Bilibili 弹幕视频网站、有妖气漫画、QQ 等都有大小各异的同人文化创作群。新潮前卫的青年群体的不断加入与不懈创造,迅速拓展并形成了可持续发展甚而具有经济开发力的同人文化。他们依托互联网社群平台与指向性的受众组成,使得再创作的同人文化建立起彼此的普遍认同与文化圈层。布迪厄认为,社会可以划分为无数独立而特殊的空间或场域,其中人们各自拥有着相对自主、特定的价值观与调控原则。这种场域从外部看是彼此冲突与竞争的空间,从内在结构透视也存在着各种文化力量的影响和争夺[③]。故而,如果说某一场域总会有不同文化圈层的激烈影响,那么具体到同人文化内部,实际上也存在着不断发生的文化结构的冲突和竞争,进而也指涉到同人文化圈层个体文化形态的追求和塑造。

同人文化圈层结构中这种塑造趋向与特质,首先体现在其圈层内部精细的各种创作文本的再分类。同人文化以自主创造的作品文本为标准和起点,每一个作品及人物都可能延伸出一个同人文化圈。作品文本及人物本身既是圈子的创作核心所在,又是这一圈层以此求同斥异的重要桥梁和依据。而不同的同人群体,又可以按特定标准分为多个相对独立的子同人圈,其中人物"CP"创作是同人文本一种重要的划分标准。"CP"即由英文"Couple"省略而来,其中包含着夫妻、一对、结合等成双成对的意趣。"组 CP"指作者将原作人物进行恋爱(或亲密)关系配对,并围绕 CP 二人特别性格设计进行各种有意思的创作和叙事。而每对 CP 都可以建构、指向并形成一个子同人圈,同人群体的子同人圈在创作中以 CP 命名来区分彼此。如动漫《名侦探柯南》下的同人创作即包括"新兰"(工藤新一与毛利兰)、"柯哀"(柯南与灰原哀)、"快青"(黑羽快斗与中森青子)、"快新"(黑羽快斗与工藤新一)等子同人圈。每对 CP 都以一定数量的同人作品与受众群体,建构起一个相对独立而又具有排他特性的粉丝文化圈子。这些粉丝受众在同人社群平台上,非常

① 约翰·沙瑟兰:《解码畅销小说》,外语教学与研究出版社 2015 年版,第 51 页。
② 彭兰:《WEB2.0 在中国的发展及其社会意义》,《国际新闻界》2007 年第 10 期。
③ 皮埃尔·布迪厄,华康德:《实践与反思:反思社会学导引》,中央编译出版社 1998 年版,第 17—18 页。

活跃地发布着大量帖子而不断"弘扬"着同人文化的力量。

其次，同人文化的圈层特质显现出群体阶层创作能力的差异。这些具有差异性的同人群体的身份建构，可以大致划分为能力较强的创作者与一般粉丝受众两部分。约翰·费斯克的文本生产力理论指出，文本生产力意味着创作者某种再次创造文本的能力，那些具备强大生产力的成员即产生了文本创作者的身份。[①] 依据所拥有的同人知识、鉴赏能力、再创能力等文化资本，同人作者可以分化为不同地位的"大大"和"小透明"。[②] "大大"指同人文本生产力较强的群体，他们通常在某一技能方面或某一创作题材领域表现突出，具有诸如绘画、影音剪辑、文章写作、编曲等方面的较强能力，在整个同人群体中亦有一定影响力、话语权和较高地位。"大大"们通过自身拥有的文化创作资本红利，收获着"小透明"与朋辈受众及粉丝们的尊敬与仰慕，在同人文化圈中形成某种特殊阶层并有着某种"特权"。

尽管某一同人文化圈层结构有着相对的独立性，但同人场域粉丝本身时常具有的"游牧性"特征，决定了同人文化圈必然处于某种流动而变化的不羁状态。詹金斯的"粉丝游牧民"理论一针见血地指出，粉丝一般不是只针对某一特别文本进行创作，而是处在"不断向其他文本挺进"的事实和过程[③]。故而在同人文化中，粉丝同时踏涉多个文化圈或子文化圈的情况十分常见，当同人创作者开始跨越所在圈子单一的作品界限时，表面闭环式的同人文化圈也就被轻易地解构，同人圈层之间也就随即产生了多样与交叉的跨界同人现象。

当同人粉丝的创作同时指涉数个同人文化圈时，同人圈层之间所发生的复合交叉现象即为跨界同人，它所涉及的多维文本人物交合创作即被称为跨界同人作品。在维基百科的定义中，跨界同人（Crossover）也叫跨界作品、交叉同人，指两个或两个以上作品的角色在保留个性、设定与价值观时共同演绎出新作品。实际上，本土同人在吸收了西方粉丝小说（Fan Fiction）与日本动漫同人的范式后，即逐渐形成了独具本土特色的复合化跨界同人创作现象。我们看到，作为"拓荒者"的跨界同人在媒介融合新文学土壤中，开发出了一个想象力独特与包容力极强的创造空间。从本土跨界同人丰富的名称方式上看，它常被描述为"混搭""跨界""拉郎""拉郎配CP"等。"拉郎配"本是来自民间文化中的俗语，原指旧时百姓错将女儿嫁与互不匹配或互不情愿之人，现在则时常引申为违背情理或简单粗暴的人为干预行为。可以这样说，"人为干预"正是跨界同人复合创作架构中的突出方式。在强烈的"人为干预"意愿与语境下，同人创作已经几乎不受原文本中不同人物形象与性格的制约，创作者可以基于任何想象拥有无限制的创作主题及表现手法。综而观之，现阶段本土跨界同人创作文本大体上可分为两种类型：

第一种，是以两部或两部以上不同作品角色同时进行同人创作，来自不同原创作品的

① 约翰·费斯克：《粉丝的文化经济》，《世界电影》2008年第6期。

② 王玉玉、叶栩乔、映萱：《"网络部落词典"专栏 同人·粉丝文化》，《天涯》2016年第4期。

③ 亨利·詹金斯：《大众文化：粉丝、盗猎者、游牧民——德塞都的大众文化审美》，《湖北大学学报（哲学社会科学版）》2008年第4期。

人物可以随意配对或交融建构出新故事。新故事形式包括动画、漫画、小说、角色扮演、绘画、视频剪辑、音乐等。在这类跨界同人创作之中，作者的建构几乎全部以原作角色性格唯一指向性特质为主，即新作品角色在创造过程中严格保持着原作的姿态与性格。这一类方式，与近年来本土影视将小说、动漫等原作人物彻底"戏说"化改编并不相同。网友"墨瞳闲一"在晋江文学网站，发布了以泽田纲吉（动漫《家庭教师 HITMAN REBORN!》中的角色）、太宰治（动漫《文豪野犬》中的角色）为主角的同人小说《暖阳》。作者在作品中以无比温暖的口吻，讲述作为教师的太宰治与学生泽田纲吉间产生的情感故事。不少情节细致地营构了来自不同动漫作品两位人物间非同寻常的关切。除小说之外，角色扮演也成为跨界同人作品群体突出的表现手段之一。微博用户"@院长 Naon"与"@-洛梵-"分别围绕杰克冻人（梦工厂电影《守护者联盟》的角色）、艾莎（迪士尼电影《冰雪奇缘》的角色）进行角色扮演。他们在唯美的画面中演绎了一场特别的爱情故事。这种类型创作往往具有极高的自由度与创新力，所呈现的大批作品形成了跨界同人创作的主力军。

第二种，是作者跨越文本虚实界限以存在的真人形象进行同人创作。这类跨界同人常以明星人物出演的影视作品为素材，其中演员、明星、偶像的原作形象成为一种契入体，演员在原作中的部分形象被改造为新作品、新形象、新内容与新主题，真人扮演的影视角色形象经过剪辑和拼贴形成了二次创作，相关作品本文则多以视频、绘画、小说为主要形式。在这一过程中，一旦改编者"官方"对相关作品进行真人影像化演绎，原作角色既有想象空间与固定形态即大大改变，新作的角色往往就因原作内容不再而失去了唯一指向性。这种失去唯一指向性的演员表演形象的拼合，会使观众跳戏而将演员本身的形象套入新角色演绎中，作品角色与真人演员的明确界限也逐步变得模糊，新作角色一定程度不可避免地沾染演员的气质或影子。在这类指向性模糊的跨界同人创作现象里，人们常常将真人形象与故事角色不加类比直接混为一谈。Bilibili 用户"剪刀手轩辕"，围绕哈利·波特（电影《哈利·波特》中的角色）与白展堂（电视剧《武林外传》中的角色）两位人物，剪辑出了一个以表达时空轮回人生凤命为主题的视频，不过观众的眼睛只看到了两位演员（丹尼尔·雷德克利夫、沙溢）CP 重新演绎的新故事影像。这类跨界同人广泛活跃在百度贴吧、LOFTER、新浪微博等众多网络社群平台。

这种融合不同原作文本人物的跨界同人创作，毫无疑问是打破大众文学与艺术藩篱、融汇多元领域文化资源的拓荒行为。詹金斯认为，融合文化可以描述为知识意义的合作、解决问题方式的共享。[①] 故而在此意义上说，同人粉丝创作者通过比对与汇集将人物信息资料进行融合，采用越界的整理让自己喜爱的作品人物、内容融为一体。这种将不同作品、不同领域甚至不同维度资源进行融合再创的方式，不仅打开了关乎文学艺术创作的更新视野，也打开了同人文化圈自身的革新进程与新生局面。苏珊·桑塔格宣称"艺术可以包含一切种类的信息"[②]，这一点可谓对跨界同人创作特别意义的某种清晰指证。跨界同

---

① 亨利·詹金斯：《融合文化：新媒体和旧媒体的冲突地带》，商务印书馆 2012 年版，第 1—16 页。

② 苏珊·桑塔格：《反对阐释》，上海译文出版社 2003 年版，第 32 页。

人包容一切信息的再创作无疑是媒介时代的独特艺术,它作为大众艺术创造里的一个新式物种,正以极富创造力的复制、拼贴和挪用等手法,在同人文化乃至大众文化的肥沃土壤里扎根生长并开花结果。

二、能动主体及其抽象虚构：喜爱、恶搞及乌合化霸凌

创作主体自身"能力"极限能够得以最大化的表现,能够呈现更加巧妙、更戏剧化、更令人惊奇与更有趣的事情,是文学文本人物创意表现过程中最为重要的问题。[①] 从这一能动性表达的角度看,跨界同人创作生产的火爆有着主体能动意义突出的原因。由于跨界同人文本客体从本质上说是拼贴艺术的表现形式,这种拼贴表达在互联网语境中日益变得数码化和抽象化,相关抽象化的令人惊奇的新变,使得同人创作主体的表达更为自由不羁、大胆联结与想象多样。对比朋克一族的坡跟鞋、涂鸦青年的喷漆、摇滚文化的重金属音乐与手势,跨界同人文本不需要特殊服饰、专门图腾、统一行为来彰显身份,它们只通过自在的拼贴、剪辑、重构来体现自我的风格,某些文本甚而通过这种抽象虚构来表达对主流文化的质询。

网文写手"风舞轻影"创作了小说《来自远方为你葬花》,其中主人公"伏黛"CP,即以伏地魔(小说《哈利·波特》中的角色)与林黛玉(小说《红楼梦》中的角色)二人为组合,营构了表面看来异常荒诞却一度引爆同人圈的虚构式创作。如果说虚构对象的本质是一种虚构人造物,它是由人类自主制造出来的非客观的示例性质的抽象事物[②],那么同人创作对原作兼具破坏性与创新性的人物关系"示例",必然引发跨界同人圈创作者的兴趣与大量的人物虚构。伏黛CP的跨界同人虚构创作如雨后春笋般出现,正表明故事的文学力量蕴含在创作者本身的修辞技巧中,多视角、多语境与多机会的顿悟表达是创意成功的关键[③]。2016年9月网络"伏黛吧"创立,同年11月微博有用户创立了"伏黛CP主页君",同人群体发布了多个以伏黛CP为中心的剪辑视频。当越来越多同人创作群体加入这一主题的创作后,网易新闻曾有数据统计,在Bilibili网站平台最具人气的榜单中,第一名伏黛CP的衍生创作视频2019年10月播放量即达到280万次[④]。通过网络有关数据不难看出,依托互联网进行数字化拼贴的跨界同人作品关注度不低。这些跨界同人作品在迥异的风格表现中,或解构经典与权威,或呈现矛盾的多变体对象,可谓多方面多角度展现着数字化拼贴艺术可能性的张力,吸引着现实生活中那些寻求个性并追新逐奇的青年群体。从创作主体的内在动能而言,跨界同人创作明确指向了青年粉丝个体创作的心理动因:"爱"与恶搞。

"爱"意味着主体个体对原初作品及人物有着最大程度的喜爱,这能激发他们对原作

① 詹姆斯·N·弗雷:《劲爆小说秘境游走》,中国人民大学出版社2015年版,第36页。

② R.M.赛恩斯伯里:《虚构与虚构主义》,华夏出版社2015年版,第108—111页。

③ 拉里·布鲁克斯:《故事力学:掌握故事创作的内在动力》,中国人民大学出版社2016年版,第1—2页。

④ 隔夜说动漫. Bilibili 主页/专栏/影视/电影. 网易公布"B站拉郎CP排行榜"[EB/OL]. 2019 - 10 - 14. https://www.bilibili.com/read/cv3771087.

生发再创作的浓厚兴趣和强大动力。当青年个体同时喜爱着多个作品或人物之时，能同时彰显和容纳个体"泛爱"的跨界同人创作随即产生。同人创作这种"爱"可以理解为个体情感的宣泄，即创作者将喜爱的情绪通过其创作进一步延伸开来，最终达成主体对某一特殊人物情感的表达与愿望的满足。以"爱"为动力的跨界同人创作，并不十分追求社会的高度关注或观念的广泛认同，而主要落脚于其主体自我情绪的抒发及喜爱情感的延长。因此区别于一般同人，不少跨界同人创作并不普遍流行而显出小众和冷门，其创作内容与风格的体现则极富于独特性与个性化。而高度的个性化，又使跨界同人群体之间普遍惺惺相惜的状态更为明确，他们对同类创作的方式与内容有着更深的理解和包容。

明星吴磊、罗云熙因出众的外貌和演技，以及相同的英文名(Leo)，成为跨界同人所取用的创作人物与素材。从作品人物选择的创意上说，人物身上种种个人化的独特"魅力"意味着作品张力的富有①。Bilibili 网站用户"青衫依旧"即以两位演员为中心，剪辑出二人的跨界同人视频并直陈其创作动因是"为爱发电"。"为爱发电"意指创作者只是出于喜爱和不以营利为目的进行创作。事实上，同人群体的创作往往直接明示其创作的动因，诸如注明"自娱自乐""圈地自萌""为爱发电"等标签，一方面表明个体对原作或原型人物极度的喜爱和赞同；另一方面，同人群体以此形式可以主动降低大众的心理期待值，仅仅以凸显人物或原作的优秀、引人与神圣为目标。而在主体创作者虚构的眼中，虚构在语义学上并不完全追求某种引导性的审慎道德价值存在②，而只需如同人群体内心"为爱发电"那样单纯强劲的创作动力即可。有了"爱"的强力助推，创作者在跨界同人创作中不但加深了对原型的理解，而且探索到将不能共存的人物与世界变为融合的可能。这种"为爱发电"的喜爱，使得作者收获到此类创作过程中种种不为人知的意外快乐。没有这种喜爱作为内在推力，以粉丝文化为基础的同人文化创造便岌岌可危，跨界同人的产生和存续也就没有持之以恒的条件与辅助了。

与"为爱发电"的主观动因相反，恶搞心理与行为也成为跨界同人作品产生的另一原动力。它追求具有破坏性与消解性的人物、情节及视觉体验，往往以博取眼球、吸引大众关注为创作目标，或者达成个体对现实文化种种讽喻观照与娱乐认同的需求。学界普遍认为"恶搞"来自日文 Kuso(日语意为"可恶")一词，但也有批评家认为，恶搞可以追溯到我国先秦时期的史实"烽火戏诸侯"③。而以这一历史事件的荒诞性质而言，它被称为破坏意义的恶搞源头实际上也并不为过。随着当下恶搞文化二十多年的发展，恶搞已经拥有了无数种无厘头的搭配建构方式，种种内容表现都以夸张、扭曲、变异、颠覆、搞笑等为标准。何书桓是电视连续剧《情深深雨濛濛》中的角色，洪世贤一角则来自电视连续剧《回家的诱惑》。由于在各自的剧情内容中，二人均有不符合大众伦理的爱情观而被网友同称为"渣男"，进而在同人群体创构的搞笑剧情中成为被嘲讽的对象。一位用户名为

① 詹姆斯·斯科特·贝尔：《从创意到畅销书》，中国人民大学出版社 2016 年版，第 59 页。
② R.M.赛恩斯伯里：《虚构与虚构主义》，华夏出版社 2015 年版，第 233—240 页。
③ 胡疆锋：《恶搞与青年亚文化》，《中国青年研究》2008 年第 6 期。

"姨太的吃瓜大会"的网友,将二人在各自剧情中特定的台词、表演与画面进行剪辑和拼贴,最后恶搞的"完整"视频与新鲜剧情受到了网友的追捧。两位人物由此便成为一对特别的同性 CP 形象,新的同人剧情也引发网友对爱情伦理的强烈关注与思考。

这些以恶搞为动力产生的跨界同人创作,一般也能在短时间内博取到大众的普遍关注和娱乐效果,创作者也以此达成对社会文化某种剖析、透视与参与的目的。一般而言,恶搞式跨界同人在主流正态文化越轨的边缘上游走,种种文化嘲讽与批评接近公众的接受边际但并不跨越,争取到社会的关注和认同却并不认真解决相关问题。作者在创作中享受的是一种抵抗既成观念的快感,并"虚拟"地参与到反思和剖析社会文化问题的讨论。对这部分边缘作者群体而言,跨界同人作品是其主体自我对社会文化进行解码之后,再加入个人情绪重新编码而得到的新型作品和产物,其终极诉求仍不过是个体自身期待得到身份与能力的认同。换句话说,这种"虚拟"的文化解决方式,也只能在表面上引起同人群体某种价值上的共鸣与体认。因为还值得注意的是,互联网带来的大众的短时关注,容易使这类文本彻底沦为娱乐的附庸而失去创作本初的意义。故而跨界同人创作也就往往成为娱乐至死的拼贴产物,创作个体时常面对"虚拟解决"的实际偏差效应而无能为力。

我们看到,当跨界同人以热情的内在动力提供大量的更新创作之后,个体化的创作发展到了群体性聚合的"恶搞"创作,群体性娱乐化同人创作的"失智"即成为自然的结果。由于同人群体往往并没有严密的组织结构,跨界同人又发展出了乌合之众集体霸凌的特殊文化现象。勒庞对群体行为本身曾作出精辟的阐述,认为"群体是个无名氏"同时其行为"不必承担责任"①。就此意义而言,同人群体的创作活动也算得上处于乌合之众的情状,粉丝个体责任因为群体行为特性被高度地弱化与消弥。于是同人文化内部某些占有绝对优势的群体,往往通过挤压那些相对弱势的群体而拥有了更大话语权。在这种乌合的霸凌之下,弱势群体亦轻易地改弦易辙又促发了新的跨界同人创作产生。

以现象级畅销小说《盗墓笔记》中人物群像的同人圈为例,同人群体将小说中两位男主角张起灵(因其沉默内敛性格,被称"闷油瓶")、吴邪配对成为"瓶邪"CP。二人在原小说中超乎寻常的默契与情谊,引起大量乌合的同人粉丝自发进行了许多同人创作,相关群体也一跃成为同人圈中颇为强势的同人群体。实际上,在《盗墓笔记》原创文本人物的同人作品中存在着众多 CP,仅以组合名称而创立的贴吧,就有"瓶邪"(张起灵与吴邪)、"黑花"(黑瞎子与解雨臣)、"花邪"(解雨臣与吴邪)、"黑盟"(黑瞎子与王盟)、"邪宁"(吴邪与阿宁)、"胖云"(王胖子与云彩)、"胖邪"(王胖子与吴邪)、"潘胖"(亦为"胖潘",潘子与王胖子)等。根据 LOFTER 上各 CP 标签、百度贴吧关注度与帖子数、微博话题讨论数据进行排名,"瓶邪"同人作品以绝对强大的粉丝数量优势形成"王道 CP",而其他 CP 及同人群体则因微少粉丝数量而处于弱势地位。在这一"王道 CP"的语境之下,同人社区中虽有以其他题材或组合进行创作的同人群体,但其生存空间、话语权与影响力都被极大地

① 古斯塔夫·勒庞:《乌合之众》,中央编译出版社 2019 年版,第 16—19 页。

压缩和弱化。微博用户"稻米养老院"就在《盗墓笔记》话题中，对非"瓶邪"的"胖邪""胖瓶"同人作品提出"质疑"，并将"胖邪""胖瓶"两组 CP 武断地定义为"邪教"，还使用贬义性词语来称呼两组 CP 的同人创作者及粉丝，甚而在微博评论中，还有网友与该用户一起呼吁共同排斥非"瓶邪"的同人群体。

面对来自"王道 CP"的压力，其他不断失语、逐渐饱和化的同人社区，因其明显的弱势和压抑得不到普遍的理解和支持，其中部分同人群体便开始将眼光投向另一个同人文化圈。正如真正的创作者从来都不轻言放弃，他们宗教信仰般笃定的心身品质促发了新的追求和满足[1]。于是或出于反抗"王道"，或出于猎奇恶搞，或出于自我满足，部分小众同人作者打破作品界限再次进行另外的裁切拼装，所创作文本引发同人作品再次更新亦即又生发了新的跨界同人。我们看到，数量巨大的迷群体的创作活动，无论是对既成作品的吸纳还是迷群体的自创或刻意的模仿等任何一种形式，都在以极大驱动能量不断确定自身的位置并提升着创作的流行影响力[2]。可以这样说，弱势群体因逃离"王道 CP"的霸凌而再次打开一片新天地，表明跨界同人作者自由的迁移与选择也反哺着他们的创造性。

三、冲突抵抗及其激烈宣泄：符号消费与解构性拓展

非常明显，跨界同人创作极具种种突破冲击性又具亚文化的抵抗性。在斯图亚特对青年亚文化的阐释中，对内统合群体、对外区分其他群体的亚文化"风格"，使该群体对其他群体产生了或激烈或隐含的种种对抗和冲突[3]。尤其当两种亚文化观念发生碰撞之时，本就处于极端风格化道路与面貌的不同群体，不时会被失控地推向某些较为极限性的文化境地和意识状态[4]。于是我们看到，跨界同人群体抵抗饭圈文化群体的现象即是如此情形。饭圈文化群体有时候与跨界同人群体属于一体两面，但大多数饭圈的行为更有其自身的圈层活动与存在逻辑。饭圈文化生活基于粉丝群体而生，许多"饭圈女孩"或"饭圈男孩"围绕明星开展群体性活动，其活动的狂欢性、交互性、圈层化，则呈现出种种非常典型的青年亚文化群体的特色和气质[5]。相比较而言，本土同人文化有着发展初步稚嫩、创作趋于内敛、空间较为促狭，以及群体相对小众等特点，而基于庞大粉丝群体构成的饭圈文化，则在成长中大多变为社群平台中较为张扬与强势的存在。于是饭圈群体排斥挤压同人群体争夺话语权的现象时常发生。这种不同亚文化群体与圈层的相互碰撞，使跨界同人群体自然地产生了明确一致的外部抵抗性。

2019 年 6 月电视剧《陈情令》播出后，担任其主演的肖战、王一博因原作的耽美元素被同人群体追捧成为真人 CP"博君一肖"，随后成为跨界同人的热门标签与现象级创作题

① 约翰·加德纳：《成为小说家》，中国人民大学出版社 2016 年版，第 157 页。
② 约翰·沙瑟兰：《解码畅销小说》，外语教学与研究出版社 2015 年版，第 209 页。
③ 斯图亚特·霍尔，托尼·杰斐逊：《通过仪式抵抗：战后英国的青年亚文化》，中国青年出版社 2015 年版，第 16 页。
④ 迪克·赫伯迪格：《亚文化：风格的意义》，北京大学出版社 2009 年版，第 111 页。
⑤ 袁林艳：《饭圈文化仪式化传播现象研究》，南昌大学硕士论文 2019 年。

材和人物。这类跨界同人创作行为自然引发其粉丝的强烈不满与对立，"饭圈女孩"们于是在微博、贴吧、微信等社区平台上，对创制"博君一肖"CP 的同人群体及文本进行打压和诋毁。饭圈文化与同人文化两大群体的冲突不断激化，最终爆发了一场关于饭圈与同人圈的互联网文化大战。2020 年 2 月底，微博上肖战粉丝举报跨界同人小说《下坠》及其作者，随后更有"饭圈女孩"将举报行为波及整个同人群体，AO3、LOFTER 两大知名网络同人社区平台被迫勒令整改，LOFTER 平台将发布的部分同人作品屏蔽、封锁和删除，AO3平台也关闭了在中国的媒介使用直通渠道。这一事态引起同人文化创作圈的群情激愤与强烈抗议，他们通过肖战的粉丝群及平台，也进行了举报与攻击肖战、抵制肖战代言产品、拉低肖战作品评分等行为，结果导致肖战个人形象与经济利益受到了严重损失。在这场"刀光剑影"的圈层双输的对抗中，尽管小众同人进一步走进了大众视野并获得更多关注，然而"饭圈女孩"在集体庇护下裹挟恶意、明确抵制、打击诋损跨界同人创作，甚至不惜彻底摧毁同人群体网络栖息生存之地的行为，也明显刺激着跨界同人群体并引发了他们自保求存的应激反应。

应该指出的是，在这场影响甚大的网络文化"战役"中，跨界同人群体同样借助了互联网这一虚拟电子空间，在特定的时间与空间中营构了极具感染力的氛围，制造了一个体验较为悲情且情绪较为强烈的"场效应"①。在这一强大的舆论及情绪能量场之中，同人文化群体与庞大的旁观网民，被"团结一致抵抗饭圈"的某种集体无意识引领着。而集体无意识作为一种积淀在人类本性幽深之处的普遍精神，往往在其生发过程与机制中同时也会湮灭个体的自省，"法不责众"可使集体找到某种依附而陷入肆无忌惮境地②。我们看到，跨界同人在这种集体无意识的强烈驱动下，对饭圈文化的抵抗不但由网络空间延伸到了现实人类，而且也以举报、攻击行为来挽救其话语权与生存空间，并在其中同样体验着报复对方、集体渲泄的某些快感。甚而人们通过这场虚拟空间的大战，发现同人群体及其作品已然渗透在大众文化各个角落，其辐射领域之广，使跨界同人似乎不再是人们印象中的边缘性"非主流"了。

近年来"非主流"的跨界同人创作呈现了生生不灭的趋向。虽然没有明确的官方平台助力与大众文化认可，其发展也依旧显出某种阻碍重重与前路漫漫的态势，但跨界同人亚文化符号充满着对抗性的创造与表达的力量。可以看出，在复杂的互联网世界中，青年群体总是通过抵抗性创作以阐释其文化符号，以达成获得社会主流文化对其身份逐步认同的强烈愿望。同人的复制创造对原作艺术的性质进行着消解，使创作进入了符号幻象、文化娱乐等流行艺术新目标。鲍德里亚将流行艺术视作一种消费化符号，指出社会消费逻辑已大大消弥了艺术原有意义的优先权，艺术符号与消费行为建构了同质化甚而复制性的意义。③ 故而，跨界同人创作者以复制解决自我需求与消费目的，也就自然地部分消

---

① 唐芳贵：《网络群体性事件的心理学研究》，中南大学出版社 2014 年版，第 147—157 页。
② 卡尔·古斯塔夫·荣格：《荣格文集（第 5 卷）原型与集体无意识》，国际文化出版公司 2011 年版，第 36—37 页。
③ 让·鲍德里亚：《消费社会》，南京大学出版社 2014 年版，第 120—124、204 页。

解了创作既有的种种纯艺术性的特质。当然,这种群体文化创造所遵从的葳蕤生长的符号价值,无疑也是复杂多样的文化社会保持着动态活力的重要原因。

实际上,跨界同人通常以自我理解与自我娱情为创作核心,跨越多个不同种类的文本建构起作品符号,追求着消解原作者与原初文本的意义、特征和效果。这一状况从文学批评角度而言,与罗兰·巴特提出的"作者已死"的后现代理念存在吻合。罗兰·巴特认为文本是"来自文化的成千上万个源点",文本诞生即消解了作者的存在并引发"作者死亡"的现象。① 在新文本消解原作者存在意义这一状态下,同人群体作为文本新接纳者自然也带有抵抗原作者的成份。故而,同人群体在创作跨界同人作品时,自然更新着原作者的创作意识、所有权乃至作者本身。杰克(Jack Frost)是 2012 年梦工厂动画电影《守护者联盟》的男主角,艾莎(Elsa)则是 2013 年迪士尼动画电影《冰雪奇缘》的女主角,因二人均有使用冰雪的强大超能力被粉丝组成"Jelsa"CP,网络平台以"Jelsa"CP 为创作对象的跨界同人作品非常丰富。在用户名为"悠伶惜"创作的同人小说 *Ice and Frost* 中,艾莎与杰克二人已处于一个共同的生活世界。作品以神父意欲烧死艾莎的结局来倒叙展开新故事,所呈现二人间的一段爱情虐恋已完全模糊了原作者与原著内容。

在一个非现实的不可能与不完全的奇异虚构世界里,虚构的人物对象当然也可以体现为一种不完全性的要求②。对跨界同人创作而言,消解作者与原著内容是常见的创作手段,创作者只对原作进行选择性的挪用、推翻和再建,甚而也只是修补着原作内容带给个体心中的种种不足和遗憾。*Ice and Frost* 在原作基础上即再建一个不完全意义的虚拟空间,或者说只是以打破不同作品间原本看来不可突破的壁垒为目标。作者从原作中抽离出艾莎和杰克两个人物,通过文字形象的重新建构达成了作者对角色的情感和愿望。"Jelsa 吧"首页一句"相似所以相爱",高度概括了艾莎与杰克这一跨界同人创作产生的简单缘由。可以这样说,跨界同人的创作着眼于人物的符号与情感的建构,其消解原作者及文本的目的只是达成原本无法满足的情感欲望。而低准入门槛的媒介平台与便捷化表达工具,使得跨界同人群体能轻易找到这种情感与欲望宣泄的突破口,他们通过集群效应共享着"作者已死"的自由复制与叛逆快感。

在这种消解作者的语境下,跨界同人作品天然地带有"去中心化"的特征。"去中心化"意指创作者主体人人均成为文本创制场域里的中心,创作不再是作家、画家、制片人等精英专属的权利。同人创作以粉丝群体为基础,其作品文本也就天然带有了突出的草根性和大众性,其人人皆可创作可谓进一步丰富了去中心化的内涵,它对抗着少数天赋群体才能进行或引领文艺创作的理念。这种去中心化的意义,也表现在其群体从不统一以某一维度、作品或人物为中心,在多元维度上极大地拓展了创作的人物、故事和内容。《红楼梦》作为我国群像小说的传统经典,其丰富多彩的人物一直是跨界同人创作的热门素材。在 Bilibili 网站上,除伏地魔与林黛玉的"伏黛"CP 组合创作外,以《红楼梦》和《哈利·波

---

① 罗兰·巴特:《罗兰·巴特随笔选》,百花文艺出版社 2009 年版,第 299 页。
② R. M.赛恩斯伯里:《虚构与虚构主义》,华夏出版社 2015 年版,第 103 页。

特》为核心的跨界同人 CP 组合,就包括了德拉科与薛宝钗、斯内普与王熙凤、赫敏与薛宝钗等。名为"增删客"的网友在晋江文学城创作的小说《金风玉露歌》中,林黛玉与周瑜、薛宝钗与诸葛亮、王熙凤与曹操,三组 CP 即共同演绎了《红楼梦》与《三国演义》人物跨界的爱情故事。

而《金风玉露歌》的创作内容,实际上也并未偏重于任何原作人物或事件,作者只是在尊重人物原生性格与价值观的基础上,进行了带有某种社会普适性文化认知的重新合并与架构。通过这种既解构又建构的方式,打破了作者创作的边界且拓展出了受限较小的创作空间。由于后现代创作时常处于"不稳定性"的意义表达中,文学时空中最为重要的是了解最新的特殊事物和表达方式,对当下时空的追逐与狂热是文学信仰中唯一寻觅的出路①,于是我们看到,同人文学的去中心化使得创作直接跨越了原初作品的主题,同人作者获得了自由无限的创作新时空和新意旨,进而成就了文化创新得以生生不息的种种源泉和动力。换句话说,跨界同人这种"人人皆为中心"的消解性创作情态,在本质上已将那些固化保守的权威与经典"拉下神坛",创作者将自己放在了一个另类不稳定的主旨与表达的位置,并不时在对抗强势文化群体与其他文化的过程中,形成了跨界同人自身独树一帜的艺术特色与文化风格。

这样看来,跨界同人文化为青年群体提供了一片有着丰富创造性的场域。同人群体在其中通过后现代文化的特殊编码方法,对自己崇拜的作品与人物再次自由地"设计"了创意形式。如果说创意设计独创情节的秘诀主要在于建构人物,而这种人物的选择和创作,也意味着作者内心拥有了灵魂、热情、希望和精神②,那么也可以说,跨界同人创作者同样深具某种主体性的自我认知与追求的品质。这种后现代独特风格的文本建构,甚而指向了当下经济社会更为深广的文化生产力层面。值得一提的是,随着跨界同人创作现象的呈现和发展,主流文化也对其进行着局部的官方化、商业化的收编态势,其直接体现即是当下各款游戏对同人活动的支持、漫画公司与同人画手的合作、网络文学网站对同人小说写手的收编等现象。当然,作为互联网时代一种变动不羁的青年亚文化创造,如何在当下芜杂的文化浪潮中稳步地存续与前行,如何为青年文学生活提供更多去粗取精的创造性文本,仍需要跨界同人群体踏实地进行更为多方的思考、实践和提升。

---

① 帕斯卡尔·卡沙诺瓦:《文学世界共和国》,北京大学出版社 2015 年版,第 102 页。
② 詹姆斯·斯科特·贝尔:《这样写出好故事》,湖南文艺出版社 2017 年版,第 45 页。

新媒体时代戏剧的创意表达

——以舞剧《永不消逝的电波》为例

张丽凤 *

摘　要： 舞剧《永不消逝的电波》作为近年来取得现象级成功的作品，其创意表达可谓是时代的一个范本，较好地展现了在新媒体时代戏剧继续存在的独特性，以及借助新媒体技术丰富舞台词汇的可能。其对传统舞剧的创新性发展，对红色经典的创造性转换，以及借助新媒体技术对舞台呈现形式的拓展，都很好地阐释了新媒体时代戏剧可以如何通过对时代审美文化心理的捕捉而更好地完成创意表达。

关键词： 新媒体时代；《永不消逝的电波》；对话

舞剧《永不消逝的电波》（以下简称《电波》）是由上海歌舞团倾心打造的我国首部谍战题材大型舞剧，自 2018 年 12 月试演以来，无论是在艺术价值还是市场口碑上都得到了极大的赞赏，不少观众反复观看。时至今日，该剧每每上演都一票难求。截至 2021 年 10 月，《电波》已完成了近三百场的演出，成为名副其实的"现象级"作品，并先后荣获第十二届中国艺术节"文华大奖"，第十五届精神文明建设"五个一工程"奖。《电波》取得空前的成功，除了编剧对剧本的文学性追求、导演们高超的讲故事能力、演员们可圈可点的精湛舞蹈、背景音乐的功能性作用、光影的多层次叙事等，最重要的是其以擅长抒情的舞剧完成了复杂的谍战叙事，让观众在欣赏到美的同时能够积极地调动"智"，透过一系列的舞台语言完成个体化的故事讲解，最大限度地展现了当代戏剧在新的媒体环境中呈现的审美特征。《电波》的成功是时代的一个范本，较好地展现了戏剧在新媒体时代不仅没有被边缘化，反而能立足于新媒体时代世界观、审美观的变更，以贴合当下审美需求的方式激发传统戏剧活力，并借助新媒体技术拓展戏剧舞台功能性地发挥作用，最终完成了对时代的创新性表达。因此，从新媒体时代审美文化心理的大背景下认识《电波》的创作，可以

＊ 张丽凤，中国文学博士，广东财经大学中文系讲师，研究方向：中国现当代文学、创意写作、影视文学。

为当前戏剧创作提供诸多可资借鉴的信息。

一、新媒体语境中对传统舞剧的创新性发展

舞剧作为舞台剧的一种,融合了舞蹈、戏剧、音乐等要素,在我国历史上源远流长。然而舞剧在我国成为一门独立的艺术形式,则肇始于 20 世纪 30 年代从国外引进,之后经过几辈人的努力,逐渐涌现出众多优秀作品,方才形成了古典舞剧、民族舞剧和芭蕾舞剧等多样化发展的局面。在舞剧整体发展成熟之时,说《电波》的成功是因为舞剧形式的选择,看似是一个很没有必要探讨的问题,实际上恰恰相反:很有必要深入剖析《电波》是如何立足于时代对传统舞剧形式进行创造性发展的。这不仅涉及该剧目的成功,甚至关涉到时代对舞剧的期待与接受,正如莎士比亚的动机首先不仅属于莎士比亚的人格和世界观,同时也属于伊丽莎白时代戏剧的动机。因此,只有将《电波》的成功放置于更广阔的时代之中来分析其对舞剧的创造性发展,理解其创意表达策略,才有利于未来在现实的土壤中培育出更多精彩的民族戏剧。

面对《电波》取得的不俗成绩,有学者一开始就从观演关系上给予了分析,认为该剧通过恰当的情节叙事,在情感、视听、哲学等多层面的审美上打通了艺术作品与观众之间的审美通道,满足了观众多角度的审美诉求。① 这一认知显然已经较好地将《电波》作为一个成功的范本给予了分析,只是还未能从更广阔的时代来理解当下戏剧审美的变化,对于其何以能够顺利打通艺术作品和观众之间的审美通道,没有做更多的分析。因此,要想从更深的层面理解《电波》的成功,就需要将其放置于时代对戏剧观演关系提出的新要求下来认识其对舞剧形式的创造性应用,并对时代的审美需求有较为深入而明晰的认知。《电波》的成功显示出戏剧在新媒体时代不仅没有被边缘化,而且借助多媒体高科技,开发出了更多的审美形式,拓展了舞剧表达的可能。

观演关系的变化归根结底源于时代环境的变迁,是时代环境塑造了人们的审美心理。伴随着 20 世纪 90 年代互联网的兴起,新媒体时代拉开了帷幕,新媒体用户成为整个时代最庞大的群体,他们的审美变化及需求成为时代艺术创作的重要基础。彭兰在《新媒体用户研究》中,将新媒体界定为基于数字技术、网络技术及气体现代信息技术或通信技术的,具有互动性、融合性的媒介形态和平台。在现阶段,新媒体主要包括传统互联网和移动互联网,以及其他具有互动性的数字媒体形式。用户在新媒体演进的过程中不断地运动,他们在这些运动中与媒体的关系以及自我在媒体中的角色发生改变,呈现出典型的"节点化、媒介化、赛博格化"的特征。② 当人们开始借助自媒体、公众号、短视频等网络平台,以戏剧的形式展示自己对日常生活及生命的认知时,戏剧已变成了一种以网络为舞台的生活方式。日常生活中的戏剧性被夸大,个体成为舞台的主角,每个人都成为戏中人及表演者。在这种情况下,戏剧也开始以它特有的方式在新的历史条件下探索着其可能达到的

---

① 蔡艺萌:《百年风流今朝入画境——从舞剧〈永不消逝的电波〉的审美营造谈起》,《戏剧文学》2020 年第 11 期。

② 彭兰:《新媒体用户研究》,中国人民大学出版社 2020 年版,第 1 页。

边界与可能,某种程度上戏剧已成为一种"作为媒介的艺术",虽然大家并没有达到将艺术修行作为生活方式的自觉与幸运,但可以或质朴、或夸张、或机巧等激烈而简单的矛盾冲突中完成述说时,人们实际上已经借助网络这个剧场完成了部落式的集体生活。在网络时代,每个人都成了自己的主角,人生的"场"无限拓展,戏剧的舞台也变得无处不在。于是,为了尽可能地切近紧跟时代的戏剧性,当代戏剧始终探索着"舞台"界限变换着戏剧的呈现形式。在中国,为了更好地改善观演关系,艺术家们先后做出多种探索。如由张艺谋、王潮歌、樊越三等导演的"印象"系列,王潮歌导演的"又见"系列,以及为进一步拉近观众和演员的距离而出现的"浸没式戏剧",每一次戏剧形式的变革都将注重观众体验放在了首要位置。新媒体时代,人们为了获得更好的审美体验,完全可以借助 VR/AR 获得较为直观的视觉感受及临场化体验,自由地直接"进入"现场并根据自己的兴趣进行观察与体验,已不必像以往那样必须要身体进入到某个环境之中。源于这样的审美需求,如何将一台戏剧打造出 VR/AR 的效果,让观众大胆放松地参与到戏剧之中,进而通过浸没式的方式使主体心理发生改变,就成为时代对戏剧的呼唤。

网络时代观众审美体验及审美心理的变化,使得人们在讲述故事时必须留出更多的空白以便观众参与填补,以更加精致的可观赏性超越现实中的粗粝,以更鲜活的表演吸引观众。正是在这样的审美背景之下,《电波》在尊重历史史实的基础上进行了大胆的创新,它既没有围于电影的叙事结构,也没有落入史实的简单钩沉,而是在充分尊重戏剧本质的基础上讲述故事,其舒缓有秩的舞蹈表演、错综复杂的叙事线条、扑朔迷离的历史,让每一位观众完全地拥有了情境带入式的自我体验,很好地满足了新媒体语境下观众的心理审美需求。具体而言,《电波》对舞剧的创造性发展首先体现在对观众浸入式体验的注重,无论是舞蹈舞种的选择还是编舞,乃至导演对演员表演的要求,都隐含着对观演过程中互动性的强调,以"无声"的舞蹈动作讲述复杂的历史,为读者留下了参与还原历史的空间,通过观演的"互动"一起进入历史深处。其中,这种互动性在舞台上拉片式的编导最为显著,如脍炙人口的《渔光曲》舞段,除了较好地展现了老上海的风情,群舞其实还拉片式地展现了兰芬的心理世界,当观众在灯光明暗及衣服颜色的渐变中看着兰芬们的不同动作时,观众也就填补了兰芬们那些绵长的琐碎日常。而裁缝店里的搜查环节,为了传达出现场的紧张,演员们通过动作定格的方式增强紧张力度,让观众能够很好地进入把握到那种紧张感。其次,《电波》对舞剧的创造性发展还体现在一改以往舞蹈重抒情弱叙事的情境,赋予舞蹈动作更多的叙事性,借助肢体语言完成多线条、时空交错的叙事。动作的叙事性不仅有效推进了故事的进展,更重要的是满足了观众借助舞蹈的代码进行重新编码与解码的机会。舞剧因以丰富的肢体语言超越了惯常的话语表达,使观众在接受故事时有了更多的参与性。当演员们通过舞蹈的形式讲述历史故事之时,观众不能像观看电影一样可以通过语言等快速理解故事,而是通过人物的肢体动作、音乐、光影等不断地建构故事,即将舞台上的符码进行重新解码和编码,这种解码和编码的过程无疑增加了观众的注意。

当《电波》以舞剧的形式选择"无声"地进入历史深处时,其紧凑复杂的叙事、精湛的艺术表演、填补空白式的参与性创作，使舞台上的演出就像一个待完善的历史情景剧，观众既可以沉浸其中又需要积极参与，和演员们一起完成"剧本"的演绎，继而收获比历史本身更惊心动魄的审美体验。总之，当现代传媒将立体的、内涵丰富的戏剧艺术逐渐"扁平化"时，"现场性、非虚拟的、活生生的表演者的身体性存现，和观众的直接交流与互动"①的剧场性某种程度上再次拉近了人与艺术本身的距离。这种拉近不是一种投其所好的灌输，而是一种"邀请式"的再创作，舞剧以"无声"的肢体语言讲述故事的方式，充分调动了新媒体时代观众参与"编剧"的可能性，赋予观众以更多的思考空间，最大限度地缩小了观众与舞台的距离，契合了网络时代观众个体参与的审美需求。

二、立足当下对话历史的创意性表达策略

《电波》的编剧罗怀臻多年来一直在提倡传统戏曲的当代转化，提倡编剧创作出与当代社会、当代剧场、当代审美相适应的新的一代戏曲。②"编剧必须有意识地呈现观众将会看到和听到什么。"③一部成功的戏剧需要剧作者、导演、布景师、舞台技师一起努力，共同让舞台适合于表现剧作者所观察到的生活，让观众能顺着戏剧的进展体验到身在其中的真切。《电波》演绎的虽然是历史故事，但其立足于真实的现实，以当下社会的情感精神为历史吹入了更加鲜活的血色，从内容及形式都较好地完成了对红色经典的创造性转换、创新性发展，使这一红色题材既有对话当下的能力，又能连接传统的文化因子。

从内容上看，《电波》作为主旋律的历史题材，在创作方法上没有简单地用红色文化元素等符号性的象征来表现一个时代的印迹，而是将英雄置于日常的情感与普通人的身份，将惊心动魄暗流汹涌的时代与烟火日常糅合在一起，既展现英雄的成长性，又拉近了英雄与普通观众的距离。在具体的表现手法上，为了架构起大历史与个体的关联，采用主副两条线索给予表现。用节奏明快、大开大合的主线展现宏大而悲壮的历史，叙述从情报传递到同志遇害，再到生离死别和最后发报的谍战风云。同时，又以男女主角的爱情、个人成长为辅线嵌入主线剧情之中。主副线的安排使在平安盛世中成长起来的观众借助辅线更容易走进历史，尤其是当富有老上海城市特色的石库门、弄堂、马路、报馆、旗袍、裁缝铺等标志出现时，宏大的历史就与日常紧密地连接到了一起，并就此完成了与当下的对话。在我们日常看不到的历史深处，无数的无名英雄用爱和信念谱写着历史，正是因为有他们才有当前日常的一切安稳，日常与历史相结合的两条线索从历史深处走来又在未来延续下去。"永不消逝的电波"这一由英雄们用生命捍卫的革命信号，这一由爱与信念铸就的革命精神，必然要由当代青年继续传递下去，让其留存于当下与未来。此外，《电波》除了对话当下，更在爱与信念中联通了传统文化精神，将流淌在中国人血液中舍弃小我成全家国、明知不可为而为之的士子情怀展现出来。

除了情感精神上与当下和传统对话，表演程式上也能够将现代审美与传统艺术相融

---

① 李亦男：《当代西方剧场艺术》，广西师范大学出版社 2017 年版，第 5 页。
② 罗怀臻：《移步换形不散神——谈谈戏曲的扬弃继承与转化创新》，《上海艺术评论》2016 年第 1 期。
③ 大卫·霍华德、爱德华·马布利：《基本剧作法》，钟大丰、张正荣译，北京联合出版公司 2017 年版，第 4 页。

合。20世纪50年代以来,戏剧界就十分关注如何在利用电影、电视等传播手段的同时,尽可能完整地保持中国戏剧传统手法以及美学价值。《电波》对传统戏剧精神的吸纳可谓出神入化,尤其是通过舞蹈动作形成的视觉表意成为其连接传统的重要契机。用肌体的外部动作传达思想,在舞蹈中摇摆身体并做出姿势来显示思想,这是从古希腊戏剧开始就已显示出来的重要特征,也是戏剧在演出过程中激起观众感情最迅速的手段。在《电波》的编排过程中,编导对演员的要求不再像以往一样仅仅是舞姿优美,而是全身心地投入到故事之中,通过人物的动作让观众看到他的内心世界,正如饰演兰芬一角的朱洁静在排演过程中就感觉"自己好像在演电影"。虽然没有传统戏剧中的甩水袖等抒情动作,却能借助一举一动、一颦一眸的精细化的动作将传统戏剧中含蓄的审美意蕴展现出来。如《渔光曲》中兰芬们期盼的眼神、轻摇的扇子,都展现了中国女性的柔韧与坚定。再如,当李侠第一次抚摸妻子的孕肚、兰芬最后一次回眸时,千言万语都藏在了那留恋而深情的眼神里。这种像电影特写一样的精细化动作,正是传统审美意蕴的现代呈现,"与其说这部剧带给观众'诗画'之美,不如说,这是因为东方的'画境'美学影响了创作者们。"①

作为一项表现人生的综合性艺术,戏剧的发展展现出时代思潮的变化,是一个时代中的人审视自我生存世界的重要形式。在新媒体时代,当新媒体用户日益在虚拟化的网络空间里赛博格化地存在时,《电波》以身体叙事将人们拉到活生生的现实感受戏剧鲜活的力量。无论是惊心动魄的谍战叙事的复杂,还是对在日常中生长起来的爱与信仰的追索,《电波》都没有在技术中疏离现实人生,而是始终通过动作叙事将观众引到情感道德及精神深处。"长河无声奔去,唯爱与信念永存",该舞剧再次表明,无论时代如何变革,媒介发生怎样的变化,那些源于生命本真的爱与信念始终不变,这些爱是夫妻间的含情脉脉,是同志间的坚定不移,是为家国奉献的赤胆忠心。

三、借助新媒体技术创新舞台形式

伴随着多媒体技术的发展,戏剧迎来了第五次信息变革,不仅传播方式日趋复杂化、多元化及数字化,同时新媒体技术也逐渐介入戏剧舞台,使原来的戏剧出现新的审美特征及存在方式。在新媒体时代,如何讲述故事成为时代的主题,其中戏剧如何利用现代传媒影响与引导大众的审美趣味,也成为传统戏剧真正需要解决的关键。② 新媒体高科技提供的很多新的戏剧表现手段,可以有效地将观众编码、解码等审美需求给予细化与分割,以符合现代审美文化的形式强化个体的审美体验,使观众的审美需求更好地得以外化与满足。《电波》的成功很大程度上就是借助新的媒体技术打破了传统审美样式,使"长于抒情,拙于叙事"的舞剧通过光影技术对舞台进行分割,将传统的线性故事叙述变成了多层次、多时空交错的复杂叙事,创造出了和现代生活相一致的舞台形式,创作出了具有时代感、与现代生活更为贴切的新的舞台语汇,满足了当前观众的审美需求。

---

① 蔡艺萌:《百年风流今朝入画境——从舞剧〈永不消逝的电波〉的审美营造谈起》,《戏剧文学》2020年第11期。

② 傅谨:《媒体与当代戏剧发展策略——再谈工业时代的戏剧命运》,《中国戏剧》2003年第1期。

首先，戏剧充分借助了电影中常用的技术，引导并具化观众的内心审美需求。如被观众称颂的裁缝店中的"倒带"还原段落，就是将戏剧中人物的思维导图具象化，同时邀请观众一起揭开谜团。当李侠来到裁缝店，舞台上的一切让他迅速判断出这里发生的所有事情，为了将人物头脑中的思考展现出来，于是舞台上通过黑白色调还原了特务搜查裁缝店的整个过程，并以退为进地接续上前面的叙事节点——找到"电波"信号，推理出情报就藏在老裁缝的皮尺之上。与此同时，兰芬在回家的路上也发现了黄包车夫就是特务，于是举枪自卫枪杀特务。这段叙事正是借用了电影中交叉蒙太奇的形式交代男女主角状态，同时还使用时间倒转的非线性叙事将戏剧舞台的时空展现复杂化，使戏剧获得叙事的自由感，这种多界面叙事的方法不仅带来紧张刺激感，同时也满足了观众复杂的审美需求。

其次，通过灯光的明暗、可移动的布景板等对舞台进行切割，完成多视角叙事，很好地把握住了观众心理变化过程、日常生活中习惯于在电脑手机上多界面观看信息的事实。传统戏剧舞台上常常以单核心叙事为主，通过更换幕景或通过人物上下场完成线性的叙事。然而，这样的线性叙事在当下已不能满足人们的审美需求，尤其是伴随着现代社会生活节奏的加快，以及人们对故事的强参与性，线性叙事的"悬念"常常已无"悬念性"。此时，创新舞台表达形式就成为现代观众对戏剧提出的时代要求，那些能够敏锐地捕捉到观众心理的这一变化，并通过合适的形式将之外化在舞台上给予展现的剧目，总能得到观众的认可。如较早在舞台呈现形式上创新的《暗恋桃花源》，虽然其形式一开始让人觉得不无夸张，实际上却是现代人颇为真实的存在状态，即再现了现代生活中的阴差阳错及拼接状态。导演赖声川在谈到该剧创作时，特别指出是现实生活激发出自己的创作灵感。他感到生活发生了很大的变化，不再像过去那么单纯："你一天工作 8 个小时，你要被干扰 20 次——当然现在可能更多了——对，你一下要处理这件事，等一下要处理很荒谬的事，然后你再回来处理这件事，然后再回来，那个非常荒谬的事又来了……""我觉得其实《暗恋桃花源》为什么可以打动那么多人，有时候我也在想，我觉得其实它就是因为长得很像人生本身，它解决人生一些问题，人生本身就是这样，一下子悲一下子喜，一下子搞一些很严厉的事，一下子就变得很无厘头，然后它是定制定存的一种状态。"①正是在日常生活中感悟到其实人生本身不过就是这样子，才有了形式的创新，而这种形式的创新与其说是导演的奇思妙想，不如说是导演对现实生活天才般的概括。《电波》即是通过光影将舞台切割为多个叙事空间同时叙述，将戏剧张力推向顶点，满足了观众内心深处对故事多线索编剧的需求。

除此之外，《电波》在"戏剧电影化"等方面也做出了重要的尝试。将影像、音乐等融入戏剧，使舞台艺术摆脱了传统手工业时代的时空界限，给观众以更加丰富的感受，突破了观众对于舞台表演艺术的传统思维。被称为"光影大师"的捷克戏剧家斯沃博达表示，"戏剧空间与诗的意象有着同样的特点，它与生俱来的特性是，全面超越物质舞台的意象

---

① 杨澜编：《杨澜访谈录 2008（Ⅱ）·赖声川：暗恋桃花源》，上海锦绣文章出版社 2008 年版，第 5 页。

虚构舞台空间。"①《电波》正是借助影像"闪回"的方式把李侠的梦境段落呈现出来,车夫、学徒相继登场又随枪声倒下,此时老裁缝出现后又忽然黑场,李侠惊醒,至此虚拟空间与真实空间完成交替,并将情节推向不可逆的高潮。多媒体的呈现方式有助于舞台意象从写实到非写实处理的衔接和交融。从根本上讲,"戏剧电影化"、戏剧虚拟化等多媒体戏剧的出现,不是简单的戏剧展现方式的变革,而是源于戏剧本身观演关系的变化,是随着人们与媒介关系变化而形成新的审美文化心理所催生的结果。

结语

新媒体语境下,当代戏剧实际上已经进入了一个戏剧工具革命的时代。② 面对新的技术革命,人们往往在传统艺术和新技术是否能够融合的问题上争论不休,忽视了由工具革命带来的戏剧发展,是观演全方位的变革,观演的双向互动,新媒体的应用不止是技术上的应用,更是将技术作为戏剧的重要部分,功能性地承担作用。"每一次由戏剧新文体的诞生所导致的戏剧边界的扩大,都不是戏剧自身独立运作的结果,也不是戏剧的姐妹艺术竞争和影响的单纯结果;每一次这种戏剧文体和戏剧边界的变化,都有一个时代的世界观的参与。"③《电波》的成功恰恰在于从编剧、导演到演员,每一个人都意识到了时代审美的变化,并努力找寻与之相连接的方式。不仅对传统的舞剧形式进行创新性的发展,以复杂的叙事和情感性的动作满足网络时代人们个体的"参与性";而且立足当下对历史完成创意性的表达,在戏剧精神上对话当下与传统,同时借助多媒体技术最大限度地拓展舞台的时空,展现当下人们的生存境况及精神状态,满足人们的审美需求。新媒体的出现当然会对艺术产生影响,但人们期望通过戏剧回望人生,感受和分享人类社群间共同拥有的生活与情感体验,这一初衷并不会因为任何新媒体的出现而改变,戏剧现场演出始终存在不能为电视、电影等取代的独特性,并无数次地证明了戏剧自身强劲的生命力。因此,当代戏剧创作其创意并非无迹可寻,而是始终立足于现实人生,在媒介变化中捕捉观众审美需求并找到应对的策略。

---

① 斯沃博达:《论舞台美术》,《戏剧艺术》2003 年第 2 期。
② 邹平:《当代戏剧发展的三大障碍》,《戏剧文学》2003 年第 9 期。
③ 丁佳文:《新型戏剧:换"戏"法让你好"看"》,《天津日报》2016 年 5 月 4 日。

网络用户流量导向下的新媒体写作应用技巧刍议*

冯　婷　陆林枫**

摘　要：随着大众的注意力变得越来越稀缺，新媒体写作载体由过去的 PC 端到手机端，文稿如何能吸引受众的眼球，是众多新媒体写作者关注的问题。本研究认为，以下新媒体文稿写作技巧成为关键：通过运用多元的标题表达，在同类标题中找寻创新点、在内容中提炼关键点，以及结合修辞方法来撰写标题；用"并列盘点式""层层递进式""人物故事＋观点提炼式""问题＋对策式""倒金字塔式"等方式来结构文章框架；开头亦需要技巧，如讲故事、结果导入式、反常事件导入式、中心思想式；结尾更需耐人寻味，可构建"愿景和祝福式结尾""引经据典式结尾""建议式结尾""反面案例对比式结尾"。

关键词：网络用户流量；新媒体写作；应用技巧

新媒体时代，文稿仍然是人们进行知识获取、信息增值和信息服务的重要方式。随着文稿的承载渠道的演变，应重组新时代的文稿内容和形式，提升文稿的文字魅力，从各个层面来分析新媒体写作的内涵，寻找适应新媒体的写作方式。如今，互联网经济中的用户流量成为互联网营销的核心，如何在新媒体写作中应用表达驱动互联网用户流量的激增，成为当下新媒体写作的关键，具体到文本层面，标题、结构、开头、结尾，都有其写作技巧。

一、新媒体文稿标题：以吸引读者眼球为基准

读者对新闻作品的兴趣，往往首先来自最初的"注意"，即"内心冲动"，而这种注意又是心理活动对一定事物的指向和集中，它使人们的心理活动具有一定的方向。这个现象

---

* 本文是湖北省教育厅人文社会科学研究项目"基于互联网思维的湖北大众类期刊数字化转型研究"（15Q250）研究成果，广东财经大学 2020 年度本科教学质量与教学改革工程建设项目"思政课程"《报刊编辑学》成果。

** 冯婷，管理学博士，广东财经大学人文与传播学院讲师，研究方向：新媒体运营、文化产业、新媒体应用写作；陆林枫，荆楚理工学院文学与传播学院讲师，新闻学硕士，研究方向：新闻媒体写作，传统文化传播。

反映在读者心理上,就是读者常常只注意那些一开头就能牢牢地吸引住他们并能使之"冲动"的新闻和文章。① 新媒体时代,吸引眼球的标题越来越重要,同样的正文采用不同的标题所达到的传播效果相差甚远。一个好的标题可以直接影响篇章的阅读量、转发量及点赞数。每一篇新媒体爆款文稿,都对标题进行了反复设计与优化。

(一)多元的标题表达

新媒体文稿的标题具有较为显著的"吸睛性",与传统媒介文稿的标题不同,新媒体文稿的标题需要具有大众化的互联网基因,下面提出新媒体文稿中较为典型的几种类型标题。

1. 悬念体:制造问题式,激发阅读兴趣

悬念,是叙事性文学常用的一种表现手法。意即到了某个关头,故意停住,让读者对情节,对人物"牵肠挂肚",以达到吸引读者的目的,而结局往往使读者恍然大悟或顿开茅塞,产生强烈的艺术感受。② 悬念体标题是新媒体文稿标题中的典型类型,悬念体最大的特征是标题末尾带省略号,例如微信公众号"有书"于 2019 年 12 月 16 日推送的文章《打败爱情的,不是时间,不是距离,不是金钱,而是……》;也有此类标题采用问号的结尾方式,例如"丁香医生"于 2020 年 6 月 14 日推送的文章《厨房油烟会导致肺癌吗?》,此种标题是最常用的,因为新媒体用户有着在新媒体中找寻相关答案的心理,这种心理会让用户对此类悬念体标题有着较大的点击和阅读兴趣。

2. 知乎体:贴近生活的发问,开启用户求知

知乎是网络问答社区,用户在知乎上分享着彼此的知识、经验和见解。受众有着天然猎奇心理,在此种心理状态下,标题可制造问题,让读者即刻进入文案,寻找标题问题的答案,这就是不少新媒体作者采用的知乎体标题。如微信订阅号"51 社保"于 2021 年 11 月 4 日发布的《双 11 的 HR 如何优雅地吃土?》、"品界生活"于 2019 年 11 月 13 日发布的《边玩手机边充电会爆炸?》等。此类标题会让用户觉得比较贴近生活,比平铺直叙更有悬念,更吸引人。

3. 说明体:告知用户信息,用户一目了然

有些标题是以说明事物的属性为主题的,通过说明达到"告知"的功能,满足用户的知识需求。告知性明确的标题,能将最关键的信息传递给用户,读者能很清晰地从标题中了解文章内容。此类标题在产品促销软文中较为常见,例如微信订阅号"许战海新定位"于 2016 年 1 月 2 日发布的《香飘飘,连续七年全国销量领先》。

4. 否认体:制造危机感,填补用户信息焦虑

新媒体信息爆炸,用户大多自知信息储备极其不够,需要在新媒体中填补。有些标题采用否认体,如微信订阅号"瑜伽密语"于 2021 年 11 月 23 日发布的《胸式呼吸和复式呼

---

① 彭朝丞,王秀芬:《标题的艺术》,新华出版社 2005 年版,第 2 页。
② 陈景元:《新媒体文章标题中宾语省略的话语分析》,《广西师范学院学报(哲学社会科学版)》2019 年第 2 期,第 121—125 页。

吸究竟有什么不同,你知道的可能都不对》。否认体标题能引起受众的危机感,激发受众想要了解真实信息的欲望。目前,社会内卷导致人们大多易滋生焦虑感,新媒体信息如果能够击中用户痛点又能够帮助用户减轻焦虑,提供建设性意见,或许能够激发用户对此类信息内容的阅读兴趣。

5. 记叙体:一目了然,满足用户对主题的知晓需求

记叙文是最基础的文体,用户自小就习惯,记叙类标题虽然简短,但也可以在简短文字中表达一个故事,由此吸引用户去阅读文章,如微信订阅号"科目一模拟考试题库"于2021年12月9日发布的《高校图书馆保安大爷每晚给学生送可爱祝福走红　仪式感满满》。此类文章多有着煽动性、共鸣性、具象化的特征,往往能够让用户在较短时间内迅速产生读故事的兴趣。

（二）撰写标题的方法

我们结合新媒体标题的类别,探讨以下几种新媒体标题的撰写方法。当然,此中并非一概而论,需要考虑不同类型文案的需求。

1. 在同类标题中找寻创新点

新媒体信息是有载量的,也就是信息阈值,而新媒体信息又时常处于超载状态,如何在诸多信息中找寻到吸引人的内容,全靠标题发挥作用。在每周每月的热门信息几乎相同的情况下,同类新媒体账户面对着同样的素材,需要找到创新点,才能获得稳定的粉丝用户。在同类标题中找寻创新点,是其中一个重要的方法,出版学中讲究一种说法,"人无我有、人有我新、人新我变",这对于做新媒体标题,同样适用。

2. 在文章内容中提炼关键点

新媒体文章同传统媒体中的文章一样,均有中心思想,可以通过提炼关键词来取题目,而提炼关键词时可以依照以下几点:

其一,受众群体画像。任何媒体文章均有受众类型,对于新媒体而言,同样需要对用户进行定位,例如年龄、阶层、职业或者某一种生活状态的群体。那么,为了让标题更具标签性,可以在标题中凸显用户的类型,例如,微信订阅号"大鳄训练官"于2018年11月3日发布的《那些整天熬夜加班的人注意了》;微信订阅号"唯路易"于2018年9月27日发布的《家里有不吃蔬菜的小朋友的家长看过来》;微信订阅号"云南工商学院"于2015年8月26日发布的《给在奋斗着的大学生10个读书建议》;等等。这些标题都有受众画像的明确指向性,让目标用户可以关联到自己的兴趣点上。

其二,文章核心的吸引点。新媒体文章标题同传统媒体标题一样,需要能够精准地提炼文章最有趣、有价值、有看点的内容,如微信订阅号"有书"于2021年11月18日发布的《人在低谷,最了不起的能力》。每篇文章均有最有亮点的内容和表达方式,提取最有亮点的地方,可以迅速吸引读者,并能让读者快速发现文章的关键内容。

其三,读者需求的核心点。不少新媒体文章均有较为明显的"利益点",如微信订阅号"樊登读书"于2021年12月20日发布的《成年人最顶级的养生:运动》。在新媒体文章中有不少内容有较为明显的价值取向,直指读者的相关需求,一些标题让读者一看到,

便有想要阅读的兴趣,因此这种方法是明显有效的。

3. 运用修辞手法

修辞手法是给新媒体文章取标题常用的一种方法,运用修辞手法取标题,可以让标题变得有趣、有感染力,能够激发读者内心的"诗情画意",极大地彰显汉语的魅力,让读者对文章内容展开想象。

运用修辞手法取的标题主要有以下几种:

其一,象征型标题。此种标题较常使用的修辞手法主要有比喻和拟人两种,比喻多用于生动、形象的人或物,拟人多用于非人物、事物或者动物身上,可让读者产生极大的亲切感。

其二,双关型标题。中国语言博大精深,一语双关有时会意趣横生,双关恰当,会让读者心领神会,例如微信订阅号"华中科技大学新闻学院"于 2021 年 11 月 25 日发布的《应"韵"而生,"室"不可挡》,受众一定会联系到"应运而生,势不可挡"。

其三,对仗型标题。此种标题形式简洁,一目了然,能增强读者的欣赏性和艺术性,使得内容有寓意。对仗分为正对、反对和串对三种:正对是指上下两联运用对称的事物,相互补充,相得益彰,例如微信订阅号"双滦昭阳劳务"于 2020 年 11 月 4 日发布的《招天下贤才,聚贤良能士》;反对是指上下联运用相反(即相对)的事物,形成强烈的对比,比如《穿我一件衣,献你十分情》;串对是指上下两联在内容上不是并列的,而是顺承,前后二句是因果关系或者假设关系,如《欲知世上丝纶美,且看庭前锦绣鲜》。

二、建构文稿框架:搭建清晰的逻辑体系

古人作文,在强调"言有物"的同时,也强调"言有序"的重要性,即文章要做到思想内容和形式的有机统一。[①] 新媒体文稿有着多重符号融合的特征,因此在文章框架布局时还得考虑到图片、照片、视频、音频、编排花色等符号元素。好的文章框架能够使文章传情达意清晰明了,毕竟在新媒体文稿中,少有连载长篇文章,多为短小精悍或篇幅不超过3 000 字的文章,要用局限的篇幅将文章观点最精确地表述出来,文章架构框架便至关重要。我们梳理出几种典型的新媒体文章框架:"并列盘点式""层层递进式""人物故事+观点提炼式""问题+答案式""倒金字塔式"等。

(一)并列盘点式

并列盘点式结构亦可称作"散沙式结构"。在此种框架下,文章内容之间或许没有先后顺序之分,只是依照编辑的思路进行编排,但贵在对相关内容进行了盘点式介绍。新媒体文稿有别于其他类型文稿,在音视频、图片的交融下,可以将文字进行无标点、无语法逻辑的编排,也可以不遵循段落开头空二格的规范要求。并列盘点式既可从内容上进行规划,也可在编排上通过视觉排版实现。例如微信订阅号"石榴婆报告"中盘点式文章比比皆是,其 2021 年 6 月 21 日的文章《最凉快的夏季上衣,今年又流行回来了》中有如下几个

---

① 李法宝:《新闻写作的艺术与技巧》,中山大学出版社 2005 年版,第 165 页。

子标题：① 三角领挂脖肚兜；② 一字领吊带肚兜；③ 丝巾改造自制款……并列盘点式结构更多的是彰显文稿编辑的编辑加工能力，就像一个记事本，在帮读者"画圈笔记"的同时，又起到了引导作用。

（二）层层递进式

对于一些问题的解读需要采用层层递进式结构，将相关问题逐一递进式解决，这十分符合常态思维，逐步加深思维逻辑面，将问题由浅及深，层层剖析，深入浅出地解释问题和现象，最终得出相关结论。例如微信订阅号"读者"于 2021 年 6 月 29 日发布的文章《真正厉害的人，都是"反内耗"体质》中，共分为"01 让你累的不是生活和工作，而是内耗""02 一个人最大的内耗，是不放过自己""03 停止内耗，把精力用在对的地方"三个部分，这三个部分层层递进，符合人的常规思维，也体现了作者引领读者对该问题进行有效解读和分析的过程。

（三）人物故事+观点提炼式

"讲故事"是新媒体写作最重要的方式，讲好故事可以吸引大量的粉丝，不少作者用讲故事的方式做成超级大 v 号，此类文章可以通过人物故事进行架构，讲完故事再进行观点提炼。一般可以采用三段式来构建，也就是用三个人物故事来进行讲述，"人物故事 1、2、3+观点提炼"依次进行。视频网站哔哩哔哩自主拍摄的多个系列纪录片，就是采取讲述三个人物故事的方式进行结构布局，均取得较好的收视率。如纪录片《但是还有书籍》，即是分别阐述三个人物故事，最后对三个人物进行简短的评析。如此三段式故事讲述，可使故事叙述更加丰满，不同人物又各具特色，形成一条精神线的多元呈现。

讲故事也可专注只讲一个人物的多个故事，再进行归纳。"新周刊"公众号中很多类似文稿，如 2021 年 6 月 29 日发布的《内娱最会伪装的男人，我只服他》，讲述的是演员吴京的故事，故事包括"吴京，隐藏最深的欢乐喜剧人""从男一号到男 n 号""从狼人到狠人"等。讲述单个人物故事时可较为随意，只要逻辑严密、不会让读者花费太多精力动脑筋即可。

（四）问题+答案式

新媒体信息的一大显著特征是内容目标指向性明确，要么是直接促销文案，要么是软文类型，要么就是以内容吸引人，做其他方向的引流。不少用户在这样的信息流中已经习惯了这种所谓的信息"套路"，作者也便开门见山的提出问题，并给出问题的答案。此类"问题+答案式"结构在新媒体文稿中十分常见，例如微信订阅号"果壳"2019 年 5 月 15 日发布的《所谓 Ins 风，到底是啥？》中，就归纳出 ins 风的几个特征：简约、风格鲜明、特定元素、正方形，最后得出结论：

> 所谓"Ins 风"更多是各种商家为了让你产生精致/有趣/年轻生活联想，从而购买、消费而创造出来的：它可能来自 Ins 红博主们的家、穿的衣服、吃 Brunch 的餐厅、打卡的旅行目的地——所有你羡慕、并想享受的生活方式。它并没有任何成体系的逻辑及理论，看似美却充满了浓重的滤镜感，铺天盖地地出现在你的日常生活中。最

终的结果往往是：你付费、商家获利、博主也赚到瓢满钵满。

你身边 Ins 风最大的应用场景是什么？是某一家网红甜品店的装饰，还是某宝家居风格的关键词，或者是某一旅行目的地的噱头？你身边还有什么热门的 Ins 风元素、风格或者单品？欢迎在留言区分享。

此类"问题+答案式"的文稿清晰明了，表达直白，比较讨新媒体用户喜爱，也十分符合互联网风格。实际上，这种形式还可以是"是什么+为什么+怎么办"的框架，也可以是"提出问题+分析问题+解决问题"的结构。

（五）倒金字塔式

在新闻学范畴中，消息稿最普遍的结构模式便是倒金字塔式，此种结构主要是把最重要的信息放在开头，建立导语，由此形成文稿最大的特征：只读前面导语部分，便能知道文章梗概，方便读者以最快的速度获取信息。采用这一框架的新媒体文章也不在少数如微信订阅号"新周刊"于 2021 年 6 月 27 日发布的《吃海鲜最猛的城，连潮汕人都惹不起》，开头导语为：

五条人刚火那会，老艺术家曾写过一篇海丰的文章，这是一个关于咸腥海风、杂乱又温情的县城。故事本该到这结束，却没想去这座城市吃了一趟后，我彻底被折服。

这哪能想到啊，提到海鲜，谁人不识舟山、大连、秦皇岛、青岛、湛江，哪怕是广西北海那也拥有姓名，但这个神仙看了也流口水的海鲜老饕之地，偏偏藏在了南方无名小城里——汕尾。

虽然名气不大，可真别小看了它。

《美国地理杂志》曾评价，"这是一座来了就不想走的城市，一个让时间慢下来的'休闲之都'。"这又何止呢？

拥有全省第二、长达 455 公里海岸线的汕尾，早就凭着 881 个海岛、12 个渔港被封为"中国海鲜美食之都""粤东旅游黄金海岸"。不为世人所知，只不过是人家低调罢了。

是时候支棱起来了兄弟们，告诉他们：论吃海鲜，你还真干不过一个汕尾人。

通过这一开头，就非常清楚此篇文章主要讲述海鲜城汕尾，并且会专注讲汕尾的海鲜渊源。

新媒体文稿的框架不局限于以上几种，还有多重变化形式，因为内容不同，表达方式不同，框架结构也会不同。

三、开头及结尾写法：黏住用户的关键

新媒体写作和传统媒体写作有不少典型差异，传统写作更讲求章法，有固定的格式，

但是新媒体写作有百种写法，尤其在开头，为了吸引新媒体用户的眼球，会不拘一格，如果开头有了吸引力，便会引导用户继续阅读。

（一）开头的写法

1. 讲故事式开头

讲故事是很好的开头方式，能够快速抓住用户的心，例如在微信订阅号"人民日报"于 2022 年 7 月 4 日发布的《雪域盛开格桑花》一文中，以讲故事开篇，情节动人，引人入胜：

> 山路回环，翻越重重大山；云蒸霞蔚，林间气象万千。沿着新修的公路，从拉萨驱车数小时，一座群山环抱的小镇呈现眼前。这里，是西藏自治区山南市隆子县玉麦乡。
>
> 曾经，这里只有老乡长桑杰曲巴带着女儿卓嘎、央宗放牧巡边。"现在，玉麦已经有居民 67 户 240 人，电、路、5G 网络、医疗、金融等设施都得到全面改善。"玉麦乡党委书记胡学民说。
>
> 央宗的儿子索朗顿珠是从玉麦乡走出的第一个大学生，如今他回到家乡，成了玉麦村第一书记。每天，鲜艳的五星红旗都会在玉麦乡的群众活动广场、小学、乡镇卫生院升起，也会在村民们特色民宿的屋顶升起。

该部分开篇描述了西藏的地理环境，非常生动，很有吸引力，读者瞬间有了画面感，也为故事做了很好的铺垫。网友对该文的评价都是满满的祝福："传承爱国守边的精神，带动更多牧民群众像格桑花一样扎根在雪域边陲，做神圣国土的守护者、幸福家园的建设者。""实施边境地区产业项目，依托边境地区资源禀赋发展特色产业，越来越多的村民走上致富路。"该文不仅在开头做了故事化处理，还在文中用了很多故事化表述，使得一篇地方发展业绩类型文章变得生动有趣，增强了文章的可读性。但是也要注意，此类开头忌讳内容拖沓，过于描绘情节细节，也很容易让新媒体用户没了阅读耐心，规避此种问题的方法主要是尽量少用形容词。

2. 结果导入式开头

以结果开头的方式实则是一种倒叙的手法，可让读者迅速知晓导致结果的原因及过程。这样的写法不仅在传统文学开头中常用，在新媒体写作中也十分常见。如微信订阅号"观察者网"于 2021 年 6 月 28 日发布的文章《飞英国前，〈苹果日报〉主笔被捕》，开头部分如下：

> 香港《苹果日报》24 日停刊，港警国安处先前已依法拘捕了多名高层。多家港媒最新消息称，6 月 27 日晚 10 时许，港警又依法拘捕了《苹果日报》的另一名主笔、英文版执行总编辑冯伟光（笔名：卢峰）。

文章开头论述了"主笔"被捕这一结果，让读者很想知道为什么会被捕，便会看下去。再比如,微信订阅号"地道风物"于 2021 年 6 月 25 日发布的《连广东人都要抢的仙进奉,到底是什么宝藏荔枝?》一文的开头:

> 盼过昨夜,又盼今宵
> 终于终于
> 盼来了荔枝中"重头戏"
> 广东增城仙进奉
> 肉厚、汁甜、香气足
> 每一口都令人"流连忘返"

这样的开头先揭示了人们对广东增城荔枝的期待,让读者忍不住想一探究竟:为什么增城荔枝好吃,为什么它会引起众人的翘首以盼?

3. 反常事件导入式开头

好奇心永远是新媒体用户最大的特征,越是奇特的事件越易被用户关注到并记住。将反常规的事件放在文章的开头,更容易引起读者注意,例如微信订阅号"每晚出品"于 2021 年 6 月 11 日发布的文章《看了清华学霸的婚礼才知道,名校和非名校到底差在哪儿》中的开头:

> 最近在网上看到一则视频。
> 在一个清华学霸的婚礼上,有人向宾客们询问他们当年的高考分数。
> 有人理综 297 分,有人数学 148 分,有人高考英语作文满分,还有人是保送的……
> 婚礼上的这一群人,全是来自名校的高分学霸,人均高考分数 680 分。

该文开篇即道出了这一特殊婚礼与常规婚礼的不同之处,一场高考高分的宾客云集的婚礼,当然与众不同,吸引读者一探究竟。

4. 中心思想式开头

有的作者在创作新媒体文章时会苦于无法开头,此时可用最简单的方式开篇,即采用归纳总结中心思想的方法,虽然这种方式有时候略显得平实,但往往也显得自然,且有重点的开启文章内容。微信订阅号"孤独星球杂志"于 2021 年 6 月 10 日发布的文章《打卡香港最南端:这里人迹罕至却风光无限》如此开头:

> 在香港离岛区的海面上,屹立着隐秘而低调的蒲台岛。和我们一起走进香港最南端,探索这座与世隔绝的小岛,在形状奇异的礁石和洁白的灯塔间,感受海滨城市独有的浪漫与野性。

此种开头简单明了,读者可以最快时间掌握文章内容,如此开头布局十分符合现代人快节奏的阅读习惯。

以上论述的几种开头写作方法，并非固定化格式，而是应情况不断变化的开头方式，几种写作方式可交融，除此之外的其他开头方式则不在此赘述。

（二）结尾的写法

古人评论杜甫诗歌时提道："一篇之妙，在乎落句。"[1]新媒体文稿中的结尾也不可小觑，好的结尾能够激发用户转发、点赞、打赏、评论，结尾亦可引发读者深思，并有可能激发读者关注发文账号。就像影视剧里的结尾，总是吸引观众追到最后，想探寻一个结果，新媒体文稿中的结尾也是如此，有些用户忽略过程，只关注开头和结尾，如果结尾精彩，便会回过头来看文章主体部分。

1. 愿景和祝福式结尾

人类的情感总是异彩纷呈，其中有一种情感不分种族，那便是来源于他者祝愿而得到的满足感和喜悦感。人贵在抱团取暖，相互鼓励的力量不可被取代，在祝福中人们可以收获自我存在感，也会收获更多的鼓舞。因此，在不少新媒体写作中，会在文稿结尾融入作者的愿景和祝福。此类结尾多用于灾难、事故等突发事件后的报道中，也会出现于一些负面信息故事的结尾。除此之外，还有一些描述生老病死，人无法逆转的事实的文章，也多采用祝福语言来结尾。

例如，微信订阅号"十点读书"于 2021 年 6 月 28 日发布的文章《面善的人，最值得深交》如此结尾：

> 人性的真善美，往往都刻在一个人的脸上。
>
> 面善的人，知道有所为而有所不为，他们心怀善意，心胸豁达。
>
> 人这一生，会遇到很多人，但真正值得深交的人，也不过寥寥无几。
>
> 遇到面善之人，一定要好好珍惜。
>
> 因为你给他们一个微笑，他们会还你一份温暖。
>
> 余生，愿你我都能有良友相惜、相伴。

这些温暖的结尾文字，让人心生舒适感，如同一股清流，敲击着读者感悟社会和世界的心灵，或许文字是平实无奇的，但对于浮躁社会中生存的读者而言，这些话语确是真挚的愿景。

2. 引经据典式结尾

引经据典又可谓旁征博引，主要采用名人名言、名著、影视剧对白、古诗词、古训等中的经典语句作为结尾。传播学家拉扎斯菲尔德在《人民的选择》一书中提到"意见领袖"理论，该理论发现："意见领袖是两级传播中的重要角色，是人群中首先或较多接触大众传媒信息，并将经过自己再加工的信息传播给其他人的人，具有影响他人态度的能力，他们

---

[1]　李法宝：《新闻写作的艺术与技巧》，中山大学出版社 2005 年版，第 185 页。

介入大众传播,加快了传播速度并扩大了影响。"此种结尾就好比引述意见领袖的话语,使文章更有说服力和道理。比如微信订阅号"每晚出品"在 2021 年 6 月 26 日发布的《〈骆驼祥子〉:一个人贫穷的根源,是认知不够》中的结尾引用了经典电影《教父》中的台词,结尾如是写道:

> 《教父》里有句话说得好:
> "花一秒钟就看透事物本质的人,和花一辈子也看不清事物本质的人,注定是截然不同的命运。"
> 人这一生,都是在为自己的认知买单。
> 你永远看不到高于眼界的风景,也赚不到超出认知的财富。
> 思维上的通透与闭塞,决定了物质上的富足与匮乏。
> 只有不断升级认知,才能突破重重壁垒,站上一览无余的巅峰。

此种结尾引发读者看完文章后进一步思考,并激发读后情感,使情感得以升华。

3. 建议式结尾

新媒体信息泛娱乐化特征明显,同时兼具知识性,有一类新媒体文章在阐明事实之后,会给出一定建议,而这些建议恰恰是读者最想要的知识引导。以建议的方式结尾,有助于建立文稿作者和读者之间情感的无声沟通,同时,作者的建议也会让读者对作者产生崇拜之情。如微信订阅号"KY"于 2021 年 6 月 28 日发布的文章《为什么每次我想跟男朋友好好沟通,他都要跟我拼命辩论?》的结尾:

> 其实,遇事总要辩论并不是一个触及原则性的问题,这至少意味着对方有与你沟通的意图,至少意味着他愿意为这段感情付出时间和精力。所以,多给彼此一些空间和时间,不要轻易地因为"厌烦"而放弃一段感情,也不要因为对方的"咄咄逼人"而误解他就是不爱你。
> 亲密关系的维系是一件长久且复杂的事情,但我始终相信,在爱的浸润下,它一定会越来越健康地成长下去。

4. 反面案例对比式结尾

新媒体中的文案论述到结尾,为了突出某一行为、观点的合理性,可以例举两个和文中相反的案例进行比较,由此更加突出文中的观点正确。实则,运用反面案例对比式结尾,有时候是对读者的一种警醒。如微信订阅号"噜噜"于 2017 年 8 月 9 日发布的《爱情的两种结局》一文中的结尾:

> 以前看到过一句这样的话,真虐呀:
> 后来看到你恋爱的模样,才知道你根本没爱过我。

其实所有不被照顾的最后，不过都像电影中所说的那样："其实他没那么喜欢你。"一个男人如果真的爱你，他会想方设法让相爱发生，会千方百计延长爱情的"保质期"。

而不是拼命说服你：妥协吧，爱情到最后，都是苟且。

我们从不否认爱情中自有平淡，难的是，怎样才能分得清"假平淡"和"真将就"。

真正的平淡是流水一样的日子，哗啦啦跳脱着，夹着丝丝入扣的深情，有多远流多远……

而所有的不顾及，不珍视，不付出……那都不叫平淡，那叫将就。

一恍惚的时间，

像做了场大梦。

你打通男朋友手机说想吃麻辣烫，

他说风吹成这样……

你笑了笑挂断手机，

滚！

此种反面案例式结尾能引发读者深思：你是想让自己的感情走入"坟墓"，抑或是走向美好呢？

四、结语

总之，新媒体文稿写作是有组织的，首先靠的是标题，"题好一半文"，标题能迅速吸引受众注意，转化为点击率、转发量、点赞数；再次是内容表达的层次，整个文章框架的布局随不同内容、不同表达精心构思；再次，开头别出心裁、结尾富有深意。新媒体时代下，要认清新媒体文稿写作与传统媒体写作的区别，紧跟时代潮流，文笔要符合时代需要，开头和结尾都需精心构思，努力提升写作技艺。

新媒体语境中非虚构写作的苦难叙事

——以谷雨实验室公众号为例

叶紫情*

摘 要：非虚构写作在中国快速发展，非虚构写作公众号产出大量文章，内容与主题较多关注底层人物命运，由此出现了新媒体语境中非虚构写作的苦难叙事。苦难叙事指通过叙述个人、群体的苦难经历来关注生命苦难，达到给予生命更多人道主义关怀和悲悯之心的目的。新媒体语境中非虚构写作的苦难叙事有四种常用的叙事者类型、两种主要的叙事模式和两种灵活的叙事时序，形成了真实性和文学性、主观性与客观性的平衡的叙事局面；同时也存在文章内容浅薄、文学性不足、写作模式化的问题。

关键词：新媒体；非虚构写作；苦难叙事；谷雨实验室

中国现代苦难叙事从五四时期开始出现，一直延续至今。学者张宏在《新时期小说中的苦难叙事》中曾说："文学对苦难的反映就是对人存在本质和生活的本质的反映"。[1] 学者王达敏认为中国民间苦难叙事踏足乡土民间，心系人道伦理和生命本体论，并可在人道主义的引领之下通向人类性和世界性。[2] 学者李茂民又认为真正的苦难叙事"是从对外在历史时间的关注转向对生命苦难本身的关怀"[3]。近来新媒体平台上的非虚构写作也呈现出苦难叙事的倾向，通过叙述个人、群体的苦难经历来关注生命苦难，达到给予生命更多人道主义关怀和悲悯之心的目的。

新媒体是指依靠数字压缩和无线网络技术发展，具有互动性、个性化和即时性的媒体；新媒体语境是指线上的内容以计算机网络、无线网络为传播渠道，以手机、数字电视、电脑为传播媒介进行传播，与线下的读者进行互动、沟通，从而达到虚拟世界与现实世界

---

* 叶紫情，广东外语外贸大学文艺学硕士，创意写作方向。

[1] 张宏：《新时期小说中的苦难叙事》，中国传媒大学出版社 2009 年版，第 3 页。
[2] 王达敏：《民间中国的苦难叙事——〈许三观卖血记〉批评之批评》，《文艺理论研究》2005 年第 2 期。
[3] 李茂民：《论莫言小说的苦难叙事——以〈丰乳肥臀〉和〈蛙〉为中心》，《东岳论丛》2015 年第 12 期。

的融合。本文所提到的所有苦难叙事、非虚构写作都以上述新媒体语境为前提条件。

新媒体语境的存在使得底层的声音更多元地表达出来，非虚构写作的方式则使得这种表达更为率真和赤裸，民间的苦难故事因此更凸显。谷雨实验室作为非虚构创平台，典型地呈现了这种情况。2015 年起，"谷雨"品牌陆续推出"谷雨实验室""谷雨奖"等项目，逐渐形成了成熟的写作系统和高素质的编辑团队。谷雨实验室在 2020 年一共发布了 123 篇文章，公众号自己删去 8 篇文章。在剩下 115 篇文章中，83 篇文章或者讲述着个人或群体的苦难故事，或者以重大灾难为背景讲述故事，均具有苦难叙事倾向。本文认为这 83 篇是有效的研究对象，它们在占到全年发表文章总数的 72%，因此可以说苦难叙事是 2020 年谷雨实验室的写作重心。以 10 月为例，此月谷雨实验室推出了九篇文章，有六篇属于此类，具有典型性。《章莹颖家人，还在寻找章莹颖》和《女儿遇害后的这一年》是其中两篇阅读量较高的文章，两个家庭遇到相同的悲剧——心爱的女儿遭到杀害，女儿突然间从生活中消失，留下令人心碎的遗物、无尽的回忆，两个家庭的痛苦通过文本重重地压在读者的心上。

本文关注新媒体语境中非虚构写作的苦难叙事，以谷雨实验室公众号 2020 年的文章为研究对象，参考经典叙事学和后经典叙事学理论，分析新媒体语境中非虚构写作的苦难叙事特点、表达效果。

一、四种常见叙事者类型

叙事学按叙事者与叙述对象的关系划分异同叙事者，按故事层次分内外叙事者，这些叙事者类型可以相互组合，形成更多样的叙事方式。① "谷雨实验室"的文章常用外部—异叙事者、内部—同叙事者、内部—异叙事者、同叙事者四种叙事者类型。这四种类型对应不同的表达效果。

（一）外部—异叙事者

外部—异叙事者是指叙事者处于故事的第一层并且不参与故事。这类叙事者的文章一般是以第三人称展开叙述，叙事范围广，视角转换灵活。作者可以仅仅将自己作为旁观者，去写旁观者所知道的事情；也可以俯视写作对象的整个人生，甚至深入对象的内心，直白展现对象的隐秘心理。如：

> 十年前郭毅在纽约研究生毕业后，开始到硅谷工作，这些年一直持工作签证。2015 年他跳槽到 Uber，通过公司进入绿卡申请的排队。直到 2019 年，排队整四年后，他终于进入了实质性的绿卡申请程序。绿卡申请需要保证工作的稳定性，但 2019 年，郭毅还是选择从 Uber 跳槽到待遇更好的 Airbnb，因此中断了流程。排队时间又延长了八个月，正好撞上美国疫情爆发。（《至暗时刻，硅谷华人工程师终于开始抱团》袁琳 2020 年 7 月 22 日）

---

① 胡亚敏：《叙事学》，华中师范大学出版社 2004 年版，第 41、43 页。

在这篇文章中,作者以外部—异叙事者的身份展开书写,平静地讲述硅谷华人工程师申请绿卡的经历,没有进入故事中,没有情感评价也没有立场倾向。这种方式严格按照事情展现出来的样貌叙述,不过多揣摩当事人的心理活动,语气冷静节制,客观性强。但它也容易出现叙述平淡无味,吸引不强,传播度不高的问题。

再看以下三个文段:

> 到了春天,王顺华做梦的次数突然多起来,等他醒来,又会迅速忘记。只记得两个梦:牺牲的战友中午在宿舍咧着嘴冲他笑,几个老消防深夜在火场聊天。凌晨1点多,他还会在宿舍里突然醒来,有时窗外黑黢黢的,什么也看不见,只能听见清脆的蝉鸣。

> 直到早上到达火场,远远看着山上笼罩的白烟,去年在浓烟中被火追着跑的情景又开始出现了。

> 这一次,进入2020年5月,他做梦的次数开始变少,只是偶尔会梦见自己一个人在满是浓烟的林子里奔跑。尤其是从木里火场回来后,那种感觉尤为强烈。(《夹在两次凉山大火中间:回来的,和永远回不来的》2020年5月12日)

以上三个文段来自同一篇文章,它们是对凉山消防员王顺华的心理感受的描述。同样作为外部—异叙事者,作者把叙事视角聚焦到只有消防员王顺华知晓的情景,仿佛叙事者就在他的身边,目睹了他看到的一切,并且进入他的内心和梦境,捕捉他的意识,展现凉山的火灾和死去的战友带来的心理阴影。

采取这种叙事者类型的文章,叙述角度灵活,常采用旁观者视角,在整体叙事中呈现出叙述客观化的效果,给读者留下较大思考和评判空间。由于写作视角自由,作者能够根据自己的艺术审美追求,铺排叙述写作对象的故事,能够多角度地全面地展现事件,刻画人物,但是也存在故事真实与艺术虚构的边界被模糊的不足。

(二)内部—同叙事者

在83篇文章中,有8篇文章格局相似:作者在文章开头作出情况介绍和评价后,直接让一个或者多个写作对象自述苦难经历,这是典型的内部—同叙事者类型,这种写作有口述实录的影子,继承了非虚构写作的过去经验。在此类文章中,"我"是故事的经历者,位于文章的第二层。在《我沉了次底,对生活有了新的理解中》中,幼儿园园长、都市白领、演员和旅游传媒公司的老总讲述自己原有的生活如何被打乱、如何在打击中如何奋起自救、努力生存。这就直接让苦难承受者说话,展现具体生活和隐秘心态。如:

> 不知道从哪个时候开始,我觉得自己挺脏的。我不知道脏的概念是什么,好像那时候没人教过我性方面的知识,但我就是觉得,如果别人是白色的,我就是淡黄色的。我觉得自己不干净,不如其他女孩子,很自卑。这种感觉弥漫了很久很久。(《那些秘密长大后在身上炸开》袁琳 2020年4月28日)

被性侵的女孩直接表达自己被反复性侵后留下的严重心理阴影,自述的方式让沉重而真实的疼痛直接地传达到读者眼前。文本直接展示疤痕,让主人公站出来表达,有强烈的真实感。作者似乎在文章中隐藏了自己,这使得叙事的层次更丰富。在文本的接受和互动层面,内部—同叙事者的方式更容易引发读者的共鸣,符合新媒体平台的高度交互性的特点。读者受到触动后,也在评论区分享自己的创伤,文本内容和评论内容形成互文,扩大了公众号文章的边界。

采用内部—同叙事者类型的文章既有作者的声音,也有亲历者的声音,有旁观者的评价,叙事完整,角度多样,层级丰富。

（三）内部—异叙事者

内部—异叙事者是指叙事者位于故事的第二层,讲述别人的故事。小说经常采用这种叙事角度,但是非虚构文学较少采用。如果采用内部—异叙事者类型,叙事者身份一般比较特殊,他的叙事足够准确、客观、专业,则能够体现非虚构写作的真实性精神,在新媒体平台上的传播则具有说服力。在83篇文章中,只有一篇文章是使用内部—异叙事者的类型——《精神科里的少年,还在等待被看见》。这篇文章的叙事者是北京大学第六医院儿童精神科医生林红,她以客观、专业的角度讲述了自己治疗过的患有精神疾病的孩子故事,展现了小患者的现状、人们对儿童精神疾病的偏见和当前的医疗情况,讲述的过程中举出了典型例子,真实而有深度地展现了精神科少年的生活和精神困境。

采用内部—异叙事者的文章,会详细分析苦难的形成、分析和影响。这种文章在样本中虽然只有一篇,但是这种叙事方式具有典型的非虚构写作特征,且在其他非虚构写作公众号上常见,比如此法常见于"真实故事计划"。专业性和真实性结合,文本非常具有说服力。写作者的身份与叙事立场相得益彰,其文本因说服性强,在瞬息万变的新媒体平台上具有很强的竞争性,可以有效吸引读者的目光,引发客观而深刻的阅读体验,从而引起人们对特定苦难群体的关注与讨论。

（四）同叙事者

同叙事者特指故事只有一层,叙事者讲述自己的故事,没有多种叙事者的情况。此类文章一般是自述。这样的文章在样本数据里有三篇,有两篇是图文结合的新形式。在《他们都说我适合整个高级脸》中叙事者从第一人称的角度叙述了主人公带着社会的期待和自我想象,咨询了十几家整容医院,得到网红脸、高级脸、幼幼脸、御姐脸、女团脸等各种整容方案的故事。读者跟随着她的视角,体会到容貌焦虑带来的痛苦,女性在被灌输的"美"后找不到自我与自信的困境。

采用同叙事者的文章,能展现角色详细的心理活动,易于抒发情感,具有主观性强、感染力强的特点。所以读者可以往往有机会详细了解叙事者的经历,直接代入角色,与叙事者的内心进行跨时空的对话。但是这种叙事方式也存在不足,读者只能片面了解事情的发展,如无法辨明是非则容易被煽动情绪,形成偏见和误解。

总的来说,苦难叙事的叙事者类型包括外部—异叙事者、内部—同叙事者、内部—异叙事者、同叙事者四种常见叙事者类型。这些叙事者类型在谷雨实验室的文章中交错出现,一方面,对新媒体平台的文本表达来说,起到了主观叙事和客观叙事并存、通俗叙事和专业叙事平衡的效果;另一方面,阅读门槛低、有故事性、真实深刻、有阅读趣味则满足了新媒体语境下的读者需求。

二、两种主要叙事模式

尽管样本的文本,就内容而言包含、群体困境、个人不幸种种指向,但是叙事模式只有两种,一是群体叙事模式,二是个人叙事模式。谷雨实验室的文章没有直接展现社会灾难,没有详细描写宏观的灾难现象,而是通过个人或者群体的经历,以个人苦难触及更大的社会问题。

(一)群体叙事

1.并列式群体叙事

并列式群体叙事是指文本中同一群体内部的不同个体代表分别发声。这种叙事模式结构简单:文章在开头作出背景介绍和评价,随即以自述或者是他述的方式展开不同的人的故事。并列式的文章通过罗列群体代表的故事,使读者能直接感受群体的不易之处,以及群体苦难的特点。如《"白漂"族路漫漫:上班在北京二环,买房在燕郊固安》一文中,孟凯、陈佳、刘明浩三个"白漂"白天在北京上班、晚上在河北休息,每天都要长时间通勤,从而展示出打工人为了留在北京、保住工作的煎熬困境。

2.穿插式群体叙事

穿插式群体叙事是指在一篇文章中有数个群体苦难的典型人物,作者将他们的故事拆开,把不同典型人物的故事的起因、经过、结果与抒情、议论的文字穿插着铺排,使文章结构精巧,成为一个紧密联系的整体。随着阅读的逐渐进行,故事的轮廓逐渐生成;阅读完成后,读者就会对苦难有总体的印象和体会。穿插式群体叙事也有两种不同的结构,一是如《这届年轻人,正在被债务掏空》一文中,不同的典型人物是没有交集的,相互不认识,但遇到相同的困境——控制不住自己的欲望而过度负债,他们的故事的起因、经过、结果被拆开,相同功能的情节被放在一起,构成了文章总的起因经过结果。作者对情节顺序的多样安排,会导致更多样的总体结构。二是如《躲进山的城里人:我们都是被时代挤压的病人》一文,许多生理或心理上受到伤害的人都汇聚到山里隐居,疗愈身心。文章把不同背景的人汇聚在一起,发散地讲述着他们的伤痛过往。

群体叙事模式展现了相同境遇的人群遭受的相似的苦难命运,它通过叙述多个故事表现苦难的厚重,也通过人与人的境遇差异展现个体的多样性,多方面为读者还原群体苦难真实面貌。这种群体叙事模式在表达某种集体困境的时候,常常将个体与群体联系起来,有力地触击到某种社会性问题,在读者群众则引起同类的共鸣,甚至圈外人的共情,引起社会的关注,推动群体困境的改善。

(二)个人叙事

个人叙事的苦难主题非常多,叙事模式随作者的不同构思而呈现出不同的形态,难以全面概括。从情节入手,笔者根据情节的组织原则对文本叙事结构进行粗略分析。"情节的组织原则指序列组合为情节的规律"①,而情节的组织原则一般有两种,承续原则和理念原则。作者考虑到非虚构写作的文体特征和新媒体平台观众的阅读方式,一般会采用承续原则,主要使用时间连接,偶尔使用空间连接;有时也会打破承续原则,以其他方式连接文本内容。

1. 时间连接

时间连接是在新媒体平台中非虚构写作的苦难叙事常用的叙事模式,按照时间轴的方向组合序列。按照时间的顺序展现事情的发展,利于作者组织写作材料,使得文章条理清晰,逻辑清楚。读者在有限的阅读时间内,快速掌握事情发展全貌,把握作者的情感,体会文本传达的精神。如在《亲情重建之困:他把找了十年的儿子送回给养父母》一文中,按"被拐孩子找回—孩子不适应亲生家庭的生活—孩子沉默进而暴力反抗—养父与孩子沟通无果—孩子被送回养父母家"的顺序叙述,全文结构简单而清晰,爱子心切而又无可奈何的父亲形象跃然纸上,详细叙述被拐儿子的变化,使读者感受到经历过拐卖事件的家庭重建亲情的困难和被撕裂的痛苦。

2. 因果连接

因果连接是个人苦难叙事常用的模式。由于新媒体平台的阅读环境、非虚构写作的特征,作者讲述苦难故事时,必须有着明晰的前因后果,才能使读者能够快速了解人物性格和欲望形成的原因。这类故事一般有着很强的驱动性,苦难的根源或者是苦难本身一直在影响写作对象的行为,促使他不断行动。《少年追凶》是一篇典型因果连接的文章,向钱明在9岁那年目睹了父亲被杀害,20年来向钱明唯一的人生目标就是找到潜逃的凶手,他干不同的工作、去不同的地方都是为了追击使他家破人亡的凶手。父亲被杀是向钱明苦难的根源,追凶的念头驱使着他永远不放弃寻找。

3. 其他叙事模式

每个人的苦难经历都不同,作者只有选取最能符合写作对象的苦难经历的叙事模式,才能够深刻、真实地展现苦难。样本中比较特别的叙事模式有二:空间连接和群体回忆个人。

（1）空间连接。

空间连接是指文章的情节通过空间组合构成。空间连接类叙事模式在非虚构写作中使用较少,在样本中只有《无法团年的武汉家庭:这时候你才发现亲情之重》一文使用,文章展现了武汉的父母、杭州的作者和香港的余俊三个叙事空间,他们相互牵挂却又分散在不同的地方过年。文章采用空间连接的方式能够刻画出苦难对人造成的隔绝,也展现出苦难即使对人有空间上的隔绝,但是阻挡不住精神上的团圆与思念。文章的内容和形式做到相互统一,使得读者即使在信息冗杂的新媒体平台,还能快速重建文本呈现的情感深厚与空间隔绝的矛盾。矛盾得以具象化,故事的传播效度提高。

---

① 胡亚敏:《叙事学》,华中师范大学出版社2004年版,第124页。

（2）多人回忆个人。

多人回忆个人也是在个人苦难叙事中比较创新的叙事模式。多人回忆个人是以某个人为主要描写对象，用多人的回忆塑造个人的形象。这种叙事模式采用的视角是与写作对象相关的"外人"的视角，写作对象的内心没有被直接地展现，造成一定空白点，读者需调动自己的想象力和创造力才能逐渐形成写作对象的形象。《一个微不足道的年轻人，死去一年了》运用了多人回忆个人的叙事模式，"xu"、大白和邻居们对已经死去一年的韩旭进行回忆，韩旭是一个200多斤喜欢打游戏、重义气的人，他一个人生活，对谁来说都微不足道，所以他有限可知的人生都是在人们的回忆中被叙述的。通过他人的回忆去拼接韩旭的人生这种叙述方式符合韩旭的人生——孤独、悲伤、可有可无的。这样一来，叙事模式和叙事内容较好地结合，便于阅读且全面地展示写作对象。

个人叙事有利于作者根据文章内容创造新的叙事方法，改善新媒体平台上非虚构写作叙事模式逐渐套路化的问题，提高苦难写作的文学性。因此这种叙事模式能够在新媒体平台为读者创设的内容独特、结构精巧、情感丰富和韵味悠长的阅读空间，精准吸捕捉对文章艺术性有要求的读者，也吸引因好奇心点击进来的读者。

苦难叙事的叙事模式主要有群体叙事模式和个人叙事模式，前者分为并列式和穿插式，后者从情节的角度出发，以时间连接和因果连接为常见形式，以空间连接和其他创新叙事方式为辅。非虚构写作的苦难叙事通过群体叙事和个人叙事模式把千差万别的苦难，连接成一张网，人间里巨大的灾难、群体的不幸、个人的苦痛都在其中，形成一幅人间百况图。这人间百况图让现代人从娱乐至死的氛围里稍微抽离出来，对生命进行严肃理性地思考。但新媒体平台上苦难写作对于苦难的真实地呈现，符合于非虚构写作的真实性，也以真实的名义强化了苦难的渲染力，让读者产生苦难就是生活的本质的幻觉。更有人为获取点击率，贩卖苦难，吹捧苦难，让人觉得众生皆苦，苦不可躲也不可渡，苦难才能让人成长。所以如何平衡作品的艺术性和苦难的真实性是一个值得创作者思考的问题。

三、两种灵活的叙事时序

（一）顺时序

顺时序是指按照时间先后顺序叙述故事。通过事件自然的推进展现人物的遭遇，文章将苦难的每一个方面都详细地展现在读者面前。以下是《我作为父亲最浪漫的事，无非是用尽力气陪你长大》里三个故事的叙事顺序：

> 文艺男设计师拥有一头不可剪掉的头发—有了孩子开始突破自我原则，自己带孩子去医院—怕孩子被误解，为保护孩子剪掉长发（《我作为父亲最浪漫的事，无非是用尽力气陪你长大》陈柯芯 2020 年 6 月 19 日）
>
> 从工作了五年的互联网公司辞职—无计划去到海南—海南的生活—同时间北京白领生活的忙碌与无趣（《30 岁，我从北京辞职，去最南边面朝大海》郝文辉 2020 年 11 月 9 日）

不喜欢平淡如水的生活—辞职去非洲淘金—疾病暴发—公司裁员，被困非洲（《大厂互联网"中年"非洲淘金梦碎》袁斯来 2020 年 7 月 17 日）

顺时序的叙事方式利于作者把握故事发展线索，进而有效组织写作材料，达到逻辑清晰、条理分明的效果。同时，这种叙事方式也利于读者阅读，符合读者从故事线的开头阅读到结尾的习惯，也符合新媒体时代读者阅读快、思考短的特点。读者可以一气呵成地完成阅读，体会主人公的不易，与主人公达成共情，有效扩大传播面，快速形成社会热点，让苦难得到关注，甚至得以解决。

（一）逆时序

逆时序是指追溯开端时间之前发生的事情或预示开端时间之后将会发生的事情。

1. 局部闪回

逆时序的局部闪回是指在故事发展过程中对过去的某一时刻进行回顾。逆时序在以苦难为主题的非虚构写作中起着交代故事背景、补充人物人生经历、揭示人物行为动机的作用，所以局部闪回的这种叙事模式较为常用。在《是艺术创作还是性侵套路？私拍女孩集体举报外国摄影师》中，十几位女孩在私拍的过程中认为自己遭到了性侵，并站出来举报这名摄影师，文章闪回了女孩们被侵犯的现场、女孩们多次痛苦的反思，以及摄影师人生经历，呈现私拍的艺术与道德争议，揭示部分摄影师以其为借口行凶的恶劣现实。

2. 整体闪回

当追溯过去的部分成为文本的主体，这篇文章就运用了整体闪回的方法。整体闪回的文章在开头写结果，再叙述故事的起因经过。这种写法可以避免行文的平淡，结构的简单，更重要的是可以设置悬念，勾起读者对苦难发生的原因、写作对象遭受苦难的过程的好奇。如《我的中年生活，被原油宝击穿》一文，文章开头就介绍了章钧、顾维和刚出来工作的青年裴小峰因原油宝暴雷分别欠下了 20 多万债务、30 万债务和 1 万债务，庞大的数据和写作对象的惨痛现状快速吸引读者的目光。出于好奇，大部分读者会继续展开阅读。

逆时序的叙事模式采用闪回的手法，为作者的叙述增加了波澜，增强了文章的文学性，同时又起到了补充苦难发生的背景、苦难发生的原因的作用。

新媒体语境中非虚构写作的苦难叙事，主要运用顺时序和逆时序两种叙事时序，后者可以再细分为局部闪回和整体闪回。它们都属于传统叙事技巧，为读者所熟悉，与读者的阅读习惯相似，符合新媒体平台传播快速的特点。作者根据写作对象的苦难特点、文章铺排需要等因素选择适合的叙事时序，二者交替出现可平衡非虚构写作的真实性和文学性，让他人的苦难变得可感可信，可以满足不同层次读者的需求。

在大量文本样本的解读、归类、分析的基础上，以谷雨实验室为代表的新媒体语境中的非虚构写作的苦难叙事有外部—异叙事者、内部—同叙事者、内部—异叙事者、内叙事者四种常见类型叙事者类型，群体叙事和个人叙事两种叙事模式，顺时序和逆时序两种叙事时序，形成了真实性和文学性、主观性与客观性平衡的叙事局面。

　　新媒体平台具有高度开放性,受众广泛,市场很大;新媒体平台的内容多元,传播形式多样,每个账号都尝试获取更多的粉丝群体,竞争性大。在这种传播环境中,非虚构写作的苦难叙事灵活使用传统和创新叙事模式,满足读者对真相的猎奇,从而吸引更多的读者,以增强在新媒体环境中的传播优势。苦难不会被漠视,也不被遗忘,苦难叙事的文学性和客观性吸引追求深度阅读、文学阅读的读者群体。但新媒体平台上,非虚构写作的苦难叙事也存在内容浅薄、渲染苦难、信息过载的情况,也存在文章深度或有欠缺、文学性不足、叙事模式化的问题。

"教育戏剧"的创意性问题研究

龚　然[*]

摘　要：教育戏剧是一种运用戏剧技巧从事教育的方式，它以过程为核心，参与者在教师的引导下以即兴的方式进行创造性表达，尊重参与者的主体性。与传统以表演为导向的戏剧相比，教育戏剧提倡自我表达与创意生成，以交互、开放、即兴的开展方式，有效推动内在创意原始资料向创意产物的转化，同时构建了教师担任戏剧活动引导者而非主导者的师生关系，以及潜能激发的功能，与创意写作理念不谋而合。本文通过阐释教育戏剧的创意性，梳理近十年国内外教育戏剧发展现状并进行比较，针对教育戏剧中国化未来发展路径进行思考，在学科理念和学科史梳理之后，教育戏剧的创意性特征将会成为未来本土化实践的重点。

关键词：教育戏剧；创造性戏剧；创意写作；学前教育；心理疗愈；社区戏剧

"教育戏剧（Drama in Education）"的理念在 20 世纪初提出，20 世纪 70 年代英国戏剧教育学者桃丽丝·希斯考特（Dorothy Heathcote）为集大成者。教育戏剧狭义上指将戏剧元素融入教育的教学方式，与我国中小学教学中的"戏剧教学法"同义。随着教育戏剧的发展，其概念也产生泛化。部分学者将教育戏剧等同于"创造性戏剧"（Creative Drama），强调的是即兴式、非演出式、以过程为导向的特征，即参与者的"创造"过程。本文所讨论的教育戏剧，采用的是广义上的概念，也即"创造性戏剧"的内涵，既涵盖学校教育使用的"戏剧教学法"，又包括社会应用领域。在我国，港台地区率先将"教育戏剧"应用于基础教育。近十年来，中国大陆开始重视教育戏剧的理论研究，在幼儿园、中小学、高校乃至特殊教育、社区教育中教育戏剧得到较为广泛的实践。

本文首先拟通过"DIE（Drama in Education）""TIE（Theatre in Education）""创造性戏

---

* 龚然，上海大学 2021 级创意写作研究生。

剧"等概念的辨析,结合教育学理念,明确创意写作视角下教育戏剧内涵的"创意指向"及其应用域探索,从而论证将教育戏剧纳入创意写作研究视野的合理性。继而通过梳理近十年英语国家教育戏剧的研究现状,探索教育戏剧发展的先进经验。最后,本文将国内近十年教育戏剧的研究成果与国外教育戏剧发展现状进行对比,重点关注幼儿园、中小学、社区实践案例的即兴剧本创作、故事改编,以及思维激发的尝试,归纳教育戏剧在国内的发展现状与存在问题,从而站在创意写作视角为教育戏剧中国化过程中发挥"创意"功能提出建设性意见。

一、创意写作视角下教育戏剧的内涵与应用域

戏剧是一门综合性艺术,教育戏剧作为戏剧中的新兴门类,其创造性活动的开展需借助多样化的媒介。而创意写作是一种以文字创作为形式、以作品为载体的创造性活动,将教育戏剧置于创意写作视野下,也就是对教育戏剧中以语言、书写为表达形式的环节进行深度挖掘,二者具有一以贯之的内在本质。

(一) 创意写作视域下教育戏剧的概念

狭义上的教育戏剧是 DIE 的直译,是指"运用戏剧技巧从事教育的一个门类、一种方式"①,作为一种教学方法,强调戏剧在教学中发挥的过程性作用,以促进参与者建立认识、表达情感、交互沟通为主要目的。广义上的教育戏剧则用来指代"DIE+TIE"的概念,涵盖了"教育剧场",即围绕某一主题向学生展示的由专业剧团表演的剧场演出形式。剧场的形式较为宽泛,剧院、教室、校园均可成为学生欣赏与讨论戏剧的场所。演出方式灵活多变,在演出过程中演员可以不时走下舞台邀请观众上台作为某一角色进行即兴表演,打破了演员与观众间的"第四堵墙"。

在创意写作学科理念中,写作作为创意实现的手段而存在,其目标为创意思维的养成。而戏剧作为创作的形式之一,在创意写作场域中同样可以发挥挖掘个性、激发潜能、推动创意生成的作用,这一点在教育戏剧开展过程中尤其显著。正如创意写作对受制于修辞、结构藩篱的传统写作学进行创新,教育戏剧同样也对观众作为被动接受者的传统演出型戏剧,以及揠苗助长式让儿童记诵不符合其语言习惯与思维方式的台词的展示型戏剧进行了颠覆。

(二) 创意写作视角下教育戏剧的师生关系

就教育戏剧的师生关系而言,台湾学者张晓华的著作《创作性戏剧教学原理与实作》在辨析"创造性戏剧"与"创作性戏剧"两个概念时,指出了"教育戏剧"的教学特征:"Creative Drama 是一定要经由教师或领导者按戏剧创作程序去引导做创意的表现,学生则要经过观察、选择与安排……若办家家酒的戏剧游戏,没有教师引导,或许可以称是幼儿们自行'创造'的,但有规范引导的艺术创意戏剧活动,应该是'创作'才对呀!"②由此

---

① 张生泉:《论"教育戏剧"的理念》,《上海戏剧学院学报》2009 年第 3 期。
② 张晓华:《创作性戏剧教学原理与实作》,中国戏剧出版社 2017 年版,第 12 页。

可知,在教育戏剧的课堂中教师也扮演着重要角色。戏剧活动的开展往往以一个关键问题为预设,教师则通过设定环节引导学生以戏剧解答关键问题。"坐针毡"和"教师入戏"就是展现教育戏剧中师生关系的典型环节。相较由教师指定戏剧的故事与台词,学生被动接受进行表演的传统戏剧教育,教育戏剧最大程度地展现了以人为本的教育理念,这与"教师可以帮助学生,但不允许高高在上地'指导'学生""教师亲身参与,把课堂变成师生共同创作的实践场所"①创意写作工作坊模式的师生关系相契合,突出师生双方的互动性,形成教学共勉、激励创新的教学格局。

（三）创意写作视角下教育戏剧的潜能激发

对内探索的前提是参与者拥有从外界得到的经验、感受、情感,"学生在自我审视之前必须先认识外部世界,因而戏剧不能仅仅提倡儿童的自由表达,而必须首先要让他们获得感受和经验"②。参与者在过往生活中产生对事物的知觉,并经过大脑的加工转化为内在的创意原始资料,这是创意生发的起点。教育戏剧的舞台鼓励参与者多样性,尊重来自不同生活环境、成长背景的参与者独特的经验与情感,有效丰富了戏剧表达的创意空间。

赖声川认为,人类的大脑就像一台可以储存档案的神秘电脑,"我们所活过、看过、想过的,人生中所关怀的一切,就是创意的原始资料。我们的一切思想、情感、意象、概念、爱与恨、恐惧与怜悯,都储存在'神秘的电脑'档案柜中"③,而电脑里储存的一切也即人的内心,正是创意的重要来源。根据布莱希特的间距效应,参与者将主体情感投射到所扮演的角色上的同时,又会与角色保持一定心理距离,理性地审视自己和他人扮演的角色,从而在自我抒发中得到自我重建,创意实现了来自自我又走向自我的复归。

（四）创意写作视角下教育戏剧的应用域

在广义的教育戏剧内涵指导下,根据创造性活动面向对象的身份差异,教育戏剧的应用领域可分为儿童教育戏剧、校园教育戏剧和社会教育戏剧三种。

儿童教育戏剧,或称幼儿教育戏剧,指的是一种应用于学前教育、小学教育,帮助儿童理解抽象概念、掌握故事内涵的教育戏剧模式。教师不以僵化的固定台词、表演套路对儿童进行限制,鼓励儿童主动对故事进行改编、创造,儿童的自然天性得到尊重和发展。他们无需囿于课堂的严肃性,跟随自己意愿表达喜怒哀乐,对戏剧发展进行自由提问,不会因偏离主题受到遏止。针对儿童的语言运用能力和心理发展状态,儿童教育戏剧更多带有"游戏"色彩,故事剧、主题角色扮演、哑剧、木偶剧等表演方式丰富多样。

校园教育戏剧,面向的对象是初高中学生及大学生。创意写作作为一种教学法同样能够应用于中小学教学。教育戏剧的发展路径为创意写作在中小学的传播提供了新思路,除了对"写作"的关注,"创意性"同样应该成为重点,将写作作为一种方式而非目的,与教育戏剧中"表达"而非"表演"的观念不谋而合。剧本形式的戏剧是文学重要体裁之

---

① 葛红兵:《创意写作学理论》,高等教育出版社 2020 年版,第 3 页。
② 陆佳颖,李晓文,苏婧:《教育戏剧:一条可开发的心理潜能发展路径》,《华东师范大学学报（教育科学版）》2012 年第 30 期。
③ 赖声川:《赖声川的创意学》,广西师范大学出版社 2011 年版,第 57 页。

一,戏剧表演则是文学的重要变体,将创意写作应用于不同学科而非仅语文课堂,教育戏剧提供了一条可借鉴的道路。

当教育戏剧走出校园面向社会,在社区、医疗、企业乃至专业性的戏剧工作坊中进行演绎时,它又被赋予了公共文化服务的职能。例如:我国教育戏剧先锋李婴宁的社区教育戏剧实践——"静安戏剧工作坊";赖声川"上剧堂"的教育戏剧小班化课程。就创意写作学科属性而言,其在创立伊始就具有面向实践产业、公共文化的性质。在欧美国家,创意写作作为公共文化产品被纳入公共文化服务体系,走入社区服务、城市建设,用来培养社区居民文化原创能力、城市文化创新能力,成为提升国家文化软实力的重要基石。建立创新型社会,文化创新带来的文化软实力提高成为决定国家国际影响力的重要因素,而创意写作学科及衍生的教育戏剧则为文化创新提供了核心底层支撑。

二、英美国家教育戏剧的多样化应用

在英美国家,教育戏剧早已形成规模,不仅拥有系统的学科理论和实践方案,而且部分国家已将教育戏剧纳入基础教育体系之中。而应用于社会的教育戏剧也在不同领域大放异彩。本文拟从近十年国外教育戏剧应用的研究文献入手,归纳近十年来国外教育戏剧的不同应用领域,尤其关注其中对创意思维的展现。

(一)应用于跨学科教学的教育戏剧

近十年,作为教学法的教育戏剧已经不局限于传统文学课堂的课文教学,而出现了更多跨学科的教学应用,尤其在数学、物理、生态学等科目的教学中,教育戏剧常被用来进行抽象概念解读。丽贝卡·亨德里克斯和查尔斯·艾克利用教育戏剧帮助学生理解声音传播的物理现象。例如:让学生以小组的形式来回摆动,以模仿空气中粒子的振动,在此过程中学生可以表述作为一颗空气粒子前往声音接收器的感受;当解释声音在水中的传播时,教师则模拟了两艘在水下执行秘密任务的潜水艇遭遇敌舰时传递声波的情境,学生可以扮演船员或声波粒子,抽象的声音传播被赋予了具体的意义[①]。可以发现,教育戏剧在物理学科的课堂上充分发挥了戏剧象征性符号的特征,人的肢体运动成为粒子运动的具象化展示,甚至在服装的色彩、形状上都具有创意性空间,人的自由表达从语言的二维面延伸到立体的多维展示。儿童的认知基于与他所能接触到的外部世界的联系,教育戏剧的加入使得儿童在互动性、参与性中建立与概念的关系,从而加深其理解。

(二)应用于心理健康教育的教育戏剧

在英语国家,教育戏剧常常作为学生心理发展干预的方法应用于校园。学生形成的群体性郁结、不同个体面对环境转变产生的针对性情绪,乃至社交能力的培养都是校园教育戏剧的关注对象。负面情绪被积压在学生心中,隐秘而难以启齿,教育戏剧鼓励学生通过角色扮演,产生与自我本体的脱离,有距离地观照自我消极情绪,以一个具有充分自由表达度的陌生身份,进行情绪的宣泄,乃至对情绪产生根源进行剖析。

---

① Rebecca Hendrix, Charles Eick, "CREATIVE SOUND DRAMATICS", *Science and Children* 51(6) (2014).

在学生心理危机疏导上，艾琳以史诗《奥德赛》为蓝本，通过教育戏剧引导在高失业率压力下的希腊大学生掌握现实主义乐观主义精神。该戏剧在过程上设计了多样的创作环节：① 场景讨论。设置奥德赛返乡归来回到家中的场景，在该场景中，学生具有自主命名角色的权利，并对奥德赛几十年来离家的感受进行想象，引发对漂泊状态的思考。② 角色扮演。参与者以奥德赛的身份给他深爱的人写信，由此促进学生从不同视角看待相同事件，其中教师引导学生挖掘现实主义乐观主义精神在《奥德赛》中的体现。③ 自我陈述。由《奥德赛》的文本，引向现实生活。学生不加限制地讲述过去具有负面情绪的经历，教师引导学生以现实主义乐观主义精神重塑他们的故事①，从而使学生得以对潜意识中引起自我恐惧的负面经历进行消解，以发展的现实主义乐观主义精神面对未来。

在学生的心理发展塑造上，高倩怡、安娜·霍尔、桑德拉·林德等人通过个案研究法就教育戏剧对双语学习儿童的社交和情感能力的提升进行了定量和定性分析，充分证明在教育戏剧开展过程中双语学习儿童既能够得到语言的锻炼，又在社交和情感能力上得到提升：儿童间互动次数增加、情绪控制能力提高、学会与他人合作、逐渐能够建立亲密的友谊②。在心理干预上，教育戏剧有得天独厚的优势，它尊重参与者的情感，允许情绪的表达，视情绪表达为过去、现在的经验的综合性产物。创造性戏剧提供了参与者充分体验情绪并观察反思的契机，而不是压抑、批判。

（三）应用于心理创伤治疗的教育戏剧

在英美国家，教育戏剧进入医疗体系，作为一种专业方法介入心理创伤的诊治，以及在姑息治疗等需要高度人文关怀、关注人的精神状态的医疗环节中，教育戏剧对从业人员的培训也发挥了重要作用。

埃莉诺博士在她的心理诊疗案例中记录了运用即兴戏剧技巧为童年时期经受家庭创伤，从而产生心理障碍的亚历克斯进行心理诊治的过程。心理创伤状态下的亚历克斯往往压抑情感，形成自我保护状态，难以获得治疗的进展。因而埃莉诺博士采用即兴戏剧的方式，使亚历克斯通过一个超越自我躯体之外的他人以动作的变化、道具的使用、话语的倾诉进行情感宣泄③。埃莉诺博士对亚历克斯开展即兴戏剧的过程进行了详尽的表述，其中具有展现"创造"内涵颇具代表性的方式，包括：

（1）环境象征，针对病人的创伤，设置相应的解决创伤的场所。咨询室的一个区域被指定为没有标记的坟墓，坟墓中埋葬的是亚历克斯儿时遭受的痛苦。

（2）引导病人对行动意义的挖掘，从而激发动作背后隐藏的潜意识。

（3）场景重现，通过创伤记忆中的场景复刻，揭开病人压抑的情感，激发病人对过去创伤的反抗。咨询室的沙发变为亚历克斯儿时被打时的母亲的床，亚历克斯感到痛苦，继

---

① Irene Nikandrou, "Using Epic Poems and Creative Drama to Develop Realistic Optimism Among Undergraduate Students in Greece", *Sensuous Learning for Practical Judgment in Professional Practice* 2(2018).

② Qianyi Gao, Anna Hall, Sandra Linder, Alison Leonard & Meihua Qian, "Promoting Head Start Dual Language Learners' Social and Emotional Development Through Creative Drama", *Early Childhood Education Journal* (2021).

③ Elinor Dunn Grayer, "The Story of Alex—An Improvisational Drama", *Clinical Social Work Journal* 23(2005).

而开始反抗,实现了对童年自己的保护。

综上,教育戏剧在国外的应用广泛延伸至教育乃至社会的各个领域,对人的关注扩展到心理健康、社交能力和疾病疗愈等领域。"教育"概念的外延正在不断扩张,具有引导、干预、治疗的意义,创意生发的内涵得到强化。"创作"的内涵由狭义的故事创作、书面创作,向口头创作、肢体象征、情绪的戏剧化发泄延伸,"多样化"成为当前国外教育戏剧发展的大趋势。

三、我国教育戏剧的发展及存在的问题

戏剧在大陆艺术教育系统中一直被视为一种曲高和寡的艺术形式而没有得到重视,相较音乐、美术等已进入中小学基础课程的艺术门类,戏剧在学生的审美熏陶、情感启蒙、创意激发上发挥的价值仍没有得到认可。但作为一种综合性艺术,戏剧恰恰具有更为广阔的应用空间。

(一) 我国教育戏剧的研究现状

教育戏剧由李婴宁引入中国大陆,其理念主张反对禁锢儿童天性的应试教育。近十年来,中国大陆对教育戏剧的理论与实践研究都获得了一定发展。

1. 我国教育戏剧理论研究的发展

关于教育戏剧理念,相关研究者已经完成了较为系统的探索,主要分为三个方面。

(1) 教育戏剧概念辨析。

对"教育戏剧"与"戏剧表演""教育剧场""创造性戏剧"等概念的区分是研究的起点。例如:李婴宁认为教育戏剧包括 DIE 与 TIE 两部分,即"运用戏剧手段于教育和课堂教学的方法",以及"教育性质的剧场戏剧演出和活动"[①];张晓华将教育戏剧定义为"以戏剧形式来从事教育的一种教学方法与活动,主要在于培养儿童的成长,发掘自我资源"[②],概念核心集中于对 DIE 的解释;张生泉则认为教育戏剧是指"运用戏剧技巧从事教育的一个门类、一种方式。刚开始,它主要在学校课程等人才培养体系中体现,以后又在社区教育等终身教育过程中出现"[③],对教育戏剧的应用领域进行了拓展。

(2) 教育戏剧国内外发展史梳理。

2011 年,徐俊对英国、美国和中国(包括大陆和港台地区)教育戏剧的发展进行了较为详尽的梳理。在英美国家,教育戏剧最初由从事小学教育的教育者在实践中提出,继而教育戏剧的理论研究进入高校研究者的视野。我国港台地区则在 20 世纪八九十年代相继引进教育戏剧理念,出现了大量中外合作的戏剧工作坊[④]。

(3) 教育戏剧功能探索。

陆佳颖、李晓文、苏婧对教育戏剧中蕴含的心理机制进行探索,认为教育戏剧中蕴含

---

① 李婴宁:《"教育性戏剧"在中国》,《艺术评论》2013 年第 9 期。
② 张晓华:《创作性戏剧教学原理与实作》,中国戏剧出版社 2017 年版,第 9 页。
③ 张生泉:《论"教育戏剧"的理念》,《戏剧艺术》2009 年第 3 期。
④ 徐俊:《教育戏剧——基础教育的明日之星》,《基础教育》2011 年第 8 期。

着人的潜能开发的心理活动,例如带有游戏色彩的活动能够调动参与者的积极性,鼓励其打开心扉并进行创造,营造良好的文化生态环境①。运用"心理距离""间距效应""仿似"等概念从潜能激发的视角进行的教育戏剧研究,回到创意生发的起点,具有独创性。

2. 我国教育戏剧实践研究的发展

教育戏剧作为一种应用型戏剧形式,其本质最终服务于实践。只有当参与者切实投入教育戏剧体验,其理论成果才能得到验证,因而教育戏剧研究必须理论与实践双线并行,否则所谓"创造性"只能成为空中楼阁。

（1）幼儿教育戏剧研究。

教育戏剧最初在英美国家广泛应用于学前教育与小学教育中,我国教育戏剧发展也不例外。对于我国幼儿创造性戏剧的总体开展情况,刘焱、李霞、朱丽梅曾以北京九所一级一类幼儿园的九个班为样本进行研究,颇具代表性。调查揭示了幼儿教育戏剧陷入的误区。概念上,部分教师将歌舞表演活动与表演游戏混淆,未能抓住创造性特征;地位上,表演游戏只作为获得教学成果的工具,是故事教学的辅助手段;观念上,科学与童话、表演与游戏产生了对立格局;教学方法上,教师未能对课堂引导者身份找到平衡,控制程度高时幼儿安静却被动,控制稍一放松幼儿则又吵又闹。② 由此可知,当前学前教育中的创造性戏剧陷入异化状态,教师在实践中将教育戏剧变为知识灌输、集体训练的一种方式,违背了"创意性"的初衷。而对幼儿教育戏剧具体环节的设计,张金梅提炼了我国学前儿童戏剧教育的四种基本范式,包括以儿童编排话剧、儿童欣赏话剧为主要方式的舞台童话剧范式,以通过戏剧形式辅助知识传授的戏剧应用教学范式,鼓励儿童天性抒发的基于戏剧表达的戏剧创作范式,以身体为创作本源与环境产生互动的生长戏剧范式③,详尽地涵盖了不同类型的教育戏剧的基本理念、组织形式和话语使用。

（2）校园教育戏剧研究。

按照不同的应用领域,校园教育戏剧可以分为:

① 应用于文学课堂的教育戏剧。应用于文学课堂的教育戏剧在所有教育戏剧应用领域中占最大比重,除了最为常见的以戏剧形式加深对文学故事的理解,还出现了基于绘本的教育戏剧活动研究和基于教育戏剧的写作教学。例如,姚静宜以《野兽国》和《猜猜我有多爱你》两本绘本作为主题来源,选取某幼儿园两个大班共59名5—6岁的幼儿为研究对象,开展了行动研究,对基于绘本的创造性戏剧活动的理论与实践体系进行修正与完善④;王艳芳以写作表演课型为桥梁,融通教育戏剧和写作教学,以深圳市Y小学的"写作表演课型"为案例,研究如何将教育戏剧运用于写作教学,从写作表演课型在育人价值上

---

① 陆佳颖,李晓文,苏婧:《教育戏剧:一条可开发的心理潜能发展路径》,《华东师范大学学报（教育科学版）》2012年第30期。

② 刘焱,李霞,朱丽梅:《幼儿园表演游戏现状的调查与研究》,《学前教育研究》2003年第3期。

③ 张金梅:《我国学前儿童戏剧教育的范式分析》,《西北师大学报（社会科学版）》2017年第2期。

④ 姚静宜:《基于绘本的大班幼儿创造性戏剧活动的行动研究》,华中师范大学硕士论文2019年。

的独特性和育人价值的实现方法两方面展开。①

② 应用于自然科学课堂的教育戏剧。相较国外教育戏剧在跨学科教学中的广泛使用,我国教育戏剧的自然科学课程应用明显存在不足。赵梦雯进行的"教育戏剧在初一数学教学中应用的有效性研究"是自然科学课堂教育戏剧运用的一次颇具进步意义的尝试。赵梦雯在初一数学教学中初步应用了教育戏剧,对具体的教育戏剧活动过程进行研究和调查,获得相关实验和研究数据,分析教育戏剧在初一数学教学中应用的有效性,探求教育戏剧在数学学科中应用的有效活动方法,并对未来教育戏剧在数学学科教学中的应用进行展望。②

③ 应用于艺术学课堂发挥美育功能的教育戏剧。从宏观上来看,范晓虹认为教育戏剧作为美育的重要形式是实现全人教育的最佳途径之一,从人的综合能力完善、社会性完善、实现人的超越性三个方面归纳了教育戏剧在美育上发挥的作用,尤其对教育戏剧常见范式格外关注,例如"定格"范式、"集体绘画"范式、"想法追踪"范式等,针对这些范式如何引导学生提升审美能力和创造力进行了详细阐述。③ 从具体实践上来看,陈倩倩创造性地以"角色"概念将音乐教育与教育戏剧融会贯通。她建立了音乐教育活动中的角色意识,从黎锦晖儿童歌舞剧和一些歌曲作品入手,挖掘角色意义,阐释角色在音乐教育中对人格培养的发展,以此来探析角色在音乐教育中的可行性和重要性。④

④ 应用于心理健康课程的教育戏剧。与国外教育戏剧在心理危机疏导、心理创伤治疗的广泛应用相比,国内中小学、高校心理健康教育本身基础薄弱,运用教育戏剧进行心理辅导的案例尤为短缺。马利文解释了教育戏剧促进学生心理健康发展的基本原理,教育戏剧"给了我们一个被压抑的内在情绪和行为得以显化的平台,在这个平台上,人被压抑起来的内在情绪、冲突、欲望被外化出来,借助于不同的人物角色,被释放掉、转化掉"⑤,教育戏剧能够有效缓解学生被压抑的情绪,同时赋予他们更强的共情能力,在集体、社群中,学生得以站在他人的视角换位思考,对于解决校园霸凌行为具有积极的意义。

⑤ 应用于特殊教育的教育戏剧,例如盲校学生教学、自闭症儿童情绪理解能力及团体合作能力提高。华南师范大学特殊教育学院的六位研究者通过教育戏剧对自闭症儿童的情绪理解能力进行了为时 3 周的干预,用情绪理解测验(the Test of Emotion Comprehension,简称 TEC)进行标准化测试,测试结果表明实验组自闭症儿童的情绪理解能力得到了显著提升⑥。

---

① 王艳芳:《教育戏剧运用于小学写作教学的研究——以"写作表演课型"为例》,华东师范大学硕士论文 2020 年。

② 赵梦雯:《教育戏剧在初一数学教学中应用的有效性研究》,山东师范大学硕士论文 2019 年。

③ 范晓红:《教育戏剧在美育中的作用》,《中国戏剧》2020 年第 12 期。

④ 陈倩倩:《角色—教育戏剧对音乐教育的启示》,河南大学硕士论文 2011 年。

⑤ 马利文:《运用教育戏剧促进学生心理健康发展》,《中国德育》2018 年第 15 期。

⑥ 金京,李闻戈,黎辛舒,等:《教育戏剧对自闭症儿童情绪理解能力的教学成效研究》,《现代特殊教育(高等教育研究)》,2020 年第 10 期。

（3）社会教育戏剧研究。

教育戏剧的概念外延得到扩展,但由于戏剧艺术普及率低,人们缺乏对教育戏剧的客观认识,加上社会中戏剧参与者年龄跨度大、文化水平层次不一,系统的社区性教育戏剧在国内至今仍处于在一线城市艰难起步的阶段,而在图书馆、博物馆、展览馆等公共文化服务体系中,教育戏剧尚无立足之地。国内关于社会教育戏剧的研究缺少成功的实践案例。部分社区建立了社区戏剧工作坊,例如由李婴宁担任艺术顾问的静安社区戏剧工作坊,将国际教育戏剧理念运用到社区戏剧工作坊中,鼓励学员在专业指导者的引导下将自己的生活经验和感受发展为戏剧内容。静安社区戏剧工作坊编排的《都市空间》《播撒阳光的人们》《岁月1978》等话剧引起了一定社会反响。但可以看到,在对静安戏剧工作坊活动的介绍中,强调的仍然是以成果进行展示的在舞台进行表演的传统戏剧,而非参与者集思广益架构生活与艺术桥梁的过程。而具有不同成长环境、家庭背景、求学背景的参与者之间发生的故事交换,恰恰是教育戏剧最宝贵的创意生发。作为国内社区教育戏剧成功尝试的集大成者,静安戏剧工作坊也在一定程度上造成了大众对教育戏剧概念的误解。

（二）我国教育戏剧发展存在的问题

综上所述,近十年来,教育戏剧在我国已经掀起了一股戏剧走入校园的风潮,戏剧作为教育工具的价值得到了理论研究者和教育实践者的肯定,教育戏剧的本土化探索已经取得一定成就。但是,我国教育戏剧的发展仍处于起步阶段,存在的问题需要得到关注:

1. 教育戏剧的概念模糊化,学科界限不够明确

如前所述,对于教育戏剧的内涵,不同学者持有自己的看法。学界至今无法为教育戏剧与创造性戏剧、创作性戏剧、教育剧场等相近概念的外延给出一个权威划分。而在此基础上针对国内中小学教育现状提出的全新概念,如"生长戏剧",更为教育戏剧内涵本土化全民推广增加了难度。概念的模糊使学科的确立缺乏说服力。

针对教育戏剧功能的常见分歧,人们持服务于教学的"工具论"观点,或将教育戏剧作为一种高要求的即兴表达方式。与之相对应,高校在教育戏剧相关人才的培养上出现一定分化。例如:中央戏剧学院、上海戏剧学院等戏剧院校开设有专门的戏剧教育专业,培养具有较高文化艺术修养,基本掌握戏剧创作理论与技能,能够从事大中小学戏剧教育工作并具备组织演剧活动潜质的新型的复合型艺术人才;而在北京师范大学等高等师范院校,则把教育戏剧作为开设在教育学部的一门研究生课程。以不同方式培养出的具有不同专业背景的教育戏剧从业者,其在教育戏剧运用的专业性上也会产生差异。

2. 教育戏剧的应用领域具有局限性,创造性特征遭忽视

近十年,我国教育戏剧应用仍处于初始化阶段,局限在幼儿园、中小学语文、英语等文学课堂,以帮助学生理解故事情节、掌握课文要义。且由于教师缺乏教育戏剧专业知识,这些以课文为蓝本的教育戏剧常常囿于"戏剧表演"的框架中,或因教师缺乏宏观把控教学目标的能力,使教育戏剧的实操沦为学生无序无意义的无限制表达,丧失了教育戏剧的"教育"目的,无法获得理想效果。

在我国校园教育戏剧实践中,以教育戏剧对学生进行心理健康教育的实例屈指可数。

而戏剧恰恰是心理学中用以窥知人内心潜意识的一扇窗户,例如海灵格的家庭排列系统,通过人物关系的排列揭示了家庭亲密关系中潜藏的激发家庭失和、身心疾病、自杀、暴力等负面事件的动力,从而为心理疾病患者提供解决这种伤害的治疗;与教育戏剧在特殊教育领域的应用相关的文献数量有限,且仅有的若干文献对教育戏剧大多停留在采用合理性和意义的理论层面,对如何介入特殊教育课堂浅尝辄止;而面向社会群体的教育戏剧的数量更为有限,"戏剧工作坊"正如"故事工坊"一样作为戏剧领域典型的集体即兴创作模式,在国内的实践面向对象大多局限于高校戏剧专业学生,以及有意识使用教育戏剧的中小学课堂,缺乏具有不同经验与情感的社会群体相互碰撞产生的创意火花。

四、我国教育戏剧的发展路径思考

中国教育戏剧历经十余年的发展,已经进行了较为详尽的学科理念搭建和学科史梳理,但更多的问题也被放在了研究者和教育者们的眼前。教育戏剧想要突破其原有的"教学方法"舒适圈,真正迈入大众视野,还需要更为具体的思考。

(一)高校开设教育戏剧专业课程,加强师资力量建设

教师对教育戏剧的概念理解和实践能力,直接决定了教育戏剧是呈现为兼具美育、德育和知识教育功能的戏剧教学法,还是一场无法控制秩序与节奏的课堂闹剧。

从教师人才输送的源头来看,针对未来在中小学、幼儿园从事不同学科教育的教师储备人才,高校需要在教育学系的学前教育、特殊教育等专业以及其他院系师范类专业的课程培养方案中设置教育戏剧的课程,本科阶段对教育戏剧发展史、教育戏剧实践与应用的理论进行普及,研究生阶段让每个学生有机会自主设计并尝试开展完整的教育戏剧课程教学,并由兼具研究和实践基础的教师亲自提出改进意见,让学生在实际操作中体验教育戏剧的运行方式。

针对未来在专业的社会戏剧工作坊、教育剧场、戏剧教育机构中专门从事戏剧教学的教师储备人才,艺术类院校乃至高校艺术学院应开设专门的戏剧教育系,或在表演系、导演系、戏剧影视文学系等相关院系下设戏剧教育专业,与传统戏剧教育并行。高校应同时为此类学生提供系统的戏剧教学,从舞台表演、台词到舞台美术,培养具有综合艺术素养的专业人才,使教育戏剧有其独立的人才培养模式,从而适应专业化的职业方向,而非仅作为辅助工具依赖于其他学科。例如上海戏剧学院在 2005 年设立了艺术(戏剧)教育专业,并从 2007 年开始把李婴宁任教的《教育戏剧理论发展和实践》列入戏剧教育专业的正式课程,改变了原来只有传统戏剧教育的状况,目前上海戏剧学院已经有十余届戏剧教育专业学生学成毕业[①]。

(二)中小学教育戏剧课程独立化,社团、戏剧节活动助力推广

当前中小学课堂中教育戏剧的应用具有很大局限性。为提高学生的参与积极性,在教育戏剧活动正式开始之前,教师往往需要设置破冰游戏。而为了最大限度地提升教育

---

① 李婴宁:《"教育性戏剧"在中国》,《艺术评论》2013 年第 9 期。

戏剧的互动性,教师又期望在戏剧的主体部分增加多样的戏剧范式,一节 45 分钟的课甚至两节课的课堂时间显得局促。因而在课程设置上,中小学可以将教育戏剧作为一门独立的课程设立,每周在固定时间开展,由接受过戏剧教育专业系统训练的教师指导。在教育戏剧课堂上,教师可以从教育戏剧的某一范式出发引导学生进行多维体验,例如在某一节教育戏剧课上,教师可以和学生就"专家外衣"范式展开讨论,教师可以设定医生、警察、律师等不同专业性的角色让学生扮演,学生站在角色的角度来提出问题、解决困难、完成任务。中小学教育戏剧课程独立化有利于提升学生对教育戏剧作为学科的重视,同时,当教育戏剧作为一种教学法应用于其他课程中时,学生在教育戏剧课上掌握的技巧将大大地缩短开展戏剧活动的过渡性环节。

围于升学、考试压力,教育戏剧进入中学生课堂、成为独立课程的难度颇大,但在心理健康课程上可以得到运用。学校需要重视在学生文化活动中推广教育戏剧,例如:成立教育戏剧社团,定期组织集体性的教育戏剧活动;在学校戏剧节中加入教育戏剧的环节,与传统经典戏剧展演双线并行,现场进行课堂教育戏剧的示范性即兴展演、组织学生进行教育戏剧体验等。

（三）推广富有创造性色彩的"创意戏剧"

著名戏剧家彼得·布鲁克（Peter Brook）在其著作《空的空间》中这样解释戏剧与空间的关系:"我可以选取任何一个空间,称它为空荡的舞台。一个人在别人的注视之下走过这个空间,这就足以构成一幕戏剧了。"①教育戏剧的表演在空间上表现了极大的自由性,它不需要特定的表演场所,强调的是作为表演主体存在的人,以及人与他者的注视关系。人不是教育戏剧棋盘上被摆布的棋子,而是作为过往经验、知觉、知识、情感的集合体而各具特征地存在,在教育戏剧创作过程中,人与自己进行交流,与他人产生互动,在注视他人的同时也在被他人注视着,人人成为戏剧的主人公。教育戏剧的目的是最大程度地激发个体运用既有经验、理解习得知识、体验压抑情感,从而建立清晰的自我认知,以这样的认知为基础,才能够展开下一阶段的知识学习和人生体验。

在这个过程中,对潜能的激发就是创造的生发点,而在教育戏剧采用的多样化游戏性的戏剧环节中参与者的表达,则是创造的展开,最终落脚为剧本、口头故事、肢体表达,成为创造的表现形式。国内既往教育戏剧的研究已经实现对"戏剧"形式的关注,教育从业者开始在不同领域有意识地运用戏剧改善教学效果,而如何充分发挥教育戏剧的创造性特征,则应当成为未来研究的关注重点。从众多教育戏剧实践案例中提炼出独具创意的激发参与者潜能的引导方式,使教育戏剧成为兼具科学性和即兴趣味性的学科。

教育戏剧具有与创意写作交叉的学科内涵,可以作为教学法应用于创意写作的中小学教学,也可作为服务于公共文化产业,促进城市文化建设的有效方法。赋予教育戏剧以"创意戏剧"的意义,是教育戏剧在创意写作视野下的发展方向。

---

① 彼得·布鲁克:《空的空间》,中国友谊出版公司 2019 年版,第 56 页。

创意写作中国化

创意写作的融入与实践

——粤港澳大湾区文学发展的新羽翼 *

李志雄**

摘　要："粤派批评"蓬勃发展的今日，作为粤港澳大湾区文学的另一翼——粤派写作同样需要得到重视。粤派写作应当如何发展，创意写作的理念与方法能够提供借鉴意义。具体而言，在创作主体层面，既要借助创意写作教育体系培育新人，又要充分发挥具有开放性特征的粤港澳大湾区作家群的引领作用。在创作内容层面，要走在人文精神和科学精神的前沿，立足于新岭南的时代面貌。在创作形式层面，要敢于跨界，并且在有条件的基础上推动文学影像化，推动创意产业化。

关键词：粤港澳大湾区文学；创意写作；跨界；文学影像化

岭南地区在历史上常被视作商贸重地，而非文化重地，甚至被戏称为文化荒漠，这样的历史传统使得岭南人有着较大的文化焦虑感。这种文化焦虑感迫使岭南文艺工作者不断找寻发展发扬岭南文化之道。"粤港澳大湾区文学"这个新文学空间的出现，便是探寻道路上相当重要的成果。

自提出"粤港澳大湾区文学"的概念以来，岭南文学抓住新契机，迎来迅猛发展。尤其是文学批评这块，新的刊物阵地《粤港澳大湾区文学评论》应运而生，"粤派批评"日益壮大。文学的接受和创造构成文学的两翼，二者相辅相成。文学批评属于文学接受的范畴，批评往往具有指向性，能够为文学创造引路。而文学写作属于文学创造，为批评提供文本对象，"无文学创造便无文学批评"的说法显然过于绝对化，但倘若没有文学创造提供源源不断的活水、创造"经典"，文学批评终究会走向古板，走向枯竭，变得死气沉沉。在粤派批评蓬勃发展的背景下，粤派写作理应受到重视。批评和写作，两翼均衡发展，是

---

　* 本文为第七届华文创意写作大会论坛投稿。
　** 李志雄，中山大学中文系研究生。

粤港澳大湾区文学发展的基础。

关于粤派写作如何发展的问题，如何写出粤港澳大湾区的经典作品，可以有各种思路。本文认为，创意写作的理念和方法能为粤港澳大湾区文学提供借鉴，创意写作能够成为助飞粤派写作的发展羽翼。

创意写作有两层内涵，它既是教学理念也是写作理念。创意写作萌发于西方，西方创意理论学者认为"作家是可以培养的"。在这样的理念引领下，西方高校开设具有写作训练针对性的创意写作课程，开创"作家高校任教"的教学模式，让作家亲授写作经验，培育专业人才。而发展至今，由于阅读模式的演变和新媒体的涌现，创意写作跨出教学领域，而成为一种写作形态，即鼓励作家打破个人的经验与界限，勇于跨界，进行创新性创作。

在葛红兵等学者的努力下，创意写作在我国逐渐扎根发芽。2010 年，王安忆在复旦大学首创创意写作专业硕士班，率先实践。辗转十余年，创意写作实现本土化发展，从上海燃起的星火，如今遍布全国，形成覆盖初高中到本硕博的全层次教育体系，学科建设取得一定成果。

创意写作实现本土化发展有粤港澳大湾区的功劳。岭南学者自觉推行创意写作的理念，以点带面，如香港作家也斯，多次举办中文文学创作讲座，筹划课程，协作出版相关创意写作理论丛书。除了个体的推动，还有院校的大力支持，广东外语外贸大学是我国率先开设创意写作本科专业的院校，作家毕飞宇是创意中心的名誉主任，诗人杨克是现任创意中心主任。近年来，该校还和阅文集团进行合作，联合港澳地区高校，成立阅文粤港澳创意写作基地。综上，创意写作在粤港澳大湾区有体系基础，稳步发展，华文创意写作大会高峰论坛在 2018 年落足广州便是强有力的例证。

那么，创意写作应当如何推动粤派写作的发展呢？下面笔者将从创作主体、创作内容、创作形式三个层面，对创意写作与粤港澳大湾区文学的融入和实践进行讨论。

一、开放、交融的粤港澳大湾区作家群

创作主体，即作者，文学文本的创造者。讨论创作主体，这涉及粤港澳大湾区的创意写作由谁来书写的问题。粤港澳现有的创意写作教育体系下培育的新人，在高校接受着专业训练的青年，无疑是这个创作主体的重要组成部分。但仅依靠这些"新苗"，是完全不够的，正如上文所提的，创意写作不仅是一种关于写作的教学理念，也是一种写作理念，是这个时代各式各样写作姿态中的一种。教学理念层面创意写作意在"授之以渔"，要做到这一点，不仅需要鱼（经典的文本），还需要渔夫（成熟的作家）。要使得创意写作在粤港澳大湾区里能够深度融入，需要粤港澳的作家群迎接创意写作的理念，需要他们率先打破旧有的经验和形式。粤港澳大湾区需要一种氛围，一种环境，需要创意典型之作不断涌现，形成规模。这样的文学环境之于创意写作教育体系下缓缓成长的青年一代而言，有熏陶、引领的作用。

粤港澳作家群有着开放性的特质，这样的特质与主张打破边界的创意写作相契合。粤港澳作家群的开放性体现在该群体人员组成所呈现出来的多样和包容，是与地域、历史

等因素息息相关的。它包括了生于斯而长于斯的本土作家,如擅长以女性视角描绘广州市民生活的张梅。岭南的本土作家大多散落在乡镇,以描写当地风情民俗为主,作品生活气息十足但给读者所呈现的图景不够广阔。

相较本土作家,从外地来到岭南的"移民作家"的岭南书写更具影响力,而他们也成了粤港澳大湾区文学的主体力量。岭南历来就是"移民"之地,粤东粤北一带,像清远、梅州和惠州,便是客家人的集中居住地。改革开放之后,发展较快的广州和深圳引发"南下潮",形成了新一代的"移民"。从武汉移居到深圳的邓一光便是粤港澳移民作家的代表,他近些年尤其注重深圳城市的书写,给读者呈现出深圳底层新移民的真实面貌,反映的是深圳的都市变迁史。从南宁来到广州的诗人杨克,关注广东商品经济的发展,诗歌里融入了他的思考。将他早年的作品《时装模特和流行主题》和近来的作品《在华侨北遇见未来》进行对读,从写"化妆品和真皮布袋"到写"芯片和电子元件",这是制造业到高新技术产业这轮经济转型的缩影。杨克一直在"行走",在思考,他从对大消费时代如何避免被物质文明所侵蚀的思考("暗香在内心浮动/工业的玫瑰,我深深热爱/又不为所惑"①),转向对科技时代的时空观的思考(复活的冷冻人/与冷冻卵子孵化的男孩/于此相遇,谁是玄孙/谁是隔世的高祖),这些思考是针对粤港澳大湾区不同阶段的时代之思。这类写作代表着粤港澳大湾区文学。大多数本土作家往往聚焦在当地的民俗生活,而移民作家敏锐地捕捉到时代的气息,注重发掘"变",这种意识是创意写作所需要的。

除了本土作家和移民作家,粤港澳大湾区作家群还需要囊括一个特殊的群体,即海外华人作家。粤港澳大湾区是一个具有海洋性的地域,沿海的特点使得该地区与海外有着紧密的联系,如明清时期的海外贸易,近现代的"下南洋"。粤港澳大湾区是著名的侨乡,由粤港澳走到海外的华人颇多。海外华文作家张奥列便是从广东走出去的作家,他的写作具有"在地化"的特征,他将自己在海外生活的所见所闻融入个人写作中,具有域外特色,但与此同时,又能从他的写作看出粤文化对其思维方式的影响,看出他过去在粤港澳生活的经验,因此,他的写作实际上是海外和粤港澳文化的碰撞,是某种跨界交融。

本土作家是长于粤,移民作家是从他处迁至粤,而海外华人作家是从粤迁至他处,他们从不同视角切入,书写着粤港澳大湾区文学。其中的碰撞、求变都是创意得以酝酿而生的元素,粤港澳大湾区的创意写作有着极大的发展潜力。同时,粤港澳大湾区的作家群与创意写作有着相契合的内在精神属性。岭南人强调"不走回头路",要"敢为天下先",这种创新精神是岭南改革家的精神,是政治经济建设者的精神,也是岭南文艺家的精神。

二、人文精神和科学精神的前沿

粤港澳大湾区进行创意写作应当书写什么内容?将什么元素纳入文本中去以实现去旧出新?继创作主体之后,我们需要讨论的是创作内容的问题。

文艺创作要有温度、有情感,这就呼唤着创作者要有人文精神。文艺创作需要贴近时

---

① 杨克:《广西当代作家丛书:杨克卷》,漓江出版社 2004 年版,第 226 页。

代，找到具体真实的城市和人，发现新问题，找到新经验。

处在新时代，当下的时代特征是现代化。粤港澳大湾区在现代化进程里演绎出许多新事物，如新的移民人群，移民作家便是其中一部分。

自改革开放后，粤港澳进入了新工业时代，吸引了许多人南下。历经十余年，新移民群已颇具规模。新移民群里有扎稳脚跟、跻身上层的高新技术人才，也有大量从农村进城务工的打工者。深圳市人力资源社会保障局针对人大代表提出"农民工"的表述具有歧视性的意见做出回应，建议以"来深建设者"代替"农民工"的表述。来深建设者为深圳的现代化建设做出巨大贡献，他们为这座城市提供劳动力，包揽了脏活、累活和苦活，但他们在拿微薄工资的情况下还常常被欠薪，生活也缺乏社会保障，可以说是都市边缘人，是新时代的边缘人。这群处于边缘的来深建设者需要的绝不仅仅是换个表述，而是权益保障。来深建设者便是值得粤港澳作家关注的对象之一，除去物质生活的匮乏，来深建设者精神上还面临着对于异乡文化的适应等问题。创意写作内容层面求创新，并非让作者凭空幻想，不是天马行空，而是要以新视角切入真实生活，找到为人所忽视的点。来深建设者这样长期为社会忽视的群体便需要文艺创作者去观察，去发现，去为之"发声"。

踏上现代化列车的粤港澳大湾区，其社会形态是杂糅的，正如谢有顺所指出的，呈现出一种时空并置的结构①。这里有像广州、深圳和香港这样的摩登大都市，却也有像江门这样乡村四处散落的旧镇。就广州、深圳而言，内部也还有城中村和城村过渡区。粤港澳有经济繁荣的地区，有经济相对落后的地区，有经济正在迎头赶上的地区，同时还有一种更为复杂的形态——经济波浪型的地区，即经济发展情况起伏较大的城市，如中山。中山曾经是旧乡村为主的市镇，改革开放期间，进行经济改革，以镇区主导发展的模式为主，由此形成了拥有各自特色产业的小镇。这座城市随之经济腾飞，成为粤港澳的经济强市，这是中山"起"的阶段。但中山镇区的特色产业大多处于全球生产产业链的中低端，随着科学技术的发展，这些位居产业链中低端的产业逐渐失去了后劲。由于期间没及时进行充分的转型，部分产业被大浪淘沙。缺乏高新产业的推动，原来的产业基础缺乏活力，中山市经济发展趋缓，在 2019 年，城市经济总量增速位居排名末尾，这是中山"落"的阶段。近两年，中山提出重振虎威的旗号，发展南朗新区，拟建高校，重新步入"起"的阶段。这座城市有着 20 世纪 80 年代以前的旧村镇，改革开放后的历经兴衰的轻工业大工厂，以及新时代涌现的高新技术研究所，三者并置于当下。作为侨乡，它有着四种移民，客家人、轻工业时期的打工者、新时代返乡潮的华人以及当下引进的高新技术人才，四种移民并置于同一个空间。这样的城市形态是此前未有的，是现代化期间涌现的新元素，也是需要文艺创作者去发掘的一个新领域。像中山这样历经经济起伏的城市，二度振兴的城市，是粤港澳大湾区现代化进程的真实一面，这样的城市形态值得被书写。

无论是新人，还是新城市形态，这些无疑都给粤港澳作家新的写作空间。现代化冲击的不仅是人和城市，还有文化。岭南文化在新时代被建构了新的文化内涵。有必要打破

---

① 谢有顺：《"粤港澳大湾区文学"的现在和未来》，《光明日报》2019 年 5 月 29 日。

旧有的对于岭南文化的认识，不要将思维框架在旧岭南文化里的粤剧、早茶、骑楼和咸水歌的传统模样，而是去发掘新岭南文化。如木鱼歌是岭南传统的说唱艺术，旧形式的木鱼歌以三弦为乐器弹奏，以历史小说、才子佳人为唱本的主题，现在的木鱼歌则有了创新性发展。以江门恩平木鱼歌为例，在乐器演奏方面，不仅有三弦，还有扬琴、高胡、萨克斯，音色更多样；而题材方面也与时俱进，江门乐人冯子畴为助力疫情防控，创作木鱼歌曲《众志成城，防控疫情》，让歌曲通过无线电台传播。由此看来，木鱼歌并未停留在过去，而是紧跟新时代前进。倘若要书写木鱼歌这类习俗，就应该写新的木鱼歌，而不是停留在王侯将相时代的旧木鱼歌，要书写岭南文化，就要写新岭南文化。

我们所处的时代是一个高度技术化的时代，作家需要关注技术，关注科技的问题。围绕科技展开的文学表达往往是具有前瞻性的，要依赖作家的洞察力、想象力以及辩证的思维力。如果这个时代缺乏对科技的文学表达，这就意味着作家群对现实的关注还不够，毕竟当下科技与社会的联系极其紧密。在当代较早关注到科技主题的作家是郑文光，他是中国当代科幻小说的开拓者，他的作品的主要题材是天文探险，这与郑文光早年攻读天文系有关，也与当时国内浓厚的航天探索氛围有关。近些年来，刘慈欣、郝景芳等作家接连创作科幻小说，引发了国内的科幻热，推动各地刊物开设科幻文学专栏。这些现象表明"科技"日渐被文学界所重视。但从总体而言，围绕"科技"进行书写的作家依旧是少数，这也是粤港澳大湾区的科幻文学的现状。少数涉及科技书写的粤港澳作家如王威廉，便以一种人文精神和科学精神相融的写作姿态写出佳作。他的新现实主义作品《后生命》①，便是一种范例。《后生命》讲述科学家借助"意识芯片"以实现人的永生，却最终意识到人的独一无二性，无法实现复活重生。2012年，俄罗斯新媒体之星公司的创始人伊茨科夫宣称要进行以永生为目标的高科技研究计划。近年来，克隆研究、机械芯片研究也在逐步开展。王威廉的这部作品对这样的科技现实进行了思考和回应。

当然，科技书写不等同于科幻小说，笔者不是号召作家都转型去写科幻小说，而是要将"科技"融入到文学叙事中去，作品要有对科技的思考，要对未来做出前瞻。科技书写和创意写作是相契合的，二者都需要想象力，都讲求突破框架，对立足于社会之新。粤港澳大湾区是一块能让科技书写壮大的沃土，以深圳、广州和香港为核心的粤港澳科技圈，是当代中国科技研发的前沿地区之一。粤港澳作家置身在这样一个科技空间之中，能获得的科技素材和写作资源是相当丰富的。

粤港澳大湾区的作家需要站到人文精神和科学精神的前沿，以敏锐的目光关注现实社会。新移民、新城市形态、新岭南文化、新科技，这些都是粤港澳创意写作所应关涉的对象。这里充足的"新资源"，表明了粤港澳创意写作有着无限可能。

三、跨界与文学影像化

粤港澳大湾区的创意写作应当以何种形式呈现？怎样去创作？文学形式是多样的，

---

① 王威廉：《后生命》，《中国作协〈小说选刊〉选编.2018 中国年度中篇小说（上）》，漓江出版社 2019 年版，第1—26 页。

给创作形式固定某种方向，无疑是给作者带上镣铐，违背创意写作的创新精神。笔者认为，我们无需着眼于具体的形式，但需要关注到创意写作有关形式层面的大趋向——跨界。

进行创意写作，需要提倡跨界。凌逾在她的论著《跨界网》里提道："跨界，带来创意无限，跨媒介创意，是新时代文化发展的核心。"①创意，在有界和无界之间融会贯通，"无界"就是要使物与物之间的界限暂时消除，构建关联性，如将文学与绘画艺术、影视艺术相联系。"文学叙事吸取图像、影像等的灵感创新出新内容，新形式。"在融会贯通时，要注意保持好有界，即主体边界要明晰。文学叙事吸取图像影像等的灵感进行创意创作时，依旧是一种文学叙事，而非一种混沌休，不是单纯地将事物无界限地杂糅。

跨界意在打破边界，构建新的联系。作家走出自身舒适圈，在新领域尝试写作便是一种跨界。广东本土作家岑孝贤过去以写佛山三水地区的风俗人情为主，而近年尝试踏足儿童文学领域，这种跨界使得他的创作有了新的活力。他的民俗作品《井问》，讲述的是农村人对"井"的原始崇拜和祭祀，以"井"这个物象为线索展开叙述。岑孝贤的作品喜用物象牵引全篇，而在他的儿童文学里，同样能发现这样的技法。《响着铃铛过老街》以"凤凰牌"自行车这个物象为轴，讲述"爷父孙"三代人的亲情故事。较之过往民俗作品里蕴含的"文化气"，近乎"知识性散文"那样的笔调，岑孝贤的儿童文学是抒情的，也是可爱的。在阅读的过程中，我们跟着"仔仔"，以他的视角去看家乡和家庭，很自然地就会被孩童的天真淳朴所感染，感受到一种人性至善的纯美。还有网络作家阿菩，将广州十三行的商业和社会变迁史这类向来归属到严肃题材的内容以网文小说这样大众化的形式进行跨界创作，其作品《十三行·崛起》再现了广州的商人文化精神和地域特色。

创意写作的创作形式需要跨界，其创意的输出形式也需要跨界。陈思和在20世纪90年代曾提出过"当代知识分子的岗位意识"的命题。知识分子在经济商业大潮下要寻找基本的谋生手段，找到安身立命之所，实现自身的价值。他指出的两条重要路径是出版事业和教育事业，知识分子通过这两个平台得以施展其知识技能，实现其文化理想②。而在被视听主导的当下，有条件的知识分子还可以选择以影视事业为岗。创意写作与创意产业化是密切关联的，创意的产业化意在使创意所蕴含的文化价值实现与经济价值之间的流转，从而使创意得以"消费"，得以面向大众，形成社会效益。在此过程中产生的"财富"，有一部分"反哺"到文艺创意者中去，从而助力文艺创意者更好地发展。实现文学创意产业化的重要手段便是推动文学的跨界，使文学影像化。文学影像化能够让作家的一度创意转化为面向市场的二度创意，而影像化带来的视听传媒优势，将更形象地向社会传播作家的理念与思考，实现知识分子的社会价值。上文提到的网络作家阿菩，其作品便被知名导演杨文军相中。杨文军与阿菩联手进行《十三行》的影视版改编及拍摄，这就是文学影像化的实践。以刘慈欣为例，他将《超新星纪元》《流浪地球》《三体》等小说的电影版

---

① 凌逾：《跨界网》，中国社会科学出版社2018年版，第3页。
② 陈思和：《试论现代出版与知识分子的人文精神》，《复旦学报》（社会科学版）1993年第3期。

权售出,担任电影剧本的监制。参与影视事业后的刘慈欣在 2013 年所获得的年度版税收入高达 370 万元。而改编为电影的《流浪地球》,被誉为我国科幻电影的新纪元,在国内掀起了科幻热潮,使得文艺界对科幻题材日益重视。刘慈欣投身影视事业,实现了经济利益和社会利益的双赢。但正如刘慈欣所指出的:"创作立体影像是跟写小说不同的形式,有不同的制约,需要考虑审查、市场回报等。"① 作家在推动创意产业化的过程中,难免会遇到矛盾:当文化创意产业化后,必然后受到市场经济规律的左右,作家的文化理想难免与商家追求利润的目标相冲突,二者达成平衡并不容易。

粤港澳大湾区是一块文学影像化事业的实践土壤。粤港澳发达的商业市场和广阔的消费市场为实现创意产业化提供了资金、消费者等基础条件。香港的电影事业在过去尤其繁盛,近些年却日渐沉寂,其电影制作的软硬件基础都很完善,如有粤澳两地作家的文艺创意刺激,能否推动其焕发新的生机? 当然,文学影像化绝非一朝一夕之事,需要逐步推进。

四、结语

本文从创作主体、创作内容及创作形式三个层面,讨论了创意写作如何在粤港澳大湾区融入及实践。在日新月异的信息新时代,社会呼唤着创意,创意写作的理念也必将得到学界学者更多的重视。但需要注意的是,注重创意写作绝不能为创意而创意,一切创意的根源都在于现实,是具体的、历史的,而非虚幻的。具有开放、包容特性的粤港澳大湾区有着极具创造活力的作家群,有着等待被发掘深究的创作素材和内容,有着推动创意产业化的经济基础。总的来看,粤港澳大湾区的创意写作具有很大的发展空间,值得我们期许。

---

① 杜学文,杨占平主编:《我是刘慈欣》,北岳文艺出版社 2016 年版,第 230 页。

新文科视野下高校文学社团的转型与建设

——以西南大学桃园文学社为例[*]

李金凤[**]

摘　要：当前，部分高校文学社团生存和发展遭遇困境，社团活动传统、单一，社团刊物发展陷入窘境。西南大学桃园文学社作为高校文学社团的缩影，目前文学社刊已停办，主要举办征文比赛，存在招新吸引力不足、活动形式单一、活动经费缺乏、工作效率低等诸多问题。高校文学社团作为培养学生创作能力、建设校园文化的重要阵地，值得在新文科视野下重新观照文学社团的组织模式与建设策略。跨越单一的文学组织形态，走向信息技术为主、学科融合、制度保障的多重建设体系，正是高校文学社团转型与建设的可能之路。高校文学社团应充分发挥互联网+、新媒体技术、创意写作对文学社团的刺激、转型与更新的机遇，运用新媒介、信息技术打造电子文学，创新社团的活动内容与形式，搭建"五位一体"社团管理制度和激励机制，并通过社团的商业思维、创意文化产品等实现自主创收，最终转向新媒体融合的新型社团。

关键词：新文科；文学社团；转型；制度；创意写作

新文科是新思维、新方法，也是新话语和新行动。叶炜指出，新文科面对以人工智能为代表的"新技术"崛起，以网络传播为代表的"新媒介"变革，以数字人文为代表的"新方法"渐变等"新情况"，为了解决"新问题"而进行"新一轮"的学科交叉和融合，它所带来的影响必然是新理念、新思维指导下的新行动。① 人文学科中思维模式的突破以及更新升级，涉及专业、课程、师资、学生等各个领域。那么，作为一个学生组织的文学阵地——

---

　* 本文是教育部首批新文科研究与改革实践项目"新文科视域下汉语言文学专业'一基础三融合'改革及实践"（2021050072）阶段性成果。

　** 李金凤，女，文学博士，西南大学文学院副教授，硕士生导师。主要研究中国现当代文学、写作。

　① 叶炜：《新文科背景下传媒院校网络视听内容生产的实验室探索》，《传媒观察》2021年第11期。

高校文学社团,它与新文科有什么关系?文学社团在面对人文学科转型与建设的过程中,如何在新文科视野下进行新理念、新思维指导下的新行动?高校文学社团应如何转型或创新以响应国家新文科建设的需求?

笔者以西南大学桃园文学社作为一个案例,观察高校文学社团的运转模式和变革要求,思考高校文学社团转型与建设问题。

一、桃园文学社运行现状和存在问题①

高校文学社团是大学生的文艺聚集地,是兴趣的集合,是一批具有相同文学主张和思想旨趣的学生借助社团的形式聚合而成的群体,传承了近现代文学史上"同人性质"的组织风格,在文学创作和人才培养方面独树一帜。在 20 世纪八九十年代,高校文学社团极其活跃,大学生们纷纷自由结社,自由出版刊物,形成文学繁荣的景象。高校文学社团还培养了许多作家,当前有影响力的作家中就有许多出自文学社团,形成学院派文学社团。文学社团成为青年作家的"孵化器"和时代记忆的"储存器"。

但目前多数文学社团遭遇了发展困境。在文学逐渐边缘化的过程中,文学社团也在五花八门的社团中被冷落和边缘化。学生不喜欢传统、保守的文学社团,新奇、动感的社团逐渐成为学生群体中新的追逐点。文学社团想举办一些有价值、有意义的活动,也常常因为资金匮乏、程序烦琐成为严重的考验。另外,社团中普遍存在的"搬椅""扛桌""拉赞助"等工作也让文学社团的魅力下降,社员的归属感和成就感渐趋消失。越来越多有才气、有文学梦想的大学生远离了文学社团,骨干社员青黄不接。高校文学社团的处境总体上比较边缘,社员人数不活跃,社团活动冷门,参与人数偏低,影响力日益式微。

笔者以西南大学桃园文学社作为一个典型案例,来观察高校文学社团的运行模式和组织方式。我们先来了解桃园文学社的发展历史、运行现状和存在问题等,借此提出有针对性的建议和措施。

西南大学桃园文学社(原《西师文艺》杂志社)成立于 1956 年 5 月 6 日,是西南大学成立最早的社团,也是重庆和全国范围内成立最早的高校文学社团之一。桃园文学社是西南大学唯一直属校团委,挂靠于文学院的校级文学社团,现为全国大学生文学社团联盟理事单位、全国优秀大学生国学社团,西南大学"五星级社团"和"十佳社团"。桃园文学社是一个有历史底蕴和文学传统的社团,著名作家郭沫若、叶圣陶都曾为其题名。1957 年 10 月 23 日,因郭沫若先生为文学社社刊《桃园》题词——"桃园花盛开"②,故更名为"桃园文学社"。桃园文学社秉承"擎前人爝火,传墨毓文脉"的宗旨,以"繁荣校园文化、锻炼写作能力、提高文学素养"为己任,组织并开展一系列富有创新精神、活跃大学生课余生活的文艺活动,培养了一大批文学、新闻类人才,著名导演张

---

① 感谢桃园文学社第 64 届、65 届、66 届社长徐庚源、袁艺珈、杨胤提供的社团信息。
② 郭沫若先生为桃园文学社社刊《桃园》题词现已刻成石碑立于西南大学北区弘文图书馆旁。

鲁、作家张者都曾是桃园文学社的社员。鲁迅研究专家刘扬烈教授,为桃园文学社首届社长。桃园文学社创造了良好的文学氛围,借助部分学生群体参与写作活动,营造了健康的校园文化,综合性地提高学生的组织协调能力、编辑排版能力和文学审美能力。

在 20 世纪八九十年代至 21 世纪初,桃园文学社致力于编辑杂志,拥有社刊《鹿鸣》,社报《东林报》。后报纸停办,社刊改为《桃园》,《桃园》出刊至 2017 年左右也已停刊。历届桃园文学社主要活动有:迎新晚会、名师讲堂、情书大赛;公文写作培训、干部培训;社团文化艺术展、电影交流会、书友会;各类征文大赛、各类文学沙龙等活动。目前,桃园文学社的重要活动为征文比赛,整个社团的重心就是发征稿启事、活动宣传、收稿、评奖等环节。由于征文活动是与教务处合作举办,教务处对征文主题选择影响较大,制定的征文主题过于宏大、政治化,脱离了大学生的日常生活和审美心态,学生参与度不高,参赛作品水准也不高。桃园文学社作为一个历史悠久、传统的文学社团,其运转方式和形式都比较保守、单一,不容易吸引住越来越潮流的学生。

（一）运行现状

桃园文学社上设主席团和理事会,下设办公室、编辑部、宣传部、新闻网络部、活动部和外联部。在主席团和理事会带领下,这六个部门运行和举办活动大致如下。

1. 日常活动

新闻网络部官方 QQ 空间推送:活动预告、早安晚安、诗词名句。

宣传部微信公众号推文:活动总结、节气、一月三篇会员投稿。

2. 特色活动

（1）西南大学学生诗歌散文征文大赛:由共青团西南大学委员会等主办,桃园文学社承办,面向全校学生的校级征文大赛,已举办七届。2020 年第五届诗歌组主题有"风""空""少年中国说""共同抗疫";散文组主题有"城""英雄""无问西东""迈进全面小康社会";2021 年第六届诗歌组主题是"光""党心伴我行""逆行者""致别",散文组主题是"红色记忆""时代向前,青年向上"。投稿内容多数紧扣时代,弘扬了爱国、成才等主旋律,展示了当代青年学生积极向上的精神风貌。但部分征稿主题保守、陈旧或时政性太强,文学性、趣味性薄弱,自然难以吸引在校学生积极、踊跃投稿。

（2）名师讲堂:邀请文学院、外国语学院的知名教授举办讲座。2017 年邀请李子荣教授讲述"生活为什么需要诗歌"等;2018 年邀请肖伟胜教授、廖强副教授分别讲授"学术著作研读与理论思维培养""古楼遗芳:屋顶述说的等级文化"等;2018—2019 年邀请孟凡君教授讲座与《红楼梦》相关的主题,如"循华夏圣道,解宝黛迷情""明研精粹,细晚红楼";2020 年邀请周睿副教授讲述"在南说南山:中国古代文学中的'南山'";2022 年邀请李金凤副教授进行"创意写作思维训练"的工坊活动。桃园文学社内部成员及在校文学爱好者慕名前来倾听丰富多彩的讲座,与教师深入交流,丰富了学生的校园文化生活。

3. 第六十五届举办活动汇总①

名　　　称	主 要 内 容	时　　间
2020 年桃园文学社"翰墨留香,意镌以传"小型征文比赛	征文主题:稻草人、路人乙、致别	2020.9.1—2020.11.5
桃园文学社第六十五届会员纳新暨百团大战	参与由学生社团服务中心主办的百团大战,会员纳新及干事招聘	2020.10.24—2020.10.25
2020 年桃园文学社名师讲堂	主题: 在南说南山:中国古代文学中的"南山" 主讲人:周睿老师	2020.11.13
桃园文学社第六十五届"朔风舞墨,撷桃以待"会员暨干事见面大会	负责人致辞、部门风采展示、节目展示、游戏互动、兑奖环节	2020.11.24
"法律在我心中"普法宣讲活动	与西南大学鹿鸣法学社共同举办,诗朗诵及普法宣讲	2020.12.6
第七届"十大校园诗人"青春文学奖征文比赛	主办方:《青春》杂志社 承办方:重庆市高校文学艺术联合会 桃园文学社、晨曦文学社、余热诗社合办收稿	2021.4.1—2021.4.30
桃园文学社第六十五届社团嘉年华	参与由学生社团服务中心主办的社团嘉年华,游园、诗朗诵、桃文小游戏	2021.4.16—2021.4.17
西南大学第六届"秉绘百年,筑梦今朝"学生诗歌散文大赛	诗歌组:"光""党心伴我行""逆行者""致别" 散文组:"红色记忆""时代向前,青年向上" 主办方:共青团西南大学委员会、教务处、文学院、学生社团服务中心 承办方:桃园文学社	2021.5.1—2021.6.8

从以上日常活动、特色活动以及完整一届举办的活动来看,桃园文学社主要以社团联谊活动、文学活动、征文比赛、讲座等为主,这是典型的传统文学社团运行模式。

另外,新闻网络部官方 QQ 空间推送的活动预告、早安晚安、诗词名句和宣传部微信公众号的活动总结、节气、会员投稿等,都与新媒体时代的文案风格相距甚远,难以吸纳读

---

① 该活动汇总由第 65 届社长袁艺珈提供。

者产生阅读兴趣。

（二）存在问题

桃园文学社作为全国高校文学社团的缩影,其面临的困境也很明显。据调查,目前桃园文学社主要存在以下问题。

1. 招新人数较少

社团本质是志同道合的朋友在一起学习交流,但由于不是学生会等校级组织,许多学院综测时并不认可或加分较低。招新时学生往往因干事不加分,不入文学社。一个会员目前只能绑定两个社团,也影响了学生的选择。另外,文学社团举办的传统活动也缺乏招新吸引力。

2. 活动程序复杂

在举办大型活动时,主办方的确定,策划的审批,场地的租借,资金的支持等都存在一定困难。社团组织协调能力的发挥需要院校的支持与帮助。

3. 活动形式单一

文学社团的活动主要以文学类为主,形式较为单一、保守。桃园文学社的主要活动为征文比赛,社团重心就是发征稿启事、活动宣传、收稿、评奖等环节。

4. 活动经费匮乏

社团目前不收会费,但学校社联会按照一个会员 10 元的标准发放经费。文学社团由于会员人数少,一年经费大约 1 000 元,举办大型活动经费匮乏。

5. 工作存在惰性

社团以兴趣爱好为主,奖惩制度约束力低,执行力较弱,尤其在下半年社团工作效率较低。

综上,桃园文学社的发展遭遇困难。穷则变,变则通,通则达。如何改变思路,改变工作方式和组织方式,成为文学社团需要面对的严峻现实。

多数文学社团围绕“文学”组织和建设社团工作,但在新文科视野下,强调多学科的交叉融合,文学社团与新媒体、音乐、广告、新闻、戏剧、影视等学科的融合交叉完全有可能。跨越单一的文学组织形态,走向信息技术为主、学科融合、制度保障的多重建设体系,正是高校文学社团转型与建设的可能之路。

二、由传统社团运作模式转向新媒体融合的新型社团

在新技术迅猛发展的时代,纸质刊物日益衰落的情况下,桃园文学社再来运转、编辑纸质社刊已不现实,单一的文学组织模式也难以适应互联网时代。文学社团应直面挑战,创造机遇,借此转型。融入信息技术是新文科重塑思维体系的核心,桃园文学社可以尝试融入信息技术、数智人文,创新活动内容与形式,构建新的文学社团模式。

（一）运用新媒体媒介、信息技术打造文学社团新貌

“新文科是一种新思维”[①],高校文学社团要突破传统社团的思维模式,在社团发展中

[①]　贺祖斌:《推进新文科建设,回应新时代需求》,《南国早报》2021 年 3 月 30 日。

注重交叉与融合、协同与共享，推动文学社团的更新升级，更好地建设新的校园文化。因此，高校文学社团要积极利用互联网、新媒体平台和信息技术打造文学社团，走出社团传统老路，不再沉迷于传统纸媒制造，借助数智技术将文学社团进行转型与更新，从而使单一的社团走向多元。

移动互联网高度改变了人类的生产生活方式，必然会影响高校文学社团的运转方式。传统纸媒成本高、程序多、限制大，由于经费短缺、商业化倾向、内容局限性和发展滞后性等复杂因素，文学社团生产纸刊已属困难，即便在具有浓厚文学传统的高校，创办纸质校园文学刊物都已难以为继。部分高校文学社团生存状态岌岌可危，文学刊物发展陷入窘境。

随着互联网的深度发展，有别于纸质期刊的新型文学载体应运而生——电子文学。电子文学顺应时代发展，利于人们充分利用碎片化时间更加便捷地获取信息。电子文学容量大、更新快、阅读方便、互动及时，能够做到文字、声效、图片三结合。为了提高文学社团的运转效率，也为了更好地传播内容，高校文学社团应充分利用新媒体平台来创办电子刊，运营微信公众号、微博等，形成文学社团的品牌。

文学社团可以制作电子文学社刊取代纸质文学刊物。电子文学刊物的制作，依然可以锻炼社员策划、编辑、写作和审美等综合能力，并且电子文学社刊制作成本低廉，阅读方便，保存不受限制，传播范围广泛。在新媒体时代，文学社团要高度重视微信公众号、微博等新媒体平台建设，充分发挥新媒体的宣传和传播功能。桃园文学社目前设有微信公众号"西南大学桃园文学社"，但整体上运营比较消极，栏目设置和推文偏于传统，内容较为狭窄、小众，缺乏重量级推文。文学社团应重新思考如何通过电子文学刊物、微信公众号来扩大社团知名度和美誉度，宣传社团品牌文化。

在互联网时代，文学社团应与信息技术深度融合，重视新媒体与文学社团的发展。社团干部可邀请院校专业教师或新媒体从业人士进行新媒体运营培训，社团内部积极组织社员学习新媒体运营写作经验、营销策略，并通过运营微信公众号、微博等平台实践新媒体的运营技巧，让文学社团的新媒体运营经验和文案写作策划成为文学社团的特色品牌，推动着社团文化和校园文化的建设。这恰恰也是当前创意写作倡导的新媒介与新技术的融合。

（二）创新高校文学社团的活动内容与形式

新文科的特征是综合性、跨学科、融通性。作为一个以文学活动为主的文学社团，应对传统文学活动进行升级创新，在创意写作学科引领下，丰富文学社团的活动内容与形式。多数知名高校已设置创意写作专业或课程，文学社团应加强与院校写作课教师的沟通交流。创意写作倡导"从文字到图像，从单一链到产业链，不断地打通文学推广的通道"。[①] 文学社团也可考虑沿着创意写作的路径发展。

---

① 叶炜：《新文科背景下中国化创意写作路径思考》，《写作》2021 年第 4 期。

遗憾的是，多数高校文学社团尚未跟进新文科和创意写作。① "在活动形式上，高校文学类社团长期以线下征文和交流活动为主，活动形式单一，创新不足，没有有效利用互联网优势对传统文学活动形式进行升级创新，导致文学活动宣传覆盖面小，趣味性和影响力较低。"②借助互联网技术，更新活动形式，对传统文学活动进行升级改造势在必行。

如何创新高校文学社团的活动内容与形式？笔者认为，可以重点从以下几个方面发力。

1. 尽量吸纳不同专业、多学科的学生入会

社团招新时要充分考虑会员/干事的专业，尽量吸纳如计算机、大数据、人工智能、音乐、广告、新闻、影视等不同专业学生入会，并在部门设置和社团活动中充分考虑和发挥不同专业学生的特长。

2. 文学社团要密切关注校园热点和社会动态

用创意写作的学科视野指导社团，注意"抓住时代脉搏，与时代问题和生活热点融合""培养学生在日常生活中的问题意识"③。隶属于文学社团的微信公众号、微博、QQ 空间等发布推文和资讯时要与社会热点、校园生活密切相关，不能圈地自萌、与时代和校园脱轨。

3. 征文活动要丰富多样

策划征文比赛时，尽量设置新奇有趣的主题和形式，例如学生喜欢的网络文学大赛、剧本杀活动。不必局限于文学创作，可以结合校园生活和学生关心的问题策划应用文写作比赛、短视频作品大赛、创意文案征集等，还可以征收新闻稿、影评、剧评、书评、评论、策划书等不同类型的文稿。举办征文活动时还可以建立读者交流群，线上线下互动交流，扩大影响。

4. 将文学社团的读写活动与表演活动、网络视听相结合

可将文学与音乐相结合，举办经典诵读、诗词吟唱、诗词改编、歌曲演唱等比赛，并在线上音乐电台、视频号等多平台同步推送、播放。社团活动还可以通过视听的方式展现出来，社团内部拍摄短视频，制作音视频来表现大学校园生活，并在网络上多方发布，形成传播速度较快的视听产品。

5. 与有影响力的文学刊物/公众号合作，互推、策划相关文章

譬如，桃园文学社就有较大机会与《中国校园文学》《青春》《红岩》《散文诗世界》等文学刊物，以及"西南大学服务号""SWU 创意写作"等公众号开展合作互助关系。

6. 加强与社团、学院、学校之间的合作

西南大学两个文学社团"桃园文学社"与"晨曦文学社"可以采取合作互助方式，整合双方资源，共同承担大型活动，集中精力创办品牌活动。加强与阁楼话剧实践社、文学院

---

① 叶炜、金伟胜等学者的论文都曾提到新文科与创意写作密切关联。

② 温静、童旭旭：《"互联网+"时代高校校园文学发展困境及解决路径》，《河北经贸大学学报·综合版》2020 年第 3 期。

③ 金永兵：《新文科与创意写作人才培养》，《中国大学教学》2021 年第 Z1 期。

团委学生会、校团委的合作,如合办读书会、剧本写作大赛、创意写作大赛等,吸引更多师生参与。

三、建设高效、激励的文学社团管理制度,实践自主创收

高校文学社团的转型与建设特别需要制度的支持,上述提到的两个方面皆需要制度建设。高校应综合考虑新文科的发展方向和人才培养趋势,将文学社团作为新文科人才培养的重要方式和建设校园文化的典型,从制度上、机制上、精神上给予支持和激励。

(一)搭建"五位一体"的文学社团管理制度,建设师生激励机制

高校文学社团的转型与建设应在制度上助力社团发展,搭建"五位一体"的文学社团管理制度。"五位一体"的文学社团管理制度即学校学工部、校团委、学院团委书记(学院副书记或副院长)、教研室、专业教师。学校学工部、学校团委、学院团委书记(学院副书记或副院长)属于高层设计,教研室和专业教师属于具体落实人员。在学工部、校团委、学院领导大力支持的前提下,则需要配备熟悉社团工作、熟悉新媒体文化和网宣工作的教师,对文学社团进行专业的规划与指导。在具体工作中,文学社团应挂靠到各学院适合的教研室,教研室为社团配备专业指导教师,并在教师指导下,规划文学社团的工作重心和发展前景,在编辑、策划、写作等方面给予有序、专业的指导与培训。

据调查,多数高校文学社团缺少系统的培养计划,67%的社员表示所在的文学社团没有系统的培养计划。[①] 缺乏系统的培养计划,本质上是缺乏制度支撑和学校高层设计。但是,光有制度支撑和高层设计,若缺乏对真正参与者——师生的奖励与激励机制,文学社团的运行也将失去行动力和鲜活力。因此,在建设"五位一体"的社团管理制度中,特别需要建设教师、学生参与社团的奖励与激励机制。文学社团需要教师、学生共同参与,投入较大精力进行创意写作和活动策划,社团品牌和校园文化的形成与营造都需要师生源源不断的智慧输出、理念创新和文化创造。这必须要有一个清晰、通畅的奖励与激励机制。譬如,对于指导教师,应认定社团指导工作为教师工作量,给予课时奖励,在聘期考核、职称晋升等方面作为必要的考核指标,并在校内树典型、推模范、立榜样,对取得突出成绩、深受学生喜爱的社团指导教师给予表彰、奖励和宣传。对于社团学生,各个学院应增加实质性的激励政策,例如,在文学社团举办的比赛中获奖可加分、给社团任职干事颁发聘书、评优评奖时综测加分、保研加分,等等。文学院或新闻传媒学院尤其应该考虑文学社团与专业发展的关系,将文学社团作为专业实践平台,投入更多的制度和政策支持。

(二)创意写作的社团实践:自主创收

资金不足是文学社团发展的重要制约因素。高校文学社团的资金一般来源于新社员缴纳的社费,有的高校已取消社费,高校团委和学院也极少向社团投入活动资金。多数高校文学社团都有外联部费尽周折对外拉赞助,但学生能拉到的赞助极少。因此,学校首先

---

① 温静、童旭旭:《"互联网+"时代高校校园文学发展困境及解决路径》,《河北经贸大学学报·综合版》2020年第3期。

要加大财政支持力度,明确资金政策,落实校院两级专项经费支持。更为重要的是,校院两级要引导和鼓励高校文学社团自力更生、自主创收,并给予适当的创新创业项目与创收培训。

高校文学社团若要实现自主创收,应以商业思维审视文学社团的运营,充分利用互联网资源、新媒体平台获取收益。譬如,在视频网站哔哩哔哩(简称 B 站)发布视频内容,在微信公众号开通流量主、接收广告来获取收益。社团还可以邀请擅长新媒体内容输出的高校教师、自媒体资深人士进行指导、点拨与策划,通过社团内部的头脑风暴、充分调研、集体决策来制作有趣、有料的文案/短视频,并借助 B 站、抖音、快手、视频号、微信公众号,以及相关合作平台共同推送。

B 站是视频领域的"公众号",适合做原创内容还能少量赚钱。高校文学社团可以借此专门研究视频传播的渠道和方式,包括如何策划选题,如何传播视频,如何提高点击率等。UP 主潘子 Jane 受 B 站官方邀请,专门和学生分享如何拍摄高播放量的视频以及哪种题材的视频更受网友的喜欢。类似的学习资源很丰富,社团内部可以组织学习和观摩。B 站赚钱的方式大约有 5 种:创作激励,悬赏计划,粉丝充电,直播,接广告。最直观的收入便是 B 站创建的"激励计划",收益量与点击量相关,视频播放越多,分成也就越多。想赚更多相当有难度,要靠用户充电分成(打赏)、广告合作、直播礼物等方式。

高校文学社团一般都会运营微信公众号,在 B 站所播出的视频的末尾或评论区,留下文学社团的官方公众号,很容易导流至公众号。在此基础上,经营好公众号,发布优质内容,推送与校园文化生活、社会热点密切相关的文章。只要同一作者原创超过 3 篇推文,微信公众号就可以开启赞赏功能,每位社员、读者都可以在社团的微信公众号上发表原创推文、开通赞赏,只要推出的内容优质、有创意,再加上作者自身的魅力,就有机会获得读者的赞赏。此外,文学社团还可以设置一个统一、虚拟的"作者",同时在推文中明确署名实际作者,通过这样的方式迅速开启赞赏功能。若赞赏较少,社团可直接发放给作者予以鼓励;若赞赏较多,社团和作者可以采取分成的方式分配收益。

另外,多数文学社团的微信公众号轻易就能达到 500 以上粉丝,然后可开通"流量主",当公众号的粉丝或读者阅读、点击广告时,就会有收益。曝光度、点击率越高,收益就越多。公众号管理员可根据实际情况设置公众号广告位,在公众号底部、文中、视频中、视频后等处发布广告,或推广返佣商品,激励社团内部成员、社团读者群积极转发推文,并阅读、点击广告以增加曝光量和点击量。

上述方式都是创意写作的具体实践,也是创意文化产品的校园呈现。"在当代,不懂新科技的人,很难创作新文学、生产新的文化产品。"①目前,文学发展的趋势越来越产业化,创意写作与技术、市场、商业密切相关,文学社团也可以在创意化的过程中获得商业利益。尽管这一系列的尝试和操作,并不能为文学社团增加多少收益,但只要有创收,社团就会很有成就感。在"互联网+"的大潮流、新媒体的大变革中,高校文学社团尝试通过互

---

① 金永兵:《新文科与创意写作人才培养》,《中国大学教学》2021 年第 Z1 期。

联网、新媒体平台实现经济收益的探索和实践意义更为重要,唯其如此,新文科的人才培养计划也才能在市场化、商业化的运作模式中落地生根。

四、结语

新文科重在建设创新文科专业发展的方式和渠道,也高度重视新文科的人才培养途径和模式。"新文科建设应树立以学生为中心、以产出为导向的卓越人才培养理念,积极创新人才培养模式和实现路径,切实转变人才观和教育质量观、评价观,努力培养交叉融合的高素质创新型人才。"[①]高校文学社团作为中文学科培养学生创作能力、建设校园文化的重要组织,值得在新文科视野下重新观照文学社团的组织模式,在内容与形式方面进行社团的转型与更新。新的思维决定新的行动,信息技术与智能技术的蓬勃发展,促成了新的记载、阅读和沟通方式,高校文学社团也将由印刷时代的传统社团运作模式转向数智人文的新型组织范式,在转型与建设的过程中充分发挥互联网+、新媒体技术、智能信息化、创意写作对文学社团的刺激、转型与建设作用。伴随着新文科、创意写作如火如荼的发展,我们期待着"新社团"的产生。

---

① 贺祖斌:《推进新文科建设,回应新时代需求》,《南国早报》2021 年 3 月 30 日。

理性与感性：剧本杀发展的两条路径

刘庄婉婷*

　　摘　要：剧本杀剧本的类型划分对创作者、工作室、店家、玩家都有着重要作用，更精确的剧本杀类型划分有助于剧本杀行业更进一步的发展。现今的剧本杀游戏需要调动两种思维——理性思维与感性思维，根据所需的思维不同可以分为理性本与感性本，而理性本又可以根据游戏玩法的不同分为推理本、还原本、阵营本、机制本。推理本以"推凶"为核心，玩家之间形成"一对多"的互动关系，对抗与合作隐藏在玩家互动中；还原本以还原故事全貌为核心，玩家之间多为合作关系；阵营本则以阵营划分为核心，两人及以上的玩家存在利益捆绑关系。而其他并没有形成具有一定数量的固定的游戏玩法的剧本杀剧本被笼统地称为机制本，机制本是理性本中的一个他项。在创作实践过程中，剧本杀创作者正有意识地区分不同类型的剧本杀，摆脱"剧本杀必须有推理"的定式思维。在未来，"理性+感性"的结合将是剧本杀剧本发展的理想道路。

　　关键词：剧本杀游戏；感性本；理性本；类型划分

　　随着现象级综艺《明星大侦探》的出现，剧本杀随之席卷全国，2019 年更是迎来井喷期，蓬勃发展的剧本杀还走出国门对外传播了中国文化。[1] 近年来针对剧本杀的研究层出不穷，主要集中在剧本杀的问题与发展研究上，众多研究揭露出剧本杀剧本质量参差不齐[2]、盗版频出[3]等问题，针对这些问题，江德斌提出政府应该加大对剧本杀的管理。[4] 同

＊　刘庄婉婷，上海大学 2021 级创意写作研究生。

①　刘洋，刘露：《剧本杀对外传播中国文化探究》，《新闻研究导刊》2022 年第 5 期。

②　范天娇：《红红火火"剧本杀"，背后乱象亟待规范》，《法治日报》2021 年 11 月 14 日。

③　戴先任：《阻断"剧本杀"盗版乱象后的灰色产业链》，《中国防伪报道》2021 年第 4 期。

④　江德斌：《"剧本杀"应实施分类分级管理制》，《济南日报》2021 年 9 月 24 日。

时众多学者也为剧本杀行业的未来发展出谋划策，提出了剧本杀与文旅相结合①、实景剧本杀②、儿童剧本杀③等发展方向。

此外，较多研究聚焦在进行剧本杀游戏的玩家身上，安瑞琦基于互动仪式链理论探究剧本杀中的青年互动行为④，陈美奇、崔丽基于拟剧理论探究剧本杀对自我形象管理与人际交往的影响⑤，吴艺星认为线下剧本杀风靡是因为其具有一种反群体性孤独的社交属性，能够提供玩家沉浸式的情感体验，使玩家的个人表达获得充分满足⑥。

而针对剧本杀本身，陈依凡指出剧本杀游戏具有三个特点：单一性的叙事视角、集体式的互动狂欢、强制性的时间战场⑦。张望将剧本杀与推理小说、戏剧剧本以及其他桌面游戏进行比较，指出剧本杀与后者在叙事视角、叙事结构、叙事媒介等层面都有所不同⑧，通过比较清晰地探究出剧本杀的类型特点。赵鑫深入探讨了剧本杀剧本与推理小说、古典戏剧的关联与区别，认为剧本杀玩家可以分为四个类型：推理型、扮演型、剧情型、社交型。⑨潘源将目光聚焦在剧本杀游戏的沉浸式体验中，认为剧本杀的沉浸式体验通过空间叙事、身体感知、社交互动来完成。⑩李玮从文学层面分析剧本杀，认为剧本杀打破了既有叙事范式的束缚，在角色、视角、情节和意义生成等方面具有创造性成果，首先就是对主角的消解，其次是开放式结局使得"整个故事意义性的编织永远在'未完成'的状态中展开"，最后通过玩家的主动幻想实现了审美主体间性⑪。

大多数学者聚焦剧本杀行业发展与问题，只有少数学者深入剧本杀内部进行研究，而对剧本杀剧本类型的研究迄今为止还少之又少。剧本杀剧本的类型标签是玩家选择剧本的重要参考，而现在的类型标签是在创作者创作与工作室包装分销中自然形成的，没有统一的标准与共识，存在分类含混与重叠等乱象。以线下剧本杀最大的分销小程序"黑探有品"为例，其在题材分类中囊括惊悚、情感、推理、欢乐、阵营、机制、谍战、武侠、玄幻、立意，以及其他门类。"武侠""谍战"是内容题材层面的类型划分，而"推理""阵营"是游戏玩法层面的类型划分，不同维度的类型却统摄在"题材"一栏中。

剧本杀剧本的类型划分对创作者、工作室、店家、玩家都有着重要作用，更精确的剧本杀类型划分有助于剧本杀行业更进一步的发展。明确类型划分的好处显而易见：有助于创作者掌握类型成规，更明确且简单地进行创作；有助于作为发行方的工作室快速建立品

① 张亚欣：《"剧本杀+旅游"能否撬动百亿元市场》，《中国城市报》2021年7月5日。
② 李玲：《实景沉浸式文娱方式成年轻人"新宠"》，《中国文化报》2021年7月20日。
③ 张亚欣：《儿童剧本杀兴起　细分化探索寓教于乐新模式》，《中国城市报》2021年12月20日。
④ 安瑞琦：《情感与交往：剧本杀中的青年互动行为研究——基于互动仪式链理论》，《视听》2022年第3期。
⑤ 陈美奇，崔丽：《"剧本杀"对自我形象管理与人际交往的影响——基于拟剧理论的质化研究》，《传媒论坛》2022年第8期。
⑥ 吴艺星：《线下剧本杀：反群体性孤独的"限时梦"》，《视听》2021年第5期。
⑦ 陈依凡：《"剧本杀"手机游戏：叙事、互动与时间的三维研究》，《新闻研究导刊》2019年第3期。
⑧ 张望：《"剧本杀"：在推理小说、戏剧剧本和游戏脚本之间》，《红岩》2021年第2期。
⑨ 赵鑫：《嫁接与黏合：剧本杀的叙事技巧与接受功能》，《创作评谭》2021年第6期。
⑩ 潘源：《剧本杀游戏：沉浸式体验中的空间叙事、身体感知与社交互动》，《声屏世界》2021年第10期。
⑪ 李玮：《"主动幻想"：作为新空间形式中的"文学"的剧本杀》，《扬子江文学评论》2022年第2期。

牌效应，根据不同类型的受众特点进行包装销售，如拾柒工作室是一家主打情感本的工作室，在情感本发行上比其他类型的剧本杀剧本更具优势；有助于店家根据来店玩家的玩本偏好购买相应的剧本，并通过提高为玩家推荐剧本的精确度增加回客率；有助于玩家更准确地根据自己的偏好选择剧本。

现今的剧本杀游戏需要调动两种思维——理性思维与感性思维，根据所需的思维不同可以分为理性本与感性本，而理性本又可以根据游戏玩法的不同分为推理本、还原本、阵营本、机制本。

一、剧本杀发展：游戏玩法的多样性

剧本杀最早起源于英国的角色扮演社交游戏《谋杀之谜》，是一种剧情推理游戏，考验的是玩家的逻辑推理能力。如 2013 年第一部传入中国的剧本杀游戏《死穿白》，以顺叙讲述故事，每个角色有自己的故事线并最终汇于一点——凶杀案。玩家的目的是推出杀人凶手，而杀人动机、杀人手法都隐藏在各个玩家的剧本中，虽然有故事情节但并不复杂，所有的故事情节都为逻辑推理服务。此时玩家在游戏中动用的是理性思维，即在游戏中通过推理、演绎、解密等方法找出真正的凶手，能够找到真凶的玩家无疑十分冷静。以《死穿白》为代表，以"推凶"为游戏目的的剧本杀剧本被称为推理本。

随着剧本杀爆火，剧本杀行业出现完整的产业链，剧本杀的游戏玩法也呈现出多样化趋势。因为标准不一，不同 APP/工作室对剧本杀的分类不一。综合来看，在游戏玩法上剧本杀分为阵营本、还原本、机制本、沉浸本、情感本、CP 本、硬核推理本等。这些不同类型的剧本杀剧本都是在推理本（即"推凶"玩法）的基础上发展而来，在这一阶段它们还没有从推理本中彻底独立出来，"推理"是剧本杀剧本的必备元素。

也正是在这一时期，情感本诞生。与注重理性思维的推理本不同，情感本不依靠通过缜密的逻辑推理得出最终答案而获得游戏快感，而是依靠沉浸式的情感体验获得游戏快感，调动的是玩家的感性思维。情感本的出现使得剧本杀游戏发生了真正的蜕变。

也是在这时，玩家的剧本杀游戏体验出现了两种路径，一种是理性本，一种是感性本。理性本调动的是理性思维，通过逻辑推理等手段推进游戏，最具代表的就是推理本。而感性本调动的是感性思维，玩家沉浸在剧本营造的世界与人物中，体悟人物的情绪并感同身受，通过心灵的触动获得情感上的体验与释放。剧本杀是剧情游戏也是角色扮演游戏，虽然《死穿白》已需要玩家进行角色扮演，但每位角色寥寥千字的剧本量并不足以让玩家真正的沉浸其中，他们扮演角色的身份但展现的性格仍然属于自己，在《死穿白》中进行角色扮演只是为了增加游戏的趣味性，是否进行角色扮演并不影响玩家最主要的"推凶"玩法。但在感性本中则不然，感性本的文字体量往往较大，玩家能够在剧本中阅读到更多的细节，通过音乐、道具等辅助性道具，玩家更容易沉浸在剧本营造出的世界与人物中，以《世界上最美的溺水者》为例，在第二轮凶杀案中虽然剧本给出的任务是找到杀人凶手，但由于前文的铺垫，超过五成的玩家违反了给出的任务，选择自己成为凶手，努力顶替隐瞒真凶，这就是情感的力量。感性本让玩家体会到的正是这些情感，感受到这些情感的玩家会崩溃、会痛哭、会大骂、会欢笑，会出现非常情绪化的反应。而理性本甚少触动玩家的情绪，在活跃的永远只有关注细节的眼睛与精密运转的大脑，甚至透露出一丝冷酷无情。

二、理性本：通过缜密的逻辑推理获得游戏快感

在理性本中，玩家主要通过缜密的逻辑推理获得游戏快感，而文本正是提供推理线索的工具。根据游戏玩法的不同，理性本又可以进一步分类，分为推理本（包括硬核推理本）、还原本（包括硬核还原本）、阵营本、机制本四种类型。

前文说过，推理本是最初的剧本杀类型，其最核心的玩法就是"推凶"，最后游戏以玩家找到凶手或凶手成功隐藏自己为结果。推理本的故事设计围绕凶杀案讲行，着重叙述各个玩家的杀人动机、凶案当天行踪、杀人手法等。在游戏中，玩家分为凶手与无辜者，凶手拼命隐藏自己杀人的事实嫁祸无辜者，无辜者则要辨明真相找出真正的凶手。一般情况下，凶手只有一个，而无辜者有多个，形成一对多的局面。还有的时候，扮演凶手的玩家不确定自己是不是凶手，只有在游戏的交流过程中才能进一步确认。因此，无辜者之间以及无辜者与凶手之间存在的是隐性的合作与对抗关系，当隐性关系变为显性关系时也是游戏结束的时候。

随着剧本杀的发展，推理成了剧本杀的必备要素，硬核玩家需要更加复杂而有趣的凶杀案进行推理游戏，于是硬核推理本出现了。硬核推理本与推理本一样都遵守"凶手唯一"的原则，都具有隐性的对抗与合作关系。只不过硬核推理本的案件更为复杂，要求玩家具备更强的逻辑推理能力。

硬核推理本最明显的一大变化就是世界观的"变格化"[1]。变格化可以使得故事的世界观更复杂、情节更曲折、杀人手法更复杂，如硬核推理本《木夕僧之戏》凭借着能够将死人复生的"化灵法阵"将整个案件复杂化。只有参透了"化灵法阵"这一特殊设定，玩家才能理清杀人全过程，找到最后的真凶。硬核推理本的复杂性从以下"化灵阵法"的说明就可以窥探出一二。

> 化灵阵法说明：当然，为了让游戏更好玩一些，我以"木夕神社"为范围，运用"化灵阵法"设置了一个可以使灵魂实体化、死生相见的结界——在这个结界中，死掉的人将于死亡30分钟后在自己的房间醒来，完全忘记自己死掉的事实。他的灵魂将实体化成他死亡前最后一刻的形象，包括衣着、随身携带的东西都会被结界实体化。实体化的灵魂与生者一切活动毫无区别，但死者绝对不会再次受伤或死亡！这是死者与生者的唯一区别。实体化的物品与真实的物品将完全相同，拥有完全相同的属性，毫无区别。因此绝对无法从外在上看出死者与生者的区别。死者需通过骸骨认领仪式辨认出自己的骸骨。化灵阵法仅对人类有效，动物无法进行灵魂实体化。（《木夕僧之戏》）

---

[1] 推理小说分为本格与变格两种，本格指的是发生在现实背景下，杀人手法可以在现实世界实现的推理故事，变格指的是存在穿越、妖怪、科幻等非现实元素的推理故事。

硬核推理本是推理本在原有轨道上的进一步发展，还原本则是从推理本中诞生出的新的一种游戏玩法。推理本的主要目的是找到真正的凶手，而还原本的主要目的是还原故事的原貌。推理本的剧情收束于一条凶杀线，而还原本的剧情却像是散点形成网状结构。玩家与玩家间在推理本中呈现出隐性的合作与对抗关系，而在还原本中呈现出显性的合作关系。

推理本的叙事顺序是顺叙，而还原本的叙事顺序一般为倒叙。"失忆"是还原本的常见设定，正是因为失忆，玩家才会为了寻找事情的真相而行动起来。《病娇男孩的恋爱日记》是非常精彩的还原本，玩家扮演六个人格的新颖设定、日记体的剧本形式，再加上基础的失忆设定，都将整个故事的面貌蒙上了重重迷雾，玩家需要拨开层层迷糊才能还原故事的全部面貌。《病娇男孩的恋爱日记》是《病娇男孩的精分日记》的续作，在第一部中宁浩找到七名侦探来当朋友，但始终无法找到心目中的萧何，最后选择自己注射药剂分裂出了六个人格，通过培养记忆空白的人格将萧何复活，而这一切的计划由许彤执行。就像宁浩对萧何病态的迷恋一样，许彤对宁浩也有着病态的迷恋。一开始，玩家所扮演的是萧何星期一到星期日的七个人格，处于失忆状态的他们需要通过种种线索确定自己是星期几。随着故事的推进，第一个反转出现，经过交流后，玩家逐渐发现自己扮演的不是萧何的六个人格，而是另一个角色宁浩的六个人格。而就在游戏的最后，由 DM 饰演的宁浩通过一番演绎带来了最后巨大反转，原来玩家扮演的不是宁浩的六个人格，而是许彤的六个人格。《病娇男孩的恋爱日记》虽然有凶杀案情节，但在整个故事中的比重并不大，剧本的目的仍然是带给玩家一个完整的故事。通过一层层反转，玩家一步步逼近真相，最后知晓故事的真相。在还原本中，玩家动用理性思维，思考的是"我是谁""我发生了什么"，而不是"凶手是谁"。

推理本有硬核推理本，还原本有硬核还原本，如《持斧奥夫》讲述了一个套圈式的故事，图 1 为《持斧奥夫》的关系层，玩家要还原整个故事必须解出这一关系层。

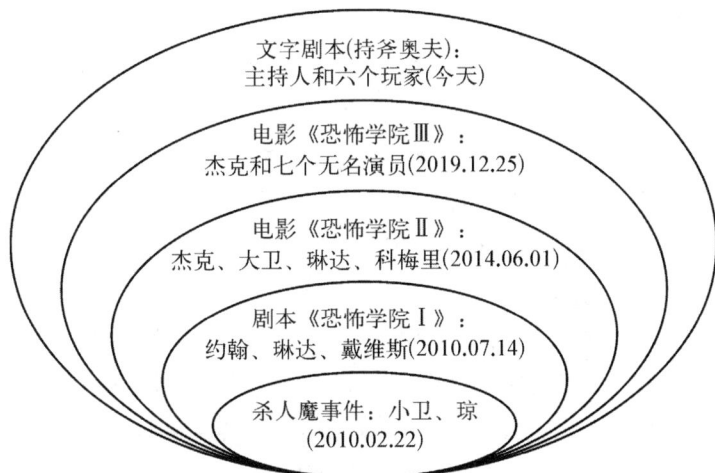

图 1 《持斧奥夫》关系层

虽然《持斧奥夫》是一个以凶杀案为核心塑造的故事，但在《持斧奥夫》中凶手并不只有一个人，打破了推理本"凶手唯一"的原则。同时，在游戏中，玩家的思维精力集中在理清整个故事面貌，解出《持斧奥夫》的关系层，因此《持斧奥夫》仍然属于还原本。《持斧奥夫》的故事非常复杂，玩家必须理清五层圈套结构才能明白所有的故事真相，非常考验玩家的组织与逻辑能力。

与推理本、还原本不同，阵营本将玩家划分成两个及以上的阵营，阵营与阵营之间相互对抗，同阵营的玩家又相互合作。例如，剧本杀《汇通天下》明面上有四个阵营，暗地里又有一个阵营。剧本杀《刀鞘》是民国题材的阵营本，将玩家分为三个阵营，人数分别为3、3、1，在游戏中玩家并不清楚自己的队友有哪些，需要自己去分析判断。又如，阵营本《青楼》中以是否杀过人为标准，将阵营分为好人与坏人，人数分别为4、3，玩家必须通过分析才能判断出与自己同阵营的人。

通过这两本阵营本能够发现，与"一对多"的推理本、全员合作的还原本不同，阵营本中至少有两名玩家利益捆绑，而同一阵营的人数又不超过总人数的一半。阵营本通过对抗与合作的人数差异，与推理本、还原本相区别。

在阵营本中，同一阵营的玩家相互合作争取赢得最终的胜利，而不同阵营的玩家相互算计进行对抗，最后以获得筹码或存活人数较多的一方为获胜方，如《汇通天下》就是以最后获得最多钱财的阵营为胜利者，《青楼》《刀鞘》则是最后存活人数最多的阵营获胜。

阵营本时常会含有创新玩法。《青楼》作为一个阵营本，剧情十分简单，文本量很少，重在玩家之间的互动与游戏。《青楼》的游戏环节分为"比拼酒力""表演拍卖""凶案推凶""魔石验身""搜索杀人"五个环节。前四个游戏环节都是为最后一个"搜索杀人"环节服务。"比拼酒力""表演拍卖"环节放在游戏开始，其目的是让玩家互相交流熟悉，将气氛炒热，同时为之后的游戏积累资本。其后"凶案推凶"环节让欢乐的氛围急转直下，也引出了之后的重头戏。其实"凶案推凶"环节中是否找到真凶并不重要，通过讨论，玩家都有了自己心目中的凶手，由于之后的阵营战分为好人与坏人，双方相互厮杀，所以在这一环节中好人也不能直白地表示自己是好人，否则之后会有率先被干掉的风险。"魔石验身"环节和"凶案推凶"环节的目的一样，让玩家确定其他玩家的阵营身份，为最后一个游戏环节做准备。在"搜索杀人"环节时，玩家会通过之前的游戏环节找到自己的盟友，共同争取最后的胜利。

阵营本中也会有凶杀案与创新性玩法，但这些玩法的最终目的都是使自己的阵营获得最后的胜利，并不在游戏中占据中心地位，如《汇通天下》中被玩家投票为凶手的人会被扣除手里的金钱，在此条件下玩家往往会票选手中钱财最多的人而不是真凶。剧本杀《刀鞘》中存在"决斗"环节，即玩家具有初始武力值，通过搜集道具也可以增加武力值，决斗比拼的是玩家的武力值，武力值高的玩家获胜。玩家可以通过决斗杀死其他玩家，减少敌对阵营玩家的人数。

机制本是指理性本中除推理本、还原本、阵营本以外的游戏类型。推理本、还原本、阵营本都有一定相同模式的剧本数量，同类型的剧本之间具有相似的玩法与玩家互动关系。

推理本以"推凶"为核心,玩家之间形成"一对多"的互动关系,对抗与合作隐藏在玩家互动中;还原本以还原故事全貌为核心,玩家之间多为合作关系;阵营本则以阵营划分为核心,两人及以上的玩家存在利益捆绑关系。而其他并没有形成具有一定数量的固定的游戏玩法的剧本杀剧本被笼统称为机制本,机制本是理性本中的一个他项。

与推理本、还原本、阵营本不同,机制本并没有固定的游戏模式,甚至每一个机制本之间的玩法与目的都大相径庭。在机制本中,玩家可能全员合作,如《来电》讲述了六个诈骗犯轮番行骗的故事,通过六人的通力合作完成诈骗;玩家也可能相互竞争,只有一个胜利者,如《搞钱!》讲述的就是 7—10 个心怀鬼胎的人通过买地、互相曝光黑料等行为赚取钱财的故事;又如《极夜》将英国南极科考团的故事进行改编,玩家背负第一个将大英帝国的旗帜插在极点上的使命,同时也面临着恶劣环境的生存考验,《极夜》将"跑团游戏"与剧本杀相结合,玩家在游戏中具有极高的自由度,扮演性格迥异的角色的玩家会发生激烈的争吵,诸多人性的选择都会导向不同的结局。

三、感性本：通过丰富的情感体验获得游戏快感

感性本调动玩家的感性情绪,通过丰富的情感体验获得游戏快感。感性本的沉浸感比理性本更强,玩家沉浸在剧本营造的世界与人物剧情中,感受到角色的酸甜苦辣,产生了感同身受的情绪,进而出现哭泣、愤怒等具象化情绪。在广泛意义上讲,感性本就是情感本。

情感本指的是主体情感故事的剧本,可以包含爱情、友情、亲情、爱国情等。情感本并不注重逻辑推理,更加注重玩家的情感体验。如情感本《你好》将六个玩家分成三对情侣,情侣间的联系紧密,但三对情侣间的联系薄弱,互动较少。三对情侣中都有一个人患上阿尔兹海默病,《你好》围绕着阿尔兹海默病展开了一段绝美的爱情故事。而《你好》虽然存在凶杀案,但凶杀设计非常简单,一名角色使用头孢配酒的杀人手法就杀死了死者,推理起来的难度很低,时常为玩家所诟病。虽然有凶杀案,但显然凶杀案并不是《你好》的重点,玩家所体会的是剧本所揭露的故事以及故事中蕴含的情感。又如《在水中消失在水中》作为情感本互动感较弱,被玩家称为"自嗨式"剧本杀,玩家需要自身拥有丰富的共情能力才能在这部剧本中获得较好的体验。《在水中消失在水中》包含亲情、爱情、友情等情感,从各方面十分丰富地调动起玩家的情绪。通过音乐、布景、道具、DM 的演绎等营造出沉浸氛围,使得玩家更快速地投入剧本所设定的情绪当中。又如前文提到的《世界上最美的溺水者》,讲述的是一群在第二次世界大战期间死于集中营的孩子的故事,在第一篇章中玩家会扮演花栗鼠、天鹅、北极熊等失去记忆的动物,开启一场童话之旅,剧本在第一篇章的凶杀案中给玩家设置了顶罪的任务。在第二篇章中,玩家们回到现实,真正经历了集中营中的生活,也明白了动物世界的自己为什么是残缺不全的,在第二篇章中,剧本给玩家设置了找出真凶的任务,但有超过半数的玩家选择了顶罪,违背了发布的任务。剧本通过一个个紧扣的环节设置将玩家的情绪一步步推到最高潮,最后使得激扬的情绪突破了冰冷的任务束缚,这就是感性的力量。

情感本占领了剧本杀行业的半壁江山，也扩大了剧本杀原本的受众，越来越多的玩家选择玩情感本，通过情感本又哭又笑，发泄自己的情绪。情感本的文字量大，单人角色篇幅往往多达万字，通过许多细节描写来勾勒人物情感，而这些细节描写在理性本中往往是无用的文字信息。

在感性本中，玩家通过体悟人物情感，进行情绪发泄来获得游戏快感，因此游戏场所往往会变成哭泣与倾诉的地方。

结语

现阶段的剧本杀具有兼类现象，如还原本大多也是情感本。还原本需要塑造一个完整的故事，而完整的故事也在很大程度上调动了玩家的感性情绪，达到情感本的效果。因此还原本与情感本相结合是创作者在实践中得出的最佳组合。而凶杀案存在于大部分剧本杀剧本中，剧本杀是否一定要存在凶杀案一直是业界内外争论的焦点。有少数工作室先验性地发行了无凶杀案的剧本杀剧本，并获得了不错的成绩，如《来电》位列大众点评好评剧本榜 NO.1，更加小众的《极夜》也在玩家内广受好评。创作者正有意识地脱离"剧本杀必须有推理"的束缚，创作无凶杀案的剧本杀剧本，不同类型之间的剧本杀剧本界限正逐渐明晰。在有意识的分离后，创作者又会有意识地将剧本杀的不同类型运用在同一本剧本杀剧本中，但此时的兼类现象与之前无意识的兼类现象已大为不同。

值得强调的一点是，理性本与感性本调动的是玩家的两种思维并不相互冲突，"理性+感性"的结合将是未来剧本杀剧本发展的理想道路，玩家既能在游戏中体会到逻辑推理的烧脑感，也能在游戏中体会到情绪沉浸的触动感。

"故事+机制"：桌游发展的新趋势

罗兰荟子*

摘　要：剧本杀中"机制本"的盛行与《染·钟楼谜团》的出现，昭示了当今桌游发展的新趋势，即"故事+机制"的模式。本文通过对剧本杀和《染·钟楼谜团》的研究与分析，沿着本土化桌游"三国杀""狼人杀""剧本杀"的特点与发展脉络，考察桌游在发展过程中遇到的困境以及解决方案，总结出了"故事+机制"的融合发展趋势。剧本杀和《染·钟楼谜团》体现了"故事+机制"的特点，却没有平衡"故事"与"机制"的关系，未来的桌游将继续融合发展的路径，寻找"故事"与"机制"的平衡点，以自身的开放性激发玩家的创造力，使桌游真正成为一个开放自由的、具有无限生成性可能的场域。

关键词：桌游；剧本杀；《染·钟楼谜团》

根据艾媒咨询 2021 年的市场调研分析报告显示，"玩剧本杀"以 36.1% 的数值在中国消费者偏好的线下潮流娱乐方式中排名第三，仅次于"看电影"和"运动健身"。在剧本杀自身不断的发展更新、以《明星大侦探》为代表的明星角色扮演推理真人秀的风靡、疫情对线上线下游戏的推动等各方面因素的影响下，剧本杀已经成为当下最受年轻人欢迎的消费活动之一。继式微已久的"三国杀""狼人杀"等之后，"剧本杀"将"桌游"这一娱乐活动重新带回了中国年轻人的视野中，并为其赋予了新的生机。

以"三国杀""狼人杀"为代表的桌游侧重于"机制"，而"剧本杀"的原身是"谋杀之谜"，玩家通过讨论推理凶手、还原故事真相，侧重于"故事"。由此，似乎可以得出桌游的两个发展方向——笼统来说，也即"注重玩家的策略思考、依靠复杂的规则实现玩家间的制约及互动"的"机制"端和"具有一个完善的主题、代入浓烈的角色扮演要素"的"故事"端。但是，考察剧本杀近几年，尤其是 2020 年以后在中国本土化的发展，剧本杀已经不再

---

* 罗兰荟子，上海大学 2021 级创意写作研究生。

是单纯的"故事"端的桌游。在"游戏+社交"的大背景下，剧本杀正是意识到了自身强烈的社交属性，开始注重融合多种模式和玩法，尤其是加入其他桌游的机制、阵营等玩法，在桌游的激烈竞争中脱颖而出，呈现出"故事+机制"的融合发展趋势。

在机制本蓬勃发展时，2022年初，一款名为《血染钟楼》的桌游传入国内，5月，《血染钟楼》官方中文版《染·钟楼谜团》正式发售，在短短半年时间里迅速风靡于各家剧本杀、桌游店铺，令许多剧本杀爱好者"上头"。《染·钟楼谜团》的出现同样印证了桌游"故事+机制"的发展新趋势。本文将回溯中国桌游发展的谱系，以新生桌游"机制本"和《染·钟楼谜团》为例，探索桌游沿着"故事+机制"融合发展的新趋势及其可能路径与未来图景。

一、"机制"与"故事"：作为桌游的两端

桌上游戏（Board Game）发源于德国，盛行于欧美地区，从20世纪初期至今，桌游在几十年的发展历史中逐渐演化出两种不同类型的派系，即德式桌上游戏和美式桌上游戏。21世纪初，桌游传入中国，很快盛行并开始本土化发展。2008年，黄恺成立了全国第一家桌游公司"游卡桌游"，设计并发行了第一套"三国杀"，借鉴了美式桌游"杀人游戏"（Werewolf）的原理，以富有浓郁中国色彩又家喻户晓的三国故事作为桌游的主题，成为第一款风靡全国的原创桌游，在随后近十年的时间中都拥有相当大的玩家群体。2009年，唐立军接触到了"杀人游戏"，对其重新进行了设计和包装，又借鉴了当时风靡全国的桌游"三国杀"，为其取名为"狼人杀"，在游戏直播、真人秀、综艺的各方加持下，"狼人杀"迅速完成了普及，舶来的"杀人游戏"以本土化的时代社交基调的姿态出现在公众视线。

"三国杀"和"狼人杀"所借鉴、参考的原型游戏，包括"杀人游戏"和"游戏王""万智牌"等卡牌游戏，都属于美式桌游的范畴。尽管美式桌游也以一定的主题和角色扮演要素为特点，但不论是作为原型的"杀人游戏"还是本土化的"三国杀"和"狼人杀"，都是桌游发展的"机制"端，利用规则引导玩家之间的相互合作与对抗，玩家在规则下生成游戏过程与胜负结果，仍然没有跳脱出"游戏"本身的范畴，并未达到生成故事甚至文学性的可能。"机制"端桌游的弊病十分明显，近几年"三国杀"和"狼人杀"展现的疲态已经说明，即使不断推出新角色和新板子，一旦作为游戏底层逻辑的基本规则——"机制"被玩家掌握，玩家就会对游戏逐渐产生倦怠。

在这样的境况下，"剧本杀"则求之于与"机制"截然相反的另一条发展路线，即"故事"端。剧本杀在诞生之初是作为推理爱好者的小众游戏存在的，2020年以前，国内大部分剧本杀沿袭了"谋杀之谜"的传统，采用圆桌模式和通读剧本方式，几乎都是"推理/还原本"，通过玩家的阅读和讨论还原真相、推理凶手，2019年天津剧盟发行的第一个宣布影视化的现象级剧本杀《年轮》，正是采用了"通读本"的形式。除此之外，面向大众的剧本杀也在一再降低自己的推理门槛，诞生了以体验、还原、催泪为关键词的"情感本"，故事优秀的情感本可以无限弱化剧本杀中作为核心游戏环节的"推凶"，同样在玩家中大行其道，并且显示出蓬勃发展的态势。究其根本，正是因为剧本杀具有的"故事"属性，比起游戏，剧本杀更像是一场阅读大会，即使"阅读—搜证—讨论—推理"的机制都是相同的，

由于故事的千变万化,玩家的每一次体验也都是独一无二的。出于作家自我心灵的、重视思想深度和形式探索的作品,通常被划入纯文学的范畴,陈若谷在探讨推理小说时否认了"深度和形式是纯文学的专利",许多广负盛名的以严肃为核心表达的作家都创作过推理小说,比如博尔赫斯《小径分岔的花园》和埃科《玫瑰的名字》。[①] 同样,以《就像水消失在水中》《美丽新世界》等为代表的"情感本""立意本",直面人生,正视困境,并非仅提供娱乐性的满足,也可以被视为具有思想深度的文学作品。[②] 作为"故事"端的剧本杀,超越了游戏的狭义范畴,成了康德-席勒意义上具有审美功能的游戏,也成了当代文学的新的组成部分。

二、以机制本为例的桌游发展趋势考察

在"游戏+社交"的大背景下,桌游应该如何突破小众的桎梏,成为具有社交属性的大众游戏? 经过了近 5 年的发展,剧本杀已经脱离了野蛮生长的阶段,具有自身鲜明的取向和价值,剧本杀的发展方向也渐渐清晰:在最初"谋杀之谜"的基础上,注重故事给予玩家的代入感以及或喜或悲的情感宣泄,加入其他桌游的机制、阵营等玩法,呈现出一种"故事+机制"融合发展的趋势。

延续了"谋杀之谜"传统的"(硬核)推理/还原本"仍然是"菠萝头"[③]钟情的类型,但是其所需要的门槛使得推理本在越来越大众化发展的剧本杀中已经走下了第一梯队。考察 2021 年成交量排名前 30 的剧本,以"欢乐""情感"或"阵营"为关键词的剧本杀占了 20个,欢乐本《来电》更是以 6 211 盒的成交量高居榜首。[④] 在欢乐本、情感本和阵营本中,"机制"作为丰富玩家游戏和社交体验的元素被融合进来,形成了"故事+机制"的模式。有些机制只是在剧本杀中作为调节气氛的环节,比如阵营本《汇通天下》中的投骰子"赌博"和"运镖劫镖"机制、硬核推理本《虚构推理》中的"捉迷藏""做菜"机制等,由于剧本杀本身还是"故事"端的桌游,故事为主、机制为辅,其中的机制大部分比较简单,当剧本杀没有平衡好"故事"和"机制"的关系,让简单的"机制"占据大部分游戏时间,玩家的体验就会相应降低,这也是以上两个剧本受到诟病的原因。机制新颖且与故事完美融合,可以使玩家的游戏体验升级,《来电》《搞钱!》《青楼》《拆迁》就是其中的代表。2022 年上半年发行的受到广泛好评的剧本杀,几乎都是机制本,也即"故事+机制"的模式。《雾海同行》中借鉴了"跑团"的机制,《绿水青山带笑颜》中内置了德式桌游的机制,以及 2021 年大火的欢乐机制本《来电》《青楼》纷纷在 2022 年推出了续作,广受玩家的喜爱与好评。B站 up 主"打神酱油"在谈到剧本杀体验的变化时就认为,"现在的剧本杀环节非常多元

① 陈若谷:《科技理性时代的文学"出圈"——以侦探推理小说为例》,《粤港澳大湾区文学评论》2022 年第1 期。

② 李玮:《"主动幻想":作为新空间形式中的"文学"的剧本杀》,《扬子江文学评论》2022 年第 2 期。

③ 剧本杀用语,指打情感本的时候几乎不落泪、共情能力很差、代入不了的玩家,因为佛祖的发型像菠萝头,形容玩家像佛祖一样没有七情六欲。

④ 小黑探:《2021 年度剧本「TOP10」》,微信公众号(https://mp.weixin.qq.com/s/xBauZXt53gakI1cu016e7Q),2022 年 1 月 27 日。

化","与两年前的老本已经完全不是一样的东西","大趋势是加入了跑团和桌游元素"。① 归根结底,剧本杀与"三国杀""狼人杀"一样都是桌游,尽管"故事"的存在使玩家的游戏体验大大提升,倦怠期的到来被无限延宕,但是故事类型也有穷举的一天,当"古风""现代""日式""科幻""玄幻""仙侠"等主题难以再推陈出新时,作为桌游中"故事"端的剧本杀势必要求之于"机制"端,不断刺激、更新玩家的感官体验,剧本杀才能继续蓬勃发展,在日新月异的时代里源源不断地吸引玩家。

机制本的成功与成熟,证明了桌游在"故事+机制"模式上的发展趋势。以 2021 年山河表里工作室发行的剧本杀《极夜》为例,其在核心机制上创新地加入了"跑团"的元素。玩家不再通过阅读代入角色的生平、性格、经历、目的等,《极夜》只给了玩家一个设定好的情境:南极科考团的探险,关于角色的部分只有大段的留白,玩家将扮演自己,根据自己的内心做出不同的选择,不同的选择也将导向无穷无尽的"开放式"结局。《极夜》的创新不仅收获了玩家的好评,实现了"故事+机制"的融合,无意间也将桌游的发展推向了更新的路径:玩家的无限生成性可能。

三、《染·钟楼谜团》与生成性可能

"开放式"在剧本杀中其实已经屡见不鲜,然而在文本与故事的限制下,剧本杀的"开放"终究只是一定程度的开放,大部分剧本杀只能在作者预先设置的数个结局中进行选择,比如在《金陵有座东君书院》的结局中玩家可以二选一:要么向敌军交出真正的凶手司若兰,要么为同窗好友顶罪。而在 2022 年初传入中国的新生热门桌游《染·钟楼谜团》,不仅同样体现了"故事+机制"的趋势,也为无穷无尽的开放式生成性的内容提供了可能。

《染·钟楼谜团》目前有三个官方大型剧本《暗流涌动》《黯月初升》《梦陨春宵》,四个开发中的大型剧本《游园惊梦》《无名之墓》《凶宅魅影》《绝世演出》,以及三个官方小型剧本《无上愉悦》《窃窃私语》。每个剧本都有相应的主题背景以及 20 个左右不同的角色,每个角色拥有不同的技能。与剧本杀《极夜》类似,《染·钟楼谜团》是在一个开放的基础世界观中,玩家拿到不同的角色开始高度自由的演绎,寻找"说书人"死亡的真相,故事走向和结局完全由玩家掌握,因而可以通过玩家的自由演绎生成无限的故事。《染·钟楼谜团》的剧本、背景、角色和规则都经过了精心的设计与打磨,"故事+机制"的融合向玩家交出了满意的答卷,推动桌游再一次"出圈"。美中不足的是"故事"与"机制"在其中没有达成平衡,冗长的规则表明其仍然是重"机制"轻"故事"的类型,玩家在官方剧本的核心世界观的限制下,即使是自由演绎也不能超过"鸦木布拉夫"小镇的范畴,这也决定了《染·钟楼谜团》无法像剧本杀一样达到文学性的高度。但不可忽视的是,《染·钟楼谜团》的官方提供自定义剧本网站,极大地激发了玩家的创作热情,无数玩家开始着手制作、

---

① 打神酱油:《【剧本杀】根本不是一个游戏！从〈雾海同行〉聊聊这两年剧本杀游玩体验的改变》,哔哩哔哩（https://www.bilibili.com/video/BV1xT4y1S7bR?spm_id_from=333.999.0.0）,2022 年 3 月 4 日。

分享甚至推广自己的剧本,优秀的自定义剧本也有机会被官方推荐和录用。目前比较出名的自定义剧本有国外网友制作的 *Catfishing*(译为《鲶鱼》《瓦釜雷鸣》或《沽名钓誉》)和国内玩家"夏商周"制作的《星座爱情》、"觉明止"制作的《都市极速传说》、"阿离"制作的《16 人格》等。在与集石官方负责人的访谈中,网友也提出了将《染·钟楼谜团》与热门IP《西游记》《甄嬛传》等结合的设想,官方负责人也表示,"如果这些创作者确实想要使用相应的 IP,我们也是可以帮忙对接的,届时一起来推进这个剧本的制作。"①"人是创造性地思维着的,人是思维着的创造者。"②创意写作视野的创意本位文学观认为,创意是人的本质活动,所以"人人都是作家""人人可以写作",同时提倡"写作自我的故事",《染·钟楼谜团》的出现推进了创意写作理念在游戏层面的发展,即人人创造自己的游戏。游戏作为人类的"第九大艺术",真正激发了人们的创造性,是通往全民创意的一条可能路径。

机制本和《染·钟楼谜团》都是对"故事+机制"发展趋势的探索,并且各有其不同的侧重,如何平衡"故事"与"机制"的关系,仍然是未来桌游需要探讨的命题,或许未来可以希冀于人工智能和元宇宙的加入,利用 VR 技术和大数据算法实现无穷无尽的开放式结局,真正意义上使"纸面"的桌游成为一个开放自由的、具有无限生成性可能的场域。

---

① 游戏猪猪王:《对话集石:官中〈染·钟楼谜团〉的现在与未来》,搜狐新闻(https://www.sohu.com/a/551131549_121124831),2022 年 5 月 25 日。
② 葛红兵:《创意写作学视域下创作方法论问题研究》,《山东青年政治学院学报》2019 年第 6 期。

特稿／创意作家谈

坚定创意写作的理念，努力培养新时代的作家

黄健云*

最近几年，一个地处边远地区的地方本科师范院校——玉林师范学院因为一批网络作家的涌现而引起了各地高校的广泛关注，"染茶公子"李慧、黄金秋、吴灵词、高细妹、叶明岑等，创作活动非常活跃，也都收获了令人瞩目的成果。

尤其是岑叶明（笔名叶明岑）同学，情况特别让人关注。他入学时，报考的是物理专业，后来，他因为对写作有爱好就报名参加卓越写作班的选拔。记得当我看到他提交的作品时，就被他独特的忧伤及其忧伤的表达方式吸引住了，于是，我毫不犹豫地把他吸收到卓越写作班中。四年来，他以他不凡的成绩证明告诉我：黄老师，我没有辜负你的期待。是的，他没有辜负我，也没有辜负卓越写作班，没有辜负时代的期盼。

四年来，他在《广西文学》《青春》《散文选刊·选刊版》《椰城》《岁月》《广西民族报》《中学生百科》《求学》等报刊发表多篇作品，并先后在广西教育厅主办的首届创意写作大赛中获得短篇小说、微型小说组一等奖，在全国大学生第七届"野草文学奖"获得散文组三等奖，在第六届广西网络文学大赛中获得长篇小说组优秀奖，在第十七届"相思湖"作文大赛获得二等奖。2021年，他的长篇小说《阳光灿烂》被广西麦林文化传播有限公司推荐，参与中宣部"优秀现实题材和历史题材网络文学出版工程"作品评选。作为麦林文学网作品代表，与《北斗星辰》《大国重器》《春雷1979》等热点作品同场竞技。经过创意写作的指引和个人不懈的努力，他已经成为广西作家的后起之秀和网络文学代表性作家。实践证明，创意写作完全能够在中国落地生根，也能在广大地方院校开花结果。

2012年12月，我从机关到玉林师范学院文学与传媒学院任职，先后担任党委书记和院长。到任后，我发现，很多学生对未来的目标是迷茫的，规划是随时变动的。然后，我连续对最近几届文学与传媒学院的毕业生进行访谈，结果令人沮丧。因为读大学四年后，这些学生，唱歌唱不过音乐专业的，跳舞跳不过舞蹈学院的，英语讲不过英语专业的，辩论辩

---

* 黄健云（1965— ），男，广西玉林人，文学博士，玉林师范学院教授，研究方向：美学、创意写作等。

不过思政专业的,讲故事讲不过历史专业的。一句话,学习四年,却显示不出专业的特色,更谈不上专业的优势。

作为院长,我对这样的结果深感忧虑。于是,我开始寻找出路,如何让文学与传媒学院特别是汉语言文学专业的学生与众不同。

我首先想到了写作。在传统观念中,中文专业的学生,必须是以听、说、读、写的优势区别于其他专业,特别是写作能力要绝对高于别的专业。但在当时的访谈中,我发现,他们的写作能力普遍低下。大学四年,很少有学生在公开发行的媒体上发表作品,这不能不令人深思。

确定努力方向后,我开始探索以什么样的方式引导他们,辅导他们,鼓励他们。

就在我苦于探索出路时,创意写作的兴起让我眼前一亮。我首先是在中国人民大学暑期培训信息中知道了创意写作的概念,然后从概念出发搜索相关文献。我非常幸运地搜到了创意写作的系列丛书,首批丛书中的《成为作家》瞬间就颠覆了我以前所接受的文学创作理念。"人人都可以成为作家""作家是可以培养的"这两个观点,仿佛两根擎天大柱,坚定了我以创意写作为理论指导学生从事创作的信念。

从 2013 年 9 月到今天,我们先后通过举行征文比赛、创设卓越写作班等方式,不断践行创意写作的理念和方法,经过近十年的探索和实践,终于引领学生打开了写作的一片天。十年的实践和探索,也让我有了如下深刻的体会。

第一,明确的目标是培养作家的基础。在人才培养过程中,我们明确提出,写作能力的提高,也就是准作家的培养,是汉语言文学专业的重要目标之一。有了这个明确的目标,才能让我们的文学教育把文学作品的欣赏与创作结合起来,也才能摆脱过去单纯讲授文学史的弊端,才能让课堂变得灵动起来。

第二,坚定的信念是培养作家的前提。在探索过程中,不断有教师质疑、调侃,甚至讽刺我们的做法。他们认为,汉语言文学专业的培养目标是教师,而不是作家,所以,花大力气讲授创意写作的理念和方法不靠谱。有的老师还振振有词地说,我还没有见过作家能被教出来的事实。面对质疑,我们毫不动摇,坚持把有利于更新观念的创意写作丛书及理念引进课堂。我们坚信,按创意写作的方法训练,一定能培养出作家。

第三,大胆践行创意写作的理念和方法,是培养作家的法宝。2015 年之后,以葛红兵教授、刁克利教授、许道军教授为领军人物的创意写作理论的推介者、建构者、践行者推出了系列丛书,包括译著、教材等,为我们的教学提供了抓手。在这些丛书中,给我们教学启示最大的有《成为作家》《大学创意写作(文学写作篇)》《创意写作教程》《创意写作的创意理论研究》《创意写作的十五堂课》《创意写作:基础理论与训练》《大学创意写作实训教程》,以及有关故事工坊、诗歌工坊的著作等。这些著作,我们都用于卓越写作班的教学中。系统理论让我们相信,以创意写作的方法训练,一定可以刷新学生固有的文学观念,冲破传统思想的束缚,而科学的训练方法,是确保创意写作理念落到实处的保证。

第四,因材施教是激活学生文学思维的关键。按照创意写作的理论,写作其实就是"写你知道的"。学生的经验不同,体验就不同;环境不同,心理自然有差异;人生的追求不同,写作的驱动力就不一样。因此,我们一定要根据学生的差异采取不同的引导方式。情感敏感细腻者,适宜写诗;性情直率者,适宜写散文;生活沧桑奔波者,适宜写小说。这些差异,我们往往通过学生写《我的兴趣》《我的特长》等自我介绍的文章看出来。因为这些文章,充分体现了学生在学习、生活中为人处事的原则、态度、方式等,也可以从中充分看出他们的写作潜力。在这个基础上,引导他们把自己所知道的慢慢地写出来。一般情况下,坚持一个月的时间,学生的写作潜力,包括他们熟悉的生活、词汇积累的情况,都能够通过文章充分地体现出来了。岑叶明的成功,最能说明创意写作的理念对激发学生写作潜力的作用。他是一个饱受打击、心灵创伤严重的学生,家庭的不幸让他经受了同龄人无法理解的痛苦,而这些恰恰是写作的重要资源。我们根据他的实际情况,引导他把自己经历过的、感受到的、体验到的以"写实"的方式写出。他相信了我们的引领和指导,勇敢地呈现了自己的创伤,最终,他在伤口上绽放出美丽的花朵。可以说,是创伤磨炼了他,是创意写作帮助了他成功地"疗伤"。从他目前的状态看,他一定会走上专业创作的道路。

第五,搭建沟通桥梁,是激发学生写作动力的保障。在我看来,写作者从事写作的原因无外乎三种:呈现自己的美,表达自己发现的美,分享自己创造的美。也就是说,写作者其实是美的发现者、创作者和传播者(或分享者)。有了美的发现(含自身美),就有呈现美的欲望,更有分享美的愿望。因此,为学生搭建与他人沟通、分享美的桥梁,就显得非常重要了。因此,我们利用玉林市得天独厚的作家群的优势,多次邀请潘大林、东西、鬼子、朱山坡、我本纯洁、梁晓阳、天鸟、吉小吉、婉琦、何燕等作家走进校园。作家们丰富的创作体验、丰硕的创作成果,以及丰富的文学资源,无一不给学生们以启发、以鼓舞、以帮助。可以说,作家的引领有效激发了学生创作的热情,并让很多学生将这股热情长期保持了下来。

总的来说,是创意写作的理念和方法,让我们看到了培养作家的可能性。也是创意写作的探索和实践,让我们坚定了培养作家的信念。我们有理由相信,在党和国家大力提倡文化自信的新时代,在文化创意产业越来越繁荣的今天,坚定培养作家的信念,我们一定能在创意写作的引领下,培养出一批又一批的写作人才和文化创意产业所需要的人才。

谈多重人格对创作的影响

岑叶明*

我生于信息闭塞、教育落后的南方乡村，13 岁时第一次阅读长篇小说，两个月后开始尝试文学创作，从此一发不可收拾。我中学时期只在文学网站和内刊、校刊发表过少量作品，凭借热爱坚持，其间遇上很多问题只能自己解决，或者遗留下来。我大学考入玉林师范学院物理系，后转入汉语言文学，进入写作班，在老师们的指导下进行相对专业的写作训练，发觉过去走了很多弯路，尤其是对双重人格与多重人格、意识与无意识这些内容的认识。接触创意写作理论后，我慢慢走出泥沼，逐渐有了一些成绩。

我的指导教师黄健云教授特别关注我的成长，鼓励我坚持创作。临近毕业，他希望我把成长中的心理过程写出来，于是有了这篇短文，记录了自身多重人格的成因、发现、自由斗争，以及如何通过写作训练进行协调，希望能给如我一般曾被此类问题困扰的写作者提供参考。

一、双重人格的发现过程及其成因

大约在 2015 年到 2016 年间，我发现身体里有两个不同的人格，我将其称为反面人格与正面人格。正面人格与反面人格都有一个共同目标：努力学习、写作，将来出人头地。可是两个人格的动机不一样，反面人格是危险的、黑暗的、不可理喻的，他不断提醒我，要变成一个强大的人，报复曾经欺负过自己的人，让我一度产生暴力和犯罪的倾向。当意识到自己的精神问题，我不敢与别人述说，也不知道如何治疗，只能不停地写日记，在日记中用恶毒的言语诅咒伤害过自己的人。久而久之，我意识到自己不能再这样下去——这和坚持进行阅读与写作也有关系，随着知识增加、视野扩大，我不断追问自己："活着的意义是什么？我要如何去度过这一生？"人生中阅读的第一部文学著作《钢铁是怎么样炼成的》中的话尤其促使我去思考："人的一生应当这样度过：当他回首往事的时候，不会因为

---

* 岑叶明，笔名叶明岑，玉林师范学院文学与传媒学院"创意写作卓越班"本科生。

碌碌无为、虚度年华而悔恨，也不会因为为人卑劣、生活庸俗而愧疚。这样，在临死的时候，他就能够说：'我的整个生命和全部精力，都已经献给世界上最壮丽的事业——为人类的解放而斗争。'"我在2012年时阅读这本书，书的精神催生我诞生某种远大志向的欲望。后来，我尝试利用从文学作品中学到的善良和正义，去遏制自己的阴暗面，让正面人格逐渐清晰起来。正面人格理性、善良、博爱，他告诉我："努力学习是为了走出自己的狭隘，努力读书是为了得到高贵的思想，写作应该有更值得坚持的目的，要有更远大的目标。"我心中幻化出两个小人，只要一有机会，他们就针锋相对，展开各种辩论。正面人格与反面人格对我的控制程度随着年龄增长和心智成熟而变化，期间也会因生活中的各种事产生微小波动。15岁之前，反面人格对我控制程度较高，小学、初中时我经常与人吵架、打架。在好友的回忆中，那时的我极其易怒，一言不合就大发雷霆，破口大骂，甚至大打出手。初中时我曾因为接水与人发生矛盾，和四个高年级的学生打架，虽然一个人打不过四个，但因某种冲动驱使，我并未服输，心中有个声音吼叫，打到站不起来才罢休。到高中时期，正面人格才拥有与反面人格抗衡的力量，达到微妙的平衡。

上大学后有了条件，我通过各种资料和文献了解多重人格，得知多重人格障碍也称分离性身份识别障碍，即一个人身上存在两种或两种以上的人格，每个人格都有各自的特征，交替控制个体。多重人格可分为非精神疾病性与精神疾病性。非精神疾病性的人格替换较为隐性，比如学生在学校表现调皮，在家长面前却尤为乖巧，这类在生活中用不同的形象、性格应对不同环境的人也可被认为具有多重人格；后者被精神医学界定为一种严重的、较难治愈的精神疾病，精神疾病性的多重人格会对个体造成严重的伤害，导致生活质量下降，需要使用医学手段干预治疗。严重的人格分裂还会造成生理上的影响，有些患者处于不同的人格时甚至有不同的血压、血糖和视力水平。多重人格病因并不明确且争议很大，有人认为多重人格是遗传、环境、成长、学习等因素相互作用的结果，社会普遍认为童年时期曾遭受打击和创伤是其最主要的原因，比如父母离异、朋友背叛、强奸、暴力、生命危险、遭受不平等对待、被当众体罚或侮辱等。我的确在童年时期遭遇过较大的变故。从我有记忆开始，父母的感情状况便很糟糕。母亲常年在外务工，过年才回来，父亲对她各种排挤。父母在我6岁时离婚，直到我13岁时，母亲才重新进入我的生活，因此我童年时在主观感受上极少体验到母爱的温暖。

此外，还有五种原因可能致使我发生人格分离：

第一，因家庭贫穷受到欺负和嘲笑。父母离异后，我在学校备受关注，尤其是隔壁村一个家境相对富有的同学，在学校里传播我是"没妈的野孩子"，聚众对我发起嘲弄。当他知道了我家住的是泥砖瓦房，在放学后组织起一群人去"参观"。他们特地整理出了一套逻辑：我父亲太穷，母亲才跟别的男人跑了……以此延伸出很多带着侮辱性质的事件，甚至通过丰富的想象在我面前虚构母亲与别的男人发生的事。奶奶晒的被子有补丁、父亲骑自行车、我穿的裤子破洞等无一不成为嘲笑的素材。我还因上学交不起资料费，遭老师当堂侮辱。整个小学阶段，这样的事情反反复复，一次次摧残我的自尊。我唯一能维护尊严的方法就是找到机会与他们打架，即便打不过也要打。但打架虽然能有效震慑他们，却让我越来越暴躁、易怒、野蛮。

第二，父亲的打骂。朱晓红教授在其著作《学龄儿童"多重、双重人格"形成原因初探》中提道："被亲人或所依赖的人鞭打或监禁，以致他们无法反击或逃跑，只能通过意识分离状态来作象征性的逃跑，借此创造坚强的内在角色。"小时候的我常常被父亲打骂，有时因为做错事，有时因为他输了钱，我从不敢逃跑，只能默默承受恐惧，直到中学之后。

第三，父母形象的双重崩塌。父亲在我懂事之初，便对我灌输母亲不负责任的形象，我带着对母亲的怨恨长大。父亲摧毁了母亲的形象，他自己的形象也在与母亲离婚之后崩塌。他变成了一个赌徒，把辛苦从田地里种出来的粮食输掉，回家后大发脾气，变成半疯半癫的人。当时的我不理解他，只觉得他是魔鬼，只要有机会我就离开家，去到外面躲藏，想着长大后远走高飞。"父母是孩子最依恋和亲近的人，当父母做了使儿童痛苦的事时，孩子会体验到一种'双价性'的痛苦……孩子们为了暂时保持自己精神上的健康状况将自己分离。"①父母形象的崩塌让我无所适从，我不再相信任何人，不相信家庭，不相信学校，脱离道德束缚，变成他们说的野孩子。

第四，老师的施暴和朋友的背叛与孤立。随着我的成长，家庭、学校对我的管教越发不起作用，外加邻村孩子的排挤，我只能与本村孩子交好。小学六年级的国庆节假期，很多人爬墙进入学校搞破坏。他们砸坏办公室的门，撕毁所有资料与纸卷，进入厨房烧了老师的衣服，在锅碗瓢盆里拉屎尿尿。邻村、本村的人都参与这些事，但国庆收假回来，所有人都把过错归结于我，即便曾经最好的玩伴也如此。老师把我带到厨房，驱赶所有人，关上门，对我拳打脚踢，结束后威胁我不能把事情告诉任何人，否则让我没书读。周末的时候，朋友骗我去一个地方玩，一群初中生早已在那埋伏准备袭击我。我刚到，一群人摁住我扇巴掌，威胁我如果敢说出他们，会在我上初中后把我"搞死"。往后很多天，老师处罚我跪在教室后听课，连续扫地、冲厕所，直至期末。同学对我的霸凌加重，曾经的朋友避开我，我成为村里妇女的谈资，常常被人当面指责、辱骂。那段时间，我的内心阴郁，甚至一度产生过自杀的倾向，可表现出来却是无所谓的样子，常常与人谈笑，试图重新建立人际关系。也就是说，在我刚12岁的时候，已经把表里不一运用得很成熟，这种多面性帮助我在今后很多新的环境中能快速构建人际关系。

第五，土地纷争。土地纷争在我出生之前就已经开始了，起因是土地承包初期，伯父与另一家人使诈，侵占父亲的土地，父亲在与母亲离婚后开始与土地大闹。在我童年时，我家主要和伯父一家争吵，最后闹到绝交，而我总是游离于争吵之外。在我中学时，我家与另一家争吵，激烈到要打架，那家人不占理，强硬不过，开始向我年迈的奶奶出手。奶奶住的房间在路边，泥墙黑瓦，隔音效果不好，那一家人趁父亲与我不在家时放出狠话，说让他三个儿子杀我们一家。这些话无法恐吓到我与父亲，对于思维封闭的奶奶而言却极具杀伤力。我放假回家，她已经精神失常，浑身发抖、彻夜难眠、乞求父亲停止争吵。父亲要强，坚决不后退半步。我那时每个月只有两天假期，在家未找到解决方法，就要去学校学

---

① 朱晓红：《学龄儿童"多重、双重人格"形成原因初探》，《内蒙古师范大学学报（教育科学版）》2004年第1期。

习。家里的事和繁重的学业撕扯着我,致使我的内心极其混乱。我想着将来要复仇,文学则消解我的仇恨。也就是在这时,如前文所说,我开始意识到自己存在双重人格。

总而言之,我认为,童年时期父母离异、家庭贫穷带来歧视、父母形象崩塌、12岁时的重大创伤和日益严重的土地纷争,综合导致了我的人格分离。当然,如今已无法确定人格的分离具体发生在哪一时刻,分离出来的又是哪个人格。我的成长坎坷,心境一直在变化,各种人格处在动态的变化过程。文学打开了我人生中最重要的那扇门,写作使得回忆越来越清晰,加剧了各种人格的冲突。终于在我高中的时候,我因为奶奶在土地纷争之中受到的伤害,生出了前所未有的报复心理,反面人格占了上风。好在因为坚持阅读与写作,我没有屈服于反面人格的侵蚀,而是开始积极塑造出正面人格与其对抗。那是我青春期最大的战争,没有硝烟,却激烈、矛盾、痛苦、高压……以及很多找不到言语来形容的感觉。我并未意识到要看心理医生,甚至刻意隐瞒,只是任由这两个最强大的人格自由生长、搏斗。

二、双重人格的自由争斗

我逐渐意识到,正面人格和反面人格的争斗是一场持久战。从幼年的天真到不断受到创伤后的阴郁,又通过阅读与写作得到了广阔视野和远大志向,我成了一个矛盾的个体。反面人格始终坚持要报复伤害过自己的人的目标,正面人格主张要放下恩怨去寻找人生更大的价值。两个人格不断发生辩论、冲突,柴静的非虚构作品《看见》造成了局势的改变。书中有句话阐述对宽容和理解的认识:"宽容的前提是理解。"读罢,我的内心轰然巨震,之后很多天都陷入一种混沌的思辨状态。在我的理解中,这句话大概是说,不要一开始就去做宽容的人,因为我不是圣人,还未理解的宽容往往会滋生更大的怨恨,先尝试理解他们,当明白他们所处的生长环境与接受的教育观念决定了他们的行为,这时再去谈论宽容,才是真正的宽容。我尝试着用这种思维去理解家庭,理解伤害过我的同学、老师和其他人,理解土地纷争的根源,于是也就对过往种种有了全新的看法。我找到了面对现实的另一个切入口,因此能更准确、客观的认清现实,判断现实。也是这一次的思维巨变,恶意人格对我的控制程度大幅度弱化。

阅读《看见》的契机,再加上各种潜意识的引导——这些潜意识和阅读与写作、进入中学后接触的老师同学、母亲和姐姐重新进入我的生活有关——我的正面人格愈加强大,打赢了这场"一个人的战争"。此后,正面人格的思想变得具体起来,认为自己读书、写作并不是要回头报复谁,而是要往前走,走出环境的局限,越过现实的重重迷雾,找到生活的意义,实现自我的价值。我重构了关于写作的远大理想:为社会底层而写,给如我一般被家庭、故乡伤害过的人以心灵慰藉。

中学时期的我孤军奋战,没有写作理论的支持,没有人能给出有价值的指导意见,只能通过大量阅读文学作品,通过写作实践去解决关于写作与生活中的种种疑惑。只要反面人格出现,正面人格对着他就是一顿猛捶。进入大学,接触了创意写作理论,读到多萝西娅·布兰德在《成为作家》中所说的"每一个作家都是具有双重人格的非常幸运的那一类人""天才作家都开诚布公地承认他们具有双重或者多种人格"，顿时感到振聋发聩，醍醐灌顶。埋头苦读创作多年后，我终于在这本书中找到正确认识自己的方法，恐慌随之消失，创作和生活状态都进入一个全新阶段。

三、在写作实践中训练多重人格

多萝西娅·布兰德在书里还提到，"作家的天性不是双重，而是三重"，认为"第三个伙伴是个人的天赋才能"。她说这第三个人格才是"作家的天才"，并且每一个人都拥有。"没有哪个人的天赋是如此贫瘠而不具备一点天才的禀赋，也没有人如此伟大能够将其天赋发挥到极致"，这也是对"天才是教不出来的"的侧面否定，即"某种程度上，其字面意思当然正确，但其含义几乎完全是误导的"，也就是说，天才当然不可能完全靠教就能产生，应该是我们每一个人都有天才的成分，要成为一个作家，将其释放出来就好了，能释放到什么程度另当别论——这无疑是对"写作可以教出来"的最好阐述。

在接触关于第三个人格——天才的理论后，我在反思、探索中发觉，自己体内确实有一个奇怪的、难以察觉的人格。这个人格藏得很深，不参与正面人格与反面人格的对抗，因为它没有理由帮助哪一方。他高高在上俯视所有的人格，俯视我的生活。只有在我进行文学创作，到几乎忘我的程度时，他才会悄悄出现，帮助我构思出超乎自己预期的作品。

阅读《成为作家》是我第一次接触创意写作理论，也是第一次了解多重人格。书中的理论对我造成的冲击不言而喻，激励我剥开内心，重新审视过去。我开始认识到，当初的正面人格可能是一群人格的总和，反面人格也是另一群人格的总和。随着多年持续阅读和写作，这些人格慢慢清晰起来，可以细分更多层：志向远大的、自卑害羞的、调皮贪玩的、敏感细腻的、没心没肺的、毒辣阴险的、阳光正直的、自信的、悲观的……或许还有其他没发现的人格。可以肯定的是，大学时期的我因为有创意写作理论的辅助，进行协调之后，脱离了自认为有精神疾病性的多重人格的情况。如今，我已相信这是我独特的天赋，只需要好好引导他们，就能让他们帮助我应对生活和写作中的不同场景。书中提出了训练多重人格方法："每一个人性格中的两个方面可以同时进行训练，让这两个方面协调一致……训练时，必须认为你不是一个人，而是两个人。"我曾尝试运用这种方法。自然，不只是局限于两个人格的训练，而是把能意识到的所有人格释放出来，让他们进入故事中，既为塑造更丰满的人物，也为了解他们、引导他们，完成追问过去、重塑自我的目标。长篇小说《岑面粉》《放开那只青蛙》和"野蛮生长"系列散文，是我接触创意写作理论后较为重要的作品。

《岑面粉》中，主角岑面粉从小父母离异，家庭贫穷遭受歧视，12岁那年在学校搞破坏，遭到老师、同龄人的殴打，再到后来经历学习失利、爱情失利、工作失利后，亲情成了压垮他的最后一根稻草，终于在20岁那年接受了命运的安排（其实是亲生父亲的使诈），与丑陋的疯女人结婚，在结婚当晚上吊自杀。

这是我创作生涯中最艰难的书写，写到一半时情绪低落，通过不断看日落、跑步缓解，直到心理影响到了生理、身体出现极大的负担，没法再继续，停笔数月，又逢新冠疫情暴发,最终在隔离期间完成。重新拿起笔后,我塑造了另一个人物:岑木木。我把自己切分成两半放进小说。岑面粉融入了我童年的经历,被我的反面人格塑造出来,他从小对生活充满热情,却总是遭受挫折,被死亡、暴力、厄运包裹着,逐渐变得暴躁、贪婪、狡诈,最后走到穷途末路。岑木木的童年是我曾对美好童年的幻想,长大后的故事则是我真实经历的映射。岑木木和岑面粉一样,父母在童年时离异,但是他的父亲能同时扮演父母的双重角色,给他足够的温暖和爱护,让他能健康成长,考上大学,通过阅读和写作走出农村,飞向更广阔的天地。故事的结尾,岑木木因为放不下岑面粉的死,回到故乡寻找答案,却发觉了关于那片土地的更大秘密。这个寻找答案的岑木木,其实也是现实中的我。我试图通过这篇小说重新审视故乡、土地和亲人。虚构故事的同时,故事也在反作用于现实的我。为此,我写下过一段创作谈:

> "我早已发现自己的多面性:我的身体中藏着很多个'自我',每个'自我'都是一种极端,这些极端互相拉扯,达到了一个平衡。因为创作《岑面粉》的缘故,平衡被打破了……我的精神面临危机。为了重新获得平衡,我想了很多办法,最直接的办法是放弃写那部长篇。当然,这不可能,我讨厌屈服……或许可以试试不要像以前一样让这些'自我'在互相仇恨的拉扯中达到平衡,而是让他们进行交流、和解,然后互相体谅、和平共处……这个过程,仅对我个人的创作生涯甚至人生而言,是长征,是壮举。"

《岑面粉》的故事涉及家庭、学校、社会三个方面对主角的影响,而在《放开那只青蛙》中,我将重点放到了家庭。这部小说描述了吴醉醉、吴笛笛、岑醉醉三个父母离异的孩子的成长:吴醉醉从小看见父母大打出手,患上了抑郁症,在外公外婆的帮助下仍旧走不出童年的阴影,最后选择结束自己的生命;吴笛笛是一个活泼聪慧、胆大机灵的女孩,却因父母失败的婚姻对生活失望,辍学走上社会,早恋早婚,生活越来越困顿;岑醉醉年幼时的生活中就没有母亲这个角色,以为父母离异对自己影响不大,随着成长,才渐渐意识到自己心灵的残缺。

通过这个故事,我提出"家庭留下的创伤会跟随孩子一辈子,渗透在生活习惯、为人处世的方方面面",并在散文《野蛮生长》中有所补充:"小说是否夸张,我还没能用一辈子去体会。可是随着成长,我越来越能清晰感知内心的阵痛。"写这部小说还与社会离婚率的升高有关,结合对周边人的长期观察和对社会大环境的思考,以及自己的经历,我认为个体的问题有非常大的概率源于家庭,为此不惜让主角岑醉醉长大后成为作家,通过直白的叙述呼吁:"我把这些故事写下来,是想把过往变成文字封存,以及告诫天底下的父母:当你能尽到一个父母的责任,才有资格带你的孩子来到这个世界。"在这部小说中,我还试图重新构建记忆中的乡土图景与殡葬习俗等,通过新生与死亡重新理解人生。最后,我在创作谈中总结道:"人出生在那片土地,他一辈子都要属于那里。"这句话并非说我的身体要回到故乡,而是我的灵魂表现出从渴望逃离到试图回归的倾向。

过去,我总想着逃离故乡,对那里的事不管不问。创作《莜面粉》期间,我趁着假期回到村庄,去走遍儿时反复踩踏的土地,重新关注儿时有所瓜葛的人。新冠疫情到来后,我在村中居住了四个月,忽觉将近十年过去,这里发生了很大的改变,有种物是人非的沉重。因此我决定用散文体裁写下童年。

写散文与写小说不同。写小说时,对自己敏感的事情可以巧妙避开,或者用虚构的情节去替换现实。可是进行散文书写时,我要求自己必须直面内心的阴暗,坦白犯下的过错。每完成一篇,都耗费极大的心血。有些篇目早已构思,却迟迟未动笔。

"野蛮生长"系列散文创作中,我更加积极主动地训练多重人格,揭露伤疤,揭露伪装,让自己与自己对话、争论。效果立竿见影,书写时痛感强烈,完成后却感到满足、释怀。

《父亲的前半生》中,我试着理解父亲——"父亲是个孤独的人"。《西藏转身》中,我写下前往西藏旅行的见闻,在珠穆朗玛峰脚下凝望时,我明白了关于成长的道理:"过去的所有经历都是在为到达这里做准备,现在的抵达是过去生活的答案;同时也意味着未来是现在的答案,未来如何取决于现在怎么活。"《乐业往事》中,我写下对生死的理解:"时间催促生命往前延伸,孩童长大,大人变老,老人离去,这是每个人都要面对的哀愁。世世代代如此。"在《野蛮生长》的结尾,我如此幻想:

> "在我成长的村子里,老人喜欢编造奇怪的故事吓唬小孩。他们说有一种草,开出的花极其漂亮,能迷惑人。这种草的生命力很顽强,能在任何恶劣的环境生长,侵占村庄和作物。太坏,被合力绞杀干净了。不过,有些种子还藏在阴暗的角落里,只要给予一点阳光和朝露,它们就能茁壮成长,抵御炎热寒冷,扛过狂风暴雨,爬满土地和村庄。老人们营造出对它的恐惧,相信它重生的时候会毁天灭地,听到这个故事的孩子们会变得很乖,不敢去野外。我却很喜欢,常常主动寻找它们,看看它们野蛮生长的模样。想来这种草能开出好看的花,应该不会太恨这个世界吧。"

历经多年,我已经找到那种生命力顽强,能在任何恶劣环境茁壮成长的草——就是我自己。

从放纵各个人格自由生长,刻意隐藏他们,到主动去寻找、了解他们,再到基于创意写作理论通过写作去训练,我慢慢完成了对多重人格的调度。曾经在我身体中潜伏的幽灵们,如今成了我在写作上的最大底气,是我最值得信赖的伙伴、战友。

四、结语

写作与生活不可分割,写作是生活的一部分,是现实的延伸。写作需要注入大量情绪,写作者要体会人物的喜怒哀乐、爱恨情仇,很容易陷入负面情绪,甚至使负面情绪被成倍放大。人格裂解的程度随着写作的进行加剧,而且很多时候不会因为书写的停止而停止。作家、诗人自杀成为一种现象,其原因被争论不休,我认为这与创作导致多重人格活跃,却无法有效调度有关。过去的生活中,如果说感性的一面给予我不断尝试的勇气,那理性的一面则时时刻刻在保护着我,阻止我做出危险的事。写作能给人带来成就、荣誉、名利等,这种欲望无须掩盖,可这绝不应该成为写作的唯一目的。我认为写作最大的作用是能从多角度了解自己,让自己成为健康、独立和完整的个体。因此,认识多重人格、训练多重人格应该是每一位写作者都需要掌握的基本功,如果拥有创意写作理论以及其他(不仅限于写作)理论的辅助,能少走很多弯路。

不过,最后我还想强调的一点是:写作者不能太依赖理论。

写作是一门独创性的劳动,如果每一个写作者都严格按照理论规划、雕刻自己,那创作出来的作品无异于流水线上生产的商品。虽然精致、美观,但不特殊。因此我认为,创意写作理论对双重人格的引导,应该保持在防止多重人格达到"精神病性"的程度,而不是把自己变成一个没有个性的人。适当让安分的多重人格生长、斗争,也能创作出更出乎意料的作品,也能让生活更加丰富多彩。

年度大事记及研究述评

中国创意写作研究年度观察（2021）

（刘卫东　张永禄）

创意写作成果量化评估研究述评（2011—2021）
——创意写作能力量化研究方向的确立

（赵天琥）

中国创意写作研究年度观察（2021）[*]

刘卫东　　张永禄^{**}

摘　要：2021 年度中国创意写作研究进入盘整期，但总体的研究方向、分支也逐步明确。基于新文科的视域寻求创意写作研究的中国化是本年度重要趋向，跨学科的创意写作实践、创意写作的社会化路径探索也构成了本年度研究的焦点话题。以创意阅读理论探寻、创意写作规律勘察、数字化写作研究以及创意写作的新文科属性阐发为重心，中国特色的创意写作学话语在逐步展开。同时，创意写作的多种发展模式研究也日渐明晰，中小学创意写作教学教研等也有不同程度的推进。

关键词：创意写作学；创意写作研究；年度观察；数字化写作；新文科

中国创意写作在经过十余年的快速发展后，2021 年总体节奏放缓，进入必要的盘整期，学界对创意写作的基础理论、发展模式、教学经验的冷静反思中，在理论上有了应有的沉淀，为其在中国学术语境和新文科教育战略中的学科化奠定了基础。本年度创意写作研究以新文科建设为契机，以跨学科融合为趋势，以社会化实践为亮色，创意写作学基本理论研究取得新进展，多种学科发展模式愈加清晰，青少年创意写作研究也呈现了新活力。同时，本年度创意写作研究也可圈可点，以世界华文青少年创意写作大会暨中小学创意写作研究高峰论坛、首届"泰山·中国创意写作教育教学实践峰会"等活动为驱动和平台，创意写作研究呈现出更为明晰的年度特色。概而论之，2021 年中国创意写作在现象与理论上聚焦阅读理论、写作规律、数字化写作、青少年写作、跨学科写作等课题研究，形成一定气象。随着其教育教学研究不断深入，中国创意写作研究的学科、基本理念方面也有了更多的共识。

＊　本文为国家社会科学基金项目"创意写作与当代中国文学生态研究"（20BZW174）阶段性研究成果。

＊＊　刘卫东，温州大学人文学院讲师；张永禄，上海大学中文系教授。

一、中国特色创意写作学的勘察与深入

创意写作基础理论研究任重道远,2021 年的基础研究主要表现在其与当代文学、文学批评、文艺理论等临近学科的融合中,从创作者层面发掘创意本体的阅读维度并把创意阅读和创意写作打通进入文学创意写作的深海,勘察创意写作的内部规律,敏感地捕捉到智能技术对创作带来的新革命——数字化写作,以及基于新文科战略部署重新发现创意写作的学科地位与使命,激发学界探求创意写作中国化的可能路径等四个方面。

（一）创意阅读理论(creative reading)的新进展

创意阅读作为创意写作活动的发生前提,该方面研究在英语国家有百余年历史。中国创意写作学界近年重新确认创意阅读的重要性,提出"像作家一样阅读"等阅读法观念。与英美新批评一样,创意写作同样强调"细读",但创意写作则更重视的是创意型阅读,指出创意型细读与文化批判性研究的文本阅读的差异在于侧重揭示作品创作过程中情感表达、技巧层面、类型层面的基本规律。从本体论视角看,创意型阅读可以看作是"创意本位的文学观"在新的理论维度的开掘与丰富。葛红兵基于我国进入审美经济时代,人民大众的文化生活转向高质量发展阶段,给出了文本的创意时代处境由"读—解关系"走向"读—写关系"的判断。这个关系的转向昭示了当代文学和当代写作中主体和文本的关系的重要转向,即二者"不再仅是认识论意义上的,而呈现为创造性主体生成意义上的本体论实践关系"①。前者是指基于文本阅读展开的解读,文学批评、文艺理论话语是其典型形态,是一种文学知识、文学话语的再生产。后者是指基于文本的审美体验、创作手法和规律的理解导向新的文学原创实践。这两个观点是葛红兵目前从事的创意学研究思想的阶段性成果。它似乎表明,创意写作实践及其教育,都应该纳入创意国家的整体框架中,而建基于实践本体论的创意学是其理论基础,创意写作也似乎有更宏大的归属。

（二）创意写作规律的系统勘察

王宏图立足复旦大学创意写作教育教学的实践经验,提出了基于摹仿的创意写作教学法。王宏图在《从摹仿到创造——创意写作教学训练的一种途径》中对摹仿的概念进行了追溯,并结合韦勒克、英伽登的文本研究方法,提出了包括叙事视角、语言风格、作品观念等多层次的摹仿教学法。② 王宏图密切结合教学探索与比较文学学科理论,为创意写作教学争议较多的"写作能不能教"问题提供了新的思考角度,是对创意写作内在规律的重要勘察。另外,雷勇的著作《创意写作的创意理论研究》也是本年度重要理论作品。该研究是创意写作在自我发掘、潜能激发方面研究成果的集中展现。该书从创意本体论出发,在创意写作范畴下搭建了创意理论学术分析和研究体系,从创意本质、创意过程、创意障碍、创意动机、创意思维、创意灵性六个方面离析创意的丰富内涵,并回答"创意是什

---

① 葛红兵:《从读—解关系走向读—写关系的当代文本——创意写作学视域下的文本研究》,《当代文坛》2021年第 4 期。

② 王宏图:《从摹仿到创造——创意写作教学训练的一种途径》,《首届泰山全国创意写作教育教学峰会主题报告》2021 年 6 月 19 日。

么""创意有何规律""如何创意"等学科根本问题。进而,雷勇在引入心理学、禅宗等方法作为创意写作潜能激发的手段的基础上,提出了将写作理论导向创意理论,以及将中国古典文论纳入创意理论研究之中等多个观点,这都具有开拓性。总体上,创意阅读与创意写作的创意理论研究是本年度该领域的两个重要研究方向,但目前在概念梳理、域外经验的接引方面仍存在不足,本土化构建尚待深入。

（三）数字化写作研究成为新的焦点

近年来,写作方式随技术进步而变化——以人工智能写作为方法创新写作形态引人注目,有学者把创意写作发展和网络视听内容生产的最前沿和新的生长点。[①] 张永禄等人在《人工智能写作:创意写作的新景观》进一步提出了"作为创意写作的人工智能写作"问题。张永禄在总结当前人工智能写作成就在技术快速迭代的成就与趋势后,乐观认为"人工智能写作在引导和服务公共文化或文化创意产业上大有作为,帮助人们获得更丰富的文化享受和更便捷的文化权利,是发展人工智能写作的终极目的和灿烂前景"。[②] 而陶成涛则指出,"大数据不会讲故事,'元宇宙'不会讲故事,人工智能不会讲故事,故事是人类思维独有的创造,也是人类灵魂独享的艺术形式。科技越发达,人们越需要故事。这是属于创意写作的蓝天,也是属于网络媒体写作的永恒需求。"[③]两种研究角度各有侧重,开拓了数字化创意写作研究的新话题。

数字化写作实践的快速发展对创意写作教学与人才培养也提出了新挑战。尤其是随着数字新媒体写作的不断扩展,作家们可以更广泛地参与到文化创意产业中去,成为跨越多个学科边界、产业门类的创意作家。[④] 丁烨从上海视觉艺术学院对全媒体创意写作课程设计的理念出发,探究了全媒体视域中创意写作课程开展方法、艺术原创意识对复合型人才培养模式的影响等问题,提出了以网络文学为重点,以创意写作学科教学体系为指导,结合广播电视编导二级学科优势,以培养实践型文化创意人才的设想。[⑤] 香港公开大学(现更名为"香港都会大学")则顺应创意写作与数字技术发展的趋势,"重点围绕数字化、文化产业两个方向打造课程结构",[⑥]包括运用各种数字化的方式推广学员的作品。武兆雨还看到数字化对课程改革提出的要求,认识到"当前,创意写作是写作课程发展新趋势,意味着学生的创新能力、想象能力、再造能力等都将成为新型写作的必然要求,而传统课堂存在局限性,无法为学生进行深入的思维能力训练提供充分条件"。[⑦] 某种程度上

---

① 叶炜:《新文科背景下传媒院校网络视听内容生产的实验室探索》,《传媒观察》2021年第11期。

② 张永禄,刘卫东:《人工智能写作:创意写作的新景观》,《探索与争鸣》2021年第3期。

③ 陶成涛:《网络媒体写作教程》,中国电影出版社2021年版,封底页。

④ 格雷姆·哈珀,刘卫东:《数字时代的创意写作教育与研究——格雷姆·哈珀教授谈创意写作的数字化》,《中国创意写作研究》2020年。

⑤ 丁烨:《全媒体视域下艺术类院校的创意写作教学探索——以上海视觉艺术学院为例》,《出版广角》2021年第5期。

⑥ 梁慕灵:《视觉文化时代创意写作发展的路径探索——以香港公开大学创意写作教育为例》,《中国创意写作研究》2020年。

⑦ 武兆雨:《数字化时代"大学写作"教学改革研究》,《黑龙江教育(理论与实践)》2021年第10期。

可以说,正是基于数字化的创意写作和数字人文的发展,才有了更多的交叠共识。国内不少研究者目前已经认识到,"新媒体传播环境下编创主体的个人化、去中心化、多样化等特点与创意写作的理念不谋而合"。①

（四）创意写作的新文科属性阐发

"新文科是创造性的文科",创意写作教育强调培养创造性的文化创意人才。虽然很多人都认为创意写作天然具有新文科属性,但二者如何融合却需要进一步研究。葛红兵对创意写作与新文科关系进行了论述,认为"创意写作学科的诞生,是以需求为导向、以创新为动力、以交叉融合为抓手,为当代社会创意化转型提供支撑。这些特征让它先天拥有了'新文科'的属性,有机会成为新文科建设的核心标的"。② 许道军也注意到创意写作与新文科在理念、目标层面的契合,认为"创意写作具备新文科的种种属性,它已经是或者说正在向全新'新文科'方向发展"。③ 金永兵则聚焦新文科与创意写作人才培养方法、目标,在《新文科与创意写作人才培养》一文中提出,"建设、发展创意写作和创意文化需要做到'四个融合':与交叉互补的学科融合,与科技融合,与时代问题和生活热点融合,与民族经典文化融合。这'四个融合'是新文科建设的题中应有之义,因为新文科的核心就是推动文科教育的创新发展,其根本目标是培养具有创造性和创新能力的优秀人才。"④ 张永禄还进一步指出,"'以发展创造力,培养创造性人才'为根本目的的创意写作和作为'文科教育的创新发展'的新文科都是以创造性为旨归,在人才培养的理念和教育思想上高度契合"。⑤ 叶炜则对创意写作与新文科融合的具体路径进行了探讨,认为"无论是作为中国化创意写作的系统建构的鲁迅文学院研究,还是作为中国化创意写作的文体突破的网络文学相关专业(方向)设置,以及中国化创意写作工坊的教学探索的文科实验室建设,无疑都是极为迫切而有意义的,三者既构成了中国化创意写作探索的三个路径,某种程度上也都是对国家新文科建设的积极响应"。⑥

当然,本年度创意写作基础理论还有对想象力激发、作家工坊教学规律的局部的探讨。这让我们看到创意写作理论推进的艰难和稳健。反观国外创意写作研究,关于"创意写作研究是写作本体研究的另一重要领域,不仅其本身的研究现状得到反思,而且反思的过程涌现了诸多新概念",⑦后续如何进一步立足创意写作中国化的语境,不断推进基础理论研究,保持与国际学界对话,是我们当前教学研究需要有意识加强的。

二、创意写作教育发展模式的分化与呼应

经过十余年的发展,各院校创意写作的探索经验逐渐沉淀,初步形成了多个不同的模

① 刘维维:《创意写作理念下网络自制剧编剧艺术创新研究》,《四川戏剧》2021 年第 10 期。
② 葛红兵:《新文科视角下的创意写作学科发展》,《中国社会科学报》2021 年 2 月 22 日。
③ 许道军:《新文科为创意写作"正名"》,《中国社会科学报》2021 年 6 月 25 日。
④ 金永兵:《新文科与创意写作人才培养》,《中国大学教学》2021 年第 Z1 期。
⑤ 张永禄:《新文科是创意的文科》,《中国社会科学报》2021 年 6 月 25 日。
⑥ 叶炜:《新文科背景下中国化创意写作路径思考》,《写作》2021 年第 4 期。
⑦ 王海龙,萧映:《2020 年海外写作学研究述略》,《写作》2021 年第 2 期。

式。从创意写作人才培养目标和特色看，主要存在四种模式，①它们共同绘制了中国当代创意写作多姿多彩的活地图。

（一）步步为营的英语院系创意写作教学探索

创意写作从英语国家引进中国，英语系在这方面有得天独厚的优势。在中山大学英语系的带头探索下，英语创意写作研究不断地加速，成为中国创意写作多元模式中突出的存在。正如戴凡所言，"中山大学的创意写作以英语专业本科生的教学为基础，拓展至通识课程'中英创意写作'，硕博士研究生的'文体学与创意写作'和'写作工坊'等课程，延伸到创意拓展和中山大学作家写作营和社会实践课程'创意写作与翻译'，使学生把语言学、文学、翻译、跨文化等知识融入英语讲述中国故事，以创意写作促进独立思考、培养创意力。"②这方面代表性教学成果有戴凡、李玲的论文《中国英语创意写作中的自我翻译》《中国英语创意写作教学》《通过工坊更好地写作和理解》。中山大学英语系的模式的核心理念在于，通过英语创意写作培育学生的思辨能力、创造性表达、跨文化沟通与对话意识，以此为英语文学教育、英语写作课程提供丰富的教学支撑，对多个院校都产生了影响，产生了一批教学和研究成果。

（二）培养纯文学作家的复旦大学创意写作模式

王宏图在《创意写作在中国：复旦大学模式》明确了"复旦大学模式"，指出"复旦大学创意写作专业从起步创立到一步步发展完善，在培养过程的各个环节都作了有益的探索，成为中国创意写作发展的一个鲜明例证"。③ 张怡微对复旦大学的基本模式也有着清楚的判断，认为该专业"一是为成名作家提供高等教育学历进修的机会，二是为有写作梦想但没有写作经验的大学生提供学习写作、并获得学位的路径，复旦大学中文系属于后者"。④ 复旦大学的创意写作模式具有三个方面的突出特点：第一，在理念层面提倡发掘文学创作者的潜力；第二，在学科层面很好地衔接现古代文学、当代文学、比较文学和其他跨学科资源，培养具有阅读、写作能力的优秀作者兼读者；第三，以前述为基础，不断从既有学科知识出发，展开对创意写作教学、理论层面的跨学科研究。总体上看，复旦大学的创意写作模式丰富了中国文学教育的图景，对具有文学原创能力、品鉴能力、审美能力的高端文化人才的发掘、培养也做出了重要探索，为当前新文科视域中文学教育改革提供了新范例，为新时代文学新人培养的高等教育学科建设提供了新经验。

（三）面向文化产业创意写作人才培养的上海大学模式

许道军明确提出当代中国创意写作研究的三个路径，其特点在于"认为创意写作是面向文化创意产业、创意本质和创意优先的写作，学科目标是为文化创意产业各个环节培养有创新、创意与创作能力的人才，这个路径自上海大学发起，我们姑且称之为'上海大学路

---

① 张永禄：《上海大学：中国创意写作教育的爱荷华》，《田家炳中华文化中心通讯》2021 年三月刊。
② 戴凡：《英语作为外语的创意写作——从课堂到世界的距离》，《中国创意写作研究》2020 年。
③ 王宏图：《创意写作在中国：复旦大学模式》，《写作》2020 年第 3 期。
④ 张怡微：《为灵感与为人生的写作》，《文艺报》2021 年 8 月 25 日。

径'，这些大学包括广东外语外贸大学、广东财经大学、上海政法学院等"。① 张永禄则聚焦中国创意写作的四种模式，在率先开启创意写作研究、系统的工坊建设和社会化实践层面将上海大学模式与艾奥瓦大学加以对比，进一步明确了上海大学模式的基本理念和培养目标。基于这些理念，葛红兵、许道军等人提出了创意写作人才培养的分层目标，即低目标和高目标。低目标注重学生对创意写作的基本理解，参与不同文化产业门类的原创文本创作实践，"通过创意写作实践活动，提高学生的自我发现、自我认识、自我反思及自我超越的能力。"② 高目标则是培养能从事专业写作、公共文化和高级文化创意领域的"创意作家"。在这种模式下，"创意写作参与文化产业内容生产的方式是多种多样的，既能提供较为成熟完整的文本如小说、剧本等，也能提供一些承载了创意和执行策略的中间形态的文本如文案、策划、脚本等。它已经突破了文学创作的范畴，其本质是创意第一性，写作第二性，更加适应文化产业的多形态的文本需求。"③ 该模式的学理支撑主要是基于文类成规、自我发掘和跨媒介转化等构建的创意写作学，尤为注重创意写作的跨学科、跨媒介实践，明确主张"写作可以教""作家可以培养"。

值得注意的是，包括香港公开大学、浸会大学创意写作的跨学科发展也都体现出了与上海大学相近的理念，注重面向文化产业的具有写作能力的高级文化人才培养。有学者认为这类"创意写作实质上包含了具有广阔市场前景的可操作性的写作教育，其列于高位关注是必然的"。④ 这一方面表现出创意写作被引进之后与国内既有写作课程的融合，另一方面表明大学写作教育在不断与社会文化产业、生产机制衔接与融合，彼此既有差异性，又有内在一致性。

（四）致力于优秀青年作家提升的人大模式

中国人民大学创造性写作专业以招收创作基础较好、有一定实力的青年作家为主，构成了当前高等教育系统作家培养的重要探索，是文学教育改革的重要成果，也是作家培养的新型成功模式。负责人杨庆祥指出，目前创意写作专业的许多作家在创作层面有一定成绩，但在历史、哲学、美学，包括电影史、艺术史等方面还有许多欠缺，需要进一步在教学、教材和学生培养目标方面融合创意写作和现当代文学教育。创造性写作专业的学生吸收、接受现当代文学学科的基础研究成果，可以使将来的创作走得更远。杨庆祥在梳理中国人民大学创造性写作教育的基础上，提出了"中国现当代文学和创造性写作贯通教育实践"。中国人民大学创造性写作开设了诗歌、小说和非虚构工坊，面向全校学生开设写作课程，其重点在于培养他们对母语即汉语的感知力、表达力，实现写作能力的综合提升。目前这类面向全校的文学教育已经开展有一年有余。中国人民大学总体上形成了一种既有专业工坊，也有面向全校开设的提升语言感受、表达能力的课程的比较完整的文学教育

① 许道军：《创意写作研究的学术科目视野及中国经验》，《湘潭大学学报（哲学社会科学版）》2020 年第 2 期。
② 葛红兵，许道军：《创意写作教程》，高等教育出版社 2017 年版，第 11 页。
③ 雷勇：《内容、价值观与审美——论创意写作学科对文化产业的支持》，《写作》2020 年第 4 期。
④ 罗勋章，蔡钰：《高校写作学研究现状及发展路径》，《长江大学学报（社会科学版）》2021 年第 4 期。

模式。此外，梁鸿也强调"不要把学科化当作创意写作专业的最终目标"，①这一点在张悦然等人的观点中有明确体现，"在不久的将来，创意写作很可能不止在高校开展，而是走向更广阔的社会空间，为更多需要拓展文学认识、提高写作技能的人提供帮助，并在文学创作、影视编剧、文案策划等领域大显身手。同时，创意写作课程也可以为更多热爱写作、关注精神生活的非职业创作者提供服务，帮助他们提高文学素养，提升文化品位和精神生活品质。"②这些观点表明，中国人民大学创造性写作作为一种代表性的模式，它既有自身的特色，也与前述院校的模式具有一定的共通之处，都是中国文学教育改革的重要经验构成。

总体上，以中山大学、复旦大学、上海大学和中国人民大学为代表的创意写作发展模式越来越突出，而包括华东师范大学、同济大学、西北大学、温州大学、东北师范大学、广东外语外贸大学、广东财经大学等在内的院校也在不断地总结和提炼经验，探求新的发展路向。它们本质上是文学教育不断改革，基于新文科教育的契机不断自觉调整、自我突破的产物。这些发展模式、经验各有侧重，其人才培养目标、培养方案也不乏交叠共识。

三、中小学创意写作教学体系的总体推进

一些敏锐的创意写作学者认识到创意写作教育从小学到大学贯通的重要性，他们把研究和实践的目光投向中小学。因而青少年创意写作教育教学研究持续加速，在年度论文数量中的比例越来越大，约为三分之一以上。特别是在世界华文青少年创意写作大会暨中小学创意写作研究高峰论坛等学术研讨会的带动和催发之下，中小学创意写作教育教学在逐步汇集研究力量，形成创意写作研究的新阵地。就 2021 年的研究来说，其研究和实践成果主要表现在对域外写作教育经验的译介、本土中小学创意写作课程设计与实践、中小学创意写作教育培新的社会化等三个方面。

（一）域外中小学创意写作教育视野

本年度青少年创意写作研究的重要特点首先表现在视野的国际化上，叶炜和张永禄等分别介绍了日本和美国中小学创意写作教育现状。叶炜聚焦美国中小学写作教育与中国创意写作的未来，以 HONR 小学为例，认为"总起来看，美国中小学创意写作的根本特点就是创意写作链接思维训练"。③ 叶炜的观点潜在地将创意写作视为一种基本的思维训练方式，强调去修辞化、语篇化的教学理念在解放青少年想象力、感受力和审美能力的重要性。张永禄、高珂冬则通过观察五十多年来日本中小学作文教学指导思想的转变与具体目标、措施，提出"和中国走先译介后本土化建设的路径不同，日本更倾向于将创意写作和传统作文教学融合，将创意写作看作是写作教学的一种方法，促进本国文学教育的提

---

① 梁鸿：《学科化并非创意写作的最终目标》，北京大学文学讲习所（https://mp.weixin.qq.com/s/P_vLqCdnjeQDnyIvQNX-MA），2021 年 9 月 13 日。

② 张悦然：《重视创意写作 激发创作活力（创造性转化创新性发展纵横谈）》，《人民日报》2020 年 11 月 24 日。

③ 叶炜：《美国中小学写作教育与中国创意写作的未来》，《语文教学通讯》2021 年第 18 期。

升"。① 张永禄、高珂冬指出了日本现行写作教育理念、方法与创意写作具有相通之处，认为其值得借鉴之处在于"没有放任创意写作，用创意写作取代现代作文教学的激进，而是走融合创新之路"，强调"作文教学与创意写作相容互补是正道"，②对中国当前中小学创意写作教育教学开展具有启发性。这几位研究者对域外写作教育理念和方法的引介，对本土教研人员具有较为实用的参考价值，但是尚未能对中国现当代写作教育的理念加以综合性的比较分析，未来的研究需要在此基础上逐步深入。

（二）本土中小学创意写作课程设计与课标对接

国内包括施民贵、郭学萍、张祖庆等在内的中小学语文教育专家，与时俱进地采用新媒体工具和思维，在微电影、微信等与创意写作的贯通上做出了尝试，取得可喜的成绩。这类课程设计超出语文教学中的修辞、句法和语篇问题，直接借用音乐、电影、绘画、植物学、地理知识等激发学生的想象力，增强其对写作对象的真实体验、多角度感知能力。重视运用多学科知识进行创意写作课程跨学科设计的方法，打通新媒体和各种艺术门类之间的壁垒，让它们在创意思想中融汇。同时，中小学创意写作探索尝试在新课标与创意写作教育的基本精神层面衔接。任彦钧梳理了 2017 年出台、2020 年修订的《普通高中语文课程标准》，认为新课标与创意写作教育基本精神关联密切，相互融通，指出"把创意写作引进高中作文教学的重要性和必要性"。③ 任彦钧的观点代表了国内尝试融汇创意写作与既有作文教育的教学和研究人员的基本诉求。例如，谭旭东曾提出中小学"创意作文"的概念。目前，青少年创意写作研究实现了与课标的衔接与呼应，初步找准了与之共同发展等位置。它们都对课堂教学中去修辞化、强互动性、高参与度等教学理念高度推崇。在多样化、个性化的课程设计和教学方法背后，二者存在诸多共通点。随着教学实践的沉淀，基本的学科共识也在逐步形成，创意写作与影视剧本、动漫脚本的写作等衔接与融合发展，以可体验、互动化、娱乐化、趣味性等为特色，逐渐成为跨学科创意写作课程设计的基本思路。

（三）青少年创意写作的社会层面探索

由于当下教育补习的特殊情势和火热局面，社会教育培训机构对青少年创意写作的教学和研究成为不可忽视的力量。比较突出的有奥文青少年创意写作培训、煮雨写作培训、长春师范大学创意写作教研实训基地。煮雨写作培训将创意写作与非物质文化遗产结合，采取高度参与式、沉浸化、场景式的教学方法引导学生创造性的表达。奥文创意写作培训推出的小鲁卡创意写作系列，推崇跨媒介、场景化的经验与记忆的"自我发掘"，调用多种新媒体技术设计互动性较强的课程，体现了创意写作课程跨媒介、跨学科、强互动、重交互的诸多特色。郭学萍的创意写作教学则同样呈现出重体验、交互式、多层次、趣味性等特点，注重学生的个性化表达，以及想象激发和内在经验的引导。总体上可以看到，

---

① 张永禄、高珂冬：《创意写作视角下的日本中小学作文教学》，《语文教学通讯》2021 年第 14 期。
② 张永禄、高珂冬：《创意写作视角下的日本中小学作文教学》，《语文教学通讯》2021 年第 14 期。
③ 任彦钧：《我们为什么需要创意写作——在世界华文青少年创意写作大会上的报告》，《语文教学通讯》2021 年第 12 期。

这些探索既有个性也有共性，都对创造性的自我表达、跨学科课程、知识引入、强互动、趣味性给予了高度的关注，呈现了当前中国青少年创意写作教育教学课程设计、研究理念潜在的基本共识。在这些探索中，创意写作与非物质文化遗产、各学科知识的融合在第二课堂得以更加完整地实现。不过，目前这类机构在教学经验总结方面还不够系统，其理念阐释也需要进一步展开，如能与创意写作研究领域形成常态化的交流、对话机制则会有助于深入发展。正如陈罡所指出，"我国对创意写作的研究尚在起步阶段，高校教学与中小学教学之间的衔接与转化还有待讨论，更缺乏学理层面对中小学创意写作教学的专题研讨。"①目前，如何面对中小学写作教育的现状，在厘清自身特点的同时，进行理论、话语与教学法三个主要方面的整合，具有相当的挑战性。有鉴于此，颜敏、吴洁雅的《初中作文评价中的文体因素研究：基于创意写作的视野》可谓正是在此基础上展开的进一步研究，提出"借鉴创意写作的某些理念和视野，重新探索文体评价标准和实施策略的问题"。② 这也从侧面反映了研究人员对创意写作更为全面、审慎的思考。

结语

随着新文科战略的全方位实施，创意写作教育在越来越多高校展开，创意写作的学科化地位迫在眉睫。创意写作与中国当代文学、文艺学、美学打通与融合成为绕不过去的现实课题。这个现实需要客观上促进对创意写作理论、教育教学问题的学理深入思考。

毋庸讳言，2021年创意写作领域在创意作家培养、文学创作与文学研究的融通等多方面取得了基本共识，但系统性的基础理论亟待突破瓶颈，传统写作学的创意化资源有待重视，创意写作的学科化道路仍然漫长，当下中国创意写作研究仍有三个突出的问题需要进一步深入探索。

第一，中国创意写作还需要立足于新时代中国的文学、文化的实际情况，构建其基本理论话语体系。如李敬泽指出，"认识中国现代文学、革命文学和社会主义文学，不能简单地拿所谓'世界文学'的经验去套，你得在世界背景下去辨析、确认中国经验。但是在这个过程中，技艺、训练在公众的认知中，甚至在写作者的认知中都没有得到充分关注，现在有了创意写作专业，一定程度上把这些因素知识化、技能化，可传授、可分享。最好的情况下，有天赋的人从盒子这边进去，出来时会成为一个更好的作家。"③中国创意写作研究需要展开与中国当代文学的充分对话，在学科共识发掘、课程体系基本理念、本土化原创理论构建等三个方面加强，不断开阔自身的视野，推进创意写作的中国化深入。

第二，目前创意写作的社会需求一直是学界关注的，有学者提出从"创意写作的概念、理论、学科、文本、产业和素养六个方面完成创意写作的自身蜕变与成长"，④但总体上学

---

① 陈罡：《回顾与前瞻：写作教学研究70年》，《写作》2021年第3期。

② 颜敏，吴洁雅：《初中作文评价中的文体因素研究：基于创意写作的视野》，《惠州学院学报》2021年第2期。

③ 李敬泽：《文学创作是一门复杂的技艺》，北京大学文学讲习所（https://mp.weixin.qq.com/s/BCwApj4FefsOTCGHKibh_w.），2021年9月3日。

④ 王海峰：《创意写作的文化产业衍伸》，《文艺评论》2021年第2期。

科的交互、相关的教育理论仍存在欠缺，"中国'创意写作'专业在传统的散文、戏剧方面的发展并不充分，存在着学科交流滞后的问题"，①在新的领域，如数字化写作也亟待加强。有学者明确提出发掘"创意写作的基本教育理论"，②其原因也正在于此。

第三，创意写作作为学科已经有百余年的历史，但学科建设的基本理论、发展方向和独特立足点仍旧存在许多空缺。目前创意写作学科史等研究还不够系统，教学法等研究仍缺少理论梳理，与文学、艺术学科的对话、衔接方面也有待加强。例如，目前"'创意写作研究'概念的内部也存在诸多不能厘清和独立自在的关系问题"。③

综合上述情况，如何进一步与中国新时代的文学展开更为充分的对话，审视中国写作学传统和历史经验，思考与当代文学生产机制衔接，与文化产业系统融合，与文化创造力培育相适应，是当前有待思考的问题。尤其是学科身份与学科地位的确立，需要充分重视中国传统写作学与中国创意写作中创意、创作资源的整理与吸收，及时加强两者的融合，而自身理论的体系化之路要在与美国、英国、澳大利亚等国家的创意写作的差异化发展中获得理论自信和理论自觉，让创意写作在新时代人民高品质的文化实践中放射夺目的光彩。

---

① 张怡微：《"创意写作"学科的理论交互与实践创新——以复旦经验为例》，《写作》2020 年第 6 期。
② 张永禄：《创意写作研究的学科合法性建构——评〈作为学术科目的创意写作研究〉》，《中国创意写作研究》2020 年。
③ 王海峰：《论"作为学术科目的创意写作研究"》，《广西科技师范学院学报》2021 年第 3 期。

创意写作成果量化评估研究述评（2011—2021）

——创意写作能力量化研究方向的确立

赵天琥[*]

摘　要： 在创意写作学视域下界定创意写作能力量化研究的范围，并以创意写作成果的量化评估为切入点，回顾近十年的创意写作能力量化研究。按评估对象的年龄属性进行分类，分别讨论成年创意写作者的成果评估研究与中小学作文教学评估研究的现状、问题与发展方向。当下，创意作品的评价标准较为主观，评价体系缺少类型学、叙事学理论的支撑；中小学的作文评估对创意能力的重视程度有待提高，教师大多根据自身教学经验制订评分标准，亟需公开的交流平台。未来，创意写作成果量化评估研究需构建可量化的故事理论模型，利用人工智能技术建立智能评估系统；中小学阶段的作文评估要加强对作文创意维度的考察，并针对不同年龄阶层的学生制订分级评估标准；创意写作能力量化研究应结合心理学、管理学、神经科学等跨学科视角，为创意写作学科提供多角度、标准化、系统化的能力量化方法。

关键词： 创意写作；创意写作能力；量化评估；写作成果；作文评价

自 1936 年美国艾奥瓦大学创立世界上第一个创意写作学位起，学界对创意写作学科的质疑便层出不穷。"创意写作真的能够培养作家吗?"没有人能够说清楚，究竟是创意写作培养了作家，还是创意写作发现了作家。其原因在于，创意写作学科长期以"实践学科"的身份自居，高校创意写作教师"重实践轻理论"，只关注"如何教"的问题。理论知识谱系、实践经验成果、科学评估方法均是一个学科不可或缺的有机组成部分，创意写作学科缺乏了相应的理论研究及评估方法研究。因此，无论是在享有盛名的西方创意写作大国，还是在创意写作蓬勃发展的中国，创意写作学科都面临着学科合法性存疑的问题。21世纪，一些西方学者开始从创意写作的学科历史开始，组建创意写作学科体系，为创意写

---

* 赵天琥，上海大学 2021 级创意写作研究生。

作学科打造坚实的理论地基；无独有偶，创意写作学科进入中国后，以葛红兵为代表的中国学者们构建了创意写作学科基础理论体系，目前已经在创意本体论、认识论、方法论等方面取得了理论成果。

创意写作学科秉持"人人可以写作，人人都是作家"的理念，但创意写作教学对写作者的帮助有多大、效果有多好，没人能够说得清楚。只有证明了创意写作教学具有显著的效果，才能解决创意写作学科合法性问题。显然，这一问题并非指向创意写作学科的理论建构，而是对创意写作学科的量化转型提出了要求。作为创意写作学科的指路者，高校创意写作专业应当从创意写作教学入手，率先开始创意写作学科的量化转型。在创意写作教学实践中，教学成果的评估问题一直令教师头疼不已，学界缺乏合理的、标准化的创意写作成果评估方法。正因如此，创意写作学科难以开展教学实验，教学方法长期停滞在个案的、经验性的初级阶段，教学水平的进步更是无从谈起。厘清创意写作学视域下的创意写作能力概念，以创意写作教学中的评估方法为例，结合创意学、教育学、心理学、管理学等跨学科领域成果，在回应 20 世纪研究成果的基础上探析近十年（约 2011—2021）创意写作成果量化评估研究的发展，对创意写作学科的建设完善及创意写作中国化具有重要的意义。

一、创意写作能力量化评估研究的提出与界定

创意写作教学实践中的创意写作成果评估实际上是对创意写作者的创意写作能力的评估路径之一，除结果导向的成果评估外，还存在潜能导向的量表评估、过程导向的实验评估等方法。研究创意写作成果的量化评估，应当先在创意写作学视域下结合以往的创造力研究成果，探讨"创意写作能力是什么"的问题。

1950 年，吉尔福德（Guilford）在就任美国心理学会（APA）主席的就职演说中，指出心理学界长期忽视了创造力（Creativity）的研究，创造力研究就此进入西方学界的视野。[①] 20 世纪，创造力的相关学术成果囊括了许多领域，包括心理学、人类学、教育学、社会学、管理学等社会科学领域，以及生物学、神经科学等自然科学领域。尽管 20 世纪的创造力研究在诸多学科开枝散叶，但在这一时间段，不同学科的创造力研究"各自为战"，研究者们使用了不同的词语来描述创意能力：创造力（Creativity）、原创力（Originality）、创新力（Inovation）等。[②] 20 世纪的创造力研究为后来者提供了非常有价值的参考对象。在创造力定义上，学者们普遍认为创造力的产品应当具有独创性和有用性。在研究问题上，学界未能取得共识，在五个问题上持续存在争议：一、创造力的指向对象问题，是产品、过程还是人；二、创造力的个体性与社会性问题；三、创造力普遍性和独特性问题；四、创造力的专业性和普适性问题；五、创造力的质性与量化问题。在研究方法上，20 世纪的学术成果可以划分为 6 种研究方法：心理测量法、实验法、传记法、生物学法、计算法和情境法。[③]

---

① 斯滕博格：《剑桥创造力手册》，施建农译，东方出版中心 2021 年版，第 2—18 页。
② 斯滕博格：《剑桥创造力手册》，施建农译，东方出版中心 2021 年版，第 19—40 页。
③ 斯滕博格：《剑桥创造力手册》，施建农译，东方出版中心 2021 年版，第 19—40 页。

探讨创意写作能力的定义,首先要在创意写作学视域下回应 20 世纪创造力研究提出的五大问题。创意本体论的创意写作学指出,创意实践是人追求主体自我实现的根本性实践活动,写作则是在此之上的审美实践活动。① 因此,创意写作学视域下的创意写作能力必然指向作为创意写作者的个体,创意写作能力必然是个体性、普遍性的。从创意写作行为学的角度来看,创意写作能力应当涵盖从创意的激发、产生、形成再到创意以文本形式被表达、最终形成写作成果的整个过程的能力。在创意写作过程中,前期的创意过程、中期的协作过程具有普适性,仅有后期的完稿过程涉及了写作表达技巧方面的专业性技能。创意写作教学实践活动长期、普遍采用质性评估方法,对学员的创意写作成果进行分析,丰硕的教学成果证明个体的创意写作能力可以通过后天训练得到提高②;从过程教学—写作法出发的创意激发、要素训练和分类文体写作工作坊则提供了一种初步的创意写作能力量化路径。综上所述,创意写作能力指向了作为创意写作者的人,具有个体性、普遍性的特点,包含了普适性的创意能力与专业性的写作能力,既可以采取质性的方法评估,又可以通过量化的路径测量。

创意写作学视域下的创意写作能力量化研究应当以心理测量法、实验法为核心,吸收以往创意写作研究的质性成果,结合外围的心理学、管理学、生物学、神经科学、认知科学、人工智能等跨学科领域,为创意写作学科提供多角度、标准化、系统化的能力量化方法。过去,创意写作学科在测量创意写作者的创意写作能力问题上的主流思路是评价创意写作成果,但这种评价偏向于评价者的主观感受,而非客观标准。以创意写作成果的量化评估角度为着手点,在创意写作学科已有实践成果的基础上开展创意写作能力量化评估研究,有助于完善创意写作教学体系,推动创意写作学科的量化转型。

二、面向成年创意写作者的创意作品量化评估

20 世纪末,创意写作学科内已有对于创意写作能力量化评价的讨论。许多学者认为,创意写作的量化缺乏合理性,主观化、个人化的创意写作成果难以被客观评价,难以适配高低分级、百分制的评价体系③。有学者对此持反对意见,认为文本中的结构、语言表达等角度可以成为评判创意作品的标准,提出评估可以是非客观的,但必须对不同的作品有着统一的标准。④ 21 世纪初,研究者们进行了一些制订创意写作成果量化评价标准的尝试。戈德伯格（Goldberg）等人分析了 300 篇创意写作专业学生的成果,找出了学生们

---

① 葛红兵:《创意写作学理论》,高等教育出版社 2020 年版,第 46—55 页。

② 尽管创意写作教学尚未开展严谨的教学实验证明,但现有成果已足够说明创意写作教学可以提高个体的创意写作能力。

③ John Singleton, "Creative writing and assessment: A case study", Monteith, *Teaching Creative Writing: Theory and Practice*, Open University Press, pp.66 – 78; Robinson, M and Ellis, V, "Writing in English and Responding to Writing", Julian Sefton-Green, *Evaluating Creativity: Making and Learning by Young People*, Routledge, 2005.

④ Everett, Nick, "Creative writing and English", *The Cambridge Quarterly* 34.3(2005): 231 – 242.

在写作中重视的几个指标：作品的形式、技巧和意义。① 罗德里格斯（Rodriguez）建议对人物、情节、语言等写作要素进行分别评分，并为每个要素设立了一系列的描述语。② 韦尔登（Weldon）从"读者意识"出发，将作品对读者的影响作为评价的标准③，格林（Green）也将作品能否向读者传递作者的感受作为评判诗歌成果的标准④。这一阶段的创意写作成果量化研究在创意成果能不能量化、该如何量化的问题上取得了一定成果，但相关研究缺乏创意写作学的理论基础，尚未转向创意本位的作品评价思路，没有形成衡量"好的创意写作作品"的统一标准。

21 世纪 10 年代，西方学界开始重视创意写作成果的标准化评价问题，黛安娜·唐纳利讨论了创意写作教学中的课程评估，从对学生的评分、对课程效果的评估两个方面阐释了采取标准化、透明化的评估标准对于创意写作教学进步的重要作用。唐纳利认为，创意写作教学中的学生成绩评定应当考虑学生的努力程度、课程参与度、作品对文化社会背景的反思和作品原创性；而对创意写作课程的整体评估是一个系统性的过程，应当包含评估课程对学生的提高作用、评估学生的学习成果、根据评估结果改进课程三个步骤⑤。许多学者尝试利用主观的同感评估技术（CAT, Consensual Assessment Technique）构建评价量规（Rubric）的方法来评估创意写作成果，例如：伊莱恩·夏普林（Elaine Sharplin）介绍了西澳大利亚的"分析评分关键法"（Analytical marking keys），该方法根据学生实践中的写作表现归纳出多角度的写作行为，并对每个写作行为的具体表现排序分级⑥；哈米德·莫扎法里（Hamideh Mozaffari）从图像、语言、人物塑造和故事叙述四个指标出发，构造了创意写作成果评估量表，并在 2 个班级收集了 32 份样本，验证了量表的信度与效度⑦；玛丽亚姆·瓦兹（Maryam Vaezi）和赛义德·雷扎伊（Saeed Rezaei）总结了 10 个创意写作成果的评价元素，通过专家的评价反馈制作了创意写作成果评价的里克特量表，并检验了量表的信度与效度⑧。

中国学界的写作成果量化评估研究重点关注应用写作能力，尤其集中在第二语言学习的相关领域，创意写作课程评估的相关研究较少。中国教育部依据大量学者的实证研

① Goldberg, Gail Lynn, Barbara Sherr Roswell, and Hillary Michaels, "A question of choice: The implications of assessing expressive writing in multiple genres", *Assessing Writing* 5.1(1998): 39－70.

② Rodríguez, Alicia, "The 'problem' of creative writing: using grading rubrics based on narrative theory as solution", *New Writing* 5.3(2008).

③ Weldon, Fay, "On assessing creative writing", *New Writing* 6.3(2009).

④ Green, Andrew, "Creative writing in A level English literature", *New Writing* 6.3(2009).

⑤ Donnelly, Dianne, "Creative Writing as Knowledge: What's Assessment got to do with it?", *New Writing* 12.2 (2015).

⑥ Morris, Gerard, and Elaine Sharplin, "The assessment of creative writing in senior secondary English: A colloquy concerning criteria", *English in Education* 47.1(2013).

⑦ Mozaffari, Hamideh, "An Analytical Rubric for Assessing Creativity in Creative Writing", *Theory & Practice in Language Studies* 3.12(2013).

⑧ Vaezi, Maryam, and Saeed Rezaei, "Development of a rubric for evaluating creative writing: a multi-phase research", *New Writing* 16.3(2019).

究制订了《中国英语能力等级量表》（CSE），并于 2018 年正式发布①，中国知网上的相关研究文章数量高达 389 篇。CSE 量表从写作成果角度测试了描述、叙述、说明、指示、论述、互动六项表达能力，从写作过程角度测试了规划（构思）、执行（撰写）、评估与补救（修改）三项表达策略，并提供了写作能力的自我评价量表。高尔雅结合现代管理测评学的成熟经验，将创意写作能力拆分为经验、技巧、动机、智力和情绪智力五大维度，细分为 55 个相关因子，提出了初步的量化测评方案。② 范天玉将创意写作课程分为理论主导型、研究主导型、实践主导型三类，讨论了每类课程的评估方案，指出创意写作课程中的评估可能会影响到学生的创作潜能，主张引入一套额外的评估体系来降低这种负面影响。③ 唐梓彬从自身教学实践经验出发，为香港公开大学"创意写作坊"课程制定了一套评价创意写作能力的指标，从内容和技巧、创意及文句和结构三个维度评价学生的创意作品。④

　　学界已经在创意写作成果的标准化评价方面取得了一定成果，但仍有更多的研究空间。现有研究在制订创意作品的评价维度时缺乏类型学、叙事学的视角，未能使用可量化的故事理论模型来分析创意作品。故事理论模型不仅是简便易行的创意写作教学评分方案，还能作为创意写作教学过程中学生自我分析、提高的工具。中国的英语教学早已广泛使用基于人工智能技术的作文自动评分系统，而汉语教学对人工智能技术的应用尚未得到大面积的推广。创意写作学科也应当利用人工智能技术为创意作品评分，促进创意写作教学效率的提升。例如：从创意故事模型、词频词性分析等角度拆解作为静态文本的创意作品，量化创意作品的故事结构、人物行动、语言描写等指标，即可对不同作品进行排序和评分；从相同的途径分析经典作品的文本，即可为作品的最终评分提供有参考价值的标准数值。未来，中国创意写作成果评估研究应当在学界已有成果的基础上，吸收中国传统写作学对篇章、修辞等方面的研究成果，推动创意作品评估的本土化进程。

三、中小学作文教学评估与面向未成年人的创意作品量化评估

　　当创意写作进入中小学阶段，创意写作成果的量化评估标准必定要对未成年创意写作者做出适当的调整。面向未成年人的创意作品量化评估方法应当考虑到不同年龄段未成年人语言能力、思维能力发展水平的特点，在语言表述能力方面适度降低标准、提高比重，在创意能力方面依然秉持创意本位的文本评价观。然而，在教学实践中，美国出现了过度重视修辞能力、忽视创意能力的现象。2010 年，美国 NGA（National Governors Association Center for Best Practices）和 CCSSO（Council of Chief State School Officers）组织推出了共同核心州立标准（Common Core State Standards，CCSS），制订了 K－12 基础教育阶

---

① 详见网址：http://www.moe.gov.cn/srcsite/A19/s229/201804/t20180416_333315.html.
② 高尔雅：《创意写作能力量化理论研究论纲》，《江西师范大学学报（哲学社会科学版）》2017 年第 1 期。
③ 范天玉：《意义、方法与风险——创意写作课程设计中的评估活动研究》，《黄冈师范学院学报》2021 年第 1 期。
④ 唐梓彬：《大学创意写作的授课方式及教学过程——以香港公开大学创意写作课程为例》，《写作》2021 年第 1 期。

段的美国学生所应当掌握的知识和技能①。克里斯汀·坎贝尔·威尔科克斯（Kristen Campbell Wilcox）等人调查了 CCSS 在小学教学中的运用，结果表明大多数小学教师对 CCSS 抱有肯定的态度，在教学实践中采用了同伴协作写作、预写/计划/起草的过程写作方法，并使用了 CCSS 中的评分准则。但优秀学校的教师群体认为 CCSS 对创意写作的重视不足，反而侧重于学生写作文本的结构清晰、语句流畅，并对这种现象表达了负面的看法。②

中国的中小学作文教学评估已经发展得相当成熟，作文学长期以来重视写作者的修辞学训练，评价写作成果时关注文章的写作技巧、遣词造句能力，这一特点在中小学阶段体现为评分标准重视作文修辞、文章结构，创意内容的分数占比较低。③ 2011 年，教育部制订了义务教育语文课程标准④，将义务教育阶段的写作教学划分为写话、习作、写作三个阶段，对于写作能力的评价注重遣词造句，但对学生的个体性重视程度不足。2019 年普通高等学校招生全国统一考试大纲中语文科目的作文评价要求同样如此⑤，评价要求分为"基础等级"和"发展等级"两级，文章的修辞、造句、结构等占据了评分的大多数指标。义务教育课程标准和高考大纲是中小学教学的主要参考标准，它们对文本创意性的忽视在一定程度上造成了中小学作文教学评分重视修辞、轻视创意表达的现状。王鹤琰引入了美国西北教育实验室（NWREL）开发的作文要素评价量表作为小学写作教学的评估工具，在小学教学实践中运用该量表测试了学生的写作能力。⑥ 刘潇月尝试利用计算机软件对小学作文进行自动评分，推动写作测量的科学化。在《义务教育语文课程标准》和中高考作文评价标准的基础上，刘潇月设计了一套统一作文评估标准，开发了相应的作文自动评分算法，并分析了一个五年级班级全部 47 名学生一个学期的作文情况。⑦

创意写作进入中国后，许多中小学教师在作文教学中积极引入创意写作的理念，在实践中取得了可观的教学成果。郭学萍构建了针对小学阶段创意写作的多元动态评价体系，提出小学阶段的创意写作教学应当用发展的眼光评价学生能力提高的过程，评价主体转向学生本人、家长、同学和教师的多重主体，评价标准应当依据学生发展阶段而各有侧重，并从写前、写中、写后的写作全过程评价学生的作品。⑧ 叶炜和张海涛设计了多维度的乡村中学创意写作课程的评价体系，从学生自评、学生互评、教师参评、专家定评四个层级评价学生的作品，并给出了每个层级的评价标准。⑨ 李韧设计北大附中创意写作工坊的

---

① 详见网址：http://www.corestandards.org/.

② Wilcox, Kristen Campbell, Jill V. Jeffery, and Andrea Gardner-Bixler, "Writing to the Common Core: Teachers' responses to changes in standards and assessments for writing in elementary schools", *Reading and Writing* 29.5（2016）.

③ 葛红兵：《创意写作学理论》，高等教育出版社 2020 年版，第 83—90 页。

④ 详见网址：http://www.moe.gov.cn/srcsite/A26/s8001/201112/t20111228_167340.html.

⑤ 详见网址：http://gaokao.neea.edu.cn/html1/report/19012/5987−1.htm.

⑥ 王鹤琰：《基于"要素评价量表"的写作教学内容研究》，上海师范大学硕士论文 2016 年。

⑦ 刘潇月：《规则导向的中文作文量化评估研究》，山东大学硕士论文 2021 年。

⑧ 郭学萍：《小学创意写作"多元动态评价"的实践研究》，《小学教学设计》2020 年第 31 期。

⑨ 叶炜、张海涛：《乡村中学创意写作课程建设研究》，《语文教学通讯·D 刊（学术刊）》2020 年第 7 期。

课程评价体系时提出了区分"大作品"和"小习作"的课堂评价体系，小习作从自评、互评、师评三个维度给出评语，大作品则制订了包含注意事项、加减分项等细则的评价量表。①

过往的中小学作文评估重形式、轻内容，导致一部分学生的创意能力遭到忽视，作文评分不佳。中小学阶段的作文评估应当吸收创意本位的文本评价观，结合发展心理学、教育学等跨学科知识，为不同年龄段的创意写作者分级制订相应的量化评估标准。一线的中小学语文教师已经在此方面做出了许多尝试，但由于创意写作并未正式进入中国的中小学作文教育体系，学界还未能大规模开展针对未成年人的创意作品量化评估研究，一线教师大多在实际教学经验的基础上制订相应评分标准，缺乏相互之间的交流沟通与经验互补。未来，面向未成年创意写作者的创意作品量化评估研究应当结合已有的实践经验，制订覆盖面广、适用性强的分级评估标准，并配以相应的智能评分工具，促进中小学阶段创意写作教学的科学化。

四、结语：创意写作能力量化研究的未来方向

在创意写作学科的百年历史中，创意作品一直是创意写作学科的重点关注对象。这就导致了创意写作学科具有潜意识的"唯结果论"思想，教师只关注学生能否写出好作品，不关注学生的创意写作能力在学习过程中是如何得到提高的。而在评判学生的作品时，教师失去了传统师生关系中的绝对权威，不敢、不想、不能客观地、标准化地评价学生的创意作品。这种情况蔓延至了创意写作产业之中，迪亚兹·苏亚雷斯（Díaz Suárez）的调查结果表明，短篇小说的杂志编辑抗拒使用标准化的评估方法②。在评价创意作品时使用标准的量化评估方法，不仅能帮助教师掌握学生的学习情况，还能促进学生在写作过程中的自我提高，更能促进创意写作成果的产业化。

但是，也要注意到创意作品的量化评估方法的不足之处。许多创造力研究表明，固定的评估标准、有限的创造时间可能会降低创意者的创意能力。另外，从行为学的视角来看，创意写作行为包括前期的创意能力、中期的协作能力和后期的完稿能力。创意作品仅是创意写作行为的最终成果，只以创意作品作为创意写作能力的测量对象，无法测量创意写作者的创意潜能与协作能力。

在探讨创意写作教学中的评分问题时，部分学者也考虑到了创意写作课程本身的评估问题。在结合管理学中活动管理的相关知识的基础上，对创意写作教学活动的过程进行管控、效果进行评估，有助于创意写作教师更全面地把握教学效果，促进创意写作教学的科学化。

创意作品的量化评估只是创意写作能力量化研究的一小部分，未来的创意写作能力量化研究还将展开创意潜能量表、创意写作实验等相关研究，并与外围的心理学、神经科学、认知科学等交叉领域接壤，让创意写作能力量化评估科学化、标准化、可视化。

---

① 李韧：《创意写作视野下的高中写作教学初探——以北大附中为例》，《中国创意写作研究》2020 年。

② Díaz Suárez，Saray，*Evaluating creative writing: the criterion behind short stories' assessment*，Cataluña：Universidad Autónoma de Barcelona，2015，pp.2 - 27.

编后记

从 2022 年起，《中国创意写作研究》辑刊由每年一辑增加为三辑，由上海大学、温州大学和香港公开大学三家单位分头主编，许道军、易永谊和梁慕灵三人各自主编一辑，我负责的这一辑，在高等教育出版社出版，顺序为上半年出刊。这个变化与创意写作在中国的发展是一致的，十余年以来，开设创意写作课程的高校持续增加，创意写作会议及各种赛事也越来越多，新的创意写作研究者不断入场，因此记录和发表创意写作研究新进展、新成果的阵地也应相应扩大。《中国创意写作研究》辑刊扩容，正是顺应这个趋势，为满足中国创意写作实践的需要应运而生的，将来或许还会增加，"一"能生"三"，"三"为什么不能生"六"、生"九"呢？我们期待着这一天早点到来。

《中国创意写作研究》辑刊是中国创意写作研究从业者的发表阵地，也是世界华文创意写作大会的会刊，在去年还被赋予了评选及发表年度"何建明中国创意写作奖理论奖"获奖论文的任务。理论上，2021 年是中国创意写作的一个"大年"，对于《中国创意写作研究》辑刊来说，也会是一个"丰收年"。但遗憾的是，由于疫情原因，原定于 11 月份在广东财经大学召开的创意写作大会被迫推迟，许多原定计划一再调整，最后也影响到了《中国创意写作研究》辑刊的选稿。从数量上说，稿件是足够的，但是从满足栏目需要的角度来说，存在着严重不平衡的现象。一些栏目稿件富余，需要再三挑选，一些栏目却需要重新约稿，这就使统稿进度大大滞后。这会导致一个"奇怪"现象：《中国创意写作研究》辑刊2022 年卷上半年卷有可能迟于下半年卷出版！当然，这种情况的发生，或许也是在表扬下半年卷的同仁们，他们足够专业，足够高效率，要向他们学习！

越来越多的学术同行开始认可创意写作研究，认可《中国创意写作研究》辑刊，并给予了足够多的鼓励，但是它目前依旧很弱小，不是 C 刊，不是北大核心，甚至连一个正规的学术刊物身份都要反复争取。因此，那些依旧投稿、答应赐稿给我们的同仁们的支持，让我们十分感动。非常感谢他们的提携，在这里，我们继续向他们及更多的人约稿。众人拾柴火焰高，有了大伙的支持，我们才能共同成长。

统稿之际,作为主编,我也要感谢编辑部的小伙伴们,王雷雷、刘卫东、雷勇、高尔雅、冯现冬、张永禄,谢谢你们! 作为一个喜欢写诗、时不时"文艺病"发作的文科学者,我真心算不上编辑部的好"带头大哥",是你们的包容、奉献让我们走到了今天,希望未来一起走下去。

许道军

2022 年 7 月 1 日